BASTEI
LÜBBE
TASCHENBUCH

Weitere Titel der Autorin:

New Sol

Titel auch als Hörbuch erhältlich

Über die Autorin:

Margaret Fortune schrieb ihre erste Geschichte mit sechs Jahren, seitdem ist das Schreiben ihre absolute Leidenschaft. Sie hat bereits diverse Kurzgeschichten in Magazinen veröffentlicht, darunter im NEO-OPSIS SCIENCE FICTION MAGAZINE und im SPACE AND TIME MAGAZINE. Die Autorin lebt in Wisconsin.

Margaret Fortune

PRISMA

Roman

Aus dem amerikanischen Englisch von
Kerstin Fricke

BASTEI
LÜBBE
TASCHENBUCH

BASTEI LÜBBE TASCHENBUCH
Band 20 897

Dieser Titel ist auch als Hörbuch und E-Book erschienen

MIX
Papier aus verantwortungsvollen Quellen
FSC www.fsc.org FSC® C083411

Vollständige Taschenbuchausgabe

Deutsche Erstausgabe

Titel der amerikanischen Originalausgabe:
»Archangel. Book Two of the Spectre War«
Originalverlag: DAW Books Inc
By arrangement with DAW Books, New York
Dieses Werk wurde vermittelt durch Interpill Media GmbH, Hamburg

Textredaktion: Michelle Gyo, Limburg a. d. Lahn
Titelillustration: © Anke Koopmann, Guter Punkt
Umschlaggestaltung: Guter Punkt, München | www.guter-punkt.de
Satz: Urban SatzKonzept, Düsseldorf
Gesetzt aus der Minion Pro
Druck und Verarbeitung: CPI books GmbH, Leck – Germany
Printed in Germany
ISBN 978-3-404-20897-5

5 4 3 2 1

Sie finden uns im Internet unter www.luebbe.de
Bitte beachten Sie auch: www.lesejury.de

Für Dad. Du hast es dir verdient.

Heiliger Erzengel Michael,
verteidige uns im Kampfe;
gegen die Bosheit und die Nachstellungen
des Teufels, sei unser Schutz.
›Gott gebiete ihm‹, so bitten wir flehentlich;
du aber, Fürst der himmlischen Heerscharen,
stoße den Satan und die anderen bösen Geister,
die in der Welt umherschleichen,
um die Seelen zu verderben,
durch die Kraft Gottes in die Hölle.
Amen.

– *Gebet an den Heiligen Erzengel Michael,*
Papst Leo XIII.

An Bord der *SBS* Retribution
Flaggschiff der Ersten Admiralin der Sternenbundflotte

Der Planet füllte den Sichtschirm völlig aus und war von blauen und weißen Wirbeln bedeckt. Er funkelte wie ein Edelstein inmitten seiner Korona aus Licht und Luft, und seine dokumentierte Schönheit bildete einen starken Gegensatz zu dem kalten, harten Metall, aus dem der Schreibtisch, der Stuhl, die Wandtafeln und der Schirm bestanden. Die Erste Intergalaktische Admiralin der Sternenbundflotte saß neben dem aktivierten Feed und verschränkte die Arme vor der Brust, als zwei Gestalten auf der digitalisierten Wand ihr gegenüber erschienen.

»Admiralin«, begrüßte der Vorsitzende sie. Er materialisierte sich in einem Bildausschnitt, der ihn vor dem Hintergrund eines luxuriös ausgestatteten Büros voller Leder, Hartholz und weinroter Polster zeigte. Als Mitglied der kleinen Oligarchie des Sternenbunds und des Direktoriums, gleichzeitig aber auch als dessen wahrer Herrscher, umwehte ihn die befehlsgewohnte Aura eines Mannes, dem man gewöhnlich gehorchte. Sein hochgeschlossener Anzug, maßgeschneidert und im mit Goldborte eingefassten Schwarz des Sternenbunds gehalten, wies außerdem das halbsternförmige Abzeichen auf, das ihn als Angehörigen des PsyCorp auswies.

In einem anderen Ausschnitt zu seiner Rechten war ein schlanker weißhaariger Mann in einem Orbitallabor zu sehen. Auch er war ein Anführer der Menschheit, jedoch auf andere Weise. Der Arzt nickte zur Begrüßung, und seine eisblauen Augen schienen leicht missbilligend dreinzublicken.

Wann sieht er mal nicht so aus?, *dachte die Admiralin säuerlich.*

Sie betrachtete die beiden Männer kritisch. Vorsitzender. Arzt. Admiralin. Zusammen stellten sie die drei Eckpfeiler des Funda-

ments dar, auf dem der ganze Sternenbund nun ruhte. Und nicht nur dieser, sondern …

Auch die menschliche Rasse.

Der Vorsitzende räusperte sich ungeduldig, woraufhin die Admiralin auf den Planeten hinter sich deutete. »Meine Herren, diese Bilder wurden vor nur wenigen Stunden tief im tellurianischen Territorium aufgenommen. Sie erkennen den Ort zweifellos wieder.«

Die beiden Männer nickten. Die Tellurianische Allianz stellte die andere Großmacht innerhalb des bewohnten Universums dar und war im Verlauf der Geschichte sowohl Verbündeter als auch Feind gewesen. Die zahlreichen Kolonien und Planeten, die innerhalb dieser Allianz vereint waren, wurden von diesem Planeten aus beherrscht, den sie gerade vor sich auf dem Schirm sahen. Noch vor wenigen Jahren war die Allianz ebenso mächtig gewesen wie der Sternenbund und hatte einen ernst zu nehmenden Gegner dargestellt. Aber das war vorher *gewesen.*

»Seltsam«, murmelte der Arzt. »Selbst nach der Invasion sieht er noch genauso aus wie vorher. Gut, die Schiffe sind nicht mehr da, aber der Planet …«

»Ja, natürlich. Wir haben so etwas doch alle schon früher gesehen«, unterbrach ihn der Vorsitzende, dessen gesenkte Stimme klang, als würden sich zwei Schlangen immer wieder in einer endlosen Spirale umeinander winden. »Das erklärt aber noch lange nicht, warum wir hier sind. Wenn Sie das vielleicht näher erläutern würden?«

Die Admiralin zuckte nur mit einer Schulter. »Sehen Sie genau hin.«

Sie machte eine Handbewegung in Richtung des Bildes, durch die sie den Feed beschleunigte, sodass Stunden innerhalb von Minuten und Minuten innerhalb von Sekunden verstrichen. Gemeinsam sahen sie schweigend mit an, wie der Tag zu Ende ging, die Sonne hinter dem Rand der Welt verschwand und es Nacht wurde. Der Feed lief weiter, und nur das bewegte Bild an der Wand regte sich. Schließlich schüttelte der Vorsitzende den Kopf.

»Es ist so dunkel. Müssten wir inzwischen nicht längst die Lichter der Städte sehen? Das vor uns ist der Westrand des Pazifiks. Da liegen Tokio, Jakarta, Seoul ...«

»Genau darauf will ich doch hinaus, meine Herren«, fiel ihm die Admiralin ins Wort. Sie hielt den Feed an, senkte den Kopf – weil sie betete, trauerte oder einfach nachdachte – und blickte auf die dunkle weite Fläche vor ihnen.

»Sämtliche Lichter sind erloschen ... weil keiner mehr da ist, der das Licht einschalten kann.«

PHASE EINS

1

»Na los! Kommt schon, Leute! Bewegung!«

Schritte hallen über das harte Deck, und ich bleibe stehen, um eine Gruppe Wissenschaftler anzutreiben. »Geht etwas schneller!«, fordere ich sie erneut auf. »Die Andockrampe ist noch eine halbe Station entfernt!«

Im hinteren Teil der Gruppe kümmert sich Madison um die Nachzügler, während Tabs vorausgeht, den Aero-Werfer einsatzbereit hält und auf den Geruch des Feindes achtet. Zwar ist sie nicht besonders schnell – ich würde ihr Tempo als langsames Trotten einstufen –, aber für die Wissenschaftler, die sich zwischen uns befinden, scheint es einem schnellen Lauf gleichzukommen. Schon jetzt keuchen mehrere von ihnen stark und sind offensichtlich außer Atem, dabei haben wir noch nicht mal einen halben Kilometer hinter uns gebracht. Schlimmer noch: Einige von ihnen werden bereits langsamer. Sie mögen ja einige der klügsten Köpfe des Jahrhunderts sein, Athleten sind sie jedoch nicht. Und auch nicht gerade junge Küken.

Wir erreichen das Ende des Ganges, und Tabs bleibt stehen, um die Tür zu öffnen. Ich laufe auf der Stelle, während sie den Universalschlossknacker auf das Schloss aufsetzt. Einem der Besetzer ist es gelungen, die Stationsschlösser auszulösen und alle Türen auf einmal zu verriegeln. Tabs kann sie zwar mit ihrem Gerät wieder öffnen, allerdings muss sich noch zeigen, wie lange sie dafür braucht.

Und wer uns in der Zwischenzeit vielleicht erwischt.

Ich blicke in den Gang hinter uns, auch wenn ich weiß, dass es nichts bringt. Unser Feind kann nicht gesehen, berührt oder gehört werden. Die Schatten gleichen schrecklichen Geistern und sind körperlose Aliens, die die Macht besitzen, den Körper eines Menschen zu übernehmen und als Wirt zu nutzen. Sobald sie sich mit einem Menschen verbunden und sich darin festgesetzt haben, wird man sie nicht mehr los.

Es sei denn, man bringt den Wirt um. Das ist nun wirklich kein sinnvolles Heilmittel.

»Corporal?«, frage ich per Helmmikrofon.

»*Ich arbeite daran, Sorenson*«, antwortet Tabs. »*Wie halten sich die Zivilisten, Madison?*«

»*Bisher ganz gut.*«

»*Schön! Behalten Sie für mich die Zäune im Auge, Sorenson.*«

»Geht klar.«

Ich rufe auf meinem Helmdisplay die Karte auf und betrachte die Projektion auf der linken Seite meines Gesichtsschirms, während sie langsam größer wird. Eine Miniaturansicht der Station erscheint vor meinen Augen, auf der rote Punkte die Positionen aller Energiezäune im Habitat anzeigen. Die Hälfte von ihnen blinkt, was mir verrät, dass sie von den Ghulen – den Schatten, die sich noch nicht mit einem Menschen verbunden haben – ausgelöst wurden. Ich zähle die intakten Zäune zwischen uns und ihnen.

»Vier Zäune«, melde ich angespannt und hole danach tief Luft. Vier, das ist gut. Wir können es noch schaffen. Während ich hinsehe, fängt der hinterste Zaun auf einmal an zu blinken. *Schlacke!*

»Drei Zäune, Corporal!«

»*Ich hab's*«, ruft sie mir zu, während die Tür vor ihr aufgeht. »*Übernehmen Sie die Spitze, Sorenson. Ich schließe hinter uns ab, falls wir von Besetzern verfolgt werden.*«

Daraufhin setze ich mich an die Spitze der Gruppe, damit Tabs zurückbleiben und die Tür sichern kann. »Los geht's, Leute! Es stehen nur noch drei Zäune zwischen euch und der Infektion! Setzt euch in Bewegung!«

Ich schlage ein etwas schnelleres Tempo an als Tabs zuvor. Entweder hat ihnen die kurze Rast gutgetan oder die Gefahr einer dauerhaften Versklavung treibt sie an, denn auf einmal können sie alle rennen. Wir sprinten durch den Korridor, biegen in den nächsten ein und gelangen durch einen Torbogen auf den großen Platz.

Sofort halte ich auf den Ausgang am anderen Ende zu und renne um die Kübel voller Bäume und Blumen herum, die hier überall aufgestellt wurden. Wir haben zwei Drittel des Weges geschafft, als mehrere Sicherheitsoffiziere der Station aus einem anderen Eingang herausgerannt kommen. Sie leuchten purpurfarben im Licht des untergehenden roten Zwergsterns, der durch die hohe Kuppel über uns zu sehen ist. *Weitere Flüchtlinge?,* frage ich mich und renne um eine Parkbank herum in Richtung Ausgang.

Weißes Licht saust an meinem linken Ohr vorbei, als einer von ihnen mit seiner Pistole auf mich schießt.

Nein.

Ich schiebe mir den Aero-Werfer unter den Arm, ziehe meine Betäubungspistole und erwidere das Feuer. »Corporal, hier sind Besetzer.«

»Ich sehe sie!«

Als ich kurz einen Blick über die Schulter werfe, kann ich Tabs auch schon sehen, die vom hinteren Ende der Gruppe an die Seite läuft, an der uns Madison bereits aus der Mitte heraus Deckung gibt. Sie feuern mit ihren Pistolen mehrere schnelle Salven auf unsere Angreifer ab. Ich sehe einen Besetzer zu Boden gehen und zucke zusammen. Dieser Mann hat zwar auf uns geschossen, aber er wusste eigentlich gar nicht, was er da tat. Der Schatten in seinem Kopf hat ihm garantiert eingeredet, wir wären die Infizierten. Es ist bedauerlich, dass wir ihn erschießen mussten.

Doch diese Tatsache bedeutet nicht, dass er oder die anderen an seiner Seite eine geringere Gefahr für uns darstellen würden.

Weitere Schüsse hallen durch die Luft. Ein Licht blinkt in meinem Augenwinkel, aber ich ignoriere es und konzentriere mich darauf, meine Schützlinge trotz des Feuergefechts an ihr Ziel zu bringen, während uns Tabs und Madison Deckung geben. Ein Wissenschaftler direkt hinter mir schreit auf, als er getroffen wird, umklammert seine Schulter und verliert das Gleichgewicht. Ohne stehen zu bleiben, drücke ich ihn an mich und schirme ihn mit meinem Körper ab, während wir weiterrennen.

Am anderen Torbogen angekommen, drücke ich ihn zwei seiner Kameraden in die Arme. Dann renne ich auch schon zurück auf den Platz, winke den anderen Wissenschaftlern zu, damit sie sich beeilen, und laufe zu einigen Nachzüglern weiter. Eine junge Frau steht hinter einem Baum und kommt nicht weg; als ich den Schützen mit einem gezielten Schuss ausschalte, rennt sie sofort zur Tür. Ein verängstigter Labortechniker steht wie erstarrt hinter einem Rosenbusch und rührt sich nicht vom Fleck, bis ich ihn mit Gewalt hinter mir her und zum Bogen zerre. Ich bleibe unterwegs nur einmal kurz stehen, um mir eine kreischende blonde Ärztin über die Schulter zu werfen.

Zurück im sicheren Gang lasse ich meinen Schützling los und beuge mich um die Ecke vor, um den letzten Wissenschaftlern Feuerschutz zu geben. Madison ist bereits hier und leistet einem verletzten Zivilisten Erste Hilfe. Während die letzten Versprengten in die Sicherheit des Korridors flüchten, mache ich einen schnellen Helmscan und zähle durch. Zwei, sechs, elf, achtzehn. Dreiundzwanzig.

Schlacke! Wir haben einen verloren!

»Sorenson! Madison! Sofort hierher!«

Ich wirble schon herum, bevor Tabs den Satz beendet hat. Sie steht mitten auf dem Platz und hat hinter einer Parkbank Deckung gesucht. Mehrere dunkle Flecken auf ihrer Weste lassen erkennen, dass sie getroffen wurde, aber sie ist noch immer in Topform und schaltet einen Besetzer durch einen Schuss in den Oberschenkel aus. Dann sieht sie mir in die Augen und nickt mit dem Kinn kurz hinter sich. Ich starre hinüber und erstarre. Jetzt weiß ich, wo mein verschwundener Wissenschaftler steckt.

Er muss in dem Chaos umgedreht sein, denn er ist gar nicht mehr auf unserer Seite des Platzes, sondern schon fast bei den Besetzern. Ich kann Blut sehen, das durch den Stoff seines Kittels sickert, er liegt reglos am Boden.

»Ich sehe ihn, Tabs«, erwidere ich. »Kommen Sie an ihn ran, wenn ich Ihnen Deckung gebe?«

»Negativ. Zwischen mir und ihm ist zu viel Freifläche.«

Sie hat recht. Es gibt nicht genug Deckung, und da sie das Feuer auf sich gezogen hat, kann sie den Verletzten jetzt nicht erreichen, ohne dabei selbst niedergeschossen zu werden. Da Madison mit der Versorgung der Verletzten beschäftigt ist, bleibe nur noch ich übrig. Rasch blicke ich mich um und nicke.

Während ich ein neues Magazin in meine Waffe schiebe, erkläre ich: »Ich glaube, ich komme an ihn ran. Beschäftigen Sie sie einfach weiter, Tabs. Madison, passen Sie gut auf die Zivilisten auf.«

»Geht klar.«

»Verstanden.«

Ich gebe einige Schüsse ab, damit meine Gegner sich ducken müssen, dann laufe ich auf den Platz. Ich husche von Baum zu Busch zu Bank und versuche, so wenig Angriffsfläche wie möglich zu bieten, während ich mit großen Schritten zu dem Verletzten renne. Mehrmals streifen mich Schüsse, aber ich nehme es kaum zur Kenntnis. Ich bin noch etwa fünfzehn Meter entfernt, als zwei Besetzer nur wenige Meter von meinem Ziel entfernt aus den Büschen treten. Bevor ich etwas unternehmen kann, gehen sie nach links und verschwinden hinter einigen Palmen, die etwa auf halbem Weg zwischen mir und ihnen aufragen.

Ich fluche leise. »Können Sie die Kerle sehen, Tabs?«

Kurze Pause. Dann: »*Negativ. Sie nutzen den Pavillon als Deckung. Ich habe keine freie Schussbahn.*«

Ich runzle die Stirn und blinzle viermal schnell. Die Infrarotsicht meiner Kampflinsen wird aktiviert, sodass ich die Position der Besetzer durch die schmalen Lücken zwischen den Baumstämmen ausmachen kann. Dummerweise sind die Palmen im Weg, und ich kann nicht auf sie schießen. Doch ich entdecke eine kleine Öffnung hoch oben zwischen den Palmwedeln, den Stämmen und den Blättern, die ansonsten eine Wand bilden. Da diese Neuankömmlinge auf der linken Seite und die Scharfschützen auf der rechten lauern, komme ich unmöglich an den Mann heran, ohne getroffen zu werden. Ich starre fassungslos zu ihm herüber und finde einfach keinen Ausweg aus diesem Dilemma.

»*Wenn Sie nicht an ihn rankommen, dann geht es eben nicht, Sorenson*«, erklärt mir Tabs' Stimme nach einer Minute aus meinem Helminneren. »*Es ist ja nicht so, als könnten Sie durch die Bäume fliegen.*«

Fliegen! Es trifft mich wie ein Schlag, als ich mich an meine Gravball-Zeiten erinnere und eine Idee habe. Ich grinse breit. Das ist völlig verrückt. Nein, es ist Wahnsinn! Doch es könnte funktionieren …

»Madison, kommen Sie von da an die Stationssteuerung für den Platz ran?«, frage ich über einen privaten Kanal. Als er bestätigt, erkläre ich ihm schnell meinen Plan.

Ich sehe ihn förmlich vor mir, wie er den Kopf schüttelt. »*Sie sind ja nicht bei Trost, Sorenson. Ist Ihnen das überhaupt klar?*«

»Ja. Sind Sie dabei?«

»*Sagen Sie einfach, wann es losgehen soll, Mann.*«

Mit breitem Grinsen schalte ich zum Hauptkanal zurück. »Halten Sie sich irgendwo fest, Tabs!«

Bevor sie mich fragen kann, was ich vorhabe, umklammere ich meine Pistole und renne auf die Palmen zu. Schüsse peitschen mir um die Ohren, aber ich bin verdammt schnell, sodass sie mich nicht mal streifen. Ich muss nur das Timing hinbekommen. Als ich auf eine Parkbank direkt vor den Bäumen zusprinte, rufe ich: »Jetzt, Madison!«

Die künstliche Schwerkraft wird genau in dem Augenblick ausgeschaltet, in dem ich von der Bank abspringe. Ich fliege weit nach oben und bekomme dank der plötzlichen Schwerelosigkeit genug Schwung, um immer höher zu steigen. Sobald ich die Öffnung zwischen den Palmwedeln entdecke, mache ich mich ganz klein und fliege hindurch.

»*Was zum …?*«

Ich habe bereits die Pistole ausgerichtet und schieße, während die Besetzer, die mit einem Mal gewichtslos und desorientiert sind, noch gar nicht wissen, was überhaupt passiert ist. Schon sind sie beide am Boden, ausgeschaltet mit perfekten Schüssen in den Torso und den Kopf. Dann nehme ich Kurs auf den verletzten Zivilisten. Einen halben Meter von ihm entfernt schreie ich: »Fallen lassen, Madison!«

Die Schwerkraft wird augenblicklich wieder eingeschaltet. Mein Gewicht lastet wie eine Tonne Titanstreben auf mir, und ich komme am Boden auf. Nachdem ich jahrelang Gravball gespielt habe, bin ich dieses Gefühl gewöhnt. Im nächsten Augenblick lande ich auch schon in der Hocke direkt neben dem Zivilisten und kann ihn gerade noch rechtzeitig auffangen, bevor er auf dem Boden aufkommt. Bei dem plötzlichen Aufprall wird mir die Luft aus der Lunge gepresst, aber ich schaffe es, auf den Beinen zu bleiben. Ich ziehe den Verletzten zu den Bäumen und drücke rasch Kauterisierungspflaster auf seine Wunden. Er ist am Leben und atmet, das ist doch schon mal was. Madison kann ihn genauer untersuchen. Ganz vorsichtig lege ich mir den Mann über die Schulter.

»Ich hab ihn, Tabs!«

»*In dreißig Sekunden am Brunnen?*«

»Geht klar.«

Entweder ist es Tabs und mir gelungen, unsere Angreifer drastisch zu dezimieren, oder sie sind durch die Schwerkraftwechsel noch völlig durcheinander, denn ich höre nicht einen einzigen Schuss, als ich zum Brunnen laufe. Tabs stößt dort zu mir, und wir rennen gemeinsam zum Bogengang. Sobald wir hindurchgelaufen sind, übergebe ich den Verletzten an Madison und springe zum Tor hoch. Meine beim G-Ball erlernten Fähigkeiten kommen auch jetzt zum Tragen, als ich beim ersten Sprung den unteren Rand erwische. Tabs packt die andere Seite, als es nach unten kommt, sodass wir das schwere Tor gemeinsam auf den Boden zerren können. Der Riegel löst sich mit lautem Klicken, und Tabs bringt sofort eine Klemme daran an.

Wir grinsen, springen hoch und stoßen Brust an Brust zusammen, wobei wir die Seiten unserer Fäuste gegeneinander schlagen, alles in einer raschen, fließenden Bewegung.

Tabs nickt. »*Pro libertate . . .*

». . . *pro vita*«, beende ich den Satz.

Für die Freiheit, für das Leben.

Wir lassen noch einmal die Fäuste gegeneinanderprallen und laufen dann zu unseren Schützlingen hinüber, die sich vor der nächsten verschlossenen Tür am Ende des Gangs versammelt haben. Tabs macht sich sofort an die Arbeit, um das Schloss zu öffnen, und ich sehe erneut auf meine Karte.

»Verdammt«, fluche ich leise. Fast drei Viertel der Energiezäune auf der Station blinken jetzt. Der Weg zum westlichen Shuttledock ist zwar noch frei, aber hinter uns sieht es schon ganz anders aus.

»Corporal«, sage ich ins Mikro. »Es ist nur noch ein Zaun übrig.«

Tabs schaut schnell auf ihr eigenes Visordisplay und dann zurück zu dem Tor, das wir gerade geschlossen haben. Sie stößt einen Fluch aus, in dem ihre Frustration zu hören ist, und ich weiß, dass wir beide dasselbe denken: Keine Tür in der Galaxie, und mag sie auch noch so dick sein, kann einen Ghul aufhalten. Sofort macht sie sich wieder am Schloss zu schaffen.

Die Sekunden verstreichen quälend langsam, bevor die Tür endlich aufgeht. Jetzt ist es nicht mehr weit; ich kann den Eingang zur Andockrampe nur wenige Meter weiter entfernt bereits sehen. Als hätten wir uns abgesprochen, werden wir alle schneller, sogar die Wissenschaftler. Auch wenn mir klar ist, dass wir die Sache noch längst nicht überstanden haben, seufze ich erleichtert auf, als wir durch den letzten Energiezaun auf die Shuttlerampe rennen.

»Hey, wo habt ihr Lahmärsche denn so lange gesteckt?«, begrüßt uns eine Stimme, als wir das Dock betreten.

Arlo, Cress und Reyes sind da und scheuchen eine Gruppe Zivilisten durch die Schleuse in den Transporter. Es ist ihnen zu dritt gelungen, etwa dreißig weitere Zivilisten zu retten.

Tabs zwinkert mir zu, bevor sie antwortet. »Ach, Sie kennen doch Sorenson. Er wollte natürlich den Weg mit der schönsten Aussicht nehmen.«

»Mussten Sie mal wieder an allen gentechnisch veränderten Blumen schnuppern, Mikey?«, fragt Arlo und grinst mich wie üblich breit an.

Früher einmal hätte ich auf dieselbe Weise geantwortet. Ich hätte ebenfalls gezwinkert und vielleicht einen Witz über unsere Flucht gemacht. Aber jetzt nehme ich den Kommentar nur mit einem schroffen Kopfschütteln zur Kenntnis und drehe mich wieder zum Eingang um. Über Kom kann ich hören, wie sich Tabs und Arlo leise unterhalten.

»Was ist mit Christos Triade?«

»*Überrannt.*« Arlo zögert. *»Sie haben sich ins All gesprengt, um nicht auch noch Jagd auf ihre eigenen Leute machen zu müssen.«*

Oder sie wollten nicht zu Werkzeugen der Ghule werden. Es ist zwar schon vorgekommen, dass infizierte Soldaten Selbstmord begangen haben, doch bei Arlos Worten schnürt sich mir dennoch die

Brust zusammen. Ich höre über Kom, wie Cress leise etwas murmelt, das wie ein Gebet klingt, und weiß, dass sie dasselbe empfindet.

»Wie lauten Ihre Befehle, Corporal?«, fragt Arlo schließlich.

»Bringen Sie die Zivilisten einfach an Bord, Wächter«, antwortet Tabs angespannt. Nach Christos Tod ist sie jetzt der ranghöchste Offizier unseres Trupps.

Ein plötzliches Blinken auf einer Seite meines Visors bewirkt, dass ich der Unterhaltung nicht länger folge. Der vorletzte Energiezaun, der am Platz, ist gefallen. Ich umklammere meinen Aero-Werfer, als mir klar wird, dass jetzt nur noch der Zaun am Eingang der Shuttlerampe zwischen uns und *ihnen* steht. Und das ist nicht mal ein richtiger Zaun, der etwas drinnen oder draußen halten kann. Er wird uns bloß warnen, mehr nicht.

Hinter mir sind alle wieder ruhig und ernst, und sie versuchen panisch, die Zivilisten noch rechtzeitig auf den Transporter zu schaffen. Der Letzte aus Arlos Gruppe geht gerade an Bord und wird dabei von Rufen angetrieben. Ich zähle rasch durch, wie viele Leute noch einsteigen müssen, und schüttle den Kopf. *Wir werden es nicht schaffen.*

Tabs denkt anscheinend dasselbe. *»Reyes, sorgen Sie dafür, dass die Leute in den Transporter kommen!«*, sagt sie über den Gruppenkanal. *»Madison, helfen Sie ihm dabei. Arlo und Cress, geben Sie ihnen Deckung. Sorenson und ich gehen an die Tür.«*

Cress und Arlo drehen sich sofort zu den Zivilisten um, während ich mich ebenso wie Tabs am Eingang der Shuttlerampe postiere. Wir bleiben Schulter an Schulter und mit einsatzbereiten Werfern direkt hinter dem Zaun stehen. Mir steht der Schweiß auf der Stirn, und ich kämpfe gegen den Drang an, meinen Visor hochzuklappen, um ihn wegzuwischen. Ich hole tief Luft, und dann rieche ich ihn, diesen leicht säuerlich-süßen Geruch, der an den einer verdorbenen Zitrone vermischt mit Honig erinnert.

Tabs und ich sehen uns an. »Sie kommen.«

Gegen meinen Willen sehe ich auf die Uhr in der rechten oberen Ecke meines Visors. Sechzig Sekunden. So lange dauert es, bis der Pilot den Transporter von der Station runtergebracht hat, nachdem die Shuttletür geschlossen wurde. Sobald wir gestartet sind, können wir den Schatten problemlos entkommen. Doch wenn sie uns vorher erwischen …

Ich sagte ja bereits, dass sie keine Tür in der Galaxis aufhalten kann.

Der Geruch wird intensiver. Ich kann ihn jetzt auch schmecken, er liegt mir wie ein saurer Film auf der Zunge. Der Schweiß läuft mir in die Augen, die Tropfen fallen herunter, kaum dass sie entstanden sind. Ich ignoriere es und wackle mit den Nasenflügeln, während ich meine Nase – die speziell verändert worden ist, damit ich die Ghule riechen kann – einsetze und zähle. *Sieben, vielleicht acht?*

»*Acht oder neun Ghule in etwa zweihundert Metern Entfernung*«, sagt Tabs gerade über Kom. »*Wie lange noch?*«

»*Zwei Minuten*«, erwidert Madison.

»*Sie und Reyes steigen direkt nach den Zivilisten ein, gefolgt von Arlo und Cress. Sorenson und ich werden versuchen, sie so lange wie möglich vom Andockring fernzuhalten, bevor wir nachkommen. Sorenson!*«

»Bereit!«, melde ich. Der Geruch pulsiert jetzt durch meine Nase und dringt mir direkt ins Gehirn, auch wenn ich unseren unsichtbaren Feind nicht sehen kann. Tabs hat recht, es sind eindeutig neun. Ich kann ihre unterschiedlichen Gerüche auffangen, da sie uns schon so nahe sind. Unwillkürlich verkrampfe ich mich. Es wird nicht mehr lange dauern.

»*Auf mein Zeichen*«, sagt Tabs. »*Drei.*«

Ich hebe den Werfer hoch.

»*Zwei.*«

Der Gestank scheint bereits direkt vor uns zu sein.

»*Eins …*«

Ich verharre mit einem Finger auf dem Abzug.

»*Los!*«

Komprimierte Luft dringt aus dem Lauf meines Aero-Werfers. Der Rückstoß kugelt mir beinahe die Schulter aus, aber ich lade sofort die nächste Gaspatrone nach. Dabei schnüffle ich hektisch, ob ich den Feind riechen kann. Zu meiner Erleichterung verrät mir meine Nase, dass sie jetzt etwa fünfzehn Meter entfernt sind. Ich gestatte mir ein angespanntes Grinsen. Diese Ghule sind sehr empfindlich, was die Luftbeschaffenheit angeht, daher ist die Gasmischung, die wir mit diesen Werfern abschießen, eine der mächtigsten Waffen, die wir gegen sie haben. Ein Schuss kann einen Ghul eine ganze Minute lang abwehren.

»*Sie starten den zweiten Versuch!*«, ruft Tabs.

Oder auch nur dreißig Sekunden …

»*Fast geschafft!*«, meldet Reyes über Kom.

Ich hebe den Werfer hoch, um erneut zu feuern, aber als ich gerade den Abzug drücken will, ist der Geruch des Feindes auf einmal verschwunden. Ich lockere die Finger, sehe mich panisch um und schnüffle wie ein Irrer. *Was zum Henker …?*

Doch dann dringt mir ein intensiver säuerlich-süßer Geruch in die Nase, als neun Ghule hinter uns durch die Decke kommen. Sirenen gehen los, als die Deckenzäune ausgelöst werden, und ich wirbele herum und stelle mich der neuen Bedrohung. *Verdammt!* Sie müssen sich durch die Wartungsebene geschlichen haben, um dem Gas aus dem Weg zu gehen.

»Achtung!«, schreie ich, als die Schatten durch den Hangar direkt auf die letzten Zivilisten zurennen, aber Arlo und Cress sind schon da und wehren die Ghule durch simultane Schüsse aus ihren Werfern ab, woraufhin diese bis in die Raummitte fliegen.

»Wir müssen verhindern, dass sie ins Shuttle gelangen!«, ordnet Tabs an. *»Madison, Granaten!«*

Gaswolken quellen neben der Luftschleuse auf, während Madison eine Granate nach der anderen wirft und eine Wand aus Rauch zwischen den Zivilisten und dem Feind aufwallen lässt. Reyes schießt wider und wieder seinen Werfer ab und zielt auf das ganze Dock, die Decke und die hintere Wand. Auf jede Stelle, an der er einen Ghul vermutet. Wir anderen schwärmen derweil aus und versuchen, die Ghule zu umringen, während wir immer weiter schießen: über sie, unter sie, um sie herum, damit sie in der Mitte des Docks festsitzen, von wo sie nicht entkommen können. Es macht ganz den Anschein, als hätten wir die Situation unter Kontrolle, als aus dem Korridor hinter mir eine saure Woge hereinwallt, die so intensiv ist, dass mir Tränen in die Augen steigen.

»Sie kriegen Verstärkung!«, ruft Tabs, die offenbar dasselbe riecht. *»Es sind wenigstens fünfzig, und sie kommen schnell näher.«*

Verdammte Schlacke! Mit neun werden wir vielleicht fertig, aber fünfzig können uns einfach überrennen.

»Die Zivilisten sind drin!«, meldet Reyes, und Tabs ordnet sofort an: *»Rückzug!«*

Ich lasse noch eine Salve los und ziehe mich dann in Richtung Transporter zurück. Tabs ist mir direkt auf den Fersen, als wir die Gruppe aus Besetzern umgehen, die in der Mitte des Raums festsitzen. Arlo und Cress feuern mit ihren Werfern weiterhin eine Salve nach der anderen ab und geben uns Feuerschutz, damit wir den Andockring überqueren können. Die Luft ist derart gasgeschwängert, dass ich kaum zwei Meter weit sehen kann, aber unsere Taktik scheint aufzugehen und die Ghule in Schach zu halten, während wir zur Luftschleuse rennen. Wenn wir sie nur noch eine weitere Minute aufhalten können, haben wir vielleicht eine Chance.

Wir haben die anderen gerade erreicht, die am Zugang zum

Transporter Wache halten, als die Verstärkung hereinkommt. Auf Tabs' Signal hin rennen Madison und Reyes in den Transporter, dicht gefolgt von Cress und Arlo. Sie gibt mir ein Zeichen, dass ich als Nächstes gehen soll, und ich bleibe hinter der Tür stehen und drehe mich um, weil ich ihr mit meinem Werfer Deckung geben will …

Da geht die Luke leise zu.

Mir bleibt beinahe das Herz stehen. »Pilot!«, brülle ich und schlage mit einer Faust gegen den Öffnungsmechanismus. »Sie haben die Tür zu früh geschlossen! Tabs ist noch da draußen!« Auch bei meinem zweiten Versuch geht die Tür nicht auf. »Pilot!«

»*Es ist schon okay, Michael.*« Tabs' Stimme dringt aus meinem Headset und übertönt das Geräusch ihres Aero-Werfers.

Nein!

»*Es sind zu viele*«, fährt sie fort. »*Sie würden uns überrennen, wenn niemand zurückbleibt und sie ablenkt. Ich halte sie vom Shuttle fern. Sechzig Sekunden, okay? So viel Zeit kann ich uns verschaffen.*«

Nein! Nein, nein, nein! Nicht schon wieder!

Aber es ist zu spät. Wie zu einer anderen Zeit und an einem anderen Ort ist *sie* auf der anderen Seite der Tür, und ich bin auf dieser. Und genau wie damals wird *sie* sterben, und ich kann rein gar nichts dagegen unternehmen.

Ihr süßes Lächeln, der Duft ihres Haars, der an die Blumen erinnert, die am Spielplatz auf Aurora wuchsen.

Ich höre ein Klappern, als die Andockklemmen vom Shuttle gelöst werden, dann das Summen des hochgefahrenen Antriebs. Unwillkürlich sehe ich auf die Uhr auf meinem Visor. Sechsunddreißig Sekunden, fünfunddreißig, vierunddreißig.

War es am Ende für dich genauso, Lia?, frage ich mich, während die Sekunden vergehen.

Wieder höre ich Tabs' Schüsse, danach ein leises Zischen. Ihr Injektor. Die darin enthaltene Medizin wird die psionischen Kräfte jedes Ghuls, der sich mit ihr verbinden will, unterdrücken – jedenfalls sechzig Sekunden lang. Gerade lange genug, um uns Deckung zu geben, damit wir entkommen können.

Vierzehn.

Dreizehn.

Zwölf.

Ich warte darauf, dass Tabs noch einmal etwas sagt, dass sie ihre letzten Worte als freier Mensch von sich gibt, doch es passiert nicht. Sie bleibt bis zum Ende eine Kämpferin, und das Letzte, was ich höre, ist das Geräusch ihres Werfers. Dann hebt der Transporter dröhnend ab. Ich hole ein letztes Mal tief Luft.

Nichts. Tabs hat es geschafft.

Rasch renne ich zur Beobachtungslounge und starre zu der Hülle dessen hinüber, was einst ScyLab 185 g gewesen ist. Silbriges Metall, eingebettet in eine Leinwand aus Sternen und Dunkelheit. Ein Licht in einer Welt der Finsternis, ein Ort, an dem einst über fünfhundert Menschen gelebt und gearbeitet haben. Menschen, die sich nicht sehr von Tabs unterschieden haben.

Ich kann den Augenblick nicht riechen, in dem sie infiziert wird, da ich schon weit draußen im Weltall bin. Ich nehme den Augenblick auch nicht wahr, in dem aus sechzig Ghulen neunundfünfzig werden.

Aber ich kann es mir vorstellen.

2

Wir docken nur wenige Minuten später an der *SBS Triumphant* an. Arlo und Cress halten nach möglichen Besetzern Ausschau, die uns in der Aufregung vielleicht entgangen sind, während Madison, Reyes und ich die Zivilisten auf das Aussteigen vorbereiten. Von einer mit fünfhundertzwanzig Mann besetzten Station haben wir gerade mal dreiundfünfzig retten können. Wir können nur hoffen, dass es den anderen Trupps besser ergangen ist.

Ich denke an Evadne6 zurück, die Station, die jetzt unter Quarantäne steht. Ein halbes Dutzend Triaden wurde reingeschickt, aber nach dreißig Minuten waren sie alle tot. Es konnte niemand evakuiert werden.

Dreiundfünfzig ist besser als keiner.

Ich helfe einer kleinen Frau, die einen Streifschuss abbekommen hat, als mir auf einmal die Haare im Nacken zu Berge stehen. Augenblicklich bin ich wie erstarrt und habe das eindeutige Gefühl, beobachtet zu werden. Natürlich denke ich sofort an Besetzer und atme mehrmals tief ein. Der Geruch der Ghule ist immer leicht aufzufangen, aber das ist bei den Besetzern anders. Anfangs waren sie so leicht zu riechen wie jeder Ghul, doch im Laufe der Zeit haben sie gelernt, ihren Eigengeruch mit dem ihrer Wirte zu tarnen. Daher ist es jetzt nahezu unmöglich, einen Besetzer zu riechen. Während die Besetzer ihren Wirt langsam von innen heraus zerfressen, um sich fortzupflanzen, weisen diese nach und nach äußerliche Merkmale auf – Gewichtsverlust, gelbliche Hautfarbe, eingesunkene Augen –, doch das geschieht erst nach Monaten oder gar einem Jahr und ist daher nicht besonders hilfreich, um neu infizierte Besetzer zu erkennen. Solange das PsyCorp nicht jede Person individuell gescannt hat, müssen wir alle an Bord als potenziellen Feind ansehen, der nur darauf wartet, zuzuschlagen. Jede verdächtige Aktivität muss sofort gemeldet werden, damit derjenige einer genaueren Beobachtung unterzogen werden kann.

Da ich nichts riechen kann, drehe ich mich zu beiden Seiten um und bemerke einen Mann, der zu meiner Linken steht. Er rührt sich nicht und trägt eine schlichte Tunika mit einer Hose, die genauso schneeweiß ist wie sein Haar. Obwohl er nichts Merkwürdiges macht – er wartet nur genau wie die anderen darauf, dass er den Transporter verlassen kann – hat er etwas an sich, das mich beunruhigt.

Ich aktiviere mein Mikro. »Potenzieller Besetzer auf drei Uhr. Ein älterer Mann ganz in Weiß ...« Ich halte nach einem Namensschild oder Abzeichen Ausschau, kann jedoch nichts entdecken. »Mittlere Größe, schlank, weißes Haar«, füge ich noch hinzu.

Einige Sekunden herrscht Stille.

»Ich sehe ihn«, erwidert Cress. *»Ich behalte ihn im Auge.«*

Ich nicke. Besetzer sind unberechenbar, wenn sie plötzlich enttarnt werden. Aus diesem Grund ist es ratsam, sie zu beobachten, bis man sie bei passender Gelegenheit rasch isolieren und genauer unter die Lupe nehmen kann. »Verstanden. Sorenson Ende.«

Ich führe die verletzte Frau an den Anfang der Schlange und fahre damit fort, die Verwundeten aus der Menge herauszusuchen. Eine Labortechnikerin in einem grauen Kittel rempelt mich von hinten an, da sie in dem Gedränge offenbar gestolpert ist, doch auf einmal spüre ich eine Hand an meinem Hintern. Ich zucke zurück, reiße entsetzt die Augen auf und erröte, als mir klar wird, dass mich gerade eine Wissenschaftlerin begrapscht hat, die dreimal so alt ist wie ich. Während ich versuche, nicht die Fassung zu verlieren, führe ich sie zu einer Stelle an der Wand, damit sie nicht noch aufdringlicher werden kann. Tja, und ich hatte gedacht, ich hätte in diesem Job schon alles erlebt.

Als Nächstes gehe ich zu einem Ingenieur mit einer nässenden Kopfwunde und bleibe gerade lange genug bei ihm stehen, um ihn mit einem kauterisierenden Pflaster auf der Stirn notdürftig zu verarzten, bevor ich mich den anderen Verwundeten zuwende. Kurz darauf trifft auch schon das medizinische Personal ein und bringt drei Personen auf Tragen weg. Einer von ihnen ist der Mann, den ich auf dem Hof gerettet habe. Ist er überhaupt noch am Leben?

Mit einem Schulterzucken verdränge ich die Frage aus meinem Kopf. Ich kenne die Antwort nicht, und sie ist mir eigentlich auch egal. Ich habe meinen Job gemacht, der Rest fällt nicht in meinen Aufgabenbereich.

Die nicht so schwer Verletzten werden danach abgeholt. Das PsyCorp wird sie scannen und auf Besetzer untersuchen, bevor sie auf die Krankenstation geschickt werden. Sobald sie weg sind, können auch wir anderen aussteigen. Mein Trupp und ich mischen uns unter die Zivilisten und achten auf verdächtige Aktivitäten sowie alle, die wir als potenzielle Besetzer eingestuft haben.

Ich befinde mich im hinteren Teil der Gruppe, als wir den Andockring passieren, und seufze innerlich auf, da der Energiezaun keinen Alarm schlägt und somit bestätigt, was mir meine Nase bereits verraten hat: keine Ghule. Ich folge den Zivilisten durch einen kurzen Korridor in einen mittelgroßen Frachtraum, in dem wir alle darauf warten, zum PsyCorp geführt zu werden und die Freigabe zu erhalten. An den Wänden stehen Soldaten, die Pistolen locker in der Hand, und halten Wache.

Einer der Soldaten nickt mir zu, als ich an ihm vorbeigehe. »Sorenson.«

Ich nicke ebenfalls. »Anders. Wie sieht es aus?«

»So weit, so gut.« Er legt die Finger fester um seine Waffe. Es ist eine Betäubungspistole, keine tödliche Waffe. Schließlich wissen wir ja alle, was passiert, wenn man einen Besetzer tötet. Dennoch ist offensichtlich, dass Anders nervös ist.

»Bleiben Sie ruhig, Anders«, sage ich zu ihm. »Es ist bald vorbei.«

Er nickt, seine Hand bleibt allerdings verkrampft. Ich schüttle kaum merklich den Kopf, kommentiere es jedoch nicht weiter. Schließlich war ich auch mal ein Anfänger, und das ist noch gar nicht so lange her. Ich weiß daher viel zu gut, dass die Warterei auf etwas, das passieren könnte, fast noch schlimmer ist als das eigentliche Ereignis.

Ich gehe weiter in den Raum hinein und beziehe in der Nähe des weißhaarigen Mannes, der mir zuvor aufgefallen ist, Position. Er hält sich eine Hand an die Wange und spricht leise in den in seine Handfläche eingelassenen Chip. Ich beuge mich vor und versuche zu verstehen, was er sagt, aber er ist leider zu weit weg. Zu wem nimmt er denn ausgerechnet jetzt Kontakt auf? Ist er ein Besetzer, der sich unauffällig mit seinen Freunden kurzschließen will, weil er damit rechnet, bald erwischt zu werden?

Na super, jetzt grüble ich hier schon über Verschwörungstheorien! Was immer er auch ist, irgendetwas an ihm kommt mir sehr verdächtig vor, sei es seine heimlichtuerische Art oder die Uniform, an der weder Insignien, Abzeichen noch sonst etwas zu erkennen sind, an denen man ihn identifizieren könnte. Mir wird es definitiv besser gehen, sobald er dem PsyCorp vorgestellt wurde.

Ich bleibe wachsam, während die Wachen einen Passagier nach dem anderen wegführen, damit er getestet werden kann. Aus vierzig Zivilisten werden neununddreißig, dann achtunddreißig.

Meine Finger zucken, als es immer weniger werden, und kurz darauf sind es nur noch fünfundzwanzig. Falls sich unter ihnen ein Besetzer befindet, dann wird er bald etwas unternehmen müssen. Ich schaue mich weiter um und achte auf jede verdächtige Bewegung, wobei ich höre, wie sich zwei Offiziere, die ein paar

Meter zu meiner Rechten stehen, leise über die Evakuierung unterhalten.

»... ohne die offiziellen Zahlen zu kennen ist bereits klar, dass die Evakuierungsrate dieser Station weit unter dem bisher gewohnten Prozentsatz liegt.«

»Aber das ist nicht unsere Schuld«, wendet der andere ein. »Dieses ScyLab stand nicht mal auf der langen Liste der möglichen Ziele, erst recht nicht auf der kurzen. Es ist fast so, als hätte der Feind über einhundert wahrscheinlichere Ziele übersprungen, um dieses anzugreifen. Dass wir überhaupt schnell genug mobilisieren konnten, um auch nur einen kleinen Prozentsatz der Stationsbewohner zu evakuieren, grenzt bereits an ein Wunder.«

»Das mögen wir beide ja so sehen, aber ich bezweifle, dass das auch für die ganz oben gilt«, meinte der Erste.

»Die sind doch nie zufrieden.«

Ihre Unterhaltung endet abrupt, als es auf der anderen Seite des Frachtraums zu einem kleinen Aufruhr kommt. Einer der Passagiere, den Arlo zuvor schon markiert hatte, macht Ärger. Ich spanne die Muskeln an und mache mich einsatzbereit, aber Cress kümmert sich bereits darum, hat den Besetzer in den Schwitzkasten genommen und übergibt ihn an einen Wachmann, der ihn abführt.

Siebzehn, sechzehn, fünfzehn.

Es ist fast schon eine Erleichterung, als es endlich passiert. Die Labortechnikerin, die mich zuvor angerempelt hat, erwischt einen Soldaten auf dem falschen Fuß, schlägt ihm gegen den Solarplexus und schnappt sich seine Waffe. Sie wirbelt herum und richtet die Pistole auf die Menge. Ich ziehe meine Waffe, aber bevor ich den Arm auch nur gehoben habe, ist Anders bereits zur Stelle. Er zielt und visiert das Gesicht der Frau an.

»Nein, Anders! Nicht ins Ge...«

Ein Blitz zuckt aus dem Lauf der Pistole ...

… und der Schuss geht direkt durch das rechte Auge der Frau.

Sie geht zu Boden, ausgeschaltet von dem einzigen Schuss aus dieser Waffe, der tatsächlich tödlich ist. Ein stechender, süßlich-saurer Geruch steigt mir in die Nase, als der Schatten, der sich von seinem Wirt gelöst hat, in die Luft schwebt. Meine Nase verrät mir, dass er nach oben fliegt und dann direkt auf einen Wissenschaftler in einem goldenen Laborkittel zuhält.

Sofort werfe ich mich vor den Mann, lasse die Pistole fallen und nehme den Aero-Werfer vom Rücken. »Alle runter!«

Doch noch während ich an der Waffe herumfummle, weiß ich, dass es zu spät ist. Ich kann den Schatten bestenfalls aufhalten, aber nicht töten. Also geht es nicht darum, ob der Ghul einen neuen Wirt findet, sondern nur um das Wann. Als der Ghul direkt auf mich zukommt, lade ich den Werfer durch und drücke den Abzug.

Das Klicken der leeren Kammer hallt durch den ganzen Frachtraum. Ich lache freudlos auf. So wird mein Leben also enden, mit einer Infektion, der Quarantäne und dem langsamen Tod. Das ist ein schreckliches Schicksal. Aber hatte ich es denn wirklich verdient, etwas …

Wuuusch!

Der Ghul ist nur noch wenige Zentimeter von meinem Gesicht entfernt, als er vom Schuss aus Madisons Werfer weggeschossen wird. Er fliegt über die Köpfe der auf dem Boden liegenden Menschen direkt auf Anders zu.

Auf einen Schlag ist der Geruch verschwunden.

Arlo schießt ihm sofort mit seiner Betäubungspistole in die Brust, und dann ist es vorbei. Jetzt, da der Schatten einen neuen Wirt hat, kann er nur durch Anders' Tod wieder aus diesem herauskommen. Keiner sagt ein Wort, als mehrere Soldaten seinen erschlafften Körper hinaustragen.

Die letzten Wartenden werden abgefertigt, und ich spüre

erneut, dass ich beobachtet werde. Doch jetzt ist es anders, nicht wie zuvor im Shuttle. Dieses Mal starren mich alle an.

Der Mann in Weiß geht als Letzter hinaus.

* * *

Da unsere Mission nun endlich abgeschlossen ist, folge ich meinen Teamkameraden in die Waffenkammer, wo PsyEnsign Dwaller schon auf uns wartet. Arlo wird als Erster durchgecheckt, während wir anderen unsere Ausrüstung verstauen. Als ich an der Reihe bin, nicke ich Dwaller zur Begrüßung zu und ergreife die Hand, die er mir reicht. Der PsyCorp-Spezialist dringt in meinen Geist ein und ist nach nicht einmal einer Minute wieder daraus verschwunden, nachdem er nach den auffälligen Hinweisen auf einen Besetzer gesucht hat. Er nickt mir zu, da er nichts finden konnte, und ich bin beeindruckt, denn der Mann ist so gut, dass selbst ich nicht gemerkt habe, dass er in meinem Kopf gewesen ist.

Danach gehen wir durch den Korridor zur Missionsnachbesprechung mit dem ranghöchsten Offizier des Zugs. Zum Glück sorgt Watch Sergeant Morgan dafür, dass es nicht lange dauert. Die Anzahl der Evakuierten, die vor dem Fall der Station runtergeholt werden konnten? Zweihundertzwölf. Weniger als die Hälfte des Stationspersonals. Tatsächlich werden es aber nur einhundertneunundneunzig sein, nachdem die Besetzer aussortiert wurden. Ich beneide sie nicht um ihr Schicksal. Sie werden offiziell als Kriegsgefangene eingestuft und in eine Quarantänekolonie gebracht, in der sie bleiben müssen, bis wir ein Heilmittel gegen die Infektion gefunden haben.

Oder bis sie sterben.

Drei Jahre. So lange halten die meisten Besetzer durch, bevor der Schatten in ihrem Kopf ihnen den Rest gibt und sie von innen heraus verzehrt hat, während er einen Ghul nach dem anderen gebärt. Eine weitere tickende Bombe, ein Countdown bis zu ihrem Tod.

Ich hasse Countdowns.

Die Besprechung ist schnell vorbei, und kurz darauf werden wir entlassen, damit wir etwas essen und uns ausruhen können. Jedenfalls die meisten von uns.

»Einen Moment noch, Sorenson«, sagt Morgan, als ich auf die Tür zugehe.

Ich bleibe stehen. »Sarge?«

Sie hebt ihre linke Hand, damit ich warte, während sie sich etwas über den in ihre rechte Hand eingelassenen Chip anhört. Schließlich nickt sie leicht. »Verstanden, Lieutenant. Morgan Ende.« Sie lässt die Hand sinken und mustert mich neugierig. »Das war der LT. Sie sollen sich morgen Nachmittag um dreizehnhundert im Rose Room melden. Der Firmencommander möchte Sie sehen.«

Mir klappt die Kinnlade herunter. Was habe ich denn angestellt, dass mich der Commander der Firma sehen will? »Captain Jessup will mich sprechen?«, frage ich unwillkürlich.

»Gibt es denn noch einen anderen Firmencommander, der sich momentan auf diesem Schiff aufhält, Wächter?«

»Nein, Watch Sergeant!«

Morgan schnaubt. »Dann sollten Sie Ihren Hintern morgen lieber in den Rose Room schwingen, um zu erfahren, was Captain Jessup von Ihnen will.« Ein Lächeln umspielt ihre Mundwinkel. »Machen Sie nicht so ein besorgtes Gesicht, Sorenson. Der LT und ich werden ebenfalls dort sein. Sie sind ein guter Soldat. Worum es auch gehen mag, so schlimm wird es schon nicht sein. Morgen, dreizehnhundert. Wegtreten.«

Noch immer verwirrt von diesem seltsamen Befehl stoße ich zu Arlo und Cress, die im Korridor auf mich warten. »Was war denn los?«, will Cress wissen, als wir uns auf den Rückweg zur Kaserne machen.

»Ich bin nicht sicher.« Man hört mir die Fassungslosigkeit an, als ich ihnen von dem Befehl erzähle.

»Der Firmencommander? Wow! Jetzt hast du es wirklich geschafft, was, Mikey?« Arlo jauchzt und legt mir einen Arm um die Schultern.

Ich schiebe ihn gereizt weg. »Ich habe überhaupt nichts gemacht, Arlo.«

»Aber es muss doch einen Grund dafür geben, dass Jessup dich sehen will«, beharrt Arlo. »Was ist passiert? Hast du im Frühstücksraum des Admirals gefurzt oder was?«

»Du musst nicht gleich ausfallend werden, Arlo.« Cress dreht sich zu mir um. »Glaubst du, es geht um Anders?«

»Keine Ahnung. Könnte sein.«

Das war sogar sehr wahrscheinlich.

Cress mustert mich noch einen Augenblick, schüttelt dann den Kopf und wechselt das Thema. »Mike, einige von uns gehen heute um neunzehnhundert in der Cantina was trinken, um auf Tabs, Christo und die anderen anzustoßen. Bist du dabei?«

Bei ihren Worten zieht sich mein Brustkorb zusammen. Dabei kommt die Einladung nicht unerwartet; ich war schon häufiger bei diesen informellen Trauerfeiern. Normalerweise geht es dabei darum, sich zu betrinken oder sich ein neues Tattoo machen zu lassen. Oder beides. Dennoch tut mir schon der Gedanke, zu diesem Abschied gehen zu müssen, in der Seele weh, und ich spüre einen altbekannten Schmerz, den ich einfach nicht loswerde.

Ihre Lebensfreude, ihre Stimme; die Art, wie ihre Augen zu strahlen beginnen, sobald ich einen Raum betrete, als wäre ich der Mensch, den sie im ganzen Universum am liebsten sehen wollte.

»Natürlich kommt er«, wirft Arlo ein. »Es geht immerhin um Tabs.«

Ich schlucke schwer. Arlo hat recht. Es geht um Tabs, daher

würde es komisch aussehen, wenn ich nicht auftauche. Ich zwinge mich zu einem Nicken. »Ja, klar. Ich werde da sein.«

Ob ich nun will oder nicht.

* * *

»... und da war ich nun, völlig durchnässt und splitterfasernackt. Ich hatte nicht mal meinen Werfer, um entscheidende Stellen zu verdecken, und der Sarge sagt: ›Wächter, Sie haben fünf Sekunden, um mir einen guten Grund zu nennen, warum ich Sie nicht auf der Stelle Ihrem LT melden soll.‹ Und so hab ich das Erste gesagt, was mir eingefallen ist.«

»Und was war das?«, hakt Evans neugierig nach. Ein frischer Schnitt reicht einmal um seinen Unterarm; ein dünnes Lasertattoo, das zu einem Dutzend anderer in unterschiedlicher Breite hinzugekommen ist. Ein Reif für jeden gefallenen Kameraden, schwarz für einen infizierten, rot für einen toten.

Arlo wackelt mit den Augenbrauen und schreit: »Weil ich gut bestückt bin, Sarge!«

Alle fangen an zu lachen. »Das hast du nicht wirklich gesagt«, ruft Cress.

»Doch, ganz im Ernst!«, behauptet Arlo. »Als Villas gerade den LT anlinken will, sagt Tabs: ›Tja, da haben Sie es, Sarge. Er leidet eindeutig unter Halluzinationen und kann für seine Taten nicht zur Rechenschaft gezogen werden.‹«

Sie lachen noch lauter, und auch ich kann mir ein Grinsen nicht verkneifen. Das klingt ganz nach Tabs.

»Und der Sarge hat Sie gehen lassen?«

»Ja, hat er. Und er hat mich nicht gemeldet. Aber ich habe einen Riesenanschiss bekommen und musste einen Haufen Deppenarbeit machen«, gibt Arlo zu. »Ja, so war Tabs. Clever, mutig und verdammt humorvoll. Eine wie sie finden wir so schnell nicht wieder.«

»Auf Tabs!«, ruft jemand, und alle heben die Gläser und wiederholen: »Auf Tabs!«

Ich spreche die Worte lautlos mit und nippe an meinem Drink. Die Kohlensäure prickelt zwar an meinem Gaumen, aber die Limo schmeckt fade und so, als hätte sie schon eine Woche und nicht erst zwanzig Minuten vor mir gestanden. Ich trommle mit den Fingern auf der Bar, schaue auf die Uhr und frage mich, wie lange ich noch ausharren muss, bevor ich mich unbemerkt rausschleichen kann. Wenigstens eine halbe Stunde muss ich noch durchhalten, beschließe ich widerwillig. Das sollte ausreichen, denn bis dahin haben sich die anderen einen ordentlichen Rausch angetrunken.

»Okay, jetzt ist jemand anderes an der Reihe. Mal sehen … Ja, Mikey! Sie sind dran. Erzählen Sie uns eine witzige Geschichte über Tabs.«

Na ja, sie hat mal Frischkäse in Alvarez' Weste geschmiert, und sie hat Harrington gesagt, sie hätte ein Gesicht wie ein Mistkäfer …

Erzähl von dem Tag, an dem sie sich in die Luft gesprengt hat, um die Menschheit zu retten.

Es schnürt mir die Kehle zu. Aus genau diesem Grund hatte ich nicht herkommen wollen. Nicht, weil ich Tabs nicht respektiere, sondern weil ich wusste, dass mich das an *sie* erinnern würde. An Lia, die menschliche Bombe, die sich für die Menschheit geopfert hat. An Lia, die ich nicht vergessen kann, auch wenn ich noch so weit weggehe und mir noch so große Mühe gebe.

Meine Zehen zucken in meinem Stiefel, und ich schüttle schnell den Kopf. »Ne, mir fällt keine gute ein. Das soll jemand anderes machen.«

»Ihnen fällt keine gute ein? Im Ernst? Na los, strengen Sie sich an. Da muss es doch irgendwas geben.«

»Ich habe Nein gesagt, okay?« Inzwischen wackelt mein ganzer

Fuß, und ich kann ihn einfach nicht stillhalten. »Und hören Sie endlich auf, mich Mikey zu nennen. Sie wissen ganz genau, dass ich das nicht leiden kann.«

»Wow, Sorenson, welche Laus ist Ihnen denn über die Leber ...«

Da ist es mit meiner Ruhe vorbei, und mir brennt eine Sicherung durch. Ich drücke Arlo schon gegen die Bar, bevor mir überhaupt klar wird, dass ich mich bewegt habe. Getränke schwappen über, und Glas geht zu Bruch. Einige Gäste schreien auf. »Sie wollen was über Tabs hören? Sie hat sich von Ihnen nichts gefallen lassen, das ist es, woran ich mich erinnere.«

»Ach ja?!«

Madison und Evans zerren mich an den Armen von ihm weg, aber ich entziehe mich wütend ihrem Griff. »Beruhigt euch wieder, Leute! Kommt wieder runter!«, ruft Cress.

»Hey, er hat angefangen«, behauptet Arlo. Ich will mich erneut auf ihn stürzen, aber dieses Mal geht Cress dazwischen und schubst mich hart genug weg, dass ich hingefallen wäre, wenn mich Madison nicht am Arm festgehalten hätte.

»Jetzt hört beide auf damit«, faucht Cress, »bevor wir noch alle rausgeschmissen werden.«

Meine Hände zittern, aber dieses Mal bleibe ich, wo ich bin, während Cress den Barkeeper beruhigt und verspricht, dass die Gläser bezahlt werden und die Gäste neue Drinks bekommen. Innerhalb weniger Minuten ist alles geklärt, und sie packt mich am Arm und geht mit mir zu der Fensterfront. Da draußen ist ScyLab 185 g zu sehen, eine kleine Kugel, die in der Ferne schimmert.

»Was zum Henker ist Ihr Problem, Sorenson?« Sie mustert mich besorgt, und irgendwie klingt die Frage aus ihrem Mund nicht wie ein Vorwurf.

Ich zucke mit den Schultern und starre aus dem Fenster. Rings um das ScyLab blinken Lichter, und auch wenn ich zu weit weg bin, um es richtig erkennen zu können, weiß ich doch, was das ist. Sie kommen von den Schweißschiffen, die sorgsam jeden Andockring, jedes Portal und jeden Notausgang verriegeln. ScyLab 185 g ist jetzt offiziell unter Quarantäne. Niemand kommt rein, niemand kommt raus.

Cress schüttelt den Kopf. »Wir wissen alle, dass Sie manchmal ein richtiger Hitzkopf sind, aber das war selbst für Sie eine Schippe zu viel.«

Ich bin ein Hitzkopf? Beinahe hätte ich laut losgelacht. Wenn die wüssten ... Früher war ich ganz anders. Noch vor einiger Zeit war ich wie Arlo, habe witzige Geschichten erzählt, Späße gemacht und nichts wirklich ernst genommen. Aber das war *vorher.* Jetzt tobt in mir dieser unbändige Zorn, der einfach nicht weggehen will. Weil ich stinksauer bin. Ich bin stinksauer, weil Lia tot ist, weil ich sie nicht retten konnte, weil alle anderen noch leben, sie aber nicht. Aber vor allem bin ich auf den einen Menschen sauer, der sie hätte retten können – der wusste, was mir Lia bedeutete, und von dem ich erwartet hatte, dass er auf meiner Seite wäre – was jedoch nicht der Fall war.

»So war das doch gar nicht. Lia hat die eigentliche Entscheidung getroffen, und Lia hat sich dafür entschieden, zur No...«

»Hör auf damit! Du kannst nicht so tun, als wäre das alles Lias Schuld.«

»Warum nicht? So ist es nun mal. Gesteh es dir endlich ein, Michael. Eigentlich bist du gar nicht wütend auf mich, sondern auf sie.«

»Du bist eine Lügnerin! Warum sollte ich wütend auf Lia sein!«

»Weil ihr jeder andere im Universum wichtiger gewesen ist als du!«

Selbst jetzt treffen mich die Worte wie ein Schlag in die Magengrube, und die Wahrheit in ihnen ist nicht zu übersehen, auch wenn ich mir noch so große Mühe gebe, sie zu leugnen. Lia war der Meinung, dass alle anderen im Universum wichtiger wären als ich. Mein Verstand kann zwar verstehen, warum sie diese Entscheidung getroffen hat, doch mein Herz schafft das nicht.

Cress' Schlag gegen meine Schulter holt mich in die Gegenwart zurück. »Sie fehlt mir auch, Michael«, sagt sie und berührt das breite schwarze Tattoo an ihrem Unterarm, »aber sie ist für etwas gestorben, an das sie glaubte. Können wir mehr verlangen?«

Ich brauche eine Sekunde, bis ich begreife, dass sie von Tabs redet, und dann ist Cress auch schon verschwunden. Ich bleibe am Fenster sitzen und sehe den Schweißern zu. ScyLab 185 g ist jetzt ein eingedämmtes Habitat. Lebensmittel, Luft, Wasser, Energie – eine Zeitlang kann sich die Station selbst versorgen. Länger als drei Jahre mit Sicherheit. Ja, all diese Menschen werden sterben, aber das wird nicht daran liegen, dass es ihnen an etwas mangelt.

Was ist wohl schlimmer, denke ich, schnell in einer glorreichen Explosion aus Licht zu sterben oder langsam und über Jahre hinweg an einer Verseuchung dahinzusiechen?

Ich weiß beim besten Willen keine Antwort.

Da ich derart in Gedanken versunken bin, bekomme ich erst nach mehreren Minuten mit, dass mir die Haare im Nacken zu Berge stehen, als würde mich jemand beobachten. Ich erstarre. Da die Besetzer identifiziert und verhaftet worden sind, kann es sich bei dem Beobachter nur um einen Freund und nicht um einen Feind handeln. Cress vielleicht oder Madison? Wie von selbst wandert meine rechte Hand hinunter zu der Stelle, an der ich sonst immer meine Pistole an der Hüfte trage. Ich drehe mich schnell wie eine Katze um.

Die Trauerfeier ist noch in vollem Gang, und in der Cantina halten sich sehr viele Menschen auf, die dienstfrei haben. Falls mich wirklich jemand beobachtet hat, ist er inzwischen in der Menge untergetaucht.

3

Während einer kurzen Trainingspause am nächsten Tag treffen die neuesten Nachrichten ein. Wir haben den halben Morgen Fitnessübungen gemacht und bekommen zehn Minuten Zeit, um etwas zu trinken oder die Hygieneeinheiten aufzusuchen. Als ich gerade eine der Einheiten verlasse, umringen die anderen Madison. Er streckt eine Hand mit der Handfläche nach oben aus, und ein Holo wird aus seinem Chip projiziert.

»Was ist los?«, frage ich den nächsten Wächter.

»Pst. Schau einfach hin«, zischt Evans und deutet mit dem Kinn auf das Holo.

Ich runzle die Stirn und richte den Blick auf das Bild. Dann reiße ich vor Schreck den Mund auf, als mir die Schlagzeile am unteren Rand ins Auge fällt.

Everest Prime ist gefallen.

Ich kann es nicht fassen. Everest Prime, einer der größten, zentralsten und am schwersten bewachten Planeten des Sternenbunds, wurde von einer riesigen Horde Ghule infiziert.

Entsetzt sehe ich mir die Bilder an. Die der Infiltration am nächsten liegenden Gebiete wurden bereits abgeriegelt, und Barrikaden halten Menschen in Gemeinden und sogar Städten fest. Panische Mobs werfen sich gegen die Stahlwände und verlangen, rausgelassen zu werden, doch die planetaren Wachen wehren sie mit Betäubungsgewehren und anderen nicht tödlichen Waffen ab, während sie sich zurückziehen. Auch außerhalb der Wände ist es nicht ruhig, da alle, die von ihren Familien getrennt wurden, wieder reinwollen, nur um verhaftet und evakuiert zu werden.

Das Bild verändert sich, als Aufnahmen von weiter entfernt liegenden Gebieten eingeblendet werden. Dort evakuiert man die Bevölkerung so schnell wie möglich und holt sie vom Planeten runter. Flottentransportträger warten im Orbit, während ein Schiff nach dem anderen mit den gerade zu Flüchtlingen gewordenen Menschen eintrifft. Am Boden scheuchen Soldaten Menschen in die Schiffe und tun alles in ihrer Macht Stehende, um kein Chaos ausbrechen zu lassen.

In anderen Gegenden des Planeten sind bereits Unruhen in der verängstigten Bevölkerung ausgebrochen. Die Neuigkeiten über die Infiltration sind bis zu ihnen durchgedrungen, und nun geraten die Menschen in Panik, sehen Ghule, wo gar keine sind, und beschuldigen aus Furcht vor dem Unsichtbaren alles und jeden. Das Kriegsrecht wurde ausgerufen, und das Militär hat die Lage gerade so eben unter Kontrolle.

Ich schüttle den Kopf, während rings um mich herum gemurmelt wird.

»Verdammte Schlacke, ein ganzer Klasse-acht-Planet ist weg. Wenn sogar Ev Prime so was passiert, was kommt dann als Nächstes?«

»Glauben Sie, man schickt uns zur Evakuierung runter?«

»Haben Sie denn überhaupt keine Ahnung von der Raumgeografie, Sie Dummbot?«, erwidert ein anderer. »Bis wir da ankommen, liegen dort alle im Sterben.«

»Großer Gott! Meine Familie! Meine Familie lebt dort!«

»Beruhigen Sie sich, Guerrero. Sie sind bestimmt noch rechtzeitig rausgekommen!«

Ich sage nichts, weil mich die Nachricht derart schockiert, dass ich keinen Ton rausbekomme. Es ist viereinhalb Jahre her, dass wir den Schatten zum ersten Mal begegnet sind. Damals haben Späher vom Sternenbund und von unserem Erzrivalen, der Tellurianischen Allianz, einen neuen Planeten entdeckt, der der Erde so ähnlich war, dass er »New Terra« getauft wurde. Beide Gruppierungen wussten sofort, dass sie diesen Planeten in Besitz nehmen wollten. Tatsächlich brach deswegen sogar ein Krieg aus, während New Terra leer im All schwebte und nur darauf wartete, dass der Sieger landete und sie für sich beanspruchte. Alle haben sich befragt, warum ein solches Paradies unbewohnt war.

Wie sich herausstellte, war es das nicht.

Während sich der Sternenbund und die Tellurianische Allianz um das Recht, New Terra zu besiedeln, stritten, schlichen sich einige Schatten mit einem kleinen Spähtrupp der Tellurianischen Allianz vom Planeten herunter. Diese Wissenschaftler hatten nicht die geringste Ahnung, welche Schrecken sie in ihren Köpfen mit nach Hause brachten. Da sie noch nicht bemerkt worden waren, machten sich die Besetzer daran, das zu tun, was sie am besten können.

Sie vermehrten sich.

Und sie vermehrten sich immer weiter.

Schatten mögen zwar körperlos und unsichtbar sein, aber sie benötigen Wirtskörper, damit sie sich fortpflanzen können, und der Mensch hat sich als der beste Überträger herausgestellt. Da die meisten Menschen nicht einmal spürten, dass sich in ihnen ein Schatten eingenistet hatte, konnten die Ghule immer mehr Wirte übernehmen und sich weiter wie eine tödliche Seuche innerhalb der Tellurianischen Allianz ausbreiten, ohne dass jemand etwas mitbekam. Nur die psychisch Begabten konnten ihre Präsenz spüren, aber als sie endlich alle Puzzleteile zusammengesetzt und einen Widerstand auf die Beine gestellt hatten, war es bereits zu spät. Es war zu spät für die Allianz, aber nicht für uns. Die letzte Tat des tellurianischen Widerstands bestand darin, uns vor der Gefahr zu warnen. Dabei haben sie eine halbe Raumstation in die Luft gejagt.

Lia hatte eine halbe Raumstation in die Luft gejagt, um uns auf die Bedrohung aufmerksam zu machen.

Das war vor über einem Jahr gewesen, und seitdem kämpfen wir eine aussichtslose Schlacht gegen einen Gegner, den wir nicht sehen, nicht hören und nicht anfassen können. Es ist uns zwar gelungen, die tellurianische Technologie zu verbessern, aber wir konnten kaum etwas Neues über diese Aliens in Erfahrung bringen. Keiner weiß genau, was sie eigentlich sind: Geister, eine Energieform oder eine andere Materie, die uns völlig unbekannt ist. Abgesehen von ihrem Verlangen, Wirtskörper zu finden, haben wir auch keine Ahnung, was sie eigentlich wollen. Und es sind noch unzählige andere Fragen offen. Wie leben sie? Wie lange können sie überleben? Sind sie überhaupt empfindungsfähig? Unsere Technologie kann ihnen erschreckend wenig anhaben, und sie sind gerissene Jäger. Es ist uns noch nicht gelungen, einen menschlichen Köder zu erschaffen, auf den sie hereinfallen. Ihre einzige Schwäche scheint die Luft zu sein – bestimmte Mischungen wirken auf sie abstoßend, und wenn sie die Wahl haben, dann meiden sie das Vakuum, auch wenn es bisher nicht den Anschein machte, als würde es ihnen schaden. Das Einzige, was wir mit Sicherheit wissen, ist, dass sie gnadenlos sind. Sobald sie auf eine neue Station oder einen Planeten vorgedrungen sind, breiten sie sich dort aus, bis jeder einzelne Mensch von ihnen befallen ist. Unsere einzige Verteidigungsmaßnahme besteht darin, sie einfach nicht reinzulassen, weshalb wir die Quarantäne anwenden, und indem wir verhindern, dass sich der Feind über kommerzielle oder militärische Transporte ausbreiten kann. Bisher ist uns das größtenteils gelungen, da die Ghule nur Raumstationen und kleine Kolonien der Klasse vier oder niedriger übernehmen konnten. Aber Everest Prime? Das ändert alles. Wenn sie dorthin gelangen konnten, dann ist kein Ort mehr vor ihnen sicher.

»Okay, Wächter! Genug gegafft!« Ich zucke zusammen, als Watch Sergeant Morgan losbrüllt. »Wie Sie gesehen haben, können die Schatten jederzeit und an jedem Ort zuschlagen, und aus genau diesem Grund müssen wir bereit sein. Alle zum Schießstand! Jeder, der nicht in zwei Minuten da ist, dreht ein paar Extrarunden! Abrücken!«

Madisons Holo verschwindet, und wir alle rennen sofort durch die Tür und zum Schießstand. Selbst wenn deine Großmutter gestorben ist oder du gerade erfahren hast, dass einer der größten Planeten der Galaxis gefallen ist, setzt du dich in Bewegung, wenn es dir dein Sarge befiehlt.

Auch wenn dies nur ein Training ist und wir Lichtjahre von Everest Prime entfernt sind, hat dieses Wissen irgendetwas in mir ausgelöst. Ich renne durch die Korridore, als wäre dies ein richtiger Einsatz und nicht nur eine Übung. Sogar Arlo und Reece, die sich normalerweise keine große Mühe geben, scheinen dasselbe zu spüren, denn sie halten mit der Gruppe mit und fallen nicht zurück. Es ist schon erstaunlich, zu welchen Leistungen man fähig ist, wenn sich der Feind dicht hinter einem befindet – oder in deinem Kopf.

Wir legen die Strecke in einer Minute vierzig zurück.

* * *

Den Rest des Morgens verbringen wir am Schießstand und üben mit verschiedenen Waffen. Morgan erinnert uns noch einmal ausdrücklich daran, dass wir mit der Betäubungspistole niemals auf die Augen zielen dürfen. Jeder von uns kennt den Grund dafür.

Keiner erwähnt Anders.

Im Laufe des Trainings werde ich immer unruhiger und nervöser. Wieder einmal habe ich dieses komische Gefühl, als würde ich beobachtet. Was natürlich völliger Blödsinn ist, da sich alle auf ihre Aufgabe konzentrieren. Ich versuche mir einzureden, dass ich wahrscheinlich wegen der Nachricht über Ev Prime so ruhelos bin.

Wir machen eine Mittagspause, und danach finde ich mich vor dem Rose Room wieder, in dem ich den Firmencommander treffen soll. Ich trete nervös von einem Fuß auf den anderen. Zwar gehe ich davon aus, dass die Auseinandersetzung mit dem freigesetzten Ghul im Frachtraum – sowie Anders' Infizierung – der Grund dafür ist, dass ich hier bin, aber mir ist dennoch ein wenig mulmig zumute. Dieser Zwischenfall war zwar bedauerlich, ist meiner Meinung nach aber nicht die kostbare Zeit des Firmencommanders wert. Infektionen gehören zum Krieg dazu, und man darf nicht vergessen, dass Anders den tödlichen Schuss abgegeben hat und nicht ich. Einige würden sogar behaupten, was ihm passiert ist, wäre ausgleichende Gerechtigkeit. Ich sehe das jedoch anders, denn das würde ja bedeuten, dass es tatsächlich irgendeine Form der Gerechtigkeit in diesem kaputten Universum geben würde.

Ich habe schweißnasse Handflächen und wische sie mir schnell an der Hose ab, bevor ich energisch an die Tür klopfe.

»Herein«, ruft jemand.

Mein Herz rast, als ich den Raum betrete und dem Firmencommander Captain Jessup, meinem Zugleiter Lieutenant Penrose und Watch Sergeant Morgan gegenüberstehe. Ich salutiere zackig und halte diese Stellung, bis der Gruß erwidert wird und mein Sergeant endlich befiehlt: »Rühren, Wächter Sorenson.«

Ich gehe in Position und falte die Hände hinter dem Rücken. Der Raum ist spärlich, aber elegant eingerichtet, das dunkle Holz des Konferenztischs ist auf Hochglanz poliert, und die digitalisierten Wände stellen momentan Holzvertäfelungen mit einigen gerahmten Bildern sowie mehrere Fenster dar.

Obwohl ich den Blick gerade nach vorn richte, kann ich es nicht vermeiden, dass ich den Commander aus dem Augenwinkel beobachte. Jessup sieht seltsam unbehaglich aus, wie er in der hintersten Ecke des Raums auf seinem Stuhl sitzt und die Hände im

Schoß liegen hat. Er wirkt irgendwie abgelenkt, als gelte sein Hauptaugenmerk nicht mir, sondern etwas völlig anderem. Mein Magen zieht sich zusammen. Irgendetwas stimmt hier nicht. Ich habe zwar keine Ahnung, was das sein kann, aber mein Bauchgefühl trügt mich nur selten.

Der Captain gibt dem Zugführer mit einer Handbewegung zu verstehen, dass er anfangen kann.

»Wächter Sorenson«, sagt Lieutenant Penrose, »wir sind hier, um über die Ereignisse während der Evakuierung von ScyLab 185 g zu sprechen. Insbesondere über das, was sich auf dem Platz abgespielt hat, wo Ihr Evakuierungsteam in ein Feuergefecht mit mehreren Besetzern geraten ist.«

Ich bin zuerst überrascht, dann macht sich Besorgnis in mir breit. Nachdem wir Tabs verloren haben und Anders infiziert wurde, hätte ich nicht damit gerechnet, dass sie sich für diesen Kampf interessieren würden.

»Ich werde die Bilder abspielen«, fährt der LT fort, »während Sie uns bitte berichten, was genau dort vorgefallen ist.«

Penrose aktiviert eine Steuerungseinheit an der Wand, und der mittlere Teil wird ausgeblendet, um von einem vertrauten Anblick ersetzt zu werden. Das ist der Feed aus meinem Helm, wie ich erstaunt feststelle. Ich wusste zwar, dass unsere Helme über eine automatische Aufnahmefunktion verfügen, aber mir wäre nie in den Sinn gekommen, dass sich irgendjemand die Zeit nehmen würde, die Feeds tatsächlich herunterzuladen oder – beim Vakuum! – sie sich sogar anzusehen.

Der Feed läuft weiter, hektisch und verwackelt, da ich in Bewegung bin, und man sieht eine Gruppe von Zivilisten. Der Torbogen ragt vor uns auf, dann dreht sich der Sichtbereich, und auf einmal sehe ich mich selbst. Dann ist es also doch nicht mein Helmfeed, sondern der eines anderen. Vermutlich Madisons. Das Audiosignal erfüllt den Raum.

»Sorenson! Madison! Sofort hierher!«

»Ich sehe ihn, Tabs«, höre ich meine Stimme. *»Kommen Sie an ihn ran, wenn ich Ihnen Deckung gebe?«*

Oh. Jetzt weiß ich, worum es hier geht. Sie wollen mit mir über mein Rettungsmanöver auf dem Platz sprechen. Mein sehr riskantes, nicht genehmigtes und ganz bestimmt nicht regelkonformes Rettungsmanöver.

Schlacke.

Als mich der LT erneut dazu auffordert, berichte ich, was auf der Wand zu sehen ist. Ich beschreibe meine Entscheidung, den Mann zu holen, meine Bewegung über den Platz und vor allem das Manöver. Der LT hält den Feed mehrmals an, um mich zu fragen, wie ich auf diese Idee gekommen bin, wieso ich glaubte, das schaffen zu können, und wie genau mir das gelungen ist. Als Tabs und ich am Brunnen aufeinandertreffen, schaltet Penrose den Feed aus. Er sieht den Captain an.

Jessup steht langsam auf, und sein Blick wandert kurz in eine Ecke des Raums, bevor er sich vor mir aufbaut.

»Das war ein ziemlich riskantes Manöver«, stellt er fest. »Man könnte es auch als beeindruckend bezeichnen.«

»Äh. Danke, Sir.«

»Warum haben Sie den Mann gerettet?«, will er auf einmal wissen, kneift die Augen zusammen und sieht mich mit laserscharfem Blick an. »Er war nicht nur außerhalb Ihrer Reichweite und in der Nähe mehrerer Besetzer, Sie hatten außerdem noch einige Ghule am Hals. Durch Ihr Verhalten hätten Sie möglicherweise alle verloren.«

Bei dieser Bemerkung zucke ich unbehaglich zusammen. In jenem Augenblick habe ich nicht über die Konsequenzen nachgedacht, sondern einfach gehandelt. Schließlich hebe ich die Schultern. »In unserer Missionsbesprechung wurde uns gesagt, dass ScyLab 185 g eine sehr wichtige Basis voller Wissenschaftler ist, die an etwas arbeiten, womit die Schatten bekämpft werden können. Unser Befehl lautete, so viele Bewohner wie möglich zu retten.«

»Und was wäre, wenn ich Ihnen erzähle, dass der Mann, den Sie gerettet haben, nur der Hilfskoch aus der Cafeteria war?«

Ich würde erwidern: Gut! Dann gibt es hier vielleicht bald was Anständiges zu essen.

Die Worte schießen mir durch den Kopf, aber ich kann sie gerade noch zurückhalten. Ich sehe dem Captain in die Augen. »Hat denn nicht jeder eine Chance verdient, Sir?«

Der Captain zieht eine Augenbraue hoch, beantwortet meine Frage aber nicht. Stattdessen erwidert er: »Sie haben gestern ein wertvolles Teammitglied verloren, Wächter. Die Ghule haben Sie eingeholt, und Corporal Tabitha Loren musste zurückbleiben, um Ihnen die Flucht zu ermöglichen. Ist Ihnen nie in den Sinn gekommen, dass sie möglicherweise mit zurückgekommen wäre, wenn Sie den Mann nicht gerettet hätten?«

Da wird mir auf einmal alles klar. Ich erstarre und bekomme fast keine Luft mehr, als mir ein schrecklicher Gedanke durch den Kopf schießt. Wenn ich nicht gewesen wäre, würde Tabs jetzt vielleicht noch leben.

Ich senke kurz den Kopf und will schon etwas sagen, verharre dann aber. Jessup starrt mich gespannt an. Viel zu gespannt. *Er stellt mich auf die Probe.*

Daher formuliere ich meine Antwort mit Bedacht. »So spielt das Leben, Sir. Die Zivilisten sind wichtiger. Sie haben immer Vorrang.«

»Eine letzte Frage noch, Wächter. Wenn Sie das alles noch einmal machen müssten, nachdem Sie jetzt Zeit hatten, darüber nachzudenken, würden Sie es noch einmal tun?«

Ich stutze und bin mir überdeutlich der drei Augenpaare bewusst, die auf mich gerichtet sind. Lautet die richtige Antwort Ja? Oder Nein? Ich weiß es nicht, daher sage ich letztendlich einfach die Wahrheit. »Das Einzige, was ich ändern würde, ist, dass ich bei Tabs geblieben wäre.«

Der Sarge und der LT sehen sich an.

»Sehnen Sie sich nach dem Tod, Wächter Sorenson?«, fragt Penrose offen.

»Ich versuche nicht mit Absicht, mich umzubringen oder infiziert zu werden, wenn es das ist, worauf Sie hinauswollen.« Das ist immerhin nicht gelogen.

Seine Mundwinkel zucken leicht. »Das habe ich auch nicht gemeint, aber Ihre Antwort reicht mir trotzdem.«

Schweigen senkt sich über uns. Weder der Captain noch der LT scheinen noch Fragen zu haben, aber sie lassen mich auch nicht wegtreten. Jessup dreht sich zu der Wand hinter sich um und zuckt leicht mit einer Schulter, als würde er eine Frage stellen.

Das ist eine halbdurchlässige Wand!, begreife ich plötzlich. Auf unserer Seite sieht sie genauso aus wie eine ganz normale Wand, aber auf der anderen Seite ist sie durchsichtig. Die Frage ist nur: Wer beobachtet uns gerade? Wem ist der Firmencommander unterstellt?

Auf einmal wird eine Tür im hinteren Teil des Raums geöffnet, und Planetenadmiralin Evayne Rosen, die Kommandantin der Gamma-Flotte, kommt herein. Es gelingt mir nur mit Mühe, sie nicht mit offenem Mund anzustarren.

Admiral Rosen nickt dem Commander zu. »Danke, Captain Jessup. Lieutenant, Watch Sergeant, Ihre Dienste waren uns sehr nützlich. Ich übernehme ab jetzt.«

Da die drei offensichtlich entlassen wurden, salutieren sie und gehen zur Tür. Ich bemerke noch, dass sie sich einen Blick zuwerfen, dann sind sie verschwunden.

Sie haben auch keine Ahnung, was hier eigentlich los ist! Mein Herz schlägt wieder schneller. Was immer es ist, es muss streng geheim sein, wenn selbst der Firmencommander nichts davon erfahren darf.

Ich rechne schon damit, dass mir die Admiralin jetzt, da die anderen weg sind, Fragen stellt, aber stattdessen sagt sie: »Er gehört ganz Ihnen, Doktor.«

Fünf Sekunden später betritt der weißhaarige Mann aus dem Shuttle den Raum.

4

Der weißhaarige Arzt und ich sehen einander über den Tisch hinweg an. Er ergreift ohne Einleitung das Wort.

»Sie erkennen mich wieder.« Es ist keine Frage.

»Ja.«

»Tatsächlich hatten Sie mich gestern auf dem Evakuierungsshuttle sogar als potenziellen Besetzer in Verdacht.«

Unter seinem direkten Blick rutsche ich unruhig auf meinem Stuhl hin und her. Ist er wütend, weil ich ihn für den Feind gehalten habe? Seine Stimme und seine Miene sind ausdruckslos; nichts verrät mir, was er gerade denkt. Ich zucke mit den Schultern. »So ist es.«

»Warum?«

Nun zögere ich doch und mustere ihn, da ich mich frage, wer er ist und was er will. Der Mann wurde mir bei seinem Eintreten nicht vorgestellt, und jetzt kommt er direkt zur Sache. Wäre da nicht die Admiralin, die schweigend hinten im Raum steht, würde ich mich glatt fragen, ob dieses Gespräch überhaupt genehmigt worden ist.

Unwillkürlich blicke ich zu Rosen hinüber. Sie neigt den Kopf leicht zur Seite, eine Aufforderung, dass ich antworten soll. »Das war so ein Bauchgefühl«, gebe ich zu. »Ich habe gemerkt, dass mich jemand beobachtet, und dachte, Sie wären es gewesen. Irgendetwas an Ihnen kam mir komisch vor.«

»Komisch?«

»Sie trugen ein schlichtes weißes Outfit, das an eine Uniform erinnerte, aber keine war. Kein Namensschild, keine Insignien. Nichts, woran man erkennen konnte, wer Sie sind. Auf einer normalen Raumstation wäre das nicht weiter auffällig, aber wir kamen von einem ScyLab, einer wissenschaftlichen Forschungsanlage, auf der eine hohe Geheimhaltungsstufe herrschte. Das ist wohl kaum der richtige Ort, an dem jemand ohne Identifikation herumlaufen kann.«

Ein leichtes Lächeln zeichnet sich auf seinen Lippen ab. »Sehr gut beobachtet. Und Sie hatten recht, denn ich habe Sie beobachtet.«

»Warum?«

Er lehnt sich auf seinem Stuhl zurück, legt die Fingerspitzen aneinander und runzelt nachdenklich die Stirn. »Weil ich überlegt habe, Ihnen einen Job anzubieten.«

»Einen *Job?*« Ich starre ihn entgeistert an. Will mich der Kerl auf den Arm nehmen? Ich werfe der Admiralin einen raschen Blick zu, aber sie winkt ab, als wollte sie mir damit sagen: *Das ist seine Show.*

Der Doktor bemerkt es und schnaubt. »Vielleicht sollte ich einfach von vorn anfangen. Mein Name ist Dr. Daedalus Angelou, und ich leite momentan Division sieben.«

»Division sieben?« Ich runzle die Stirn, da mir diese Bezeichnung nichts sagt. »Ist das eine Spionageabteilung?«

»Nicht ganz. Sagen wir einfach, Division sieben ist eine besondere Abteilung, bei der sowohl militärisches als auch ziviles Personal daran arbeitet, die Kriegsanstrengungen voranzutreiben.«

Die Kriegsanstrengungen voranzutreiben? Ich schnaube. *Ja, jetzt bin ich wirklich schlauer als zuvor.*

»Zu meinen Aufgaben als Leiter von Division sieben gehört es, neue Mitarbeiter einzustellen. Aus genau diesem Grund habe ich mich auch auf ScyLab 185 g aufgehalten.« Angelous Mundwinkel zucken leicht, und mir wird klar, dass derjenige, den er anwerben wollte, es nicht geschafft hat. »Normalerweise konzentriere ich mich auf unser ziviles Personal und überlasse unseren Militärangehörigen den Rest, aber ich habe Ihre beeindruckende Rettungsaktion während der Evakuierung auf dem Hof gesehen, und das hat mein Interesse geweckt.«

»Ich ... ich habe doch nur das getan, was jeder andere Wächter in meiner Position auch gemacht hätte«, stottere ich, da mir nichts Besseres einfällt. Ich hatte schon das Treffen mit dem Firmencommander für surreal gehalten, aber das war noch nichts im Vergleich zu dem, was hier gerade passiert.

»Ganz im Gegenteil. Es war ein äußerst ungewöhnliches Manöver, das schnelles Denkvermögen, eine einfallsreiche Lösung, körperliche Höchstleistungen und beachtlichen Wagemut erforderte. Meiner Ansicht nach hätten das nur wenige Menschen in Ihrer Situation überhaupt in Erwägung gezogen, und noch viel weniger wären bereit oder in der Lage gewesen, es umzusetzen. Nachdem ich das mit angesehen hatte, standen Sie als möglicher Rekrut für meine Division auf meiner Liste. Die einzige Frage, die mich jetzt noch interessiert, ist: War das ein einmaliger Glückstreffer oder doch mehr? Also habe ich Sie während der Evakuierung und im Shuttle beobachtet, um das herauszufinden. Später im Frachtraum bin ich zu der Überzeugung gelangt, dass Letzteres der Fall ist.«

»Sie meinen, nachdem der Besetzer gestorben ist und ich versucht habe, den freigesetzten Ghul abzuwehren?«

»Nein, denn das hätte jeder Wächter getan. Ich rede von der Situation davor, von Anders. Es standen zwei Dutzend Soldaten in diesem Raum, und jeder Einzelne von ihnen hat den Besetzer angestarrt. Nur Sie haben die wahre Gefahr erkannt.«

»Anders' tödlichen Schuss«, begreife ich.

»Anders' tödlichen Schuss«, bestätigt Angelou mit einem Nicken. »Wie auf dem Hof haben Sie die Lage blitzschnell analysiert und entsprechend gehandelt. Wir brauchen Menschen wie Sie in Division sieben. Menschen mit einem schnellen Reaktionsvermögen, die auch mal zu unkonventionellen Lösungen greifen, die nicht nur von unorthodoxen Taktiken träumen, sondern diese auch umsetzen.

Nachdem ich Sie im Frachtraum beobachtet habe, bat ich die Admiralin darum, dass Sie für heute ein Treffen mit Ihnen und Ihren Vorgesetzten einberuft. Ich habe Sie außerdem heimlich in Ihrer Freizeit und beim Training beobachtet, da ich ein Gefühl für Ihren Charakter bekommen und Sie nicht nur im Einsatz, sondern auch als Person einschätzen wollte, um herauszufinden, ob Sie für unsere Abteilung geeignet sind.«

»Darum also das Kreuzverhör des Firmencommanders?«, frage ich ungläubig. »Ich dachte schon, meine Karriere stünde auf dem Spiel, dabei war es die ganze Zeit ein Vorstellungsgespräch?«

Auf einmal ergibt alles einen Sinn. Das Gefühl, beobachtet zu werden, das ich im Shuttle und auf dem Schießplatz hatte, das seltsame Treffen mit dem Firmencommander. Dass keiner der Offiziere zu wissen schien, was eigentlich vor sich geht, obwohl Sie mich herzitiert hatten. Schlacke, wahrscheinlich hat mich Angelou auch in der Bar beobachtet! Ich wüsste zu gern, was er von meiner kleinen Auseinandersetzung mit Arlo hält. Anscheinend war es nicht so schlimm, wenn er mir jetzt einen Job anbietet. Das tut er doch, oder?

»Dann bieten Sie mir also einen Job an?«, hake ich nach.

»Oh ja. Ich hätte mich heute nicht zu erkennen gegeben, wenn dem nicht so wäre, sondern wäre einfach gegangen, wie ein namenloser Geist. Sie hätten nie erfahren, dass ich das Gespräch beobachtet habe, und ich hätte den Offizieren die Entscheidung darüber überlassen, ob Sie eine Verwarnung bekommen, weil Sie so ein riskantes Manöver durchgezogen haben, oder dafür belobigt werden. Und, sind Sie interessiert?«

Ob ich interessiert bin? Das war eine gute Frage. Ich lehne mich auf meinem Stuhl zurück und denke über diesen Dr. Daedalus

Angelou nach. Er stolziert ohne Namensschild durch ein streng geheimes ScyLab, kann von einer planetaren Admiralin verlangen, dass ein Vorstellungsgespräch anberaumt wird, und sämtliche Informationen über ihn werden sogar dem Wächtercaptain vorenthalten. Er gehört weder zum Militär noch zur Spionageabteilung, sondern zu etwas ganz anderem. Ich habe keine Ahnung, was das ist, aber wer immer er auch sein mag, dieser Mann besitzt eindeutig Macht.

Und aus irgendeinem Grund will er, dass ich für ihn arbeite.

»Was ist das für ein Job?«, frage ich skeptisch.

»Division sieben ist offiziell als militärische Unterstützungseinheit eingestuft. Sie besteht aus einer Kerngruppe von Zivilisten, einigen PsyCorp-Agenten sowie einer militärischen Sektion, die sich aus Mitgliedern der Marine, der Bodentruppen und der Sternenwächter zusammensetzt.« Bei den letzten Worten nickt er mir zu.

Ich runzle die Stirn. Eine militärische Unterstützungseinheit? Die übernehmen doch im Allgemeinen nur Deppenaufgaben wie den Abfalltransport, den Schiffausbau, die Müllbeseitigung und all so was. Warum in aller Welt sollte er sich so viel Mühe machen, um mich für so eine Einheit zu rekrutieren?

»Nach Ihrem Beitritt werden Sie sofort befördert und erhalten mehr Sold.« Angelou schiebt mir ein Pad über den Tisch hinweg zu. »Hier finden Sie alle Details.«

Ich überfliege den Text. Mir fallen beinahe die Augen aus dem Kopf, als ich sehe, wie hoch mein Sold dann sein würde. Ich reiße sie noch weiter auf, als ich zu dem Abschnitt mit der Gefahrenzulage komme. Eins steht fest: Das ist eine verdammt gut bezahlte Unterstützungseinheit. Zumindest, wenn sie wirklich das tut, wovon ich ausgehe. Misstrauisch beäuge ich den Doktor. »Was genau wird von mir erwartet?«

»Sie würden größtenteils dasselbe tun wie bisher und die Fähigkeiten einsetzen, die Sie sich als Wächter angeeignet haben. Aber, wie soll ich es ausdrücken? Ihre Missionen wären dann etwas unorthodoxer, als Sie es gewohnt sind.«

Unorthodoxer? Das könnte so gut wie alles bedeuten. Dieser Mann versteht es verdammt gut, sich vage auszudrücken.

Angelou scheint meine Gedanken gelesen zu haben. »Leider kann ich Ihnen nicht mehr verraten, denn dazu müssen Sie erst den Vertrag unterschreiben. Eines kann ich Ihnen jedoch versichern: In einem Monat bei uns werden Sie mehr zu den Kriegsanstrengungen beigetragen haben als in zwanzig Jahren als Wächter. Bleiben Sie ein Wächter, dann werden Sie weiterhin für Straßenkämpfe oder Stationsevakuierungen eingesetzt, bis wir den Krieg gewinnen – oder ihn verlieren. Aber bei Division sieben wären Sie einer der wenigen Menschen, die dazu beitragen, dass unsere Chancen auf den Sieg steigen.«

Ich nicke. Er kann mir die Sache gut verkaufen. Allerdings leide ich noch nicht völlig unter Sauerstoffentzug. Der selektive Auswahlprozess, die vage Jobbeschreibung, die wenig beeindruckende Einheitenbezeichnung und der hohe Sold lassen mich vermuten, dass es sich hierbei um etwas streng Geheimes und verdammt Gefährliches handelt.

»Wie hoch wäre denn meine Lebenserwartung, wenn ich diesen Job bei der ›militärischen Unterstützungseinheit‹ annehme? Ich meine im Vergleich zu meiner Arbeit als Wächter.«

Angelou zuckt mit den Schultern. »Ich werde Sie nicht anlügen. Wenn Sie sich uns anschließen, stehen die Chancen gut, dass Sie bei Ihrem Ausscheiden entweder unter Quarantäne stehen oder in einem Leichensack stecken.« Er beugt sich vor und senkt die Stimme. »Aber wenn man den Verlauf dieses Krieges betrachtet, gilt das vermutlich für das Schicksal aller Menschen, den Militärangehörigen wie den Zivilisten.«

Ich erschaudere bei seinen Worten. Wie der Rest der Bevölkerung bin auch ich davon ausgegangen, dass wir bei der Eindämmung der Gefahr einen guten Job machen. Selbst nach anderthalb Jahren ist der Großteil des Sternenbundterritoriums noch frei und wird nicht umkämpft. Besetzer werden mit gnadenloser Effizienz festgenommen, infizierte Gebiete schnell evakuiert und unter Quarantäne gestellt. Aber etwas in Angelous durchdringendem Blick und seiner angespannten Stimme gibt mir zu verstehen, dass ich bei Weitem nicht alles weiß. Ich muss an Everest Prime denken und an das, was mir vorhin durch den Kopf geschossen ist: *Wenn sogar Ev Prime so was passiert, was kommt dann als Nächstes?*

Ich lasse mir die Sache noch einmal durch den Kopf gehen. Bleibe ich ein Wächter und mache das, was von mir erwartet wird, oder wage ich den gefährlichen Sprung ins Unbekannte?

Eigentlich muss ich gar nicht darüber nachdenken. Ich beuge mich vor und sehe Angelou in die Augen. »Ich bin dabei.«

Er lächelt, wobei er kaum den Mund verzieht und mich so an eine Boa constrictor erinnert, die eine Ratte vor sich hat. »Das habe ich mir beinahe gedacht. Eine Sache wäre da allerdings noch.«

»Und was?«

»Da Sie gerade mal sechzehn waren, als Sie sich gemeldet haben, mussten Sie vor Ihrer Aufnahme ins Militär eine Genehmigung Ihres gesetzlichen Vormunds einholen. Normalerweise würde diese für jegliche militärischen Pflichten ausreichen, aber da Sie noch minderjährig sind und in eine völlig andere Abteilung versetzt werden, brauchen wir eine weitere unterschriebene Einwilligung.«

Ich blinzle, während ich seine Worte sacken lasse. Um in diese streng geheime, äußerst gefährliche ›militärische Unterstützungseinheit‹ versetzt zu werden, brauche ich die Erlaubnis meiner Großmutter?

Hervorragend.

* * *

»Michael!« Das Holo ist körnig und blass, der Empfang schlecht, aber ich kann dennoch erkennen, dass Gran strahlt, als sie mich sieht.

»Hey, Gran.«

»Wo bist du? Wie geht es dir? Du meldest dich viel zu selten, Michael!«

Ich grinse, als sich auf ihrer Miene nacheinander Freude, Neugier und Ärger über meine miserablen Kommunikationsfähigkeiten abzeichnen. »Ich freue mich auch, dich zu sehen, Gran.«

Ihr Gesichtsausdruck wird wieder sanfter. »Ich mache mir nur Sorgen um dich.«

»Ja, ich weiß.«

Einen Augenblick lang lasse ich einfach nur ihr Gesicht auf mich wirken. Gran ist viel mehr als nur meine Großmutter. Sie hat meine Schwester und mich gut drei Jahre lang versorgt, nachdem der Krieg um New Terra angefangen hatte und unsere Eltern versetzt worden waren – auf Kriegsschiffe, sodass wir Kinder nicht mitkommen konnten. Damals war ich nicht begeistert, dass ich umziehen und bei einer Großmutter, die ich kaum kannte, leben musste, aber im Nachhinein stelle ich fest, dass ich diese kurze Zeit auf der Station New Sol vermisse.

Zumindest den Teil, bevor Lia zurückkam und den Anfang vom Ende einläutete.

Mir stockt ein wenig der Atem, und ich verdränge diesen Gedanken. Stattdessen frage ich Gran: »Wie gefällt es dir auf der neuen Station? Bist du schon wieder in deine Wohnung eingezogen?«

Sie nickt. »Vor zwei Wochen. Sie haben schon vor einigen Wochen eine neue Mitteleinheit in die Station eingebaut, wollten jedoch erst Tests durchführen, bevor sie jemanden an Bord lassen. Außerdem wurden die Habitatringe mit einer neuen Technik ausgestattet, mit Energiezäunen und dergleichen. Glücklicherweise durfte ich dank meines Jobs als Luftspezialistin für die Ringe als eine der Ersten wieder zurückkehren.« Gran lacht. »Wusstest du, dass die Station jetzt wieder so riecht, als wäre sie nagelneu? Ich muss nur die Augen schließen, und schon bin ich wieder das kleine Mädchen, das zum ersten Mal auf die Station gekommen ist.«

Bei ihren Worten muss ich lächeln. Anscheinend bin ich nicht der Einzige, der sich die schöneren Zeiten zurückwünscht. Sie erzählt mir noch ein bisschen von der neuen Station, bis sie auf einmal meint: »Ich bin neulich PsyLieutenant Rowan begegnet. Er hat nach dir gefragt.«

Als sie diesen Namen erwähnt, zieht sich in mir alles zusammen. Es war Rowan, der mich aus der Arrestzelle rausgelassen hat, in die ich gesteckt wurde, weil ich die SlipStream-Station nicht verlassen wollte. Rowan war es auch gewesen, der versucht hatte, mich zu beruhigen, als das bestätigt wurde, was ich tief in meinem Herzen längst gewusst hatte: dass die Station mit all den Schatten darin explodiert war.

Mit Lia darauf.

Ich habe wie ein Schlosshund geheult, als ich es erfahren habe. Rowan muss geglaubt haben, ich hätte den Verstand verloren. Jetzt stoße ich ein verbittertes Schnauben aus. Es war wirklich kein Wunder, dass er sich nach mir erkundigt hatte.

»Ich habe ihm erzählt, dass du jetzt beim Militär bist«, fährt Gran fort. »Dass du ein Wächter bist und dich gut schlägst. Er hat sich für dich gefreut.«

Ja, das kann ich mir denken.

Gran hält kurz inne. »Er wollte auch wissen, wie es Teal geht.«

Ich balle die Fäuste, und meine Nasenflügel flattern, als Gran den Namen meiner Schwester ausspricht. Dann bedenke ich sie mit einem eisigen Blick. »Tu das nicht, Gran.«

Doch da sie nun mal meine Großmutter ist, ignoriert sie die Warnung natürlich. »Das ist doch lächerlich, Michael! Es ist jetzt über ein Jahr her. Denkst du nicht, dass es langsam Zeit wird, diese Sa…«

»Teal wusste es, Gran. Teal wusste, was Lia war, was sie vorhatte, und sie hat sie dennoch gehen lassen. Sie hat mich angelogen! Wenn sie es mir gesagt hätte …«

»Aber sie hat es nicht getan, Michael«, unterbricht mich Gran, »und ob es nun richtig oder falsch war, es ist Vergangenheit. Weder du noch ich oder Teal können jetzt noch etwas daran ändern. Uns bleibt nichts anderes übrig, als nach vorn zu blicken. Lia hat viel an dir und Teal gelegen, und sie hätte ganz bestimmt nicht gewollt, dass sie einen Keil zwischen euch treibt.«

»Lia ist tot!«

Wir starren einander an, bis Gran schließlich den Blick abwendet. Über dieses Thema streiten wir uns nicht zum ersten Mal, und ich bezweifle, dass es das letzte Mal sein wird. Sie ist entschlossen, das zwischen Teal und mir wieder in Ordnung zu bringen, während mir klar ist, dass das nie geschehen wird. Das ist einer der Gründe, warum ich mich so selten bei ihr melde. Ich hätte sie auch jetzt nicht angerufen, aber Mom ist wer weiß wo auf einem Kriegsschiff und Dad auf einem anderen ebenso in den unbekannten Weiten, und ich habe keine Ahnung, ob und wann sie ihre H-Mails erhalten werden. Da Angelou morgen aufbrechen will, ist Gran die Einzige in Reichweite, die mir die Einwilligung rechtzeitig geben kann, damit ich ihn begleiten darf.

Wäre ich doch nur einen Monat früher geboren worden.

Ich seufze auf. »Hör mal, Gran, ich rufe dich auch noch aus einem anderen Grund an. Man hat mir eine Beförderung angeboten, aber ich brauche deine Unterschrift, wenn ich sie annehmen will.«

»Eine Beförderung? Jetzt schon?« Gran strahlt mich an. »Ich bin so stolz auf dich, Michael.«

»Ich habe dir das Formular angelinkt, das du unterschreiben

musst. Der Leiter der Division möchte, dass ich morgen aufbreche.«

Ich warte geduldig, während sie ihre H-Mail öffnet und das Formular aufruft. Dann fängt sie an, es sich durchzulesen, und mein Magen zieht sich zusammen. Ich versuche, sie zur Eile zu drängen.

»Du musst das nicht alles lesen, Gran. Da steht nur jede Menge langweiliger militärischer Kram.«

»So ein Unsinn! Mein Enkel wird befördert, da will ich auch alles darüber wissen.«

»Ich habe nicht sehr viel Zeit für diesen Anruf.«

Gran wirft mir einen ihrer vielsagenden Blicke zu. »Ich werde nichts unterschreiben, das ich nicht gelesen habe, Michael. Wenn du jetzt keine Zeit mehr hast, dann linke ich es dir später zu.«

Verdammt! Ich hatte befürchtet, dass sie das sagen würde. »Beeil dich einfach«, murmle ich schließlich.

Meine Finger zucken, während ich mit ansehe, wie sie sich das ganze Formular durchliest. Ich habe das längst hinter mir. Es ist erstaunlich vage gehalten – ähnlich wie Angelous Worte –, aber für eine Frau, deren verstorbener Ehemann, Tochter, Schwiegersohn und Enkel beim Militär sind, trotzdem verständlich genug. Sobald sie den Kopf wieder hebt, ist mir klar, dass Gran zwischen den Zeilen gelesen hat.

»Weißt du wirklich, worauf du dich da einlässt, Michael?«

»Das ist eine militärische Unterstützungseinheit, das steht doch da«, erwidere ich ausweichend.

»Der ungewöhnlich hohe Sold, die irrsinnige Gefahrenzulage, die Tatsache, dass auf den sieben Seiten dieses Formulars so gut wie nichts steht … Was immer das auch ist, es ist definitiv keine militärische Unterstützungseinheit. Jedenfalls keine, die ich kennen würde. Das kann ich nicht unterschreiben, ohne vorher mit deinen Eltern zu sprechen, Michael. Ich bin mir nicht mal sicher, dass sie es gutheißen würden.«

»Ich habe aber keine Zeit, so lange zu warten«, entgegne ich. »Sie haben dich zu meinem gesetzlichen Vormund ernannt, als sie vor fünf Jahren weggeflogen sind. Daher musst du sie auch nicht mehr wegen irgendwas um Rat fragen.«

»Michael!«

»Gran, du hast mich doch erst dazu überredet, zum Militär zu gehen. Weißt du nicht mehr?«

Sie nickt widerstrebend. »Du warst selbst nach zwei Monaten wegen Lias Tod noch am Boden zerstört. Als du dann vorgeschlagen hast, dich zu melden, hielt ich es für eine gute Idee. Ich hatte gehofft, die Disziplin würde dir guttun.«

»Und so ist es auch gewesen, Gran. Es war richtig, mich herkommen zu lassen. Und jetzt musst du dafür sorgen, dass meine Reise weitergehen kann. Du musst darauf vertrauen, dass ich weiß, was ich tue. Außerdem werde ich sowieso bald achtzehn. Wenn du dich jetzt weigerst, das Formular zu unterschreiben, zögerst du das Unvermeidliche nur hinaus, denn ich werde es so oder so tun.«

Gran starrt mich einige Sekunden lang an. »Warum willst du das so unbedingt? Liegt es am Sold? An der Beförderung?« Als ich nicht antworte, fügt sie leise hinzu: »Du kannst nicht ewig vor der Erinnerung an sie davonlaufen, Michael. Eines Tages wirst du stehen bleiben und dich ihr stellen müssen.«

Ich wende den Blick ab. »Ich weiß nicht, wovon du redest.«

»Nicht?«

Das eine Wort scheint endlos in der Luft zu hängen. Ich sehe Gran wieder an, und erst jetzt erkenne ich, dass Gran in den elf Monaten, die ich jetzt weg bin, gealtert ist. Die Falten in ihrem Gesicht treten deutlicher hervor, die grauen Strähnen in ihrem Haar sind zahlreicher geworden. Ihre Augen sehen müde aus. Während wir anderen uns in alle Winde zerstreut haben, ist sie allein zurückgeblieben. Sie hat ganz allein über die Erinnerungen gewacht, die wir nicht ertragen können. Auf einmal frage ich mich, woher sie die Kraft dazu nimmt.

Sie schüttelt den Kopf. »Deine Eltern …«

»Du kannst es ihnen erklären, davon bin ich überzeugt«, falle ich ihr schnell ins Wort und nutze den Themenwechsel gleich aus. »Sag ihnen, dass ich Karriere machen will – das wollen sie doch hören. Erzähl ihnen, ich tue meine *Pflicht.*«

Bei diesem Wort verziehe ich leicht die Lippen. Das hat mir Dad damals vor vier Jahren bei seiner Versetzung gesagt, als er mich weggeschickt hat, um bei Gran zu leben. Er sagte, es wäre seine Pflicht zu gehen. Wenn ich Grans Miene richtig deute, erinnert sie sich ebenfalls daran.

Sie schnaubt abfällig, und ihr Gesichtsausdruck wird ernst und entschlossen. Schließlich stößt sie einen Seufzer aus. »Es ist dein Leben. Ich werde dir die Entscheidungen nicht abnehmen, auch wenn ich es noch so gern tun würde. Daher werde ich die Zustimmung unterschreiben. Unter einer Bedingung.«

Ich runzle die Stirn. »Und die wäre?«

»Versprich mir, dass du deine Schwester anrufst.«

Ich soll Teal anrufen? »Den Teufel werde ich tun!«

Die Worte sind mir über die Lippen gekommen, bevor ich sie aufhalten kann, aber ich werde sie auch nicht wieder zurücknehmen.

Gran zuckt mit den Schultern. »Wie du willst. Dann erklär deinem Vorgesetzten bitte auch, warum du die Stelle nicht annehmen kannst.«

Tut mir leid, Angelou, ich würde mich ja gern Ihrer streng geheimen, wahnsinnig gefährlichen militärischen Unterstützungseinheit anschließen, aber meine Granny weigert sich, das Formular zu unterschreiben, wenn ich ihr nicht verspreche, dass ich meine kleine Schwester anrufe. Oh ja, das kommt bestimmt richtig gut an.

Ich verziehe das Gesicht. Gran sitzt am längeren Hebel, und das weiß sie auch. Jetzt bin ich es, der aufseufzt. »Okay.«

»Okay was?«

Ich starre sie wütend an. »Okay, ich verspreche, Teal anzulinken.«

»Wenn es auf Iolanthe Tag ist und nicht mitten in der Nacht, während sie schläft.«

Verdammt! Gran kennt mich einfach zu gut.

»Okay. Ich verspreche, Teal tagsüber anzurufen. Zufrieden?«

Sie unterschreibt.

Bevor sie den Link beendet, kann sich Gran einen weiteren Schuss vor den Bug nicht verkneifen. »Michael, was immer auch passiert, wenn du sie anrufst ...« Sie zögert, als würde es ihr auf einmal schwerfallen, die richtigen Worte zu finden, schüttelt dann jedoch den Kopf. »Vergiss einfach nicht, wer der wahre Feind ist.«

Dann ist sie weg.

Am nächsten Morgen treffe ich mich um Punkt achthundert mit Angelou an Andockring 3A und gehe auf die *Arandora*, einen Colt-Crawler, dessen Ziel unbekannt ist. Ich mache mir nicht die Mühe, mich von irgendjemandem zu verabschieden.

An Bord der *SBS* Arandora
Colt-Crawler-Schiff auf dem Weg zu einem geheimen Ziel

Sechsunddreißig Milliarden Tote.

Achtundneunzig Prozent infiziert.

Drei Komma drei Jahre bis zur völligen Vernichtung der tellurianischen Bevölkerung.

Der Doktor schüttelte den Kopf. Obwohl er wusste, dass dies bloße Schätzungen waren, die mithilfe nicht perfekter Datensammelmethoden erstellt wurden, wirkten diese Zahlen nicht weniger schrecklich. Der Feind hatte sich noch schneller durch die Tellurianische Allianz gefressen, als irgendjemand vorhergesagt hat, und keiner wusste genau, ob das nun daran lag, dass die Ausbreitungsrate, die benötigte Brutzeit oder die ursprüngliche Anzahl der Schatten falsch berechnet worden waren, oder ob es dafür einen anderen Grund gab. Es war nicht gerade leicht, einen Feind zu studieren, den man nicht wirklich sehen, sondern nur anhand der von ihm zurückgelassenen Zerstörung untersuchen konnte.

Die Aussichten für den Sternenbund waren gleichzeitig besser und schlechter. Sie waren besser, weil sie weniger furchtbar waren, aber auch schlechter, da es dabei nicht um die Zahlen für ein rivalisierendes Imperium auf der anderen Seite des Universums, sondern um die Heimat ging.

Zweihundertundfünfzehntausend Tote.

Vier Prozent infiziert.

Neun Komma acht Jahre bis zur völligen Vernichtung der Bevölkerung des Sternenbunds und somit der gesamten Menschheit.

Nachdem Everest Prime nun gefallen war, hatten sich die Werte weiter verschlechtert.

Der Doktor lehnte sich auf seinem Stuhl zurück und lauschte, während die Admiralin sie über die letzte Invasion informierte. Sie wurde auf der linken Seite des Feeds an der Wand eingeblendet, der Vorsitzende auf der rechten Seite.

»Seo Pak City. Position: Provinz Seo Pak auf dem östlichen Kontinent von Everest Prime. Gesamtgebiet: sechshundertachtundneunzig Komma drei Quadratkilometer. Bevölkerung: vier Millionen sechstausenddreiundachtzig. Der erste Energiezaun wurde um genau sieben Uhr zwanzig Ortszeit ausgelöst. Die Stadt wurde um sieben Uhr dreiundfünfzig evakuiert, und laut der Zaundaten hatten wir innerhalb weniger Stunden eine völlige Sättigung.«

»Zwei Stunden und siebzehn Minuten, um genau zu sein.«

Die Admiralin nahm die Ergänzung des Doktors mit einem kurzen Nicken zur Kenntnis, worüber er sich wieder einmal ärgerte. Aufgrund ihres überragenden Intellekts und ihrer ungezügelten Ambitionen war ihr kometenhafter Aufstieg unausweichlich gewesen, aber selbst er hatte über das Tempo gestaunt, in dem sie nach oben gelangt war. So etwas ließ sich nur in Kriegszeiten bewerkstelligen, wenn die Angst um sich griff und Rivalen den Tod fanden. Diese Art von Aufstieg baute auf Leichen auf, und man musste schon ein dickes Fell haben, um über sie drüberzuklettern.

Doch sie hatte, zu seinem tief empfundenen Bedauern, schon vor einiger Zeit bewiesen, dass sie damit kein Problem hatte.

»Everest Prime«, sagte der Vorsitzende, dessen Worte wie immer präzise und abgehackt waren. »Dort gab es jede nur denkbare Sicherheitsmaßnahme – Energiezäune, Schnüffler, OPs, ein beachtliches Kontingent an PsyCorp-Offizieren …«

»Aber keine Geheimhaltungsstufe«, unterbrach ihn der Arzt. »Keine Isolation. Es ist ein Klasse-acht-Planet mit entsprechender Bevölkerung und drei Sprungpfadverbindungen. Da muss man nur eins und eins zusammenzählen. Mehr Verkehr in beide Richtungen bedeutet auch, dass sie bessere Chancen haben, unsere Sicherheitsmaßnahmen zu umgehen.«

Der Vorsitzende presste die Lippen aufeinander und runzelte die Stirn, da ihm diese Analyse ganz offensichtlich nicht gefiel. »Bei Ihnen klingt das beinahe so, als hätten Sie damit gerechnet, dass Ev Prime angegriffen wird.«

»Es war unausweichlich, dass wir früher oder später einen größeren Verlust hinnehmen müssen«, warf die Admiralin ein. »Das Problem, das uns beschäftigen sollte, ist nicht etwa, dass Ev Prime angegriffen wurde, sondern wie.«

Sie wedelte mit ihrer Chiphand durch die Luft, und eine Miniaturstadt erschien auf ihrem Schreibtisch, inklusive der holografischen Straßen, Gassen und Wege, die um die Gebäude herumführen und ein leuchtendes Labyrinth auf dem Glas erzeugten.

»Das ist Marceau, die letzte Stadt, die vor Everest Prime angegriffen wurde, wobei uns vor allem das Netzwerk aus Energiezäunen interessiert.«

Die Admiralin wackelte mit dem Daumen, und sie sahen, wie das erste Licht am Nordrand der Stadt aufleuchtete. Innerhalb von Sekunden wurde der ganze nördliche Perimeter purpurrot. Die Lichter breiteten sich schnell weiter nach unten aus, nach Süden, durch die Stadt und zu den Seiten, bis das ganze Gitter die Farbe von Blut angenommen hatte.

Durch eine Handbewegung der Admiralin verschwand das Gitter und wurde durch ein anderes ersetzt. »Und Okenedo, das zwei Wochen früher angegriffen wurde.«

Dieses Mal kamen sie von allen Seiten, und jeder einzelne Perimeterzaun leuchtete innerhalb weniger Sekunden, als wäre die ganze Stadt von einer Feuersbrunst umgeben. Das Mandela-Monument in der Stadtmitte wurde als letzter Fleck rot.

Eine weitere Geste, und Okenedo verschwand. Die Admiralin rief das letzte Gitter auf. »Und das hier ist Seo Pak City am Morgen der Invasion.«

Sie krümmte den Daumen, und ein winziges rotes Licht flackerte in der Stadtmitte auf. Eine Sekunde später erschien ein zweites mehrere Kilometer weiter östlich, während ein drittes im südlichen Distrikt zu sehen war. Vier weitere tauchten nahezu simultan auf, alle innerhalb der Stadtgrenzen, und dann explodierten immer mehr Lichtpunkte in allen Teilen des Gitters. Nur wenige Minuten später war die gesamte Stadt von einem Ende zum anderen mit Lichtpunkten bedeckt.

Betretenes Schweigen.

»Sie waren bereits in der Stadt«, sagte der Doktor schließlich. Seine Lippen zuckten, während er die holografische Karte anstarrte, die noch immer auf dem Schreibtisch zu sehen war.

»Das ist unmöglich! Seo Pak hat nicht nur eines der fortschrittlichsten Energiezaunnetzwerke des Sternenbunds, sondern verfügt auch noch über ein ganzes Team von Schnüfflern, die in regelmäßigen Intervallen in der Stadt patrouillieren und nach Ghulen suchen. Jedenfalls haben sie das getan.« Der Vorsitzende schüttelte den Kopf. »Nein, diese Daten können nicht stimmen.«

»Das tun sie aber«, widersprach ihm die Admiralin. »Sie wurden mehrfach überprüft. Kein einziger Schnüffler hat vor der Invasion etwas Ungewöhnliches gemeldet, und abgesehen von den üblichen Tests wurde auch kein Zaun aktiviert.«

Der Doktor kniff die Augen zusammen. Seine Nasenflügel bebten, und seine Lippen waren zu einer harten Linie zusammengepresst. »Wie im ganzen Universum ist es vier Millionen Ghulen gelungen, sich unbemerkt in die Stadt zu schleichen?«

Die Admiralin sah ihm mit eiskaltem Blick in die Augen. »Das ist genau das, was wir herausfinden müssen.«

5

Ich gehe in dem kleinen Raum, der mir zugewiesen wurde, auf und ab. Eins, zwei, drei, vier. Umdrehen. Eins, zwei, drei vier …

Aber es bringt nichts. Meine Wut lässt mich nicht zur Ruhe kommen; auch wenn meine Finger zucken und ich die Fäuste balle, kann ich den Sturm, der in meinem Inneren tobt, nicht mal ansatzweise in den Griff kriegen. Ich schnaufe laut, lasse mich auf den Boden sinken und mache Liegestütze.

In den Wochen, die ich jetzt auf dem Crawler bin, habe ich verdammt viele Liegestütze gemacht.

Unsere Reise zur Basis soll etwa drei Wochen dauern. Vorausgesetzt, unser Ziel ist überhaupt so etwas wie eine Basis. Als ich die Crew gefragt habe, wohin wir eigentlich genau fliegen, wurde ich an den Captain verwiesen. Sie wiederum sagte, dass mir das Angelou erzählen müsse. Seine Worte lauteten jedoch: »Sie werden es schon sehen.«

Ungefähr dieselbe Antwort habe ich auch bekommen, wann immer ich mich nach meiner neuen Position erkundigt habe oder auch nur Small Talk machte und wissen wollte, was es zum Abendessen gibt. Denn wer weiß schon, was für schlimme Dinge ich mit dieser Information anfangen kann, wo ich doch hier draußen im Weltall festsitze.

Ja, man kann in diesem Zusammenhang durchaus von Paranoia reden.

Mein Bizeps schmerzt, und ich spanne die Muskeln in der Brust und den Armen an, während ich meinen Körper vom Boden hochstemme. *Dreiundsiebzig, vierundsiebzig, fünfundsiebzig.* Als ich keine Lust mehr auf Liegestütze habe, drehe ich mich auf den Rücken, stemme die Beine unter die Koje und mache Sit-ups.

Auf dem Crawler gibt es nicht viel, womit man sich beschäftigen kann. Spiele ich nicht gerade für Angelou den Laufburschen, habe ich nichts zu tun. Die meisten Soldaten in meiner Situation wären froh über ein bisschen Freizeit. Über die Gelegenheit, H-Mails nach Hause zu schreiben, ein paar HoloGames zu spielen, zu lesen oder vielleicht sogar zu lernen. Aber ich bin es nicht. Mir gefällt es, wenn ich einen vollen Zeitplan habe. Ich mag es, von morgens bis abends getriezt zu werden, bis ich so müde bin, dass mir die Augen zufallen, sobald ich in meiner Koje liege, nur um aufzuwachen und am nächsten Tag alles genauso zu machen. Hartes Training, lebensgefährliche Missionen. Ich bin wie ein Hai und muss immer in Bewegung sein. Wenn ich etwas zu tun habe, geht es mir gut. Erst wenn ich innehalte, spüre ich die Last – die Wut, den Schmerz, den Verrat.

Die Einsamkeit.

Ich habe genug von den Sit-ups und gehe rüber zu der tragbaren Klimmzugstange, die ich am Türrahmen befestigt habe. Mir läuft der Schweiß über den Körper, und das Unterhemd klebt mir am Rücken. Ich konzentriere mich auf die einfache Bewegung, mich an der Stange hochziehen und wieder sinken lassen, und ich weigere mich, meine Gedanken abschweifen zu lassen … und an jemanden zu denken.

An ihre freche Art, ihren Witz, das kleine Grübchen auf ihrer linken Wange, wenn sie lächelte.

Wie üblich scheitere ich.

Als ich endlich ausgelaugt bin, lasse ich die Stange los und greife nach meiner Feldflasche. Ich trinke etwas Wasser, da ist auf einmal ein leises Geräusch zu hören, und ich weiß, dass wir eine Sprungroute geöffnet haben. Rasch stemme ich eine Hand gegen die Wand, um mich abzustützen, und keuche auf, da mir durch die plötzliche Beschleunigung der Oberkörper zusammengepresst wird. Herz, Lunge, Muskeln und Knochen, es ist, als würde mein Innerstes komprimiert, aus jeder Richtung gleichzeitig zusammengepresst, während sich die Route um uns schließt. Ich schlucke mehrmals, um die innere Klaustrophobie zu überwinden, und versuche, sie zu ignorieren. Laut der Experten ist das Gefühl völlig normal und gleichzeitig unbegründet. Mein Innerstes wird nicht zerquetscht, meine Organe verflüssigen sich nicht langsam. Zumindest hat man mir das so gesagt.

Um mich abzulenken, sehe ich auf die Uhr: zehn Uhr fünf. Gut. Dann ist der Tagesplan jetzt verfügbar.

Ich lasse mich auf meine Koje fallen, aktiviere meinen Chip und logge mich ins ISN, das Interplanetare Sternenbundnetz, ein. Ungeduldig trommele ich mit den Fingern auf meinem Knie, während ich darauf warte, dass die Listen geladen werden. Sobald sie da sind, rufe ich die Liste mit den letzten Ergänzungen auf. Zu meiner Erleichterung ist Everest Prime weiterhin der letzte Eintrag. Die Schiffe meiner Eltern stehen ebenso wenig auf den Listen wie die Raumstation New Sol. Auch Iolanthe ist nicht darunter.

Nicht, dass mich Iolanthe irgendwie interessieren würde.

Danach gehe ich zurück auf die Hauptseite und blättere durch die verschiedenen Listen. Quarantänelisten, auf denen die Raumstationen, Kolonien und Planeten vermerkt sind, die von den Ghulen überrannt wurden. Evakuierungslisten mit den Namen der glücklichen Zivilisten, die noch aus den infiltrierten Gebieten gerettet und evakuiert werden konnten. Besetzerlisten, die die bekannten Infizierten aufführen, die in Quarantänekolonien geschickt wurden, in denen sie den Rest ihres kurzen Lebens verbringen werden. Dann sind da natürlich noch die militärischen Listen, die IKI und die IKG mit den im Kampf Infizierten oder Gefallenen.

Ich klicke auf den Link zu Everest Prime. Zwar hat die Infektion vor über einer Woche begonnen, aber die Liste wird immer noch aktualisiert, da aufgrund der Ausbreitung weitere Städte fallen und mehr Menschen evakuiert werden. Seo Pak City, Neo York, St. Luis, die Triple-Cities – jedes größere Bevölkerungszentrum des Planeten. Sie standen alle schon am ersten Tag auf der Liste und fielen einem Angriff zum Opfer, der so gut koordiniert war, dass sie nicht die geringste Chance hatten. Aber wenn es sich beim Feind um unsichtbare Geister handelt, die jeden Menschen im Universum als Wirt nehmen können, ist es unausweichlich, dass sie irgendwann auch Spione auf wichtigen Positionen einschleusen können. Wir haben versucht zu verhindern, dass Besetzer an entscheidende Informationen gelangen können, die interstellare Kommunikation unterbunden, sobald ein Planet unter Quarantäne gestellt wurde, aber wir müssen davon ausgehen, dass die Ghule weiterhin telepathisch kommunizieren können. Es ist deshalb kein Wunder, dass der Feind uns immer einen Schritt voraus zu sein scheint, wenn er über einen derartigen Vorteil verfügt.

Nach und nach gehe ich die infizierten Orte durch. Inzwischen sind zehn Tage seit Beginn der Invasion vergangen, und es tauchen immer mehr Kleinstädte auf den Listen auf. Das heißt noch lange nicht, dass jeder Einwohner infiziert ist, es wurden dort nur Ghule entdeckt. Es dauert einige Zeit, bis die Besetzer genug Ghule geschaffen und alle infiziert haben. Die Wissenschaftler schätzen, dass ein Besetzer im Durchschnitt zwischen drei und acht Wochen benötigt, um einen Ghul hervorzubringen. In der Zwischenzeit versuchen Wächter wie ich, die Menschen zu evakuieren, solange es geht. Bis wir mehr verlieren, als wir retten können. Dann gehen wir wie bei ScyLab 185 g vor, riegeln alles ab und ziehen uns zurück. Der Planet wird unter Quarantäne gestellt, alle darauf sind ihrem Schicksal überlassen.

Ich stoße einen leisen Pfiff aus. Man braucht ein gewaltiges planetares Netz, um einen so großen Planeten unter Quarantäne zu stellen. Zwar kann dieses Netz einen Ghul ebenso wenig aufhalten wie ein normaler Zaun, aber es verhindert, dass Besetzer rauskommen und die Infektion weiter verbreiten können. Sie können ebenso wenig zum nächsten Planeten fliegen, wie wir dorthin laufen können. Allein die Reise von einem Planeten zum nächsten Mond würde Jahre dauern, für ein einziges Lichtjahr würden sie fast sechsunddreißig Millionen Jahre benötigen. Das ist kein Pappenstiel. Aus genau diesem Grund müssen sie sich auf die Schiffe der Menschen schleichen, wenn sie sich im Sternenbund ausbreiten wollen.

Nachdem ich die Listen durchgegangen bin, schalte ich eine beliebte HoloComedy ein und sehe sie mir konzentriert an, bis ein leichtes Vibrieren in den Decks mir zeigt, dass wir die Route wieder verlassen haben. Ich bin erleichtert; endlich nimmt der Druck auf mein Innerstes ab, und ich fühle mich nicht mehr wie in einem Schraubstock, sondern wieder normal. Vielleicht mache ich ja gleich noch ein paar Liegestütze oder …

Fump!

Ich pralle gegen die Wand, als das Schiff schlingert und von etwas getroffen wird. Aber wovon? Im nächsten Augenblick scheint auch auf der anderen Seite etwas gegen die Hülle zu prallen, und ich klammere mich an der Koje fest. Mich überkommt der instinktive Impuls, zu fliehen oder zu kämpfen; ich spanne die Muskeln an und weite die Nasenflügel, auch wenn ich ganz genau weiß, dass das hier nichts mit Ghulen zu tun hat. Sie sind körperlos und können schlichtweg nichts bewegen. Besetzer hingegen …

Als mehrere kleine Dinge von allen Seiten gegen die Hülle zu prallen scheinen, stoße ich mich vom Bett ab. Was ist das? Raketen, Waffenfeuer, Plasmaschüsse? Ich weiß es nicht, aber ich werde nicht rumsitzen und darauf warten, dass ich es herausfinde. In nicht mal sechzig Sekunden habe ich meine Ausrüstung und meinen Werfer bereitgemacht. Mit schussbereiter Pistole aktiviere ich die Türsteuerung. Die Tür öffnet sich zischend, und ich blicke in einen leeren Korridor. Während ich hinausschleiche, linke ich Angelou über das Helmmikro auf seinem privaten Kanal an.

Und bekomme keine Antwort.

Schlacke! Ist er nur wie üblich zugeknöpft, oder steckt er in Schwierigkeiten? Ich bewege mich vorsichtig durch den Korridor, rufe ein Holo des Schiffs auf und lasse mir Körperwärme anzeigen. Anders als auf den großen Militärschiffen, auf denen ich sonst gelebt habe, hat der Crawler nur die Minimalcrew aus fünfzehn Besatzungsmitgliedern. Hier zählen Tarnung und Schnelligkeit, keine brutale Kraft. Zusammen mit Angelou und mir sind wir daher gerade mal siebzehn Mann. Unsere Chancen stehen also nicht besonders gut, falls jemand versuchen sollte, uns zu entern. Laut des Holos halten sich sieben Lebensformen auf der Brücke auf, darunter auch Angelou. Also gehe ich dorthin.

Immer mehr Treffer landen auf der Hülle, während ich durch die Gänge laufe, und das Shuttle macht einen Schlenker, als der Pilot wilde Manöver vollführt, um schlimmeren Schaden zu vermeiden. Ich gerate ins Stolpern, schaffe es jedoch, nicht das Gleichgewicht zu verlieren, und renne weiter. Wieso haben wir das Feuer eigentlich noch nicht erwidert? Wir werden doch wohl nicht kampflos aufgeben, oder bereiten sie gerade alles für die Flucht vor?

Die Tür zur Brücke steht offen, als ich dort ankomme, und ich stürze ohne zu zögern und mit der Betäubungspistole im Anschlag hinein. Angelou und der Captain sind beide da, sie stehen aufrecht und sehen unverletzt aus. Fünf andere Crewmitglieder sitzen an verschiedenen Konsolen und wirken auch nicht so, als wären sie angeschlagen. Ich sehe mich im Raum um und bemerke erst jetzt die vordere, digitalisierte Wand, durch die man das All vor uns sehen kann. Mir fällt die Kinnlade herunter. Wir wurden nicht von Raketen oder Kanonenschlägen getroffen.

Es sind Trümmer.

Ich lasse den Arm sinken, als ich begreife, was ich da sehe. Das hier ist nicht nur ein bisschen Geröll, das Wrack eines Shuttles, das die Sprungberechnungen vermasselt hat, oder die Überreste eines im All verlorenen Plündererschiffs. Es ist auch kein Müllplatz, einer der zahllosen Haufen, die hier und da im Weltall herumfliegen, bis sich jemand erbarmt und sie beseitigt. Nein, das hier ist ein *Schlachtfeld.*

Riesige Schiffsrümpfe treiben vorbei, einst gewaltige Kreuzer, jetzt nur noch Tritaniumskelette, von Blasterfeuer gezeichnet und voller großer Löcher. Ganze Korvetten sind in der Mitte durchgebrochen, während einige der kleineren Schiffe zu kaum erkennbaren Wracks zusammengeschossen wurden. Weitere Trümmer schweben zwischen den größeren Teilen herum: deformierte Jäger mit abgetrennten oder geschwärzten Flügeln; Fracht und anderer Schnickschnack, der ins All gesprengt wurde, als die Transportschiffe explodiert sind. Mein Blick fällt auf ein gezacktes Metallstück, das groß auf dem Schirm zu sehen ist. *SBS Nefarious.* Ein Schiff des Sternenbunds.

Gott steh uns bei.

Als hätte er meine Gedanken gehört, dreht sich Angelou auf einmal um. Er mustert mich von oben bis unten und bemerkt meinen Visor, den Werfer und die Betäubungspistole. »Ooh rah, Sorenson«, sagt er trocken, er wirkt amüsiert.

Ich spüre, dass ich rot werde. Dann habe ich eben überreagiert. Das war ja mal wieder typisch für Angelou, dass er mir das Gefühl gibt, ein Dummbot zu sein, nur weil ich meinen Job mache! »Ich habe keine Antwort auf meinen Link bekommen«, erkläre ich steif und nehme den Helm ab. »Daher hatte ich mit Ärger gerechnet.«

Obwohl ich mit weiterem Spott gerechnet habe, nickt er nur. Seine Miene wird wieder ernst und undurchdringlich. Überrascht über diese vermeintlich höfliche Reaktion wage ich es, eine Frage zu stellen. »Wo sind wir?«

»Im Yongsu-System, direkt an der Xanshi-Sprungroute.«

Ich erkenne den Namen sofort. Xanshi gehört zu einer der wenigen direkten Sprungrouten zwischen der Tellurianischen Allianz und dem Sternenbund und ist die erste von drei aufeinanderfolgenden Routen, die von ihnen zu uns führen. Als wir erstmals von der Schatteninvasion erfuhren, war Xanshi einer der ersten Orte, den die von den Schatten kontrollierte tellurianische Flotte angriff. Schließlich gab es keinen Grund mehr, den scheinbaren Waffenstillstand weiter aufrechtzuerhalten, wo die Wahrheit doch längst ans Licht gekommen war. Und so kamen sie in Massen, bereit, unsere Grenzen einzureißen und sich auf dieselbe Weise im Sternenbund auszubreiten, wie sie es innerhalb der Allianz getan hatten.

Doch es kam nicht nur die Flotte. Die Bilder von Lias Explosion wurden bis in den Allianzraum empfangen, und zum ersten Mal erfuhr auch die tellurianische Öffentlichkeit, was passiert war. Mehrere hunderttausend Flüchtlinge brachen zu den Sprungrouten auf und versuchten, einem Feind zu entkommen, der die meisten von ihnen ohnehin schon ohne ihr Wissen infiziert hatte. Xanshi war ebenso wie mehrere Dutzend anderer Sprungrouten von Allianzschiffen belagert, die alle irgendwie versuchten, in den Sternenbund zu gelangen.

Ich bekomme einen ganz trockenen Mund, während ich die dahintreibenden Trümmer anstarre. Dabei erinnere ich mich an die Bilder über die Schlacht von Xanshi, die in Feeds zu sehen gewesen sind, trügerische Aufnahmen, auf denen unser ultimativer Sieg dargestellt wurde. Was beim Universum war hier wirklich passiert?

Angelou schnaubt, als ich ihm diese Frage stelle, und seine Stimme klingt leicht spöttisch. »Glauben Sie, das war der einzige

Kampf, den wir hier bestritten haben? Es kamen immer mehr, über Wochen und Monate, bis sie uns letzten Endes überwältigt hatten. Unsere Flotte hat so lange wie möglich durchgehalten und sich dann zur nächsten Sprungroute zurückgezogen. So läuft das im Krieg, Sorenson. Selbst wenn man am Ende gewinnt, bedeutet das noch lange nicht, dass auf dem Weg dorthin nicht zahllose Schlachten verloren wurden.«

»Aber die Nachrichtenfeeds, die Bilder ...«

»Glauben Sie etwa alles, was dort zu hören oder zu sehen ist?«

»Nein, natürlich nicht, aber ...« Ich schließe hastig den Mund, da ich nicht zugeben will, weshalb ich diese Propaganda geglaubt habe.

Ich habe sie geglaubt, weil mir meine *Eltern* versichert haben, dass es stimmt.

Mir entfährt ein abfälliges Lachen, aber ich werde nicht einmal wütend, weil sie mich angelogen haben, sondern gehe direkt zu verbitterter Resignation über. Meine Eltern, meine Schwester, *Lia*. Gibt es irgendjemanden in meinem Leben, der mich nicht angelogen hat, um mich zu beschützen? Das Brennen in meiner Brust verrät mir, dass die Antwort Nein lautet.

Wir bahnen uns weiter den Weg durch das Schlachtfeld, fliegen langsam, aber sicher hindurch. Unser Pilot gibt sein Bestes, um die Wrackteile nicht zu rammen, aber trotzdem prallen zahllose Fragmente gegen die Hülle, was manchmal ein einzelnes *Pling* ertönen lässt, dann wieder klingt, als würde Regen auf ein Dach prasseln. Ich habe eigentlich nichts auf der Brücke zu suchen, aber da mich auch niemand wegschickt, bleibe ich, setze mich im hinteren Teil an eine unbesetzte Konsole und sehe mit an, wie die Trümmer vorbeischweben. Das ist immer noch besser, als allein zu sein – vor allem jetzt, da die Überreste eines ganzen Imperiums vor meinem Fenster zu sehen sind.

Wir haben etwa die Hälfte des Feldes durchquert, als ich es sehe.

Ein Blinken in einiger Entfernung, mal hinter Wrackteilen verborgen, dann wieder deutlich zu erkennen. Ein rotes Licht.

Der Pilot entdeckt es zur gleichen Zeit. »Captain«, beginnt er, aber sie fällt ihm bereits ins Wort.

»Ich sehe es. Analyse?«

Er schüttelt den Kopf. »Auf der Konsole ist davon nichts zu sehen. Die Interferenzen des Felds stören unsere Instrumente. Wenn ich raten soll, würde ich vermuten, dass es sich um eine Zielsonde handelt, die noch auf Reserveenergie läuft, aber ich müsste näher ranfliegen, um sicher sein zu können. Soll ich den Kurs ändern, damit wir uns die Sache ansehen können?«

Der Captain zögert, schaut Angelou fragend an und antwortet erst, als dieser kaum merklich nickt. »Ja, Lieutenant, aber vorerst im Tarnmodus.«

»Verstanden.«

Das Licht wird ausgeschaltet, und der Antrieb verstummt, als sich das Tarnfeld rings um das Shuttle aktiviert, das unsere Anwesenheit verbirgt. Dadurch werden wir zwar nicht völlig unsichtbar, aber wir sind nicht mehr so leicht zu entdecken, solange wir nicht in direkter Nähe von etwas sind. Der Pilot ändert den Kurs und schwenkt langsam nach Backbord, bis wir mehr oder weniger Kurs auf das Licht nehmen. Obwohl ich kein Pilot bin, bewundere ich die Art, wie er uns mal nach rechts und nach links abdriften lässt, damit wir aussehen wie ein weiteres Trümmerstück, das sich von den anderen gelöst hat und nun dahintreibt.

Ich umklammere den Rand der Konsole, als wir immer näher kommen, und wende den Blick nicht von dem roten Blinken ab, das in einiger Entfernung in gleichmäßigen Abständen aus der Dunkelheit leuchtet. Als wir die größten Wrackteile passiert haben, wird mir auf einmal bewusst, dass es überhaupt nicht gleichmäßig blinkt, sondern dreimal schnell, dreimal langsam und wieder dreimal schnell.

S. O. S.

Der Captain schnappt nach Luft und scheint es ebenfalls bemerkt zu haben.

»Vergrößern Sie das Bild, Lieutenant.«

Die Ansicht auf dem Schirm verändert sich und wird immer größer. Das Licht ist einen Moment lang grell vor uns, erlischt aber sofort wieder, als wir hinter den Rumpf eines beschädigten Kreuzers treiben. Ich trommle nervös mit den Fingern auf der Konsole herum und stelle fest, dass ich den Atem anhalte und auch nicht weiteratme, als wir hinter dem Kreuzer und damit aus der Deckung hervorkommen.

Es ist keine Zielsonde, sondern ein *Schiff*.

»Lebenszeichen?«, fragt der Captain angespannt.

»Sechzehn«, antwortet der Pilot nach einer kurzen Pause.

Ich kann es nicht fassen. Sechzehn Menschen, in einem Feld der Zerstörung gestrandet und selbst dem Tode geweiht, nur um in letzter Minute gerettet zu werden. Die Chancen dafür stehen so unglaublich schlecht, dass ich mich unwillkürlich frage, ob ich mich nicht geirrt habe. Möglicherweise gibt es in diesem verdrehten Universum doch noch so etwas wie Gerechtigkeit.

Der Captain stellt der Crew in schneller Abfolge Fragen über Greiffelder, die Rettungsausrüstung und ob die Corvette abgeschleppt werden kann oder durch die Belastung auseinanderbrechen würde, und falls Letzteres der Fall sein sollte, ob es einen Weg gäbe, die Hülle zu verstärken ...

»Sternenbund oder Tellurianische Allianz?«

Alle halten inne, als Angelou zum ersten Mal seit der Entdeckung das Wort ergreift. Die Aufregung darüber, Überlebende gefunden zu haben, dämpft sich auf einen Schlag spürbar, da wir uns alle dieselbe Frage stellen. *Sind es wirklich Überlebende ... oder Besetzer?*

Der Pilot holt tief Luft. »Ich versuche, es herauszufinden, Sir.«

Seine Hände fliegen über die Konsole, und er zoomt an die Corvette heran, dreht das Bild und sucht nach Insignien oder Merkmalen, die uns verraten, zu welcher Seite das Schiff gehört. Die Bilder rasen über den Schirm, aber die Corvette ist vom Kampf so stark mitgenommen, dass ihr Name weggebrannt wurde.

Wir treiben weiter und bewegen uns um das Schiff herum, damit wir uns den Rest ansehen können, müssen dann jedoch feststellen, dass die gegenüberliegende Seite völlig zerstört wurde; in kleine Einzelteile gesprengt, die nutzlos gegen unsere Hülle prallen. Selbst die Unterseite, die möglicherweise besondere Merkmale gezeigt hätte, mit denen die Identifikation möglich gewesen wäre, ist zu stark beschädigt, um etwas erkennen zu können.

Eine Stunde lang scannen wir das Schiff wieder und wieder auf der Suche nach einer Antwort, die auf diese Weise nicht zu finden ist. Schließlich dreht sich der Pilot auf seinem Stuhl um. »Tut mir leid, Sir«, sagt er. »Ich kann nicht herausfinden, ob es ein Schiff des Sternenbunds oder der Tellurianischen Allianz ist.«

Schweigen.

»Wir könnten es doch mit einem Energieband zu einer Station schleppen?«, schlägt ein Crewmitglied vor.

»Den Weg über die Sprungroute würde es nicht überstehen«, erwidert der Pilot. »Es gibt nur eine Möglichkeit: Wir müssen die Überlebenden auf den Crawler holen.«

Und das können wir nicht tun. Er spricht die Worte nicht aus, aber wir wissen alle, dass sie da sind. Wir wissen nicht, was das für ein Schiff ist, ob sich darauf Menschen oder Besetzer befinden, und so wäre das viel zu riskant. Wie jeder weiß, gibt es dort, wo sich seit längerer Zeit Besetzer aufhalten, auch so gut wie immer Ghule.

»Können wir es rufen?«

»Wir können es versuchen, aber ihre Kommunikationsphalanx

ist völlig zerstört, daher bezweifle ich, dass sie die Nachricht erhalten werden.«

»Was ist mit Morsezeichen über die Lampen, so wie sie es tun?«

»Vorausgesetzt, sie könnten das Signal sehen und auch antworten, was wollen wir denn von ihnen wissen? ›Hallo, sind bei Ihnen Ghule an Bord?‹«

Die Diskussion der Crew verebbt, da keiner mehr eine neue Idee hat und sich alle der Realität stellen müssen. Bei dieser unausgesprochenen Übereinkunft zieht sich mein Magen zusammen. Natürlich ist mir die Notwendigkeit bewusst, aber es kommt mir dennoch falsch vor, sechzehn Menschen sterben zu lassen. Ich muss an meine Eltern denken und frage mich, was wäre, wenn sie sich dort auf dieser Corvette befänden und aus ihrer Verzweiflung bei unserem Auftauchen plötzlich Hoffnung würde, nur um am Boden zerstört zu werden, wenn wir uns abwenden und wegfliegen.

»Zerstören Sie es.«

Angelous Befehl ist eindeutig, seine Stimme so eiskalt wie das Vakuum, das uns umgibt. Einen Augenblick lang sagt keiner ein Wort, aber etwas in der Luft verändert sich; die Atmosphäre scheint mit einem Mal geladen zu sein. Angelou und der Captain starren sich sekundenlang an. Seine Augen scheinen von innen zu leuchten, sie wirken strahlend und undurchdringlich, und obwohl aufgrund des Tarnmodus nur ein schwaches silbriges Licht auf der Brücke scheint, glühen sie mit einer Intensität, die mich erschaudern lässt. Er sieht aus wie ein Verrückter.

Der Captain wendet den Blick zuerst ab. »Sie haben den Befehl gehört, Lieutenant.«

Dieser bestätigt mit einem kurzen Nicken, aktiviert die Waffen und bringt uns in Schussposition. Erst nachdem er die Sequenz eingegeben hat und sein Finger über dem Abschussknopf verharrt, sehe ich Angelou erneut an. Die Miene des Doktors hat sich nicht verändert, aber etwas in seinem Verhalten wirkt irgendwie sanfter. Während ich hinsehe, bekreuzigt er sich auf einmal schnell, so schnell, dass ich zuerst gar nicht erkenne, was er da tut. Er bewegt die Lippen und spricht ein lautloses Gebet: *Kyrie Eleison.*

Herr, erbarme dich.

Dann gibt er dem Lieutenant das Signal und sieht mit an, wie die Corvette mit den sechzehn Überlebenden an Bord in die Luft gejagt wird.

6

Trümmer fliegen an mir vorbei, eine Million Splitter des Todes rasen durch das All und verfärben die weiße Leere dunkel wie Blut. Es ist, als hätten wir das Gefüge des Universums durchbohrt, ihm Schmerzen verursacht und es bluten lassen, bis nur noch das Licht der Sterne übrig ist.

Wir haben die Überreste der sechzehn Menschen längst hinter uns gelassen, doch das Schlachtfeld erstreckt sich weiterhin vor uns, ein Bild der Zerstörung, das sich ebenso wie das schlechte Gewissen nicht so einfach verdrängen lässt. Ich sitze in der kleinen Lounge/Kombüse in einem der großen Drehsessel an der Observationswand, die wie üblich digitalisiert ist, und blicke auf die sich immer wieder verändernde Umgebung außerhalb des Schiffes hinaus, die der Hauptsensorfeed überträgt. Es mag bessere Orte geben, aber mir ist es hier lieber als eingezwängt in meinem winzigen Raum.

Und es ist besser als auf der Brücke bei Angelou.

Die Tür geht auf, und Stimmen sind zu hören. Zuerst spanne ich mich an, aber es sind nur der Pilot und ein weiteres Crewmitglied – Veracruz, glaube ich. Ich ziehe die Schultern an, mache mich in meinem Sessel ganz klein und hoffe, dass sie sich nur ein paar Essenspaks holen und wieder gehen. Mir ist jetzt absolut nicht nach einer Unterhaltung.

Doch ich habe kein Glück. Dem Knistern der Paks folgt das Geräusch zweier Menschen, die es sich bequem machen. Ich würde gern gehen, aber wenn ich mich jetzt bemerkbar mache, nachdem ich sie bisher ignoriert habe, würde ich wie ein Arsch aussehen. Daher schließe ich die Augen und hoffe, dass sie sich beeilen.

»Das war eine ganz schöne Mondschlacke heute Nachmittag«, meint Veracruz nach einer Minute, dann kaut er lautstark, gefolgt von einem Rascheln und Schlucken.

»Na ja, was hätten wir denn tun sollen? Es ist ja nicht so, als hätten wir ein Energieband, um sie abzuschleppen. Und wir konnten es wohl kaum riskieren, Ghule an Bord zu nehmen.«

»Aber mussten wir das Schiff gleich zerstören?«

»Sie waren sowieso dem Tod geweiht«, argumentiert der praktisch denkende Pilot. »Wir haben ihnen nur einen schnellen und schmerzlosen Tod geschenkt, anstatt sie langsam und qualvoll sterben zu lassen.«

»Vermutlich hast du recht. Aber mir wäre es lieber gewesen, wir hätten sie identifizieren können.«

Der Pilot lacht. »Wahrscheinlich ist es sogar besser, dass das nicht möglich war. Weißt du, was ich denke? Ich vermute, wenn wir es als Sternenbundschiff identifiziert hätten, hätte er trotzdem den Befehl gegeben. Der Kerl ist ein paranoider Mistkerl. Er hat solche Angst, dass uns jemand folgen und seine kostbare Anlage finden könnte, dass er seine eigene Mutter in die Luft jagen würde, um seine Geheimnisse zu bewahren.«

»Da hast du auch wieder recht.«

Ich erinnere mich an Angelous leicht irrsinnigen Blick und seine unversöhnliche Miene und erschaudere, da ich begreife, dass der Pilot die Wahrheit sagt. Was hat Gran doch gleich gemeint, als ich sie gebeten habe, das Formular zu unterschreiben? *Weißt du wirklich, worauf du dich da einlässt, Michael?*

Vielleicht hatte sie ja recht. Verdammt! Ich kann es nicht leiden, wenn Gran recht hat, denn das bedeutet im Allgemeinen, dass ich mich irre.

Wieder kauen sie, dann – endlich! – das Knistern von Plastik, als sie die Packungen zusammenknüllen und in den Müll werfen.

»Möglicherweise hat Angelou recht«, gibt der Pilot zu bedenken. »Was wissen Leute wie wir denn schon davon, wie man einen Krieg gewinnt? Erst recht einen, der so vertrackt ist wie dieser.«

Sie gehen zur Tür, dann sagt Veracruz: »Weißt du, was ich gern machen würde? Das, was sie auf New Sol getan haben. Alle Feinde an einem Ort zusammentreiben und – *Bämm!* – sie alle auf einmal ausschalten.«

Ich erstarre, und mein Magen zieht sich bei diesen sorglos dahingesagten Worten zusammen. Die Antwort des Piloten geht im Surren der Tür unter, aber nach Veracruz' Vorschlag kommt ohnehin nichts mehr bei mir an.

Was sie auf New Sol getan haben.

Ich habe nie gesehen, wie die Station in die Luft geflogen ist. In dem Augenblick saß ich in einer Arrestzelle im oberen Habitatring und wusste nur, dass etwas Schreckliches passieren würde, konnte es jedoch nicht aufhalten. Erst als alles vorbei war, sah ich, was Lia getan hatte. Als ich aus dem Fenster ins Weltall blickte und die Überreste der Station vor mir sah, nicht mehr als eine Wolke aus Trümmern, die dumpf im Licht der Suchschiffe glänzten, wusste ich es. Es waren anorganische Trümmer. Lia war natürlich bei der Explosion vaporisiert worden.

Lia *war* die Explosion.

Was ich damals nicht gewusst habe. Ich wusste nur, dass sie zu den letzten Mitgliedern des tellurianischen Widerstands gehörte und nach New Sol gekommen war, um die Schatten aufzuhalten, bevor sie sich im Raum des Sternenbunds ausbreiten und ihn ebenso infiltrieren konnten, wie es ihnen in fast ganz Telluria gelungen war. Laut Plan sollten die Schatten separiert und die Behörden über die Invasion informiert werden. Wir hatten nie vorgehabt, etwas in die Luft zu jagen. Es hatte niemand sterben sollen. Zumindest war ich davon ausgegangen. Aber ich hatte ja auch nicht gewusst, dass Lia eine Bombe war oder dass ihre Mission darin bestand zu sterben.

»Lia hat am Ende nur an dich gedacht. ›Sag Michael, dass ich geblieben wäre, wenn ich gekonnt hätte.‹ Das hat sie gesagt.«

Vielleicht hat Lia am Ende wirklich an mich gedacht, aber sie hat sich nicht von mir verabschiedet. Sie hat sich mir auch nicht anvertraut oder mit mir Pläne geschmiedet. Und ich war es auch nicht, den sie umarmt hat, bevor sie aus diesem Zug gestiegen ist. Es war immer Teal. Und selbst jetzt sorgt diese kleine Tatsache noch dafür, dass mein Innerstes so schwarz wird wie diese Leere dort draußen.

Ich lehne mich zurück, gebe mich diesem Gefühl hin und frage mich, ob ich ihr das jemals vergeben kann.

* * *

Drei Tage später kommen wir auf Kittridge Promenade an, einer Raumstation am Portal von fünf sich kreuzenden Sprungrouten. Obwohl es sich um einen geplanten Halt handelt, dauert das Andocken zehn Stunden. Wir sind bereits zweimal durch das Energieband geflogen, haben aber noch immer keine Landefreigabe. Das überrascht mich nicht. Nach dem Fall von Everest Prime kann man nicht vorsichtig genug sein. Ein Schiff voller Ghule oder Besetzer reicht bereits aus, um alles dem Untergang zu weihen.

Letzten Endes muss sich Angelou einschalten und seine offiziellen Codes übermitteln, damit sie uns an der Orbitalplattform, kurz OP, andocken lassen. Alle Stationen und Planeten haben jetzt solche kleinen Ministationen, die in einiger Entfernung zur eigentlichen Raumstation liegen und nur zum Andocken und Nachtanken gedacht sind. Die OPs unterliegen den höchsten Sicherheitsstandards. Wird auch nur ein einziger Energiezaun ausgelöst, riegelt man gleich die ganze Plattform ab – keiner kommt mehr rein oder raus – und lässt die Situation von einer Militäreinheit unter die Lupe nehmen. Wagt es auch nur ein einziges Schiff, ohne Erlaubnis zu starten, wird es lange, bevor es die Station erreicht, abgeschossen. Das ist grausam, aber effektiv, zumindest teilweise. Bisher konnten mehrere Stationen dank ihrer OPs gerettet werden, aber die Schatten schaffen es trotz all unserer Bemühungen, weiter in den Raum des Sternenbunds vorzudringen.

Wie die meisten OPs ist auch die der Kittridge-Plattform voller Soldaten, die bis an die Zähne mit Betäubungspistolen bewaffnet sind. Nachdem wir den Energiezaun hinter uns gelassen haben, bringt man uns sofort in einen Warteraum, wo uns zwei PsySpecialists scannen, von denen eine aussieht, als wäre sie mindestens fünfundachtzig. Aufgrund des Kriegs werden alle, die über psychische Kräfte verfügen, benötigt, und mögen sie auch noch so alt sein.

Als wir endlich entlassen sind, folge ich Angelou aus dem Raum auf die eigentliche OP und sehe mich staunend um. Um uns herum herrscht geschäftiges Treiben, Händler aller Art säumen die Gänge und verkaufen alles, von Ersatzteilen über Weltraumrationen bis hin zu luxuriösen Edelsteinen und exotischer Kleidung. Vom Mittelgang zweigen Korridore zu beiden Seiten ab und führen zu den Andockringen und Frachträumen. Jeder freie Fleck an der Wand ist mit digitalisierten Werbeanzeigen bedeckt. Trotz des Lärms der vielen Menschen kann ich das Brutzeln des Fleisches hören, das in großen Töpfen voller Öl und Zwiebeln zubereitet wird. Da die wenigsten, die hier ankommen, weiter zur Station reisen, haben viele Händler offenbar beschlossen, das größere Risiko auf der OP einzugehen und lieber hier ihre Geschäfte zu machen.

Ein großer Raumfahrer stößt mich mit der Schulter an, als ich an ihm vorbeigehe, da er mir in dem Gedränge nicht ausweichen kann, und meine Hand wandert unwillkürlich zu der Pistole an meiner Hüfte. Dabei war mir dieses allgemeine Chaos auf einer Station vor nicht allzu langer Zeit noch sehr vertraut. Nachdem ich mich im letzten Jahr an die Zucht und Disziplin beim Militär gewöhnt habe, macht mich das Chaos nervös. Wenn man ein Wächter ist, bedeutet Unordnung nur eins: Schatten. Obwohl ich weiß, dass jeder der hier Anwesenden die Freigabe erhalten hat und kein Besetzer ist, sehe ich mich trotzdem ständig um und halte Ausschau nach Anzeichen für drohenden Ärger.

»Stimmt was nicht?«, fragt Angelou trocken, da er meine Unruhe zu spüren scheint. Er trägt einen schmalen Metallkoffer über der Schulter, hat ansonsten jedoch nichts dabei. Da er mich angewiesen hat, meine Sachen mitzunehmen, selbst aber kein Gepäck zu haben scheint, weiß ich nicht so ganz, was ich von der Sache hier halten soll.

»Ich halte nur die Augen offen«, antworte ich. »Was machen wir hier eigentlich? Legen wir eine Pause ein?«

»Sagen wir einfach, ich habe für den letzten Teil der Reise ein anderes Transportmittel gefunden.«

Natürlich hat er das.

Angelou bleibt vor einem Holoschirm stehen, auf dem Werbung für ein Stationsgeschäft eingeblendet ist, das Lieferungen an die OP anbietet. Ich tippe nervös mit einem Fuß auf den Boden, während er in seinen Chip subvokalisiert. Dann lässt er die Hand sinken und geht einfach los. Ich muss die Ellbogen einsetzen, um ihm zu folgen, und verspüre gleichzeitig Bewunderung und Hass, weil ihm das Gedränge nichts anzuhaben scheint und er eine Autorität ausstrahlt, die dafür sorgt, dass die meisten ihm unbewusst aus dem Weg gehen. Als wir durch einen schmalen Quergang zu einem Parallelkorridor laufen, höre ich eine Männerstimme, die alles andere übertönt.

»… wenn der Tag der Abrechnung kommt, werden sie sich ins Licht erheben und auf die einzig wahre Weise auflösen! Und mit ihnen werden die wahren Diener gehen, die göttlichen Gläubigen, die sie hier auf dieser Ebene angebetet haben. Sie geben ihren Geist, ihren Körper und ihre Seele, auf dass sie den Weg der Erleuchtung finden, der uns so lange vorenthalten wurde!«

Bei seinen Worten überkommt mich unbändiger Hass. Mein Magen zieht sich zusammen, und ich lege die Finger um den Griff der Betäubungspistole an meiner Hüfte, noch bevor wir um die Ecke gebogen sind und ich den Mann überhaupt sehen kann. Er steht auf einem alten Gravschlitten, sodass ich seinen Kopf und seine Schultern sehen kann, und sein langer Umhang hängt wie ein farbiger Ölteppich an ihm herunter wie ein dunkler Regenbogen, der in sich stetig ändernden Wellen aus Schwarz, Gold, Purpur und Rot schimmert. Es ist eine Kultrobe, die man überall wiedererkennt und die nur von den verschworenen Mitgliedern einer religiösen Sekte getragen wird.

Dem Orden der Schatten.

Ich verziehe angewidert den Mund. Dieser Orden ist vor über einem Jahr das erste Mal aufgetaucht, kurz nachdem die Aufzeichnungen von der Explosion von New Sol in den Netzen zu sehen waren. Diese sogenannten ›Schattenpriester‹ haben sich mit ihrer neu gegründeten religiösen Sekte nicht etwa der Aufgabe verschrieben, die Invasoren zu vernichten, nein, sie heißen sie vielmehr willkommen. Sie behaupten, infiziert zu sein und für die Besetzer zu sprechen, zu uns geschickt, um uns die Wahrheit zu sagen: dass wir uns nicht vor dieser neuen Spezies fürchten müssten, sondern sie begrüßen sollten. Das ist natürlich alles völliger Blödsinn. Besetzer können nicht mit ihren Wirten und erst recht nicht durch sie sprechen! Nein, dies ist nichts als reiner menschlicher Wahnsinn, der auf nichts weiter als Lügen, Ängsten und willentlicher Ignoranz basiert.

Zum Glück war der Orden nur ein kurzlebiges Phänomen. Er entstand zu Beginn des Krieges und fand gerade so viele Anhänger, dass er für jede Menge Aufruhr sorgen konnte. Aufstände brachen aufgrund ihrer Reden aus, übereifrige fromme Rekruten versuchten, Quarantänegrenzen zu überqueren, eine Splittergruppe stellte sogar den Antrag an die Regierung, ein neues Gesetz zu erlassen, dass das Töten von Schatten unter Strafe stellt. Dann kam der Atropos-Zwischenfall. Zehntausend Bittsteller versuchten, ein planetares Netz zu durchbrechen, um zu dem Planeten darunter zu gelangen, auf dem es von Schatten wimmelte, und blieben im Netz stecken. Drei Schiffe wurden zerstört, von den beweglichen Energiebändern des Netzes einfach auseinandergerissen. Die Bilder waren wochenlang in allen Feeds zu sehen. Danach wurde der Orden immer unpopulärer. Die ersten großen Kolonien fielen an die Ghule, schon bald waren schreckliche Aufnahmen zu sehen, die aus dem Inneren der Allianz stammten – auf denen abgemagerte Besetzer tot auf den Straßen zusammenbrachen –, und so schnell, wie der Orden aufgekommen war, verschwand er auch wieder. Die öffentliche Meinung richtete sich gegen ihn. Ordenstreffen wurden bombardiert und Schattenpriester auf den Straßen verprügelt. Rekruten liefen scharenweise davon, bis nur noch die Gläubigsten übrig waren, und selbst sie wurden aufgrund des öffentlichen Drucks in den Untergrund getrieben.

»Schließt euch mir an, meine Brüder und Schwestern! Vergesst eure Ängste, lasst euch einen neuen Lebensweg zeigen!«

Ein paar Fanatiker schien es immer noch zu geben.

Mir steigt Galle in die Kehle, und ich werde immer wütender. Ich streiche mit den Fingern über die leider nicht tödliche Waffe an meiner Hüfte und kann nichts anderes denken als:

Für solche Leute ist Lia gestorben?

Der Drang, diesen Mistkerl zu Brei zu schlagen, wird immer übermächtiger – und wenn ich das Gemurmel aus der Menge richtig deute, geht es nicht nur mir so –, aber ich zwinge mich, ihn zu unterdrücken. Die Sicherheitsleute haben hier alles genau im Auge, und ich bin davon überzeugt, dass mich Angelou in einer Zelle verrotten lassen würde, wenn man mich verhaftet. Daher ziehe ich den Kopf ein, höre nicht hin und eile dem Doktor durch die Menschenmenge hinterher. Als ich an dem Gravschlitten vorbeigehe, bemerke ich trotz allem das Tattoo am Handgelenk des Priesters – einen dunklen Regenbogen, der einen achtzackigen Stern umgibt – und muss seine letzten Worte hören. Sie klingen, als würde er aus einer heiligen Schrift zitierten, und sie hallen mir in den Ohren wider.

»*Und wie eine Dornenkrone wird sie das Zeichen des Erlösers auf der Stirn tragen, aber keiner, der es sieht, wird es als das erkennen, was es ist. Sie wird unser Schicksal in ihren Händen halten, unwissend und unschuldig, bis zur elften Stunde, in der sie endlich die Augen aufschlägt und die vielen eins werden. Erst dann hat sie die Erkenntnis, öffnet die Finger und …*«

Er macht eine dramatische Pause, und der Widerhall seiner Stimme hängt noch in der Luft. Dann fährt er fort:

»*Asche, nichts als Asche. Unser Untergang.*«

Obwohl ich weiß, dass es nur das bedeutungslose Gerede eines alten, verwirrten Idioten ist, erschaudere ich bei seinen Worten. Sie legen sich wie Blei auf meine Schultern und gehen mir noch lange, nachdem seine Stimme nicht mehr zu hören ist, nicht aus dem Kopf.

* * *

Eine Stunde später lassen wir die Station hinter uns zurück und verlassen die Andockbucht weitaus weniger zeremoniell, als wir empfangen wurden. Unsere Pilotin ist eine schlanke Frau mit schwarzem Haar, die mir Angelou als Flugspezialistin Sarai Chen vorstellt. Sie trägt nicht nur die standardmäßigen Pilotenflügel am Kragen, sondern auch ein mit »Delta-Team«, beschriftetes Abzeichen auf der linken Schulter ihres goldbesetzten Fluganzugs. Zehn Pilotenchips, einer am Ansatz jedes Fingers, glänzen auf ihren Handflächen. Nachdem sie meinen Gruß mit ernstem Nicken erwidert hat, bringt sie uns ruhig und effizient von der Station weg und nimmt Kurs auf den Sprungnexus auf unserer Steuerbordseite.

Ich sehe mich beeindruckt im Cockpit um. Dieses Schiff sieht völlig anders aus als der Crawler. Es ist eine hochmodernde Hightechmaschine, und zwar von den geschwungenen silberfarbenen Wänden bis hin zu den durchsichtigen Holopanels. Das Cockpit, in dem wir uns anschnallen, gleicht einer kleinen, geschwungenen, fast schon abgeflachten Kuppel, die oben auf dem Schiff thront. Da die Decke und die Wände digitalisiert sind und die Außensicht darstellen, hat man beinahe den Eindruck, mitten im Weltall zu sitzen. Allerdings ist das kein besonders beeindruckender Anblick mehr, wenn man ihn zwei Stunden lang vor Augen hatte. Schon bald döse ich auf meinem Sitz ein, meine Augenlider werden immer schwerer, und mein müder Verstand schaltet immer weiter ab.

Als ich mit einem Ruck wach werde, stelle ich fest, dass das ganze Universum in der Zeit, in der ich geschlafen habe, verschwunden ist. Da sind keine Sterne und keine Stationen mehr, nur eine glatte, opake Dunkelheit, die das gesamte Sichtfeld ausfüllt.

Mir stehen die Haare im Nacken zu Berge, als ich dieses vertraute klaustrophobische Gefühl spüre und mir klar wird, dass wir uns im Sprung befinden müssen. Es zu fühlen ist schon schlimm genug, aber es sehen zu müssen, ist beinahe unerträglich. Ich habe mein halbes Leben im Weltraum gelebt und hätte nie gedacht, dass ich Angst vor der Dunkelheit habe, aber dieser sternenlose Raum bewirkt, dass ich einen staubtrockenen Mund bekomme und sich mein Herz ganz taub anfühlt. Ich zwinge mich zu einem weiteren Atemzug, und der Schraubstock, der um meine Brust zu liegen scheint, zieht sich noch weiter zusammen, als würde eine eisenharte Faust fest zudrücken. Vor meinen Augen flackern Sterne, erfüllen mein Blickfeld, und für eine kurze Sekunde ist alles weg ...

... doch dann ist es wieder da, und das Universum sieht aus wie sonst. Aber es hat sich auch verändert. Kittridge ist verschwunden, und stattdessen sehe ich einen einzelnen Planeten vor einer Leinwand aus Sternen. Mit seinen zwei Sonnen und drei Monden glitzert er wie ein pastellfarbenes Juwel in der Nacht.

Ich starre den Planeten staunend an, der auf dem Schirm wunderschön aussieht und immer größer wird, während wir uns ihm nähern. Wir fliegen direkt darauf zu, und irgendwie weiß ich, dass dies kein weiterer Zwischenhalt, kein Umstieg für die Reise in noch ein anderes System ist. Wir haben unser Ziel erreicht.

»Wie heißt er?«, frage ich leise.

»Prisma«, antwortete Angelou mit einem seltsamen Glänzen in den Augen. »Wir nennen ihn Prisma.«

Im Vergleich zur Kittridge-OP ist die Plattform im Orbit dieses Planeten still und leer, sie scheint nur aus nackten Metallwänden und widerhallenden Gängen zu bestehen. Zwar ist sie groß genug, um vor einem Planeten eingesetzt zu werden, und hat etwa das dreifache Ausmaß der Kittridge-OP, aber hier sind so wenig Schiffe angedockt, dass sie vermutlich nur vom Militär und nicht von Zivilisten genutzt wird.

Wir halten uns gerade lange genug dort auf, dass uns zwei Angehörige des PsyCorp die Freigabe erteilen können. Dann gehen wir auch schon wieder aufs Schiff und treiben auf die leuchtende Aura unter uns zu, diesen hauchdünnen Fleck, an dem der Weltraum den Himmel berührt. Wir schweben einen Sekundenbruchteil an dieser Stelle.

Und dann fallen wir ...

7

Wir tauchen wie ein Meteor in die Atmosphäre ein und rasen in einem Tempo, das ich bis in die Magengrube spüren kann, durch die oberen Schichten. Goldfarbene Leuchtfeuer flackern auf dem Schirm auf, ein Feuerwerk aus Hitze und Licht, dass das Cockpit aus jedem erdenklichen Winkel erhellt, während sich unter uns die ersten Wolkenschwaden abzeichnen. Anfangs sind es nur feine Wirbel, die unseren rasanten Sturz zu kontrapunktieren scheinen, aber nach und nach werden es dickere Gebilde aus Weiß, Rosa, Lavendel und Blaugrün. Sie kommen immer näher, schließen sich um uns und schneiden uns vom Schwarz des Weltraums ab, um uns in pastellfarbenen Nebel einzuhüllen, der am Rand golden glänzt und im Sonnenlicht leuchtet.

Ich umklammere die Armlehne meines Stuhls und werde immer aufgeregter, während unsere Geschwindigkeit weiter zunimmt. Der Nebel verschwimmt vor meinen Augen, die einzelnen Farben verschmelzen, als wir durch die Atmosphäre schneiden wie ein Laser durch Eis. Unser Sinkflug verläuft so glatt, dass mir mein rasendes Herz irgendwie falsch vorkommt, da wir nahezu nach unten zu gleiten scheinen und der Nebel sich um das Schiff legt wie Wellen um einen in einen Teich geworfenen Stein. Wie dieser Stein sinken wir immer weiter und werden von der starken Anziehungskraft des geheimnisvollen Planeten unter uns angezogen. Auf einmal schießt mir ein Reim aus meiner Kindheit durch den Kopf.

Wüste, Wald, Eis oder Savanne …
In welche Welt ich wohl gelange?

Bevor ich genug Zeit habe, um länger darüber nachzudenken, hallt ein leises Pfeifen durch das Cockpit, und das Schiff zuckt ohne Vorwarnung nach oben. Ich werde gegen die Gurte gedrückt, und mein Herz setzt einen Schlag aus, bevor ich begreife, dass Chen einfach auf die Bremse getreten hat. Das Schiff wird jetzt langsamer, auch wenn es sich nicht so anfühlt, als wären wir schon weit genug unten, um zum Landeanflug ansetzen zu können. Turbulenzen schütteln uns durch, lassen das Schiff mal in die eine und dann wieder in die andere Richtung ausbrechen, und dann sind wir mitten in einer dicken Wolkenbank. Der Dunst ist so dicht, dass alle Schirme grau werden und die Sonne nicht mehr zu sehen ist. Eine endlose Minute fliegen wir durch die trübe Schicht, sind von kondensierten Dämpfen umgeben, die nicht wirklich Luft, aber auch nicht flüssig sind, doch dann lassen wir sie hinter uns. Wir verlassen die Wolkenschicht …

… und fliegen durch den Regen.

Zuerst höre ich sie nur, die Tropfen, die leicht und stetig gegen das Cockpit prasseln, bis sie auch zu sehen sind, wie sie silbrig um uns herum herunterfallen, während von unten ein halbdurchsichtiger Nebel in sich windenden Wirbeln höher steigt. Ich schaue staunend hinaus und frage mich, was ein solches Phänomen verursacht haben könnte. »Was ist das für ein Ort?«, erkundige ich mich.

Angelou lächelt, aber es ist nicht wie sonst ein verschlagenes Grinsen, vielmehr wirkt es fast schon zärtlich, dieses leichte Hochziehen der Mundwinkel, das sein gesamtes Gesicht zu verändern scheint. »Zeigen Sie es ihm, Chen.«

Unsere Pilotin bewegt eine Hand, und der Boden unter meinen Füßen wird durchsichtig. Ich keuche auf, und mein Körper reagiert instinktiv, noch bevor meinem Verstand klar werden kann, dass der Boden weiterhin vorhanden ist und nur die digitalisierte Sicht nach unten anzeigt. Als ich gerade fragen will, was er mir sagen will, erscheint etwas im dünner werdenden Nebel, das beinahe aussieht wie eine Kristallblume, deren Blütenblätter sich in Richtung Sonne öffnen.

Eine Schwebestation.

Verblüfft löse ich meine Gurte und stehe auf, damit ich mir das Ganze besser ansehen kann. Direkt unter uns glitzert das zentrale Habitat wie ein geschliffener Diamant, dessen facettenartige Ränder das Licht einfangen und in lilafarbene und weiße Reflexe aufbrechen. Hauchdünne Streben in unterschiedlicher Länge gehen von der Mitte in ein Dutzend Richtungen ab und enden jeweils in einem kristallinen Habitatflügel, während sich die Landungsbuchten wie Ranken um die Tunnel winden. Das Design wirkt völlig willkürlich, da jedes Habitat eine andere Größe und Form besitzt, aber irgendwie bewirken diese ungleichmäßigen Blüten, dass die Station nur noch beeindruckender aussieht. Sie wirkt wie eine Wildblume, die in einem Garten aus Wolken im silbrigen Regen blüht.

»Ist das unser Ziel?«

Angelou nickt ein Mal, und ich schüttle ungläubig den Kopf und murmele: »So eine Militärbasis habe ich noch nie gesehen.«

»Das könnte daran liegen, dass es keine Militärbasis ist.« Angelou schnallt sich ebenfalls los und tritt neben mich. Er wendet den Blick nicht von der Station ab, und mir schießt durch den Kopf, dass sein Herz, falls er denn unter seiner undurchdringlichen Schale eins besitzt, nur für diese kristalline Welt im Nebel zu schlagen scheint.

»Das ist der wichtigste Ort im ganzen Sternenbund«, erklärt er und deutet auf die Station unter uns. »An diesem Ort wird sich entscheiden, ob wir den Krieg gewinnen oder verlieren; dies ist der Dreh- und Angelpunkt, von dem alles andere abhängt. Wenn wir hier Erfolg haben, kann die Menschheit überleben. Scheitern wird, ist das unser Tod. Diesen Ort können nur wenige ihr Zuhause nennen, und jetzt sind Sie einer von ihnen.« Er streckt eine Hand aus, und in seinen Augen leuchtet eine Leidenschaft, die direkt aus seiner Seele zu entspringen scheint. Langsam breitet sich ein Lächeln auf seinen Zügen aus. »Willkommen bei der Forschungs- und Entwicklungsabteilung, Sorenson.«

Die Forschungs- und Entwicklungsabteilung? Das kann nicht sein! Ich bin kein Wissenschaftler. Was will er mit einem Typen wie mir?

Mir schwirrt der Kopf. Dass dieser Ort, diese Schwebestation inmitten des pastellfarbenen Nebels auf einem weit entfernten Planeten, überhaupt existiert, ist schon kaum zu fassen. Dass ich auch noch ein Teil davon sein soll, geht mir einfach nicht in den Kopf. Ich bin derart durcheinander, dass ich nicht einmal weiß, wie ich meine Verblüffung in Worte fassen soll.

Offenbar kann man mir meine Fassungslosigkeit ansehen. »Sind Sie überrascht, Sorenson?«

»Ich verstehe nicht, wie es einen solchen Ort überhaupt geben kann«, gestehe ich, »und noch viel weniger, was ich hier mache.«

»Nicht?« Angelou zieht eine Augenbraue hoch, als würde er mir die Ratlosigkeit nicht abkaufen. Er kneift die Augen zusammen. »Wissen Sie, warum wir nach all dieser Zeit noch immer diesen Krieg führen?«

Ich zucke mit den Schultern. »Wir können sie nicht töten. Zumindest nicht, ohne selbst dabei zu sterben. Die menschliche Bombe ...« Es schnürt mir die Kehle zu, und ich muss mich mehrmals räuspern. »Die menschliche Bombe, die von den Tellurianern geschaffen wurde, war so zerstörerisch, dass sie das ganze Gebiet, das wir zurückerobern wollen, vernichten würde, ebenso wie alle Menschen darin. Aber es ist sinnlos, den Feind zu töten, wenn wir dabei auch das umbringen, was wir eigentlich retten wollen.«

Angelous Gesicht nimmt kurz einen rätselhaften Ausdruck an, aber bevor ich ihn auch nur entschlüsseln kann, ist er schon wieder verschwunden. »Ganz genau. Wir können sie nicht töten. Wir können sie nicht fangen – zumindest nicht in ihrer Ghulgestalt. Wir können nicht einmal mit ihnen kommunizieren. Uns bleibt nur der Versuch, sie abzuwehren. Wir stellen infizierte Gebiete unter Quarantäne, evakuieren Überlebende, sperren Besetzer weg; wir tun alles uns Mögliche, um zu verhindern, dass sie sich weiter ausbreiten. Aber wie rigoros wir auch vorgehen, irgendwann finden sie immer eine Lücke in unserer Abwehr. Doch wir haben diesen Krieg bereits verloren, wenn es uns nicht gelingt, eine der drei Möglichkeiten zu realisieren: Wir müssen sie entweder töten, gefangen nehmen oder mit ihnen kommunizieren.«

Ich erschaudere innerlich. Angelou hat zwar nichts gesagt, was ich nicht längst weiß, aber bisher hat das noch niemand so offen ausgesprochen: *Wir haben diesen Krieg bereits verloren.*

»Aus genau diesem Grund ist die Forschung und Entwicklung so wichtig«, fährt er fort und deutet auf die kristalline Station, die aus den Wolken zu unseren Füßen herausragt. »Während die Marine, die Wächter und die Bodentruppen an der Front ihr Bestes geben, hängt unser Überleben letzten Endes davon ab, ob die Menschen auf dieser Station einen Weg finden, den Feind auf die eine oder andere Weise zu neutralisieren.«

Das ergibt Sinn, begreife ich und nicke langsam. Was mir jedoch rätselhaft ist … »Warum bin ich hier? Ich begreife, dass Sie Wissenschaftler und Forscher brauchen, auch personelle Unterstützung für diese, aber was wollen Sie mit einem Wächter? Sie haben mich doch nicht nur hergebracht, damit ich den Hausmeister spiele oder die Toiletten putze, oder?«

Angelou schüttelt den Kopf. »Sie enttäuschen mich, Sorenson. Sie mögen zwar kein Wissenschaftler sein, aber ich hätte gedacht, dass Sie mit Ihrem Einfallsreichtum erkennen können, wofür Sie hier gebraucht werden. Denken Sie doch mal darüber nach. Was muss man tun, wenn man den Prototyp einer neuen Technologie erschaffen hat?«

»Na ja, man muss ihn testen, um sicherzustellen, dass er auch funktioniert, würde ich sagen.«

»Aber wie testet man einen Prototyp an einem Ghul, wenn man keinen fangen kann?«

»Man muss ihn dann wohl im Einsatz testen.« Jetzt geht mir endlich ein Licht auf, und ich erröte unwillkürlich, da es mir peinlich ist, so lange für diese Erkenntnis gebraucht zu haben. »Darum bin ich also hier. Um Ihre Technologie im Ghulterritorium zu testen.«

Ich brauche Angelous Bestätigung nicht, um zu wissen, dass meine Theorie korrekt ist. Nun passt alles zusammen. Schließlich ist ein Wächter wie ich – jung, kräftig, dazu ausgebildet, in Situationen mit Ghulen und Besetzern einen klaren Kopf zu bewahren – weit besser dazu geeignet, sich im feindlichen Territorium zu behaupten, ohne zu sterben oder infiziert zu werden, als ein typischer Wissenschaftler. Und selbst wenn ich scheitere, was macht das schon? Es gibt haufenweise Wächter wie mich, aber das gilt nicht für diese Wissenschaftler, deren brillanter Verstand die einzige Hoffnung der Menschheit sein könnte. Warum sollte man also jemanden wie sie in Gefahr bringen, wenn es einen anderen gibt, der den Job übernehmen kann?

Wieder starre ich zu Boden. Obwohl wir langsamer geworden sind, ist die Station in den letzten Minuten immer näher gekommen, und nun befinden wir uns fast direkt über dem schimmernden Komplex und sind so nah, dass ich einzelne Details erkennen kann. Lichter, Fenster, sogar einen sich bewegenden Schatten in einem der hauchdünnen Tunnel. Der Anblick ist einfach wunderschön, und je länger ich hinsehe, desto mehr verwandelt sich mein Staunen in Besorgnis. Etwas an dieser Station im Himmel scheint nicht zu stimmen. Das glänzende Gebäude, der aufsteigende Nebel, der silbrige Regen. Dieses pastellfarbene Paradies hat etwas Hässliches an sich, das kann ich tief in mir spüren. In den umherwirbelnden Nebelschwaden und dem goldenen Licht verbirgt sich etwas, das ich nicht greifen kann – wie ein Monster, das nur darauf wartet zuzuschnappen, falls wir ihm zu nahe kommen.

Ich kaue auf meiner Unterlippe herum und finde nicht heraus, was mich derart beunruhigt, doch Angelou reißt mich aus meinen Gedanken.

»Bereuen Sie es, den Job angenommen zu haben?«

Ich hebe den Kopf und bemerke, dass er mich herausfordernd ansieht. Seltsamerweise verleiht mir sein intensiver Blick Kraft. »Absolut nicht.«

Er lacht. »Ich wusste, dass ich mit Ihnen die richtige Wahl getroffen habe. Bevor wir landen, wäre da noch eine Sache.«

Bei diesen Worten zieht er seinen Metallkoffer hervor und legt ihn auf den Sitz, unter dem er bisher verstaut gewesen war. Ich muss mich zusammenreißen, um nicht den Hals zu recken und hineinzuschauen. Angelou nimmt einen kleinen Injektor heraus.

Ich beäuge das Metallröhrchen misstrauisch. »Was ist da drin?«

Angelou erwidert meinen Blick ruhig. »Eine Komakapsel.«

Ich starre ihn verblüfft an. Über diese Dinger gehen Gerüchte um, aber ich hätte nie gedacht, dass sie tatsächlich existieren. Angeblich gefrieren sie das Gewebe in einen Zustand, in dem man lebendig und gleichzeitig tot ist, verflüssigen den Hirnstamm und halten einen gerade so weit lebendig, dass der Schatten in deinem Kopf eingesperrt ist. Der Besetzer wird zu einem nutzlosen Wirt, und der Mensch erleidet einen grässlichen Halbtod. Irgendwann stirbt er an Unterkühlung oder Dehydrierung, und das war's.

Bei dem Gedanken erschaudere ich. Als Wächter an vorderster Front bin ich darauf vorbereitet, den Tod zu finden, auch die

Infektion und Quarantäne auf einem Strafplaneten drohen jederzeit, aber das hier …

Unwillkürlich sehe ich nach vorn zu Chen, die schweigend das Schiff steuert. *Meint er das ernst?* Ich kann die Frage nicht laut aussprechen, aber sie scheint zu wissen, was ich denke, da ihre Lippen zucken, als sie Mitgefühl mit mir zu bekommen scheint und einen Arm anhebt, um mir die leichte Wölbung an ihrem Handgelenk zu zeigen. Denselben Knubbel erspähe ich auch an Angelous Hand. Ich ziehe einen Ärmel hoch und strecke den Arm aus. »Na, dann los.«

Der Injektor ist kalt, aber die Kapsel brennt, als sie in mein Handgelenk eindringt. Ich höre nur mit halbem Ohr zu, wie mir Angelou erklärt, wodurch sie ausgelöst wird. Erst nachdem er den Injektor verstaut und den Koffer weggelegt hat, fällt mir die entscheidende Frage ein. »Kann sie auch aus der Ferne ausgelöst werden?«

»Ja.«

Seine Antwort überrascht mich nicht im Geringsten.

Ich muss an unsere erste Unterhaltung im Rose Room auf der *SBS Triumphant* denken, an Angelous Antwort, als ich ihn nach den möglichen Gefahren gefragt habe.

Ich werde Sie nicht anlügen. Wenn Sie sich uns anschließen, stehen die Chancen gut, dass Sie bei Ihrem Ausscheiden entweder unter Quarantäne stehen oder in einem Leichensack stecken.

Nachdenklich befühle ich die Stelle, an der die Kapsel unter meiner Haut ruht. Erst jetzt wird mir klar, dass ein anderes Ende meines Jobs noch viel wahrscheinlicher ist.

***

Ich kehre auf meinen Sitz zurück und sehe mit an, wie wir uns weiter der Station nähern, durch den Nebel und Regen nach unten schweben wie ein Blatt, das zu Boden segelt. Wenn überhaupt, dann sieht der Komplex immer umwerfender aus, je näher wir kommen, und trotz all dieser Schönheit werde ich das Gefühl nicht los, dass hier irgendetwas nicht stimmt.

Erneut sehe ich mir die Basis an – die Habitate, die Gänge, den Nebel. Zwar sieht auf den ersten Blick alles ganz normal aus, doch meine Unruhe wird immer größer, und ich bin mir ganz sicher: *Irgendetwas entgeht mir hier.*

»Warum eine Schwebestation?«, erkundige ich mich nach einem Augenblick. »Ich dachte, der Energieverbrauch einer solchen Station wäre viel zu hoch, als dass sie kosteneffektiv wäre. Wieso haben Sie nicht einfach eine Raumstation gebaut?«

Angelou zieht eine Schulter hoch. »Die Antwort ist ganz einfach. Man kann nicht einfach weitere Dinge in den Orbit eines Planeten bringen, ohne dass es auffällt. Wenn der Feind überall lauern könnte, ist Geheimhaltung unsere beste Verteidigungsmaßnahme. Die hier vorhandene Gasmischung bringt eine standardmäßige Scanausrüstung durcheinander und macht es nahezu unmöglich, die Station zu entdecken, wenn man nicht weiß, dass sie da ist.«

Wenn man sie nicht im Weltraum bauen kann, wieso errichtet man sie dann nicht am Boden? Es muss doch einen guten Grund dafür geben, dass sie in der Luft hängt.

Ich blicke erneut auf die Station herab, aber dieses Mal betrachte ich die Umgebung. Eine Minute lang sehe ich nichts außer herabfallendem Regen und aufsteigendem Nebel.

Herabfallender Regen und aufsteigender Nebel.

Es ist, als würde etwas unter der Station die Luft ungewöhnlich heiß werden lassen, sodass sie nach oben steigt, bis sie sich abgekühlt hat, zu dichten Wolken kondensiert ist und in silbrig glänzenden Regentropfen wieder nach unten fällt, wo das Wasser erneut verdunstet und der Kreislauf von vorn beginnt. Ein schrecklicher Verdacht keimt in mir auf. Ich blinzle mehrmals schnell, um die Sicht zu vergrößern, aktiviere den Infrarotmodus meiner Kampflinsen und keuche auf. So weit mein Blick reicht, erstreckt sich in alle Richtungen ein sich ständig bewegendes Gitter aus rotem Licht, das in den orangefarbenen und gelben Wolken fast verborgen ist. Voller Entsetzen wird mir klar, was ich da wirklich vor Augen habe.

Das ist ein planetares Netz!

Aber man setzt planetare Netze heutzutage nur noch für eine Sache ein, was bedeuten würde ... Prisma ist infiziert.

Die Forschungs- und Entwicklungsabteilung befindet sich direkt über einem *Planeten voller Schatten!*

8

Ich bin vor Entsetzen wie erstarrt, als ich endlich begreife, wie berechtigt meine vorherige Unruhe war. *Schatten! Wir befinden uns über einem Planeten voller Schatten!* Ich merke nicht einmal, dass ich es laut ausgesprochen habe, bis ich Angelous trockene Stimme in meinem Rücken höre.

»Das ist ideal, nicht wahr?«

Bei seinen Worten hebe ich den Kopf und starre ihn mit weit aufgerissenen Augen an, während mir klar wird, was er damit meint. Während ich diesen Planeten anschaue und eine Festung des Feindes sehe, ist das für Angelou nichts weiter als ein riesiges Labor! Die Menschen stellen nicht etwa bedauernswerte Opfer dar, sie sind Laborratten!

Jede Zelle meines Körpers protestiert bei diesem Gedanken, auch wenn die logische Seite meines Gehirns zugeben muss, dass es irgendwie Sinn ergibt – auf erschreckende, unmenschliche Weise.

Ich ringe noch immer mit mir, während wir weiter nach unten durch den Nebel fliegen und nicht etwa direkt auf die Station zusteuern, sondern einen etwas abweichenden Kurs einschlagen. Zum ersten Mal sehe ich jetzt die vier Plattformen ein Stück abseits der Hauptstation, was dem Ganzen das Aussehen einer Windrose verleiht, in deren Mitte sich die Station befindet. Ich bin irritiert. *Weitere OPs?* Na ja, nicht direkt Orbitalplattformen, eher Atmosphärenplattformen. Vier APs kommen mir sehr übertrieben vor, selbst für Angelou, doch dann sehe ich die funkelnde Energiesphäre, die die Station komplett umgibt. Dann sind es also nicht einfach nur APs, sondern Teile der Schildphalanx, eine

Armee kleiner Sphärengeneratoren, die die Station umgeben und einen Energieschild projizieren, der alles Körperliche abblockt. Riesige Signalschüsseln bedecken die Plattformen, die somit noch einen dritten Zweck erfüllen: Sie dienen zur Datensammlung und Kommunikation. Ich nicke schweigend und bin von der Effizienz beeindruckt.

Nachdem wir durch eine der kompliziertesten Energieschleifen geflogen sind, die ich je gesehen habe, landen wir in einem Hangar auf der Außenseite der nächsten AP und steigen aus. Sobald wir die Freigabe der PsyCorp-Mitarbeiter haben, gehen wir über die AP zum inneren Rand und steigen in ein kleines Schiff, das uns zur Hauptstation bringt. Auch das ist sehr clever gelöst, denn so sind sie in der Lage, jemanden auf einer der APs festzuhalten, ohne jemals die Energieschilde senken zu müssen.

Als wir uns einer Landebucht am Zentralhabitat nähern, wage ich es, die Frage zu stellen, die mir seit der Entdeckung des Netzes nicht mehr aus dem Kopf geht. »Sind Sie nicht besorgt, dass die Ghule irgendwann hier raufkommen könnten?«, will ich zaghaft wissen. »Dass diese Station ... in ihre Hände fällt?«

Angelous Lachen hallt wie ein altmodischer Pistolenschuss abgehackt und laut durch das Schiff. »Sie haben vollkommen recht, dass die Schatten nicht wie wir an den Boden gebunden sind. Aber die Wahrscheinlichkeit, dass sie diese eine Station innerhalb der Atmosphäre von Prisma finden, ist infinitesimal. Das wäre, als würde man einen Kieselstein in einem Asteroidenfeld suchen. Außerdem dürfen Sie nicht vergessen, dass der Feind zwar fliegen kann, dennoch in Bezug auf Entfernung und Geschwindigkeit eingeschränkt ist, und zwar noch stärker als wir. Uns ist es möglich, mithilfe der Technologie unsere Fähigkeiten zu erweitern, was sie unseres Wissens nach bisher noch nicht geschafft haben.«

Ich blinzle und muss erst einmal gründlich über seine Erklärung nachdenken, bis ich begreife: *Wir sind zu weit oben und zu gut versteckt.*

»Und Sie müssen sich auch keine Sorgen machen, dass die Station fallen könnte, Sorenson«, fährt Angelou fort. »Die Systeme, die dafür sorgen, dass die Station in der Luft bleibt, sind mehrfach abgesichert. Nur die Hand Gottes könnte dafür sorgen, dass sich daran etwas ändert.«

Ich mustere ihn skeptisch. *Die Hand Gottes oder Angelous Hand?*

Doch ich presse die Lippen aufeinander und unterdrücke ein Schnauben. Manchmal bin ich mir nicht sicher, ob der Doktor da wirklich einen Unterschied macht.

Das Shuttle kommt mit einem leisen Geräusch in der Landebucht auf. Während Chen den Antrieb herunterfährt, schnappe ich mir meine Tasche und folge Angelou. Nachdem ich wochenlang unterwegs gewesen bin, kann ich es jetzt kaum erwarten, die neue Basis zu sehen. Ich war zwar noch nie auf einer Schwebestation, habe aber schon genug Raumstationen gesehen. Einige wie New Sol haben beinahe den Eindruck erweckt, man würde auf einem Planeten leben, da sie über ordentliche Straßen und Häuserkomplexe mit grünen Wiesen und Bäumen verfügten. Andere waren grau, künstlich und trostlos und wirkten ebenso kalt wie das sie umgebende Vakuum. Ich bin gespannt, was mich hier erwartet. Wir betreten die Station, und mir wird sofort klar, dass sie keiner gleicht, die ich je gesehen habe.

Denn wir stehen auf einem breiten, geschwungenen Weg, der am Außenrand des Habitats entlangführt. Sonnenlicht fällt durch die hohe Decke und bringt die Wände und Böden zum Glitzern, die aus einer Art kristallinem Material bestehen und trüb perlmuttfarben, dabei jedoch fast durchsichtig aussehen. Auf der Innenseite befinden sich verschiedene Einrichtungen – Büros, Geschäfte, Lounges, Restaurants –, während die Außenwand einem riesigen

Beobachtungsdeck gleicht, da man durch die durchsichtige Oberfläche ein sich ständig veränderndes Kaleidoskop aus pastellfarbenem Nebel und silbrigem Regen zu sehen bekommt. In der Ferne kann ich das Glitzern eines anderen Habitats erkennen, von dem ein schmaler Tunnel weiter nach unten führt.

Mit meiner Tasche auf dem Rücken folge ich Angelou und sehe mich dabei weiter um. Grüne Pflanzen – blühende Büsche und kleinere Gewächse – gedeihen in Nischen an den Wänden und berühren mit ihren Blättern elegante Bänke, die hier und da am Rand des Weges aufgestellt sind. Miniaturwasserfälle an den Wänden versorgen die Pflanzen mit Wasser, und überall zeichnen sich kleine Regenbögen ab. Sie leuchten an den Wänden, in Ecken und über den Bänken, und ihre Farben werden durch die prismatischen Effekte, die das durch den Kristall hereinfallende Sonnenlicht erzeugt, weiter verstärkt. Ich blicke nach unten und sehe noch mehr Nebel unter meinen Füßen in lavendelfarbenen, goldenen und rosafarbenen Schwaden dahinwirbeln und begreife, dass das Habitat nicht, wie anfangs angenommen, sphärisch, sondern torisch angelegt ist.

Angelou zeigt mir im Vorbeigehen kurz mehrere Einzelheiten, aber seine Worte kommen nur bruchstückhaft bei mir an.

»... ein natürliches Mineral, sehr robust und haltbar. Nicht kosteneffektiver als die meisten Legierungen, die wir verwendet haben, aber weitaus leistungsstärker, was die Absorption und Konvertierung von Sonnenstrahlung angeht.«

»... sowohl Pflanzen von der Erde als auch intergalaktische Varianten – alle natürlich genmanipuliert, um den maximalen Sauerstoffaustausch zu erzielen – und dank der im Wasser enthaltenen Düngemittel ist das ganze System größtenteils selbsterhaltend.«

»... die Polarität der Energieschilde erlaubt es uns, energiebasierende Waffen ebenso wie feste Objekte abzuwehren – dasselbe gilt natürlich auch für Blitze. Aber Gase und Flüssigkeiten gelangen problemlos hindurch.«

In der Mitte des Gangs verläuft ein schmales, in beide Richtungen führendes Gleitband, doch Angelou scheint es nicht benutzen zu wollen. Wir kommen an zwei Frauen in Laborkitteln vorbei, die in die entgegengesetzte Richtung gleiten. Ich sehe mir die beweglichen Kacheln an und kann immer mal wieder durch einige transparentere einen Blick auf das Innenleben werfen. Dabei erkenne ich, dass derjenige, der diese Station entworfen hat, für eine sehr strategische Verwendung des Materials gesorgt hat, da die nahezu durchsichtigen Teile für Schaufenster und Aussichtsbereiche verwendet wurden, während die umwölkten, opaken Stücke an Stellen eingesetzt wurden, die vor Blicken geschützt werden sollen.

Nach einigen Minuten, in denen wir etwa ein Viertel des Außenrings umrundet haben, betreten wir ein kleines Büro, an dessen Tür die Worte *Zentrale Habitatsverwaltung* in geschwungenen Buchstaben stehen. Angelou nickt dem diensthabenden Rezeptionisten zu und führt mich zu einem Schreibtisch mit Konsole im hinteren Teil des Raums.

»Dies ist eine geheime Anlage, und ein Großteil der hier durchgeführten Forschung steht unter strengster Geheimhaltung«, erklärt er mir, während er sich einscannt und einige Befehle in die Konsole eingibt. »Informationen werden nur bei Notwendigkeit weitergegeben. Ebenso ist der Zutritt zu den verschiedenen Bereichen der Basis eingeschränkt. Momentan haben Sie die Freigabe für die Habitate fünf und sieben. In H5 befinden sich die Unterkünfte der Testabteilung und in H7 unsere Trainingsanlagen. Zusätzlich haben Sie ebenso wie jeder andere auf der Basis freien Zugang zum Zentralhabitat. Abhängig von Ihren Pflichten kann es in Zukunft notwendig sein, Ihnen auch eine vorübergehende Freigabe für andere Bereiche zu erteilen.«

»Ja, Sir.«

Angelou deutete auf den Scanner, und ich lege meine Hand mit der Handfläche nach unten darauf. Der Scanner leuchtet kurz auf, und meine Finger kribbeln, als meine neue Freigabe auf meinen Chip einprogrammiert wird. Ich spanne die Finger an und bilde mir fast schon ein, die biometallischen Fäden zu spüren, die der Chip durch meine Nervenbahnen jagt.

Sobald wir in dem Büro fertig sind, kehren wir zum Hauptgang zurück und folgen ihm weiter, bis wir vor einer mit einer Schiebetür verschlossenen Luke in der Außenwand stehen bleiben. Ich kann durch den klaren Kristall erkennen, dass sich dahinter ein langer Tunnel in den Nebel erstreckt. Auf dem digitalisierten Schild an der Luke steht *Habitat 7*.

»Im Hauptcomputer sind die Bioscans jedes einzelnen Individuums auf dieser Station gespeichert«, erklärt Angelou, während wir unsere Chips über die Zugriffstafel scannen und dann eine kleine Luftschleuse betreten. Ein leises Summen ertönt in der Kammer. »Wenn die Bioscans in der Luftschleuse nicht zu denen des Chipscans passen, werden beide Türen verriegelt, bis die Sicherheitsleute vor Ort eingetroffen sind.

Ich nicke, und mir ist klar, was er mir damit sagen will: *Versuchen Sie nicht, sich in ein Habitat einzuschleichen, für das Sie keine Freigabe haben.*

Das Summen hört auf, und die Luke auf der anderen Seite öffnet sich mit leisem Klicken. Die Tunnel, die von außen so schmal und zerbrechlich wirken, sehen im Inneren sehr robust aus, schwanken jedoch leicht im Wind. Hier gibt es nichts außer einem Gleitband, das durch die kristalline Röhre führt. Wir besteigen es und gleiten in den herumwirbelnden Nebel. In der Mitte des Tunnels werfe ich zufällig einen Blick nach unten. Zuvor konnte ich den Planeten durch die dickeren Böden nicht erkennen, aber jetzt ist er gut zu sehen, wenn auch verzerrt durch das Gitter, das sich so schnell bewegt, dass die einzelnen Linien verschwimmen – ohne aktivierte Infrarotlinsen sieht es eher hellblau aus.

Ich erschaudere, als ich daran denken muss, dass der Feind ganz in der Nähe ist. Zwar kann ich ihn nicht sehen, da er sich mehrere Hundert Kilometer unter uns befindet – abgesehen davon könnte ich ihn auch nicht sehen, wenn er sich direkt unter meinen Füßen auf der anderen Seite des Kristalls befinden würde –, aber das ist unwichtig, weil ich *weiß*, dass er da ist, geisterhaft durch tote Städte und über lautlose Ebenen schwebt, beobachtet und *wartet*.

Mit einem Mal wird mir bewusst, dass ich in meinem ganzen Leben noch nie solche Angst gehabt habe.

* * *

Nach einem weiteren Bioscan an der Luftschleuse auf der anderen Seite betreten wir Habitat sieben. Zwar ähnelt es dem Zentralhabitat und besteht aus demselben kristallartigen Mineral, aber H7 ist eher flach und lang und kein Torus, und ich bemerke Trainingsräume, Fitnessstudios und einen Schießstand anstelle der allgemeinen Erholungsbereiche.

Angelou bringt mich in ein Büro am anderen Ende des Habitats, in dem mich Emil Asriel, der Teamleiter des Deltateams, empfängt. Der Doktor bleibt nur lange genug, um uns kurz einander vorzustellen, dann ist er auch schon verschwunden und subvokalisiert im Gehen bereits in seinen Chip. Ich atme erleichtert auf, als er weg ist. In Angelous Nähe hatte ich ständig das Gefühl, irgendeine Last auf den Schultern zu tragen, was mir erst jetzt, da sie verschwunden ist, richtig auffällt.

Asriel ist ebenso direkt, wie Angelou ausweichend ist, und er hat einen Kolonieakzent, den ich nicht richtig zuordnen kann. Entweder das Alter oder sein Job hat ihn gezeichnet, denn er hat Krähenfüße rund um die Augen und graue Strähnen an den Schläfen, und sein ganzes Büro wirkt wie das von jemandem, der nur für seine Arbeit lebt. Er geht das Dossier durch, das Angelou ihm gelinkt hat, und stellt mir in seiner kurz angebundenen Art einige Fragen, bevor er mich einweist.

»Die Testabteilung hier auf der Basis besteht momentan aus vier Teams: Alpha, Beta, Gamma und Delta. Jedes Team hat sieben bis zehn Mitglieder, die Techspezialisten genannt werden, sowie einen Teamleiter und einen stellvertretenden Teamleiter, kurz STL, dessen Aufgabe es ist, den Leiter zu unterstützen und seine Aufgabe zu übernehmen, falls dieser nicht mehr dazu in der Lage sein sollte.«

Falls der Teamleiter infiziert oder getötet wurde, denke ich.

»Abhängig von den Missionsparametern kombinieren wir gelegentlich zwei Teams für eine gemeinsame Operation, wenn wir mehr Leute brauchen. Es kommt aber auch vor, dass wir ein Team teilen oder in Triaden aufsplitten, um kleinere Gruppen auszusenden.«

Ich nicke, und Asriel fährt fort. »Sie beginnen als Techspezialist. Wenn Sie sich jedoch auszeichnen, können Sie zum STL oder sogar zum Teamleiter befördert werden, falls diese Positionen verfügbar sind.«

»Techspezialist?«, hake ich nach. »Diesen Rang kenne ich gar nicht.«

»Das könnte daran liegen, dass es kein militärischer Rang ist. Wir haben hier auf der Basis zwar auch militärisches Personal, aber die Forschungs- und Entwicklungsabteilung ist eine größtenteils zivile Operation und wird auch als solche geführt. Dazu gehört auch die Testabteilung, die sich aus Rekruten aus allen Teilen des Militärs zusammensetzt, sowohl Offizieren als auch niederen Rängen, und Zivilisten mit besonderen Fähigkeiten. Von den Spezialisten wird erwartet, dass sie ihrem STL und Teamleiter gehorchen, unabhängig davon, welchen Rang sie vor ihrem Transfer hierher innegehabt haben. Aber Sie dürfen nicht vergessen, dass die Basis zwar als zivile Einrichtung geführt wird, aufgrund der Geheimhaltungsstufe jedoch als militärische Unterstützungsbasis eingeordnet ist. Soweit es jeden außerhalb der Forschung und Entwicklung betrifft, sind Sie weiterhin ein Soldat innerhalb des Sternenbundmilitärs.«

»Und was wird aus mir, wenn ich hier ausscheide? Erhalte ich dann einfach meinen früheren Wächterrang zurück?«

Asriel zögert. »Darüber wird entschieden, wenn ein solcher Fall eintritt.«

Irgendwie habe ich den Eindruck, dass dieser ›Fall‹ noch nie eingetreten ist. Mir wird ein bisschen mulmig, aber ich nicke und sage: »Verstanden, Sir.«

»Normalerweise würde der Divisionscommander Sie einem Team zuweisen, aber da sie momentan auf einer Rekrutierungsmission ist, übernehme ich vorübergehend ihre Pflichten. Ich habe beschlossen, Sie bis auf Weiteres in meinem Team aufzunehmen. Im Augenblick fehlt dort ein Mitglied, und die nächste Mission ist für morgen anberaumt.«

»Morgen?«, frage ich überrascht. »Muss ich nicht erst ein bestimmtes Training absolvieren?«

Asriel starrt mich an und blinzelt mehrmals. »Können Sie in einem fliegenden Schiff stehen und einen Aero-Werfer abfeuern?«

»Sir, ja, Sir!«

»Dann würde ich behaupten, dass Sie einsatzbereit sind.« Der Ansatz eines Lächelns umspielt seine Lippen. »In zehn Minuten findet die Missionsbesprechung statt. Wenn Sie danach immer noch unsicher sind, können Sie gern auf mich zukommen. Haben Sie noch weitere Fragen, bevor wir gehen?«

Ich will gerade Nein sagen, als mir ein kleines digitalisiertes Bild in einer Ecke seines Schreibtischs auffällt – das einzig Digitale in einem Büro, in dem so gut wie keine persönlichen Dinge zu finden sind. Darauf ist eine Gruppe von zehn Personen, vier Frauen und sechs Männer, zu sehen, die in einer mir vertraut wirkenden Hangarbucht steht. Asriel ist der zweite von links, und sein begeistertes Grinsen und seine schwarze, steife Uniform sehen genauso aus wie bei allen anderen. Ich deute darauf. »Ist das das Deltateam, Sir?«

Asriel blickt erschrocken zu dem Bild hinüber. Ein seltsamer Ausdruck zeichnet sich auf seinem Gesicht ab, als wäre das Bild schon so lange da, dass er es völlig vergessen hat. Nach einem Augenblick schüttelt er den Kopf. »Das ist das Alphateam, aber nicht irgendeins, sondern das erste – die erste Testtruppe, die nach Beginn des Schattenkriegs für Dr. Angelous Basis rekrutiert wurde. Das Bild wurde am Abend vor unserer ersten Mission aufgenommen.« Er deutete auf eine stämmige Frau, deren Haar zu einem praktischen Zopf geflochten ist, und danach auf einen tätowierten Mann zu ihrer Linken. »Padma ist unsere aktuelle DC, und Lake jetzt der Leiter von Gamma.«

Ich nicke und bin froh, dass er mir die Geschichte erzählt hat. Die anderen erwähnt er nicht, und ich vermute, dass sie nicht länger hier sind. Wurden sie anderen Aufgaben zugewiesen oder gehören sie zu den Opfern des Kriegs? Ich frage lieber nicht nach.

Wir treffen uns mit dem Rest des Teams in Besprechungsraum drei, einem kleinen Hörsaal mit mehreren Sitzen in nach hinten ansteigenden Reihen. Mehrere Personen sind bereits da, als wir eintreten, haben Platz genommen oder lehnen sich an die Stuhlrücken und plaudern. Sie drehen sich um, als wir hereinkommen, und starren mich erwartungsvoll an. Eine große Frau mit muskulösen, von schwarzen und roten Markierungen gekennzeichneten Unterarmen jubelt leise auf.

»Hurra, Frischfleisch! Wer ist der Neue, TL?«

»Gleich, Ty.« Asriel bedeutet mir, mich hinzusetzen, und wartet, bis die anderen ebenfalls auf ihren Plätzen sind, bevor er mich endlich vorstellt. »Team, das ist Techspezialist Michael Sorenson, der von den Sternenbundwächtern kommt. Er ist heute zusammen mit Dr. Angelou hier eingetroffen und wird uns morgen auf unserer Mission begleiten.«

»Angelou hat Sie persönlich rekrutiert?« Ty pfeift leise auf. »Da müssen Sie ja einiges auf dem Kasten haben. Er gibt sich nur selten mit uns Testern ab.«

Ich zucke mit den Schultern, mir gefällt die Vorstellung nicht, ich könnte etwas Besonderes sein. »Da war ich wohl zur richtigen Zeit am richtigen Ort.«

»Oder zur falschen Zeit am falschen Ort«, erwidert Ty.

Als Antwort zucke ich nur erneut mit den Schultern, auch wenn ich mich frage, ob sie da nicht den Nagel auf den Kopf getroffen hat. Aber es ist dennoch besser als die Wahrheit, dass ich nur der Trostpreis gewesen bin, nachdem die Wissenschaftler, die Angelou eigentlich hatte rekrutieren wollen, auf ScyLab 185g zurückgeblieben sind.

»Spezialist«, knurrt Asriel und wirft Ty einen vielsagenden Blick zu. Sie lässt sich mit einer gemurmelten Entschuldigung auf ihren Stuhl sinken, und er stellt mir schnell meine anderen Teamkameraden vor.

Ty war wie ich früher Wächter, allerdings in einer anderen Abteilung. Es war ihr in wenigen Jahren bereits gelungen, einen Sternenbundorden für Tapferkeit im Kampf sowie eine Schützeneinstufung Level sechs zu erhalten. Sie wackelt mit den Augenbrauen und zwinkert mir zu, als sie vorgestellt wird, und ich bin dankbar dafür, dass meine dunkle Haut die leichte Röte verbirgt, die mir in die Wangen steigt.

Chen ist die Nächste. Zuerst bin ich überrascht über ihre Anwesenheit, doch dann fällt mir das Delta-Abzeichen wieder ein, das ich bei unserer ersten Begegnung an ihrem Anzug gesehen habe. Sie ist nicht nur im Umgang mit Schiffen, sondern auch mit verschiedenen Bodenfahrzeugen geübt. Wenn sie keine Missionen für Delta durchzuführen hat, springt sie bei Bedarf als Pilotin ein, was auch erklärt, warum sie Angelou und mich auf Kittridge abgeholt hat.

Herrera ist ebenso wie Chen Pilot, hat früher bei der Sternenbundmarine Jäger geflogen und ist ihr ebenbürtig, was seine Flugkünste betrifft. Der kleine, dunkelhaarige Mann wirkt, als müsste er etwas kompensieren, auch wenn ich keine Ahnung habe, was das sein könnte. Als er vorgestellt wird, schnalzt er mit der Zunge, und ich hätte beinahe die Augen verdreht.

Unser stellvertretender Teamleiter ist Archer, der von den Bodentruppen auf Zenith Major kommt. Mit seinem Bürstenschnitt, der breiten Brust und den muskelbepackten Armen hätte ich ihn als schweren Schützen eingestuft, aber es stellt sich heraus, dass er eigentlich Sanitäter ist. Sein Gruß ist knapp, aber höflich, und ich stelle fest, dass mir der Mann sofort sympathisch ist. Er erinnert mich an jemanden, den ich mal bei den Wächtern kannte. Dieser ernste, verlässliche Typ wirkt wie jemand, der einem immer den Rücken freihält.

Der schmächtige Zephyr wirkt im Vergleich zu Ty und Archer beinahe winzig, aber die drahtigen Muskeln unter seiner Uniform weisen ihn als ehemaliges Mitglied des ZG-Corps aus, einer militärischen Spezialeinheit, die sich nur auf gefährliche und sehr riskante Missionen in der Schwerelosigkeit spezialisiert hat. Außerdem erfahre ich, dass er auch eine ziemliche Berühmtheit ist, da er vor seiner Zeit beim Militär einer bekannten Truppe aus ZG-Akrobaten angehört hat. Das erklärt auch die silbrig geschminkten Wimpern und die goldenen Strähnen im Haar. Er schnieft, als er vorgestellt wird, und ich habe sofort den Eindruck, dass er einer dieser kleinen Männer mit einem riesigen Ego ist.

Zwar hat Angelou bei meiner Rekrutierung Zivilisten erwähnt, aber ich bin dennoch erstaunt, dass es sich bei den letzten beiden Teammitgliedern tatsächlich um Zivilisten handelt. RC ist unser Technikexperte und hat Ingenieurwesen an einer der prestigeträchtigsten Universitäten innerhalb des Sternenbunds studiert, die vor einem Jahr von den Ghulen überrannt worden ist. Während der Evakuierung hat man ihn rekrutiert, und er ist schließlich bei der Forschung und Entwicklung gelandet. Mit seiner blass olivfarbenen Haut und dem braunen Haar wirkt er zwar sehr unscheinbar, aber in seinen dunklen Augen funkelt große Intelligenz.

Zel ist die andere Zivilistin, eine schlanke Rothaarige mit goldenen Strähnen in ihrem langen Pony und den schillerndsten grünen Augen, die ich je gesehen habe. Da sie sehr groß und fit ist, überrascht es mich nicht, dass sie früher einmal Profisportlerin gewesen ist, aber seltsamerweise wird nicht erwähnt, welche Sportart sie betrieben hat. Sie kommt mir auf merkwürdige Weise bekannt vor, aber ich finde den Grund dafür einfach nicht heraus. Vielleicht habe ich sie ja mal irgendwo spielen sehen.

Nachdem alle vorgestellt wurden, gehen wir zur Besprechung der anstehenden Mission über. Der restliche Abend verstreicht rasend schnell. Man weist mir Ausrüstung, eine Uniform und eine Koje zu, und Archer macht mit mir eine informelle Führung durch die Schlafsäle und die Trainingsanlagen.

Danach muss ich zu einem schnellen Gesundheitscheck auf die Krankenstation, wo ich einen Injektor voller standardmäßiger Prisma-Impfstoffe gespritzt bekomme. Während meines Besuchs setzt mir der diensthabende Arzt auch gleich einen Zirkadianoptimierer hinter dem linken Ohr ein. Der winzige Biochip wird zu bestimmten Zeitpunkten die Hormonabgabe steuern, damit mein Körper die Schlaf- und Wachzyklen an die einzigartigen Muster auf diesem Planeten anpassen kann. Zu guter Letzt lande ich noch einmal in Asriels Büro, wo er mir einige grundlegende Prozeduren und Protokolle erklärt, bevor er mir die offizielle Freigabe für die morgige Mission erteilt.

»Nervös, Sorenson?«, erkundigt er sich.

»Ich bin nur froh, dass ich nach den Wochen in einem Shuttle endlich wieder etwas zu tun bekomme, Sir.«

Asriel nickt. »Hoffen wir nur, dass Sie nach der Mission immer noch so enthusiastisch sind, Spezialist. Wegtreten.«

***

Ich liege auf meiner Koje und lausche auf die Geräusche, die meine Teamkameraden im Schlaf machen. RC keucht bei jedem zweiten Atemzug, und Zephyr schnarcht wie ein genverbessertes Schwein auf Steroiden. Herrera ist so leise, dass ich mich kurz frage, ob er im Schlaf gestorben ist, ohne dass es irgendjemand bemerkt hat. Ich starre ihn einige Minuten lang an, bis er ein unverständliches Geräusch von sich gibt und sich auf die Seite dreht. Er murmelt noch etwas vor sich hin und schläft dann wieder ein.

Seufzend drehe ich mich auf den Rücken. In wenigen Stunden beginnt meine erste offizielle Mission für die Forschungs- und Entwicklungsabteilung. Infektion oder Tod – beides ist ein gleichermaßen wahrscheinlicher Ausgang der Mission. Doch das ist es nicht, was mir Sorgen bereitet. Das ist es nicht, was mich so lange wach hält, während meine Stubengenossen tief und fest schlafen. Ich aktiviere meinen Chip und sehe zum millionsten Mal auf die Uhr. Es ist ein Uhr dreißig. Also neun Uhr dreißig auf Iolanthe.

Ich muss den Anruf machen.

Bei diesem Gedanken knirsche ich mit den Zähnen, mein Magen zieht sich zusammen, und ich verkrampfe mich wie immer, wenn ich an sie denke. An Teal. Meine Schwester. Meine beste Freundin. Mein Judas.

Bei der Vorstellung, sie jetzt anzurufen, nach all der Zeit – fast einem Jahr –, wird mir vor Wut übel, aber ich habe es versprochen. Gran mag ja nicht hier sein, und sie hat mir dieses verdammte Versprechen unter Zwang abgerungen, aber ich bringe es dennoch nicht über mich, es zu brechen. Allerdings ließe sich der Anruf verschieben. Das mache ich allerdings schon seit Wochen, rede mir eine Ausflucht nach der anderen ein, warum ich sie nicht anrufen kann, doch inzwischen liegt mir das Versprechen bleischwer auf der Seele. Ich kann den Anruf nicht länger vor mir herschieben, ich muss ihn endlich hinter mich bringen.

Ich atme tief ein, setze mich auf und schwinge die Beine aus dem Bett. Mit nackten Füßen gehe ich in die angrenzende Hygieneeinheit, schließe mich in einer der Kabinen ein und linke das Kommunikationssystem der Basis an. Ich befolge die automatisierten Anweisungen genau und schneide eine Grimasse, als mir mitgeteilt wird, dass man meinen Anruf aus Sicherheitsgründen in Echtzeit überwachen wird. Als wäre es nicht schon schwer genug, ohne dass irgendein Fremder zuhört. Wieso habe ich ihn nur so lange aufgeschoben? Jetzt stimme ich den Bedingungen zu und warte, während der komplexe Vorgang eingeleitet und eine Verbindung aufgebaut wird.

Dreißig Sekunden lang trommle ich mit den Fingern auf der Seitenwand der Einheit herum und kann einfach nicht stillhalten, auch wenn ich zur Überbrückung der Wartezeit beruhigende Musik zu hören bekomme. Bei jedem Atemzug zieht sich mein Brustkorb zusammen, und ich muss unwillkürlich an das letzte Mal denken, als ich Teals Stimme gehört habe – als sie mir vor Monaten wieder einmal eine Nachricht per H-Mail geschickt hat.

Ihre Anrufe fingen beinahe sofort an, nachdem ich zum Militär gegangen und abgereist war. Zuerst meldete sie sich einmal die Woche oder öfter, hinterließ auf ihre schnoddrige, altkluge Art Nachrichten und erzählte mir, dass alles so hatte passieren müssen und dass Lias Tod unumgänglich gewesen wäre. Dass es Lias Entscheidung gewesen wäre, sich in die Luft zu sprengen, und dass Teal nicht das Recht gehabt habe, sie davon abzuhalten. Sie führte die ganzen bescheuerten Argumente an, die sie mir zu Hause schon an den Kopf geworfen hatte, bevor ich ihr nicht mehr zuhörte und letztendlich ganz den Kontakt zu ihr abbrach.

Die selbstgerechten Nachrichten waren mit der Zeit frustrierter und wütender geworden. Sie verlangte, dass ich rangehe, dass ich sie zurückrufe, dass ich ihr H-Mails schicke, fragte, ob ich jetzt völlig unter Sauerstoffmangel leide oder noch einen Rest Intelligenz besitzen würde. Natürlich habe ich mich nie gemeldet. Ich hätte mir ihre Nachrichten gar nicht anhören sollen, konnte aus irgendeinem bescheuerten Grund aber nicht widerstehen. Man hatte mich während dieser Zeit sogar beinahe bei den Wächtern rausgeworfen, da mich ihr Zorn nur noch wütender gemacht hat. Ich war ständig auf einen Kampf aus und konnte nur durch zahllose Stunden im Fitnessstudio und das Kampftraining verhindern, dass ich jemanden zusammenschlug, der nur von mir wissen wollte, was es zum Abendessen gab. Aber die Wochen und Monate vergingen, und irgendwann wurden die Anrufe weniger, bis sie sich schließlich gar nicht mehr meldete. Bis zu jenem Tag.

Dem Jahrestag von Lias Tod.

Ihre Nachricht, nur Audio, war nicht einmal eine Minute lang.

»Hey, ich bin's. Ich wollte mich nur mal melden und …« Eine lange Pause. *»Ich rufe nur an, um mich bei dir zu entschuldigen. Es tut mir so unendlich leid.«*

Selbst jetzt brennen meine Augen noch, wenn ich ihre leise Stimme in meinem Kopf höre, und ich blinzle mehrmals schnell. Doch ich würde nicht wegen Teal weinen. Nein, die Tränen waren für Lia. Sie waren immer für Lia.

»Techspezialist Sorenson?« Die Warteschleifenmusik verstummt, und ich habe die Stimme des Telefonisten erneut im Ohr. »Die Verbindung steht.«

Ich höre ein Klicken in der Leitung, dann ein leises Summen, das mir das Vibrieren an ihrem Ende anzeigt. Einen Moment lang glaube ich schon, sie wird gar nicht rangehen. Dann plötzlich: »Hallo?«

Ihre Stimme nach all dieser Zeit zu hören ist wie ein Schlag in die Magengrube. So ist es schon immer gewesen, es kommt mir immer so vor, als wäre nur ein Tag vergangen, dabei sind es schon Monate.

»Hallo? Wer ist denn da?«

Wider Erwarten macht mein Herz beim Klang ihrer Stimme einen Satz, und ich muss an diesen alten Spruch denken: *Blut ist dicker als Wasser.* Kurz bin ich versucht, den Mund aufzumachen und mit ihr zu reden …

Ihre Ernsthaftigkeit; ihre Seele. Sie schien immer genau zu wissen, was sie sagen sollte, selbst wenn ich es nicht tat.

… dann bricht auf einmal der vertraute Zorn wieder in mir auf und lässt jede andere Emotion verblassen, bis da nichts als Schmerz übrig ist. Reiner, ungetrübter, brennender Schmerz.

Ich errichte eine Mauer rings um mein Herz, hart und unnachgiebig, sodass selbst der Schmerz nicht durchkommt. Mit einer schnellen Handbewegung beende ich den Link.

So. Es ist geschafft. Ich hatte Gran versprochen, Teal anzurufen.

Davon, dass ich auch mit ihr spreche, ist nie die Rede gewesen.

An Bord der persönlichen Raumstation *Solaria*
Heim des Vorsitzenden des Sternenbunds

»Fangen Sie am Anfang an, und lassen Sie nichts aus.«

Der Gefangene zuckte zusammen und schaute nach links und rechts, als die körperlose Stimme durch das Verhörzimmer hallte. Mit ängstlichem Blick betrachtete er den Tisch, den Stuhl, die Tür und das Fenster. Nicht, dass es hier irgendetwas zu sehen gab. Der Raum hatte die ganze letzte halbe Stunde so karg ausgesehen und sich nicht verändert, seitdem der Medtech den Drogencocktail in die Adern des Gefangenen gespritzt hatte und wieder gegangen war.

Der Vorsitzende saß im gepolsterten Ledersessel in seinem Büro und lächelte kalt, während er den digitalisierten Feed auf seiner Wand betrachtete. Selbst aus einer Entfernung von sehr vielen Lichtjahren hatte seine Stimme eine einschüchternde Wirkung. Dabei wäre er sehr gern persönlich vor Ort gewesen. Dieser erbärmliche Wicht hatte solche Angst, dass selbst die bescheidenen psychischen Fähigkeiten des Vorsitzenden vermutlich ausgereicht hätten, um diese Furcht zu spüren.

Wie armselig. Angst brachte eine solche Macht mit sich, als würde die Schwäche eines anderen durch einen hindurchströmen und einen stärker machen. Aber er verließ seine persönliche Station nicht länger. Das war bedauerlich, doch unter diesen Umständen unvermeidbar.

Auf der Wand schüttelte der Gefangene gerade den Kopf. »Ich verstehe das nicht. Ich habe es Ihnen doch schon mehrfach erklärt. Ich habe wie üblich die Dämmerungspatrouille im Trostviertel gemacht. Auf den Straßen war es ruhig; es waren nur wenige Frühaufsteher unterwegs, und die Sonne schien.« Er hielt inne und wirkte traurig, als würde alles, was nun folgte, aufgrund der Tatsache, dass es sonnig gewesen war, nur noch schlimmer. »Die Luft war kühl und rein, nur der schwache Duft der Stadt am frühen Morgen war zu riechen, der eigentlich eher Erinnerung als Realität ist. Ich hatte zu diesem Zeitpunkt zweimal meine Runde durch das Viertel gedreht und nicht das Geringste gerochen. Bis ... bis ich es doch tat.«

Er wollte die Hände heben, wurde jedoch durch die Metallhandschellen, mit denen er an den Tisch gefesselt war, daran gehindert. Hilflos ließ er sie wieder sinken.

Der Vorsitzende machte den Mund auf und wollte schon eine Frage stellen, als sich das altbekannte Zittern in seiner linken Hand bemerkbar machte. Schnell hielt er die Hand so, dass sie auf dem Feed nicht zu sehen war, damit niemand etwas bemerkte. Sein Blick fiel auf den Injektor, der wie immer auf einer Schreibtischecke stand, so nah und doch so unerreichbar. Da er ihn nicht benutzen konnte, ohne dass die anderen es mitbekamen, konzentrierte er sich stattdessen auf seine Hand und versuchte, das Zittern durch reine Willenskraft verschwinden zu lassen. Er traute sich nicht, erneut etwas zu sagen aus Furcht davor, das verräterische Nuscheln könnte ihn verraten.

Von einem anderen digitalisierten Schirm hinter ihm drang die Stimme der Admiralin. »Fahren Sie fort, Vorsitzender. Das Schattenol, das sie ihm verabreicht haben, wirkt wenigstens eine Woche, doch das Psi-Lac wird innerhalb einer Stunde abgebaut.«

Schattenol, um den Besetzer von der Fortpflanzung abzuhalten. Psi-Lac, um den psionischen Einfluss zu unterbinden.

Der Vorsitzende biss bei der Zurechtweisung der Admiralin die Zähne zusammen, während der Doktor auf einem anderen Schirm ihr zustimmte. Als Leiter von TruCon, des größten Unternehmens innerhalb des Sternenbunds, war der Vorsitzende für die Produktion und Distribution aller Schattendrogen verantwortlich. Er wusste genauso gut wie die beiden anderen – nein, eigentlich sogar besser als sie! –, wie lange die Wirkung dieser Drogen vorhielt.

Er blickte kurz zur untersten Schreibtischschublade, die seinen beachtlichen Arzneivorrat enthielt. Tatsächlich kannte er die genaue Wirkung sehr vieler Drogen sogar besser, als ihm lieb war.

Zu seiner Erleichterung ließ das Zittern plötzlich nach, und die Normalität kehrte so schnell wieder ein, wie sie verschwunden war. Da er sich der Blicke in seinem Rücken bewusst war, konzentrierte sich der Vorsitzende erneut auf den Gefangenen und fühlte sich endlich sicher genug, um seine Frage auszusprechen. »Bis Sie es doch taten?«

Der Schnüffler schüttelte den Kopf, und ihm liefen Tränen über die Wangen. »Ich hatte überhaupt nichts gerochen – das schwöre ich! –, doch dann waren sie auf einmal einfach da. Ghule auf allen Seiten, so viele, dass ich ihren individuellen Geruch nicht mehr wahrnehmen konnte, nur noch den dicken, schweren Gestank, als hätte sich eine säuerlich-süße Woge mit einem Mal über die ganze Welt gelegt. Ich griff sofort nach meinem Injektor, wie es Vorschrift ist, und habe es danach gemeldet.«

Ein Schluchzen erschütterte den Körper des Mannes, und der Vorsitzende verzog vor Abscheu das Gesicht. Er konnte Schwäche nicht leiden, versuchte, sich seine vielen Krankheiten niemals anmerken zu lassen, und hatte nicht die geringste Geduld mit Menschen, die es anders hielten.

Die letzten Worte tat er mit einer Handbewegung ab. »Ich bin mir sicher, dass Sie die Vorschriften genau befolgt haben. Was ich wissen will, ist, woher sie gekommen sind. Sie müssen doch irgendeine Ahnung haben. Nennen Sie uns eine Richtung, einen Geruch, der vom Wind herübergeweht worden ist, irgendetwas.«

»Woher sie gekommen sind?«, wiederholte der Gefangene benommen. Er schluchzte noch einmal auf und riss sich dann sichtlich zusammen. Langsam hob er den Kopf und sah mit harten Augen in die Kamera.

»Aus dem Nichts«, erklärte er. »Es war, als wären sie einfach aus dem Nichts gekommen.«

Bei diesen Worten standen dem Vorsitzenden die Haare im Nacken zu Berge. Sie hallten so schroff und endgültig durch den Raum, als wären sie nicht an einem eine Million Lichtjahre entfernten Ort ausgesprochen worden. Er beendete den Feed abrupt, sodass der Zeuge nicht mehr zu sehen war, als könnte er damit auch die Bedeutung der Worte, die noch in der Luft zu hängen schienen, verschwinden lassen.

»War das wirklich nötig?«, fragte die Admiralin auf dem Schirm hinter ihm trocken.

Der Vorsitzende drehte seinen Stuhl langsam herum und sah die Frau an. Himmel, wie sehr er sie hasste! Ihre selbstgefällige Art, ihre listige, herablassende Haltung. Da waren ihm selbst der kalte Intellekt und die strikte Moral des Doktors noch lieber. Aber auch wenn er sie nicht leiden konnte, brauchte er sie – und das, was sie zu leisten vermochte.

Der Vorsitzende bedachte sie mit einem kalten Lächeln. »Es war offensichtlich, dass er uns nichts Nützliches mehr sagen konnte.«

»Er hat genug gesagt«, warf der Doktor ein, der die Hände hinter dem Rücken verborgen hatte und dessen Lippen eine schmale Linie bildeten. »Der Feind hat sich verändert. Ebenso wie die Besetzer gelernt haben, ihren Geruch zu verbergen, oder wie bei der Nova-Technologie. Er passt sich an.«

Anpassung nannte er das? Der Vorsitzende schnaubte lautlos. Er meinte wohl eher, dass sie zu neuen Waffen griffen. Die Schatten benutzten keine Waffen, sie verkörperten sie. Jede bedeutsame Veränderung ihrerseits war gleichbedeutend mit der Entwicklung einer neuen Waffe bei ihrem Feldzug zur Eroberung der Menschheit.

»Und wie haben sie sich Ihrer Meinung nach angepasst?«, wollte der Vorsitzende wissen. »Sie sind unbemerkt in die Stadt gelangt, das ist korrekt, aber die Zäune haben dennoch Alarm geschlagen, und die Schnüffler haben sie während der Invasion gerochen. Wenn die Ghule gelernt hätten, die Zäune zu überwinden und ihren Geruch zu ver-

bergen, warum geben sie sich dann doch zu erkennen? Wäre es da nicht leichter, die Stadt einfach so zu erobern, sich unbemerkt auszubreiten, ohne dass wir uns einmischen können? Außerdem haben wir noch keinen weiteren Bericht über ein derartiges Vorgehen erhalten, oder?«

»Nein, das haben wir nicht«, gab der Doktor zu. »Doch das erklärt noch immer nicht, wie sie in derart großer Zahl in die Stadt gelangen konnten.«

»Es war ein Test.«

Die beiden Männer starrten die Admiralin überrascht an. Ein eisiges Lächeln umspielte ihre Lippen, eher eine Art Verbeugung vor dem Einfallsreichtum des Feindes statt einer wirklichen Freudenbekundung.

»Anpassung, uns bislang unbekannte Fähigkeiten, irgendeine andere Taktik. Wir haben uns die ganze Zeit nur auf das Wie konzentriert, dabei hätten wir uns doch besser über das Warum den Kopf zerbrechen sollen. Wenn sie ihre Strategie anpassen und einen neuen Modus Operandi ausprobieren, dann tun sie das nicht einfach so. Sie stellen uns auf die Probe.«

Der Vorsitzende sah sie fragend an. »Ja, aber was wollen sie denn dadurch herausfinden?«

»Was will jeder in einem Kampf über seinen Gegner erfahren?«, gab sie zurück und verschränkte die Finger. Sie betrachtete ihre Hände und zog das Schweigen in die Länge, bis es kaum noch zu ertragen war. Erst dann ließ sie die Hände sinken und sah ihm in die Augen.

»Seine Schwächen. Sie suchen unsere Achillesferse.«

PHASE ZWEI

9

Wir rasen mit lautem Getöse über die Savanne und durch die kühle Morgenluft. Licht dringt über den südlichen und östlichen Horizont und breitet sich in weißen und gelben Strahlen über das strohige Gras. Persephone, die im Süden aufgeht, schickt einen letzten Gruß zu Demeter, die im Osten untergeht.

Ich halte eine Hand durch das offene Chassis des Roamers und streiche mit den Fingerspitzen über die rauen Halme. Die Savanne erstreckt sich zu allen Seiten, in goldenes Licht getaucht und mit hauchfeinen Spinnweben überzogen, während in der Ferne die Metallmauern einer Stadt dumpf im Morgenlicht schimmern. Hier und dort wachsen graubraune Bäume auf der Ebene mit seltsam verdrehten dünnen Stämmen, und ihre Äste schwanken im Wind. Das ganze Land wirkt wie ein Schatten – wie eine ausgeblichene, ausgewaschene Version von etwas, das einst bunt und leuchtend war – doch in dem kurzen Moment, in dem sich das Licht beider Sonnen kreuzt, wird es plötzlich zu mehr, es wird strahlend.

Als jemand hinter mir hustet, konzentriere ich mich erneut auf die Mission. Wir befinden uns am Südostrand des Kontinents Javeyn, einem von drei dank Terraforming entstandenen Prisma-Monden, der vor einem Jahr an die Schatten verloren und unter Quarantäne gestellt wurde. Den Großteil der Bevölkerung hatte man zwar vor der Invasion evakuieren können, aber vor allem in den Städten halten sich immer noch größere Besetzergruppen auf. Doch ihretwegen sind wir nicht hier. Nein, wir sind wegen der Ghule hergekommen.

Ich hebe den Kopf und schnüffle. Aber da ist nichts, jedenfalls nichts Alienartiges. Nur das kalte, trockene Rascheln des Windes, der über die Ebene weht.

Zel, die auf der anderen Seite der Ladefläche des Roamers sitzt, bemerkt meine Bewegung, hebt ebenfalls die Nase und holt tief Luft. »Ich rieche nichts, Sorenson. Du etwa?«

»Negativ.«

»Das liegt daran, dass hier keine Ghule sind, ihr Dummbots«, sagt Tys Stimme über Kom. Sie sieht aus dem anderen Roamer zu uns herüber und schneidet eine Grimasse.

»Hey, passen Sie auf, wen Sie hier einen Dummbot nennen, Sie Null«, kontert Zel gut gelaunt.

»Die meisten Ghule halten sich in der Nähe bewohnter Gebiete und Städte auf.« Zephyr blickt von seinem GPS-Gerät hoch. *»Aus diesem Grund haben wir ja auch das Feld mitten im Nirgendwo als Landezone ausgewählt. Da ist die Chance geringer, schon auf dem Weg nach unten vom Feind überrascht zu werden.«*

Ty und Zel sehen sich an. *»Danke für die Lektion, Professor Superschlau.«* Ty schnaubt, und die beiden Frauen lachen schallend.

Ich runzle bei ihren Späßen leicht die Stirn, mustere die anderen und weiß noch nicht so recht, was ich von meinem neuen Team halten soll. Chen sitzt am Steuer meines Roamers, Archer auf dem Beifahrersitz, und der STL und Zel sind hinten bei mir, während Zephyr den anderen Roamer mit Asriel, RC und Ty steuert. Herrera schwebt irgendwo oben in der Luft, passt auf das Schiff auf und hält sich bereit, um uns im Notfall schnell abholen zu können. Trotz der gutmütigen Kabbelei machen alle einen fähigen und einsatzbereiten Eindruck. Doch ich bin sehr nervös, weil ich mit einem Team, über das ich so verdammt wenig weiß, auf Mission bin – vor allem auf einer wie dieser.

Wir gehen auf Ghuljagd.

Ich hebe den Hochfrequenzsoundverstärker in meinen Händen

hoch und sehe ihn mir ein weiteres Mal an. Der Metallzylinder ist etwa einen Meter lang, hat einziehbare Dornen an einem und ein Steuerungsinterface am anderen Ende. Vier kleine blaue Lämpchen leuchten entlang des Zylinders, getrennt von langen Lautsprechern. Das ganze Gerät ist in einer Schutzhülle aus einem harten, durchsichtigen Material verstaut. Wird der Soundverstärker aktiviert, kann er Töne in einer breiten Spanne von Frequenzen und Lautstärken erzeugen, die zu hoch für die Ohren von Menschen sind, aber nicht für Ghule. Ebenso wie unsere Werfer Ghule mithilfe der richtigen Gasmischung abwehren können, soll dieses Gerät theoretisch dasselbe leisten, vorausgesetzt, wir finden die richtige Frequenz. Das behaupten jedenfalls die Wissenschaftler. Jetzt ist es unsere Aufgabe, den Praxistest durchzuführen. Aber bevor wir Ghule abwehren können, müssen wir erst einmal welche finden.

Ich hocke auf der Ladefläche des Roamers und stützte mich mit einer Hand am offenen Chassis ab, während wir gen Westen durch das hohe Gras auf die Stadt zufahren, die am Horizont zu sehen ist. Östlich der Stadt gibt es keine Straßen und keine Bauwerke der Menschen, sondern endlose Savanne, und erst in fünfhundert Kilometern Entfernung fangen die Küstenstädte an. Da die Terraformer erst innerhalb der letzten fünfzig Jahre auf den Trabanten von Prisma fertig geworden sind, konnten sich die Menschen noch nicht so weit ausbreiten, und große Landstriche sind weiterhin unberührt und nicht entwickelt.

Die Roamer kommen schnell voran, preschen über die Savanne, und schon bald haben wir den Ostrand der Stadt erreicht. Der Energiezaun, eine riesige Blase aus Energie, umgibt die Stadt von allen Seiten und endet gute eintausend Meter hinter der Stadtgrenze. Die Blase ist durch zahlreiche, in regelmäßigen Abständen auf der Ebene aufgestellte Energiezaunpfosten in weitere Gitter unterteilt, und der Alarm wird nur ausgelöst, wenn sich ein Ghul durch eines der zwischen zwei Pfosten projizierten Energiebänder bewegt. Diese sind momentan zwar unsichtbar, schimmern jedoch bläulich, wenn ein Ghul sie in Richtung Stadt passiert, und rötlich, wenn er in die entgegengesetzte Richtung unterwegs ist. Ich linke das Gitter in meinen Helm und programmiere ihn, dasselbe anzuzeigen.

Meine Haut kribbelt leicht, als wir die äußersten Pfosten passieren. Ich drücke mich enger an das Chassis des Roamers und schnuppere immer wieder, während wir uns der Stadt nähern. Eine steife Brise trifft uns, als wir uns direkt in den Wind drehen, und lässt das Gras um uns herum rascheln. Da rieche ich diesen leicht säuerlich-süßen Gestank, den ich überall wiedererkennen würde.

Ghule.

Ich lege die Hände fester um meinen Aero-Werfer, und wir fahren weiter in das Feld hinein. Die nächsten Ghule sind noch gute fünfhundert Meter entfernt, gerade mal an der Grenze dessen, was ich olfaktorisch wahrnehmen kann, aber mein Herz schlägt dennoch schneller. Ein halber Kilometer ist nicht viel, denn die Ghule können diese Strecke locker in einer Minute überwinden.

Nach weiteren hundert Metern lässt Asriel uns anhalten. »Okay, Team! Ihr wisst, was ihr zu tun habt. Dann mal los.«

Adrenalin schießt durch meine Adern, als ich mit schussbereitem Werfer auf dem Roamer aufstehe, und ich gestatte mir ein finsteres Grinsen. Genau für so was bin ich Division sieben beigetreten. Vorn macht Archer dasselbe; wir werden Zel während des Tests Deckung geben, da sie den Soundverstärker bedienen wird. Im anderen Roamer wird RC die Anzeigen des Gitters im Auge behalten, während Zephyr die Frequenzen testet und Asriel und Ty aufpassen.

Ich beobachte Zel, die den Verstärker aktiviert und ihn auf die ausziehbaren Beine stellt, die an einem Ende herausragen. Ihre flinken Finger tanzen über das Steuerinterface. Die lange blaue Lampe geht an, sodass der Zylinder unter dem wolkenverhangenen Himmel hell leuchtet. Einen Augenblick später meldet sie: »Hochfrequenzsoundverstärker aktiviert und bereit zum Test.«

Asriel nickt und aktiviert den Rekorder seines Chips. »Hochfrequenzsoundverstärkertest beginnt um null neu dreiundfünfzig SGT, Missionsleiter Emil Asriel übernimmt die Aufzeichnung. Erster Test: Frequenzeinstellung eins, Lautstärkeeinstellung eins.«

Er nickt Zel zu, und sie setzt den ersten Impuls ab. Wie erwartet ist das Geräusch viel zu hoch, als dass wir es hören könnten. Aber ich spüre sofort ein komisches Summen am Ohr, kein wirklicher Ton, eher eine Vibration. Wenn ich die Reaktion der anderen richtig deute, bin ich nicht der Einzige, dem es so geht.

»Was ist das?«, fragt Ty.

»Dr. Rahman sagte, dass so etwas passieren könnte«, bestätigt Asriel. »Das Geräusch liegt zwar außerhalb des Bereichs, den wir hören können, aber er meinte, dass wir möglicherweise Vibrationen spüren. Weitermachen.«

Ich schnuppere immer wieder und behalte das Gitter im Auge, aber soweit ich es erkennen kann, gibt es keine Veränderung. Die Ghule scheinen zu bleiben, wo sie sind, kommen nicht näher, gehen aber auch nicht weg. RC, der im anderen Roamer das Gitter mit besserer Ausrüstung beobachtet, bestätigt meine Erkenntnisse mit einem Kopfschütteln. »Keine Veränderung.«

Wir setzen den Test fort, gehen eine Kombination aus Frequenz und Lautstärke nach der anderen durch, während Asriel sein Audiolog aktualisiert und RC mit seinen Instrumenten alles aufzeichnet. Als ein weit entfernter Teil des Gitters tatsächlich aufleuchtet, scheint es eher ein Zufall zu sein, der nichts mit dem Test zu tun hat. Es dauert nicht lange, bis meine anfängliche Begeisterung in Langeweile umschlägt und mir vom langen Festhalten des

Werfers die Arme schwer werden. Dann bringt Chen uns näher ran.

Wir fahren langsam vorwärts, und Zel geht die Einstellungen eine nach der anderen durch, während wir uns dem wartenden Feind nähern. Die anfängliche Entfernung von vierhundert Metern sinkt um zehn, zwanzig, fünfzig Meter, und wir bleiben nicht stehen. Inzwischen habe ich schweißnasse Hände und leichte Ohrenschmerzen von dem ständigen Niederfrequenzsummen des Geräts.

Weitere einhundert, einhundertzwanzig, einhundertfünfzig Meter. Nun sind wir nur noch zweihundert Meter entfernt und weiterhin in Bewegung. Der Wind hat zugenommen und schüttelt uns mit heftigen Böen aus dem Norden durch. Ich wackle im Stiefel mit einem Fuß, während die Distanz immer kleiner wird, und schnüffle auf eine bedrohliche Reaktion des Feindes. Inzwischen rieche ich die Schatten nicht nur direkt vor uns, sondern auch an den Seiten. Die Möglichkeit, dass sie uns umzingeln könnten, lässt mich immer nervöser werden.

»Sie werden bemerkt haben, dass sie bisher weder angegriffen haben noch näher gekommen sind«, sagt RC auf dem zweiten Roamer. »Eine mögliche Hypothese ist, dass der Verstärker in der Tat funktioniert, aber eher als defensive denn als offensive Waffe. Mit anderen Worten, das Geräusch wirkt nicht als Abschreckung, um sie zu vertreiben, sondern als Schild, der ihr Näherkommen verhindert.«

»Wir sind hier, um genau das herauszufinden«, sagt Asriel.

Wir fahren weiter und kommen unserem wartenden Erzfeind auf Asriels Befehl hin immer näher. Wir sind nur noch einhundert Meter von einer Gruppe aus wenigstens fünfzig Ghulen entfernt, als es passiert. Der Roamer fährt über eine Unebenheit, und der Verstärker fällt um. Bevor Zel ihn festhalten kann, kommt das Gerät mit lautem Knall auf dem Boden auf. Die Schutzabdeckung reißt auf und fällt herunter, und augenblicklich dringt mir ein intensiver Schwall säuerlich-süßer Luft in die Nase. Einen Moment später flackert an zwei Dutzend Stellen des Zaungitters rotes Licht auf, als jeder Ghul innerhalb eines Radius von einem Kilometer plötzlich merkt, dass wir da sind, und zum Angriff übergeht.

Sie kommen alle direkt auf uns zu.

Noch während Asriel »Rückzug!« schreit, hat Chen das Lenkrad bereits herumgerissen, und Zephyr macht im anderen Fahrzeug dasselbe. Der Ghulgeruch brennt in meiner Nase, und die Zäune sehen aus wie ein rotes Feuerwerk, als eine ganze Horde Ghule von drei Seiten auf uns zukommt. Ich feuere mit dem Werfer einen Schuss nach dem anderen ab und wechsle zwischen der Seite und dem Heck, während der Roamer die Drehung beendet und zurück über die Savanne rast und Archer Gasgranaten wirft, um unseren Rückzug zu sichern. Nicht, dass das von großem Erfolg gekrönt wäre, da der Wind alles, was wir abfeuern, innerhalb von Sekunden zerstreut. Zel bemüht sich, den Verstärker auszuschalten, aber es ist zu spät. Auch nachdem das blaue Licht ausgegangen ist, stürmen die Ghule weiter auf uns zu, denn sie haben unseren Geruch ebenso in der Nase wie wir ihren. Weitere Ghule kommen von oben wie unsichtbare Raubvögel, und kurz befürchte ich schon, dass sie uns einkesseln, uns in einem unsichtbaren Kreis umringen, aus dem wir nicht mehr entkommen können …

Doch es gelingt uns, die Ghule hinter uns zu lassen, bevor sich der Kreis schließen kann, und wir rasen von der Stadt weg. Der Feind fällt zurück, da er nicht mit den Roamern mithalten kann, obwohl wir durch das Gras langsamer fahren müssen, und die Entfernung zwischen uns wird immer größer. Einhundert Meter, zweihundert, dreihundert. Wir kommen am äußersten Energiezaunpfahl vorbei und auf die Savanne. Das Gras raschelt um uns herum, und schon bald sind die Ghule so weit zurückgefallen, dass ich sie kaum noch riechen kann. Ich halte den Werfer dennoch bereit, obwohl die anderen bereits erleichtert aufatmen und jubeln …

»BAUM!!!«

Der umgestürzte Baum taucht so plötzlich vor uns auf, dass keiner von uns ihn rechtzeitig bemerkt, da er bis zum letzten Augenblick vom hohen Gras verborgen war. Zephyr hat gerade noch Zeit, uns die Warnung zuzurufen und auf die Bremse zu treten, dann haben wir den Stamm auch schon erreicht.

Chen reagiert sofort und reißt das Lenkrad hart nach rechts, während der andere Roamer gegen den Baum prallt. Unser Fahrzeug macht einen Satz, als das linke Vorderrad über einige Wurzeln jagt, und sackt ruckartig nach unten, da das trockene Holz unter dem Gewicht nachgibt. Wir geraten ins Schlingern, der linke Vorderreifen bleibt stecken, während sich der restliche Roamer weiterbewegt. Ich sehe noch, wie der Soundverstärker durch die Luft segelt, stürze dann jedoch nach hinten und muss meinen Werfer fallen lassen, um mich am Chassis festzuklammern und nicht abgeworfen zu werden. Der Wind peitscht mir ins Gesicht, und das Gras fliegt hoch in die Luft, als das Vorderrad durchdreht, sich jedoch nicht befreien kann.

»Der Verstärker!«

Ich blicke gerade noch rechtzeitig auf, um zu sehen, wie Zel vom Roamer springt. Der Baumstamm gibt unter ihren Füßen nach, da das verrottete Holz ihr Gewicht nicht tragen kann, und sie stürzt nach vorn. Unfähig, den Sturz aufzuhalten, macht sie sich ganz klein und lässt sich herunterrollen, nur um sofort wieder aufzuspringen, sobald sie am Boden ankommt. Im nächsten Augenblick sprintet sie auch schon los, und ihr roter Pferdeschwanz fliegt durch die Luft, als sie zu dem Gerät rennt.

»Zel!«, brüllt Archer.

»Sie werden erst in einer Minute hier sein, STL! Ich kann es holen!«

Er überlegt kurz. »Okay, Zel, gehen Sie! Chen, Sie bleiben am Steuer. Sorenson und ich werden das Rad rausholen!«

Er hat den Befehl noch gar nicht ganz ausgesprochen, da springe ich bereits vom Roamer und renne zum festsitzenden Rad. Wurzeln knacken und splittern, als ich daran zerre. Die kleineren, brüchigen Stücke sind beim Aufprall einfach zersprungen, aber die dickeren Wurzeln sind noch verdammt robust. Ich spanne die Muskeln im Rücken und Bizeps an und ziehe an einer besonders hartnäckigen Wurzel, aber das Holz gibt nicht nach und widersetzt sich mir. Dann ist Archer da und setzt seine beachtliche Stärke ein, und die Wurzel hält unseren gemeinsamen Anstrengungen nicht mehr stand.

»Versuchen Sie es jetzt, Chen!«

Holzsplitter fliegen uns um die Ohren, als Chen aufs Gas tritt. Der Roamer wackelt, während sie versucht, vor- und zurückzusetzen, aber er kommt nicht frei. Ein Blick über die Schulter verrät mir, dass es Asriels Gruppe auch nicht besser geht. Rauch steigt von der Motorhaube ihres Roamers auf, und trotz Zephyrs verzweifelten Versuchen bewegt sich auch dieser nicht.

»Achtung, Teal!«, ruft Zel über Kom, als sie mit dem Verstärker unter dem Arm zu uns zurückkommt. *»Sie sind gleich da!«*

Bei ihrer Warnung drehe ich den Kopf, und der Gestank trifft mich wie eine Faust. *Ghule.* Noch fünfhundert Meter entfernt, aber sie kommen schnell näher. Sie müssen gespürt haben, dass wir angehalten haben und jetzt verletzlich sind. *Schlacke!* Im direkten Vergleich sind Ghule schneller als jeder Mensch, der zu Fuß laufen muss, und sie werden so gut wie nie müde. Wenn wir diesen Roamer nicht bald wieder in Bewegung setzen können, war's das für uns.

Ich hänge mich noch mehr rein, zerre an Wurzeln und Gras und versuche, die entscheidende Stelle zu finden. Zel und Archer sind an meiner Seite. Über Kom ist zu hören, wie Asriel unsere Abholung anfordert, aber Herrera wird mehr als zwei Minuten brauchen.

»*Archer, Status!*«, knurrt Asriel.

»Der Roamer sitzt noch fest, TL!«

Asriel stößt einen Fluch aus. »*Und unsrer hat den Geist aufgegeben. Versuchen Sie es weiter. Wir kommen rüber und helfen.*«

Wir werden es nicht schaffen, wird mir auf einmal klar. Die Horde ist nur noch dreißig Sekunden entfernt. Selbst wenn uns die anderen helfen, können wir uns nicht mehr rechtzeitig in Bewegung setzen. Ich sehe immer wieder zum Feld hinüber, das seltsam leer aussieht, auch wenn meine Nase mir etwas anderes einreden will. Zel, die neben mir steht, lässt auf einmal die Wurzel fallen, an der sie gezerrt hat, und tritt zurück.

»Ich glaube, ich kann uns etwas Zeit verschaffen, TL.«

»*Zel, was …*«

Bevor irgendjemand reagieren kann, schnappt sie sich den Verstärker und rennt los. Sekunden später geht das blaue Licht wieder an, als sie das Gerät aktiviert. Der Feind reagiert augenblicklich; die ganze Horde dreht ab und folgt Zel. Sie passieren uns gute dreißig Meter weiter rechts und verfolgen das für uns lautlose Geräusch des Verstärkers und die einsame Frau, die ihn in den Händen hält.

»Ich hab's!«

Als ich mich umdrehe, zieht Zephyr gerade ein verformtes Trümmerstück aus dem Radkasten. Er macht einen Satz nach hinten, Chen lässt den Motor aufheulen, und der Roamer ist frei.

»Alle einsteigen!«

Das muss sie uns nicht zweimal sagen. Sekunden später stehen wir alle auf der Ladefläche, fallen beinahe übereinander in unserer Hast, und dann fahren wir los und rasen über die Savanne Zel hinterher.

Wir holen sie bald ein, sind etwa zwanzig Meter links neben ihr und bereit, sofort abzudrehen, falls die Ghule Anstalten machen, uns anzugreifen. Ich umklammere fest meinen Werfer und kann nichts anderes tun, als staunend mit anzusehen, wie Zel um ihr Leben rennt. Sie bewegt die langen Beine so kraftvoll durch das Gras und pumpt mit den Armen, als wären es Stutterkanonen, während sie fünf Meter vor der Horde herrennt. Mein Herz rast, als ich ihr dabei zusehe. Theoretisch habe ich zwar gewusst, dass es einem Menschen – einem sehr schnellen Menschen – möglich ist, einem Ghul davonzulaufen, aber ich hätte nie gedacht, dass ich so etwas mal sehen würde.

»Wir müssen Zel da rausholen, und zwar schnell«, sagt Asriel. »Lassen Sie den Verstärker fallen, Zel! Wenn sich die Horde darauf stürzt, drehen wir ab und holen Sie.«

Er hat die Worte kaum ausgesprochen, da fällt der Verstärker ins Gras, prallt mehrmals vom Boden ab und verschwindet zwischen den hohen Halmen. Ich aktiviere die Vergrößerungsoption meiner Linsen und halte nach dem Zylinder Ausschau, entdecke dann die blauen Lichter, während er weiter durch das Gras rollt. Innerlich flehe ich ihn an, nicht liegen zu bleiben und weiter von Zel wegzurollen. *Komm schon, komm schon …*

Mit einem Mal erlöschen die blauen Lichter, der Verstärker verschwindet im Gras, und die Ghule laufen einfach darüber hinweg, als wäre das Gerät überhaupt nicht da. Sie rennen weiter Zel hinterher. Ich fluche, als mir klar wird, was passiert ist.

»Schlacke! Er muss beim Hinfallen ausgegangen sein!«

Als Zel mich hört, riskiert sie es, kurz über die Schulter zu schnüffeln, und reißt die Augen auf, als sie den Geruch der Ghule wahrnimmt. Mit neu entfachtem Eifer läuft sie weiter und behält ihren stetigen Rhythmus bei. Sie ist so schnell, dass ich schon fast damit rechne, das Gras hinter ihr Feuer fangen zu sehen. Doch dann stelle ich entsetzt fest, dass Zel zwar schnell, die Ghule jedoch schneller sind.

Sie holen auf.

Mir schlägt das Herz bis zum Hals, und ich habe schweißnasse Handflächen, als ich rieche, dass die Horde ihr immer näher rückt. Anfangs ist es kaum merklich, sodass ich mir gar nicht sicher bin, ob mich meine Nase nicht trügt.

Doch dann wird es offensichtlich.

Fünf Meter, vier, drei. Langsam aber sicher verringern sie die Distanz zu ihr. Zel mag ihnen in Bezug auf die Geschwindigkeit zwar gewachsen sein, aber die Schatten haben einen großen Vorteil: Menschen werden müde, sie nicht. Anhand der Reaktionen der anderen merke ich, dass sie es auch gerochen haben.

»Wir müssen sie da rausholen, TL«, sagt Archer und schaltet sein Kom aus, damit Zel es nicht hören kann. »Zel ist schnell, aber sie ist auch nur ein Mensch. Lange hält sie das nicht mehr durch.«

»Da haben Sie recht«, stimmt Asriel ihm zu. »Irgendwelche Vorschläge?«

»Wie wäre es, wenn wir den Verstärker nutzen, um sie von ihr wegzulocken?«, schlägt RC vor. »Das Ding hat sie doch erst angezogen.«

»Keine schlechte Idee«, meint Archer, »aber da gibt es ein Problem: Wo ist das Ding?«

Wir blicken alle gleichzeitig auf das Grasmeer hinaus, dessen hohe Halme sich im Wind wiegen. Ich drehe den Kopf und versuche, mich daran zu erinnern, wo ich das Gerät zuletzt gesehen habe, aber hier sieht einfach alles gleich aus. Selbst auf größter Vergrößerungsstufe kann ich es nicht finden. Da die anderen blinzeln und den Kopf schütteln, scheinen sie ebenso wenig Erfolg zu haben.

Ich schaue wieder zu Zel hinüber und schnüffele nach dem

Feind. Sie hat nur noch einen Vorsprung von zwei Metern, der immer kleiner wird, und so langsam sieht man ihr die Erschöpfung an. Wo immer der Verstärker auch ist, sie wird nicht durchhalten, bis wir ihn gefunden haben.

»Setzen wir die Werfer ein?«, überlege ich laut. »Fahren wir einfach los und pusten sie weg?«

»Da sind bestimmt fünfzig Ghule hinter ihr her«, erwidert Ty. »So viele werden wir auf die Weise nicht los, nicht auf einem freien Feld und bei diesem Wind. Selbst wenn wir Granaten werfen, würde der Wind das Gas einfach zerstreuen.«

»Wie wäre es, wenn wir uns vor sie setzen und sie schnell einladen?«, fragt Archer.

Chen, die weiterhin am Steuer sitzt, schüttelt den Kopf. »Sie sind zu dicht dran. In der Zeit, die wir brauchen, um anzuhalten und sie einzuladen, wären sie bei uns.«

»Aber wir müssen doch irgendwas tun!«, ruft Ty.

Bevor noch jemand etwas sagen kann, kommt Herreras Stimme über Kom. *»Hat hier jemand ein Taxi bestellt?«*

Das Schiff kommt über uns aus den Wolken und glänzt wie der weiße Ritter, der uns zu Hilfe eilt. Es landet direkt vor Zel, knappe fünfzig Meter voraus, und hat die hintere Luke bereits geöffnet. Zu meiner Überraschung dreht Zel jedoch ab und rennt vom Schiff weg.

»*Nein*«, kommt Zels schnaufende Stimme über Kom. Sie atmet inzwischen schwer und gepresst. *»Sie sind nur noch wenige Meter hinter mir. Wenn ich auf den SkyRunner zuhalte, überrennen sie das ganze Schiff, bevor ihr wieder abheben könnt.«*

Betretenes Schweigen macht sich breit, nur Ty flucht leise. Zel hat recht. Wenn wir lange genug anhalten, um sie aufnehmen zu können – ob nun per Schiff oder Roamer –, werden sie uns alle erwischen. Tun wir das aber nicht, wird früher oder später jemand dieses Rennen gewinnen, und das wird nicht Zel sein.

»Ich hab eine Idee!«, erklärt Asriel. »Bringen Sie uns rein, Chen.«

»Wir können Zel nicht zurücklassen!«, protestiert Ty, aber Chen zögert nicht, hält direkt auf die Luke zu, und wenige Augenblicke später stehen wir im Schiff.

Asriel erteilt sofort Befehle an alle und erläutert seinen Plan. Ich springe ebenso wie die anderen aus dem Roamer und wackle nervös mit einem Fuß, während Herrera die Luke schließt und losfliegt. Gerade mal dreißig Sekunden später sind wir in der Luft, aber jede Sekunde kommt mir wie eine Ewigkeit vor. Ich renne zusammen mit den anderen in den Passagierbereich und komme gerade dort an, als Archer auf die Steuerung drückt und die Seitentür öffnet. Sie gleitet auf, und wir können Zel sehen, die wie eine Verrückte über die Ebene rennt. Dann zieht Herrera das Schiff wieder nach unten, und wir rasen über das Gras hinweg.

Die Leiter wird wie ein Banner heruntergelassen, und Herrera fliegt so tief, dass das Ende das Gras berührt und hin und her schwingt, während er uns in Position hält. Archer aktiviert die Kom.

»Zel!«

»Ich sehe es!«

Mit einem Mal gibt sie richtig Gas. Es sieht aus, als hätte sie einen Schubantrieb an den Schuhen, und sie kommt unfassbar schnell näher, mit unglaublich großen Schritten. Sie gibt alles, und ihr langer Pferdeschwanz fliegt hinter ihr durch die Luft, rot und golden leuchtend wie eine Flamme, während ihre blasse Haut im Licht der untergehenden Demeter zu brennen scheint. Spinnennetze bleiben an ihren Unterarmen kleben und flattern im Wind. Sie sieht aus wie ein Engel.

Sie ist fast da, und die Horde ist inzwischen einige Meter zurückgefallen. Wir schweben an Ort und Stelle, und das Shuttle schwankt im Wind, obwohl sich Herrera Mühe gibt, es ruhig zu halten, und damit auch die Leiter. Sie tanzt im Savannenwind und peitscht über die langen Grashalme. Mir schlägt das Herz bis zum Hals, und ich umklammere den Sitz so fest, dass meine Fingerknöchel weiß anlaufen, als mir klar wird, wie leicht Zel die Leiter verfehlen könnte. Ein falscher Griff, ein Stolpern und sie ist Geschichte, begraben unter einem Ansturm von Ghulen. Jetzt ist sie nur noch einen Meter entfernt, und ich halte die Luft an, als sie die Leiter entdeckt, die Arme ausstreckt und springt …

Ihre Hände umklammern die Sprossen, sie legt die Beine um die Seile und schreit: *»Los, los, los!«*

Herrera hebt ab, Zel wird nach oben gezogen, und die Ghule segeln unter ihr hinweg. Wir entfernen uns rasend schnell von der Ebene und fliegen immer höher in den Nachmittagshimmel hinein.

Alle jubeln und johlen, als die Ghule zurückfallen, die mit der Geschwindigkeit des Shuttles nicht mithalten können. Archer und RC ziehen die Leiter ein, und kurz darauf krabbelt Zel ins Schiff und wird von den anderen in Empfang genommen, die ihr auf den Rücken klopfen oder die Faust gegen ihre schlagen.

Sie sackt grinsend auf dem Boden zusammen. »Danke, dass ihr mich mitnehmt.«

Die anderen fangen an zu lachen. Auch ich kann mir das Grinsen nicht verkneifen, da Adrenalin und Erleichterung durch meinen Körper tosen. Ich empfinde Freude und Triumph und bin eine Sekunde lang versucht, mich der Kameradschaft anzuschließen. Aber das Gefühl verfliegt sofort wieder. Schon muss ich an jeden Teamkameraden, Freund und Angehörigen denken, den ich je verloren habe, und der Impuls ist verschwunden, erstickt, so wie eine sterbende Sonne erlischt.

Ich ignoriere Archers ausgestreckte Hand, lehne mich an die Shuttlewand, schnüffle und schaue noch lange, nachdem der säuerlich-süße Geruch nicht mehr wahrnehmbar ist, auf das Gras hinaus.

* * *

Herrera bringt uns aus der Atmosphäre, und eine Stunde später haben wir den Mond verlassen. Alle wirken, als wären sie unverletzt, ja, sogar unbeeindruckt trotz des wilden Ritts, aber ich kann mir nicht vorstellen, dass ich der Einzige bin, der erleichtert aufatmet, als wir durch die Exosphäre ins Weltall fliegen. Anscheinend haben wir nur Tys Halskette verloren.

»Au«, sagt sie, öffnet ihre Jacke und zupft sich etwas, das wie Glasscherben aussieht, von der Brust. Eine silberne Kette hängt um ihren Hals, an der der Rest von einem jetzt zerbrochenen Kristallanhänger baumelt. Rings um die durchsichtigen Scherben ist ein wenig Blut zu sehen.

»Ist wohl beim Aufprall kaputtgegangen«, stellt sie fest und wischt sich mit dem Shirt das Blut ab. »Danke, Zeph.«

»Dank dem Baum«, erwidert er sarkastisch, und alle lachen.

Die Heimreise geht schnell. Asriel nutzt die Zeit für eine kurze Nachbesprechung und schickt die drei Spezialisten, die in den Unfall verwickelt waren, zu einem schnellen Medscan in die Krankenstation. Wir anderen können etwas essen und duschen gehen.

Erst als ich in der Hygieneeinheit unter dem Wasserstrahl stehe, wird mir das Ausmaß dessen, was ich erlebt habe, wirklich bewusst. Die Aufregung hat nachgelassen, das Adrenalin ist verflogen, und auf einmal kommen alle Gefühle und Gedanken, die ich abgeblockt habe, hoch. Meine Hände zittern, und mein Herz bleibt beinahe stehen. Mir stockt der Arme, und es gelingt mir nur mit Mühe, einen Luftzug nach dem anderen zu machen, wobei meine Luftröhre jedes Mal zu rasseln scheint. Ich balle die Fäuste und lehne mich gegen die Wand, aber das bringt auch nichts. Das tut es nie. Ich kann einfach nur warten, bis es vorbeigeht.

Noch lange, nachdem das Wasser abgeschaltet wurde, stehe ich in der Dusche, zittere vor Angst, schüttle wütend die Fäuste und spüre eine Trauer, die niemals vergehen wird.

10

Platsch!

Das durchsichtige Gel spritzt aus meinem Handschuh, als ich die Finger in etwas schiebe, was bestimmt eine halbe Dose Rasiergel sein muss. Um mich herum brandet Lachen auf und hallt durch die Waffenkammer, tiefes männliches Glucksen ebenso wie höheres Frauenkichern.

Ja, ja. Mein Team. Was für Witzbolde.

Ich beiße die Zähne zusammen und ziehe meine linke Hand vorsichtig aus meinem Missionshandschuh. Klebriges Gel tropft daran herunter, was weitere Heiterkeit hervorruft.

»Hey, Sorenson!«, ruft Herrera. »Haben Sie vergessen, sich vor Verlassen der Hygieneeinheit die Hände zu waschen?«

Gefolgt von Ty: »Wissen Sie nicht, dass Sie sich die haarigen Fingerknöchel rasieren müssen, *bevor* Sie zur Arbeit kommen?«

Das alles ist nichts, womit ich nicht gerechnet hätte. Der Neue wird eben überall aufs Korn benommen, das bin ich schon gewohnt, aber ich ärgere mich trotzdem. Der alte Michael, der ich vor Lias Tod gewesen bin, hätte sich darüber totgelacht. Er hätte diesen Nullen den Finger gezeigt und einen Racheplan geschmiedet.

Aber der neue Michael findet das nicht witzig.

Ich mache einen Schritt auf die beiden zu, werde immer wütender und balle die Fäuste. In dem Augenblick öffnet sich die Tür, und Archer kommt herein. Diese Ablenkung holt mich aus dem zornigen Rausch, und mein gesunder Menschenverstand setzt wieder ein. Ich hole tief Luft, besinne mich, schnappe mir meinen anderen Handschuh und verlasse den Raum. Nachdem ich die schmutzigen Handschuhe in einen Wäschekorb geworfen habe, gehe ich zur nächsten Hygieneeinheit, um mir die Hände zu waschen. Es ist zu spät. Die haarigen Fingerknöchel, die Ty anscheinend so unansehnlich findet, sind jetzt gänzlich unbehaart. Jetzt habe ich also eine Frauen- und eine Männerhand. Ist ja großartig.

Grummelnd kehre ich in die Waffenkammer zurück und ignoriere das Kichern, als ich mir neue Handschuhe aus dem Ausrüstungsschrank hole. Es wäre zwar albern, denselben Streich zweimal nacheinander zu spielen, aber ich sehe sicherheitshalber in die neuen Handschuhe, bevor ich sie anziehe. Ich spanne die Finger mehrmals an, überprüfe den Sitz, schließe sie etwas fester und greife nach meinem Helm. Ich habe ihn schon hochgehoben, halte dann aber inne und schaue hinein.

»Siehst du«, flüstert Zel. »Ich hab dir doch gesagt, dass er in seinen Helm guckt.«

»Du hattest recht«, stimmt Ty ihm zu.

Chips werden aktiviert, und ich gehe davon aus, dass gerade ein Credittransfer stattfindet.

Ich gehe erneut zum Ausrüstungsschrank.

Kopfschüttelnd nehme ich mir einen neuen Helm. Ich bin jetzt seit einer Woche bei der Forschung und Entwicklung, und abgesehen von einigen Streichen habe ich mich ganz gut eingefügt. Wenn ich nicht gerade mit dem Delta-Team trainiere, verbringe ich meine Freizeit im Fitnessstudio oder auf dem Schießstand und versuche, den Fragen meiner neuen Teamkameraden aus dem Weg zu gehen: Wo kommst du her, warum hast du dich gemeldet, wer wartet zu Hause auf dich. Das Übliche eben. Wenn ich es nicht vermeiden kann, knurre ich nur oder zucke mit den Schultern. Meine Vergangenheit geht sie nicht das Geringste an, ebenso wenig wie mich ihre. Was jedoch nicht bedeutet, dass ich es ganz vermeiden kann, trotzdem etwas über sie zu erfahren, da in der Kaserne Klatsch und Tratsch an der Tagesordnung ist.

Wie ich inzwischen weiß, kommt Asriel aus einer winzigen Kolonie am Rand des Unteren Bunds und somit von einem der wenigen Orte, an denen Englisch nicht die vorrangige Sprache ist, was seinen seltsamen Akzent und seine bedächtige Betonung erklärt. Archer ist ein Familienmensch, und er stellt seinen Chip jeden Morgen zwei Stunden früher, damit er seine vierjährige Tochter anlinken kann, bevor sie ins Bett geht. RC hat das Bild einer wunderschönen Brünetten in seinen Spind digitalisiert, Zephyr hingegen eine Zahl: 397. So viele Tage läuft sein Vertrag noch, dann kann er nach Hause.

Früher einmal hätte ich das sein können, dieser Mensch, der nach seiner Einberufung die Tage zählt, bis er wieder nach Hause und zu seinen Liebsten kann. Jetzt ist mein Zuhause nichts als ein Haufen Erinnerungen und Trümmer, die im All schweben.

Wir machen uns fertig und gehen gemeinsam zur Transportbucht. Nun, da wir bewiesen haben, dass der Soundverstärker tatsächlich funktioniert – wenngleich nicht so, wie erwartet –, schickt man gleich einen ganzen Haufen davon hinunter nach Javeyn, damit die Forscher sie weiter testen können. Wir bekommen noch letzte Anweisungen von Dr. Rahman, dem Projektleiter, und erfahren dabei, dass wir die Geräte dieses Mal gar nicht aktivieren sollen. Bei seinen Worten sehen wir einander verblüfft an.

»Wie sollen wir den Test fortsetzen, wenn wir sie nicht aktivieren?«, will Archer wissen.

Dr. Rahman runzelt die Stirn. »Wir werden natürlich die Fernsteuerungssequenz benutzen.«

Betäubtes Schweigen. Ty fallen beinahe die Augen aus dem Kopf, und sie ist es auch, die ausspricht, was alle denken. »Es gibt eine Fernbedienung für diese Dinger?«

»Gewissermaßen«, bestätigt Rahman. »Ein einzelner Verstärker ist nur begrenzt einsetzbar, aber ein ganzes Netzwerk könnte bahnbrechende Auswirkungen haben. Indem eine bestimmte

Reihe von Verstärkern nacheinander aktiviert wird, könnte nicht nur ein strategisches Gebiet geräumt werden, es ist vielleicht sogar möglich, die Ghule an einen bestimmten Ort zu locken. Wie einer Spur aus Brotkrumen würden sie dem Signal folgen. Daher haben wir die Verstärker so geschaffen, dass sie miteinander verbunden werden können. Sobald Sie ein Netzwerk aus mehreren Geräten aufgebaut haben, können Sie es aktivieren, indem Sie einfach eines davon einschalten. Die Verstärker verfügen auch über eine eingebaute Zeitschaltuhr, sodass sie sich zu einer festgelegten Zeit aktivieren lassen. Hatte ich Ihnen das neulich bei der Einsatzbesprechung nicht erklärt?«

Noch nie vermittelte Schweigen eine Verneinung derart laut.

Wir landen nicht an derselben Stelle wie beim letzten Mal, sondern bauen das Netzwerk auf Rahmans Anweisung hin auf einem der nördlichen Kontinente von Javeyn auf. Im Vergleich zu unserer letzten Mission verläuft diese reibungslos. Wir treffen während des Aufbaus zwar auf mehrere Ghule und sind gezwungen, sie mit den Werfern zu vertreiben oder uns zurückzuziehen, aber das ist nichts im Vergleich zu der Horde, die wir bei der letzten Mission am Hals hatten. Wir fliegen zur letzten Position und teilen uns paarweise auf, damit wir die letzten Geräte platzieren können.

»Aufbauen oder Wache schieben?«, fragt mich Zel und lässt mich zwischen Werfer und Verstärker entscheiden.

Ich nehme den Verstärker und bohre das spitze Ende in den Boden, während Zel mit dem Werfer aufpasst. Sobald das Gerät gesichert ist, steigen wir in den Roamer, fahren zu unserer nächsten Position und wiederholen das Ganze. Als wir an unserer vierten Stelle sind, spricht mich Zel auf einmal an.

»Sag mal, Sorenson.«

Ich spanne die Schultern an und weiß einfach, dass sie mich nach meiner Vergangenheit, meiner Familie oder etwas ähnlich

Persönlichem fragen wird. Um mich zu wappnen, hole ich tief Luft.

»Kennst du irgendwelche guten Witze?«

Ich lache erleichtert auf. Während der folgenden Stunde erzählen wir uns schlechte Witze und lustige Geschichten über unsere Zeit beim Militär. Zel kennt ein paar gute Anekdoten über Ty, was mich nicht weiter überrascht, da die beiden beste Freundinnen und Zimmerkameradinnen sind. Wir sind uns einig, dass die letzte Javeyn-Mission in die Annalen eingehen wird.

»Ich kann es immer noch nicht fassen, dass es dir gelungen ist, vor der Horde wegzulaufen«, sage ich kopfschüttelnd und bringe den nächsten Verstärker an.

Zel wendet den Blick ab. »Das war doch nichts Besonderes.«

»Was? Ich hätte nie gedacht, dass ich mal jemanden sehen würde, der einem Ghul davonlaufen kann, und erst recht keiner ganzen Horde. Das war ein richtiges Re…«

Rennen. Die Puzzleteile fügen sich zusammen, und es ist, als hätte mein Gedächtnis nur auf das letzte gewartet, denn auf einmal weiß ich, wer sie ist und warum sie mir am ersten Tag so bekannt vorgekommen ist.

»Du warst diese Läuferin aus den achtzehnten Intergalaktischen Spielen. Die, die…« Ich stocke und kann es nicht laut aussprechen.

»Die, die betrogen hat?«, beendet Zel den Satz für mich. Sie sieht mich ruhig an, und bei ihrem herausfordernden Blick erröte ich leicht.

Ich nicke, und jetzt, wo ich sie erkannt habe, fällt mir auch alles andere wieder ein. Andrea Zelinski, eine Läuferin aus der Koloniewelt Amaranth. Sie hat über die fünftausend Meter einen neuen Rekord aufgestellt, nur um kurz vor der Medaillenübergabe disqualifiziert zu werden, als bei den Gentests herauskam, dass sie manipuliert ist. Muskeln, Lunge, Knochen, Gelenke, alles war pränatal und nur zu einem Zweck verändert worden: damit sie gewinnen konnte. Zwar vermutete man schon seit Langem, dass mithilfe genetischer Verbesserung beim Sport betrogen wurde, aber sie war die Erste, der es erfolgreich nachgewiesen werden konnte. Die Feeds waren voll davon gewesen, und jeder kannte Zel.

Das, was darauf folgte, war unschön. Man nahm ihr alle Auszeichnungen und Medaillen weg und sperrte sie auf Lebenszeit aus allen Leistungssportarten. Im Laufe der nächsten Jahre verfolgten die Medien sie gnadenlos und versuchten, sie dazu zu bewegen, ihre Seite der Geschichte zu erzählen, aber sie hat kein einziges Interview gegeben. Sie hat nie geredet, auch wenn sie mit ihrer Story bestimmt ein Vermögen verdient hätte. Vor einem Jahr hatten die Berichte über sie einfach aufgehört, als wäre sie untergetaucht oder würde nicht mehr existieren.

Doch sie war einfach nur rekrutiert worden.

Was hatte man ihr erzählt, um sie für die Forschungs- und Entwicklungsabteilung zu bekommen? Hatte man sie mit Pflicht und Ehre gelockt, mit Ruhm und Rache, hatten sie ihr ins Ohr geflüstert, dass sie dann ganzen Ghulhorden davonlaufen konnte?

»Warum hast du es gemacht?«, frage ich unvermittelt. »Wieso bist du nach allem, was passiert ist, zur Forschung und Entwicklung gekommen?«

Sie seufzt leise, und dieses Geräusch vermittelt mir besser, als es Worte gekonnt hätten, unter welchem Druck sie gestanden haben muss. Schließlich antwortet sie: »Weil ich wollte, dass das, was ich tue, eine Bedeutung hat.«

Als sie das sagt, zieht sich mein Brustkorb zusammen. Es ist die Erwiderung eines Menschen, der alles, was ihm etwas bedeutet, in einem Augenblick verloren hat und nichts tun kann, um es rückgängig zu machen. So, wie ich nichts – und niemanden – zurückbekommen kann, auch wenn ich es mir noch so sehr wünsche.

Ihre Lebendigkeit, ihr Lachen; die Freude in meinem Herzen, wann immer wir sorglos durch die Station liefen.

Das ferne Heulen eines Berglöwen durchbricht die Stille und rettet uns vor dem Schmerz unserer Vergangenheit. Mit einem schroffen Knurren setze ich mich wieder hinter das Lenkrad, warte, bis Zel auf dem Beifahrersitz Platz genommen hat, und dann fahren wir wortlos zur nächsten Position.

* * *

Eine Stunde später docken wir an OP EQ-1 an, einer der Orbitalplattformen im Orbit von Prisma, um nach einem kurzen psychischen Scan auf die Station zurückzukehren. Ich verlasse die Andockbucht, nachdem der PsyCorp-Spezialist mir die Freigabe erteilt hat, und bleibe mit offenem Mund stehen. Um mich herum herrscht Chaos.

Die glatten Metallwände sind voller holografischer Anzeigen, jeder freie Zentimeter wird von herunterscrollenden Datenströmen und leuchtenden Steuerungstafeln belegt. Wissenschaftler in Weiß und Techniker in Silber geben Befehle in ihre Pads ein, die sie dann mit den sich ständig verändernden Feeds an den Wänden synchronisieren. Andere stehen in Zweier- oder Dreiergruppen beisammen, unterhalten sich angeregt und deuten mal auf diese und dann wieder auf jene Anzeige. Ich bemerke aus dem Augenwinkel eine Bewegung und drehe mich gerade noch rechtzeitig um, damit ich sehen kann, wie jemand im Raumanzug an einem der Fenster vorbeifliegt.

Was beim Universum machen sie, dass sich Menschen auf der Außenhülle aufhalten müssen?

Bevor ich meine Frage laut aussprechen kann, tritt der diensthabende OP-Commander, ein PsyCaptain laut ihres Abzeichens und den vier silbernen Streifen auf ihrer Uniform, auf uns zu.

»Teamleiter«, begrüßt sie Asriel und nickt zwar respektvoll, aber nicht ehrfürchtig. »Es tut mir sehr leid, aber wir können Sie und Ihr Team noch nicht auf die Station lassen. Eines unserer Forschungsteams führt gleich einen Waffentest durch, und bis zum Abschluss des Tests haben wir den Luftverkehr zur allgemeinen Sicherheit eingestellt.«

»Verstehe«, erwidert Asriel. »Ich wusste von dem Test, aber ich dachte, er wäre für sechzehnhundert terminiert.«

»Das war er ursprünglich auch, aber die Wettertechniker haben für heute Nachmittag starke Sonneneruptionen vorausgesagt, daher wurde entschieden, den Test vorzuverlegen. Im Pausenraum da vorn stehen Rationen für Sie bereit«, teilt uns der PsyCaptain mit und deutet mit dem Kinn auf eine Tür. »Ihr Team kann sich während der Wartezeit gern entspannen und etwas essen. Der Test dürfte nicht länger als eine Stunde dauern. Wenn Sie möchten, können Sie sich den Test auch vom Beobachtungsdeck am anderen Ende der Plattform ansehen.«

Solange wir niemandem im Weg sind, füge ich innerlich hinzu.

Asriel dankt dem OP-Commander und wendet sich dann an uns. »Okay, Team, ihr habt den PsyCaptain gehört – Pausenraum oder Beobachtungsdeck. Ihr kennt das ja: Ich linke euch an, sobald wir das Okay haben und zur Station fliegen können. Wegtreten.«

Ich folge den anderen durch einen Quergang in einen kleinen Raum, in dem mehrere Stühle und Tische stehen. Auf einem Tresen an der Wand stehen Essenspaks, mehrere Rehydratoren und ein Getränkespender bereit, und die gegenüberliegende Wand ist digitalisiert und zeigt, was außerhalb der Plattform passiert. Die anderen machen es sich sofort bequem, lassen die Handschuhe und Helme auf den Tischen liegen und stopfen ihre Lieblingspaks in die Rehydratoren. Ihre entspannte Art gibt mir zu verstehen, dass so etwas schon häufiger vorgekommen ist.

Ich stelle mich neben Archer an den Tresen und nehme mir ein Pak. »Was sind das denn für Tests, die sie da machen?«

»Ach, die testen nur wieder eine mögliche GMVW.« Als ich ihn verwirrt anstarre, fügt er hinzu: »Einen Ghulkiller.«

»Auf einer Orbitalplattform?«

»Na klar.«

Ich runzle die Stirn und verstehe es noch immer nicht. »Wie testet man einen Ghulprototyp auf einer OP, auf der es keine Ghule gibt?«

Ty, die auf der anderen Seite des Raums sitzt, lacht auf. »Nein, das haben Sie falsch verstanden, Sorenson! Die OP ist nicht der Testort, *sie ist die Waffe.*«

Sie ist die Waffe? Aber wenn die ganze Plattform eine Waffe ist, dann ... »Und wo testen sie sie?«

»Auf dem Planeten«, bestätigt Archer meine Vermutung.

Ich reiße die Augen auf, als mir klar wird, dass ich bei meiner Ankunft den Planeten völlig zu recht als Angelous Labor eingeschätzt habe. Sie sind in der Tat Laborratten! Anscheinend kann man mir die Überraschung ansehen, da Zephyr spottet: »Was ist, dachten Sie, der Masterplan besteht darin, dass man uns allen kleine Ghulwaffen gibt und uns losschickt, um sie alle einzeln abzuknallen?«

»Nein, ich ...«

»Hey, ich hätte echt gern eine Ghulknarre«, unterbricht mich Herrera. »Etwas, das sie wirklich tötet und nicht nur wegstößt. Wenn man mir eine Ghulwaffe gibt, dann ziehe ich wirklich los und töte jeden Einzelnen dieser Bastarde.«

»Als ob Sie das draufhätten«, lästert Ty.

»Hey, Sie haben doch keine Ahnung, was ich alles draufhabe«, gibt Herrera zurück und wackelt vielsagend mit den Augenbrauen.

»Was denn, Frauen zum Weinen bringen?« Zel jauchzt, klatscht Ty ab und lässt sich neben sie auf einen Stuhl fallen.

»Tatsache ist nun mal ...«

Sie setzen ihr Streitgespräch fort, und ich bin irritiert, weil aus meiner einfachen Frage über den Test plötzlich eine Diskussion über Herreras Erfolge beim anderen Geschlecht geworden ist. Als hätte er meine Gedanken gelesen, grinst mich Archer an und deutet auf einen Tisch in der hintersten Ecke, an dem schon RC und Zephyr sitzen. Wir ziehen uns Stühle heran und nehmen Platz, und RC klärt mich über die GMVW auf.

Die Ghulmassenvernichtungswaffe. Wie ich schnell herausfinde, ist das der Heilige Gral für die Wissenschaftler in der Forschungs- und Entwicklungsabteilung. Eine durchschlagkräftige Waffe mit großer Reichweite, die Ghule vernichten kann, ohne dabei Menschen zu verletzen oder die Umwelt zu schädigen. Da die Ghule schon ganze Stationen und sogar Planeten übernommen haben, ist der einzige Weg, sie dort wieder zu vertreiben, eine Massenvernichtungswaffe, am besten eine, die man einsetzen kann, ohne den Ort überhaupt zu betreten. Da kommen die Orbitalplattformen ins Spiel. Jeder Planet, jede Kolonie und jede Station innerhalb des Sternenbunds verfügt inzwischen über solche OPs, daher sind sie der perfekte Weg, um einen einzigen koordinierten Schlag im ganzen Sternenbund auszuführen. Man müsste nicht einmal große Veränderungen vornehmen, sondern einige grundlegende Modifikationen an den Schildgeneratoren durchführen und eine neue Software hochladen. Es wäre schnell und effizient; wenn wir es richtig anfangen, könnten wir die Ghule vernichten, bevor sie überhaupt wissen, was eigentlich passiert. Vorausgesetzt, es gelingt uns überhaupt erst einmal, eine effektive Waffe zu bauen.

»Das ist ein ziemlicher Knackpunkt.« Zephyr schnaubt und schüttelt den Kopf, wobei die metallischen Goldsträhnen in seinem Haar aufleuchten.

»Das würde ich nicht sagen. In letzter Zeit führen sie ziemlich viele Orbitaltests durch. Vielleicht haben sie ja dieses Mal etwas Funktionstüchtiges entwickelt«, meint Archer. »Du bist doch der Technikexperte, RC. Was sagst du dazu?«

RC denkt kurz über die Frage nach. »Die Testfrequenz hängt von verschiedenen Faktoren ab. Ohne alle Daten zu kennen, kann ich daher schwer eine Prognose abgeben. Hätten wir Zugriff auf die Testergebnisse der letzten Wochen oder besser Monate, dann könnten wir die Daten analysieren und nach systematischen Trends Ausschau halten, die auf mögliche Fortschritte hinweisen. Dummerweise hat keiner an diesem Tisch eine so hohe Freigabe, dass er sich die fraglichen Daten ansehen darf, somit ist alles, was wir hier machen, reinste Spekulation. Ich würde jedoch lieber was essen. Ich bin nämlich am Verhungern.« Er schaufelt sich einige Gabeln voller Hühnchen mit Reis in den Mund, bis sein Pak geleert ist, und steht auf, um sich Nachschub zu holen.

Was zum …?

Zephyr verdreht die Augen. »Ein simples ›Ich weiß es nicht‹ hätte völlig gereicht«, ruft er RC hinterher, und Archer lacht los.

Ich schaue mich im Raum um, blicke von Ty und Zel, die am Nachbartisch mit Herrera herumalbern, über RC am Tresen, der gelassen sein Pak in den Rehydrator schiebt, zu Zeph und Archer an meinem Tisch. Alle wirken so gelassen und entspannt, und ich beneide sie unwillkürlich darum. Wir haben die Mission vor gerade mal zwanzig Minuten offiziell abgeschlossen, und ich werde schon wieder unruhig, weil ich dazu gezwungen bin, untätig herumzusitzen.

Da fällt mir auf, dass Chen nirgendwo zu sehen ist. Die Deltapilotin muss aufs Beobachtungsdeck gegangen sein, um sich den Test anzusehen. Clever. Ich überlege schon, dasselbe zu tun, als eine Computerstimme aus der Kom dringt.

»Achtung, an das Forschungspersonal. GMVW-Test Rho dreizehn startet in T-Minus zehn Minuten. Bitte melden Sie sich an den

Ihnen zugewiesenen Stationen und bereiten Sie sich auf den Test vor.«

Bevor die Durchsage ein weiteres Mal ganz durchgelaufen ist, steht Asriel auf einmal in der Tür. »Ich brauche schnell einen Freiwilligen. Sorenson!«, faucht er, als ich sofort aufspringe. »Sie stehen ja schon! Kommen Sie mit.«

Ich folge Asriel über die Plattform zum Kommandozentrum. Der runde Raum ist voller Menschen, Forscher bemannen alle drei Konsolen, und ein weiteres halbes Dutzend steht hinter ihnen. Auf geteilten Anzeigen auf dem Rundumschirm ist die Außenseite der OP aus jedem möglichen Winkel zu sehen, außerdem weitere Ansichten vom Planeten und aus der Atmosphäre. Eine winzige Frau in einem ordentlich gebügelten Laborkittel scheint hier das Sagen zu haben, da sie mit ihrer Altstimme knappe Befehle erteilt. Laut dem Namensschild auf ihrem Kittel heißt sie Preston.

»Mason, was machen die Bodenfeeds?«

»Alle Feeds sind online und übertragen, Doktor.«

»Gut! Halten Sie sich bereit, um die Detektionslichter zu aktivieren, sobald der Impulsstrahl abgefeuert wurde. Wie sehen die Energiestufen aus, Salazar?«

»Die Energiereserven sind bei einhundert Prozent. Die Generatoren wurden so kalibriert, dass sie bei dreiundvierzig Prozent laden.«

»Negativ! Senken Sie den Wert auf achtunddreißig Prozent.«

»Aber Dr. Morales sagte …«

»Ich muss Ihnen doch nicht in Erinnerung rufen, dass Dr. Angelou die Sicherheitsprotokolle, die für diese Testprozeduren vorgeschrieben sind, sehr ernst nimmt, oder? Ein Protokollbruch kann uns den Job kosten. Achtunddreißig Prozent, bitte. Wir wollen Ghule töten, nicht dafür sorgen, dass die Hälfte der menschlichen Bevölkerung da unten einen Schlaganfall bekommt.«

»Ja, Ma'am!«

»Vorobyev, wie ist der Zielsuchstatus?«

»Das Testgebiet wurde anvisiert, aber wir können die Zielerfassung erst aktivieren, wenn Schildgenerator Gamma bereit ist.«

»Ach, beim Vakuum! Jacobi, wie weit sind Sie mit den Reparaturen?«

»Fast fertig, Doktor. Ich brauche nur noch jemanden, der mit anpackt, während ich schweiße.«

Wie sich herausstellt, bin ich der Jemand, der mit anpacken soll. Im nächsten Augenblick stehe ich schon im hinteren Teil des Raums an einer Steuertafel und halte ein kleines Metallstück in den Längsspalt eines riesigen Metallzylinders, während eine Mittdreißigerin gefährlich nah an meinen Fingern mit einem Schweißbrenner hantiert. Sie trägt nur eine Hälfte eines Druckanzugs, und mir wird klar, dass sie es war, die ich zuvor draußen an der OP gesehen habe.

Sie zwinkert mir zu, bevor sie die Schutzmaske herunterklappt. »Keine Sorge! Ich habe erst einmal die Hand eines anderen in Brand gesetzt.«

Wow, jetzt bin ich aber erleichtert.

»Achtung, an das Forschungspersonal. GMVW-Test Rho dreizehn startet in T-Minus fünf Minuten. Bitte melden Sie sich an den Ihnen zugewiesenen Stationen und bereiten Sie sich auf den Test vor.«

Bei der Durchsage zucke ich leicht zusammen. Hitze versengt meine Fingerknöchel, aber ich schaffe es, die Hände ruhig zu halten. Ich starre das Metallstück an, das ich festhalte und das genau so aussieht wie mehrere Dutzend andere, die rings um den Zylinder angebracht sind. *Das ist wie ein Rädchen an einem Zahnrad,* erkenne ich, *jedes Mal, wenn sich der Zylinder dreht, stößt ein Metallstück gegen das direkt daneben.*

Jacobi schweißt vorsichtig am Zylinder entlang und bringt das Teil im Schlitz an. Endlich schaltet sie den Schweißbrenner aus, begutachtet ihr Werk eine Minute lang und bedeutet mir dann, dass ich gehen kann. Während ich zurücktrete, sehe ich, wie sie den Zylinder probehalber dreht und zufrieden nickt.

Jetzt, wo ich den Schweißbrenner nicht mehr direkt neben den Fingern habe, traue ich mich, eine Frage zu stellen. »Was ist passiert?«

»Das alte Blatt ist genau in dem Augenblick, in dem wir den Schildgenerator neu ausrichten wollten, gebrochen«, antwortet sie und deutet auf das alte Teil, das auf einer Konsole in der Nähe liegt, um dann die Abdeckung wieder anzubringen. »Allerdings ist das merkwürdig. Der ganze Generatorschacht ist brandneu und erst letzte Woche geliefert worden. Wir haben ihn heute das erste Mal benutzt. Wahrscheinlich ist es ein Produktionsfehler.«

»Achtung, an das Forschungspersonal. GMVW-Test Rho dreizehn startet in T-Minus eine Minute. Bitte melden Sie sich an den Ihnen zugewiesenen Stationen und bereiten Sie sich auf den Test vor.«

»Jacobi! Was macht mein Schildgenerator?«

»Fast fertig«, antwortet sie und läuft zur Steuerung. Der Boden vibriert leicht, als sich eine riesige Satellitenschüssel unterhalb der OP, die ich vor mir auf dem Schirm sehe, bewegt.

»Nur noch ein Stückchen.« Vorobyev bewegt die Schüssel langsam in die richtige Position. »So! Zielerfassung abgeschlossen.«

»Achtung, an das Forschungspersonal. GMVW-Test Rho dreizehn startet jetzt. Bitte bereiten Sie sich auf die Energieentladung vor.«

Ich halte mich an der Metallwand fest, als ein leises Brummen auf der Plattform ertönt. Zuerst ist es kaum zu hören, doch es wird immer lauter, bis die Wände, die Decke und das Deck unter meinen Füßen vibrieren. Meine Hände kribbeln, als hätte ich einen Stromschlag bekommen, und Energie dringt an den Stellen, an denen meine Haut das Metall berührt, in mich ein, bis ich nicht mehr weiß, ob es meine Hände sind, die zittern, die Wand oder beides. Befehle hallen durch das Kommandozentrum, alle sind aufgeregt, und dieses Gefühl überträgt sich auch auf mich.

»Generatorstatus!«

»Achtundzwanzig Prozent und steigend! Neunundzwanzig, dreißig …«

Auf einmal wackelt die Plattform, ein harter Ruck geht durch den Boden und scheint von unten aus Richtung Steuerbord zu kommen.

»Was ist passiert?!«, will Preston wissen.

»Der Energieregulator des Gammagenerators hatte einen Kurzschluss! Ich schalte die Energie jetzt manuell auf den Schildgenerator.«

»Behalten Sie einen ruhigen Energiefluss bei«, befiehlt Preston. »Wenn der Generator ungleichmäßig hochfährt, könnte er diese Plattform in Stücke reißen!«

Der Boden wackelt ein weiteres Mal, dann gehen alle Diskrepanzen in der Energiewoge unter, die sich direkt unter unseren Füßen aufbaut. Die Vibrationen werden stärker, sie dringen direkt durch mein Fleisch, und dann verschmelzen sie plötzlich zu einer einzigen Schwingung, als hätte man eine Stimmgabel genau im richtigen Winkel angeschlagen …

»Alle Generatoren bei achtunddreißig Prozent! Ich wiederhole: Alle Generatoren bei achtunddreißig Prozent!«

Im nächsten Augenblick verstummen alle Stimmen; außer dem Summen, das durch die Plattform dringt, ist kein Laut mehr zu hören. Jeder im Raum hält den Atem an und betrachtet die Frau, die hier das Sagen hat. Alle warten auf den entscheidenden Augenblick. Preston holt tief Luft, und dann …

»*Feuer.*«

11

Silberne Blitze schießen aus den Generatoren, die vor mir auf dem Schirm zu sehen sind, und stoßen durch den Weltraum auf den Planeten unter uns herab. Sie wandern über die verschiedenen Anzeigen, während sie die Atmosphäre durchqueren, die dünnen oberen Schichten und die wolkige Mittelschicht hinter sich lassen und zum klaren Himmel darunter durchbrechen.

Ich richte den Blick gerade noch rechtzeitig auf den Zielschirm und sehe einen Lichtblitz in den Straßen der Stadt aufzucken, wie eine silberne Aurora Borealis, die sich kurz auf die Erde herabgewagt hat. Das Licht ist einige Sekunden lang zu sehen und erhellt den Schirm, dann ist es weg, einfach verschwunden, während ich geblinzelt habe.

Erst jetzt merke ich, dass ich die Luft angehalten habe, und stoße sie wieder aus. Dann fällt mir auf, dass das Summen aufgehört hat und die Plattform wieder zu einem leblosen Klumpen aus Titanium und Stahl geworden ist. Ich bin durchgeschwitzt und so erschöpft, als hätte ich gerade harte körperliche Arbeit geleistet. Schweigend lehne ich mich an die Wand und beobachte die Wissenschaftler, während mir eine Frage nicht aus dem Kopf geht:

Hat es funktioniert?

»Vergrößern Sie das Energiezaunnetzwerk. Mason, schalten Sie die Lampen ein.«

Mein Blick wandert zum Zaunnetzwerk, das jetzt groß auf dem Schirm angezeigt wird. Bisher ist noch kein Licht rot geworden, aber das muss nichts zu bedeuten haben. Schließlich leuchten sie nur auf, wenn sich ein Ghul zwischen zwei Zaunpfählen hindurchbewegt. Sind sie erst einmal innerhalb der Pfähle, wird auch nichts mehr angezeigt.

Ich tippe ungeduldig mit dem Fuß auf und frage mich, wie lange wir warten müssen, als alle Straßenlampen auf einmal weiß werden. Sie leuchten heller, als ich es je gesehen habe, so grell, dass meine Linsen automatisch den Sonnenschildmodus aktivieren, aber ich kann sie auch mit den gedimmten Linsen noch erkennen. Dunkle, regenbogenfarbene Gestalten bewegen sich im Licht, sie wirken vor dem weißen Hintergrund wie Ölflecken.

Ghule.

Eine Sekunde später geht das erste rote Licht im Zaunnetz an.

Im Kommandozentrum macht sich Enttäuschung breit, da die Beweise nicht zu leugnen sind. GMVW-Test Rho dreizehn ist gescheitert.

»Wir werden die Zäune im Verlauf der kommenden Woche überwachen, um ihre Anzahl zu bestimmen«, sagt Preston, die weiterhin geschäftsmäßig klingt, als wäre das nur ein Routinetest gewesen und nicht ein erneuter Fehlschlag der größten Hoffnung der Menschheit aufs Überleben. »Bis wir genaue Zahlen haben, können wir von der Möglichkeit ausgehen, dass wir einige Feinde vernichtet haben, aber offensichtlich nicht alle.«

Das weiße Licht ist jetzt wieder aus, der Feind erneut unsichtbar, aber die wabernde Woge hat sich in mein Gedächtnis eingebrannt. Wahrscheinlich müssen die Wissenschaftler erst alle Daten vorliegen haben, aber ich denke, sie wissen eines genauso gut wie ich:

Wir haben nicht einen getötet.

Seltsamerweise bin ich bei Weitem nicht so enttäuscht, wie zu erwarten wäre. Ich stehe hier im Kontrollraum, inmitten der Aufregung, die mit einer solchen Mission einhergeht, und den begeisterten Wissenschaftlern, die unglaublichen Effekte der GMVW strömen noch durch meine Adern, und langsam kann ich das wahre Ausmaß von Angelous Vision erkennen. Zum ersten Mal seit meiner Rekrutierung beginne ich zu verstehen, was Angelou damit gemeint hat, dass er einer der wenigen sei, der nicht nur in diesem Krieg kämpft, sondern mitbestimmt, ob wir ihn gewinnen.

Meine Hand summt. »*An alle Mitglieder des Deltateams*«, sagt Asriels Stimme aus meinem Chip. »*Wir werden bald die Freigabe zum Verlassen der Plattform erhalten. Bitte melden Sie sich innerhalb der nächsten fünf Minuten an Andockring zwei A.*«

Nachdem ich eine Bestätigung gelinkt habe, deaktiviere ich meinen Chip und laufe zum Ausgang. Meine Beine sind von all dem Gerüttel noch ein bisschen wacklig, und ich stoße beim Rausgehen versehentlich gegen eine Konsole. Das zerbrochene Metallstück, bei dessen Austausch ich geholfen habe, rutscht herunter, und ich strecke sofort die Hand aus, um es aufzufangen. Als ich es zurücklegen will, zoomen meine Linsen an die Rückseite heran. Sie ist ganz gerade und glatt und verläuft in einem perfekten rechten Winkel von oben nach unten.

Ich streiche mit einem Finger über die Kante. Da ist kein bisschen Korrosion, nur ein feiner silbriger Staub bleibt auf meiner Fingerspitze zurück. Ich starre die ascheähnlichen Rückstände irritiert an.

»Was machen Sie da?«, will Preston wissen und kommt mit grimmiger Miene auf mich zu.

Als sich alle zu mir umdrehen, lege ich das Teil schnell wieder zurück. »Ich wollte gerade rausgehen, Ma'am.«

Ich lasse meinen Worten sofort Taten folgen und gehe zur Startrampe, wo ich den Rest des Deltateams treffe. Asriel kommt einen Augenblick später herein, und kurz darauf sitzen wir im Transporter und fliegen zurück zur Station. Während wir durch den pastellfarbenen Nebel nach unten gleiten, starre ich erneut meine Hände an und den grauen Staub, der noch immer an meiner Fingerspitze klebt.

»Hey, Sorenson.«

Es ist Archer, und ich verberge die Hand rasch hinter meinem Rücken.

»Was wollte Asriel vorhin eigentlich von dir?«

Ich halte kurz inne. »Ach, er hat nur jemanden gebraucht, der bei einer dringenden Reparatur aushelfen konnte.«

Beinahe hätte ich ihm von dem Metallstück erzählt, aber irgendetwas hält mich davon ab. Schließlich geht mich das alles gar nichts an, und die Wissenschaftler werden garantiert jede Einzelheit des Tests durchgehen und dabei auch das defekte Teil untersuchen. Wenn es dort etwas zu entdecken gibt, dann werden sie es finden. Aber aus irgendeinem Grund zerreibe ich immer wieder diese silbrigen Rückstände zwischen Daumen und Zeigefinger, die nicht pulvrig und weich sind wie etwas, das sich im Laufe der Zeit angesammelt hat, sondern rau und körnig.

Metallstaub. Wie die Rückstände, die man an Stücken findet, an denen ein Lasercutter zum Einsatz gekommen ist.

* * *

Die restlichen Stunden an diesem Tag verbringen wir im Trainingsraum, gefolgt von einem schnellen Abendessen. Ich folge dem Team auf den Außenring des Zentralhabitats, wo wir zwischen zwei Geschäften einen Quergang nehmen, der zum Atrium führt.

Das Atrium ist der größte Raum innerhalb der Station, ein riesiger Gemeinschaftsbereich, der mithilfe von geschickt platzierten Sofas, Bäumen, Tischen und niedrigen begrünten Zwischenwänden in einzelne Nischen und Bereiche unterteilt ist. Sonnenlicht dringt durch die durchsichtige Decke, erhellt den Boden und spiegelt sich in den drei kreisförmig angeordneten Reihen, in denen Restaurants, Büros und andere Stationsannehmlichkeiten an der

Außenwand untergebracht sind. Während die anderen Habitate nur von jenen betreten werden dürfen, die dort untergebracht sind oder arbeiten, ist hier jeder willkommen. Dies ist der einzige Ort auf der ganzen Station, an dem die Grenzen zwischen den Abteilungen verschwimmen, und wir sind hier keine Wissenschaftler, Tester oder Verwaltungsangestellte mehr, sondern einfach nur Menschen.

Wir sichern uns einen Tisch in einem der Speisebereiche, in dem mehrere Mitglieder aus anderen Testteams auch gerade etwas essen. Unsere Paks sind gerade mal halb geleert, da beginnt eine Live-Ansprache des Vorsitzenden des Sternenbunds. Jemand von Beta schaltet sie ein und verlegt den Kanal durch eine Bewegung seiner Chiphand auf die hintere Wand. Während der einführende Kommentar ertönt, rätseln alle, worum es bei der Rede gleich wohl gehen wird.

»Weitere Reiserestriktionen?«

»Mehr Sprungstörer?«

»Vielleicht wird es nur wieder eine dieser ›Wenn wir alle zusammenstehen‹-Reden«, mutmaßt Ty und verdreht die Augen.

Vermutlich hat sie recht, aber ich drehe mich trotzdem zum Schirm um. Der Anblick ist altbekannt: ein großes, rundes Podium, auf dem neun silberne Stühle im Halbkreis um ein zentrales Pult stehen. Deckenhohe Schirme geben einen umwerfenden Blick auf das Panorama außerhalb des Schiffs wider und zeigen den pechschwarzen Weltraum und silberne Sterne, in deren Mitte ein leuchtend weißer Planet zu sehen ist, den vier kleine Monde umgeben. Das ist die *Praetoria*, eine schwer gepanzerte Raumstation im Orbit des Klasse-zehn-Planeten Genevieve. Hätte das riesige, unförmige Territorium des Sternenbunds eine Mitte, dann würde sie sich exakt dort befinden.

Mein Blick fällt auf die glänzenden Stühle, einer für jedes Mitglied des Direktoriums, die herrschende Oligarchie des Sternenbunds. Tremaine, Nogales, Petrovna. Addison, Jong, Quo. Villanuevas und Margolis.

Zusammen mit dem Vorsitzenden sind es neun.

Die Gesichter verändern sich im Laufe der Zeit, aber die Direktoren stammen immer aus den neun Gründerfamilien, den Schiffsmagnaten, die es gewagt haben, in den von Telluria verschmähten Gebieten ein Imperium zu errichten. Die weit verstreuten Kolonien waren zu abgelegen, um interessant zu sein, die ungezähmten Planeten gerade erst von den Terraformern verlassen, sodass sie nur die widerstandsfähigsten Lebensformen unterstützen konnten. Raumstationen gehörten diesem oder jenem Unternehmen, und orbitale Minenanlagen waren meist nur kurzlebige Angelegenheiten. Während andere das alles ungesehen abschrieben, sahen sich die neun Familien alles gründlich an und entdeckten ungenutztes Potenzial. Sie waren es, die die Voraussetzungen für die Sprungrouten schufen, die von anderen für eine Verschwendung der Credits gehalten wurden. Sie investierten in arme Kolonien, die ums Überleben kämpften, und bauten Zwischenstationen, um weite Wege zu entfernten Welten durch leeren Raum erträglicher zu machen. Jede dieser neun Familien nahm sich einen Teil des Sternenbunds, einen gesetzlosen Bereich vernachlässigten Weltalls, und verwandelte ihn in ein wahres Imperium. Es waren Schiffsimperien, entstanden durch den Handel und nicht die Politik, aber dennoch Imperien. Als die Terraformingtechnologie immer besser wurde, konnten sich diese Imperien noch weiter ausbreiten, und Planetoiden, die zuvor als unzähmbar gegolten hatten, wurden zu neuen Welten, auf denen es von Lebewesen nur so wimmelte.

Da diese neun Familien immer mehr an Macht gewannen, zuerst wirtschaftlich und später auch politisch, musste Telluria reagieren. Einst nur wenig mehr als eine Reihe von Planeten und Kolonien, die dicht beieinanderlagen, bildeten die Tellurianer schließlich eine starke Allianz, die vom Planeten Erde aus regiert wurde. Gemeinsam wurden sie zur ersten galaktischen Supermacht und nutzten ihre vereinten militärischen und politischen Kräfte, um auch auf wirtschaftlicher Ebene die Dominanz zu erringen. Da sie gegen die überlegenen Ressourcen der Allianz nicht ankamen, mussten die neun Familien eine Entscheidung treffen: Entweder schlossen sie sich zusammen oder gingen in der Allianz auf. Alles danach ist Geschichte, wie es so schön heißt. Neun Imperien wurden zu einem, und aus dem, was zuvor kaum mehr als ein Name auf einer Karte war, entstand der Sternenbund. Das ist jedenfalls das, was ich aus dem Schulunterricht noch in Erinnerung habe. Allerdings habe ich da nie besonders gut aufgepasst, während Teal stets eine gute Schülerin war.

Teal.

Ich balle die Fäuste, mein Magen zieht sich zusammen, und die Wut schwappt über mich hinweg, wie sie es immer tut, wenn ich an meine Schwester denke. Trotz alledem kann ich diese verräterische Stimme tief in meinem Inneren nicht unterdrücken, die flüstert: *Wie es ihr wohl geht?*

Ich stecke mir ein halbes Brötchen in den Mund und versuche, die Stimme zum Schweigen zu bringen.

Minuten vergehen, aber die *Praetoria* bleibt leer. Nur die Stimme des Kommentators ist zu hören. Ich frage mich schon, ob überhaupt noch etwas passieren wird, da geht auf einmal das Licht an, und jemand kommt herein. Der Mann trägt einen schwarzen Anzug, goldbesetzt und mit hohem Kragen. Die maßgeschneiderte Tunika bringt seine breiten Schultern zur Geltung, während die polierten Stiefel ihn sogar noch größer wirken lassen. Man kann seine kräftigen Gesichtszüge nicht unbedingt als attraktiv bezeichnen. Eigentlich strahlt alles an ihm Kraft aus. Wenn ich ihn mir jetzt ansehe, wie durch und durch gesund er wirkt, kann ich die Geschichten darüber kaum glauben, dass er bei seiner Geburt beinahe gestorben wäre, weil er zu früh, mit verstümmelten Gliedmaßen und Geburtsdefekten auf die Welt gekommen war.

Der Vorsitzende des Direktoriums tritt ans Podium, aber die Stühle bleiben leer, und rings um mich herum verstummen die Gespräche.

»Werte Mitbürger des Sternenbunds, dies ist eine kriegerische Zeit. Im Verlauf der letzten achtzehn Monate haben wir schreckliche Dinge gesehen und große Verluste hinnehmen müssen. Für einige von uns scheint der Krieg sehr weit weg zu sein, nicht viel mehr als ein Blinken auf dem Radar, während andere bereits mittendrin sind. Doch es sind schreckliche Zeiten für uns alle. Viele fragen: ›Wie können wir gegen einen Feind kämpfen, den wir nicht sehen? Wie vernichten wir sie, wo wir sie doch weder anfassen noch hören können?‹«

Ty hebt eine Hand. »Gleich kommt's.«

»Ich weiß, dass Sie Angst haben, aber wenn wir alle zusammenhalten ...«

Lautes Gelächter bricht aus. Ty schlägt triumphierend auf die Tischplatte. »Hab ich's nicht gesagt?«

Der Vorsitzende spricht weiter, aber der Bann ist gebrochen. Die Teammitglieder unterhalten sich leise, und andere, die die Rede hören wollen, versuchen, sie zum Schweigen zu bringen.

»Wo steckt der Rest des verdammten Direktoriums?«, murmelt Arturo Evangeline – oder Vange, wie er von seinen Kameraden im Gammateam genannt wird. Er verzieht verwirrt sein vernarbtes Gesicht. »Sollten die nicht ebenfalls dort sein?«

»Es herrscht Krieg«, erwidert sein STL, eine abgebrühte Frau mit scharfen Augen, die Songbird heißt. »Es wäre doch bescheuert, wenn sich die Mitglieder des Direktoriums alle in Gefahr bringen, indem sie sich zur selben Zeit am selben Ort aufhalten.«

»Selbst der Vorsitzende ist eigentlich gar nicht auf *Praetoria*«, fügt RC hinzu. »Das ist bloß ein digitalisierter Hintergrund.«

»Woran erkennst du das?«, hakt Zel nach.

»An Chiron«, antwortet er und deutet auf den genannten Mond. »Seine Position ist für diese Jahreszeit völlig falsch. Eigentlich dürfte er aus diesem Winkel überhaupt nicht zu sehen sein.«

»Ist ja mal wieder typisch«, meint Zephyr und schnaubt. »Wahrscheinlich hat er sich irgendwo verkrochen und hat zu große Angst, um sich blicken zu lassen, aber uns sagt er, dass wir tapfer sein sollen?«

Sein Kommentar ruft einige Erwiderungen hervor, sowohl Zustimmung als auch Protest, woraufhin die politisch Interessierten erneut schimpfen, da sie nichts mehr hören können. Ich stütze einen Ellbogen auf den Tisch, höre mit einem Ohr der Rede und mit dem anderen der Unterhaltung zu, da mich auch Letzteres interessiert, aber nicht so sehr, dass ich etwas dazu beitragen möchte. Politik war noch nie mein Ding. Ich ziehe Handeln dem Reden vor. Ein klares Ziel und ein guter Plan sind mir lieber als dieses endlose Gelaber, das doch nie zu etwas führt.

»Seid doch mal still!«

Ich wende dem Schirm gerade meine volle Aufmerksamkeit zu, als der Vorsitzende sagt: »... und jetzt, liebe Mitbürger, muss ich Ihnen mit Bedauern mitteilen, dass die Präsidentin der Erde, Suni Aridane, um fünfzehn Uhr sechsunddreißig Galaktischer Poststandardzeit an besetzerverursachtem Organversagen gestorben ist. Sie war eine starke Anführerin, eine Verfechterin der Menschlichkeit und meine Freundin. Möge sie in Frieden ruhen.«

Schweigen breitet sich aus; der Schock bringt selbst die Lautesten von uns zum Verstummen. Ich starre denn Schirm an und versuche, die Nachricht zu verarbeiten. Die Schatten haben Telluria vor über vier Jahren infiltriert, und anders als wir hatten die Tellurianer nicht die geringste Vorwarnung. Dort gab es keine Energiezäune, keine Schnüffler, keine Aero-Werfer. Der Feind konnte sich ungehindert ausbreiten, von Planet zu Kolonie zu Station, ohne von irgendetwas aufgehalten zu werden. Nur der Krieg zwischen der Allianz und dem Sternenbund hat verhindert, dass sie auch in unser Gebiet gelangten. Als die Tellurianer von der Invasion erfuhren, war es für sie längst zu spät. Der Großteil der Allianz war zu diesem Zeitpunkt längst infiziert gewesen. Dass auch die Präsidentin der Erde infiziert und schließlich vom Besetzer in ihrem Inneren getötet worden war, sollte uns eigentlich nicht überraschen, aber dennoch tut es das.

Xian, ein Spezialist aus dem Betateam, schüttelt den Kopf. »Ich verstehe nicht … Was bedeutet das?«

Keiner sagt etwas, bis Vange endlich mit harter Miene und eiskalter Stimme erwidert: »Das bedeutet überhaupt nichts anderes, als dass heute ein weiterer Mensch gestorben ist. Wir sollten den Sternen dafür danken, dass es keiner von uns gewesen ist.«

»Ein weiterer Mensch?«

»Es war die Präsidentin der Erde!«

Wieder kommt ein Streitgespräch auf, aber es ist RC, dessen Stimme wie ein Peitschenschlag durch den Raum hallt und der in Worte fasst, was sich keiner von uns zu sagen traut.

»Das bedeutet, dass Telluria tot ist und wir den letzten Nagel in ihren Sarg geschlagen haben.«

Archer legt ihm eine Hand auf die Schulter. »Ganz ruhig, RC.«

»Wir hätten nichts dagegen tun können«, sagt Zel leise.

»Wir hätten nichts tun könnten? Was für eine Oberschlacke!« RC schüttelt Archers Hand ab und steht auf. »Erinnert ihr euch an die Flüchtlinge, die vor über einem Jahr raus wollten, als die Wahrheit ans Licht gekommen war? An all diese Leute, die zur Grenze geflogen sind und panisch versucht haben, sich und ihre Familien in Sicherheit zu bringen? Haben wir sie durch Energieschleifen fliegen lassen, sie auf Besetzer untersucht und reingelassen? Nein! Wir haben ihre Sprungrouten blockiert und sie weggeschickt. Wir haben sie *abgeschossen!* Sie haben uns um Hilfe gebeten, aber wir haben ihnen die Tür vor der Nase zugeknallt!«

»Das ist nicht fair«, wendet Songbird ruhig ein. »Damals verfügten wir noch nicht über die Technologie, um uns zu schützen, so wie wir es heute tun, und was hätten wir denn mit mehreren Hunderttausend verängstigten Tellurianern anfangen sollen?«

»Die meisten waren doch ohnehin schon infiziert«, fügt Xian hinzu. »Wir hätten sie nicht alle retten können ...«

»Aber einige von ihnen schon.«

»Weißt du, was ich denke?« Vange steht plötzlich auf, und in seinen braunen Augen schimmert Hass. Sein ganzer Körper ist angespannt, er ist offensichtlich auf einen Kampf aus, und so langsam glaube ich, dass die Gerüchte in der Kaserne, die sich um seine Kindheit in den Slums von Alara ranken, doch der Wahrheit entsprechen. »Sie sind doch diejenigen, die unbedingt auf New Terra landen mussten, und dadurch haben sie diese beschissenen Aliens erst mitgebracht! Wenn sie nicht gewesen wären, gäbe es diesen Krieg überhaupt nicht! Meiner Meinung nach haben diese verdammten Tellurianer genau das bekommen, was sie verdient haben.«

Gabeln werden fallen gelassen, Stühle zurückgeschoben, und schon steht die Hälfte der Leute auf den Beinen und brüllt sich an. RC und Vange sind kaum noch auseinanderzuhalten, sie sehen aus wie ein Wirbel aus schwarzen Uniformen, fliegenden Fäusten und einander rammenden Körpern. Ich will mich schon erheben, auch wenn ich gar nicht weiß, was ich machen soll – oder ob ich überhaupt etwas unternehmen kann –, doch die STL schreiten bereits ein, trennen die beiden und schreien die anderen an, endlich Ruhe zu geben. Wenige Sekunden später wird RC nach hinten gezerrt, als Archer seine Jacke packt und ihn mit brutaler Gewalt von seinem Gegner wegholt. Vange stürzt vor und will mit der Faust zuschlagen, aber dann ist Songbird da und schiebt sich mit der

Anmut einer Tänzerin an RC vorbei. Es gelingt ihr mühelos, den Schlag abzublocken, dann dreht sie ihm den Arm mit einem Ruck auf den Rücken. Vange landet mit dem Gesicht auf dem Boden und hat Songbirds Knie im Nacken.

»Beruhigen Sie sich, Vange«, sagt sie leise und sieht völlig gelassen aus, während Vange mit seiner freien Hand panisch signalisiert, dass er aufgibt. »Heben Sie sich Ihren Kampfgeist für den wahren Feind auf.«

Er keucht zur Bestätigung, und sie lässt ihn los und zieht ihn mit einer geschmeidigen Bewegung vom Boden hoch. Dabei ist kein Haar an ihrem auf dem Rücken geflochtenen Zopf durcheinandergekommen. Sie reicht ihrem Spezialisten die Hand, und Vange nimmt sie und grummelt: »Wieso haben Sie mir den Arm denn nicht gleich ganz ausgekugelt?«

»Bringen Sie sie nicht in Versuchung, Vange!«, johlt jemand, und Gelächter brandet durch den Raum. Der Witz sorgt dafür, dass die Anspannung nach diesem harten Tag ein wenig nachlässt.

Ich lache zusammen mit den anderen und sehe zu, wie Songbird dafür sorgt, dass die umgefallenen Stühle aufgehoben und alles wieder in Ordnung gebracht wird. Über die STL des Gammateams weiß ich nicht viel. Wie Asriel ist auch Songbird Berufssoldatin und hat zehn Jahre bei den Rangern gedient, bevor sie zur Forschungs- und Entwicklungsabteilung gekommen ist, aber dies ist das erste Mal, dass ich sie im Nahkampf erlebt habe. Mir wird klar, dass sie zu den cleveren Menschen gehört, zu denen, die ihr Hirn einschalten, während bei anderen das Temperament im Vordergrund steht. Ich nehme mir vor, nie einen Streit anzufangen, wenn sie in der Nähe ist.

Was nicht heißt, dass Archer weniger skrupellos ist. Ich werfe RC einen Blick zu, um dessen Hals noch immer Archers muskulöser Arm liegt. Seine Methoden mögen simpler sein, denn er greift zu brutaler Stärke, während Songbird Technik einsetzt, aber das Ergebnis ist dasselbe. RC wehrt sich gegen den Griff.

»Sie werden jetzt einen Spaziergang machen«, befiehlt Archer und deutet auf die Tür.

Doch RC versucht immer noch voller Wut, sich ihm zu entziehen. Archer drückt noch fester zu und schüttelt ihn. Seine Augen sehen kälter aus, als ich sie je zuvor gesehen habe. Er beugt sich vor und knurrt mit rauer Stimme: »Setzen Sie sich in Bewegung.«

RC starrt ihn noch einmal zornig an, nickt dann jedoch und tritt zur Seite, als Archer ihn endlich loslässt. Mit einem angewiderten Kopfschütteln marschiert er los, bleibt im Türrahmen aber noch einmal stehen. »Reden Sie sich ruhig etwas anderes ein«, sagt er mit verächtlicher Stimme, »aber die Tellurianer sind tot, weil wir sie ihrem Schicksal überlassen haben.«

Dann verlässt er den Raum, und alle, die zurückbleiben, fragen sich, ob er vielleicht, nur vielleicht, nicht doch recht hat.

12

»Die Stadt sieht so normal aus. Es fällt mir schwer zu glauben, dass die Stadt gefallen ist.«

Ich springe aus dem Shuttle und trete zu den anderen, die am Geländer stehen. Wir sind auf dem Norddach des Rose-Cross-Wolkenkratzers ausgestiegen, einer der höchsten interstellaren Komstationen auf Prisma, und müssen uns wenigstens vierhundert Meter über dem Boden befinden. Über uns ist nichts als Himmel – kilometerweit pastellfarbene Wolken, so weit das Auge reicht.

Unter uns ist der Feind.

Ich stehe am Rand des Gebäudes, blicke auf die geschäftige Metropole hinab und erschaudere. Ty hat recht. Alles sieht völlig normal aus, als wäre dies eine ganz gewöhnliche Stadt voller gewöhnlicher Menschen und kein Labyrinth mit gut einer Million Besetzern. Auf gewisse Weise ist sie das vermutlich auch. Prisma ist erst seit einem Jahr infiziert, genug Zeit, damit die Schatten die ganze Bevölkerung übernehmen konnten, aber nicht genug, dass das Sterben schon begonnen hat. Der Planet ist von interstellaren Reisen und der Kommunikation abgeschnitten, daher bleibt den Schatten nichts anderes übrig, als es sich in ihren Wirten gemütlich zu machen und sich fortzupflanzen. Auch die Menschen können nur den Rest ihres Lebens weiterleben und das bisschen Zeit, das ihnen noch bleibt, auskosten. Diese Zeit nach den anfänglichen Selbstmorden und der eskalierenden Kriminalität und vor dem Beginn des Massensterbens, nennt man die Zeit der Ausgeglichenheit.

Ich stoße ein lautes Schnauben aus. Zeit der Ausgeglichenheit. Das klang vermutlich besser als »Zeit des nahenden Untergangs.«

Als ich mir vorstelle, wie es sein muss, mit einem Besetzer im Kopf zu leben, erschaudere ich unwillkürlich. Sein Leben weiterführen, wie immer zu arbeiten oder zur Schule zu gehen, seine Familie und Freunde zu sehen und doch zu wissen, dass man nur noch wenige Jahre zu leben hat. Und nicht nur das, man ist sich außerdem darüber im Klaren, dass es allen um einen herum genauso geht. Sitzen sie zusammen am Esstisch und fragen sich, wer von ihnen als Erster sterben wird? Sehen sie jeden Morgen in den Spiegel und halten Ausschau nach den verräterischen Anzeichen dafür, dass der Schatten einen langsam von innen heraus auffrisst? Wenn ich nur daran denke, wird mir schon übel. Ich kann nur hoffen, dass ich es nie am eigenen Leib erfahren muss.

»Okay, Team«, bricht Asriels Stimme die Stille. »Gamma hat alles bis runter zum fünfundneunzigsten Stock gesichert. Gehen wir!«

Ich laufe den anderen hinterher und ignoriere das mulmige Gefühl im Bauch, als wir das Gebäude betreten und immer zwei Stufen auf einmal nehmen. Theoretisch sollte das eine einfache Mission werden. Da die interstellare Kommunikation abgeschnitten wurde, als man den Planeten unter Quarantäne gestellt hat, war dieses Gebäude jetzt seit über einem Jahr geschlossen und nicht von außen zu betreten, was bedeutet, dass es hier drin keine Besetzer geben kann. Auch keine Ghule, da sich diese lieber bei den Wirten ihrer Freunde aufhalten, wenn sie die Wahl haben. Trotzdem bekomme ich nicht aus dem Kopf, dass ich an einem geschlossenen Ort und nur wenige Hundert Meter über einer Stadt festsitze, in der eine Million Besetzer und wer weiß wie viele Ghule ihr Unwesen treiben. Ich muss wieder an das denken, was Ty zu Beginn dieser Mission gesagt hat.

»Das ist doch das Schöne an der Sache«, meinte sie. »Wir schleichen uns von oben an, ziehen unser Ding durch und verschwinden wieder, ohne dass sie überhaupt von unserer Anwesenheit Wind bekommen.«

»Aber werden sie uns nicht mit ihrem Ghulsinn – oder was immer sie zum Aufspüren möglicher Wirte benutzen – spüren?«

Sie hatte nur mit den Schultern gezuckt. »Kann schon sein.«

Ja. Sehr beruhigend. Ich atme so tief ein, dass meine Nasenflügel beben. Wird der schwache säuerlich-süße Geruch, der aus der Stadt heraufdringt, intensiver? Möglicherweise. Vielleicht bin ich aber auch nur paranoid.

Im obersten Stockwerk schwärmen wir aus und nehmen die uns zugewiesenen Positionen ein. Die ganze Etage ist ein einziger Kontrollraum, mit dem die Komstation gesteuert wird. Diese ehemalige Zentrale für die interstellare Kommunikation wird nun insgeheim dafür genutzt, Daten von ganz Prisma zu sammeln und an die Forschung und Entwicklung weiterzuleiten. Energiezaundaten, Testausrüstung, alles kommt hier durch. Größtenteils läuft hier alles von allein und ohne dass sich ein Mensch einmischt, aber hin und wieder muss jemand vorbeikommen, um etwas zu reparieren oder Upgrades zu installieren. Aus genau diesem Grund sind wir jetzt hier.

Meine Position ist an einer Steuerungstafel am anderen Ende des Raums. Ich nehme die Abdeckung mithilfe des Multitools ab und reiße die Augen auf, als ich ein Labyrinth aus Drähten, durchsichtigen Röhren und kristallinen Widerständen vor mir sehe. Dabei kenne ich diesen Anblick schon, da uns die Ingenieure auf der Station als Vorbereitung auf diese Mission alles gezeigt haben, was wir wissen müssen. Da hat es ganz einfach ausgesehen. Ich versuche, mich an ihre Anweisungen zu erinnern, während ich auf meinem Pad herumtippe und nach dem richtigen Schaltbild suche.

Die Energiezufuhr kappen, den Hauptenergieregler ersetzen, das Gerät wieder hochfahren.

Ich vergleiche das Diagramm auf meinem Pad mit der offenen Konsole und kann die Teile, die ersetzt werden müssen, problemlos identifizieren. Gemäß meinen Instruktionen ersetze ich schnell den Hauptenergieregler, fahre das Gerät wieder hoch und bringe die Schalttafel an. Dann lasse ich rasch eine Diagnose auf der Konsole darüber durchlaufen und nicke zufrieden, als mir bestätigt wird, dass die Aufgabe korrekt ausgeführt wurde.

Ich gehe mit den anderen wieder nach oben, und nachdem wir nicht einmal eine Stunde auf dem Planeten verbracht haben, heben wir schon wieder ab. Rein und wieder raus – das waren Asriels Anweisungen. Unbeanspruchte Wirte erregen schnell die Aufmerksamkeit der Ghule, aus diesem Grund ist die Station auch unbemannt. Schließlich wollen wir nicht unnötig auffallen.

Während der Rückreise bekomme ich im Cockpit eine Fluglektion von Herrera und Chen. Anscheinend muss jedes Teammitglied die grundlegenden Flugkenntnisse besitzen. Als ich nach dem Grund dafür frage, sehen sich Chen und Herrera vielsagend an.

»Damit Sie selbst wegfliegen können, falls Sie Ihr ganzes Team bei einer Mission verlieren.«

Oh.

Ich schnalle mich auf dem Copilotensitz an, befolge Chens Anweisungen und lenke das Schiff per Stimmbefehl. Die einzelnen Befehle sind recht einfach, und mir wird schnell klar, dass Asriel mit »grundlegenden Flugkenntnissen« gemeint hat, dass wir den Autopiloten benutzen können. Trotzdem spüre ich eine gewisse Befriedigung, als wir abheben und sanft durch die Atmosphäre nach oben steigen – im Tarnmodus, damit uns keiner der Einheimischen entdeckt.

Als wir die unterste Wolkenschicht erreichen, beginne ich bereits, mich zu langweilen. Während der Nebel vor dem Schirm herumwabert, schaue ich abwechselnd auf die leuchtenden Anzeigen, Zahlen und Daten vor mir und die Fotos von Herreras vier Nichten und Neffen.

»Das ist Gabriela, die in der Mitte in dem silbernen Gymnastikanzug. Diese Woche möchte sie ZG-Akrobatin werden, so wie Zeph. Letzte Woche wollte sie noch Schauspielerin werden, die Woche davor Tänzerin. Hauptsache, sie kann im Mittelpunkt stehen. Mateo ist der Schlaue und immer Klassenbester, und Esteban ist verrückt nach Tieren. Er hat einen halben Zoo im Zimmer. Die Schüchterne da in der Ecke, das ist Catia«, sagt er und strahlt, als ein kleines schwarzhaariges Mädchen auf seiner Hand erscheint. »Sie spricht nicht viel, aber wenn sie singt, klingt sie wie ein Engel. Sie ist die beste Sängerin auf ganz Kappus«, prahlt er in typischer Herrera-Manier.

»Wann haben Sie sie das letzte Mal gesehen?«

Sein Lächeln verblasst. »Das ist schon Monate her, als ich noch nicht bei der F&E gearbeitet habe. Ich schicke ihnen Geschenke, wann immer ich kann, und verwöhne sie schrecklich, sagt meine Schwägerin ständig, aber ...« Er zuckt mit den Schultern. »Das ist nicht dasselbe.«

Nein, das ist es nicht. Ich erinnere mich gut daran, wie sehr ich meine Eltern vermisst habe, als sie in den Krieg gezogen sind. Wie wütend ich war, weil sie nicht bei mir sein konnten, und dass ich nicht verstanden habe, warum sie diese Entscheidung getroffen haben. Jetzt bin ich derjenige, der in den Krieg gezogen ist. Schon komisch, wie sich manche Dinge entwickeln.

Herrera erzählt voller Stolz Geschichten über die Kinder, und ich werfe Chen einen Seitenblick zu, da mir erst jetzt auffällt, dass sie mich zwar eingewiesen, ansonsten aber nichts gesagt hat. Sie sitzt schweigend und mit unbewegter Miene auf ihrem Stuhl und behält die Anzeigen und den Aufstieg des Shuttles im Auge. Ich versuche, mich zu erinnern, ob sie jemals etwas gesagt hat, das nichts mit der Mission zu tun hatte – ob sie je eine persönliche

Geschichte oder eine Anekdote über ihre Familie erzählt oder mal ihre Meinung gesagt hat –, aber mir will nichts einfallen. Merkwürdig. Im Einsatz sagt sie so viel wie jeder andere von uns, doch ansonsten ist sie so schweigsam, wie ich es nur selten bei jemandem erlebt habe. Ich mustere die Flagge auf ihrem Oberarm, erkenne sie jedoch nicht. Das ist nicht weiter verwunderlich. Es gibt so viele Kolonien und Stationen im Sternenbund, dass man unmöglich alle Flaggen kennen kann.

Beinahe hätte ich die Flagge auf meiner Uniform berührt. Es ist die von Zaia, einem kleinen Planeten eine Sprungroute von New Sol entfernt. Zaia gehörte zu den Kolonien, auf die die Bewohner von New Sol nach Lias Explosion evakuiert wurden. Dort habe ich zusammen mit meiner Großmutter und meiner Schwester gelebt, bis ich zum Militär gegangen bin, und somit trage ich jetzt diese Flagge, auch wenn das gerade mal wenige Monate meine Heimat gewesen ist. Diese stets präsente Lüge, die jedermann sehen kann, verbirgt nun meine wahre Herkunft – und den Menschen, der ich wirklich bin.

So wie das, was ich weiß.

Ihre Treue, ihr Gesicht, die blonden Strähnen, die immer aus ihrem Pferdeschwanz gerutscht sind, wie oft sie sie auch wieder hineingesteckt hat.

Mein Brustkorb zieht sich zusammen, und die Erinnerung bringt die vertraute Verzweiflung mit sich, doch bevor sie mich überkommen kann, ertönt ein leises Geräusch.

»Wir haben das planetare Netz erreicht«, erklärt mir Chen, als ich sie fragend ansehe, und deutet zur Decke. »Du musst die Haupt-AP um die Freigabe bitten, damit sie ein Loch im Netz öffnen.«

Ich rufe die AP und starre dabei das strahlend blaue Netzwerk über uns an. Es ist jetzt so nah, dass ich die Löcher zwischen den einzelnen Linien erkennen kann, die erstaunlich groß sind – vermutlich groß genug, um ein Shuttle hindurchzulassen, wenn sie nicht ständig in Bewegung wären und sich in willkürlichen Mustern am Himmel bewegen würden. Eine durchgängige Energiedecke rund um den Planeten würde unglaublich hohe Energiereserven erfordern und das Ökosystem darunter einfach zerstören.

Während ich auf die Freigabe warte, frage ich: »Was würde passieren, wenn wir gegen das Netz fliegen?«

»Die Energiematrix im Netz erzeugt ein polarisiertes Feld ähnlich dem in Shuttleschilden, das eine repulsive Wirkung aufweist, die mit der zweier einander abstoßender magnetischer Pole vergleichbar ist«, erklärt mir Chen. »Im Grunde genommen würden wir nur mit voller Wucht vom Netz abprallen, ansonsten könnte uns aber nichts passieren.«

»Und was wäre, wenn wir die Schilde nicht aktiviert hätten?«

Erneut werfen sich Chen und Herrera einen Blick zu. »Dann würden wir schneller in Stücke geschnitten, als wir um Hilfe rufen können.«

Bei dieser grausigen Vorstellung verziehe ich das Gesicht. »Dann gäbe es für uns keinen Weg durch das Netz, wenn man uns keine Lücke öffnen würde?«

»Nein«, sagt Herrera genau zur selben Zeit, wie Chen »Vielleicht doch« murmelt.

Schweigen. Herrera und ich starren Chen fragend an. Sie scheint sich unwohl zu fühlen, da wir sie beide weiter anblicken. »Rein theoretisch zumindest«, sagt sie schließlich. »Wenn man das Rotationsmuster des Netzes kennt und die Schilde deaktiviert, müsste man manuell durch die Lücken des Netzes manövrieren können, ohne getroffen zu werden. Allerdings bräuchte man dafür überragende Reflexe und müsste ein verdammt guter Pilot sein, und wenn man auch nur einen Fehler macht …«

Ich nicke, ich weiß, was sie meint. Da meldet sich die Station, und kurz darauf öffnet sich über uns ein Loch im Netz. Daraufhin konzentriere ich mich wieder auf das Fliegen und lenke uns hoch in die Lücke, während Chen alles genau überwacht. Erst jetzt, wo wir durch das Netz fliegen, erkenne ich, dass dies nicht nur ein einziges, sich unglaublich schnell bewegendes Gitter ist, sondern mehrere, die einander überlagern. Aus der Ferne sieht es aus wie eine schimmernde Wand, da die Bewegung der einzelnen Fäden nicht mit bloßem Auge zu verfolgen ist, aber aus dem Inneren kann ich die großen Löcher erkennen, von denen Chen gesprochen hat. Plötzlich verstehe ich, was sie mit dem manuellen Hindurchfliegen gemeint hat.

Aber dafür musste man schon ein verdammt guter – und sehr verzweifelter Pilot sein.

Wir lassen das Netz hinter uns, und ich sehe mit an, wie sich das Loch schließt und erneut zahllose Bänder aus grellem Licht dort aufscheinen. Als ich Kurs auf die Station nehme, fallen mir einige dunkle Wolken in der Ferne ins Auge. Ich bin nicht der Einzige, der sie sieht.

»Ein Sturm zieht auf.« Chen stützt das Kinn auf eine Hand und schaut mit undurchdringlicher Miene zu den Wolken hinüber.

Ich runzle die Stirn und frage mich, welche Auswirkungen ein Sturm auf eine Schwebestation hat. »Was bedeutet das für uns?«

Herrera grinst mich an. »Es bedeutet, dass es heute Abend in der Altstadt heiß hergehen wird.«

* * *

Genau wie Chen vorhergesagt hat, bricht der Sturm, dessen Wolken wir am Horizont gesehen haben, spätabends aus. Ich wache von Donner auf und setze mich mit einem Ruck hin, als ein lautes Krachen durch die Dunkelheit hallt. Mit einem heiseren Schrei falle ich halb aus dem Bett, da mein Körper und mein Instinkt anscheinend Gegenteiliges im Sinn haben, und komme unbeholfen am Boden auf. Es donnert ein zweites Mal, und der Knall hallt durch die Luft, sodass es sich anfühlt, als vibrierten meine Nervenenden.

Alarmiert blicke ich zu den anderen hinüber, deren Kojen im Licht der im Boden eingelassenen Notbeleuchtung gerade so zu erkennen sind, aber abgesehen davon, dass sich einige umdrehen oder im Schlaf etwas vor sich hinmurmeln, scheint sie der Lärm nicht zu stören. Nur RCs Koje ist leer, aber er ist vermutlich in einer der Hygieneeinheiten.

Ich komme mir ziemlich dämlich vor, steige wieder ins Bett und schließe die Augen. Aus irgendeinem Grund wandern meine Gedanken zurück nach Aurora und zu einem Spiel, das Teal und ich als Kinder gespielt haben. Als es das nächste Mal donnert, fange ich an zu zählen. *Eintausend …*

Bumm!

Eintaus…

Bumm!

Eintausen…

Bumm!

Fünf Minuten später gebe ich mich geschlagen und begreife, dass ich während eines Sturms unmöglich Schlaf finden werde. Daher stehe ich auf, ziehe mir eine Hose über und gehe auf den Flur.

Das Kasernenhabitat ist recht einfach aufgebaut: Die längliche Plattform ist in der Mitte durch einen langen Korridor geteilt, und auf beiden Seiten befinden sich Hygieneeinheiten und Schlafquartiere – die der Frauen rechts und die der Männer links. Teamleiter bekommen einen eigenen, wenngleich winzigen Raum, und STL haben Zweimannunterkünfte. Es ist streng verboten, sich mit jemandem aus einem der Teams anzufreunden, und da als Strafe die dauerhafte Degradierung droht, kommt auch gar niemand auf die Idee, es zu versuchen. Wir wurden auserwählt, weil wir risikofreudige Adrenalinjunkies sind, und die Vorstellung, den Rest des Krieges damit zu verbringen, den Müll zu entsorgen und die Tische abzuräumen, bewirkt, dass sich auch der Sorgloseste zweimal überlegt, ob er dieses Risiko tatsächlich eingehen will. Außerdem ist die Auswahl unter dem Forschungspersonal groß genug, falls man Lust auf Gesellschaft hat – man muss nur mal genauer hinsehen.

Ihre Loyalität, ihre Lippen; dieser Stromstoß, der jedes Mal durch meinen Körper jagte, wenn wir uns küssten.

Ich habe nicht das geringste Interesse an so etwas.

Der Flur führt in einen großen Gemeinschaftsbereich, und der runde Raum verfügt an drei Seiten über richtige Beobachtungsfenster. Ich halte meinen Chip vor die Zugangstafel und betrete den Raum.

Die kristallinen Fenster werden auf allen Seiten von den Blitzen erhellt, die so schnell über den Himmel zucken, dass die Nacht beinahe zum Tag wird. Ohrenbetäubendes Donnern hallt weiterhin durch die Luft, jetzt untermalt vom Wind, der hart gegen die Kristallwände peitscht. Regen prasselt vom Himmel, und die silbrigen Tropfen prallen scharf und tödlich wie Messer gegen die Fenster.

Ich erschaudere bei diesem Sturm der Naturgewalten und spüre den Sturm, obwohl ich hier im Habitat geschützt bin. Der Donner lässt den Boden und damit auch meine Füße vibrieren, und meine Arme prickeln, da mir statische Energie über die Haut knistert und die kleinen Härchen zu Berge stehen lässt. Wir befinden uns im Herzen des Sturms, eines rachsüchtigen, tobenden, gnadenlosen Sturms, und ich habe mich noch nie zuvor so ungeschützt und allein gefühlt. Hier gibt es keine Waffen und kein Versteck, nur einige Wände und einen einsamen Energieschild.

Gegen meinen Willen trete ich näher an das Aussichtsfenster

heran, da mich die Naturgewalten, die nur wenige Meter von mir entfernt losgelassen werden, fast schon magisch anziehen. Wieder und wieder blitzt es, und obwohl ich weiß, dass der Schild polarisiert ist, wundert es mich, dass wir noch nicht getroffen wurden. Der Energieschild leuchtet fast schon übernatürlich hell, als wollte er die Blitze anziehen und nicht abstoßen, und mit einem Mal wird mir bewusst, wie wenig Schutz der Schild eigentlich bietet. Er mag ja Energie und feste Objekte abprallen lassen, aber gegen Flüssigkeiten und Gase ist er so gut wie nutzlos. Für den Sturm scheint er praktisch nicht zu existieren, da der Wind aus Osten heranstürmt und der Regen von oben auf uns herabprasselt.

Es donnert dreimal unglaublich laut über meinem Kopf, begleitet von mehreren Blitzen, die so schnell hintereinander aufflackern, dass ich sie nicht zählen kann, und in ihrem Licht kann ich Habitat sechs sehen, das ein Stück entfernt ist. Das Gebäude glänzt wie eine Perle in diesem Mahlstrom, und seine geschwungenen Wände sind von weißen Blitzen und silbernem Mondlicht umgeben. Der Tunnel, der vom Zentralen Habitat hinüberführt, schwankt bedrohlich, und obwohl ich weiß, dass er so gebaut wurde, damit er mit dem Wind schwingt, anstatt zu zerbrechen, bin ich dennoch froh, mich nicht gerade in einem dieser schmalen Durchgänge aufzuhalten. Allein vom Anblick des schwankenden Gangs wird mir übel.

Ich wende den Blick ab. Als ich gerade zurück in meine Koje gehen will, erhellt ein gelbes Licht den Nachthimmel. Ich zoome heran und keuche auf, als ich erkenne, dass es von einem der Schildgeneratoren ausgeht. Er wackelt stark, wird heftig hin und her geschüttelt, als würde zwischen seinen Positionskompensatoren und dem Sturm eine Art Tauziehen stattfinden. Eine Sekunde lang bleibt er ruhig, und ich glaube schon, die Kompensatoren hätten den Kampf gewonnen. Doch dann schießt er über den Himmel, wird aus dem Schildgitter gerissen, als hätte die Hand Gottes ihn durch die Luft geworfen. Der Schild geht aus wie eine Lichterkette, an der man eine Birne herausgedreht hat …

Im nächsten Augenblick geht er auch schon wieder an, da die anderen Generatoren den Verlust ausgleichen. Der abgerissene Generator befindet sich jetzt außerhalb des Schutzschilds, wird vom Sturm herumgewirbelt, und seine Metallummantelung glänzt hell am weißen Himmel. Um den lauter Blitze zucken …

Krawumm!

Ein Blitz trifft den Generator, der in einem Funkenregen explodiert. Die Einzelteile fliegen in alle Richtungen, werden vom Sturm und der eigenen tödlichen Schwungkraft davongeschleudert. Der Schild schimmert und sieht aus, als wäre er mit einem goldenen Film überzogen, als mehrere Dutzend Trümmerstücke dagegenprallen. Aber er hält, die Tritaniumdolche prallen wirkungslos ab, rutschen am Schild herunter und sind nicht mehr zu sehen.

Ich lasse mich auf einen der Sessel vor dem Fenster sinken, noch immer mit weit aufgerissenen Augen und rasendem Herzen. Die Station ist eine Festung, genau wie Angelou gesagt hat. Die letzten Minuten haben das eindeutig bewiesen. Eine Redundanz nach der anderen. So, wie ich Angelou einschätze, könnten wir vermutlich die Hälfte der Generatoren verlieren, ohne dass es ernsthafte Konsequenzen hätte. Und dennoch, der explodierende Generator, der Schild, der für einen Sekundenbruchteil ausgefallen war …

Schatten. Wir befinden uns über einem Planeten voller Schatten.

Nach Lias Tod hatte ich das Gefühl, als könnte ich keine Angst mehr empfinden. Ich war schon immer tapfer gewesen, gelegentlich sogar beinahe wagemutig, aber es gab Grenzen. Als Lia gestorben war, schienen diese nicht mehr zu existieren. Es gab nichts, was nicht möglich war, da ich nichts mehr zu verlieren hatte. Aus diesem Grund war ich auch ein guter Wächter. Und darum hat mich Angelou rekrutiert. Kein Hindernis war für mich unüberwindbar, keine Aktion zu riskant, da ich vor nichts und niemandem Angst hatte.

Dann bin ich Angelou begegnet und zur Forschungs- und Entwicklungsabteilung gekommen, und alles hat sich geändert. Möglicherweise lag es an der Pracht der Basis oder der Bedeutung der Mission. Vielleicht war es auch nur Angelou, der sagte, ich würde einen wichtigen Beitrag leisten. Denn als ich jetzt am Fenster sitze und in den stürmischen Himmel blicke, während ich noch immer den Geruch der Ghule in der Nase zu haben glaube und die Blitze anstarre, wird mir eines klar:

Jetzt habe ich Angst.

***

Im Schlafsaal ist alles noch so, wie ich es verlassen habe, und RC ist auch wieder zurück und schläft tief und fest. Ich erschaudere, als ich mich auf meine Koje setze, und merke erst jetzt, dass ich völlig durchgeschwitzt bin. Nachdem ich meinen Spind mit meinem Chip geöffnet habe, suche ich nach Klamotten zum Wechseln. Die im Boden eingelassene Notbeleuchtung ist so schwach, dass ich im Inneren nichts erkennen kann, und so dauert es nervige fünf Minuten, bis ich etwas Passendes gefunden habe.

Ich spüre weichen Stoff unter meinen Fingern und drehe ihn mehrmals in der Hand, bis mir klar wird, dass es sich um meine alte Wächteruniform handelt. Als ich sie schon angewidert zurücklegen will, fällt etwas mit lautem Klappern heraus. Ich hebe den Gegenstand auf und runzle die Stirn, da ich nicht ertasten kann, worum es sich handelt. Er fühlt sich an wie ein Werkzeug und scheint aus einer Art dünnem Metallzylinder zu bestehen, der etwa fingerdick ist und an einer Seite einen Schalter hat. *Was ist das?* Zu meinem Job als Wächter gehörte es, meine ganze Ausrüstung in- und auswendig zu kennen und auch ertasten zu können, aber dieses Teil sagt mir gar nichts.

Das Licht in der Hygieneeinheit geht automatisch an, als ich eintrete. Der Raum ist leer, was nicht weiter überraschend ist, schließlich ist es mitten in der Nacht. Ich hole den Gegenstand hervor und starre ihn entsetzt an.

Es ist ein Lasercutter.

Fünf Zentimeter langer Griff, Kristallenergiezelle, Doppelklinge. Kein ungewöhnliches Werkzeug, aber ich habe es weder bei der Wache noch in der Testabteilung jemals ausgehändigt bekommen.

Mir wird eiskalt, während ich das Werkzeug betrachte. Ich zermartere mir das Gehirn, aber mir will keine Erklärung dafür einfallen, warum ein Werkzeug, das ich noch nie im Leben gesehen habe, in meinen Spind kommt. Vielleicht war es nur ein dummer Fehler, oder es ist Teil irgendeines bescheuerten Rituals, mit dem man mich als Neuling ärgern will. Aber mein Spind ist so programmiert, dass er nur von meinem Chip geöffnet werden kann – und ich bezweifle zwar nicht, dass man diese Sicherheitsmaßnahmen umgehen kann, wenn man die nötigen Fähigkeiten dafür besitzt, doch dann kann das hier nicht mehr als schlichter Fehler durchgehen. Auch ein Streich kommt mir unwahrscheinlich vor, da das Team bisher weniger ausgeklügelte, sondern eher eklige Methoden an den Tag gelegt hat.

Ich wiege den Cutter in der Hand, drehe ihn herum und sehe ihn mir genauer an. Das Werkzeug ist überraschend leicht, aber der Laserstrahl glüht in leuchtendem Rot, als ich ihn aktiviere, und er ist makellos. Das ist eine gute, qualitativ hochwertige Klinge. Ich schalte den Laser wieder aus, öffne die Klappe an der Seite des Hefts und nehme das Innenleben heraus. Darin ist eine Ersatzklinge untergebracht, was mich nicht weiter überrascht, aber man hat auch noch etwas anderes mit hineingestopft. Stirnrunzelnd stecke ich einen Zeigefinger hinein und komme aus dem Staunen nicht mehr heraus, als ich ein dünnes, etwa daumenbreites Objekt hervorhole.

Es ist ein Datenchip.

Ich stoße einen leisen Pfiff aus. *Was ist das?* Garantiebestimmungen oder die Anleitung für den Austausch der Klinge? Ich aktiviere meinen Chip und verlinke den Datenchip in meiner Hand. Während ich darauf warte, dass der Inhalt aufgerufen wird, tippe ich nervös mit den Fingern auf dem Waschbeckenrand herum. Aber das Einzige, was kurz darauf erscheint, ist eine Nummer:

98J-346279-A248

Verwirrt durchsuche ich den Datenchip in der Hoffnung, noch etwas anderes darauf zu finden, das aufschlussreicher ist, doch es gelingt mir nicht. Da ist nichts als diese unerklärliche Nummer. Was immer sie auch zu bedeuten hat. Ich starre sie noch eine Minute lang an, trenne dann die Verbindung und schalte meinen Chip wieder aus. Was die Nummer bedeutet, ist vorerst nicht so wichtig. Die interessantere Frage ist: Wie im ganzen Universum ist der Lasercutter in meinen Spind gekommen?

Unwillkürlich muss ich an das zerbrochene Metallstück denken, bei dessen Reparatur ich während des GMVW-Tests geholfen habe. Ich erinnere mich noch genau an die körnigen Überreste darauf und die erschreckende Erkenntnis, die mich überkam, als ich sie zwischen meinen Fingern zerrieben habe.

Metallstaub. Wie die Rückstände, die man an Stücken findet, an denen ein Lasercutter zum Einsatz gekommen ist.

Ich betaste den Cutter und möchte eigentlich nicht über diese Möglichkeit nachdenken, kann sie allerdings auch nicht von der Hand weisen.

Es gibt einen Saboteur bei der Forschungs- und Entwicklungsabteilung, und ich halte das Werkzeug in der Hand, das er benutzt hat.

An Bord der Schwebestation *Epsilon-065*
Geheime Forschungsbasis von Division sieben

Das Gebäude war völlig zerstört. Verkohlte und zerbrochene Teile lagen in einem unordentlichen Haufen aus zackigen Blöcken und rauchendem Holz aufeinander wie ein behelfsmäßiges Grab aus einer vergangenen Zeit.

Mit hinter dem Rücken verschränkten Händen stand der Doktor am Beobachtungsfenster seines Büros und sah mit an, wie sich das ganze Ausmaß der Zerstörung vor seinen Augen ausbreitete. Auch wenn er sich eintausend Lichtjahre entfernt aufhielt, war ihm beinahe so, als wäre er vor Ort, da der Feed des Officers am Schauplatz des Geschehens von seinen Kampflinsen direkt auf die des Doktors übertragen wurde, sodass er dasselbe sah wie der Officer und ihn so an jeden Ort begleitete.

Gemeinsam gingen sie zwischen den Haufen aus zertrümmerten Steinen und verdrehten Metallstücken hindurch, stiegen über abgetrennte I-Träger und liefen über knirschende Glasschweben, die in der Mittagssonne glitzerten. Überall lagen inmitten des Schutts Dinge, die noch erkennbar waren – hier ein abgebrochenes Stuhlbein, dort ein Stück Stoff. Ein Haarbüschel leuchtete kupferfarben auf dem dunklen Stein.

Am anderen Ende des Platzes stand noch eine Wand, wie ein abgebrochener Grabstein, der an die vielen Toten erinnern sollte, die unter den Trümmern begraben lagen. Das Schild in der Nähe war angesengt, aber noch lesbar: Nguyen-Heim für Staatsmündel.

Sie haben eine Schule angegriffen. Auf einer Welt, auf der über eine Milliarde Menschen leben und auf der es Militäraußenposten und wichtige technische Einrichtungen gibt, sprengen sie ein Internat für Waisenkinder in die Luft.

»Und das war das einzige Ziel der Bombardierung?«, fragte der Doktor schließlich.

»Ja. Den Informationen zufolge, die wir zusammentragen konnten, ist er allein zu diesem Zweck auf den Planeten gekommen.«

»Hat er einen Grund dafür genannt?«

Der Officer zuckte mit einer Schulter. »Er ist ein Besetzer, ein ehemaliger Sprengstoffexperte des Militärs. Seiner Ansicht nach hat er die planetare Sicherheit geschützt und eine bedeutende Terroristenzelle ausgeschaltet. Er hat keine Ahnung, dass er für den Tod von dreihundert unschuldigen Kindern verantwortlich ist.«

Der Doktor nickte. Das war die übliche Vorgehensweise des Feindes. Er macht sich in deinem Kopf breit und verändert die Art, wie du die Realität wahrnimmst. Er bringt dich dazu, unvorstellbare Taten zu begehen, indem er dir die absonderlichsten Wahnvorstellungen als real verkauft. Im Verlauf des Krieges hatte der Doktor schon mehrere Hundert Besetzer verhört. Die Einzelheiten unterschieden sich, aber die eigentliche Geschichte war im Grunde genommen immer dieselbe: Letzten Endes ging es nie um den Menschen, der äußerlich zu sehen war, sondern immer um den Schatten in seinem Inneren.

Sie liefen eine Minute lang schweigend weiter, und der Officer schritt die Unglücksstelle ab, während der Doktor in seinem Büro auf und ab ging.

»Gibt es Überlebende?«

»Nur einen. Ein fünfzehnjähriger tellurianischer Flüchtlingsjunge. Er war draußen im Garten, als die Bombe hochging. Bei der Explosion wurde er auf den Boden geschleudert, aber nur leicht verletzt.«

»Könnte er etwas mit dem Anschlag zu tun haben?«

Der Officer schüttelte den Kopf. »Das PsyCorp hat ihn bereits überprüft. Er ist sauber. Der Junge hatte einfach Glück.«

»Oder Pech«, murmelte der Doktor kopfschüttelnd. Das ergab doch keinen Sinn. Ghule waren organisiert und koordiniert. Sie wür-

den auf den richtigen Augenblick warten und gemeinsam losschlagen, ganze Stationen und sogar Kolonien auf einen Schlag ausschalten. Aber doch keine Besetzer. Die meisten von ihnen schienen sich damit zufriedenzugeben, sich in ihren Wirten einzunisten und fortzupflanzen. Zwar wurden einzelne Besetzer durchaus aggressiv, wenn man sie in die Ecke drängte, der Großteil hatte sich jedoch als nicht besonders gewalttätig erwiesen.

Warum sollten sie es auch sein? Indem sie potenzielle Wirte töteten, schadeten sie ja nur ihren Zielen, anstatt sie voranzubringen. Spionage, Sabotage, Irreführung – das waren die wahren Talente der Besetzer. Die wenigen von ihnen, die Gewaltakte verübten, taten dies aus gutem Grund und griffen im Allgemeinen militärische Ziele oder Fabriken an.

Keine Schulen für Waisenkinder.

»Gibt es irgendeinen Grund, aus dem er die Schule als Gefahr angesehen haben könnte?«

»Nein«, antwortete der Officer, ohne zu zögern, da er sofort begriff, worauf der Doktor hinauswollte. »Die Schule war genau das, was sie vorgab zu sein, keine Fassade oder Tarnung. Hier hielten sich keine Schlüsselfiguren unter falschem Namen verborgen. Dies war nichts weiter als eine Schule.«

Dem Doktor wurde immer unwohler, je länger er das Schlachtfeld betrachtete. Dies war jetzt der vierte unerklärliche Gewaltausbruch in den letzten drei Monaten, und allem Anschein nach gab es keinerlei Verbindung zueinander. War es eine Drohung? Eine Nachricht? Der Bestandteil einer Strategie, die ihm mit seiner menschlichen Auffassungsgabe nicht einleuchten wollte? Er wusste es einfach nicht. Ihm war nur klar, dass Nguyen zu einer Folge von Ereignissen gehörte, die er nicht erklären konnte. Seo Pak City, das Geständnis des Schnüfflers, die Bombardierung eines vermeintlich irrelevanten Ziels. Er hatte geglaubt, diesen Krieg durchschaut zu haben und die Fähigkeiten, Wünsche, Taktiken und Strategien des Feindes zu ken-

nen. Doch damit war es jetzt vorbei. Das Spiel hatte sich geändert, und wenn sie die neuen Regeln nicht herausfanden, und zwar bald, dann könnte das ihr Ende sein.

Der Doktor legte die Fingerspitzen aneinander und dachte nach. Dreihundert Tote, und keiner von ihnen hatte gerettet werden können, bis auf diesen einen Jungen …

»Hat die Admiralin das schon gesehen?«

»Noch nicht. Sie haben als Erster auf meinen Link reagiert.«

»Wo ist dieser Junge jetzt? Der Überlebende – wie war doch gleich sein Name?«

»Der Junge wird Storm genannt. Ich vermute, es ist ein Spitzname. Man hat seine Verletzungen behandelt, und jetzt hält er sich auf der hiesigen Station auf und wartet auf weitere Anweisungen.« Der Officer schaute auf sein Pad. »Ich muss seinen richtigen Namen hier irgendwo haben …«

Aber der Doktor winkte ab. »Das ist nicht weiter wichtig. Ich möchte, dass er den Planeten noch heute verlässt. Finden Sie eine andere Schule, irgendwo an einem kleinen, unwichtigen Ort, der nicht auf dem Radar auftaucht. Löschen Sie seinen Namen aus den Akten, und verraten Sie niemandem, dass er überlebt hat.«

»Selbstverständlich. Ich linke die Admiralin an und …«

»Erzählen Sie niemandem, *dass er überlebt hat.«*

»Sir?« Die Stimme des Officers bebte, er wollte sich nicht weigern, konnte aber auch nicht gehorchen. »Die Admiralin ist meine Vorgesetzte. Nicht direkt, aber …«

»Was denken Sie: Hat es dieser Junge verdient, den Rest seines Lebens in einem Verhörraum zu verbringen?«

»Nein.«

»Dann löschen Sie ihn aus den Akten, schaffen Sie ihn von dem Planeten runter, und erzählen Sie niemandem, dass er überlebt hat.«

Schweigen. Dann: »Wird erledigt.«

13

Rostfarbene Schneeflocken wirbeln um mich herum und legen sich wie ein verstaubter Umhang auf meine Schultern. Ich strecke die rechte Hand aus und sehe staunend mit an, wie eine winzige, gitterartige Flocke auf meiner Handfläche landet. Sie ist perfekt; genauso, wie ich sie mir immer ausgemalt habe, nur besser. Am frühen Nachmittag wird diese Flocke zusammen mit einer Million anderer ebenso winziger einen mehrere Zentimeter dicken Teppich auf dem Boden erschaffen haben, nur um innerhalb weniger Stunden zu schmelzen und das Land nackt und bereit für den nächsten Schneefall am kommenden Morgen zurückzulassen.

Ich sehe mich nach den anderen um und lasse die Hand schnell wieder sinken. Sie müssen mich ja nicht gleich für eine Null halten, die noch nie fallenden Schnee gesehen hat – selbst wenn das der Wahrheit entspricht.

Wir sind auf Caraquin gelandet, dem dritten der drei Monde von Prisma. Dieser Planetoid befindet sich noch in den letzten Stadien des Terraformings und ist der ländlichste der Satelliten Prismas, da es hier nur kleine Siedlungen, unbefestigte Straßen, Solarfelder und einfache Häuser aus hier beheimateten Materialien vermischt mit den schweren Legierungen aus der Anfangszeit des Terraformings gibt. Anders als Javeyn ist Caraquin verlassen – man hat die Einwohner evakuiert und entweder auf andere Planeten oder in Besetzerkolonien umgesiedelt, sodass jetzt nur noch Ghule über die verlassenen Ebenen streifen.

Zephyr lenkt ein kleines offenes Fahrzeug aus der offenen Shuttleluke, das nun, wo wir uns keine Sorgen mehr machen müssen, dass uns wie auf Javeyn hohes Gras die Abgasöffnungen verstopft, eher an ein Antischwerkraftskiff als an einen Roamer erinnert. Ich stehe bei Zel und Ty, während er einige Sicherheitschecks durchführt, und wir alle warten darauf, dass Archer zusammen mit dem letzten Mitglied unserer Gruppe herauskommt: Dr. Inoue, der Wissenschaftler, den wir bei dieser Mission begleiten werden. Laut der Vorbesprechung gestern Abend wird dies ein B&B, also eine relativ einfache Aufgabe, für die nur ein halbes und kein ganzes Team benötigt wird.

»Was ist ein B&B?«, hatte ich mich erkundigt, da mir dieser Begriff nichts sagte.

»Babysitter und Bodyguard«, erklärte Ty mir prompt.

Zwar kümmern sich die Teams um die meisten Tests, aber hin und wieder begleiten uns einige Wissenschaftler auch auf den Außeneinsatz, wenn ein Gerät zu kompliziert für uns ist oder während des Tests ständig überwacht und neu eingestellt werden muss. Wenn das passiert, sind wir für den Schutz verantwortlich. Archer hat das während der Besprechung so ausgedrückt: »Man hat während dieser Mission nur einen einzigen Job: Man muss dafür sorgen, dass dem Wissenschaftler nichts passiert. Muss man sich zwischen ihn und einen Besetzer werfen, damit er nicht erschossen wird, dann macht man das. Muss man zurückbleiben, damit er entkommen kann, tut man auch das. Und muss man sich einen Ghul einfangen, damit er nicht infiziert wird, dann opfert man sich eben.«

Selbst jetzt erschaudere ich wieder, als ich mich an seine Worte erinnere. Es ist eine Sache, für jemanden zu sterben, aber eine völlig andere, sich an seiner statt einen Ghul einzufangen. Doch ich rufe mir ins Gedächtnis, dass es ja immer noch die Komakapsel gibt, und reibe über die kleine Wölbung an meinem Handgelenk.

Tja. Das ist nicht sehr beruhigend.

Positiv ist allerdings, dass wir neue Ausrüstung bekommen

haben. Neben meiner Betäubungspistole und dem Aero-Werfer trage ich jetzt auch noch einige Lichtgranaten bei mir. Sie sind eine brandneue Erfindung der F&E und noch in der Testphase. Angeblich kann man damit eine Wolke aus Licht erschaffen, in der Ghule erkennbar werden, dummerweise ist sie jedoch nicht tödlich für sie. Archer sagte, dass eine einzige Granate nur einige Minuten lang Licht erzeugt und man davon höllische Kopfschmerzen bekommt, daher dürfen wir sie auch nur im Notfall einsetzen. Die andere Innovation ist der Werfer, der jetzt ein Zielfernrohr am Lauf hat, für das dieselbe Lichttechnologie wie bei den Granaten verwendet wurde.

Ich bin mir noch nicht sicher, ob es nützlich oder unheimlich sein wird, sehen zu können, worauf ich schieße, und schüttle schließlich den Kopf. Vermutlich werde ich das schon bald herausfinden.

Zel tritt neben mir ungeduldig von einem Fuß auf den anderen und wischt sich den Schweiß von der Stirn. »Wie lange dauert das denn, einen Wissenschaftler fertigzumachen?«

»Ach, du kennst diese Typen doch«, erwidert Ty. »Im Labor sind sie Genies, aber kaum lässt man sie vor die Tür, können sie ein Kampfmesser nicht mehr von einem Lasercutter unterscheiden.«

Bei Tys Worte zucke ich leicht zusammen. *Der Lasercutter.* Als ich meinem CO das Werkzeug am Morgen nach dem Sturm überreicht und ihm von meiner Vermutung erzählt habe, dass es für die Sabotage des Schildgeneratorteils verwendet wurde, hat Asriel nicht viel dazu gesagt. Er hat mich nur skeptisch gemustert und versprochen, der Sache nachzugehen. Seitdem warte ich wie auf heißen Kohlen auf eine Antwort von ihm, aber falls er in der vergangenen Woche etwas herausgefunden hat, dann weiß ich noch nichts davon.

Bevor ich noch länger darüber nachdenken kann, öffnet sich die Shuttletür und Archer tritt mit unserem Wissenschaftler heraus, einem schlanken Mittvierziger. Ich mustere ihn und seinen geliehenen Anzug und muss Ty recht geben. Dr. Inoue sieht tatsächlich ein bisschen so aus wie ein Kind, das sich verkleidet hat, denn sein Werkzeuggürtel hängt schief, und die Testuniform scheint ihm nicht wirklich zu passen. Dennoch schenkt er uns ein tapferes, wenn auch etwas unsicheres Lächeln. In seinen Nasenlöchern glitzert es; er hat sich zwei Metalltubuli hineingeschoben, die zum Schnüffler gehören.

Denn genau das sollen wir hier draußen testen. Wenn der Test erfolgreich verläuft, kann jeder, der nicht über eine Nasenmodifikation verfügt, mit dem Ding trotzdem Ghule riechen. Aus Zeit- und Geldgründen konnten sich nur die Mitglieder des Sternenbundmilitärs, bei denen es unbedingt erforderlich war, dieser Operation unterziehen. Selbstverständlich kann es bei Ghulen aber von einem Sekundenbruchteil zum nächsten auf einmal unbedingt erforderlich werden. Sollte dieses Gerät funktionieren, dann ließe es sich leicht in Masse produzieren und an alle Armeeangehörigen verteilen, vermutlich sogar an lokale Gesetzeshüter und andere wichtige Personen. Der Schnüffler könnte ein mächtiges Werkzeug im Krieg gegen den Feind werden. Das ist auch der Grund dafür, dass uns Dr. Inoue heute begleitet. Jedes Mitglied des Testteams verfügt bereits über eine modifizierte Nase, ebenso wie die meisten Wissenschaftler und anderen auf der Basis arbeitenden Personen.

Ich ziehe den Reißverschluss meiner Jacke zu, halte mich am Überrollbügel fest und springe auf den Wagen, während Archer uns den Plan erklärt. Vielleicht sollte ich lieber Teamleiter Archer sagen, da er vor einigen Tagen befördert wurde, nachdem man Asriel plötzlich zum Divisionscommander gemacht hat. Uns hat niemand erzählt, was aus dem vorherigen Commander geworden ist, aber wir haben alle eine eigene Theorie, und keine davon ist positiv. Ty hat Archers vorherige Rolle als STL übernommen, für die auch Herrera im Gespräch war, der ihr seitdem ständig böse Blicke zuwirft.

»Sie übernehmen das Steuer, Zephyr«, ordnet Archer an. »Ich sitze auf dem Beifahrersitz, damit ich nach vorn Deckung geben und die Richtung bestimmen kann. Dr. Inoue kommt in die Mitte, flankiert an Backbord von Ty und an Steuerbord von Sorenson. Zel, Sie sichern nach hinten ab, und Herrera, Sie bleiben am Himmel.« Archer nickt den beiden Frauen zu. »Zel und Ty, Sie sind unsere Ghulverteidigung.«

»Ja, Sir!«

»Verstanden, TL!«

»Vergessen Sie nicht, dass unsere Aufgabe darin besteht, Dr. Inoue nah genug heranzubringen, damit er den Schnüffler testen kann, ohne unnötige Aufmerksamkeit zu erregen. Wir gehen rein und wieder raus. Ohne Hektik und Geschrei. Verstanden, Team?«

Ich lade eine Luftpatrone in den Werfer und bestätige ebenso wie meine Teamkameraden. Drei Wachen scheinen etwas übertrieben für diese vermeintlich einfache Aufgabe zu sein, aber wieso sollte ich das erwähnen? So nehme ich meine Position auf Inoues rechter Seite ein, quetsche mich an das Seitengestänge und halte den Werfer in der Hand bereit. Dass mein Herz ein bisschen schneller schlägt, als sich der Wagen in Bewegung setzt, liegt garantiert nur an der dünneren Atmosphäre des Mondes und an nichts anderem.

Wir gleiten lautlos über den Boden und halten auf eine Siedlung in der Ferne zu. Das Energiezaunnetzwerk ist noch aktiv, jedenfalls teilweise, und wird von selbsterhaltenden Sonnenkollektoren angetrieben, die immer weiterlaufen und von den menschlichen Sorgen wie Invasion und Evakuierung nichts mitbekommen. Wir greifen jetzt darauf zu, zapfen das System drahtlos über unsere Helme an, um herauszufinden, wo sich der Feind aufhält, jedenfalls der Teil, der in Bewegung ist. Und über die anderen, die sich nicht bewegen, müssen wir eben mit unseren Nasen den Überblick behalten. Es wäre eine Katastrophe, wenn auch nur einer von uns jemals eine Erkältung bekommt.

Einige Minuten später befinden wir uns am Stadtrand und durchqueren ein Feld aus Sonnenkollektoren. Diese besitzen zwar staubresistente Oberflächen und sind so programmiert, dass sie sich regelmäßig drehen, um alle vom Wind herbeigewehten Kleinteile herunterzuschleudern, doch der Zahn der Zeit hat auch vor ihnen nicht haltgemacht. An der Oberfläche kleben kleine Partikel, die mit der mechanischen Methode nicht abgeschüttelt werden können, sodass die Kollektoren teilweise bedeckt und in ihrer Effizienz eingeschränkt sind. Aus diesem Grund funktionieren Teile des Energiezauns nicht mehr, da es zu wenig Energie für alle Bereiche gibt.

»Ich rieche überhaupt nichts«, meldet sich Dr. Inoue zu Wort, dessen Stimme durch den Schnüffler deutlich nasaler und höher klingt als normal. »Sind sie in der Nähe. Können Sie sie riechen?«

»Keine Sorge, wir sagen Ihnen Bescheid, sobald sie in unsere Nähe kommen.«

Ich stimme Archer zwar zu, hebe aber dennoch den Kopf und atme vorsichtshalber tief ein. Es ist wirklich nichts zu riechen, aber dann bemerke ich aus dem Augenwinkel ein Glitzern. Nachdem ich die Vergrößerung meiner Kampflinsen aktiviert habe, starre ich eine Minute lang in den Südwesten, kann jedoch nichts Besonderes erkennen. Da sind bloß noch mehr Sonnenkollektoren.

Sonnenkollektoren … Ein ganzer Abschnitt glänzt deutlich heller als die, zwischen denen wir uns gerade befinden. Ist das nur eine Lichtspiegelung, oder müssen wir uns Sorgen machen?

»Sehen Sie das auch, Zel?«, subvokalisiere ich in mein Mikro und deute mit dem Werfer ein wenig in die Richtung.

Sie dreht den Kopf und schaut sich schweigend um. »*Ja. TL, wir haben ein Problem.*«

»*Was gibt's?*«, fragt Archer so leise, dass Inoue es nicht hören kann.

»*Es macht ganz den Anschein, als wäre der Mond nicht so verlassen, wie wir gedacht haben.*« Sie zieht den Reißverschluss ihrer Jacke ein Stück herunter und fächelt sich Luft zu.

»*Besetzer?*« Archers Stimme klingt angespannt.

»*Wir haben noch niemanden gesehen, aber Sorenson hat auf vier Uhr ein ganzes Feld voller Sonnenkollektoren entdeckt, die deutlich sauberer aussehen als die anderen. Fast so, als würden sie regelmäßig gewartet, und zwar nicht von Maschinen, sondern per Hand.*«

Archer stößt einen leisen Fluch aus. »*Gut gemacht, Zel, Sorenson. Ty, Zeph? Sehen Sie auf Ihrer Seite auch etwas?*«

Zephyrs Antwort ist negativ – was nicht weiter überrascht, da er sich aufs Fahren konzentrieren muss –, aber Ty sagt: »*Nein, aber ich bin Zels Meinung. Ich bin auf einem Planeten aufgewachsen, der diesem hier sehr ähnlich war, und die Kollektoren können nach so langer Zeit unmöglich so sauber sein, wenn kein Mensch nachhilft. Nicht bei der Technologie, die auf diesem Felsbrocken eingesetzt wurde.*«

Archer schweigt eine Weile und scheint über die Situation nachzudenken, und ich frage mich schon, ob er die ganze Mission abblasen wird. »*Okay, Team*«, sagt er schließlich. »*Es ist nur ein Teil eines großen Felds, daher haben wir es vermutlich nur mit sehr wenigen Besetzern zu tun, die man übersehen hat. Passen Sie Ihre Helmfeeds an, scannen Sie nach Lebenszeichen, und halten Sie die Augen offen. Die Mission wird fortgesetzt, aber seien Sie jederzeit auf einen Abbruch gefasst. Ich linke Herrera an und informiere ihn über die veränderte Lage.*«

Mein Visor verfärbt sich blassgelb, als ich die Einstellungen anpasse, aber die einzigen Wärmesignaturen, die ich erhalte, scheinen nicht von Menschen zu stammen. Wahrscheinlich sind es

Hasen oder Wühlmäuse oder was immer hier sonst noch für Kleintiere leben. Ich berühre kurz die Betäubungspistole an meiner Hüfte. Sie gehört standardmäßig zu meiner Ausrüstung, selbst wenn sie bei einer Mission eigentlich gar nicht erforderlich wäre. Im Augenblick bin ich sehr dankbar dafür.

Inoue mag unsere Unterhaltung nicht verstanden haben, da wir in unsere Koms subvokalisieren und das Gesicht abwenden, aber als wir alle gleichzeitig anfangen, unsere Ausrüstung anzupassen, merkt er auf.

»Was ist los?« Er will schon aufstehen, aber Zel legt ihm eine Hand auf die Schulter und drückt ihn sanft wieder nach unten.

»Wir haben Anzeichen auf mögliche Besetzer entdeckt«, teilt Archer ihm mit. »Vermutlich handelt es sich um eine sehr kleine Gruppe, die bei der letzten Durchsuchung übersehen wurde. Ich rechne nicht damit, dass wir sie überhaupt zu Gesicht bekommen. Vorerst setzen wir die Mission wie geplant fort, aber beim ersten Anzeichen von Ärger verschwinden wir von hier.«

»Besetzer?« Inoues Augen werden tellergroß, und mir wird klar, dass er wahrscheinlich noch nie einen Besetzer oder gar Ghul zu Gesicht bekommen hat. Normalerweise sitzt er immer in seinem Labor am sichersten Ort des Universums und arbeitet tagein tagaus an tollen Spielzeugen, um eine Gefahr zu bekämpfen, der er sich nie selbst hat stellen müssen. Selbst mir entgeht die Ironie darin nicht. Doch dann fügt er hinzu: »Keine Immunen?«

»Was?«

»Immune«, wiederholt Inoue. »Es könnten auch Immune sein.«

Zel und ich starren uns entgeistert an, aber dann ist es Ty, die ausspricht, was alle denken. »Immune? Meinen Sie etwa Menschen, die gegen Ghule immun sind? Wollen Sie uns auf den Arm nehmen?«

Inoue macht ein erschrockenes Gesicht. »Nein! Gut, etwas

Genaueres weiß ich auch nicht, aber ich habe gehört, dass man bei den Evakuierungen immer mal wieder Menschen entdeckt hat, die nicht infiziert worden waren, obwohl sie es hätten sein sollen. Sie waren immun.« Er mustert unsere verblüfften Mienen. »Ich hätte das gar nicht erwähnen dürfen. Es sind ohnehin nur Gerüchte, und die entsprechende Forschung wird auch gar nicht auf unserer Basis durchgeführt. Die F&E ist nur auf die Technik ausgelegt, der ganze biologische Kram wird auf Heli…«

Er stockt und presst die Lippen aufeinander, da er anscheinend schon zu viel gesagt hat. Wir schweigen alle völlig benommen, selbst Ty hat diese Enthüllung die Sprache verschlagen. Eine Immunität könnte das Blatt wenden, erst recht, wenn sich daraus ein Impfstoff herstellen ließe. Doch Inoue hat ja selbst gesagt, dass es nur Gerüchte sind.

Bis vor Kurzem habe ich die Komakapseln allerdings auch nur für ein Gerücht gehalten.

»Okay, Team.« Archers Stimme holt uns in die Wirklichkeit zurück. »Ghulterritorium direkt voraus. Augen offen halten.«

Archers Ermahnung kommt im richtigen Augenblick, da wir gerade das Solarfeld verlassen. Vor uns ragen die ersten Gebäude der Siedlung auf, und ich sauge unwillkürlich die Luft ein und nehme einen schwachen säuerlich-süßen Geruch wahr.

»Schatten in fünfhundert Metern Entfernung«, meldet Ty, die sich jetzt wieder im Griff hat. »Zu weit entfernt, um ihre genaue Zahl zu ermitteln.«

»Bestätigt«, sagt Zel.

»Inoue?«

Der Wissenschaftler schüttelt den Kopf. »Ich rieche nicht das Geringste.«

»Es ist auch nur ganz schwach, gerade mal ein säuerlich-süßer Hauch«, erläutert Archer. Als der Mann erneut den Kopf schüttelt, nickt der TL. »Okay, möglicherweise hat der Schnüffler nicht dieselbe Reichweite wie unsere Implantate. Wir versuchen, etwas näher ranzukommen. Zephyr, bringen Sie uns durch den Zaun. Sagen Sie uns sofort Bescheid, wenn Sie etwas riechen, Doktor.«

Ein leichter Stromstoß lässt meine Haut kribbeln und mein Herz schneller schlagen, als wir die Barriere durchbrechen, dann sind wir auch schon auf der anderen Seite. Am Energiezaun vorbei und in der Hauptstadt von Caraquin.

Es ist eine Geisterstadt.

Verlassene Gebäude säumen die breite Straße, und die heruntergekommenen Fassaden sehen staubig und brüchig aus. In den Vorgärten wuchert schneebedecktes Unkraut, das zu robust ist, um ohne von Menschen geschaffene Pestizide zu vergehen, während die gepflanzten Blumen leblos am Boden liegen. Offene Fenster, umgefallene Mülltonnen sowie überall herumliegende Gegenstände lassen auf eine übereilte Evakuierung schließen. Eine weiße Katze sitzt auf einer Verandastufe, leckt sich eine Pfote und beobachtet uns. Ja, dies ist wirklich eine Geisterstadt.

Oder vielmehr eine Ghulstadt.

»Vierhundert Meter, und noch immer keine Anzahlbestimmung möglich«, bellt Ty, und Zel bestätigt ihre Worte. Inoue schüttelt erneut den Kopf.

Archer nickt, und wir fahren weiter. Zephyr beschränkt die Geschwindigkeit auf einen Viertelimpuls, sodass wir fast schon kriechen, was mich nur noch nervöser macht. Ich zwinge mich, weiterhin ruhig zu atmen, doch ich kann meinen Fuß einfach nicht mehr stillhalten. Dreihundert Meter, dann zweihundert. Es sieht ganz so aus, als tauge Inoues Schnüffler nichts, aber dann …

»Ich rieche was!«

Wir halten an und schweben mitten auf der Straße. Inoue holt erneut tief Luft, und auf seinem Gesicht spiegelt sich Aufregung wider. »Es ist schwach, aber da. Säuerlich-süß, wie Sie gesagt haben. Er funktioniert! Er funktioniert tatsächlich!«

Archer sieht Ty und Zel fragend an. Wie vorher vereinbart, heben sie beide vier Finger. Vier Ghule.

»Können Sie uns sagen, wie viele es sind?«, will Archer von Inoue wissen.

Der Wissenschaftler runzelt die Stirn. »Wie können Sie das so genau feststellen?«

»Der Geruch wird intensiver, je mehr es sind. Und wenn man nahe genug ist, stellt man fest, dass jeder einen individuellen Geruch hat, sodass man sie auseinanderhalten kann.«

Als Inoue das verneint, bringt Zephyr uns weitere fünfzig Meter näher ran. Die Sonne scheint hell, wärmt mir trotz der kalten Luft das Gesicht und lässt die fallenden Schneeflocken weiß glitzern. Vögel zwitschern fröhlich über unseren Köpfen, und der Wind rauscht sanft durch die Straße. Es ist ein wunderschöner Tag, aber ich spanne dennoch den Bizeps an und bin in höchster Alarmbereitschaft, als wir wieder anhalten. Ich zwinge mich, nicht an Inoue und Archer zu denken, und überprüfe das Energiezaungitter auf meinem Visor. Bisher ist nichts zu sehen. Entweder halten sich in diesem Teil der Stadt nicht viele Ghule auf, oder sie spüren uns nicht oder wir sind ihnen schlichtweg egal.

Am Rand meines Visors blitzt etwas Orangefarbenes auf, und ich wirble zu der Wärmesignatur herum und greife bereits nach meiner Betäubungspistole. Zwei andere Werfer werden in dieselbe Richtung geschwenkt.

»Was ist, Sorenson?«

Ich richte den Blick auf das nächste Haus, sehe aber nichts. Nach einem Augenblick zucke ich mit den Schultern. »Ich dachte, ich hätte eine Wärmesignatur gesehen.«

»Das reicht für heute«, erklärt Archer. »Wir haben bestätigt, dass der Schnüffler funktioniert, und Dr. Inoue müsste mehr als genug Daten haben, um ihn für den nächsten Test zu verbessern. Zeph …«

Dezimatorenschüsse kommen aus dem Fenster des Hauses, das ich eben noch angestarrt habe. Knisternde Bolzen sausen nur eine Haaresbreite an mir entfernt vorbei; sie fliegen von Gebäuden auf beiden Straßenseiten auf uns zu, und da wird mir klar, dass ich die Wärmesignatur nicht etwa vor, sondern *in* einem Haus gesehen habe!

Ich erwidere das Feuer und verändere die Position, um Inoue vor den tödlichen Energieimpulsen zu schützen, während Zel den Wissenschaftler zu Boden drückt und sich auf ihn wirft. Archer schreit den Befehl »Rückzug«, und Ty und ich versuchen, die Gegner in Schach zu halten, während Zephyr einen Gang einlegt. Da rieche ich es.

Zwei Dutzend Ghule fliegen aus den Häusern um uns herum.

14

Chaos bricht aus, da keiner von uns mit einer ganzen Horde Ghule gerechnet hat, die aus dem Nichts auftauchen. Immer mehr Schatten materialisieren sich, ein weiteres Dutzend erhebt sich um uns herum aus dem Boden und hüllt uns in eine säuerlich-süße Wolke.

»Was zum Teufel passiert hier?«

»Wo beim Vakuum kommen die her?!«

»Werfer aktivieren. Los, Team!«

Archer hat bereits den ersten Schuss abgefeuert, als ich den Werfer unter meinem Arm erst einsatzbereit mache. Ich schwinge die Waffe in Position und keuche auf, als ein weißer Lichtstrahl über dem Lauf erscheint und dunkle Gestalten erkennen lässt, die in schwarzen, roten und goldenen Wellen zu wabern scheinen. Bei diesem Anblick zieht sich mein Brustkorb zusammen, denn zum ersten Mal kann ich den unsichtbaren Feind nun mit bloßem Auge auf dem Schlachtfeld erkennen.

Ich erstarre; jeder Muskel in meinem Körper scheint beim Anblick dieser aufgewühlten Ghule versteinert zu sein. Jemand wirft eine Granate, und nun sehe ich nicht nur ein paar, sondern Dutzende dieser Wesen, als ein so grelles Licht aufflackert, dass mich nur noch das automatische Dimmen meiner Kampflinsen vor dem Blindwerden bewahrt. »Sie sind überall! Sie sind überall!«, schreit Inoue immer wieder, und für einen Sekundenbruchteil stehe ich einfach nur da und kann überhaupt nichts tun. *Oh Gott, oh Gott! Was mache ich denn jetzt?*

Ein weiterer Schuss saust an mir vorbei, so nah, dass er mich aus meiner Trance reißt. Ich fummle an meinen Waffen herum und weiß kurz nicht, ob ich den Werfer oder die Pistole nehmen soll. Wir sind zwar von Ghulen umringt, aber aus den Häusern schießen die Besetzer auf uns, die trotz des blendenden Lichts erschreckend gut zielen. Erst der furchtbare Anblick eines Ghuls, der direkt auf mich zustürmt, sorgt dafür, dass ich mich endlich bewege. Ich lasse die Pistole sinken und feuere den Werfer ab.

Der Schuss geht gerade noch rechtzeitig los und schleudert den Ghul, der nur noch einen Meter von mir entfernt war, weg. Mir ist jedoch klar, dass sich die Wolke bald aufgelöst haben wird.

»Auf mein Zeichen schießen alle nach hinten!«, befiehlt Archer. »Zeph, sobald sie schießen, geben Sie Gas. Eins ...«

Hitze versengt meinen Oberschenkel und brennt sich durch meine Panzerung, aber ich schaffe es dennoch, den Werfer nach hinten zu richten.

»... zwei, drei. Feuer!«

Drei Gaswolken fliegen über das Heck, und auf einmal bewegt sich das Skiff schnell rückwärts. Der strenge Geruch der Ghule brennt mir in der Nase, als wir an ihnen vorbeifliegen, und dann sind sie hinter uns. Das kleine Schiff dreht sich automatisch um die eigene Achse, sodass Zeph wieder sehen kann, wohin wir fliegen, und sich nicht ständig umdrehen muss. Wir rasen im Zickzack über die Straße, weichen immer wieder nach links oder rechts aus, um den Energiestößen auszuweichen, während uns die Ghule dicht auf den Fersen sind. Archer schreit panisch über Kom, dass sich die Luftabholung bereitmachen soll.

»Herrera, wir brauchen Sie jetzt ... Ghule und Besetzer ... Stadtrand, in zwei Minuten!«

Ich feuere noch eine Salve mit meinem Werfer ab, doch die Ghule fallen bereits zurück, da sie nicht mit unserer Geschwindigkeit mithalten können. Weitere Schüsse fallen, und ich will meine Pistole schon aufheben, die ich zuvor in der Hektik fallen gelassen habe, obwohl das gar nicht nötig ist. Die Schüsse werden uns nicht gefährlich, und kurz darauf sind wir außer Reichweite. Es wird still auf der Straße, wir befinden uns erneut in einer Geisterstadt, und der ganze Spuk ist mit einem Schlag vorbei.

Was nicht bedeutet, dass sich einer von uns entspannt. Ty und Archer halten noch immer mit gezogenen Pistolen und schussbereiten Werfern Position, während Zephyr geschickt das Skiff lenkt. Zel hat es geschafft, sich in dem Chaos so umzudrehen, dass sie unserem Wissenschaftler weiterhin Deckung geben, gleichzeitig aber auch schießen kann. Ihr Gesicht ist schweißbedeckt, und ihre Arme zittern vor Anstrengung, da sie den schweren Werfer so lange auf derart unbequeme Art halten muss, aber sie wankt nicht. Inoue hingegen gleicht einem zitternden Häufchen am Boden und ist hinter Zel kaum zu sehen. Wir hatten großes Glück, dass die Ghule nicht durch den Boden gekommen sind, denn das wäre sein Ende gewesen. Ich richte meinen Werfer auf den Boden und stütze ihn so wie Ty am Geländer ab, damit ich mit der anderen Hand meine Pistole festhalten kann.

Keiner von uns sagt einen Ton, bis wir am Stadtrand auf Herrera treffen, und selbst dann tauschen wir nur knappe, angespannte Halbsätze aus, während wir alles einladen und verschwinden. Es gibt nur kleinere Verletzungen zu beklagen – einige Dezimatorenstreifschüsse, wie auch ich einen abbekommen habe –, die zwar schmerzhaft sind, uns jedoch nicht groß etwas ausmachen. Inoue ist allerdings derart erschüttert, dass er sich weigert, das Skiff zu verlassen, bis Zel ihn endlich dazu überreden kann. Sie legt einen Arm um seine Schultern und hilft ihm aus dem Fahrzeug und auf einen Stuhl. Danach sitzen sie und Archer bei ihm und sagen ihm wieder und wieder, dass alles gut ist. Zephyr geht ins Cockpit, angeblich um Herrera zu berichten, und Ty und ich haben nichts zu tun.

Schweigend hebt Ty den Schnüffler vom Boden des Skiffs auf – ich weiß nicht, ob er im Chaos heruntergefallen ist oder ob der

Wissenschaftler ihn entfernt hat – und reicht ihn Inoue. In einem Moment perfekter Harmonie blicken wir uns in die Augen, und ich weiß auf einmal ganz genau, was sie gerade denkt.

Fünf Menschen mit Nasenmodifikationen und Energiezaungitter, und irgendwie schaffen es die Ghule trotzdem, uns zu überraschen?

Obwohl der Angriff längst vorbei ist und wir die Schatten weit entfernt auf Caraquin zurückgelassen haben, ist die bloße Erinnerung scheußlich, und die furchtbare Situation ist noch umso schlimmer, da wir uns das Ganze nicht erklären können. Es ist, als wären uns die Schatten immer einen Schritt voraus, was wir auch tun oder erfinden. Wenn die Chancen derart gegen uns sprechen, wie soll die Menschheit da nur überleben?

»Es ist alles gut, Sie sind in Sicherheit. Wir sind hier bei Ihnen, und wir lassen nicht zu, dass Ihnen etwas passiert. Alles wird wieder gut. Das verspreche ich Ihnen.«

Zels Stimme hallt leise durch das Shuttle, und in ihren Worten liegt eine solche Sanftheit, wie ich sie bei ihr gar nicht vermutet hätte. Während ich ihr zuhöre, wünsche ich mir von ganzem Herzen, ich könnte ihr dic Lüge, die ihr so leicht über die Lippen kommt, wirklich glauben.

* * *

Zurück auf der OP bestehen wir alle den Psychotest und sind sehr erleichtert. Keiner weiß, was wir mit unserem hysterischen Wissenschaftler anfangen sollen, und wir sind sehr dankbar, dass das medizinische Team bereitsteht und ihn uns abnimmt, als wir endlich die Station erreichen.

»Der wird uns nie wieder begleiten«, stellt Ty fest, aber ihre Stimme klingt ernst und nicht spöttisch, als würde sie den Verlust seiner Unschuld, den wir nicht hatten verhindern können, wirklich bedauern.

»Was zum Teufel ist da draußen passiert?«, fragt Zephyr leise. »Wie konnten sie so dicht an uns rankommen, ohne dass wir sie vorher gerochen haben?«

»Ich weiß es nicht«, antwortet Ty und schaut mich und Zel fragend an. Wir schütteln beide den Kopf.

Auf Archers Befehl hin gehe ich mit Zephyr und Ty auf die Krankenstation, um unsere Dezimatorenwunden behandeln zu lassen. Ich habe einen fiesen Streifschuss am Oberschenkel abbekommen und einen leichteren am Ellbogen – schmerzhaft, aber nicht ernst. Bei Ty und Zephyr sieht es ähnlich aus. Danach gehen wir in unser Quartier, um schnell zu duschen und uns umzuziehen. Ich werfe meine verschwitzte Uniform in die Wäsche und folge Zephyr gerade in die Hygieneeinheiten, als mein Chip summt. Nachdem ich ihn aktiviert habe, muss ich breit grinsen, und der Link – nur Text – scrollt über meine Hand.

Alles Gute zum achtzehnten Geburtstag, Michael. Pass auf dich auf. Ich hab dich lieb. Mom.

Ich schniefe reumütig bei diesen knappen Worten, die einen starken Kontrast zu Dads langer H-Mail von heute Morgen bildet. Darin hat mir Dad gratuliert, dass ich jetzt die »heiligen Gefilde des Erwachsenendaseins« erreicht habe, als würde ein Jahr im aktiven Kampf gegen die Alieninvasion dafür nicht ausreichen. Außerdem haben meine Eltern ein paar Hundert Milicreds auf mein Konto transferiert. Von Gran kam gestern bereits ein Link, und von meiner Schwester auf Iolanthe habe ich nichts gehört.

Nicht, dass ich mir das gewünscht hätte.

Ich deaktiviere den Text, dusche schnell und will danach etwas essen. Als ich mich gerade anziehe, trifft eine weitere Nachricht ein: Asriel bestellt mich zu sich. Mein Herz schlägt schneller, als ich begreife, worum es dabei gehen muss. *Der Lasercutter.* Doch ich denke nicht weiter darüber nach, sondern ziehe mich schnell fertig an und gehe zum Büro des DCs. Asriel kommt direkt zum Punkt.

»Ich habe mit Dr. Preston, der Leiterin des GMVW-Teams, über das defekte Schildgeneratorteil von Test Rho dreizehn gesprochen. Ihren Worten zufolge haben ihre Leute das fragliche Teil nach dem Test gründlich untersucht und konnten keinerlei Hinweise auf eine Sabotage entdecken. Es sieht ganz danach aus, als wäre der Defekt aufgrund eines Herstellungsfehlers aufgetreten.«

Ein Herstellungsfehler ... Genau das hat Dr. Jacobi auch gesagt.

Ich erröte, als mir klar wird, wie albern meine Geschichte über Saboteure angesichts dieser Erkenntnisse klingen muss, und es wird nicht besser, als Asriel ruhig hinzufügt: »Dr. Preston lässt Ihnen ausrichten, Sie möchten die Analyse ausgefallener Geräte in Zukunft doch besser den Ingenieuren überlassen. Schließlich werden sie ja auch dafür bezahlt.«

Seine Mundwinkel zucken leicht, und ich habe den Eindruck, dass Dr. Prestons Worte bei Weitem nicht so höflich gewesen sind. Warum auch? Ich bin nur ein armseliger Testspezialist und will diesen superklugen Ingenieuren sagen, wie sie ihren Job zu machen haben! Wahrscheinlich lachen die sich über mich schlapp.

Jetzt komme ich mir erst recht wie eine totale Null vor. »Ja, Sir.«

»Und was den Cutter betrifft, der in Ihrem Spind aufgetaucht ist, so bin ich die elektronischen Aufzeichnungen durchgegangen und habe keine Anzeichen auf einen unautorisierten Zugriff gefunden. Ich habe auch den Spind übersuchen lassen, und auch dort gibt es keine Spuren, die auf ein gewaltsames Eindringen hindeuten würden.«

Kein gewaltsames Eindringen? Wie kann das sein?

»Ist es möglich, dass Sie den Cutter versehentlich irgendwo mitgenommen haben, ohne es zu bemerken?«, fährt Asriel fort. »Vergessen Sie nicht, dass wir vor nicht allzu langer Zeit unsere Reparaturarbeiten auf der Prisma-Relaisstation trainiert haben. Soweit ich mich erinnere, hatten die Ingenieure dort sehr viele Werkzeuge dabei. Möglicherweise haben Sie sich den Cutter während der Übung in die Tasche gesteckt und später vergessen?«

»Ich … ich weiß es nicht, Sir.«

»Oder er ist versehentlich zwischen Ihre Wäsche gelangt?«, mutmaßt er. »Jemand hat den Cutter in einer Tasche vergessen, er fiel beim Waschen heraus und ist irgendwie bei Ihren Sachen gelandet. Es wäre nicht das erste Mal, dass etwas in der Wäsche abhandengekommen wäre.«

Ich runzle die Stirn, als ich über seine Worte nachdenke. Beide Theorien wären durchaus plausibel, vor allem jetzt, da ich weiß, dass keine Sabotage vorgelegen hat. Denn wieso hätte man dann ein stinknormales Werkzeug in meinem Spind verstecken sollen? Das wäre die perfekte Erklärung gewesen … hätte der Cutter nicht in meiner Wächteruniform gelegen, die ich während meiner Zeit bei der F&E weder getragen noch gewaschen hatte. Es war in der Nacht, in der ich den Cutter gefunden habe, aber auch sehr dunkel gewesen. Vielleicht hatte ich mich ja geirrt?

Trotzdem ich weiter unsicher bin, sehe ich Asriel, der mich erwartungsvoll mustert, an und nicke. »Das könnte sein, Sir.«

»Dann ist das Mysterium anscheinend gelöst. Ich lege den Cutter in die Fundkiste, dann kann ihn sich derjenige, der ihn verloren hat, abholen.«

Er entlässt mich und will sich schon wieder seinem Papierkram widmen, aber mir brennt immer noch eine Frage auf der Zunge.

»Was ist mit dem Chip, Sir? Ich meine den mit der Nummer, den ich im Cutter gefunden habe.«

»Ach, der. Soweit ich es erkennen konnte, ist es ein Herstellerchip. Die Zahl darauf ist wahrscheinlich die Fabriknummer, in der er produziert wurde, oder die des Qualitätssicherers, der diese Charge überprüft hat. Machen Sie sich deswegen keine Sorgen.« Er sieht mich fragend an. »Gibt es sonst noch was, Sorenson?«

Ich werde schon wieder rot, da ich begreife, wie dämlich ich auf

Asriel wirken muss. Er hat als neuer Divisionscommander alle Hände voll zu tun und keine Zeit für irgendeinen Anfänger, der lauter wilde Verschwörungstheorien von sich gibt. Ich will schon verneinen, da fällt mein Blick auf das Digital auf seinem Tisch, auf dem das erste Alphateam zu sehen ist, das mir Asriel bei meinem ersten Besuch gezeigt hat. Unbeholfen nicke ich zu ihm hin.

»Das mit dem DC tut mir sehr leid, Sir. Ich weiß ja, dass Sie mal Teamkameraden waren.«

Asriel schaut kurz zu dem Bild hinüber, und seine ernste Miene verändert sich nicht eine Sekunde lang. »Danke, Spezialist.« Er deutet auf die Tür. »Wegtreten.«

Ich gehe sofort und frage mich, ob ich mit meinen Worten zu weit gegangen bin. Es gibt zwar die wildesten Spekulationen, was Asriels Beförderung betrifft, doch ich weiß nicht mit Sicherheit, dass seine Vorgängerin gestorben ist. Es wäre wohl besser gewesen, wenn ich meine große Klappe gehalten hätte – auch bei dem Lasercutter. Ich hatte das Richtige tun wollen, letzten Endes aber nur die Zeit anderer Leute verschwendet und selbst wie eine völlige Null dagestanden. Aber wenigstens war das Geheimnis des Cutters gelöst. Ich verziehe das Gesicht. Gewissermaßen.

Mit dem guten Vorsatz, das Ganze hinter mir zu lassen, mache ich mich auf den Weg zum Zentralhabitat. Doch in mir macht sich trotz meines Entschlusses Unsicherheit breit, und nicht zum ersten Mal wünsche ich mir von ganzem Herzen, dieser geheimnisvolle Lasercutter wäre in einem anderen Spind als meinem gelandet.

* * *

Nach der Besprechung treffe ich den Rest des Teams im Kasino, wo sich die Teilnehmer der Caraquin-Mission mit den Deltas austauschen, die zurückgeblieben waren.

»Wie ist das Essen heute?«, erkundige ich mich und lasse mich auf einen Stuhl gegenüber von Zel fallen.

»Ach, wie immer. Schmeckt nach Schatten«, erwidert Ty lässig, und alle lachen über den alten Witz, der eigentlich gar nicht mehr lustig sein dürfte, es aber dennoch ist.

Die Nasenmodifikationen, dank derer wir die Ghule riechen können, haben den Nachteil, dass sie den normalen Geruchssinn entweder ganz ersetzen oder abschwächen. Wir alle können meist nur Ghule oder ihre Abwesenheit riechen. Da der Geruch auch den Geschmackssinn beeinflusst, schmecken viele von uns schlichtweg nichts mehr. Ich habe noch Glück gehabt, da ich teilweise andere Gerüche wahrnehme und dadurch mehr schmecke, allerdings ist alles eher lasch und nur schwach wahrnehmbar. Andere schmecken überhaupt nichts, und der Großteil kann nur Saures und Süßes schmecken. Aus diesem Grund schmeckt auch alles nach Schatten.

Möglicherweise ist das aber auch nur Wunschdenken, weil wir zur Abwechslung gern mal den Feind essen würden, statt dass er uns von innen heraus auffrisst.

»Ich habe gehört, Inoue wäre nach der Rückkehr völlig durch den Wind gewesen«, meint RC. »Was habt ihr denn mit ihm gemacht?«

»Ach, nur das Übliche«, entgegnete Ty keck, die dank der Dusche und des Essens offenbar schon wieder ganz die Alte ist.

Zephyr schaltet sich in den Bericht mit ein, und kurz darauf ergänzt auch Ty immer wieder ein paar Worte, während Archer gelegentlich Kommentare einwirft. Ich höre schweigend zu, während sie dem Rest des Deltateams alles vom Solarfeld bis zu unserer wilden Flucht erzählen. Das ganze Team ist logischerweise entsetzt, als sie vom Hinterhalt der Ghule erfahren.

»Keiner hat was gerochen?«, fragt Chen ungläubig. »Ich meine abgesehen von denen in der Ferne?«

»Das ist doch unlogisch.« RC schüttelt den Kopf. »Dass ihr die unter der Erde nicht mitbekommen habt, ist nachvollziehbar, und ich habe auch schon von Ghulen gehört, die anderen auf diese Weise auflauern, aber die in den Häusern hättet ihr doch riechen müssen. Vor allem, wenn die Fenster offen waren.«

Archer zuckt mit den Schultern. »Ich habe schon mit dem DC darüber gesprochen. Asriel hat so etwas auch noch nie zuvor gehört. Er will sofort mit Dr. Angelou darüber sprechen.«

»Ich bin nur froh, dass sie endlich neue Lichtgranaten entwickelt haben«, stellt Zephyr fest. »Von den neuen bekommt man zwar immer noch Kopfschmerzen, aber wenigstens kann man danach noch was sehen. Nach der letzten Granate hatte ich drei Tage lang helle Punkte vor Augen.«

»Ich bin eher froh, dass Zeph nicht wieder gegen einen Baum gefahren ist«, spottet Ty.

Alle fangen an zu lachen, nur nicht besagter Fahrer, der Ty den Mittelfinger zeigt, und schon reden alle durcheinander und kommentieren Zephs Fahrkünste und unsere wilde Flucht. Selbst ich lasse mich in das Gespräch verwickeln und spüre einen leichten Adrenalinrausch, als ich an unsere triumphale Flucht denke, die fast schon aussichtslos erschienen war. Wir waren noch einmal glimpflich davongekommen, hatten die Sache überlebt und ohne Infektion überstanden. Obwohl ich hier gerade mal eine Hand voll Missionen mitgemacht habe, ist mir schon klar, dass man bei den Teams eigentlich nicht mehr erwarten kann.

Ty sagt etwas über die gesäuberten Solarzellen, und ich stimme ihr zu und werfe Zel einen dankbaren Blick zu, die in der Hinsicht meiner Meinung gewesen ist. Erst jetzt fällt mir auf, dass sie als Einzige nichts sagt. Tatsächlich reagiert sie überhaupt nicht, sondern sitzt einfach nur da und starrt die Gabel in ihrer Hand an, als wüsste sie nicht, wie die da hingekommen ist.

»Zel?«

Sie blickt erschrocken auf, und mir stockt der Atem. Ihre helle Haut sieht sogar noch blasser aus als sonst, und ihre Pupillen sind seltsam erweitert. Ihr Gesicht ist schweißgebadet, und auf einmal erinnere ich mich daran, dass sie heute schon die ganze Zeit geschwitzt hat: auf Caraquin, einem Felsen, der so kalt ist, dass es dort schneit, im Shuttle nach der Mission und hier im temperaturgesteuerten Kasino, in dem es eigentlich eher kühl ist.

»Zel …?«, setze ich erneut an.

Plötzlich steht sie auf und neigt den Kopf zur Seite, als hätte sie in der Ferne etwas vernommen, doch ich kann nichts hören. Sie blinzelt mehrmals und wirkt desorientiert. »Tut mir leid, ich …«

Dann verdreht sie die Augen und fängt an, unkontrolliert zu zittern.

15

Zel fällt wie ein Sack zu Boden. Ihr Körper zuckt immer heftiger, und ihre Hände schlagen schlaff auf den Metallboden, während ihr immer mehr Schaum über die Lippen quillt. Ihr Kopf rollt hin und her, ihre Pupillen sind nicht mehr zu sehen, nur das Weiß ihrer Augen kann ich noch erkennen, das wie zwei weiße Halbmonde feucht in den Höhlen zuckt.

»Zel!« Ty springt als Erste auf und lässt sich neben Zel auf die Knie sinken. »Zel! Großer Gott! Archer!«

Ich bin derart entsetzt, dass ich mich nicht vom Fleck bewegen kann und halb sitzend, halb stehend verharre. Archer springt über den Tisch. Er versetzt Zels Stuhl einen Tritt, um ihn aus dem Weg zu schaffen, und kniet sich in einigem Abstand von ihr hin. »Bleibt zurück. Lasst ihr Platz!«, warnt er die anderen, die angestürzt kommen. Er hebt eine Handfläche und aktiviert mit schnellen Bewegungen seinen Chip. »Medizinischer Notfall im Atriumkasino. Ich wiederhole: Medizinischer Notfall im Atriumkasino.«

Eine Stimme ertönt und bittet um mehr Details, und Archer erläutert mit knappen Worten die Sachlage.

»Archer!«

Ich sehe erneut zu Zel hinüber. Sie hat jetzt Blut vor dem Mund, das den weißen Schaum rot färbt. Zuerst glaube ich, sie hätte sich auf die Zunge gebissen, doch dann sehe ich mehr Blut – so viel Blut! –, es läuft ihr aus den Augen, der Nase und den Ohren und hinterlässt dunkle Rinnsale auf ihrer blassen Haut. Sie keucht schmerzverzerrt auf, und ihr Atem geht schnell und schwer. Archer wirft einen Blick auf Zels geschwollene Kehle und stößt einen Fluch aus.

»Ich brauche sofort ein Medkit!«

Chen rennt los, um eins zu holen, und Archer öffnet Zels Kragen und zerrt ihn zur Seite. Er trommelt nervös mit den Fingern auf den Oberschenkeln herum und flucht, da er auf das Kit warten muss. Dann hört der Anfall abrupt auf.

Zel atmet nicht mehr.

»Chen, ich brauche das Kit *jetzt!*«

Sekunden später hat er es in der Hand. Archer fummelt in der Box herum und holt mit zitternden Händen ein Skalpell und ein Röhrchen heraus. Zels Gesicht hat inzwischen eine komische blaue Farbe angenommen, die ich bisher nur bei Toten gesehen habe, und ich suche panisch nach einem Anzeichen, irgendeinem, dass sie noch am Leben ist. Archer scheint davon auszugehen, da er ihr die Kehle mit Alkohol abwischt. Blut tritt aus, als er ihre Haut mit dem Skalpell durchstößt und sich für einen Luftröhrenschnitt bereit macht.

Auf einmal zuckt ihr ganzer Körper erneut heftig zusammen, und ihm wird das Röhrchen aus der Hand geschleudert. Der Krampf hält lange an …

… und als er vorbei ist, hört man in der Stille nichts als das Geräusch, das ihr schlaffer, lebloser Körper macht, als er auf dem Boden aufkommt.

Stimmen sind um mich herum, aber für mich ergibt diese Kakofonie keinen Sinn mehr. Vor meinem inneren Auge läuft alles wie in einzelnen, unzusammenhängenden Bildern ab: Archer, der mit herunterhängenden Händen hilflos dasitzt; Ty, die seine Uniform packt und etwas schreit; Zephyr auf den Knien, Chen mit offenem Mund und RC mit vor Schreck weit aufgerissenen Augen.

Und Zel. Ihre Haut sieht blau und wächsern aus, und das blutunterlaufene Weiß in ihren Augen schimmert feucht und geschwollen im sterilen Stationslicht.

Ich versuche, mir einzureden, dass das nicht weiter wichtig ist. Dass ich sie kaum kannte, und dass ihr Tod für mich keinen Unterschied macht.

Doch natürlich tut er das.

***

»Es war eine Zecke.«

Schweigen. Ich mustere meine Teamkameraden, die wie ich in der Krankenstation stehen, und erkenne, dass wir alle dasselbe denken: *Was zum Teufel redet der Mann da?*

Dr. Solstice führt es weiter aus. »Wir haben bei der Autopsie von Spezialistin Zelinski eine Sirenenzecke entdeckt, einen kleinen Parasiten, der sich an ein lebendiges Wesen anklammert und sich von dessen Blut ernährt. Er ähnelt der auf der Erde beheimateten Hirschzecke, die dafür bekannt ist, Borreliose zu übertragen, allerdings ist diese Form sehr viel tödlicher. Laut unserer Quellen hat sich diese spezielle Zeckenart beim Terraforming eines unserer Monde entwickelt. Auf Javeyn, um genau zu sein.«

Javeyn. Der Name trifft uns wie ein Todesurteil.

»Wir waren vor einem Zweiquadrat wegen einer Mission auf Javeyn«, sagt Archer langsam.

Der Arzt nickt. »Das würde die Sache erklären. Offenbar hat sich Spezialistin Zelinski die Zecke während der Mission zugezogen, die sich seitdem an sie geklammert und winzige Giftmengen in ihr Blut gepumpt hat. Schließlich hatte sie eine kritische Menge Gift in sich, die ihr Körper nicht mehr verkraften konnte. Sie bekam Fieber und Krämpfe, und ihre Luftröhre schwoll zu, sodass sie letzten Endes erstickt ist.«

Erneutes Schweigen. Dann ... »Ein Insekt? Sie wurde von einem verschlackten Insekt getötet?«

Ty fallen beinahe die Augen aus dem Kopf, und sie ähnelt ein bisschen der Kreatur, die sie gerade verflucht hat. Ich befürchte schon, dass sie gleich umkippt. Archer legt ihr zur Beruhigung eine Hand auf die Schulter.

»Ich möchte Ihnen mein Beileid aussprechen«, fährt Dr. Solstice fort. »Meinen Erkenntnissen zufolge gibt es nur sehr wenige Sirenenzecken auf Javeyn, und sie stellen überdies die Hauptnahrungsquelle der Grasrückenspinnen dar. Daher gibt es auch nur wenige derartige Sterbefälle, und wenn man die Zecke rechtzeitig entdeckt, ist die Vergiftung sogar heilbar. Leider war das hier nicht der Fall.«

Spinnen. Ich denke an Javeyn und die vielen Spinnennetze zurück, die im frühen Morgenlicht auf dem Gras geschimmert haben. Zel ist direkt hindurchgerannt, sie musste um ihr Leben laufen und hatte die Arme voller Spinnweben. Ich frage mich, ob diese Sirenenzecke dort gelauert hat, ob sie mit einem Spinnennetz an Zels Arm gelangt ist und sich an ihrem Körper festgesetzt hat wie eine Zeitbombe, die nur auf den richtigen Augenblick für den tödlichen Schlag wartet.

Irgendjemand lacht. Ich drehe den Kopf und stelle fest, dass es Ty ist, der dieses grässliche, gequälte Geräusch über die Lippen kommt, während sie angewidert das Gesicht verzieht. Wir starren sie schockiert an, und sie grinst schief. »Was ist, findet das außer mir denn niemand witzig? Wir sind hier, um jeden Tag gegen hirnaussaugende Ghule und geistlose Besetzer zu kämpfen und schaffen es oft nur in größer Not, nicht infiziert oder erschossen zu werden, und dann bringt ein Insekt sie um? Wie dämlich! Wie unfassbar dämlich ist das denn bitteschön?«

Wieder lacht sie auf. Archer beugt sich zu ihr hinüber und will etwas sagen, aber sie wendet sich abrupt ab. »Das ist doch eine Riesenschlacke«, faucht sie, »und das weiß hier jeder.«

Dann stürmt sie hinaus.

Keiner von uns sagt einen Ton. Ty hat recht; Zels Tod war sinnlos und dumm. Wir haben alle schon mehr als genug Tote gesehen, den Tod berührt, gehalten und uns von den Händen gewaschen, aber das hier ist etwas anderes. Allerdings nicht, weil es um Zel geht oder es hier passiert ist, sondern weil dies einfach ein bescheuerter Grund ist. Denn wir können es alle nachvollziehen, wenn man von Besetzern niedergeschossen, bei einem Aufstand zu Tode getrampelt oder von einem Ghul infiziert wird, aber das hier? Ty hat recht – es ergibt überhaupt keinen Sinn. Allerdings ändert das im Augenblick gar nichts, nicht in diesem Krieg, nicht an diesem Ort und auch nicht in Zels Körper, der auf einem Tisch in der Leichenhalle liegt und nie wieder aufstehen wird.

»Das restliche Training heute fällt aus«, kündigt Archer schließlich an. »Ich sorge dafür, dass jeder aus dem Team schnellstmöglich untersucht wird, aber in der Zwischenzeit können Sie sich ja selbst vergewissern, dass sich an Ihrem Körper nichts Ungewöhnliches befindet. Bitte melden Sie sich sofort, falls Sie auch nur die leisesten Symptome bemerken.

Ich kümmere mich auch um Zels Beerdigung und linke Ihnen dann die Zeit und den Ort. Wegtreten.«

Einige Sekunden lang bewegt sich keiner, als hätten wir uns abgesprochen und wollten noch eine Schweigeminute für unsere gefallene Teamkameradin einlegen. Dann ist der Augenblick vorbei, alle stehen auf und gehen. Als Veteranen des Todes vergießt keiner von uns eine Träne – jedenfalls nicht in der Öffentlichkeit.

Am nächsten Tag bekommt Zel um neun Uhr ein Begräbnis im Netz. Chen fliegt uns mit einem kleinen Shuttle zu einer Stelle direkt über dem planetaren Netz und lässt ihren Sarg hinausgleiten. Ich sehe ihn noch kurz vor dem schimmernden blauen Gitter unter uns …

… und dann ist er fort, beim Kontakt mit einem einzigen Energieband atomisiert, von denen sich mehr als eintausend über den pastellfarbenen Himmel bewegen.

Zwei Tage später steht ein Korb voller genveränderter Blumen in der allgemeinen Lounge. Eine Karte ohne Unterschrift ragt zwischen den Blüten hervor.

Das mit Ihrer Teamkameradin tut mir sehr leid. Sie hat mir das Leben gerettet. Das werde ich nie vergessen.

Der Korb steht einen halben Tag lang dort, bis Ty vom Training zurückkommt und ihn sieht. Sie liest die Nachricht, hebt den Korb wortlos hoch und wirft ihn durch die nächste Luftschleuse ins All. Einige Sekundenbruchteile lang schweben die Blütenblätter wie leuchtende Schmetterlinge herum und sehen wunderschön aus. Doch schon macht sich die Schwerkraft bemerkbar, und sie fallen durch den wabernden Nebel nach unten.

***

Eine Woche später verlieren wir Herrera, der sich infiziert, als wir eine neue Mischung von Werfergasen testen. Die Wissenschaftler auf der Basis haben uns erzählt, die neue Mischung würde die Ghule noch besser vertreiben als die davor. Zu schade, dass das niemand den Schatten gesagt hat, denn die sind direkt durch die Wolke geflogen, als wäre sie gar nicht da. Als wir sie endlich mit unseren normalen Luftmagazinen vertrieben hatten, war es für Herrera leider schon zu spät. Während sie ihn mit Schattenol vollpumpten und wegbrachten, konnte ich nur an die Holos von den vier kleinen Kindern denken, die ihren Onkel nie wiedersehen würden.

Wir waren natürlich nicht die Einzigen, die Verluste zu beklagen hatten. Nicht lange nach unserer verkorksten Werfermission wurde das Shuttle des Gammateams von einer ganzen Ghulhorde gestürmt, als sie gerade zu einer Mission auf dem Planeten aufgebrochen waren. Allen außer dem Teamleiter gelang die Flucht, und der ist zwei Minuten, nachdem er infiziert wurde, aus einer Luftschleuse gesprungen. Daraufhin wurde Songbird befördert, was sie unter diesen Umständen nicht gerade gefreut hat. Beta kam bisher ohne Verluste aus, aber das Alphateam hat gleich mehrere Mitglieder einbüßen müssen: Eins hat sich von einem Besetzer einen Kopfschuss eingefangen, und ein weiteres wurde infiziert und in eine Hochsicherheitsinternierungsanlage gebracht. Im Laufe der nächsten Wochen hat man beinahe den Eindruck, dass ein Fluch über der F&E oder zumindest der Testabteilung liegt. Es ist fast so, als wäre Zels Tod eine Art Signal gewesen, ein Katalysator, der eine Reihe an Todesfällen in Gang gesetzt hat, die keiner aufhalten kann.

Wir machen weiter, so gut es uns möglich ist, und trotz dieser Verluste ist nicht alles schlimm. Nach Herreras Ausscheiden kommt ein Mitglied des Betateams zu uns – Kagawa, eine ehemalige Feuerwehrfrau, die rekrutiert wurde, nachdem sie sich während einer Ghulinvasion erfolgreich als Besetzer ausgegeben hatte –, um unser Team bis zum Eintreffen der nächsten Rekruten zu verstärken. Außerdem führen wir mehrere andere Testläufe mit mehr oder weniger großem Erfolg durch. Weniger Erfolg haben wir bei dem Impulsnetz und der Ghulbrille – Ersteres fiel fünf Sekunden, nachdem wir es über unsere körperlose Beute geworfen hatten, durch einen Kurzschluss aus, während Letztere nicht mehr schaffte, als uns wie einen Haufen Obernullen aussehen zu lassen. Erfolgreicher verliefen die Tests der Psipfeile, Betäubungswaffen, die mit einer hochkonzentrierten Dosis Psi-Lac gefüllt sind. Ein direkter Treffer in den Torso setzt eine große Menge dieser Droge frei, die direkt in die Blutbahn des Besetzers übergeht, die psionische Macht des Schattens unterdrückt und den Wirt maximal mehrere Minuten lang verwirrt. Wir konnten alle bestätigen, dass die Besetzer, bei denen wir sie getestet haben, sehr desorientiert zu sein schienen, ob das jedoch an der Droge lag oder der Tatsache, dass sie anscheinend willkürlich von Soldaten mit Pfeilen beschossen wurden, sei dahingestellt.

Außerdem hat der Schnüffler nach weiteren Testläufen – ohne

Inoue – und einigen drastischen Veränderungen das offizielle Okay erhalten, und die Baupläne wurden an alle großen Fabriken innerhalb des Sternenbunds geschickt, damit sofort mit der Produktion und Verteilung begonnen werden kann. Die Lichtgranaten, Lichtzielsucher und eine einfache Taschenlampenversion, die umgangssprachlich ›Ghullampe‹ genannt wird, sind ebenfalls in Massenproduktion gegangen, genau wie mehrere von anderen Teams getestete Geräte.

All dies lief natürlich parallel zu den verstärkten Bemühungen des GMVW-Teams, die jedoch bisher nicht von Erfolg gekrönt sind. Sie führen weiterhin Tests durch, manchmal sogar zwei pro Woche, und wir werden häufig losgeschickt, um die Ausrüstung, mit der Daten gesammelt werden, wieder abzuholen oder sogar selbst als einfache Datensammler zu agieren, indem wir uns während der Tests im Zielbereich aufhalten und mithilfe unserer Nasen herausfinden sollen, ob sich etwas verändert hat. Keiner weiß genau, ob die verstärkten Tests etwas Gutes oder etwas Schlechtes sind – sind sie ein Zeichen für einen kurz bevorstehenden Durchbruch oder der Hinweis darauf, dass der Krieg immer schlimmer wird? Derart abgeschieden zwischen den pastellfarbenen Nebelwolken, fernab der Invasionen, Aufstände und Evakuierungen, fällt es uns manchmal ganz leicht, den Kontakt zum Universum um uns herum zu verlieren.

Die Gelegenheit, uns wieder mit der realen Welt vertraut zu machen, ergibt sich ganz unverhofft, als ich bereits seit einigen Wochen bei der F&E bin. Wir verstauen nach Abschluss einer Mission unsere Ausrüstung in der Waffenkammer, als ich per Link zusammen mit Chen, Ty und RC in Archers Büro gerufen werde.

Eine Stunde später heben wir bereits von der Station ab und nehmen Kurs auf die nächste Sprungroute.

* * *

Zahlreiche Schiffe befinden sich im Orbit des Planeten, und ihre metallischen Hüllen glänzen hell im Licht der gelben Sonne, die gerade auf der anderen Seite der Welt versinkt. Evakuierungsträger, Verteidigungscorvetten, Flüchtlingstransporter. Ein einziger Blick reicht aus, um zu wissen, dass wir hier eine belagerte Welt vor uns haben – allerdings geht die Gefahr nicht von den Schiffen aus, sondern von der unsichtbaren Armee, die tief unter uns über das Land fegt.

Ich spüre ein seltsames Ziehen in der Brust. So etwas habe ich schon mehrere Hundert Mal gesehen, irgendwann einmal sogar täglich erlebt, doch nach nur wenigen Monaten bei der F&E kommt mir mein früheres Leben schon sehr fern und fremd vor. Ich kenne jede Einzelheit und jede Bewegung aus dem Effeff, und trotz dieser Vertrautheit spüre ich keine echte Verbindung zu der Welt, die ich da unten sehe. Das könnte natürlich auch daran liegen, dass ich nie eine große Verbindung zu ihr empfunden habe.

Nach einem vierzehnstündigen Flug – sechs auf der Route, eine im Sprung und sieben bis zu diesem Ort – sind wir endlich an unserem Ziel angekommen, dem Planeten Nomia. Wir wurden hergeschickt, um eine Lieferung hochspezialisierter Ausrüstung abzuholen, die speziell für das GMVW-Team der Forschungs- und Entwicklungsabteilung hergestellt wurde. Normalerweise wäre die Lieferung zu einem Militärdepot auf einem Planeten in der Nähe von Prisma gebracht worden, aber aufgrund der unerwarteten Invasion werden alle Shuttles für die Evakuierung benötigt. Entweder holen wir die Ausrüstung jetzt hier weg oder wir verlieren sie endgültig an den Feind.

Chen bringt das Shuttle mit leichter Hand tiefer in das chaotische Netzwerk hinein, während Archer, der neben ihr auf dem Copilotensitz Platz genommen hat, alle dreißig Sekunden unsere Freigabecodes übermittelt, damit uns nicht irgendein übereifriger Zeitgenosse aus dem Orbit sprengt. Dabei interessiert sich momentan eigentlich niemand wirklich für die Schiffe, die zum Planeten fliegen, da die Zahl der Besetzer bereits in die Millionen geht und von Minute zu Minute größer wird.

»Die *Resilient.*« Ty weist mich mit leiser Stimme auf einen Evakuierungsträger hin, der direkt über der sekundären OP schwebt. »Mein altes Schiff.«

Was bedeutet, dass sie jetzt dort unten wäre und als einer von unzähligen Wächtern versuchen würde, so viele Menschen wie möglich zu retten, bevor das finale Netz zugezogen wird, wenn sie nicht von der F & E rekrutiert worden wäre. Ähnliches könnte man über mich sagen – wenn nicht hier, dann wäre ich irgendwo anders bei einem Evakuierungseinsatz –, hätte ich Angelous Angebot nicht angenommen. Es ist schon seltsam, dass einen manche Entscheidungen wieder an den Anfang zurückführen, als hätte man nie wirklich eine Wahl gehabt.

»Wie lange ist es her?«, will ich wissen. »Wann warst du das letzte Mal auf dem Schiff?«

»Vor sechs Monaten und achtundzwanzig Tagen.«

Bei der genauen Zahl sehe ich sie fragend an. »Ihr wart ein eingespieltes Team?«

»Das kann man wohl sagen. Jeder in dieser Einheit hätte sich für mich einen Ghul eingefangen und umgekehrt. Wir wussten, was Loyalität bedeutet.« Sie wirft einen schnellen Blick zum Pilotensitz hinüber und fügt plötzlich mit schneidender Stimme hinzu: »Sie hätten niemals einen der ihren verraten.«

Chen spannt sich kurz an, aber mir ist nicht klar, ob sie auf Tys Tonfall reagiert oder etwas vor dem Fenster gesehen hat. Zwischen den beiden Frauen hing irgendetwas in der Luft, das ich noch nie zuvor gespürt hatte, und erst jetzt bemerke ich, dass ich die beiden abgesehen von Teamaktivitäten nie zusammen gesehen habe. Selbst beim Essen sitzen sie meist möglichst weit auseinander.

Sie können sich nicht leiden, begreife ich mit einem Mal. Zwar verbergen sie es gut, abgesehen von diesem kleinen Ausrutscher, und ich wäre nie auf die Idee gekommen, dass sie einander nicht einfach nur gleichgültig sind, aber das Gefühl ist da und lauert dicht unter der Oberfläche. Ich wüsste zu gern, was diesen Bruch verursacht hat. Vermutlich ein Mann, schließlich ist das doch der Hauptgrund dafür, dass sich Frauen streiten, oder nicht?

Anscheinend spürt Archer es auch, der sich kurz in der Kabine umsieht. »Hey, in unserem Job zählt nun mal jeder Tag.«

»Amen«, murmelt RC.

Ja, Amen.

Wir fliegen weiter durch das Labyrinth aus Schiffen und weichen den unzähligen Shuttles aus, die die Evakuierten zu den wartenden Transportern bringen, um sofort auf die Oberfläche zurückzukehren und die nächsten zu holen. In einer Ecke des Schirms kann ich gerade noch einige gefährlich aussehende Kriegsschiffe der Sturmklasse ausmachen, die dort etwas abseits des Chaos warten. Auch wenn es nicht offensichtlich ist, weiß ich doch, was sie dort tun: Sie warten auf den Augenblick, an dem der Befehl erteilt wird, den Planeten endgültig unter Quarantäne zu stellen. Dann aktivieren sie das planetare Netz, komme, was da wolle.

Egal, was auf der Oberfläche passiert.

Ich bin nicht der Einzige, der das zu begreifen scheint. Chen bringt uns mit einer fast schon an Wagemut grenzenden Geschwindigkeit ins Qyoto-Industriegebiet, und wenige Sekunden nachdem wir auf dem Ladedeck aufgesetzt haben, reißt Archer bereits die Tür auf. Sirenengeheul begrüßt uns beim Verlassen des Shuttles, und wir erkennen anhand der leeren Straßen sofort, dass dieser Teil der Stadt bereits evakuiert wurde. Zum Glück hat uns Angelou vor unserem Aufbruch die Zugangscodes beschaffen können, sodass wir Sekunden später das Gebäude betreten.

Zum Zeitpunkt des letzten militärischen Updates waren die Ghule nur noch drei Stunden von der Stadt entfernt, daher legen wir wie eine gut geölte Maschine los, entdecken die Lieferung im vorderen Teil des Lagerhauses und stellen sie auf Wagen, mit denen wir sie ins wartende Shuttle verfrachten wollen. Wir arbeiten schnell, und jeder von uns ist sich der möglichen Konsequenzen bewusst, wenn wir auch nur eine Sekunde vergeuden, doch die Zeit vergeht trotzdem schneller, als uns lieb ist. Minuten werden zu einer Stunde, während wir uns wie eine Einheit bewegen, und unsere Herzen schlagen im selben panischen Rhythmus. *Aufladen, transportieren, abladen, zurückgehen. Aufladen, transportieren, abladen, zurückgehen.*

Als uns nur noch fünfundvierzig Minuten bleiben, sind wir bei der letzten Fuhre. Chen ist im Schiff und sichert die Fracht, und RC und Ty kommen gerade mit ihren Wagen zurück. Ich schließe den Lagerbereich ab, als ich plötzlich ein Geräusch höre.

Sofort verharre ich und spitze die Ohren. Da ist es wieder. Ein leises Schaben, weder automatisch noch von einer Maschine, sondern eher zufällig, als würde der Wind einen Stylushalter bewegen oder ein kleines Tier einen Becher umwerfen.

Ich rufe Archer über Kom. »TL, ich höre in der Nähe ein Geräusch. Vermutlich ist es nichts weiter, aber ich würde der Sache vorsichtshalber gern auf den Grund gehen.«

»Einverstanden, Sorenson. Sagen Sie Bescheid, wenn Sie Verstärkung brauchen.«

»Verstanden, TL. Sorenson Ende.«

Dann ziehe ich meine Betäubungspistole und schleiche durch den Gang in die Richtung, aus der das Geräusch gekommen ist. Ich höre es ein weiteres Mal und verorte es an einer Tür am anderen Ende des Flurs. Sobald ich ein Ohr daran lege, höre ich noch mehr Geräusche – die Art unregelmäßiger Geräusche, wie sie nur ein Mensch verursachen kann. Also ist dort noch jemand. Möglicherweise ein Plünderer oder ein Angestellter, der den Evakuierungsteams entwischt ist.

Ich spitze angewidert die Lippen. Als Wächter hatte ich bei Evakuierungen ständig mit solchen Leuten zu tun. Sie waren entweder zu ängstlich oder zu dickköpfig und wollten daher nicht gehen, oder es handelte sich um Kriminelle, die das Chaos zum Stehlen und Randalieren ausnutzen wollten. Wir rissen uns den Arsch auf, um diese Menschen zu retten, brachten uns in Lebensgefahr, und sie erschwerten uns unseren Job nur unnötig. Ich weiß nicht, wer sich da hinter dieser Tür aufhält, aber das ist auch unwichtig. Wer immer es ist, er gehört hier nicht her. Die Ghule werden in weniger als einer Stunde in großer Zahl hier einfallen, und jeder, der dann noch hier ist, wird zu Ghulfutter.

Vielleicht sollte ich denjenigen einfach sich selbst überlassen. Dieser Mensch hat doch längst eine Entscheidung getroffen, dann soll er auch damit leben. Noch während ich das denke, weiß ich schon, dass ich das nicht tun kann. Ich war schließlich Wächter, und alte Gewohnheiten wird man so schnell nicht wieder los. Wir können die Person problemlos mit dem Shuttle zu einem der Flüchtlingstransporter im Orbit bringen. Nachdem ich die Entscheidung getroffen habe, öffne ich die Tür und gehe hinein.

Ich betrete einen Pausenraum für Angestellte, und die kleine Küche ist mit einigen Tischen und Stühlen, einer schmalen Arbeitsplatte sowie mehreren Nahrungs- und Getränkespendern mit Glasfronten ausgestattet. Eine Frau steht vor einem der Automaten und wendet mir den Rücken zu, während sie die Auswahl in Augenschein nimmt. Neben ihr steht ein Rucksack, aus dem lauter Kleinkram herausquillt. Ich kann einige Wasserflaschen und eine Notfalldecke erkennen. Während ich sie beobachte, holt sie plötzlich aus und tritt erst einmal und dann noch ein zweites Mal gegen den Automaten. Etwas fällt in der Maschine herunter, und sie zieht schnell einen Schokoriegel aus der Ausgabelade. Rasch zerrt sie das Papier auf und stopft sich gleich den halben Riegel auf einmal in den Mund.

Eine seltsame Mischung aus Abscheu und Belustigung keimt in mir auf, als mir die Ironie dieser Situation bewusst wird. Hier stehen wir mitten in einer ausgewachsenen Krisensituation und haben noch knappe vierzig Minuten, bis die Schatten die Stadt erreichen, und das Einzige, was diese Frau interessiert, sind die Schokoriegel in dem Automaten. Unwillkürlich lache ich auf.

Sie zuckt bei dem Geräusch zusammen und wirft den Rucksack um, als sie sich alarmiert zu mir umdreht. Ihr fällt die Kinnlade herunter, und der halb zerkaute Schokoriegel purzelt heraus und landet auf dem Boden. *»Michael?«*

Ich starre sie ebenfalls mit offenem Mund an. Es ist über ein Jahr her, doch das ist jetzt ohne Bedeutung. Das Gesicht des Mädchens, das uns vor so langer Zeit auf der New-Sol-Station betrogen hat, könnte ich niemals vergessen. Wir hatten einen Plan. Einen Plan, der sicherstellen sollte, dass Lia überlebt … bis uns diese Null im letzten Augenblick im Stich gelassen hat, sodass wir auf den letzten Drücker alles ändern mussten. Wäre sie nicht gewesen, hätte sich alles ganz anders abgespielt.

Dann könnte Lia noch leben …

»Nein, das ist nicht möglich.« Shar schüttelt den Kopf, und ihre Reaktion kommt so schnell, dass ich fast glauben könnte, sie hätte meine Gedanken gelesen.

Mich erfasst eine unglaubliche Wut. *Wie kann sie es wagen?!* Shars Gesicht verschwimmt vor meinen Augen, als sich meine Sicht vor lauter Zorn trübt. Der Boden scheint unter meinen Füßen zu beben, und wie aus weiter Ferne höre ich, dass Shar erneut meinen Namen hervorstößt. Dann lege ich die Hände um ihre Kehle, und alles zerspringt.

16

Glasscherben fliegen durch die Luft, und das Fenster des Automaten zerspringt unter Shars Schultern, als ich sie nach hinten gegen den Snackspender werfe.

»Verschwinde aus meinem Kopf!«

Shar stürzt gegen das Gerät, und die Schokoriegel fallen zu Boden, als sie wild mit den Armen um sich schlägt und sich meinem Griff entziehen will. Sie tritt mir gegen die Schienbeine und schlägt gegen meine Arme, doch das alles wirkt auf mich, als würde mich ein Insekt beißen – ich nehme es kaum zur Kenntnis. Irgendwo in einer Ecke meines Verstands rät mir eine Stimme, sie loszulassen, und sagt mir, dass sie keine Gefahr für mich darstellt, aber meine Wut ist zu übermächtig. Shars Puls rast unter meinen Fingern, und einen Augenblick lang schwebe ich über dem Abgrund und weiß, dass ich nicht mehr zurückkehren kann, wenn ich jetzt springe.

Doch mein gesunder Menschenverstand gewinnt, und im nächsten Moment kann ich wieder klar sehen. Ich zwinge mich, die Finger zu lockern und sie loszulassen, während ich um Fassung ringe …

Sterne explodieren in meinem Gehirn, Erinnerungen und Gedanken werden auseinandergerissen und durcheinandergeschleudert, während mir ein stechender Schmerz durch den Kopf schießt. Ich falle desorientiert auf die Knie, kann nicht mehr denken, mich nicht mehr erinnern, nichts verarbeiten … nichts geht mehr! Mit zertrümmertem Verstand kauere ich auf dem Boden, zittere am ganzen Körper und halte mir schützend die Hände über den Kopf, während ich in der dunklen Leere meines Geistes treibe.

Weiße Blüten mit blauer Mitte.

Das Knarzen einer Hollywoodschaukel auf einer Veranda. Kinderlachen.

Ein tobender Sturm und die Stimme eines verängstigten Mädchens. »Kann ich heute Nacht bei dir bleiben?«

»Michael? Michael! Bitte wach auf!«

Hände auf meinen Schultern, die mich schütteln, Fingerspitzen, die sich in meinen Bizeps bohren. Ich erkenne das Gesicht einer Frau mit aschfahler Haut und weit aufgerissenen Augen.

Eine Zugtür, die sich schließt.

Das Rumpeln einer Schockwelle, die durch den Boden rast.

Dann nur noch Trümmer. Silberne Scherben überall.

»Oh Gott, nicht schon wieder. Bitte nicht noch einmal. Michael? *Michael?*«

Auf einen Schlag wird alles wieder klar, der Klang meines Namens zieht die Splitter meiner Erinnerungen an wie ein Magnet Eisenspäne. Mein Herz rast, und mein Kopf fühlt sich an, als wäre darin eine Splittergranate hochgegangen, aber ansonsten scheint alles heil zu sein. Ich blinzle und starre Shar mit tränenden Augen an. »Was ist da eben passiert?«

Sie kaut nervös auf ihrer Unterlippe herum und antwortet nicht. Als ich eine Hand nach ihr ausstrecke, macht sie einen Satz nach hinten und hebt flehentlich die Hände. »Michael ... Bitte. Ich will dir nicht wehtun.«

Ungeachtet ihrer Worte sieht sie aus, als hätte sie große Angst, auch wenn ich mir nicht sicher bin, ob sie sich vor mir fürchtet. Ich nicke skeptisch und stehe so wenig bedrohlich wie möglich auf. Das fällt mir nicht besonders schwer, da ich von dieser seelischen Gehirnerschütterung noch immer ganz durcheinander bin. Ich habe zwar gewusst, dass sie bestimmte Fähigkeiten besitzt, aber ich wäre nicht im Traum darauf gekommen, dass sie zu so etwas fähig sein könnte. Entweder hat sie mir das wahre Ausmaß ihrer Kräfte stets verschwiegen, oder sie sind seit New Sol stärker geworden – viel stärker.

Es ist anderthalb Jahre her, dass ich sie das letzte Mal gesehen habe, an diesem letzten, schicksalhaften Tag auf der Raumstation. Damals wusste noch keiner von den Schatten ... keiner außer Lia. Als eines der letzten Mitglieder des tellurianischen Widerstands war es ihre Aufgabe, uns Sternenbundlern den Feind zu offenbaren. Damit wir die Chance hätten, einen Feind zu bekämpfen, den man nicht hören, sehen oder anfassen kann. Doch dann ging in ihrem Kopf einiges durcheinander, und als sie sich endlich wieder an ihre Mission erinnerte, war es fast schon zu spät. Die Ghule hatten sich schon auf New Sol ausgebreitet und waren bereit zuzuschlagen, und so beschlossen wir, ihnen zuvorzukommen.

Über das Ventilationssystem hatten wir den Feind gezwungen, sich auf der Zentralstation aufzuhalten, indem wir Ghulabweisende Gase in die Habitatringe pumpten. Sobald sie alle dort und von den restlichen Stationsbewohnern getrennt waren, lösten wir Alarm aus, indem wir einen Bruch des Kerns vortäuschten, und trennten die Ringe von der Station. Der Plan sah vor, dass wir alle – Lia, Shar, Teal und ich – mit einem SlipStream-Zug zu den Ringen fahren sollten, wo Shar ihre Fähigkeiten einsetzen sollte, um dem Stationscommander Lias Erinnerungen an den Feind zu enthüllen. Die Stationsbewohner wären auf den Ringen in Sicherheit gewesen, der Feind entlarvt, und Lia wäre am Leben geblieben.

Alles lief reibungslos, bis ich mich mit Lia und Teal an der SlipStream-Station traf, wo ich herausfand, dass Shar nicht kommen würde. Ihre Feigheit hatte im letzten Augenblick die Oberhand gewonnen, sodass sie sich auf ein Schiff geschlichen und uns gezwungen hatte, den Plan kurzfristig über den Haufen zu werfen. Lia war gezwungen gewesen, auf der Zentralstation zu bleiben ...

... wo sie zur Nova wurde.

Das Licht der Explosion hatte dafür gesorgt, dass alle den Feind sehen konnten, doch sie kostete es das Leben. Bis heute vergeht kein Tag, an dem ich mich nicht frage, ob Lia noch am Leben wäre, wenn uns Shar nicht im Stich gelassen hätte. Doch sie hat es getan, und Lia ist gestorben, und jetzt kann ich Shar nur noch dafür verfluchen, dass sie ungeschoren aus dem Schlamassel, den sie angerichtet hatte, entkommen konnte.

Na ja, so ganz ungeschoren wohl nicht, denke ich widerstrebend. Ein einziger Blick reicht aus, um mich erkennen zu lassen, dass die letzten Monate nicht leicht für sie gewesen sind. Sie trägt einen fleckigen und verschlissenen Raumanzug, der ihr bestimmt zwei Nummern zu groß ist, daher hat sie ihn mit einem Gürtel zusammengeschnürt und die Ärmel hochgekrempelt. Ihre Stiefel sind abgeschabt und dreckig, und von ihrem fettigen Haar geht ein eigenartiger, schmutziger Geruch aus. Unter ihren Augen zeichnen sich dunkle Ringe ab, und ihre Wangen wirken eingesunken. Ein dünnes weißes Netz aus feinen Narben zieht sich kaum sichtbar über ihre Stirn.

»Du siehst furchtbar aus«, sprudelt es aus mir heraus, und ich deute auf ihre Stirn. »Was ist passiert? Hast du dich zur Abwechslung mal mit jemandem angelegt, der deine Größe hatte?«

Sie zuckt bei meinen sarkastischen Worten zusammen und wirkt seltsam eingeschüchtert, wenn man bedenkt, dass sie mich früher mit einem Schlag umhauen konnte. Ohne es zu merken, hebt sie eine Hand und will ihre Stirn berühren, merkt es aber noch und hält inne. »Etwas in der Art«, gibt sie leise zu.

Ich schüttle ungläubig den Kopf und kann es noch immer nicht fassen, dass ich Shar, ausgerechnet Shar, hier in Qyoto begegne. Soweit ich weiß hatte sie sich auf ein Schiff zu den unteren Kolonien geschlichen. Anscheinend ist sie von dort aus weitergezogen.

»Was machst du überhaupt hier? Außer Snackautomaten zu knacken, meine ich.«

Sie zuckt mit den Schultern und antwortet nicht, und ihre Reaktion macht mich nur noch wütender. Meine Verachtung für diese Frau breitet sich in mir aus wie Flüssigstickstoff, wie ein kaltes Feuer, das brennt und gleichzeitig gefriert. Ich verabscheue sie für ihre Feigheit, für ihre Treulosigkeit, für ihren Egoismus. Weiß sie überhaupt, was passiert ist? Interessiert sie sich dafür?

»Lia ist tot, weißt du«, sage ich unvermittelt und ruhig – fast schon beiläufig –, als würde ich über das Wetter oder eine belanglose Nachricht reden und nicht über den Tod des Mädchens, das ich geliebt habe. »Sie ist nur eine Stunde, nachdem du den Schwanz eingezogen hast und abgehauen bist, in die Luft geflogen.«

»Ich weiß.«

Natürlich weiß sie es. Wer im Sternenbund weiß denn nicht, was aus Lia geworden ist?

»Ich war traurig, dass sie gestorben ist«, fügt Shar überraschend hinzu. Ich warte darauf, dass sie noch mehr sagt, aber sie tut es nicht. Diese wenigen Worte reichen anscheinend.

»Das ist alles?«

»Was soll ich denn noch sagen?«

»Ach, ich weiß nicht, vielleicht *dass es dir leidtut!*«, fauche ich. »Dass du es bereust, uns im letzten Augenblick im Stich gelassen zu haben, sodass wir den Plan ändern mussten. Dass du begreifst, was du getan hast.«

Sie starrt mich nur schweigend an.

Ich beuge mich vor, bis unsere Nasenspitzen nur wenige Zentimeter voneinander entfernt sind, und flüstere mit einer Stimme, die so kalt ist wie der eisige Morgenwind auf Aurora: »Lia wäre noch am Leben, wenn du das nicht getan hättest.«

Jetzt bewegt sie sich. Sie holt so tief Luft, dass ich es hören kann, und sieht dabei aus wie ein Holocharakter, der plötzlich zum Leben erwacht. Ihr steigen Tränen in die Augen, und sie presst die Lippen aufeinander und versucht, nicht zu weinen, während sie den Kopf schüttelt. »Nein, das war von vorneherein so vorgesehen.«

Ich zucke zurück, ihre Worte – ebenso wie die Wahrheit, die ich in ihnen spüre – sind wie ein Schlag ins Gesicht. Shars Blick geht ins Leere, als würde sie in eine Welt schauen, die außer ihr niemand sehen kann, und wieder einmal frage ich mich, ob sie gerade meine Gedanken liest.

»Wenn du noch mal versuchst, mein Gehirn zu manipulieren …«

»Vertrau mir«, fällt sie mir ins Wort. Sie presst die Lippen aufeinander, und ihr Blick wird kalt. »Ich kann meine Kräfte woanders besser einsetzen als bei dir.«

Ihre unverhoffte Heftigkeit lässt mich stutzen, und ich nehme sie erneut in Augenschein – dieses Mal gründlich. Ich sehe ihren ausgemergelten Körper und ihre schlecht sitzende Kleidung, den vernarbten Schädel und die niedergeschlagene Haltung. Sie strahlt von Kopf bis Fuß Elend aus, und was immer sie auch getan hat, wessen auch immer sie sich schuldig gemacht hat, es ist offensichtlich, dass sie nach der Flucht von New Sol nur noch mehr Schmerz und nicht weniger erlitten hatte. Das war wohl die verdiente Strafe für ihren Verrat und noch dazu eine schlimmere als alles, was mir in den Sinn gekommen wäre. Aber trotz ihrer Not hat sie ihren Kampfgeist nicht ganz verloren. Sie weigert sich, ihrem grässlichen Schicksal kampflos nachzugeben. Trotz allem, was passiert ist, muss ich zumindest das an ihrer Haltung bewundern.

»Sorenson«, meldet sich Archer über Kom. *»Statusbericht.«*

Shar reißt die Augen auf, macht ein panisches Gesicht und schüttelt heftig den Kopf. Ohne sie aus den Augen zu lassen, aktiviere ich meine Kom. »Es war nichts weiter, nur ein Tier, wie ich vermutet hatte.«

»Verstanden. Wir sind fast aufbruchbereit. Kommen Sie schnellstmöglich zurück. Laut Komberichten der Flotte wird das Netz schon sehr bald aktiviert.«

»Bin unterwegs. Sorenson Ende.« Ich deaktiviere die Kom und wende mich erneut Shar zu. »Ein Haufen Ghule sind im Anmarsch. Wenn du nicht als Ghulköder enden willst, dann solltest du schnellstmöglich in eins der Evakuierungsshuttles steigen. Die nächste Station liegt zehn Blocks weiter östlich und eine andere fünf Blocks südlich«, teile ich ihr mit, nachdem ich das auf meinem Chip herausgefunden habe. »An deiner Stelle würde ich von hier verschwinden.«

Sie wendet den Kopf ab und zeigt mir die verletzliche Stelle an ihrem Hals, an der sich noch immer meine roten Fingerabdrücke abzeichnen. Als ich das sehe, schäme ich mich dafür, denn dieses Verhalten lässt sich jetzt, wo mein Zorn verraucht ist, nicht mehr rechtfertigen. Erneut bin ich entsetzt, wie mitgenommen und verletzlich sie aussieht. Während ich überlege, wie lange sie wohl brauchen wird, um die nächste Station zu Fuß zu erreichen, wird mir klar, dass Lia sie nicht hier zurückgelassen hätte.

Ihr Mitgefühl, ihre Güte. Auch wenn sie keinen Grund dazu hatte, sie hat Shar letzten Endes vergeben.

Etwas in mir lockert sich bei dieser Erkenntnis, meine Entschlossenheit gerät beim Gedanken an Lia ins Wanken. Ich reibe mir seufzend den schmerzenden Kopf. »Ach, vergiss die Evakuierungsstation. Wir können dich ...«

»Spar dir dein Mitleid! Ich kann auf mich selbst aufpassen!«

Einen Moment lang starre ich sie überrascht an, nur um dann reumütig zu lachen, als mir wieder einfällt, wie problemlos sie New Sol verlassen konnte. Ich hätte es mir denken können – wenn es um ihr Überleben geht, hat Shar immer einen Plan. Meine Hilfe braucht sie ganz bestimmt nicht.

»Ja, ich schätze, das kannst du in der Tat«, gebe ich schließlich nach. »Leb wohl, Shar.«

Ohne ein weiteres Wort drehe ich mich um und gehe. Als ich an der Tür bin, ruft mir Shar auf einmal hinterher: »Wir werden uns wiedersehen, Michael.« Ihre Stimme klingt vollkommen überzeugt.

Ich bleibe nur ganz kurz stehen, und mein Pulsschlag beschleunigt sich bei ihren Worten, doch dann schüttle ich den Kopf. »Das bezweifle ich.«

Falls sie noch etwas erwidert, höre ich es nicht mehr.

* * *

In gerade mal einer Minute bringe ich den Rückweg zum Shuttle hinter mich, und ich laufe gerade über das Dock hinauf, als sie die letzte Fracht verstauen. Nachdem ich Ty und RC geholfen habe, die Kartons zu sichern, gehe ich nach vorn ins Cockpit, wo Chen bereits mit den Flugvorbereitungen beschäftigt ist. Holoanzeigen sind auf dem Schirm vor ihr zu sehen, Daten verschiedener Schiffssysteme, und Archer auf dem Copilotensitz lauscht auf den Komverkehr der Flotte im Orbit.

»Resilient, *hier spricht Captain Crae von der* Meridian. *Wie ist Ihr Status?*«

»Meridian, *hier ist die* Resilient. *Unsere Wächter am Boden beenden soeben den letzten Rundgang auf der Suche nach Nachzüglern. Die letzten Shuttles sollten in weniger als einer halben Stunde beladen und wieder an Bord sein.*«

»*Verstanden,* Resilient. *Halten Sie uns auf dem Laufenden.* Meridian *Ende.*«

Als Archer mich sieht, nickt er zu einem der Sitze hinüber. »Gut, dass Sie wieder da sind. Schnallen Sie sich an, Sorenson. Wir heben jede Minute ab.«

Ich nicke, nehme auf einem der hinteren Sitze Platz und schnalle mich an. RC und Ty kommen wenige Sekunden später ebenfalls herein und machen dasselbe, während Archer weiterhin die Komfrequenzen durchgeht.

»... laufen die Vorbereitungen für das Netz?«

»Admiralin, wir haben alle Generatoren in der Atmosphäre ausgesetzt und initialisieren momentan das Gitter. Es müsste in einer Viertelstunde einsatzbereit sein.«

»Gut. Laut der Scans streben große Ghulgruppen auf mehrere Dutzend Schlüsselziele zu. Sie werden die ersten Städte in wenigen Minuten erreichen. Fahren Sie mit der Initialisierung fort und warten Sie auf weitere Befehle.«

»Haben Sie das gehört?«, fragt Archer und schaltet die Kom aus. »Das ist unser Signal. Bringen Sie uns von hier weg, Chen.«

»Ja, Sir.«

Chen macht einige Handbewegungen, und mehrere Lichter leuchten auf dem Schirm auf. Eine weitere Geste und die Holoanzeigen verschwinden aus der Schirmmitte und werden oben und unten angeordnet, sodass Chen freies Blickfeld hat. Ein fast unhörbares Brummen hallt durch die Kabine, gefolgt vom vertrauten Dröhnen der Schubdüsen.

»Antrieb und Schubdüsen hochgefahren. Start in drei, zwei, eins ...«

Ein lauter Knall hallt durch die Kabine. Die Steuerbordschubdüse fällt aus, und das Shuttle wackelt, bis die rechte Seite plötzlich mit lautem Kreischen über die Landebucht schabt. Ich halte mich an den Armlehnen fest und wappne mich, da kurz darauf auch die Backbordseite wieder auf den Boden knallt.

Archer richtet sich auf. »Bericht!«

Chens Finger fliegen durch die Luft, während sie Datenscans und Systemanzeigen aufruft und nach der Ursache für den Knall sucht. Auf einmal bewegt sie ruckartig die Hand und hält die sich abwechselnden Holos an. Ein Schiffsplan hängt vor ihr in der Luft, auf dem eine Seite rot leuchtet.

»Da.« Sie vergrößert den Plan mit einigen Gesten. »Etwas hat dafür gesorgt, dass der Zündungsregulator der Steuerbordschubdüse überladen wurde.«

»Lässt sich das reparieren?«

»Nicht, bevor das Netz aktiviert wird. Aber wir können das Problem vielleicht umgehen.«

»RC!«, brüllt Archer.

»Schon dabei«, erwidert RC, löst seinen Gurt und rennt zur Schubdüse.

»Chen, Sie unterstützen RC. Versuchen Sie, ihn von hier aus anzuleiten. Ty, Sie gehen nach hinten und helfen ihm bei Bedarf. Ich versuche, einen Link zu einem der Kreuzer da oben zu öffnen.«

Alle setzen sich in Bewegung, Ty verschwindet durch die Tür, und Archer aktiviert das Komsystem des Schiffes. Chen geht bereits mehrere Baupläne durch und spricht über ihre Helmkom leise mit RC.

»Okay, als Erstes müssen Sie den vorderen Wartungszugang der Steuerbordschubdüse öffnen. Das geht über den Riegel, der sich unten an der Tafel neben dem Herstellerlogo befinden sollte …«

»Hier ist das Shuttle *SkyRunner* des SB-Militärunterstützungskorps, wir rufen die Schiffe im Orbit. Bitte antworten Sie unverzüglich.«

Ich setze mich gerade hin und will meinen Gurt schon lösen und helfen, weiß jedoch nicht, was ich tun könnte. Also schalte ich in meinem Helm den Funkverkehr aus dem Orbit ein, gehe die Frequenzen durch und lausche mit einem Ohr auf die Stimmen am Himmel und mit dem anderen auf meine Teamkameraden.

»… *Ihr Status*, Resilient?«

»Hier ist die Resilient. *Wir haben die Evakuierung abgeschlossen, das letzte Shuttle hat soeben angedockt. Unsere Leute sind alle an Bord, und wir werden das System in den nächsten Minuten verlassen.«*

»Ich wiederhole: Hier ist das Shuttle *SkyRunner* des SB-Militärunterstützungskorps, das in geheimer Mission auf Qyoto gelandet ist. Kann mich jemand hören? Bitte antworten.«

»... wurde getrennt. Sie müssen die Leitungsspulen durch den Sekundärregulator umleiten ...«

Die Minuten verstreichen, und wir sitzen noch immer am Boden fest. Wenn ich Chens ruhige Anweisungen richtig verstehe, hat RC den durchgebrannten Regulator abgetrennt und ist gerade dabei, alles durch ein Sekundärsystem umzuleiten. Währenddessen ist es Archer gelungen, irgendjemanden über Kom zu erreichen – einen Kommunikationsoffizier, wie ich vermute –, und er versucht verzweifelt, sich zu einem ranghöheren Offizier durchstellen zu lassen.

»Wie ich bereits sagte, sind wir hier auf einer RD-3-Geheimmission. Unsere Schubdüse ist ausgefallen, und wir können nicht starten. Die Reparatur läuft, aber wir benötigen mehr Zeit. Daher muss ich sofort mit Ihrem Vorgesetzten sprechen.«

»Ich werde sehen, was ich tun kann, Teamleiter. Bitte bleiben Sie dran.«

Ich wackle ungeduldig mit dem Fuß und widme mich erneut den Feeds. Stimmlinks wechseln sich schnell ab, und es ist offensichtlich, dass uns nicht mehr viel Zeit bleibt, bevor sie das Netz aktivieren.

»... räumen das Gebiet jetzt wie angeordnet.«

»Phantasm *an die* Meridian. *Das Netz ist aufgeladen, initialisiert und einsatzbereit. Ich wiederhole: Das planetare Netz kann aktiviert werden.«*

»Verstanden, Phantasm. *Warten Sie auf weitere Befehle.«*

»Meridian, *laut der Sensoren sind die äußeren Zäune von über einem Dutzend Bevölkerungszentren, darunter Hibiscus, Langford und Qyoto, ausgelöst worden. Ich wiederhole: Die Außenzäune in über einem Dutzend Städten wurden ausgelöst. Die Ghule sind da. Wie lauten Ihre Befehle?*«

Ein dunkles, unheilvolles Schweigen dringt durch die Kom, gefolgt von den Worten, die ich befürchtet habe.

»*Aktivieren Sie das Netz.*«

Ich blicke alarmiert zu Archer hinüber. Endlich ist es ihm gelungen, mit einem Flottenadmiral zu sprechen, aber die Antwort, die er erhält, ist unser Todesurteil.

»*Negativ, Teamleiter*«, sagt die Stimme des Admirals über die Kom des Shuttles. »*Das Netz wird bereits hochgefahren, dieser Vorgang lässt sich nicht mehr rückgängig machen. Wenn Sie nicht auf dem Planeten festsitzen wollen, dann sollten Sie sich innerhalb der nächsten fünf Minuten auf den Weg machen.* Meridian *Ende.*«

»Verdammt!« Archer schleudert den Transceiver weg und schaltet auf die Helmkom um. »Wie weit sind Sie mit der Schubdüse, RC?«

»*Fast geschafft*«, antwortet RC über den Gruppenkanal. »*Wir haben die Umgehung fertig und überprüfen noch mal alles, bevor wir den Zugang schließen.*«

»Sie aktivieren das Netz. Beeilen Sie sich!«

Die Minute, die RC und TY brauchen, um den Zugang zu schließen und wieder an Bord zu kommen, ist die längste Minute meines Lebens. Sie haben sich noch nicht mal angeschnallt, da fährt Chen bereits den Antrieb hoch und macht alles startbereit. Sie murmelt etwas, das ein Fluch oder ein Gebet sein könnte, und leitet den Start ein.

Die Schubdüsen werden aktiviert, und schon hebt das Shuttle die Nase in die Luft, und ich werde in meinen Sitz gepresst. Das

Schiff bockt kurz, und ich befürchte schon, wir stürzen erneut ab … aber dann ist es vorbei, und wir fliegen zwischen den Gebäuden hindurch, lassen die Stadt hinter uns und sehen nichts als Himmel auf dem Schirm. Kurz darauf jagen wir mit Höchstgeschwindigkeit in die Atmosphäre. Ich suche den Himmel ab und halte panisch Ausschau nach Hinweisen auf das Netz – und dann sehe ich sie!

Blaue Energiewellen kräuseln sich und füllen mein Blickfeld mit Licht aus, während sie von einem Schildgenerator zum nächsten schießen. Sie schlängeln sich in alle Richtungen über den Himmel, und ihre tödliche Energie knistert durch die Atmosphäre, während die Generatoren nach und nach aktiviert werden. Sobald eine Einheit aufleuchtet, sendet sie Strahlen zu mehreren anderen aus, die so schnell ein komplexes Muster ergeben, dass ich die Bewegungen mit bloßem Auge unmöglich verfolgen kann.

»Chen …«

»Ich sehe es!«

Das Shuttle zuckt, als Chen sämtliche Energie in den Antrieb umleitet. Ich klammere mich an meinen Gurt, balle die Fäuste und sehe mit rasendem Herzen zu, wie wir ein Rennen gegen die tödlichen Wellen des Netzes fliegen. Ein solches Tempo habe ich noch in keinem Shuttle erlebt, doch das Netz baut sich rasend schnell zusammen und überzieht den Himmel immer dichter. Der Freiraum wird immer kleiner, die Löcher schließen sich erschreckend schnell. Chen passt unseren Kurs an und versucht, die größte Öffnung zu erreichen.

Das wird knapp.

Ich presse die Lippen aufeinander und wippe mit dem Fuß, während wir immer näher herankommen. Das Netz zieht sich zu, das Gitterwerk ist schon fast geschlossen, und ich bin mir nicht sicher, ob wir es noch schaffen werden. Diese Anspannung ist die reinste Qual, und sie durchbohrt mich wie ein Messer, während ich mit ansehe, wie sich unser Schicksal entscheidet.

Komm schon, komm schon!

Wir schießen durch die unterste Schicht, die sich direkt hinter uns schließt, und jagen durch die gitterförmigen Überlagerungen des Netzes. Blaues Licht zuckt auf allen Seiten um uns herum auf, es zeichnet sich wie Blitze auf dem Schirm ab und knistert wie Donner in unseren Ohren. Einen Sekundenbruchteil befürchte ich schon, dass es das war, dass wir tief im Inneren des Netzes frittiert werden, dass man nie wieder von uns hören wird …

… doch dann sind wir draußen, fliegen durch die oberste Schicht wie ein Komet, der den Nachthimmel überquert. Sekunden später verlassen wir auch schon die Atmosphäre und werden ins Vakuum des Weltalls gesaugt, während der Planet unter uns immer kleiner wird. Dann gibt es nichts mehr zwischen uns und den Sternen.

Erleichterung überkommt mich, und jedes andere Gefühl wird von meinem Lebenswillen überlagert. Als wir in die Schwärze des Alls eintauchen, muss ich an die Abermillionen Menschen denken, die wir zurücklassen und zu einer Gefangenschaft unterhalb des Netzes verdammen, während wir frei ins Universum fliegen.

* * *

Nach einem kurzen Zwischenstopp zum Auftanken verlassen wir das System und fliegen nach Hause. Ich stehe in der kleinen Hygieneeinheit des Shuttles und stütze mich auf dem Waschbecken ab, während wir den Sprungübergang einleiten. Erst als mein Körper sich an dieses vertraute Gefühl der Verdichtung meines Inneren gewöhnt hat, drehe ich das Wasser auf. Jetzt, nach Abschluss der Mission, nutze ich die Ruhepause, um mir den Schweiß aus dem Gesicht zu waschen. Meine Haut fühlt sich nach dem Aufenthalt im staubigen Lagerhaus schmierig an, und in meinem Kopf ist noch immer dieses hohle Klingeln zu hören, das ich wahrscheinlich Shar zu verdanken habe.

Bei diesem Gedanken verziehe ich das Gesicht. Im ersten Augenblick hätte ich sie am liebsten umgebracht und war so unglaublich wütend, dass ich nicht mehr klar denken konnte. Es war, als hätte sich der ganze Zorn wegen Lias Tod auf Shar übertragen, und er übernahm die Kontrolle über mich und veränderte mich völlig – machte mich zu einem Monster.

Doch ich hatte nachgegeben und die Hände gelöst, statt noch fester zuzudrücken. Noch bevor mich Shar angegriffen hat, war es mir gelungen, die Kontrolle zurückzugewinnen und die Entscheidung zu treffen, sie nicht zu töten. Dennoch jagt mir der Gedanke an das, was beinahe passiert wäre, größere Angst ein, als ich mir eingestehen möchte. Wäre ich doch nur vorgewarnt gewesen und hätte irgendwie geahnt, dass Shar dort sein würde. Der Schreck war zumindest teilweise für meinen Kontrollverlust mitverantwortlich. Aber was hatte Shar überhaupt auf Nomia – und erst recht in Qyoto – zu suchen?

Nachdem sie New Sol verlassen hatte, wäre ich nicht im Traum auf die Idee gekommen, dass wir uns noch einmal begegnen würden. Warum auch? Das Gebiet des Sternenbunds ist gigantisch, und Shar hat deutlich gemacht, dass sie möglichst weit weglaufen wollte. Ich bin kein Mathegenie, aber selbst ich weiß, dass die Chancen auf ein Wiedersehen verschwindend gering waren. Teal hätte das bestimmt ganz genau ausrechnen können, aber ich musste die präzise Zahl nicht kennen, um zu wissen, dass wir uns eigentlich nie hätten begegnen dürfen.

Jedenfalls nicht zufällig.

Allerdings konnte dieses Treffen kaum arrangiert gewesen sein. Wie hätte Shar es anstellen sollen, mir dort über den Weg zu laufen, wo ich doch bis gestern selbst nicht einmal wusste, dass ich da sein würde? Außerdem schien diese Begegnung sie ebenso erschreckt zu haben wie mich. Nein, dieses Treffen war weder Shars noch mein Plan gewesen. Was auch immer es war – ein Zufall, ein Missgeschick, eine Wendung des Schicksals –, es passierte grundlos und hatte nicht das Geringste zu bedeuten. Jedenfalls rede ich mir das ein.

Kopfschüttelnd greife ich nach einem Handtuch. Ich bin schon seit einer Ewigkeit hier drin, und die anderen fragen sich bestimmt schon, was ich treibe. Rasch trockne ich mir das Gesicht und die Hände ab und verlasse die Hygieneeinheit.

Ein Geräusch am anderen Ende des Gangs bewirkt, dass ich nicht direkt ins Cockpit gehe. Vielmehr suche ich nach der Ursache dafür, mache einen kleinen Umweg und entdecke RC im Maschinenraum. Sorgfältig untersucht er einen verdrehten Zylinder aus Glas und Metall. Als er meine Schritte hört, zuckt er zusammen, beruhigt sich dann aber wieder.

»Oh, hey, Sorenson.«

»Das war gute Arbeit vorhin. Als der Antrieb ausfiel, dachte ich schon, wir wären erledigt. Ich kann es nicht fassen, dass Sie es geschafft haben und wir noch rechtzeitig abheben konnten.«

»Ich habe vor ein paar Jahren mal ein Praktikum auf der Creight-Schiffswerft gemacht«, erklärt mir RC. »Das ist eine der größten Anlagen von TruCon, und ich habe da eine Menge gelernt.«

»Wenn Sie so ein guter Ingenieur sind, was machen Sie dann bei uns anderen Spezialisten in der Kaserne?«, erkundige ich mich neugierig. »Sollten Sie nicht mit den anderen F&E-Ingenieuren zusammenarbeiten?«

»Danke für das Kompliment, aber im Vergleich mit diesen Genies bin ich eine echte Null.« Als ich RC ungläubig anstarre, nickt er. »Wirklich. Ich wurde rekrutiert, weil ich sowohl Ingenieur als auch Sportler bin. Auf dem College habe ich mehrere

Sportarten ausgeübt und sogar einige Turniere mitgemacht. Man hatte gehofft, ich könnte eine Verbindung zwischen den Testern und dem Forschungspersonal darstellen – dass ich kräftig genug bin, um mit den Testern mitzuhalten, und clever genug, um die Technik zu verstehen. Sie so gut zu verstehen, dass ich im Einsatz auch mal Modifikationen vornehmen kann.«

»Das muss eine krasse Veränderung gewesen sein, von der Universität zur F&E zu wechseln.«

Mit einem Mal verdüstert sich seine Miene. »Es war besser, als nach der Schatteninvasion in ein Flüchtlingslager gesteckt zu werden.«

Ah. Da mir auf diese bissige Bemerkung keine gute Erwiderung einfällt, deute ich auf den Zylinder zu seinen Füßen. »Ist das der Regulator?«

»Ja. Ich analysiere den Schaden, um herauszufinden, ob wir vielleicht einige Teile retten können, aber …« Er spricht nicht weiter und zuckt nur resigniert mit den Schultern.

»Zu schade. Vielleicht haben die Mechaniker bei der F&E ja mehr Glück.« Ein blutiger Striemen an seiner Hand erregt meine Aufmerksamkeit. »Das sieht nach einer üblen Verletzung aus. Überlassen Sie mir den Regulator. Ich stelle ihn weg, während Sie die Wunde reinigen.«

RC zögert. »Klar, warum nicht? Danke, Sorenson.«

Ich nehme ihm den beschädigten Regulator ab und halte ihn vorsichtig fest, um mich nicht an einem der defekten Teile zu verletzen. Eigentlich halte ich nicht mehr als ein verkohltes Teil aus Metall, Glas und Asche in den Händen, und selbst ich begreife, dass da nichts mehr zu retten ist. Dennoch ist es die Aufgabe der Mechaniker, diese Entscheidung zutreffen. Ich nicke RC noch einmal zu und gehe durch den Gang in den Frachtraum im hinteren Teil des Shuttles. Dort öffne ich ein Fach und will den Regulator schon hineinlegen, als mir etwas in seinem Inneren auffällt. Ich drücke die äußeren Teile auseinander und beuge mich interessiert vor.

Mir wird eiskalt, als sich das silbrige Glitzern als vertrautes Objekt herausstellt. Mit schwerem Herzen greife ich langsam in den Regulator und ziehe das Teil heraus. Mein Verdacht bestätigt sich, sobald ich es ins Licht halte.

Verborgen inmitten der Glasscherben lag ein Datenchip, der genauso aussieht wie der, den ich erst wenige Tage zuvor gefunden habe.

An Bord der persönlichen Raumstation *Solaria*
Heim des Vorsitzenden des Sternenbunds

Sie hatten gelinkt, sobald sie es erfahren hatte.

Die F&E war gefallen.

Natürlich nicht die wahre Division sieben, sondern die »offizielle« Forschungs- und Entwicklungsabteilung. Die echte lag sicher verborgen im pastellfarbenen Nebel und trug den schlichten Titel »Militärische Unterstützungseinheit«. Eigentlich durfte er das nicht einmal wissen. Außer dem Doktor sollte diese Information niemandem bekannt sein. Doch er hatte es herausgefunden und ging davon aus, dass die Admiralin es ebenfalls wusste. Wenn es eine Sache gab, die er als Vorsitzender gelernt hatte, dann war das die Tatsache, dass man nie fragte, ob jemand ein Geheimnis kannte, sondern nur, wie viele.

Die Admiralin und er schwiegen einvernehmlich und warteten darauf, dass ihr Kollege das Wort ergriff.

»Wissen wir, wer das getan hat?«, wollte der Doktor schließlich wissen.

»Wir sind noch dabei, das herauszufinden«, antwortete die Admiralin. »Nach allem, was wir bisher wissen, ist es den Ghulen irgendwie gelungen, die Verteidigungsplattform zu erreichen, ohne dass die Zäune Alarm geschlagen haben. Anstatt in die Station einzudringen, haben die gerade erschaffenen Besetzer die Schilde neu kalibriert, die Sicherheitsprotokolle deaktiviert und eine gewaltige Energieüberladung durch das Schildnetzwerk gejagt, wodurch …«

Sie mit ihren eigenen Schilden getötet wurden.

Sie deutete mit einer Hand auf den verkohlten, elektrifizierten Leichnam auf dem Bildschirm, anstatt die Worte auszusprechen, was für sie eine fast schon untypische Zimperlichkeit darstellte. Mög-

licherweise drückte sie damit aber auch eine uncharakteristische Rücksichtnahme auf ihren Kollegen aus.

Der Doktor verschränkte die Hände gelassen hinter dem Rücken und machte ein gefasstes Gesicht, als würde die Zerstörung der Fassade seiner Division wenig bis gar nichts bedeuten. »Sie hat ihren Zweck erfüllt«, sagte er schließlich mit emotionsloser Stimme. »Die Anlage sollte als Köder dienen, falls sich der Feind je auf die Suche danach machen sollte, und dank dieses Opfers ist die F&E weiterhin einsatzbereit und wurde verschont.«

Es klang wie die Feststellung bloßer Tatsachen, doch der Vorsitzende konnte nicht so ganz glauben, dass der Doktor überhaupt nichts empfand. Schließlich war der Mann der Sanfteste von ihnen – das war er schon immer gewesen, und er sprach oft von Ethik, Moral und Grenzen, die nicht überschritten werden durften. Anders als die Admiralin, die zu glauben schien, dass es überhaupt keine Grenzen gab.

Die Admiralin schüttelte den Kopf. »Aufgrund dieses Vorfalls und der letzten Verlustmeldungen denke ich, es ist an der Zeit, über den Einsatz von Protokoll dreihundertfünfundzwanzig nachzudenken.«

Der Vorsitzende sah sie fragend an. »Sie wollen interplanetare Reisen bis auf Weiteres verbieten? Ist das zu diesem Zeitpunkt nicht ein bisschen übertrieben? Wir wollen die Besetzer unter Quarantäne stellen, nicht unsere Leute.«

»Protokoll dreihundertfünfundzwanzig? Auf gar keinen Fall«, widersprach der Doktor sofort. »Da draußen gibt es Stationen und Kolonien, die Importe benötigen, damit sie überleben können – Nahrung, Wasser und Luft. Wenn wir dieses Protokoll ausführen, würden wir sie zum Tode verurteilen.«

»Ja, es würde weitere Verluste geben, aber wir würden die Ausbreitung eindämmen. Sehen Sie sich doch mal die Zahlen an. Neun Prozent Infizierte, wo es vor wenigen Monaten nur vier Prozent waren.

Aus den beinahe zehn Jahren, die uns bis zur errechneten Auslöschung der Menschheit bleiben, sind sieben Komma drei geworden. Es ist sehr wahrscheinlich, dass wir es in einem Jahr bereuen werden, wenn wir jetzt, da wir noch die Chance dazu haben, nicht handeln.«

»Nein, da bin ich anderer Meinung. Die Zahlen mögen ja gestiegen sein, aber wir haben die Situation unter Kontrolle. Meine Division arbeitet rund um die Uhr an einer Lösung. Wir brauchen nur noch ein bisschen mehr Zeit. Sollte die Infiltrationshypothese stimmen, würde es ohnehin keinen Unterschied machen.«

Die Infiltrationshypothese. Die Theorie einer merkwürdigen Wissenschaftlerin im unteren Sternenbundraum, die besagte, dass die Schatten von allen unbemerkt bereits vor Ausbruch des Krieges jeden Planeten, jede Kolonie und jede Station innerhalb des Sternenbunds infiltriert hatten.

Eine erschreckende Theorie, gelinde gesagt, aber glücklicherweise eine, für die es noch keine Beweise gab. Dennoch hatten sie die Wissenschaftlerin, die es gewagt hatte, sie aufzustellen, unauffällig verschwinden lassen und alle Hinweise auf ihre Theorie gründlich ausgemerzt. Man musste die Menschen ja nicht grundlos in Panik versetzen.

Der Vorsitzende lehnte sich auf seinem Stuhl zurück, und ein kaum merkliches Lächeln umspielte seine Lippen, während er den Streit beobachtete. Wie üblich vertraten der Doktor und die Admiralin unterschiedliche Meinungen, und es war an ihm, eine Entscheidung herbeizuführen. Im Nachhinein betrachtete er es als Ironie, dass er irgendwann kurz nach dem rasanten Aufstieg der Admiralin geglaubt hatte, die beiden würden einmal zusammenarbeiten und ein unaufhaltsames Team bilden. War das denn nicht zu erwarten gewesen? Aber die Gerüchte über ihr Zerwürfnis waren nicht nur Gerüchte gewesen, und inzwischen wusste er, dass die beiden eher gegen- als miteinander arbeiteten, sodass er ständig das Zünglein an der Waage war.

Wie praktisch.

Ein stiller Alarm ging in seinem Chip los. Er schaltete ihn mit einer Handbewegung aus, strich geistesabwesend über seinen Injektor und dachte über die Situation nach. Zwar oblag die Entscheidung im Grunde genommen dem Direktorium, doch die anderen Direktoren würden seinem Beispiel folgen. Sie alle hatten finanzielle Interessen, die unsanft zum Erliegen kommen würden, wenn sie das Protokoll einleiteten, und den öffentlichen Aufschrei, den dieser Entschluss nach sich ziehen würde, mochte er sich eigentlich gar nicht ausmalen. Massenpanik, Aufruhr, die möglichen Konsequenzen waren furchtbar.

»Wir sollten noch warten«, entschied er schließlich und beendete den Streit mit seiner kräftigen Stimme. »Überwachen Sie die Lage genau, dann können wir bei Bedarf erneut darüber nachdenken.«

Wie zu erwarten war, sah der Doktor erfreut aus, während die Admiralin wie immer eine versteinerte Miene zur Schau trug. Beide nickten. Später, nachdem sich der Doktor ausgelinkt hatte und der Vorsitzende mit der Admiralin allein war, stellte er die Frage, die ihm seit dem Augenblick, in dem er die Nachricht gehört hatte, auf der Seele brannte.

»Denken Sie, dass sie es wissen? Die Schatten, meine ich. Glauben Sie, sie wissen, dass sie nicht die richtige Forschungs- und Entwicklungsabteilung getroffen haben?«

Die Admiralin verschränkte die Hände hinter dem Rücken und antwortete bestimmt: »Sie wissen es.«

17

»Erkennen Sie das?«

Asriel legt das kleine Metallteil vor mich auf den Schreibtisch. Ich sehe ihn fragend an, und als er nickt, hebe ich es auf und untersuche es genauer. Die papierdünne Platte ist etwa vier Zentimeter lang und derart verkohlt, dass man die goldene Farbe kaum noch erkennen kann. Ich fahre mit einem Daumen über die Kanten und spüre etwas Vertrautes, kann es jedoch noch nicht genau benennen. Nach kurzem Nachdenken schüttle ich den Kopf.

»Sehen Sie genauer hin«, rät mir Asriel.

Beim Klang seiner ernsten Stimme werde ich immer nervöser. Ich schaue zwischen ihm und Archer hin und her, aber ihre Mienen sind ausdruckslos, und ich habe noch immer keine Ahnung, was hier vor sich geht oder warum man mich am Morgen nach unserer Rückkehr von Nomia ohne Vorwarnung oder Erklärung ins Büro des DCs gerufen hat.

Ich tue, was Asriel verlangt, halte die Platte dicht vor die Augen und starre sie an. Jetzt erkenne ich, was er meint. Der Großteil der Oberfläche ist verkohlt, aber vier Buchstaben auf der rechten Seite sind durch den Ruß zu erkennen.

NSON

Unwillkürlich fasse ich mir an die rechte Brustseite, als ich begreife, was ich da vor mir habe. Es ist das Namensschild einer Uniform, und zwar nicht irgendeiner Uniform, sondern einer F&E-Uniform. Die Uniform eines Menschen, dessen Namen mit denselben vier Buchstaben endet wie meiner.

Ich starre das Schild an. »Das verstehe ich nicht. Wo kommt das her?«

»Unsere Wartungscrew hat es letzte Nacht gefunden«, antwortet Asriel und wirft Archer einen Seitenblick zu, »im Kern der Schubdüse des *SkyRunner.*«

Aus dem *SkyRunner!* Das ist das Shuttle, mit dem wir nach Nomia geflogen sind und in dem wir aufgrund der Fehlfunktion beinahe in einer Stadt voller Ghule gestrandet wären. Einer Fehlfunktion, die von einem Zündungsregulator ausgelöst wurde, in dem ich einen Datenchip gefunden habe, der genauso aussah wie der aus dem Lasercutter.

Ich öffne den Mund und klappe ihn hilflos wieder zu, da mir einfach nicht die passenden Worte einfallen wollen. Als ich den Chip im Zündungsregulator gefunden habe, hätte ich beinahe einen Herzinfarkt bekommen, vor allem, da ich nach dem Uplink erneut eine einzige unidentifizierbare Nummer darauf gefunden habe.

19L-287098-B3948

Marke, Modell, Größe – mit Ausnahme der Nummer waren die beiden Chips absolut identisch. Sie gehören irgendwie zusammen, aber die Einzelheiten – wer, wie und warum? – sind mir schleierhaft. Meinem ersten Instinkt, das Kabel direkt zu meinem CO zu bringen, bin ich nicht nachgekommen, da mir noch zu gut in Erinnerung war, wie die Sache beim ersten Mal abgelaufen ist. Die Sache mit dem Lasercutter war verdammt peinlich, und meine wilde Geschichte über Saboteure hatte mich nicht nur wie ein Kind mit einer überbordenden Fantasie, sondern außerdem wie jemanden, der ständig nur überall Unheil riecht, aussehen lassen. Da der Generator nicht einmal sabotiert worden war, hatte es auch keinen Grund gegeben, beim Zündungsregulator davon auszugehen. Daher hatte ich mir eingeredet, dass Asriel vermutlich recht hatte und der Datenchip nur irgendeine Herstellerkennzeichnung darstellte. Zwar stammten der Cutter und der Regulator aus verschiedenen Fabriken, doch sie gehörten alle zu TruCon, daher bestand die Möglichkeit, dass in beiden Unternehmen dieselben Richtlinien galten. Trotz alledem machte mich dieser Datenchip irgendwie unruhig, daher befand sich der zweite sicher in meiner Tasche, nachdem ich den Zündungsregulator im Frachtraum verstaut hatte. Da ich nicht wusste, wie ich weiter vorgehen sollte, hatte ich beschlossen, eine Nacht darüber zu schlafen, in der Hoffnung, am nächsten Tag die Sache klarer zu sehen.

Doch dann war ich am nächsten Morgen in Asriels Büro zitiert worden, wo ich herausfand, dass mein Namensschild auf mysteriöse Weise in der Schubdüse gelandet war.

»Was haben Sie dazu zu sagen, Sorenson?« Asriel starrt mich erwartungsvoll an und wartet auf meine Reaktion. »Können Sie das erklären?«

Ich bin kurz davor, ihm von dem Datenchip zu erzählen, den ich gefunden habe. Aber dann wird mir klar, dass ich erst recht so dastehen würde, als hätte ich den Regulator manipuliert und würde jetzt versuchen, meinem imaginären Saboteur die Sache in die Schuhe zu schieben. Was habe ich denn schon für Beweise? Einen Datenchip mit einer Nummer, deren Bedeutung bestenfalls unbekannt und schlimmstenfalls nicht vorhanden ist. Er beweist gar nichts, weder die Schuld eines anderen noch meine Unschuld. Abgesehen davon lässt sich nicht leugnen, dass ich den Chip im Grunde genommen aus einem geheimen F & E-Teil gestohlen habe.

Wenn sie das nicht von meiner Schuld überzeugen würde, dann weiß ich es auch nicht.

Verwirrt und hin- und hergerissen entschließe ich mich endlich, einfach die Wahrheit zu sagen – jedenfalls einen Teil davon. »Es tut mir sehr leid, Sir, aber ich habe keine Ahnung, wie dieses Namensschild in die Schubdüse gelangen konnte.«

»Haben Sie sich den Schubdüsen im *SkyRunner* jemals genähert oder sie berührt?«

»Nein, Sir.«

»Hatten Sie den Zündungsregulator des Schiffes irgendwann einmal in der Hand?«

»Ja, Sir. Nur einmal. Ich habe RC auf der Rückreise geholfen und den Regulator in den Frachtraum gebracht, damit er nach unserer Rückkehr angemessen entsorgt werden kann.«

Die Fragen hören nicht auf, und ich beantworte sie alle aufrichtig, wenngleich ich manchmal etwas weglasse. Schließlich will Asriel die Missionsuniform sehen, die ich auf Nomia getragen habe. Ich führe sie schweigend zu meinem Spind in der Waffenkammer und zeige ihnen meine Uniformen, an denen die Namensschilder auf die Brust genäht sind. Wieder einmal bemerke ich, dass Asriel und Archer einander kurz ansehen, aber auch jetzt habe ich keine Ahnung, was das zu bedeuten hat.

Wir kehren in Asriels Büro zurück, und ich warte im Vorzimmer, während sich der DC und mein TL leise im Nachbarraum beraten. Dabei wippe ich im Stiefel heftig mit dem Fuß und wünsche mir sehnsüchtig, ein verbessertes Hörvermögen zu besitzen, denn dann könnte ich hören, was sie sagen. Meine Schuldgefühle machen mir zu schaffen, als ich daran denke, dass ich ihnen den Datenchip verschwiegen habe. Hätte ich zugegeben, dass ich ihn eingesteckt habe, wäre ich allerdings vermutlich dauerhaft degradiert worden, unabhängig davon, was sie wegen des Namensschilds entscheiden. Doch wäre es nicht trotzdem meine Pflicht, den Datenchip zu melden, wenn er von Bedeutung sein könnte, ungeachtet der Konsequenzen, die das für mich bedeuten würde?

Als sie mich wieder hineinrufen, habe ich bereits beschlossen, ihnen von dem seltsamen Chip zu erzählen, den ich im Regulator gefunden habe. Ich will gerade den Mund aufmachen, als Asriel das Wort ergreift.

»Ich habe nur noch eine weitere Frage an Sie, Techspezialist Sorenson.« Asriel legt einen Helm vor sich auf den Tisch. *Meinen Helm*, wie ich nach einem Augenblick begreife. »Warum haben Sie Ihren Teamleiter während einer offiziellen Mission angelogen?«

»Sir?«, frage ich und schaue verwirrt zwischen den beiden Männern hin und her. Asriel erwidert meinen Blick ernst, während Archer eher enttäuscht aussieht.

Asriel bewegt seine Chiphand, und ein Holofeed aus meinem Helm erscheint darüber in der Luft. Es ist der Feed von unserer Nomia-Mission, und darauf ist klar und deutlich Shar zu erkennen.

* * *

»*Sorenson*«, sagt Archers Stimme auf dem Holo. »*Statusbericht.*«

»*Es war nichts weiter, nur ein Tier, wie ich vermutet hatte.*«

Entsetzen packt mich, als ich meine Stimme laut und deutlich höre. Dabei hätte ich mir denken müssen, dass sie meinen Helmfeed überprüfen, um herauszufinden, ob ich während der Mission in der Nähe des Zündungsregulators gewesen bin. Glücklicherweise habe ich den Helm nicht mehr getragen, als ich RC geholfen habe, den Regulator zu verstauen, und den Chip eingesteckt habe. Mein Treffen mit Shar wurde allerdings komplett aufgezeichnet.

Ich bekomme rote Wangen, als ich mich daran erinnere, was jedoch weniger an unserer körperlichen Auseinandersetzung, sondern eher an den hitzigen Worten liegt, die mir wahnsinnig peinlich sind. Das war ja mal wieder typisch! Da hatte ich Shar monatelang nicht gesehen, war zahllose Lichtjahre von ihr getrennt gewesen, und doch war es ihr gelungen, erneut in mein Leben zu treten und wieder alles auf den Kopf zu stellen!

»Ich warte noch immer auf eine Antwort«, sagt Asriel. »Warum haben Sie Ihren Teamleiter während einer Mission angelogen?«

Weil ich mit niemandem über Shar reden wollte.

Denn dann hätte ich auch die Sache mit Lia erklären müssen, doch über sie kann ich nicht sprechen, mit niemandem. Nicht mit dem Divisionscommander, nicht einmal mit meinem Teamleiter. Selbst jetzt, da mich beide erwartungsvoll anstarren, bekomme ich keinen Ton heraus. Ich stehe einfach nur schweigend da und sehe mit an, wie meine Karriere – mein ganzes Leben – vor meinen Augen vor die Hunde geht. Seltsamerweise kommt mir Archer zu Hilfe.

»Es muss ein ziemlicher Schock gewesen sein, auf einer Routine-Abholmission von einer PsyCorp-Abtrünnigen angegriffen zu werden«, vermutet er, »vor allem in Anbetracht der Tatsache, dass das Gebiet eigentlich evakuiert sein sollte.«

»Ja, ich ...« Ich stutze, als mir klar wird, was er gerade gesagt hat. »Augenblick mal. Eine PsyCorp-Abtrünnige?«

Archer nickt. »Ja. Wir haben das Bild aus dem Feed mit der PsyCorp-Datenbank abgeglichen, und wie sich herausgestellt hat, steht sie als Klasse-fünf-Abtrünnige auf der Beobachtungsliste des PsyCorp. Ihrer Unterhaltung nach zu urteilen, kannten Sie sich?«

»Ich bin ihr vor über einem Jahr begegnet«, gebe ich zu, »aber ich wusste nicht, dass sie eine Verbrecherin ist oder dass ich sie hätte festhalten müssen.«

»Dazu waren Sie nicht verpflichtet«, meint Asriel mit einem Schulterzucken. »Eine Klasse-Fünf bezieht sich auf Menschen, die zu gefährlich sind, um vom normalen Militär oder anderen Exekutivorganen festgenommen zu werden. Sie sind vielmehr augenblicklich dem PsyCorp zu melden, aber es soll nicht der Versuch unternommen werden, sie auf irgendeine Weise festzuhalten oder zu verhaften.«

Eine PsyCorp-Abtrünnige. Ich runzle die Stirn und kann es noch immer nicht ganz fassen. Zwar hatte ich Shar nie besonders gut gekannt, aber damit hätte ich nie im Leben gerechnet. Kein Wunder, dass sie weggelaufen ist. Wir können von Glück reden, dass sie uns vorher nicht noch alle ins Psychokoma versetzt hat. Allerdings fällt mir da ein, dass Lia mir gegenüber etwas von einer Nahtoderfahrung erwähnt hat, die mit Shar zu tun hatte. Ich bin jedoch nie auf die Idee gekommen, dass sie das wörtlich gemeint haben könnte.

»Warum erzählen Sie uns nicht, was passiert ist, angefangen von dem Moment, in dem sie Sie angegriffen hat?«, schlägt Archer vor und sieht mich irgendwie ermutigend an. »Nachdem Sie ihr gesagt haben, sie soll aus Ihrem Kopf verschwinden, und auf ihre psionische Attacke mit einer körperlichen reagiert haben.«

Als ich ihr gesagt habe ...? Ich bin verwirrt und weiß zuerst nicht, worauf er sich bezieht, doch dann geht mir ein Licht auf. Sie glauben, Shar hätte mich angegriffen! Dass ich sie angeschrien habe, sie soll aus meinem Kopf verschwinden, weil sie mir wehgetan hat, und dass ich sie nur zur Selbstverteidigung angegriffen und gegen den Snackspender geschleudert habe, da ich mich nicht auf andere Weise gegen ihre Attacke wehren konnte. Das ist eine logische Annahme, wenn man bedenkt, dass sie eine gefährliche PsyCorp-Kriminelle ist.

Jetzt ergibt alles einen Sinn. Würden sie davon ausgehen, dass ich tatsächlich eine Zivilistin angegriffen habe, wäre das Anlügen meines Teamleiters jetzt meine geringste Sorge. Mein wahres Verbrechen scheint hingegen darin zu bestehen, dass ich meinen TL angelogen und die Tatsache, dass ich angegriffen wurde, verschwiegen habe. Dieses Verbrechen ist bei Weitem nicht so relevant, und ich könnte die Sache sogar mit heiler Haut überstehen, wenn ich meine Karten richtig ausspiele.

»Ich ... So etwas hatte ich noch nie zuvor erlebt«, stammle ich schließlich, und das entspricht auch der Wahrheit. Ich war schon häufiger wütend gewesen, doch diese ungezügelte Wut, die mich bei der Begegnung mit Shar erfasst hatte, war damit nicht zu vergleichen gewesen.

Danach schildere ich den Zwischenfall, so gut ich kann, übertreibe meinen Schreck und meine Verwirrung, als ich Shar gegenüberstand, und behaupte, ich hätte nur gelogen, da mein Gehirn von ihrem Psychoangriff noch völlig durcheinander gewesen war. Wenn ich ihr gelegentliches Nicken richtig deute, entspricht meine Geschichte in etwa dem, was sie erwartet haben. Obwohl ich meine Worte so wähle, dass ich nicht direkt lüge, komme ich mir bei diesem Betrug doch sehr schlecht vor. Ich bin kein Lügner, aber die Wahrheit hätte meine Karriere ruiniert. Außerdem habe ich, wenn ich an diese Begegnung denke, seltsamerweise das Gefühl, dass das gar nicht meine Schuld war. Es kommt mir so vor, als wäre ich irgendwie in diese Lage gebracht worden, auch wenn mir der Grund dafür völlig schleierhaft ist.

Meine Geschichte scheint offenbar akzeptiert zu werden, da mich niemand wegen des Angriffs auf eine Zivilistin anklagen will. Glücklicherweise scheint Asriel auch nicht davon auszugehen, dass ich irgendetwas mit der Manipulation des Zündungsregulators zu tun habe. Das Namensschild macht mich zwar verdächtig, ist aber auch kein wirklicher Beweis, da man die vier Buchstaben nicht eindeutig mit mir in Verbindung bringen kann, vor allem, da mein Helmfeed und meine Uniform dagegen sprechen. Was die Lüge angeht, überlässt Asriel es Archer, meine Bestrafung festzulegen, der mir ein Zweiquadrat Mülldienst in H9 aufdrückt und mich zu einer medizinischen Sitzung bei einem der PsyCorp-Spezialisten schickt, um sicherzustellen, dass Shar keinen bleibenden Schaden hinterlassen hat. Ich nehme das alles dankbar hin und bin mir der Tatsache bewusst, dass es viel, viel schlimmer hätte ausgehen können. Als Archer schon gehen will, halte ich ihn noch einmal auf. »Teamleiter!«

Archer bleibt stehen und sieht mich fragend an.

»Ich möchte mich entschuldigen und ... bedanken.«

Er nimmt meine Worte mit kurzem Nicken zur Kenntnis. »Ich werde offen zu Ihnen sein, Sorenson: Ich hatte mehr von Ihnen erwartet.«

Ich lasse den Kopf hängen, und mir wird das Herz schwer, auch wenn ich weiß, dass ich den Tadel verdient habe.

»Aber Sie sind ein guter Soldat. Sie haben eben einen Fehler gemacht. Behalten Sie ab jetzt eine saubere Weste, dann ist alles gut.«

Danach verschwindet er in seinem Büro. Während ich im leeren Korridor stehe und das, was eben passiert ist, noch längst nicht verarbeitet habe, muss ich erneut an den Datenchip denken, der trotz meines früheren Entschlusses weiterhin in meiner Jackentasche steckt. Nach den Enthüllungen über Shar hatte ich ihn ganz vergessen. Allerdings hätte ich ihn ohnehin nicht mehr erwähnen können, nachdem sie mich bei einer dreisten Lüge ertappt hatten. Da meine Glaubwürdigkeit und meine Karriere ohnehin schon auf dem Spiel standen, hätten sie mir das mit dem Chip sowieso nicht mehr geglaubt. Außerdem hatte sich ja auch das andere Teil nur als defekt herausgestellt, sodass ich eigentlich gar keinen Grund hatte, davon auszugehen, dass der Chip irgendetwas mit dem Regulatorschaden zu tun haben könnte.

Ich schürze die Lippen und denke über die seltsamen Ereignisse mit dem Lasercutter und jetzt dem Zündungsregulator nach. Asriels Vermutung, dass der Cutter über die Wäsche oder ein Versehen in meinen Spind gelangt war, hatte Sinn ergeben ... bis man auf einmal dieses Namensschild in der Schubdüse fand. Einzeln betrachtet sehen die beiden Vorfälle nach reinem Zufall aus, aber zusammen wirkt das Ganze sehr verdachtig. Gut, es gibt keine Beweise, aber irgendjemand hat den Cutter in meinem Spind deponiert, da bin ich mir ganz sicher. Und was die Datenchips angeht – ich weiß nicht, ob sie irgendwie mit den Zwischenfällen in Verbindung stehen, aber eines ist sicher:

Irgendjemand in der F & E hat den Zündungsregulator manipuliert, und wenn ich mich nicht ganz irre, wollte man mir die Sache in die Schuhe schieben.

18

»Hier drüben, TL! Ich bin nicht gedeckt.«

Rufe hallen durch den Sportraum, als Spieler aus beiden Teams sich um den Ball reißen. Ich stelle meinen Recyclerbeutel in der Nähe der Tür ab, beuge mich vor und beobachte gespannt das Spiel. Bisher führt Delta mit acht Punkten, aber Gamma scheint aufzuholen. Songbird spielt den S-Ball auf Vange, der ihn problemlos im Korb auf dem Boden versenkt.

Damit führen sie nur noch mit sieben Punkten.

Das Spiel findet in der südlichen Trainingshalle in H7 statt, auch bekannt als inoffizieller G-Ball-Platz der Testabteilung. An beiden Seiten des Spielfelds sind normale Körbe angebracht, eine Reminiszenz an den Vorgänger von der Erde, während über dem Boden mehrere durchsichtige Plattformen in unterschiedlichen Höhen zwischen zwei und zwanzig Metern hängen, die von eigenen Antigravitationseinheiten betrieben werden. Weitere Körbe befinden sich auf den oberen und mittleren Stufen, und entlang der Wände wurden an strategischen Positionen große Gravpads angebracht. Ich habe zwar seit der Highschool kein offizielles Match mehr gespielt, kann dem Spiel aber dennoch problemlos folgen.

»Gib ab, Annah! Gib ab!«

»Vorsicht! Der Gravball ist noch nicht im Spiel!«

Das spontan einberufene Spiel hat vor knapp einer Stunde begonnen, da die Spieler die seltene Gelegenheit nutzen, dass sowohl das Delta- als auch das Gammateam den Nachmittag freihaben. Ty, Archer und RC bilden in unserem Team den Bodentrupp und rennen gerade dem Ball hinterher, während unsere Flieger Kagawa und Chen auf zwei Inseln hocken, die sich auf dem mittleren Level befinden. Zephyr kniet auf der untersten Plattform, hat den G-Ball in der Hand und gibt den Späher. Das Gammateam ist ähnlich aufgeteilt, mit drei Spielern am Boden und drei auf verschiedenen Positionen.

Ich verfolge den Spielverlauf am Boden. Das Gammateam hat den S-Ball und trägt ihn über den Platz, aber Delta klebt dicht an ihnen und versucht, ihnen den Ball wieder abzunehmen. Der Gammaschütze, dem RC fast auf dem Rücken hängt, kann so auf keinen Fall punkten. Er täuscht einen hohen Pass über RCs rechte Schulter an, doch genau in dem Augenblick trifft Zephyr ein Gravpad mit dem G-Ball.

Ein lautes Summen ertönt, als die Schwerkraft halbiert wird. Anstatt genau in Vanges Hände zu fliegen, segelt der Ball über ihn hinweg, da sich die Flugbahn aufgrund der plötzlichen Schwerkraftveränderung verändert. Zephyr ist bereits unterwegs und springt gerade rechtzeitig von der Plattform, um ihn abzufangen. Er macht zwei Schritte und springt erneut, wobei er durch die geringere Schwerkraft hoch in die Luft fliegt. Nach einem Salto landet er geschmeidig auf der untersten Plattform, beweglich wie eine Katze, und stößt sich gleich wieder ab, um auf die nächste Plattform zu gelangen. Jetzt findet das Spiel weiter oben statt, und die Gammaflieger setzen zu Zephyrs Verfolgung an. Ich kann nur staunend mitansehen, wie er von einer Plattform zur nächsten fliegt und seine schlanke Gestalt durch die Luft bewegt, als wäre er voll in seinem Element. Als er den Ball endlich an Chen abspielt, ist offensichtlich, dass er das nur tut, um dem Team zu dienen, denn die anderen Spieler können ihn eigentlich niemals einholen.

»Vorsicht, Chen!«, rufe ich, als ich einen der Gammaflieger auf sie zustürzen sehe. »Sie haben den G-Ball!«

Ein schriller Alarm geht los, als einer der Flieger ein anderes

Gravpad trifft. Chen gibt den Ball mitten im Sprung an Kagawa ab und nutzt die zehnsekündige Verzögerung, um sicher auf der nächsten Plattform zu landen. Die normale Schwerkraft wird wiederhergestellt, als Kagawa den Ball in den Korb auf einer der höchsten Ebenen befördert. Während ich zur Anzeigetafel schaue, wechselt der Punktestand auf der Deltaseite von dreiundfünfzig auf achtundfünfzig. Grinsend werfe ich einen Blick auf die Gammaseite. Sechsundvierzig. Das ist keine Überraschung, wenn wir einen Spieler wie Zephyr in unserem Team haben.

Die Spieler gehen zurück auf Ausgangsposition, und ich trete zum Recycler in der Nähe und tue so, als würde ich ihn leeren. Eigentlich sollte ich jetzt in H7 meinen Pflichten nachgehen, aber einer von der Wartungscrew hat mich hier raufgeschickt, damit ich manuell den Müll aus einer defekten Recyclereinheit entferne. Als ich am Sportraum vorbeikam und die anderen spielen sah, hatte ich nicht widerstehen können und einen Blick hineingeworfen. Und so stehe ich jetzt hier in der Tür wie eine Null, während alle anderen spielen, und wünsche mir nichts sehnlicher, als nicht vorübergehend degradiert worden zu sein.

Jetzt hat Gamma erneut den S-Ball und bringt ihn übers Feld. Annah wirft einen Pass auf Songbird, die weiter zu Vange spielt. Er rennt zum Korb und setzt zum Schuss an, wird jedoch in letzter Sekunde von RC geblockt. Die beiden prallen in der Luft gegeneinander und gehen zu Boden.

»Hey, was soll denn der Mist?«

»Was regen Sie sich denn auf? Sie haben mich doch gefoult!«

Ein Pfiff ertönt, zweifellos als Reaktion auf den Streit der beiden Männer. Sie haben sich inzwischen aufgerappelt und stehen einander gegenüber. Ihre Körperhaltung und lauten Stimmen lassen erkennen, dass sie kurz davor sind, sich zu prügeln. Zum Glück sind die beiden TL sofort zur Stelle, trennen die beiden und ordnen eine Unterbrechung an, bevor die Stimmung noch hitziger werden kann. Die Spieler zerstreuen sich; die meisten suchen die Hygieneeinheiten auf, andere holen sich eine Wasserflasche oder lassen sich einfach an Ort und Stelle auf den Boden sinken, um sich kurz auszuruhen.

Ty entdeckt mich im Türrahmen, grinst und setzt sich mit einem Handtuch um den Hals und einer Wasserflasche in der Hand in der Nähe auf eine Bank. »Was liegt an im Orbit, Sorenson? Sind Sie den Mülldienst schon leid?«

»Wären Sie es nicht?«

»Hey, immerhin müssen Sie nicht mit Dumm und Dümmer da drüben spielen«, kommentiert sie trocken und nickt zu RC und Vange hinüber, die zwar voneinander getrennt wurden, aber immer noch so aussehen, als würden sie sich gleich an die Gurgel gehen.

Ich erwidere ihr Grinsen. »Aber ich kann es RC eigentlich nicht verdenken«, fährt sie fort. »Seine Frau war Tellurianerin. Sie war auf der Erde stationiert, als die Invasion begann und die Grenzen geschlossen wurden. Hat es nicht rausgeschafft. An RCs Stelle würde ich Vange auch gern eine verpassen wollen.«

»RC hat eine tellurianische Frau?«, murmele ich. »Kein Wunder, dass er bei der Rede des Vorsitzenden ausgeflippt ist.«

»Wusstest du das nicht?« Ty sieht mich überrascht an.

Ich zucke mit einer Schulter und will eigentlich gar nicht zugeben, dass ich das nicht wusste, weil ich nicht gefragt habe. Ich wollte nie wissen, wer die schwarzhaarige Frau ist, deren Digitals RC im Spind hängen hat, ebenso wie ich Vange nie wegen der Gerüchte über seine Zeit im Arbeitslager angesprochen oder Archer gebeten habe, mir die Bedeutung seines Gebetsamuletts zu erklären, das er immer in seiner rechten Brusttasche mit sich herumträgt. Denn wenn ich Fragen über ihre Vergangenheit stelle, würden sie sich auch nach meiner erkundigen, und darüber will ich nun mal nicht reden.

Unschlüssig mustere ich die anderen Tester und frage mich, was ich noch über sie wissen sollte. Gibt es eine Erklärung für Vanges hitziges Temperament oder Zephyrs Sarkasmus? Ist Songbird der Vor-, Nach- oder nur ein Spitzname der Gamma-TL? Mein Blick fällt auf Chen, die einige Dehnübungen macht, um sich warmzuhalten, und mir fällt wieder ein, wie mir auf der Nomia-Mission das angespannte Verhältnis zwischen ihr und Ty aufgefallen ist.

Jetzt wäre die Gelegenheit, zumindest das aufzuklären. »Was ist das für eine Sache zwischen Ihnen und Chen?«

»Was meinen Sie?«

»Was haben Sie gegen sie?«

Ty blinzelt; die Frage hat sie offenbar überrascht. »Wie kommen Sie auf die Idee, dass ich was gegen Chen hätte?«

Wieder zucke ich mit den Schultern, denn ich kann das Gefühl, das ich auf der *SkyRunner* hatte, nicht erklären, und bedenke sie nur mit einem vielsagenden Blick. Der scheint zu funktionieren, denn nach einem Augenblick zuckt sie mit den Schultern.

»Sie haben mich ertappt, Sorenson. Ich bin höllisch eifersüchtig auf Chen, da sie sogar ohne Make-up besser aussieht als ich.«

Ty lacht, und ich schubse sie leicht, da mir klar ist, dass sie mich auf den Arm nehmen will. »Nein, im Ernst. Warum mögen Sie Chen nicht?«

»Sagen wir einfach …« Ty wirft mir einen Seitenblick zu. »Zwischen uns gibt es philosophische Differenzen.«

Ich beäuge sie skeptisch. *Philosophische* Differenzen? Wenn das keine Umschreibung von Ärger wegen einem Mann ist, dann weiß ich es auch nicht. Der Gedanke, dass sich zwei so unterschiedliche Frauen für denselben Mann interessieren, ist irgendwie kurios, und ich muss grinsen. Nicht, dass sich nicht jeder Mann glücklich schätzen könnte, eine von ihnen an seiner Seite zu haben – die ernsthafte, attraktive Chen oder die witzige Ty.

Meine Brust zieht sich zusammen. *Was denke ich denn da?* Diese

Frauen sind meine Kolleginnen, meine Waffengefährtinnen. Selbst wenn es nicht streng verboten wäre, sich mit jemandem aus der Testdivision einzulassen, würde ich nie etwas mit jemandem anfangen, der sein Leben ebenso regelmäßig in meine Hand legt, wie ich in seine. Wir sind voneinander abhängig. Wenn ich ehrlich zu mir bin, muss ich mir jedoch eingestehen, dass es nicht die Vorstellung ist, ich könnte mich für eine meiner Teamkameradinnen interessieren, die mich stört, sondern die Tatsache, dass jemand anderes als Lia mein Interesse wecken könnte.

Ihre Individualität, ihr Elan; alles an ihr, von ihrer Art bis hin zu ihrem Lächeln, war anders als bei jedem anderen Menschen.

Ich schüttle den Kopf. Lia war einzigartig und unersetzlich.

Die Unterbrechung ist vorbei, und die Spieler kehren auf den Platz zurück. Während Ty, RC, Archer und Chen die Köpfe zusammenstecken und ihre Taktik besprechen, geht mir plötzlich auf, dass ich die vier anderen Personen vor mir habe, die mit mir auf Nomia waren, als der Zündungsregulator den Geist aufgegeben hat. Diese vier hatten die beste Gelegenheit, den Regulator zu manipulieren und das Namensschild, das mich belasten sollte, dort zu hinterlassen. Das hätte jeder von ihnen problemlos machen können, während alle anderen mit dem Verladen beschäftigt waren.

Meine Gedanken rasen, als mir dieser Verdacht kommt, und ich verziehe das Gesicht, denn die Richtung, die ich damit einschlage, gefällt mir gar nicht. Immerhin geht es hier um meine Teamkameraden, denen ich mein Leben anvertraue. Das muss ich auch tun, und trotzdem lässt sich nicht leugnen, dass hier irgendetwas nicht stimmt und sie die Hauptverdächtigen sind. Jedenfalls wären sie es normalerweise, aber ich kann nicht von der Hand weisen, dass wir ohne ihre gute Arbeit am Boden festgesessen hätten, während eine Ghulmeute in die Stadt strömte. Sind sie dann nicht eigentlich eher am wenigsten verdächtig? Außerdem komme ich mit ihnen allen gut aus, und mir will kein einziger Grund einfallen, aus dem mir einer von ihnen etwas anhaben können wollte. Oder hatte derjenige einfach eine günstige Gelegenheit genutzt?

Ich weiß es beim besten Willen nicht. Manchmal kommt es mir so vor, als wären meine Gedanken ein einziges Wirrwarr aus Fragen, auf die es keine Antwort gibt.

Ein leises Summen meines Chips bewahrt mich davor, noch länger darüber nachzudenken. Es ist die Wartungscrew von H9, die sich fragt, warum ich so lange brauche, um ein bisschen Müll abzuholen. Seufzend linke ich eine kurze Antwort zurück und schnappe mir wieder meinen Beutel. Drei Tage habe ich geschafft, elf stehen mir noch bevor. Eins steht fest: Das wird ein langes Zweiquadrat.

***

Der Rest des Monats vergeht weit weniger aufregend. Zwischen den Missionen und dem Training verbringe ich jede freie Minute in H9 bei der Abfallbeseitigung und lerne die Feinheiten des Hauptrecyclers sehr viel besser kennen, als mir lieb ist. Abgesehen von der harten Arbeit und der Erschöpfung, was beides gar nicht so schlimm ist, macht mir die Langeweile zu schaffen. Da ich so viel Zeit zum Nachdenken habe, kreisen meine Gedanken häufig um die Person, die dafür verantwortlich ist, dass ich den Strafdienst leisten muss: Shar.

Hat sie Nomia noch rechtzeitig verlassen können? Oder hat sie ihre Fähigkeiten überschätzt und ist nun ein Ghulwirt, ebenso wie die anderen Unglückseligen, die noch da unten waren? Ich habe keine Möglichkeit, das herauszufinden, aber mein Bauchgefühl sagt mir, dass ihr die Flucht gelungen sein muss. Immerhin hat sich Shar bisher als sehr erfinderisch erwiesen und ist bisher noch jeder misslichen Lage entkommen. Warum sollte es auf Nomia anders gewesen sein? Allerdings hoffe ich, dass sie da, wo sie gelandet ist, ebenso viele Schwierigkeiten bekommen hat wie ich hier.

Irgendwann kommt ein neuer Schwung Rekruten für die Testdivision auf die Basis. Sie sollen die Tester ersetzen, die wir während der Missionen verloren haben, auch wenn keiner Herreras oder Zels Namen erwähnt. Kagawa beschließt, bei Delta zu bleiben und nicht zu Beta zurückzukehren, und wir kriegen noch einen der Neulinge ab: Raisman, eine ehemalige Aquatrupplerin von der Ozeanwelt Kaloth. Ihre Haut hat die übliche blaue Farbe, die bestimmte Unterwasserkonditionierungstherapien mit sich bringen, und mit ihrem platinblonden Haar und den himmelblauen Augen sieht sie einfach umwerfend aus. Ich bin gespannt, wieso wir eine Unterwasserspezialistin bekommen, aber Raisman stellt sich an Land als ebenso fähig heraus wie in der Schwerelosigkeit. Auf die Antwort, warum sie zur F&E gekommen ist, sagte sie: »Weil ich unter Wasser nur selten Dinge in die Luft jagen kann.«

Irgendwie habe ich das Gefühl, dass sie gut zu uns passen wird.

Endlich ist der Zweiquadrat-Mülldienst um, und ich kehre dankbar zu meinen üblichen Pflichten zurück. Archer ist recht wortkarg, als er den Papierkram erledigt, und warnt mich nur. »Wenn Sie noch einmal Mist bauen, landen Sie wieder bei den Recyclern.«

Doch das ist mir längst klar.

Danach treffen wir uns mit dem Rest des Teams in einem der kleinen Trainingsräume in H7. Es ist Freitagnachmittag, was vor allem eins bedeutet: Es gibt neue Ausrüstung. Ersatz für Dinge, die verloren gegangen sind oder beschädigt wurden, neue Medikamente und die Technologie, die sich die Wissenschaftler im Laufe der Woche für uns ausgedacht haben. Archer streicht die Gegenstände von der Frachtliste, während sein STL sie verteilt.

»Dann wollen wir mal sehen. Neue Beinschoner für RC«, sagt Ty. »Tragen Sie sie mit Stolz. Ein neuer Helm für Zephyr. Wenn

Ihnen ein Besetzer das nächste Mal ein großes Projektil an den Kopf wirft, dann blocken Sie es mit dem Gesicht und nicht mit dem Visor, Zephyr. Wir können nicht ständig so viel Geld für Ausrüstung ausgeben.«

»Ha, ha.« Bei Zephyrs sarkastischer Antwort kichern alle los.

Sie verteilt noch weitere Dinge und geht dann zu den Medikamenten über.

Wir haben alle einen Beutel an unserem Gürtel, der einen Injektor sowie jeweils eine Dosis Psi-Lac und Schattenol enthält. Das Schattenol ist für den Fall, dass ein Teammitglied infiziert wird. Das Mittel verhindert, dass der Besetzer einen Ghul erschafft, während der Wirt zur dauerhaften Internierung in ein Besetzerlager gebracht wird. Das Psi-Lac ist für uns selbst gedacht. Wenn man frisch infiziert ist oder es unausweichlich ist, verhindert das Zeug für kurze Zeit, dass der Besetzer seinen psionischen Einfluss ausüben kann – gerade lange genug, dass man eine letzte Mission erfüllen oder sich selbst neutralisieren kann, um niemandem zu schaden.

Heute benötigt keiner von uns Nachschub, aber wir werden noch mit etwas anderem überrascht: Schat 1280, oder wie Ty es nennt: der Schattendetektor. Damit kann auch ein nicht psychisch begabter Mensch herausfinden, ob jemand ein Besetzer ist.

Zwar ist der Besetzer im Grunde genommen körperlos und kann nur psychisch aufgespürt werden, aber die psionische Verbindung bewirkt leichte Veränderungen in der Hirnchemie des Wirts, die sich mithilfe einer Blutuntersuchung herausfinden lassen. Indem man einige Blutstropfen des Verdächtigen mit dem Mittel in der Phiole vermischt und sich die resultierende Farbe ansieht, kann man feststellen, ob man einen Besetzer vor sich hat. Wird die Flüssigkeit durchsichtig, ist alles gut; wird sie lila, hat man einen Besetzer.

Ich drehe das kleine Behältnis in den Händen. Unten sind in

geschwungener Schrift die Buchstaben TCP eingraviert. Ist das der Hersteller? Ich weiß nur, dass alle Schattenmittel irgendwo anders hergestellt und bei Bedarf hergebracht werden. Außerdem sind sie knapp bemessen, vor allem das Schat 1280, das wir daher nur im äußersten Notfall einsetzen dürfen.

Als ich die neue Phiole gerade in meiner Gürteltasche verstaue, kommt eine Stimme über die Habitatskom.

»Achtung, an das Personal. Der Lichttest startet in T-Minus fünf Minuten. Aus Sicherheitsgründen bitten wir darum, als Vorbereitung für den Test jetzt den Augenschutz zu aktivieren.«

Die Ankündigung wird von einem heftigen Blinken quittiert, da alle sofort die maximale Sonnenschildstufe ihrer Kampflinsen aktivieren. Die Wissenschaftler haben aus der Lichttechnologie, die in unseren Zielfernrohren und Granaten verwendet wird, ein Netzwerk aus Lichtern innerhalb der Station erschaffen, die dem Lampennetzwerk des GMVW-Bereichs auf Prisma ähnelt. Da man für diese Lichter sehr viel Energie benötigt und sie das menschliche Auge und Gehirn zu sehr belasten, als dass sie regelmäßig genutzt werden können, wurden sie so programmiert, dass sie nur beim Durchbruch eines Energiezauns angehen. Natürlich immer vorausgesetzt, das System funktioniert wirklich. Heute findet der erste Testlauf statt.

Archer und Ty haken noch weitere Punkte von ihrer Liste ab, während wir warten, bis die nächste Meldung kommt.

»Achtung, an das Personal. Der Lichttest startet jetzt. Bitte schützen Sie Ihre Augen und halten Sie sich bereit.«

Die Stimme ist kaum verklungen, da geht es auch schon los. Licht strahlt von der Decke und taucht den Raum in grelles Weiß. Die kristallinen Wände leuchten heller, als ich es je zuvor gesehen habe, da sie das Licht widerspiegeln. Selbst mit meinen abgedunkelten Linsen muss ich die Augen zukneifen, da es so unglaublich hell ist. Mir schießt durch den Kopf, dass da irgendjemand was missverstanden haben muss – was bringen denn Ghullichter, wenn man die Augen nicht lange genug offen halten kann, um sie zu sehen? Auf einmal geht über unseren Köpfen etwas in Funken auf. Jede Lampe im Raum, die Ghullichter ebenso wie alle anderen, flackern stark.

Dann gehen sie alle aus.

19

Dunkelheit umgibt uns. Meine Linsen passen sich fast augenblicklich an, und ich kann die Waffenkammer wieder erkennen, sobald sich die Nachtsicht aktiviert hat. Trotzdem spanne ich meine Muskeln an und mache mich kampfbereit. Rings um mich herum machen die anderen dasselbe. Sie gehen in Angriffsposition und greifen nach nicht vorhandenen Waffen. Mehrere Leute fangen gleichzeitig an zu reden, und ihre Stimmen drücken die allgemeine Verwirrung und Sorge aus.

»Was zum …?«

»Hey! Wieso ist das Licht …«

»Sch! Seid doch mal still!«

Dank Kagawas angespannter Aufforderung halten alle den Mund. Ich spitze in der Dunkelheit die Ohren und lausche auf das, was die ehemalige Beta-Spezialistin angeblich gehört hat. Stoff raschelt. Ein Stiefel schabt über den Boden. Das schwere Atmen von acht Menschen, die plötzlich aus einem unerklärlichen Grund im Dunkeln stehen. Alles Geräusche, mit denen ich gerechnet habe.

»Was ist? Ich höre nichts«, gibt Zephyr schließlich leise zu.

»Nicht im Vordergrund, im Hintergrund«, flüstert Kagawa, und auf einmal weiß ich, was sie meint.

Irgendetwas an den Umgebungsgeräuschen hat sich verändert. Das stetige Summen der Wärmeregulatoren, Ventilatoren und Antigravantriebe, die unaufdringlichen alltäglichen Geräusche, klingen anders als sonst. Sie stottern und stocken, bis sie schließlich ganz verstummen. Ihren Platz nimmt eine unheilvolle Stille ein, die Art von Lautlosigkeit, die innerhalb eines geschlossenen Habitats nur eines bedeuten kann: den Tod.

Die Lebenserhaltung ist ausgefallen.

Ein leises Aufkeuchen in der Nähe gibt mir zu verstehen, dass ich es nicht als Einziger gemerkt habe, aber bevor irgendjemand etwas sagen kann, setzt das Summen wieder ein. Sekunden später geht das Licht wieder an – nicht die Detektionslampen, sondern die normalen. Meine Nachtsicht deaktiviert sich, ich sehe die Waffenkammer wie immer, und alles ist wieder wie zuvor. Ich spüre das kollektive Aufseufzen der Gruppe förmlich in meinem Körper widerhallen.

Nach einer kurzen Unterhaltung über seinen Chip klärt uns Archer auf. »Okay, Team, ich habe gerade mit dem DC gesprochen, das war anscheinend ein geringfügiges Ausrüstungsversagen. Ein Energierelais in H3 ist durchgebrannt und hat das ganze Energiegitter ausfallen lassen. Die Back-up-Systeme wurden hochgefahren, und das Problem wird momentan beseitigt. Also vergesst alle Illusionen, die ihr euch auf einen trainingsfreien Tag gemacht habt, ihr Nullen«, fügt er in dem Versuch hinzu, die Stimmung zu heben.

Einige von uns geben ein gezwungen klingendes Lachen von sich, dann kehren wir zur Ausrüstungsausgabe zurück und setzen danach das Training fort. Ich versuche, mich auf die Gegenwart zu konzentrieren, aber etwas an der ganzen Sache geht mir nicht aus dem Sinn, es bohrt sich durch mein Hirn wie ein Wurm, der sich durch einen Apfel beißt.

Einige Stunden später, wir machen gerade Fitnessübungen, frage ich RC danach. Er mustert mich angespannt und mit einem Ausdruck, den ich nicht ganz deuten kann. »Energierelais brennen häufiger durch und müssen ersetzt werden. Normalerweise bemerken wir das nicht mal, weil der Ausfall eines einzelnen Teils keine so große Störung verursacht. Ich vermute, dass sie die für die Lichter benötigte Energie falsch eingeschätzt haben, sodass mehrere Relais gleichzeitig durchgebrannt sind. Verdammt peinlich für denjenigen, der das zu verantworten hat, aber nichts, was uns Sorgen bereiten sollte.«

Mag sein. Vielleicht wollte aber auch jemand, dass die Relais durchbrennen.

Ich rüge mich gleich darauf selbst für den Gedanken. Das war nur ein Ausrüstungsversagen und geht mich nichts an. Ebenso wie der Schildgenerator nur ein Geräteversagen war – und der Zündungsregulator. Gibt es jetzt hier irgendwo ein Energierelais, in dem mein Namensschild herumliegt? Ich muss an diese kalten, harten zehn Sekunden denken, in denen die Lebenserhaltung ausgefallen war und in denen niemand wusste, wann – oder ob – sie wieder eingeschaltet wird. Da kommt mir ein schrecklicher Gedanke.

Was wäre passiert, wenn nicht etwa die Lichter – oder die Lebenserhaltung –, sondern die Schubeinheiten, die die Station in der Luft halten, ausgefallen wären?

Vor meinem inneren Auge tauchen die Ghule da unten auf, die wie Geister über Prisma hinwegziehen und auf Wirte warten, und ich erschaudere unwillkürlich.

Dann balle ich die Fäuste. Wenn es wirklich einen Saboteur an Bord gibt, dann manipuliert dieser nicht nur die Ausrüstung, sondern setzt auch das Leben jeder einzelnen Person auf der Station aufs Spiel, meins eingeschlossen. Und wenn man mir eines dieser Verbrechen anhängen will, dann gibt es keinen Grund dafür, es nicht auch beim nächsten zu versuchen. Zum Wohle aller und erst recht zu meinem eigenen muss ich dieses durchgebrannte Relais finden. Ich muss wissen, ob sich darin ein Schild mit meinem Namen darauf verbirgt. Oder, möge es das Vakuum verhindern, ein weiterer dieser seltsamen Datenchips.

Ich halte meine Wut so gut es geht im Zaum und frage mit möglichst ruhiger Stimme: »Was passiert mit dem durchgebrannten Relais?«

RC zuckt mit den Schultern. »Jeglicher Ausrüstungsschrott landet irgendwann im Hauptrecycler in H9. Dort versuchen sie, möglichst viele Teile zu retten, und vernichten den Rest.«

Habitat neun. Verdammt! Ich habe nur Zugang zu Fünf und Sieben. Daher werde ich unmöglich an den Recycler herankommen und kann mir das beschädigte Relais nicht ansehen. Ich grinse freudlos. Wenn ich doch nur noch länger Mülldienst schieben müsste.

Wenn Sie noch einmal Mist bauen, landen Sie für immer bei den Recyclern.

Vielleicht muss ich ja nur ein paar Regeln brechen …

Ich stehe bis zu den Knien im Müll, und meine Hände sind mit Schmiere bedeckt, während ich weitersuche. Auf dem Boden liegen mehrere Berge aus defekten Ausrüstungsgegenständen in einem Kaleidoskop aus zersprungenem Kristall, verdrehtem Metall und verbranntem Plastik – die Überreste alter Technologie, die nicht wiederverwendet werden konnte und nun darauf wartet, im klaffenden Schlund des Recyclers zu verschwinden.

Ich stehe in der Nordostecke des Raums und sehe mich um. Das Meer aus Altteilen erstreckt sich meterweit vor mir, hier und da durchbrochen von nutzlosen Prototypen, wie eine Hymne an gescheiterte Genies und bloße, dickköpfige Beharrlichkeit – bei Letzterer bin ich mir allerdings nicht sicher, ob es die der Wissenschaftler oder meine ist. Vor, während und nach meinem Mülldienst habe ich schon Stunden hier verbracht und nach dem Energierelais gesucht. Das ist nicht gerade eine leichte Aufgabe, da sich hier im Müll unendlich viele Relais verbergen und ich keine Methode kenne, das zu identifizieren, das ich brauche. Ich habe schon ein halbes Dutzend Energiestäbe durchsucht, weiß jedoch immer noch nicht, ob das Relais, das ich finden will, einfach nur ohne jedes besondere Merkmal ist oder ob ich das richtige schlichtweg noch nicht entdeckt habe. Immerhin habe ich eine nützliche Sache gelernt: Kein einziges Energierelais, das ich mir bisher angesehen habe, enthielt einen Datenchip. Mit anderen Worten: Die Chips sind kein integraler Bestandteil der Ausrüstung, jedenfalls nicht der Energierelais.

Ich werfe eine alte Kabelrolle zur Seite, gehe zum nächsten Haufen und durchsuche ihn methodisch. Nachdem ich jetzt schon drei Tage abwechselnd mit dem Mülldienst und dieser haarsträubenden Aufgabe verbringe, weiß ich langsam nicht mehr, wieso ich das jemals für eine gute Idee gehalten habe. Ein Zweiquadrat Mülldienst macht nun wirklich keinen Spaß, und wer sagt denn, dass ich das fragliche Relais nicht längst gefunden und es einfach nicht gemerkt habe? Doch obwohl ich weiß, dass ich mir diese vergebliche Mühe einfach sparen sollte, sagt mir mein Bauchgefühl, dass ich auf der richtigen Spur bin.

Ein vertrautes Bauteil ragt unten aus dem Haufen hervor, und ich zerre daran. Teile poltern in alle Richtungen von dem Berg herunter, als ich die Röhre herausziehe und ungeschickt auf einer freien Stelle am Boden ablege. Das Relais ist über einen Meter lang und hat einen Durchmesser von einem halben Meter, sodass es nur schwer zu bewegen ist, aber irgendwie gelingt es mir dann doch. Ich zücke mein Multitool, öffne vorsichtig den schwarz angelaufenen Zylinder und suche vorsichtig im Inneren herum, indem ich Drähte und andere Kleinteile zur Seite schiebe und nach etwas Verdächtigem Ausschau halte. Nach zehn Minuten will ich schon aufgeben und das Relais wegstellen, als mir ein Glitzern unter der Lasche am anderen Ende ins Auge fällt. Ich drücke eine Metallspule zusammen, greife hinein und ziehe einen Datenchip heraus.

Mir wird das Herz schwer, während ich gleichzeitig triumphiere. Der Chip ist an einer Seite ein bisschen angesengt, sieht aber ansonsten genauso aus wie die anderen beiden. Als ich ihn mit meinem Chip verlinke, zeigt auch er eine einzige Nummer.

89R-786524-P103

Ein anderer Chip, eine andere Nummer. Ganz offensichtlich haben diese drei Chips etwas zu bedeuten, auch wenn ich noch nicht weiß, was. Ein Teil von mir freut sich diebisch, dass ich recht hatte, während ein anderer Angst bekommt. Denn je mehr Beweise ich finde, desto schwerer ist es, zu leugnen, dass hier irgendetwas vor sich geht. Jemand manipuliert wichtige Geräte in der F&E, verändert sie, damit sie entweder in die Luft fliegen oder ausfallen, und hinterlässt diese seltsamen Chips. Und irgendwie bin ich in diesen ganzen Schlamassel mit reingezogen worden.

Ich stecke den Chip in die Tasche, schieße aus mehreren Winkeln Digitals des Energierelais und sorge dafür, dass ich alles dokumentiere. In wenigen Tagen wird das Relais zerstört sein, und ich brauche Beweise, damit ich den Schaden später belegen kann.

Beweise? Ich schnaube und lasse die Hand sinken, als mein gesunder Menschenverstand endlich wieder einsetzt. Beweise wofür? Dass ich mich an Orte geschlichen habe, an denen ich nicht sein sollte, geheime F&E-Technik unter die Lupe nehme und Ausrüstung stehle? Selbst wenn ich diesen Chip abgebe, ebenso wie den aus dem Zündungsregulator, wäre ich der einzige Kriminelle, der dadurch überführt wird. Dann kann ich den Mülldienst vergessen – wahrscheinlich stellt man mich eher vors Kriegsgericht und steckt mich ins Gefängnis!

Ich versuche mir vorzustellen, was Asriel sagen würde, wenn ich mit einer weiteren Geschichte über Saboteure und Datenchips bei ihm auftauche. Er würde mich für völlig durchgeknallt halten, einen Verrückten mit lauter Verschwörungstheorien – nicht zu vergessen einen überführten Lügner, der seinem TL nicht die Wahrheit gesagt hat. Selbst wenn er mir so weit glauben würde, dass er die Ingenieure losschickt, um meine Geschichte zu überprüfen, wüsste ich nicht, was ich tun soll, wenn sie erneut erklären, das Energierelais wäre nur aufgrund eines Herstellungsfehlers ausgefallen. Eine verrückte Geschichte mochte Asriel ja noch ertragen und einem Neuling mit reger Fantasie zuschreiben, aber zwei? Das wäre der Todesstoß für meine Karriere.

Nicht zum ersten Mal grüble ich über die Mitglieder der F&E nach und frage mich, wer wohl hinter all dem steckt. Ich denke an RCs Technikverständnis und Chens Geheimniskrämerei. Sogar Asriel wäre denkbar. Immerhin hat er angeblich meinen Spind überprüft und nichts Verdächtiges entdecken können. Gab es wirklich keine Hinweise auf denjenigen, der den Lasercutter dort platziert hat, oder hat er sie irgendwie vor mir verborgen? Tatsache ist, dass ich niemandem vertrauen kann, bevor ich nicht weiß, wer der Saboteur ist. Bei zwei verschiedenen Gelegenheiten hat man mich als Sündenbock hinstellen wollen. Wenn ich meinen Verdacht versehentlich dem Falschen gegenüber erwähne, wer kann schon sagen, was dann passiert? Nein, die beste Lösung ist, der Sache auf eigene Faust auf den Grund zu gehen. Sobald ich konkrete Beweise in der Hand habe, kann ich mich an meine Vorgesetzten wenden.

Zufrieden mit dem Kompromiss packe ich meine Sachen zusammen und verschwinde schnellstmöglich aus dem Recycler. Schließlich muss ich jetzt, da ich das Gesuchte gefunden habe, nicht länger hierbleiben. Außerdem habe ich was zu erledigen.

Ich muss einen Saboteur finden.

Meine Ermittlungen beginnen noch in derselben Nacht. Während alle anderen schlafen, sitze ich in einer Hygieneeinheit und erstelle eine Liste. Da mir die Chips nicht verraten, wer der Saboteur ist, muss ich eben nach dem Ausschlussverfahren vorgehen.

So werde ich immer weniger Verdächtige haben, bis zum Schluss nur noch einer übrig ist: der gemeinsame Nenner, die Person, die Zugang zu jedem sabotierten Gerät hatte. Danach muss ich noch handfeste Beweise auftreiben, die ihre Schuld belegen, sie melden – ohne mich dabei selbst zu belasten – und die Gefahr ist gebannt.

Ja, genau, das ist alles.

Fast hätte ich sofort wieder aufgegeben. Diese Aufgabe scheint mir unmöglich zu sein. Doch dann fällt mir wieder ein, wie wir beinahe auf Nomia festgesessen hätten und wie das Licht auf der Station ausgegangen ist, und ich weiß, dass ich nicht so einfach aufgeben kann.

Ich wende mich erneut meinem Pad zu und mache mich an die Arbeit. Dreitausend Menschen in der Forschungs- und Entwicklungsabteilung sind verdammt viele, aber dann erinnere ich mich an den Lasercutter. Der Cutter wurde in meinen Spind gelegt, was bedeutet, dass der Saboteur jemand sein muss, der Zugang zu H5 hat. Da die Reinigung und Wartung von Bots übernommen wird, kann es nur jemand aus der Testdivision sein. Ich wüsste nicht, dass irgendjemand außer Angelou und den Bewohnern Zugang zu den Kasernenhabitaten hat. Mit diesem Gedanken im Hinterkopf rufe ich die Divisionsliste auf und notiere mir sämtliche Namen.

Es sind fünfundvierzig. Das muss sich doch weiter einschränken lassen.

Der erste Sabotageakt ereignete sich eine Woche nach meiner Ankunft, was bedeutet, dass jeder, der danach rekrutiert wurde, ausscheidet. Ich gehe die Liste durch und streiche zwölf Namen. Bleiben noch dreiunddreißig.

Dann schaue ich mir die Liste noch einmal an und bleibe bei zwei Spezialisten aus dem Alphateam hängen. Garvey wurde vor einer Woche von einem Besetzer erschossen, daher muss ich mir seinetwegen keine Gedanken mehr machen; Nori wurde bei derselben Mission infiziert und in eine Strafkolonie geschickt. Da ich der Meinung bin, dass der Saboteur noch am Leben und auf der Station ist, streiche ich auch diese beiden Namen. Erneut gehe ich die Liste durch und halte inne, als ich bei den ersten vier Mitgliedern des Deltateams ankomme.

Ty. RC. Archer. Chen.

Sie waren alle mit mir auf der Nomia-Mission, bei der der Zündungsregulator ausgefallen ist. Ich halte inne, der Stylus schwebt über ihren Namen, und weiß nicht, was ich tun soll. Soll ich sie streichen? Oder sind sie die Einzigen, die noch auf der Liste stehen sollten? Nachdem ich eine Minute lang darüber nachgedacht habe, mache ich je einen Stern hinter ihre Namen und belasse es vorerst dabei.

Ich gehe die Liste noch mehrmals durch, aber mir springt kein weiterer Name ins Auge. Daher bleiben es vorerst einunddreißig Verdächtige. Das sind noch immer sehr viele, aber weniger als fünfundvierzig und noch viel weniger als dreitausend. Jetzt muss ich nur noch einen Weg finden, diese Liste weiter zu verkürzen, damit ich den Schuldigen finde.

Und zwar, bevor es zu spät ist.

* * *

Am nächsten Tag gehe ich auf dem Rückweg vom Frühstück beim Fundbüro vorbei. Als ich wieder herauskomme, ist der Lasercutter wieder in meinem Besitz und steckt in der Innentasche meiner Jacke. Während ich durch die Flure gehe, habe ich das ungute Gefühl, dass mich alle anstarren, als wüssten sie, was ich in der Tasche mit mir herumtrage und was das bedeutet. Das ist natürlich lächerlich, aber ich kann diese Vorstellung nicht abschütteln. Wie kommt es, dass jemand Verbrechen gegen die F&E begeht, aber ich derjenige bin, der Schuldgefühle hat?

Bei der ersten Gelegenheit nehme ich die drei Datenchips zusammen unter die Lupe. Weisen sie auf eine Person, einen Ort, einen Zeitpunkt hin? Auf etwas völlig anderes? Die Möglichkeiten sind unendlich, sodass ich gar nicht erst mit dem Raten anfangen muss. Ich suche im Netz nach den Chips und den Nummern, finde jedoch nichts. Einer plötzlichen Eingebung folgend linke ich auch noch die Hersteller der einzelnen Geräte an. Dummerweise hat der Kundendienst noch weniger Ahnung als ich. Als letzten Ausweg gebe ich die Nummern in verschiedene Datenbanken der F & E ein, ich versuche es mit allen, die mir einfallen und auf die ich Zugriff habe, aber selbst nach zwanzig Minuten bin ich noch keinen Schritt weiter. Falls die Nummern sich auf irgendetwas innerhalb der F & E beziehen – auf einen Waffentest, einen Ort auf der Basis, ein Schiff oder ein Shuttle –, so finde ich es nicht heraus.

Entmutigt von den vielen Fehlschlägen deaktiviere ich mein Pad. Ich hatte zwar nicht erwartet, dass die Suche leicht werden würde, mit so vielen Sackgassen hatte ich allerdings auch nicht gerechnet.

Seufzend lehne ich die Stirn gegen die Wand und frage mich, ob ich überhaupt das Richtige mache oder ob ich meinen eigenen Untergang vorantreibe, ohne es zu merken.

20

Meine Haut kribbelt, als die Energieentladung langsam nachlässt und in leuchtenden silbernen Strahlen nach unten zur Stadt sinkt, um dann im hellen Nachmittagslicht zu verschwinden. Laut meiner Anweisungen halte ich die Nase in den Wind und versuche herauszufinden, ob sich der leichte säuerlich-süße Geruch irgendwie verändert hat. Bisher fällt mir nichts auf. Ich warte noch dreißig Sekunden, dann linke ich meine Antwort – *keine Veränderung* – zur Station über uns.

Aus meiner Helmkom dringt Vanges Stimme knisternd über den Gruppenkanal. »*Was genau soll das hier doch gleich bringen?*«

»*Wir suchen nach Hinweisen darauf, dass die GMVW-Energie den Ghulen auf irgendeine Weise geschadet hat.*« RC klingt wie ein Lehrer, der ein begriffsstutziges Kind aufklärt. »*So wie ein Tier bestimmte Pheromone abgibt, wenn es verwundet oder in die Ecke gedrängt wird, vermuten die Wissenschaftler in der Basis, dass auch Ghule ähnlich auf einen entsprechenden Stimulus reagieren. Spüren wir Veränderungen nach den verschiedenen Tests, sind die Wissenschaftler in der Lage, genauer einzuschränken, welche Energiearten effektiver sind, und können sich darauf konzentrieren.*«

»*Das ist doch total defizient …*«

»*Sie sind total defiz…*«

»*Der Punkt ist, dass uns diese Aufgabe von den Wissenschaftlern auf der Basis aufgetragen wurde, daher machen wir sie auch, Spezialisten*«, stellt Songbird sachlich klar. »*Hat sonst noch jemand ein Problem damit?*«

Schweigen, rasch gefolgt von mehrstimmigem »*Nein, Teamleiter!*«.

»Gut. Dann lasst eure Nasen die Arbeit machen und haltet den Mund.«

Ich lehne mich kopfschüttelnd mit dem Rücken an die Säule, um auf den nächsten Test zu warten. Wir führen eine gemeinsame Mission mit dem Gammateam aus und haben uns auf den Dächern der Wolkenkratzer und Transmissionstürme verteilt, wo wir jetzt seit vier Stunden ausharren, während die Wissenschaftler auf der Basis eine GMVW nach der anderen testen. Obwohl sich zwei Teams aus acht Personen über die ganze Stadt verteilt haben, wurden wir bisher noch nicht von den Schatten entdeckt. Die Ghule scheinen alles, was sich oberhalb von vierhundert Metern befindet, nicht riechen zu können, daher werden wir in Ruhe gelassen, solange wir hier oben bleiben. Aus diesem Grund ist es eine sichere, aber auch langweilige Mission. Da wir bei den Tests nicht viel zu tun haben und zwischendurch noch viel weniger, sind alle ein wenig angespannt, manche sogar richtiggehend gereizt. Es ist auch nicht gerade hilfreich, dass RC und Vange einander nicht ausstehen können. Die beiden sind genaue Gegensätze, da RC gebildet und nachdenklich und Vange gnadenlos und gemein ist.

Ich trommle ungeduldig mit den Fingern auf dem Dach herum, reiße mich dann aber zusammen und gebe mich damit zufrieden, zum unzähligsten Mal am Kragen meines Anzugs herumzuzupfen. Dabei fühlt er sich eigentlich gar nicht schlimm an, nur ungewohnt.

Diese angeblich »ghulsicheren« Anzüge haben wir vor einer Woche erhalten. Die Einteiler mit Kapuze gleichen den standardisierten Raumanzügen, allerdings den dünnsten und teuersten, die ich je gesehen habe. Doch einen großen Unterschied gibt es: einen zwei Zentimeter dicken Luftkern zwischen den äußeren Anzugschichten. Die Luft besteht aus einer Gasmischung, die auf die Ghule abstoßend wirkt und die an die in unseren Werfern angelehnt ist. Theoretisch müsste jeder Ghul, der in unsere Nähe kommt, die Gase spüren und sofort abdrehen. In der Realität sind die Anzüge jedoch komisch, unbequem und funktionieren überhaupt nicht. Wie Ty mir erklärt hat, laufen die guten Wissenschaftler in Habitat zwei jetzt seit elf Monaten in irgendeiner Version dieses Anzugs herum. Alle müssen sie auf den Missionen tragen, bis irgendwer schließlich infiziert wird, woraufhin wir wieder unsere alten Anzüge tragen und auf die nächste Version warten.

Ja. Das ist echt ein Teufelskreis.

Ich sehe auf den Zeitmesser und stöhne innerlich auf, da seit dem letzten Test gerade mal zehn Minuten vergangen sind. Schon jetzt kann ich kaum noch die Füße stillhalten und trommle schon wieder auf dem Dach herum. Ich werfe meiner Partnerin, Techspezialistin Annah vom Gammateam, die früher bei den Bodentruppen war, einen Blick zu. Ihre kompakte Gestalt, ihr kurz geschnittenes blondes Haar und ihre schmalen Gesichtszüge, alles an ihr strahlt Sparsamkeit und Effizienz aus. Im Augenblick lehnt sie den Kopf an die Säule, hat die haselnussbraunen Augen geschlossen und sieht ganz so aus, als würde sie schlafen, allerdings ist sie bei jedem Test sofort einsatzbereit und erstattet Meldung. Schont sie einfach nur ihre Augen, oder besitzt sie eine Art inneren Wecker, der sie auf Befehl aufwachen lässt? Ich weiß es nicht. Redselig ist sie jedenfalls nicht. Wir haben während dieser ganzen Mission vielleicht ein Dutzend Worte miteinander gewechselt. Das Einzige, was ich über sie weiß, ist, dass sie sich vor ein paar Wochen verlobt hat. Damit habe ich kein Problem, denn je weniger man über einen Menschen weiß, desto gleichgültiger ist man, wenn dieser sein Leben verliert.

Ihr Ernst, ihre Augen; diese letzten gemeinsamen Stunden, in denen wir glaubten, wir hätten alle Zeit der Welt, wo uns doch so gut wie keine mehr blieb.

Es geht doch immer um die Zeit, nicht wahr? Sie steht still, wenn wir uns wünschen, dass sie weitergeht, und fliegt förmlich, sobald wir sie anhalten wollen.

Diese philosophischen Gedanken helfen mir auch nicht weiter. Ich beschließe, ein weiteres Mal meine H-Mail abzurufen, und stelle erfreut fest, dass ich eine neue Nachricht bekommen habe. Als ich sie mit einer Handbewegung öffne, umspielt ein Lächeln meine Lippen, da sie von Gran kommt. Auch wenn wir nicht immer einer Meinung sind, fehlt sie mir. Meine Eltern waren schon so lange weg, dass ich mich an ihre Abwesenheit längst gewöhnt habe, aber in den seltenen Augenblicken, in denen mich das Heimweh überkommt, denke ich an Gran.

Ich übertrage die H-Mail durch einige Handbewegungen drahtlos auf meinen Helm, und schon sehe ich ihr lächelndes Gesicht auf meinem Visor und höre ihre Stimme. Während sie über ihre neue Wohnung, ihren Job und alles andere, was sich auf New Sol verändert hat, plaudert, bewundere ich sie für ihre Anpassungsfähigkeit. Sie schafft es, die Vergangenheit hinter sich zu lassen oder zumindest nicht ständig über sie nachzugrübeln, und konzentriert sich auf die Zukunft.

Ans Ende ihrer Nachricht hat sie einige kurze Holoclips von der neuen Zentralstation angehängt. Ich sehe den Einkaufsbereich auf Ebene fünf, die Cafeteria auf neun, mehrere Ansichten aus dem Fahrstuhl, mit dem sie nach oben und unten fährt, darunter auch einige kurze Einblicke in das Büro des PsyCorp und die beiden Hauptandockebenen. Erstaunt stelle ich fest, dass die neue Station der alten sehr ähnlich sieht, als hätte man einfach die Baupläne hervorgeholt und alles bis auf die letzte Treppenstufe und Lampe nachgebaut.

Der letzte Holoclip trägt den Titel »Türkis blühende Blume«. Ich starre ihn mit finsterer Miene an und habe keine Ahnung, was das bedeuten soll. Vielleicht hat Gran ja ein neues Fenster für ihre Wohnung bekommen? Ich klicke das Bild an.

Es ist Teal.

Ich schnappe nach Luft, als mich das Gesicht meiner kleinen Schwester von dem Visor anstrahlt. Es ist offensichtlich ein Schulholo, da eine Liste ihrer akademischen Erfolge unten durchläuft – natürlich alles Bestnoten –, während sie auf einer wunderschönen, umrankten, gusseisernen Bank vor einem eleganten Steingebäude sitzt, lächelt und winkt. Grüne Ranken winden sich über die Ziegelsteine, vor denen sich farbenprächtige Blüten abzeichnen, die so groß wie meine Hand sein müssen, während im Hintergrund exotische Vögel zwitschern.

Unwillkürlich spitze ich die Lippen, während ich mir den Clip ansehe. *Ist ja perfekt.* Ich habe meiner Schwester die ganze Zeit gewünscht, dass sie in die Hölle kommt, und sie lebt in einem verschlackten Paradies!

Der kurze Clip endet und startet sofort wieder von vorn. Meine Schwester ist auf ewig dazu verdammt, zu winken und zu lächeln. Jetzt, wo ich mich an der Umgebung sattgesehen habe, konzentriere ich mich auf Teal. Sie ist erst fünfzehn, sieht aber schon genauso erwachsen aus wie meine Teamkameradinnen von Delta. Und sie ist groß, so groß wie Mom, hat ebenso lange Beine, einen schlanken Körper und einen Schwanenhals. Sie muss nach unserer letzten Begegnung einen Wachstumsschub bekommen haben. Doch trotz ihrer körperlichen Veränderungen habe ich den Eindruck, dass vor allem ihr Gesicht anders aussieht. Ihre Wangenknochen scheinen etwas höher zu sitzen, ihre Wangen wirken schmaler, und sie sieht aus, als hätte sie alles Kindliche hinter sich gelassen und wäre in die Schönheit ihres Gesichts hineingewachsen.

Ich bemerke das Datum in der unteren rechten Ecke, und mein Magen zieht sich zusammen, als ich feststelle, dass das Holo erst vor einer Woche aufgenommen wurde. Meine Schwester ist Teil einer Vergangenheit, die ich während der letzten Monate hinter mir lassen wollte; und dass sie so unverhofft in meine Gegenwart eindringt, und das auch noch aus einer Zeit, die gar nicht so lange her ist, erschafft in meinem Kopf eine Art Paradoxon, eine Störung im Raum-Zeit-Kontinuum, womit ich völlig überfordert bin.

Sofort deaktiviere ich das Holo und reiße mir den Helm vom Kopf. Innerlich verfluche ich Gran, dass sie mir das geschickt hat. Sie hätte mir auch gleich einen Schlag in die Magengrube verpassen können, das wäre vermutlich noch gnädiger gewesen. Wieder sehe ich mir den Titel des Holos an. »Türkis blühende Blumen.« Türkis wie Teal? Na, das hätte ich mir doch gleich denken können. Grans Gerissenheit wird nur noch von ihrem Humor übertrumpft. Und dabei halten sie die Leute immer für so süß.

Ich reibe mir die Augen, als könnte ich das Bild dadurch vertreiben, aber es ist bereits zu spät. Erinnerungen stürmen auf mich ein, und ich kann sie nicht aufhalten. Szenen aus unserer Kindheit auf Aurora, Augenblicke aus den Jahren, in denen wir mit unseren Eltern von Basis zu Basis gezogen sind, unsere kurze Zeit auf New Sol und natürlich der Streit. Dieser letzte verbitterte Streit in der Nacht vor meiner Abreise, nachdem ich mich gemeldet hatte und in unbekannte Gefilde aufbrechen wollte. Danach hatten wir kein Wort mehr miteinander gewechselt.

»Das kann doch nicht dein Ernst sein, Michael! Hast du mich nicht schon genug bestraft? Wann wirst du deinen lächerlichen Groll gegen mich endlich vergessen?«

»Niemals! Ich werde ihn nie vergessen. Du kannst dir bis zum Untergang des Universums Ausreden ausdenken, aber Tatsache ist nun mal, dass du mich verraten hast.«

»Ich habe dich verr…«

»Du wusstest, dass sie aus diesem Zug steigen würde, du wusstest, was sie vorhatte! Wie konntest du sie nur gehen lassen?«

»Ich habe sie gehen lassen, weil *ich wusste, was sie tun würde.«*

Mein Brustkorb zieht sich zusammen, und ich schüttle wütend den Kopf, auch wenn ich das eigentlich gar nicht will. Selbst jetzt ergibt diese Erklärung für mich nicht mehr Sinn als damals, und diese Worte sind nur eine alberne Ausrede für etwas, das unentschuldbar ist. Ich versuche, die Erinnerung zu verdrängen, will die Worte nicht mehr hören, aber sie hallen trotzdem durch meinen Kopf.

»Blödsinn! Du hättest sie aufhalten können, hast es aber nicht getan. Stattdessen hast du sie zum Abschied umarmt und in den Tod geschickt.«

»So war das doch gar nicht. Lia hat sich dafür entschieden, zur No…«

»Hör auf damit! Du kannst nicht so tun, als wäre das alles Lias Schuld.«

»Warum nicht? So ist es nun mal. Gesteh es dir endlich ein, Michael. Eigentlich bist du gar nicht wütend auf mich, sondern auf sie.«

»Du bist eine Lügnerin! Warum sollte ich wütend auf Lia sein!«

»Weil ihr jeder andere im Universum wichtiger gewesen ist als du!«

Ja, sie hat jeden anderen im Universum mir vorgezogen, aber nur Teal konnte so grausam sein, diese Worte auszusprechen. Doch für sie war das ganz leicht, nicht wahr? Sie konnte Lia problemlos verdammen, sie loslassen, sie sterben lassen.

»Glaubst du, das wäre mir leicht gefallen? Du denkst, es war einfach, sie gehen zu lassen? Du irrst du dich aber! Es war das Schwerste, was ich in meinem ganzen Leben je getan habe! Aber ich habe es getan, und du kannst mir dafür danken, denn sonst hättest du es tun müssen!«

»Ach, so war das also? Du musstest sie gehen lassen, du musstest sie sterben lassen? Aber weißt du was? Ich hätte sie nicht gehen lassen, und aus diesem Grund werde ich es auch niemals vergessen – weil es deine Schuld ist. Du bist schuld an Lias Tod, und das werde ich dir niemals verzeihen können.«

Selbst jetzt, Monate später, tun mir diese Worte noch immer weh. Ich schließe die Augen und will die Erinnerung abblocken, aber mir bleiben auch Teals letzte Worte nicht erspart, die letzten Worte, die sie je zu mir gesagt hat, bevor sie durch die Tür gegangen ist.

»Du bist nicht der Einzige, dem Lia etwas bedeutet hat.«

Die Worte gehen mir erneut durch den Kopf, ganz leise und geknickt ausgesprochen, und in mir zieht sich alles zusammen. Bei all den Worten, Streits und Erklärungen, die sie mir entgegengeschrien, gelinkt und im Laufe der Monate an den Kopf geworfen hat, waren diese aus irgendeinem Grund die schlimmsten.

»Du bist nicht der Einzige, dem Lia etwas bedeutet hat.«

Weil ich trotz allem weiß, dass sie wahr sind. Teal hat noch nie etwas Wahreres zu mir gesagt.

Die Worte sind wahr ... aber das reicht nicht.

Denn letzten Endes kann mir keine Zuneigung oder Reue, keine Erklärung oder Entschuldigung und auch kein versteinertes Schweigen, das Lichtjahre überbrückt, Lia zurückbringen. Und ohne sie wird nichts jemals genug sein.

* * *

Wir sind schon weit über sechs Stunden auf den Wolkenkratzern, als Songbirds Stimme endlich aus meiner Kom ertönt. *»Aufgepasst, Team. Der nächste GMVW-Test steht bevor. Haltet euch bereit, in zehn Minuten geht es los. Songbird Ende.«*

Ich linke meine Bestätigung und bin dankbar für die Ablenkung. Noch immer sehe ich Teals Gesicht vor meinem inneren Auge, es ist wie ein Fluch, den ich nicht bannen kann, und wenn ich noch so viel auf diesem verdammten Dach auf und ab gehe. So langsam fange ich schon an, mir zu wünschen, ein Ghulangriff würde mich von meinem Elend erlösen.

Nachdem ich den Helm wieder aufgesetzt habe, lege ich den Kopf in den Nacken und blinzle mehrmals schnell, um die Vergrößerung meiner Kampflinsen zu aktivieren. Es ist ein ungewöhnlich klarer Tag auf Prisma. Hohe Winde zerstreuen den Nebel so schnell, wie er sich bildet, und so habe ich klare Sicht auf das planetare Netzwerk, das wie eine blaue Blase über uns schimmert. Ohne die dicken Nebelwolken sieht das Netz überraschend durchsichtig aus, sogar noch transparenter, als ich ursprünglich gedacht habe. Die F&E kann ich zwar nicht sehen, da sie durch einen eigenen Schild geschützt ist, aber die beiden nächsten OPs sind deutlich zu erkennen, die wie zwei riesige Monde im Orbit kreisen. Sie sind Teil eines planetaren Netzwerks aus sechzehn Plattformen – die Standardanzahl für die meisten planetaren OP-Netzwerke –, das eigentlich geschaffen worden war, um interstellare Reise und die Kommunikation von Prisma zu erleichtern. Doch dann brach der Krieg aus, und sie wurden zu Zwischenstationen, auf denen potenzielle Ghule und Besetzer herausgefiltert wurden. Allerdings nicht besonders erfolgreich.

Ich kneife die Augen zusammen und halte nach dem verräterischen silbrigen Schimmern Ausschau. Als ich die maximale Vergrößerungsstufe einstelle, kann ich tatsächlich erkennen, wie die Plattform glüht, während die Energie gesammelt wird. Der Anblick ist wunderschön, vor allem, da es sich dabei um eine tödliche Waffe handelt, mit der unsere Feinde vernichtet werden sollen.

Da! Ich sehe es. Nur ein schwaches Leuchten hoch am Himmel. Ich beobachte, wie die Energie größer wird, und das silbrige Licht leuchtet immer heller, wie eine Flamme in der aufkommenden Dämmerung. Es breitet sich an der Unterseite der Plattform nach außen aus und wird von der geballten Kraft der neun Schildgeneratoren, die im Einklang arbeiten, zusammengehalten. Ich weiß noch genau, wie es sich auf der OP angefühlt hat, als diese unglaubliche Energie durch die Plattform geströmt ist. Die Energie nimmt immer weiter zu, und das Licht ist schon heller als das der benachbarten Sterne. Ich halte den Atem an und verkrampfe mich, während ich auf den Augenblick warte, in dem die Energie freigesetzt wird.

Da geht die ganze OP in einem Feuerball auf.

An Bord der *SBS* Retribution
Flaggschiff der Ersten Admiralin der Sternenbundflotte

»… drei Planeten, eine Kolonie und eine ganze Kette an Minenringen. Allein im letzten Monat hat sich die Infektionsrate verdreifacht …«

»Mehr als verdreifacht«, warf der Doktor ein, der eine Zahlenkolonne auf seinem Pad betrachtete, »wenn die Zahlen stimmen. Eine derartige Infektionsrate haben wir zuletzt in den ersten sechs Kriegsmonaten gesehen.«

»Ganz genau.« Die Admiralin verlagerte das Bild des Arztes mit einem Fingerschnippen aus ihrer Handfläche an die Wand und rief gleichzeitig ein neues Bild über ihrer Hand auf. »Und ich glaube, ich weiß auch, woran das liegt. Sehen Sie sich das letzte Ziel des Feindes an.«

»Die Schiffswerft ›Larks Calling‹.« Der Doktor starrte das Bild bestürzt an. »Sie glauben, der Feind baut eine Armee auf.«

»Das würde sowohl die zunehmenden Infektionen als auch das Ziel erklären. Es wäre sinnlos, eine Armee zu erschaffen, wenn man sie nicht transportieren kann.«

Der Doktor schüttelte den Kopf und presste die Lippen aufeinander, wie er es immer tat, wenn er sich einem neuen strategischen Rätsel widmete. »Eine Armee? Das passt doch nicht zusammen. Der Feind hat sich als vieles erwiesen, aber nicht als offen gewalttätig. Jedenfalls nicht in dem Ausmaß, wie Sie es andeuten.«

Die Admiralin zog eine Schulter hoch. »Vielleicht wollen sie ja nicht töten, sondern gefangen nehmen.«

»Sie treiben Wirte wie Vieh zusammen?«

»Möglicherweise erschaffen sie auch keine Armee, sondern mehrere gezielte Einsatzteams, die für eine bestimmte groß angelegte

Offensive benötigt werden. Wir haben schon früher gesehen, dass Besetzer strategische Entscheidungen getroffen haben.«

Der Doktor nickte langsam, drehte den Kopf und bedachte sie mit einem stählernen Blick. »Oder der Aufwärtstrend und die Schiffswerft sind reine Indikatoren dafür, dass die Frontlinien nicht länger effizient sind.«

Die Admiralin starrte den Doktor eiskalt an, dessen herablassende Haltung sie schon viel zu oft zu spüren bekommen hatte. »Denken Sie das wirklich?«, entgegnete sie, und ihre Stimme wurde noch etwas schneidender. »Ich kann Ihnen versichern, dass wir an den Frontlinien alles in unserer Macht Stehende tun, um die Ausbreitung der Infektion aufzuhalten.«

Bei ihren Worten kniff er die Augen zusammen, und sie wusste, dass er ihren unterschwelligen Vorwurf durchaus bemerkt hatte, mit dem sie ihn beschuldigte, untätig im Nebel herumzustochern, während ihre Leute tagtäglich an der Front kämpften und starben. Er mahlte leicht mit dem Kiefer, und sie wusste, dass er gleich wieder die Lippen aufeinanderpressen würde. Sie wartete auf die unvermeidliche Erwiderung, aber im letzten Augenblick wurde seine Miene wieder sanfter, und die übliche Härte machte etwas Weichem, fast schon Gütigem Platz.

Seine Lippen zuckten kaum merklich. »Ich weiß.«

Es gelang der Admiralin nur mit Mühe, sich ihre Überraschung nicht anmerken zu lassen, und sie war hin und hergerissen, ob sie diese Beinahebestätigung genießen oder ignorieren sollte. Als ob sie seine Zustimmung benötigen würde! Dass er nach all den Jahren und nach allem, was passiert war, noch immer eine solche Macht über sie hatte, machte sie wütend.

»Natürlich tun Sie das«, sagte sie und ließ den Sarkasmus wie Honig von ihren Lippen tropfen. »Schließlich hat es noch nie etwas gegeben, das Sie nicht gewusst hätten.«

Sein Blick verhärtete sich sofort wieder, und jeder Hauch von

Sanftheit, ob nun real oder nur vorgetäuscht, verschwand im Handumdrehen. »Denken Sie nicht mal eine Sekunde lang, Sie …«

Er stockte, als wäre die Verbindung unterbrochen worden, riss die Augen auf und sah eher durch sie hindurch als sie an. Dann stand er langsam auf und starrte etwas an, das sich außerhalb des Feeds befand. Sein Gesichtsausdruck veränderte sich nicht im Geringsten, aber er war kreidebleich geworden.

Die Admiralin runzelte die Stirn. »Doktor?«

»Entschuldigen Sie.« Mit einem Mal ging sein Holo aus.

Sie hatte geglaubt, dass er sie nach so langer Zeit nicht mehr überraschen konnte, und doch war es ihm innerhalb von Minuten gleich zweimal gelungen.

Entschuldigen Sie.

Sie hatte fünfzehn Jahre lang auf diese Worte gewartet, und auch wenn sie wusste, dass er sie nicht so gemeint hatte – nicht auf diese *Weise, sondern nur als unbedachte Entschuldigung für die plötzliche Verbindungsunterbrechung –, durchfuhr es sie wie ein Schlag. Sie spannte die Kiefermuskulatur an, als sie sich an ihre letzte Auseinandersetzung vor fast fünfzehn Jahren erinnerte, bei dem sie den Auftrag angenommen hatte, den er nicht haben wollte.*

»Wie können Sie über einen derartigen Wahnsinn überhaupt nachdenken? Es ist falsch, was hier passiert! Es widerspricht jeglicher nur denkbaren Grundlagenethik! Wie können Sie es auch nur rechtfertigen, ein Teil davon zu sein?«

»Sehen Sie nicht, was wir hier erreichen wollen?«, hatte sie erwidert. »Sie sind Wissenschaftler! Daher müssten Sie doch noch besser als ich zu schätzen wissen, was wir hier anstreben, und wenn dafür einige Opfer zu bringen sind, dann ist das eben so. Das ist die Sache wert.«

Er hatte nur den Kopf geschüttelt. »Es gibt einen Preis, den man niemals zu zahlen bereit sein sollte. Ich kann nur hoffen, dass Sie das eines Tages begreifen.«

An jenem Tag hatte sich zwischen ihnen alles verändert. Alle Verbindungen waren auf jede nur mögliche Weise getrennt worden, und von da an war er lediglich der Doktor und sie die Admiralin gewesen. Er war aus der Armee ausgetreten und in den privaten Sektor gegangen, während sie geblieben war und auf ihre Aufstiegschance gewartet hatte. Wer hätte jemals gedacht, dass das Schicksal sie irgendwann dazu zwingen würde, erneut Seite an Seite zu arbeiten, und das nicht nur einmal, sondern immer wieder?

Wenigstens hatten sie jetzt den Holoschirm als Puffer zwischen sich, und selbst für diese Kleinigkeit war sie sehr dankbar.

Die Admiralin lehnte sich auf ihrem Stuhl zurück und starrte die leere Wand vor sich an. Sein abruptes Verschwinden war ebenso wie seine hastig ausgesprochenen Worte völlig uncharakteristisch. Sie fragte sich, was dieses Verhalten ausgelöst haben konnte. Nichts Gutes, so viel stand fest, aber er würde sich schon darum kümmern, was immer es auch war. Das tat er immer.

Dennoch lief ihr ein kalter Schauder über den Rücken, und sie wartete trotz ihrer Zuversicht den ganzen Tag lang darauf, dass er sich erneut meldete – jedoch vergebens.

21

Vielfaches Schluchzen hallt im Atrium wider, und das gesamte Habitat scheint in ein Netz aus Trauer gesponnen. Benommen sitze ich mit meinem Team in einem der Kasinobereiche und mustere die verängstigten Gesichter. Personen aus der Forschungs-, Test-, Verwaltungs- und anderen Abteilungen sind nach der Tragödie zusammengekommen, haben sich an diesem Gemeinschaftsort versammelt auf der Suche nach Antworten. Wir hoffen alle auf eine Erklärung, die den Tod von sechsundzwanzig Wissenschaftlern, zwei PsyCorp-Agenten und sieben Angehörigen des Militärs irgendwie begreiflich macht, auch wenn das unmöglich ist. Ich kenne dieses Verlangen nur zu gut, es ist vergeblich, und doch muss man es versuchen, selbst wenn es noch so hoffnungslos erscheint.

Auch wenn man selbst jede Hoffnung verloren hat.

Ihr Ernst, ihre Anmut; trotz der Last der Welt auf ihren Schultern ist sie nie eingeknickt.

Ich schließe kurz die Augen, denn die Trauer in diesem Raum ist derart greifbar, dass es mir schwerfällt, meinen stets präsenten Kummer in Schach zu halten. Zwar kannten die meisten von uns aus den Teams keinen der Menschen auf der explodierten OP, aber es ist offensichtlich, dass das nicht für alle hier gilt. Schultern beben, Hände sind vor Gesichter geschlagen, Menschen starren mit leerem Blick vor sich hin. Es ist, als würden sie auf jemanden warten, der sich um sie kümmert und ihnen sagt, was sie tun sollen. Als endlich Anweisungen kommen, von oben, als würde Gott zu uns sprechen, scheint die ganze Welt stillzustehen, alle heben den Kopf und spitzen die Ohren.

»Wie Sie alle wissen, hat sich bei einem unserer Waffentests heute ein schrecklicher Unfall ereignet, der den Tod von fünfundvierzig Menschen auf dieser Basis nach sich gezogen hat. Darunter waren Militärangehörige, Zivilisten, Mitglieder des PsyCorp, aber sie alle hielten sich aus demselben Grund hier auf. Sie waren nicht nur brillant in dem, was sie taten, sie wollten auch noch etwas bewirken. Sie wollten kämpfen. Sie wollten uns helfen, diesen Krieg zu gewinnen. Selbst wenn einige von ihnen das nicht so gesehen haben, waren es doch alles Soldaten für den wichtigsten Kampf unseres Lebens. Ihre Körper mögen nicht mehr sein, aber ihr Geist und ihre Ideale bleiben. Denn ihr Wille wird in den Herzen aller hier weiterleben, und ihre Ideen werden uns den Weg weisen wie Sterne am Nachthimmel.«

Ich stütze mein Kinn auf die Hände und bin seltsamerweise bewegt von Angelous poetischen Worten. Geheimnisvoll, fordernd, kalt, unnahbar. Es gibt so viele Worte, mit denen ich den Direktor der F&E beschreiben würde, aber poetisch gehörte bisher nicht dazu. Und doch sitze ich jetzt hier, habe seine Worte im Ohr, höre den Widerhall seiner Gedanken in meinem Herzen und stelle fest, dass seine Verschlossenheit und seine eiskalten Augen trügen und er die F&E und jeden, der dazugehört, mehr als alles andere im Universum zu lieben scheint.

Angelous Rede geht mir nicht aus dem Kopf. *Wie Sie alle wissen, hat sich bei einem unserer Waffentests heute ein schrecklicher Unfall ereignet.*

Ein *Unfall,* hat er gesagt. Aber war es wirklich einer? Wenn ich das Trümmerfeld im Orbit gründlich durchsuchen würde, fände ich dann ebenfalls einen Datenchip? Ein Teil von mir würde das schrecklich gern wissen, während ein anderer viel zu große Angst hat, um diese Möglichkeit auch nur in Betracht zu ziehen. Denn wenn dort zwischen den Trümmern von OP NE-2 ein Datenchip herumschwebt, dann wäre ich verantwortlich für die fünfundvierzig Toten.

Bei diesem Gedanken wird mir eiskalt. Hätte ich diese Katastrophe irgendwie verhindern können, indem ich klüger, gerissener gewesen wäre, wenn es mir gelungen wäre, die Puzzleteile zusammenzusetzen? Schuldgefühle machen sich in mir breit, und ich weiß nicht, wie ich mit diesem quälenden, unvertrauten Gefühl umgehen soll. Bisher bin ich es immer gewesen, dem übel mitgespielt worden war. Ich war derjenige, der von den Menschen, die mir am Herzen lagen, verraten, belogen und zurückgelassen worden war. Dass ich nun auf der anderen Seite stehe, ist neu für mich, und ich bin mir nicht sicher, ob ich das will.

»Weiß jemand, wann die Trauerfeier stattfindet?«, erkundigt sich RC leise.

Die Antwort besteht aus einem gemurmelten »Nein« und Kopfschütteln. Das Schweigen ist gebrochen, und die Spezialisten unterhalten sich leise. Auf ihren Gesichtern zeichnet sich Verwirrung und Trauer ab. Bei mir sitzen vor allem Deltas und Gammas, aber ich sehe auch einige Betas und Alphas nicht weit von uns entfernt. Während ich sie beobachte, wie sie miteinander reden, schießt mir ein Gedanke durch den Kopf.

Einer von ihnen könnte derjenige sein, der OP NE-2 in die Luft gejagt hat.

Ich spitze die Ohren und betrachte sie genauer. Neben mir stehen Ty, RC und Zephyr und unterhalten sich besorgt. RC hat die Schultern hochgezogen, Ty die Arme vor der Brust verschränkt, und man sieht ihnen den Schmerz und die Betroffenheit an. Hinter ihnen sehe ich Archer und Songbird, die die Köpfe zusammenstecken und vermutlich ebenfalls miteinander reden, aber da sie mir den Rücken zuwenden, kann ich das nicht genau erkennen. Zu meiner Linken geht Vange auf und ab, und Kagawa ringt die Hände und verlagert das Gewicht immer wieder von einem Fuß auf den anderen. Chen steht ein Stück abseits ganz allein da, mit kerzengeradem Rücken und maskenhaftem Gesicht und starrt ins

Leere. Annah ist über einem Tisch zusammengesunken. Zuerst vermute ich, sie würde schlafen, aber als ich ihre zuckenden Schultern bemerke, wird mir klar, dass sie weint.

Überrascht und auch verwirrt über diese offen zur Schau gestellte Trauer bei einer sonst immer so stoischen und unerschütterlichen Spezialistin wende ich mich ab. Mein Blick fällt auf mehrere Alphas, Betas und Gammas, die herumsitzen oder -stehen und denen man auch nicht mehr anmerken kann als den anderen. Falls sich der Saboteur tatsächlich hier aufhält, kann er seine Schuldgefühle gut verbergen.

Archer dreht sich wieder zu uns um, und als ich seinen leuchtenden Chip sehe, wird mir klar, dass er gerade mit jemandem gelinkt hat.

»Was ist los?«, will RC wissen.

»Weiß man schon Genaueres über den Unfall?«, füge ich hinzu und warte gespannt auf Archers Reaktion.

Aber er schüttelt nur den Kopf. »Die Untersuchungen laufen noch.«

»Was machen wir denn jetzt?«, will Ty wissen, die ebenso unsicher wirkt wie wir anderen.

»Was glaubst du denn, was wir tun werden?«, faucht jemand. »Fehler passieren, und Menschen sterben, aber der Krieg macht keine Pause, damit wir uns die Nase putzen und die Augen ausweinen können.«

Alle sehen zu Chen hinüber, und auf zahlreichen Gesichtern zeichnet sich der Schreck über die harten Worte dieser sonst immer so zurückhaltenden Pilotin ab. Sie wirkt ungewöhnlich angespannt, und ich weiß nicht, was ich von ihrer krassen Reaktion halten soll.

»Sie hat recht«, meint Archer schließlich. »Wir tun, was wir immer getan haben. Wir trainieren, testen, kämpfen. Wir geben unser Bestes, um diesen Krieg zu gewinnen.«

Etwas anderes können wir auch gar nicht machen, und dennoch kommt es mir hier in der überfüllten Cafeteria mit all den trauernden Menschen so vor, als reichten diese Worte nicht aus. Schließlich können wir die Verzweiflung, die uns ergriffen hat, nicht durch bloßes Weiterkämpfen besiegen.

Mir gegenüber bleibt Vange plötzlich stehen und schiebt das Kinn vor. Meine Anspannung steigt, da ich mir nicht sicher bin, ob der aufbrausende Spezialist wieder einen Wutanfall bekommen oder dieses Mal einfach nur rausstürmen wird. Zu meiner Überraschung passiert nichts davon. Stattdessen geht er zu einer weinenden Ingenieurin in einem silbernen Kittel, die an einem Tisch in der Nähe sitzt, greift in seine Weste und ... zieht ein Taschentuch heraus.

Alle sehen schweigend zu, wie er das Stofftaschentuch ausschüttelt, ihr in die Hand drückt und ihr beruhigend eine Hand auf die Schulter legt. Danach tritt er zu einem älteren, blau gekleideten Mann, der vor einem Getränkespender steht. Der Biologe versucht, sich einen Becher mit Tee zu holen, aber seine Hände zittern so stark, dass die Flüssigkeit herausschwappt und er sich die Finger verbrennt. Vange nimmt ihm den nassen Becher aus der Hand, füllt ihn neu und begleitet den Mann zurück zu seinem Tisch. Einen Augenblick später steht er bei einer zitternden Technikerin und legt ihr seine Uniformjacke um die bebenden Schultern.

Wir sehen ihm schweigend bei seinem fur ihn so untypischen Treiben zu, bis sein TL schließlich knurrt: »Techspezialist Evangeline, kommen Sie sofort hierher.« Nachdem er dem Befehl Folge geleistet hat, starrt Songbird ihn an. »Was treiben Sie da, Spezialist?«

»Es sind unsere Wissenschaftler, oder nicht?«, erwidert Vange grimmig. Der sonst immer so forsche Mann wirkt ungewohnt zurückhaltend. »Es ist doch unsere Aufgabe, sie in jeder Hinsicht zu beschützen, oder nicht?«

Ich ziehe bei diesen unerwarteten Worten, die auch noch von jemandem wie Vange kommen, die Augenbrauen hoch, aber es ist vor allem dieser fast schon zärtliche Ausdruck »unsere Wissenschaftler«, der mir zu denken gibt. Als hätten wir aufgrund unseres Jobs, bei dem wir sie vor den Gefahren der Außenwelt beschützen, indem wir es selbst mit ihnen aufnehmen, eine größere Verantwortung für sie, als mir bisher klar gewesen ist.

»Das ist doch bescheuert«, murmelt jemand aus dem Betateam. »Als ob sie sich dafür interessieren, ob einer von uns ins Vakuum beißt.«

Die Frau dreht sich auf dem Absatz um und geht hinaus, und mehrere Spezialisten folgen ihr und murmeln dabei so etwas wie »Da hat sie recht« und »Vergessen Sie's!«. Ich kann es ihnen nicht verdenken. Wir riskieren unser Leben, zwar nicht tagtäglich, aber sehr oft, um die Menschen in diesem Raum zu beschützen, und wenn wir sterben, bekommen sie es im Allgemeinen nicht mal mit. Doch erst heute wird mir klar, dass sie ebenfalls ihr Leben riskieren. Vielleicht nicht auf dieselbe Weise wie wir, aber Angelou hat recht. Sie sind genau wie wir Soldaten, und wir stehen in diesem Kampf Seite an Seite.

Archer und Songbird blicken sich kurz an und nicken dann. Die beiden TL sind anscheinend zu demselben Schluss gekommen.

»Was steht ihr hier noch rum, Spezialisten?«, faucht Songbird plötzlich. »Ihr habt Vange gehört: Wir müssen unsere Wissenschaftler beschützen.«

»Wem nicht danach ist, der kann nach H5 zurückgehen und bekommt den Rest des Tages frei«, ergänzt Archer. »Wegtreten!«

Der Befehl holt uns aus unserer Benommenheit, und innerhalb von Sekunden sind wir alle auf den Beinen. Einige gehen zur Tür, aber die meisten schwärmen aus, verteilen Taschentücher, besorgen warme Getränke und tun alles, was in ihrer Macht steht, um andere zu trösten. Ich verharre an Ort und Stelle, da ich eigentlich weiß, dass ich etwas tun sollte, aber seltsamerweise zögere. Ty bleibt neben mir, und ihr Gesicht gleicht einer reglosen Maske. Ich frage mich, ob sie noch immer an Zel denkt.

»Sie irrt sich«, sagt Ty auf einmal.

»Was?«

»Karapova irrt sich. Wir sind ihnen nicht gleichgültig.«

Ich muss an die Blumen denken, die nach Zels Tod gekommen sind, und an die kurze Nachricht, die dabeigelegen hat. Sie war merkwürdig formuliert gewesen, doch die Beileidsbekundung hatte aufrichtig gewirkt.

Mir ist jedoch nicht klar, welche Bedeutung man so einer einzigen Nachricht überhaupt zuschreiben sollte. Ich weiß nur, dass das, was mich zurückgehalten hat, mit einem Mal verschwunden ist, und als Ty entschlossen in den Raum hineingeht, folge ich ihr.

* * *

Mondlicht fällt durch die kristalline Decke auf die drei Datenchips, die vor mir auf dem Fenstersitz liegen. Jeder enthält eine Nummer und einen Hinweis auf ein viel größeres Puzzle.

Der Lasercutter.

Der Zündungsregulator.

Das Energierelais.

Und jetzt vielleicht auch OP NE-2. Oder die Überreste davon, die zertrümmert durch das schwarze Weltall schweben.

Ich nehme einen der Chips und drehe ihn zwischen den Fingern. Drei Chips, drei Nummern, keine erkennbare Verbindung. Obwohl ich mir diese Chips schon oft angesehen habe, ohne etwas zu finden, nagt etwas an mir – ich habe irgendwie das Gefühl, als hätte ich etwas übersehen. Etwas Offensichtliches und Wichtiges. Daher schlafe ich nicht etwa, wie das jeder vernünftige Mensch auf dieser Station gerade macht, sondern sitze allein in der Lounge von H5 und starre diese verdammten Chips an.

Wieder linke ich jeden einzelnen Chip an, aber falls außer dieser Nummer noch etwas darauf gespeichert ist, kann ich es nicht entdecken. Geht es vielleicht gar nicht um die Nummer, sondern um etwas ganz anderes? Aber die Chips sind völlig identisch, soweit ich es erkennen kann. Da ich nicht mehr weiter weiß, rufe ich die Digitals vom Energierelais auf. Vielleicht kommt mir ja eine Idee, wenn ich mir die Beschädigungen ansehe.

Die Digitals erscheinen über meiner Handfläche und leuchten im dunklen Raum. Ich gehe sie langsam durch, vergrößere gelegentlich eines der Bilder, drehe sie mal in die eine und mal in die andere Richtung. Alles sieht so aus wie in meiner Erinnerung – verkohltes Metall, durchgebrannte Leitungen und zersprungener Kristall. Es gibt keine Unterschiede zu den anderen beschädigten Relais, die ich während meiner Suche nach dem Chip in der Hand gehalten habe. Ich will die Digis gerade ausschalten, als etwas auf dem letzten Bild meine Aufmerksamkeit erregt. Ich vergrößere es und zoome auf den rechten Zylinderrand. Unter dem Ruß ist kaum erkennbar eine einzelne Nummer zu sehen. Vermutlich die Seriennummer. Ich kneife die Augen zusammen und versuche, sie zu lesen.

19L-287098-B3948

Da kommt mir schlagartig die Erkenntnis. Ich kenne diese Nummer. Sie war auf dem Datenchip gespeichert, den ich im Zündungsregulator gefunden habe. Was bedeutet, dass ich die Seriennummer des sabotierten Energierelais kannte, bevor es in die Luft geflogen ist. Ich habe es nur nicht gewusst.

Ich betrachte die beiden anderen Datenchips, die noch vor mir liegen. Rasch deaktiviere ich die Digis und rufe die Inventardatenbank der F&E auf. Als ich die Nummer vom Chip aus dem Energierelais eingebe und danach suchen lasse, stelle ich überrascht fest, dass mir ein Ergebnis angezeigt wird. Mein Magen zieht sich zusammen, als ich es mir ansehe.

Seriennr. 89R-786524-P103
Teilbeschr: Hauptdurchflussinverter
Installation: Schildrelais Beta
Position: OP NE-2, Prisma

OP NE-2. Das sagt alles. Ich würde jeden Milicred, den ich besitze, darauf verwetten, dass dieser Hauptdurchflussinverter der Grund dafür ist, dass der GMVW-Test in einer solchen Katastrophe geendet hat.

Mit zitternden Händen suche ich die letzte Chipnummer, die ich vor so langer Zeit auf dem Chip im Lasercutter entdeckt habe.

Seriennr. 98J-346279-A248
Teilbeschr: Teilblatt der Vorwärtsbaugruppe
Installation: Schildgenerator Gamma
Position: Orbitalplattform EQ-1, Prisma

Ich keuche auf, als ich begreife, worum es sich dabei handelt: das defekte Teil, das ich während meines ersten GMVW-Tests in der Hand hatte. Mir war gar nicht in den Sinn gekommen, es miteinzubeziehen, da ich dort keinen Datenchip gefunden hatte. So viel zum vermeintlichen Herstellungsfehler! Dieser Chip beweist zweifelsfrei, dass das Teil sabotiert wurde, auch wenn bei der Untersuchung nichts festgestellt werden konnte. Würde ich noch einmal auf die Primär-OP gehen und mich dort umsehen, könnte ich bestimmt noch einen weiteren Datenchip finden – vielleicht einen, auf dem die Seriennummer des Zündungsregulators aus dem Shuttle gespeichert ist?

Jetzt, da ich das Muster kenne, setzen sich die Teile auf einmal problemlos zusammen. Der Lasercutter aus meinem Spind enthielt einen Chip, der zum defekten Generatorteil führte. Darin musste sich ein Chip mit der Nummer des Zündungsregulators befunden haben. Im Regulator war der Chip, der mich zum Energierelais führte, das wiederum einen Chip mit der Seriennummer aus dem Schildrelais auf OP NE-2 enthielt. Was bedeutet, dass mir der Datenchip aus diesem Schildrelais das nächste Ziel des Saboteurs verraten würde.

Ich starre bedrückt aus dem Fenster. Zu dumm, dass OP NE-2 nur noch aus Milliarden Einzelteilen besteht, die im Vakuum herumschweben.

22

Das schwache Licht fällt grau durch die Fenster und lässt die Station kalt und hart wirken, was jedoch gewollt und gezwungen erscheint. Ich stehe vor einer Bank im Außenkorridor, der um das Zentralhabitat herumführt, und schaue nach draußen. Die Nebelschwaden sind heute besonders dicht, sodass nur wenig Licht hindurchdringt. Wenn kein Sonnenlicht die Flure wärmt und die Wände zum Leuchten bringt, kommt einem die Station finster und ausgeblichen vor. Beinahe kalt, als hätten Demeter und Persephone beide erkannt, dass unsere Sache verloren ist, und sich daran gemacht, andere, aussichtsreichere Unterfangen zu erhellen.

Ich gehe kopfschüttelnd weiter und werde nur gelegentlich langsamer, um anderen zuzunicken. Es ist früher Nachmittag, und die Gänge sind gut gefüllt mit Wissenschaftlern und Stationsangestellten, Militärangehörigen und Zivilisten. Im Vorbeigehen bemerke ich, wie ähnlich sie sich doch alle sind. Ihre Identität mag unterschiedlich sein, aber ihre Gesichter sehen grimmig und entschlossen aus und sind in das graue Licht getaucht, wodurch sie verwaschen wirken. Ihre Haltung ist niedergeschlagen, und ihre Mienen spiegeln Zweifel wider, als hätten sie ebenso wie die Sonnen begriffen, dass man einige Kriege nun mal nicht gewinnen kann.

Der Verlust von OP NE-2 war ein schwerer Schlag, der uns zwar nicht tödlich, aber empfindlich getroffen hat. Offiziell wird die Explosion als Unfall eingestuft – eine Fehlfunktion der Schildgeneratoren, die einen unerwarteten Energierückfluss in die Hauptenergiematrix verursacht hat. Es wurde eine Trauerfeier für die fünfunddreißig Todesopfer abgehalten, an der ich ebenso wie jeder aus der F&E teilgenommen habe, aber ich bezweifle, dass auch nur einer von uns dadurch getröstet wurde. Nach außen hin machen wir so weiter wie bisher, aber in den darauffolgenden Wochen ist mir immer klarer geworden, dass wir noch etwas anderes als Ausrüstung und Personal verloren haben, etwas, das abstrakt und nicht greifbar, aber ebenso wichtig ist.

Wir haben unser Herz verloren.

Die Arbeit wird fortgesetzt, doch wir mussten einen Fehlschlag nach dem anderen hinnehmen. Auch wenn wir keine weiteren Katastrophen in dieser Größenordnung zu beklagen haben, hängen die Nachwirkungen der Explosion noch immer über uns wie die Wolken eines Sturms, der einfach nicht ausbrechen will.

Vom Außenring des Zentralhabitats fahre ich mit einem Shuttle zur Tertiären Atmosphärenplattform, die die F&E umgibt. Sobald ich auf die Plattform trete, sehe ich die Trümmer, Kisten voller Metallteile und Fässer mit geschwärztem Tritanium und verdrehten Dorustahlträgern, die das Vakuum gerade erst verlassen haben und noch eiskalt sind. Zwar sind seit der schrecklichen Explosion Wochen vergangen, aber die Bergungsarbeiten gehen weiter, und noch immer fliegen jeden Tag Schiffe los, die weitere Überreste einsammeln, als wäre dies ein endloser Kreislauf.

Ich gehe durch das Labyrinth aus Teilen und halte Ausschau nach dem diensthabenden Offizier. Die Tertiäre AP ist der Ort, an dem die meisten Bergungsschiffe andocken, sodass hier unzählige Ladungen abgeliefert werden. Danach werden die Haufen sortiert, um wiederverwendbare Teile auszusortieren, während der Rest in den Recycler geworfen wird.

»Guten Tag, Spezialist«, begrüßt mich eine Stimme zu meiner Rechten. Es ist einer der Ingenieure, ein Freiwilliger wie ich, der seine gefallenen Kameraden ehrt, indem er seine Freizeit für die Bergungsbemühungen opfert.

Ich nicke ihm höflich zu. »Guten Tag, Doktor. Haben Sie heute schon etwas Nützliches gefunden?«

»Bisher nicht, aber die Sonnen sind ja noch nicht untergegangen, daher besteht noch Hoffnung.«

Hoffnung. Ich lächle gequält. Auch wenn wir am Boden zerstört, besiegt und von Trauer geplagt sind, gibt es immer noch Hoffnung an unerwarteten Orten. Ich lache leise auf. »Ja, da haben Sie vermutlich recht.«

In der Mitte der Plattform entdecke ich endlich PsyCaptain Kato, die Diensthabende. Sie weist mir sofort einen neuen Trümmerhaufen am anderen Ende der Plattform zu. Als ich dort ankomme, treffe ich auf Chen, die in Behältern voller verkohlter Technikteile herumkramt. Sie nickt mir schweigend zu, und ich setze mich vor den Haufen neben ihr und fange mit dem Sortieren an. Unsere Aufgabe ist ganz einfach: Wir begutachten jedes Teil und entscheiden, ob es noch zu gebrauchen ist, um es dann entweder beiseitezulegen, damit ein Ingenieur es später unter die Lupe nehmen kann, oder es auf den Recyclerhaufen zu werfen. So lautet jedenfalls die offizielle Jobbeschreibung. Inoffiziell verfolge ich hier eine ganz andere Mission.

Ich suche den Datenchip, der mir verrät, wo der Saboteur als Nächstes zuschlagen wird.

Nicht, dass ich mir da große Hoffnungen machen würde. Ich arbeite jetzt seit drei Wochen freiwillig hier und hatte bisher noch kein Glück. Selbstverständlich ist mir bewusst, dass meine Chancen, etwas zu finden, astronomisch gering sind, selbst wenn es etwas zu finden gibt.

»Hey, Sorenson. Haben Sie diesen Haufen schon durchgesehen?«

Chen steht vor den Trümmern zu meiner Linken und sieht mich fragend an. Ich winke ab. »Nein, er gehört ganz Ihnen.«

Danach widme ich mich wieder meiner Arbeit und beobachte

sie aus dem Augenwinkel, während sie mit dem neuen Haufen anfängt. Sie ist wie üblich tadellos gekleidet und trägt die schwarz-goldene Dienstuniform der Teams. Obwohl es auf der Plattform schmutzig ist und viele von uns die Jacke geöffnet oder die Ärmel hochgekrempelt haben, ist ihre Jacke weiterhin bis oben hin geschlossen, und ihre Arme sind vollständig bedeckt. Sie hat ihr pechschwarzes Haar zu einem ordentlichen Knoten hochgesteckt.

Mir fällt auf, dass sie immer so aussieht. Ordentlich, fast schon formell, als würde sie durch das Hochschieben eines Ärmels oder das Öffnen des Kragens etwas Wesentliches über sich verraten, das niemand sehen sollte. Wieder einmal fällt mir auf, wie wenig ich über sie weiß, obwohl wir jetzt schon seit Monaten im selben Team sind.

»Sie waren früher bei der Navy, richtig?«, frage ich, da ich trotz meines Grundsatzes, keine Fragen zu stellen, neugierig bin. »Als Jägerpilotin?«

Sie blinzelt, und meine Frage scheint sie zu überraschen. »Ja. Ich war eine Zeit lang bei den Golden Aces, bevor ich hergekommen bin.«

Ich stoße einen leisen Pfiff aus und bin ausgesprochen beeindruckt. Selbst ich habe schon von den Golden Aces gehört. Unter den Jägereinheiten gelten sie als die Besten der Besten, und jeder Pilot träumt davon, sich dieser Elitetruppe anschließen zu dürfen. Ich lege den Kopf schief und mustere sie neugierig, während ich mich frage, wieso sie diese Eliteeinheit verlassen hat und zur F&E gewechselt ist, wo sie doch meist Routineflüge machen muss.

»Das muss eine ziemliche Veränderung gewesen sein«, meine ich. »Wie kommt man als Elitejägerpilotin an einen Ort wie diesen?«

»Wie sind Sie als gewöhnlicher Wächter, der sich um Evakuierungen und Aufstände kümmert, hierhergekommen?«, kontert Chen, und ich denke über ihre Worte nach.

»Das müssen Sie schon Dr. Angelou fragen.«

»Dasselbe könnte ich auch sagen.«

Sie zieht die Mundwinkel zum Ansatz eines Lächelns hoch. Ich grinse sie an und freue mich über den unverhofften Schlagabtausch, bis ihre Worte bei mir ankommen. »Augenblick mal. Sie wurden auch von Angelou rekrutiert?«

Ihr Lächeln verblasst, und sie erstarrt, als hätte sie plötzlich gemerkt, dass sie zu viel verraten hat. Schließlich zuckt sie mit den Schultern. »Dr. Angelou ist nach einer besonderen Mission auf mich aufmerksam geworden. Eine Sache führte zur nächsten, und ich bin hier gelandet. Ich kam einige Monate vor Ihnen hier an.«

Sie wurde von Dr. Daedalus Angelou persönlich rekrutiert? Bei dieser Enthüllung bekomme ich ein ganz komisches Gefühl, aber ich bin mir nicht sicher, warum. Wahrscheinlich war sie genau wie ich zur richtigen Zeit am richtigen Ort. Oder zur falschen Zeit am falschen Ort, denke ich spöttisch, als ich mich an Tys Worte bei meiner Ankunft hier erinnere.

Trotz meiner Erklärungen habe ich den Eindruck, dass das irgendwie wichtig ist, als gebe es eine unsichtbare Verbindung zwischen uns, weil Angelou in ihr ebenso wie in mir etwas Besonderes gesehen hat. Was immer das auch gewesen sein mag. Ich bezweifle, dass Chen mir seine Motive besser erklären könnte, als ich es vermag.

Wir sortieren weiterhin den Müll, und zwischen uns herrscht angenehmes Schweigen, während wir die zerbrochenen Relais und angeschmorten Kristallstücke prüfen. Chen findet am Boden einer Kiste einen Ehering, der noch glänzt und neu aussieht, und wir sehen uns betreten an.

»Wir sollten herausfinden, wem er gehört hat«, meint sie leise, und ihre sonst so gleichgültige Miene wirkt mit einem Mal sehr traurig.

Ich muss mich mehrmals räuspern, bevor ich einen Ton herausbringe. »Vielleicht kann sich die Diensthabende ja unter den Wissenschaftlern umhören.«

»Ich bringe ihn zum Captain, wenn ich hier fertig bin«, versichert sie mir.

Ich mache mich erneut an die Arbeit und versuche, nicht an den Ring und seinen verstorbenen Besitzer zu denken. Chen wirkt, als würde sie es ebenso halten. Schon habe ich das letzte Teil in meiner Kiste vor mir liegen, eine schwarze konkave Schüssel, die seltsamerweise noch in einem Stück ist. Ich halte sie ins Licht und untersuche, ob sie noch zu gebrauchen ist, als ich ihn entdecke. Verborgen im Inneren der ausgebrannten Schildschüssel steckt er, der metallische Datenchip.

Mir fällt die Kinnlade herunter. Auch wenn es kaum möglich zu sein scheint, habe ich den sprichwörtlichen Kiesel im Asteroidengürtel entdeckt. Ist das Schicksal? Glück? Oder gibt es tatsächlich so etwas wie eine höhere Macht?

Nach einem schnellen Blick zu beiden Seiten nehme ich den Chip in die Hand und stecke ihn unauffällig in die Hosentasche. Ich bilde mir ein, dass er sich förmlich durch den Stoff brennt, und würde am liebsten sofort loslaufen, um ihn mir genauer anzusehen. Doch ich zwinge mich, meine Arbeit fortzusetzen, und sortiere weiter die Trümmerteile, wobei ich immer ungeduldiger werde.

Sobald meine Schicht zu Ende ist, suche ich mir einen Ort, an dem ich ungestört bin, damit ich den Datenchip untersuchen kann. Die Kaserne, die H5-Lounge, die Trainingsräume, überall halten sich andere Menschen auf. Zu guter Letzt schließe ich mich in einer abgelegenen Hygieneeinheit im Zentralhabitat ein, wo ich den Chip verlinke und wie erwartet eine einzige Nummer angezeigt bekomme. Doch es ist nicht irgendeine Nummer. Falls meine Theorie stimmt, wird mir diese Nummer verraten, wo der Saboteur das nächste Mal zuschlägt.

Ich suche die Nummer in der Inventardatenbank und wippe ungeduldig mit dem Fuß, während ich auf das Ergebnis warte. Als es endlich angezeigt wird, traue ich meinen Augen nicht.

Fehler: Kein Ergebnis gefunden

Was bei allen schwarzen Löchern hat das zu bedeuten? Habe ich versehentlich die falsche Nummer verlinkt? Ich gebe sie noch einmal manuell ein und überprüfe sie mehrfach, bevor ich den Suchvorgang starte, aber das Resultat ist dasselbe. In der Inventardatenbank gibt es keinen Eintrag zu dieser Seriennummer. Ich runzle die Stirn und weite die Suche aus, jage die Nummer durch jede Datenbank, auf die ich Zugriff habe. Ohne Erfolg. Es macht ganz den Anschein, als gäbe es in der F&E nichts mit dieser Nummer.

Ich lege den Chip weg und gehe in der kleinen Einheit auf und ab, da ich nicht stillsitzen kann. Nach all dieser Zeit ist es mir endlich gelungen, den Code auf den Chips zu knacken, nur um jetzt herauszufinden, dass er sich geändert hat. Mein Frust darüber, ausgerechnet jetzt, da ich glaubte, die Sache durchschaut zu haben, in einer Sackgasse zu landen, wird immer größer, aber ich verdränge ihn und gehe die Situation logisch an. Bisher waren es doch immer Seriennummern von Teilen, die bereits sabotiert worden waren oder bald sabotiert werden sollten, oder? Das konnte nur bedeuten, dass sich das nächste Ziel des Saboteurs entweder nicht in der F&E befand oder dass es nie in die Datenbank eingegeben wurde.

Möglicherweise hatte der Saboteur aber auch seine Vorgehensweise geändert, und die Nummer bedeutete etwas ganz anderes.

Schlacke! Was tue ich denn hier? Ich bin Soldat, kein Detektiv. Ich habe nicht die geringste Ahnung, was das alles bedeutet. Ich weiß nur, dass ich wieder einmal ganz am Anfang stehe, dass hier ein Saboteur frei herumläuft, dass ich seltsame Hinweise habe, die nicht zusammenpassen, und dass ich niemandem trauen kann.

* * *

Im Laufe der folgenden Tage überprüfe ich immer wieder sämtliche Datenbanken, aber die Nummer bleibt weiterhin ein Rätsel. Das frustriert mich ungemein, aber immerhin ist es mir gelungen, die Liste der Verdächtigen weiter einzuschränken.

Nachdem mir eingefallen war, was mir Dr. Jacobi während der Reparatur in EQ-1 erzählt hat, habe ich mir die Installationsaufzeichnungen des Teils genauer angesehen. Wie sie gesagt hat, ist der ganze Apparat erst eine Woche vor dem Test auf der F&E eingetroffen, was bedeutet, dass keiner der vier Divisionsanwerber etwas damit zu tun haben kann, da sie alle zu diesem Zeitpunkt nicht auf der Basis gewesen sind. Ebenso konnte ich zwei andere Spezialisten, beide aus dem Alphateam, ausschließen, die während dieser Zeit aufgrund eines Missionsunfalls auf der Krankenstation gelegen haben. Damit ist die Liste von einunddreißig auf fünfundzwanzig Namen geschrumpft. Das sind immer noch verdammt viele Verdächtige, aber immerhin mache ich hier größere Fortschritte als bei den Chips.

Am Wochenende erscheint ein Drohnenschiff – ein Relikt aus dem Krieg gegen Telluria – im Orbit, um die zerstörte OP zu ersetzen. Wir sehen es ankommen, als wir gerade zu einer Mission auf Javeyn aufbrechen und ein dunkler Umriss wie ein Geier innerhalb der verstreuten Überreste von NE-2 auftaucht. Im Vergleich zu der Plattform sieht das Schiff klobig aus, da es nur für unbedeutende Aufklärungsoperationen gedacht gewesen war, doch nachdem es modifiziert und in das OP-Netzwerk gelinkt worden ist, kann es die Aufgaben übernehmen – jedenfalls genauso gut wie jede andere Plattform, denn den Ghulkiller bekommen sie ja noch immer nicht in den Griff.

Als Alternative haben die Ingenieure eine kleinere, tragbare Version der GMVW mit einem konzentrierten Strahl geschaffen, um herauszufinden, ob sie damit bessere Resultate erzielen als mit den großen Waffen. Wir haben sie zwar mit auf Mission genommen, auf der Ladefläche des Roamers herumgefahren und damit auf ahnungslose Ghule geschossen, doch scheint auch diese Waffe nicht sehr wirkungsvoll zu sein.

Während des zehnten Testlaufs stellt Ty Archer die Frage, die uns alle beschäftigt: »Sir, bekommen Sie nicht auch manchmal das Gefühl, dass die Schatten nur mit uns spielen? Sie fliegen herum und jagen uns, wenn ihnen danach ist, aber die meiste Zeit sitzen sie nur rum und lachen sich über unsere armseligen Versuche, ihnen zu schaden, schlapp.«

Archer seufzt. »Das Gefühl habe ich ständig.«

Ich sehe ihn überrascht an. Er klingt irgendwie müde und resigniert, was ich von unserem TL sonst nicht gewohnt bin. Ich warte darauf, dass er grinst, zwinkert oder auf andere Weise erkennen lässt, dass es ein Witz war, aber das passiert nicht. Stattdessen sehe ich abgrundtiefe Erschöpfung in seinen Augen, als wäre die Last seines Jobs ein klein wenig zu schwer für ihn geworden.

Tys besorgter Miene nach zu urteilen sieht sie es auch. Sie grinst ihn frech an. »Warten Sie es nur ab, Sir. Jetzt mag es zwar nicht so aussehen, aber bald werden wir es sein, die zuletzt lachen.«

Jetzt grinst er doch, allerdings zu spät. »Da haben Sie vermutlich recht, STL.«

Kurz darauf erteilt er uns den Befehl, alles einzupacken, und er wirkt wieder so zuversichtlich wie immer. Ich frage mich trotzdem, welche Chance wir eigentlich haben, wenn selbst Archer unter dem ständigen Druck und den Rückschlägen einzuknicken droht.

Wie fliegen zurück zur OP, durchlaufen wie üblich den Check bei den PsyCorp-Agenten und nehmen ein Shuttle zur Hauptstation. Dreißig Sekunden nachdem wir im Zentralhabitat angekommen sind, summt mein Chip.

Melden Sie sich in meinem Büro.

Weder Uhrzeit noch Datum. Der Absender ist Dr. Daedalus Angelou.

Ich blicke mich unsicher um. Hat mich die Nachricht bloß nicht erreicht, solange ich nicht auf der Station war, oder kannte Angelou den genauen Zeitpunkt, zu dem ich sie wieder betrete? Ersteres scheint mir wahrscheinlicher zu sein, aber ich habe das ungute Gefühl, dass Letzteres der Fall ist.

Nachdem ich Archer leise darüber informiert habe, wohin ich zitiert wurde, gehe ich in Angelous Büro. Der Leiter der F&E hat Habitat eins, eine kleine Kugel, die direkt über dem Zentralhabitat angebracht ist, ganz für sich allein. Ich halte meine Chiphand über das Zugangspad in der obersten Etage von H1, und nach einem kurzen Scan geht die Tür auf. Offenbar hat Angelou meine Freigabe bereits einprogrammiert. Ich trete ein und fahre mit der Liftplattform nach oben. Dort muss ich erneut meinen Chip scannen und darf das Habitat betreten.

Ich sehe mich staunend um, als ich Angelous Privatquartier in Augenschein nehme. Ein großer, runder Schreibtisch, in der Mitte geteilt, sodass sich zwei Bögen gegenüberliegen, dominiert den von einer Kuppel gekrönten Raum. Ein Pad, ein Stylus und weitere persönliche Geräte liegen darauf, und einige Holos sind unter den gläsernen Schreibtischplatten zu sehen. Weitere Holos bedecken die Wände, und auf so gut wie jedem Zentimeter der geschwungenen Oberflächen werden Daten, Sternenkarten und Feeds angezeigt. Ich sehe mir einige der Feeds genauer an und ziehe die Augenbrauen hoch, als ich begreife, was ich da sehe: Echtzeitaufnahmen aus allen wichtigen Bereichen der F&E.

Beinahe hätte ich ein lautes Schnauben von mir gegeben. Angelou hat also immer alles im Blick. Wieso überrascht mich das nicht?

Noch während ich das denke, gehen alle Holos auf einmal aus, und ich bin von statischem Rauschen umgeben. Von links ist ein Räuspern zu hören. Ich drehe mich in die Richtung und will automatisch nach meiner nicht vorhandenen Betäubungspistole greifen.

Angelou steht in der hintersten Ecke und hat die Finger locker vor sich verschränkt. Sein Blick fällt auf meine Hand, und der Anflug eines Lächelns umspielt seine Lippen. Er macht eine Handbewegung, und das statische Rauschen weicht einem riesigen Fenster. Einem richtigen Fenster, wie mir sofort klar wird, und nicht einfach opaken Wänden, die die Außenfeeds wiedergeben. Das erkenne ich an den weißen Streifen, die sich an verschiedenen Stellen auf der klaren Oberfläche abzeichnen. Demeter geht gerade unter, und die letzten Sonnenstrahlen verfärben die sonst pastellfarbenen Nebelschwaden zu dunklem Rot, Gold, Türkis und Violett. Es ist ein wunderschöner Anblick, aber irgendwie bezweifle ich, dass mich Angelou hergebeten hat, damit ich mir mit ihm den Sonnenuntergang ansehe.

Ich gehe in Habachtstellung. »Sir, ich melde mich wie befohlen.«

Dabei gebe ich mir Mühe, meine Stimme ruhig klingen zu lassen, auch wenn mir tausend Fragen durch den Kopf gehen. Anders als beim letzten Mal, als man mich zu meinen Vorgesetzten zitiert hat, weiß ich nicht einmal ansatzweise, was mich heute erwartet. Doch es hat bestimmt nichts mit meiner Arbeit zu tun. Das wäre Asriels Aufgabe, und abgesehen von meinem Mülldienst hat er mir nicht zu erkennen gegeben, dass er mit meiner Leistung nicht zufrieden ist. Ich könnte mir vorstellen, dass Angelou glaubt, eine gewisse Verantwortung für mich zu haben, da er mich hierhergeholt hat, aber er macht auf mich nicht den Eindruck eines Mannes, der sich dafür interessiert, wie sich ein einfacher Techspezialist auf der Station einlebt.

Ich mustere den Leiter der F&E, aber wie üblich ist seine Miene undurchdringlich. Daher lege ich interessiert den Kopf schief und warte darauf, dass er zum Thema kommt.

»Wussten Sie, dass ein Teil Ihrer offiziellen Akte unter Verschluss ist, Sorenson?« Angelou öffnet die Hände, tritt zum Schreibtisch und lehnt sich mit der Hüfte dagegen, was wohl lässig wirken soll, es aber nicht tut. »Und sie ist nicht nur unter Verschluss, sondern verborgen. Nur jemand mit einer entsprechend hohen Freigabe kann überhaupt sehen, dass sie existiert, und noch viel weniger Leute können sie lesen.«

Er macht eine kurze Pause. »Ich gehöre zu diesen wenigen Menschen.«

Mein Magen zieht sich vor Angst zusammen. Es kann nur einen Grund dafür geben, dass meine Akte unter Verschluss ist. Es gibt nur eine Information über mich, die man nur mit höchsten Sicherheitsfreigaben zugängig machen würde. Angelou macht eine kurze Pause, fast so, als würde er darauf warten, dass ich etwas sage. Dann fährt er fort.

»Sie waren an dem Tag dort, als New Sol in die Luft geflogen ist.«

23

Wieder einmal sehen wir uns in die Augen, der weißhaarige Doktor und ich. Während wir uns beim letzten Mal in einem Konferenzraum auf einem Evakuierungsfrachter gegenübersaßen und eine Admiralin neben uns stand – wir uns also auf meinem Territorium befanden –, stehen wir jetzt in Angelous Büro im höchsten Habitat auf der Schwebestation Epsilon-065, und es gibt niemanden, absolut niemanden, der mir zu Hilfe kommen kann.

Angelou sieht mich fragend an, als würde er auf eine Antwort warten, dabei hat er mir gar keine Frage gestellt. *Sie waren an dem Tag dort, als New Sol in die Luft geflogen ist.*

Ich knirsche mit den Zähnen. »Da war ich nicht der Einzige.«

»Aber Sie kannten die Bomberin.«

Ich lache verbittert auf, kann es nicht unterdrücken. »Ich habe erst nach ihrem Tod erfahren, dass sie eine Bombe war, daher kann ich sie wohl kaum so gut gekannt haben, oder?«

»Dann erzählen Sie mir, was Sie wussten.«

Dass sie mich geliebt hat, dass sie mich angelogen hat, und dann hat sie sich zusammen mit einer Station voller Besetzer in die Luft gejagt.

»Ich wurde auf New Sol befragt, als alles vorbei war. Es steht alles im Bericht. Wenn Sie meine Akte gelesen haben, wissen Sie das längst.«

»Ich möchte es aber aus Ihrem Mund hören«, verlangt er, setzt sich an den Schreibtisch und faltet die Hände auf der Tischplatte.

Unwillkürlich spanne ich sämtliche Muskeln an. »Ich wüsste nicht, was das für einen Unterschied macht.«

»Sie wären überrascht«, erwidert Angelou mit beschwingtem

Tonfall, den sein bohrender Blick Lügen straft. »Der ganze Sternenbund verlässt sich darauf, dass wir eine Waffe schaffen, mit der wir den Feind vernichten können. Jedes noch so kleine Detail könnte den Unterschied zwischen Erfolg und Fehlschlag ausmachen.«

»Ich kenne keine Details, weder kleine noch sonst irgendwelche.«

»Vielleicht tun Sie es ja doch, und es ist Ihnen nur nicht bewusst.«

»Ich schwöre Ihnen, dass ich nicht das Geringste über die Nova-Technologie weiß.« Ich schüttle entschieden den Kopf, um meine Worte zu bekräftigen. »Lia hat mit mir nie darüber gesprochen, nicht einmal in der ganzen Zeit, die ich sie kannte. Ich bin mir nicht einmal sicher, dass sie selbst viel darüber wusste. Alles, was sie hatte, war auf diesem Datenchip, den wir den Behörden auf New Sol übergeben haben. Wenn Sie sich den ansehen ...«

»Das haben wir oft genug getan, aber dieser Chip ist eine Sackgasse.«

»Das bin ich ebenfalls. Es tut mir sehr leid, dass Ihre Tests jedes Mal gescheitert sind, aber ich habe keine Antwort für Sie!« Auf einmal kommt mir ein Gedanke, bei dem mir eiskalt wird. »Haben Sie mich deshalb rekrutiert? Wegen meiner Verbindung zu New Sol? Dachten Sie, ich wäre eine Quelle, von der Sie Informationen erhalten können?«

»Nicht direkt. Ich war auf dem ScyLab, um Forschungspersonal zu rekrutieren, und war sehr beeindruckt von Ihrem wagemutigen Rettungsmanöver während der Evakuierung. Stellen Sie sich meine Überraschung vor, als ich mir Ihre Akte angesehen und über Ihre Verbindung zum New-Sol-Bomber gelesen habe – was natürlich geheim war, sodass nur jemand mit der höchsten Sicherheitsfreigabe die Akte lesen konnte. Da dachte ich mir, dass uns Ihre Vergangenheit irgendwann noch einmal nützlich sein könnte, und ... Sagen wir einfach, ich habe eine Gelegenheit erkannt und sie genutzt.«

»Eine *Gelegenheit?*«

Ich werde immer wütender, aber bevor ich noch etwas anderes sagen kann, springt Angelou auf. Seine Miene ist versteinert, und seine Augen wirken wie zwei kalt glitzernde blaue Diamanten.

Er dreht sich zum nächsten Schirm um und aktiviert den Feed mit einer raschen Handbewegung. Ein Planet erscheint, eine leuchtende Kugel am Sternenhimmel voller roter, blauer und brauner Streifen. Schiffe befinden sich im Orbit über der nördlichen Hemisphäre – Verteidigungscorvetten, Flüchtlingstransporter, Evakuierungscarrier – und glitzern unter einer gelben Sonne, die bereits auf der anderen Seite des Planeten untergeht. Ich weiß sofort, dass ich eine belagerte Welt vor mir sehe.

»Oberon. Das letzte Opfer unseres Feindes. Die Evakuierung läuft momentan. Der Schwesterplanet Titania wird garantiert als nächstes Ziel anvisiert.«

Er wechselt den Feed, und der angezeigte Planet ist so blau, dass ich fast die Augen zusammenkneifen muss.

»Oceania.«

Ein weiterer Fingerzeig, und drei miteinander verbundene Raumstationen erscheinen.

»Die Triplekolonien.«

Schnipp! Ein riesiger Planet, der von perlweißen Wolken umgeben ist.

»Everest Prime.«

Schnipp!

»Evadne 5.«

Schnipp!

»Orbitalminenstation Gamma 12.«

Schnipp!

»Kolonie 08571, so neu, dass sie noch nicht einmal einen richtigen Namen bekommen hat.«

Es geht immer weiter, so schnell, dass ich kaum noch mitkomme, ein neuer Planet oder eine Station taucht auf, kaum dass ich das letzte Bild überhaupt richtig wahrgenommen habe. Sie verschwimmen vor meinen Augen zu einem Wirrwarr aus Formen und Farben, bis der Feed bei einem Bild stehen bleibt. Angelou muss mir nicht erzählen, was ich da sehe.

New Sol.

Nicht so, wie sie jetzt aussieht, sondern nachdem Lia zur Nova geworden war: zwei Habitatringe, die allein im Weltall schweben, während sich die Trümmer der Zentralstation zwischen ihnen ausbreiten.

Ich zucke zurück, als hätte ich einen Schlag bekommen, und mein Schreck verwandelt sich schnell in Wut, da ich gezwungen bin, diesen schrecklichen Anblick zu ertragen. *Wie kann er es wagen ...?*

»So viel Zerstörung, und wofür?«, fragt Angelou. »Wir stehen kurz vor einem Durchbruch, der die Menschheit retten kann, wenn uns doch nur dieser letzte Schritt gelingen würde! Doch aus irgendeinem Grund scheitern wir wieder und wieder. Es muss doch irgendetwas geben! Irgendetwas, das sie gesagt hat.«

»Sie hat die Nova-Technologie nie erwähnt.«

»Dann etwas, das sie getan hat ...«

»Sie hat auch nichts getan!«

»Irgendein kleiner Hinweis, den sie hinterlassen hat. Eine Notiz ...«

»Sie hat keine Nachricht hinterlassen.«

»Ein Link.«

»Sie hat auch keinen Link hinterlassen!«

Die Worte sprudeln nur so aus mir heraus, angetrieben von einer Wut, die sich nicht länger zurückhalten lässt, und auf einmal schreie ich und kann nicht mehr aufhören.

»Begreifen Sie es denn nicht?! Da waren keine Nachrichten, Links, Erklärungen oder Entschuldigungen! Nicht mal ein einfaches Lebwohl! Lia hat mich angelogen! *Vom ersten Augenblick an hat sie so getan, als wäre sie nur ein weiterer Flüchtling aus dem Lager, eine alte Freundin, die nach so vielen Jahren plötzlich aufgetaucht ist! Wir haben geredet, Spiele gespielt, uns die Zeit vertrieben, uns geküsst …«* Meine Stimme bricht. *»… und die ganze Zeit über hat sie mich angelogen! Darüber, wer sie war und was sie war! Auch als sie mir endlich von den Schatten erzählt hat, erwähnte sie nicht, dass sie eine Bombe ist! Dann haben wir diesen Plan geschmiedet, die Habitatringe abgetrennt, und alles sollte gut enden! Sie sollte mit uns auf einen der Ringe gehen und überleben, aber stattdessen ist sie aus dem SlipStream ausgestiegen! Sie ist ausgestiegen und …«* Ich schluchze auf. *»… und sie ist gestorben! Sie lief zurück auf die Station, ist explodiert und* gestorben, *wurde zusammen mit den Trümmern einer halben Raumstation im Weltall verteilt! Wenn Sie ihre Geheimnisse lüften wollen, dann müssen Sie schon selbst ins Vakuum gehen und sie finden, denn sie sind alle mit ihr gestorben, und nichts im Universum kann sie wieder zurückholen!«*

Mir laufen Tränen über die Wangen, und ich kann kaum noch reden, da ich so sehr schluchze, dass es mir beinahe die Brust zerreißt. Lias Gesicht erscheint vor meinem inneren Auge, und dann sind all die Erinnerungen auf einen Schlag wieder da. Das kleine Grübchen auf ihrer Wange, nur auf der linken, wenn sie gelächelt hat. Die blonden Haarsträhnen, die ihr immer aus dem Pferdeschwanz gerutscht sind. Der Klang ihrer Stimme und die Art, wie sie beim Lachen immer die Nase gekräuselt hat. Der Tag, an dem ich vor dem Frachtraum auf New Sol gestanden habe, gespannt auf die freigelassenen Kriegsgefangenen, und Lias Name auf dem Schirm aufgetaucht ist. Wie mir das Herz praktisch aus der Brust gesprungen ist, als sie aus dem Frachtraum kam, ganz verloren und allein, und mir bewusst geworden ist, dass sie mir noch immer so viel bedeutet wie an jenem Tag vor all diesen Jahren, als sie an meine Tür geklopft und gesagt hat: »Hallo, ich bin Lia! Ich wohne nebenan.« Wie ich bei unserem ersten Essen, unserem Wiedersehen nach sieben Jahren, fast kein Wort herausgebracht habe, weil ich immer dachte, ich würde das Falsche sagen und wie eine totale Null rüberkommen, nur um nach Hause zu gehen und in einer Tour von ihr zu reden, bis mir Teal ihr Pad auf den Kopf gehauen und Gran mich zur Brust genommen und mir geraten hat, es langsam angehen zu lassen. Dass Lia nach allem, was sie durchgemacht hatte, vermutlich eher einen guten Freund gebrauchen könnte. Unser erstes Rennen durch die Tunnel, unser erstes Essen bei mir zu Hause, unser erster Kuss.

Unser letzter Kuss auf dem Dach meines Apartmenthauses wenige Stunden vor ihrem Tod.

Der Augenblick, in dem sie aus dem SlipStream stieg, zurück auf die Station voller Ghule ging … und nie mehr zurückkehrte. Und dieser schreckliche Moment, als alles vorbei war, ich ins All sah, die Wrackteile der Zentralstation sah und von Teal die furchtbare Nachricht zu hören bekam.

»Großer Gott! War Lia da? Bitte sag mir, dass sie nicht dort gewesen ist!«

»Michael.«

»Sie ist noch weggekommen, richtig? Sie hat irgendwo anders noch einen SlipStream erwischt. Der am grünen Quadranten wird immer als letzter geschlossen …«

»Michael.«

»Sie kann doch nicht von der Explosion erwischt worden sein, sie …«

»Michael!« Ihre Stimme stockte ein wenig und klang so erstickt, wie ich sie nie zuvor gehört habe. »Sie wurde nicht von der Explosion erwischt. Sie war die Explosion.«

Ich hatte es nicht glauben wollen. Wieder und wieder stritt ich es ab, doch irgendwann … habe ich es eingesehen. Da war es jedoch zu spät, und Lia war nichts weiter als eine Erinnerung und Asche.

Nun sitze ich auf dem Boden, den Kopf in den Händen, und meine Schultern beben, als wollten sie nie wieder aufhören. Irgendwann lässt das Schluchzen nach oder wird zumindest weniger, und ich bleibe hohl und ausgelaugt zurück, als wäre in meinem Inneren nichts mehr übrig und ich nur noch eine leere Hülle. Es ist so still im Raum, dass ich zuerst vermute, Angelou wäre während meines Zusammenbruchs hinausgegangen, aber dann …

»Es fühlt sich an wie Verrat, nicht wahr?« Angelous Stimme ist in der Stille kaum zu hören, sie dringt wie ein sanfter Windhauch in mein Bewusstsein ein. »Wenn diejenigen, die wir lieben, sich als völlig andere Menschen herausstellen. Und erst, wenn wir sehen, wozu sie wirklich fähig sind, begreifen wir, dass wir sie eigentlich überhaupt nicht gekannt haben.«

Kurz legt er eine Hand auf meine Schulter. »Es ist okay, wütend auf die Toten zu sein.«

Ich bin nicht wütend auf Lia. Das will ich schon aussprechen, da dringen Angelous Worte richtig zu mir durch und lösen etwas aus, das ich anderthalb Jahre lang nicht zugeben konnte. Ja, ich bin wütend auf Lia. Ich vermisse sie, trauere um sie und liebe sie, aber ich bin auch wütend auf sie. Sie hat mich verraten, mich angelogen und mich mit all dem, was sie mir nie erzählt hat, allein gelassen. Sie mochte ja ihre Gründe gehabt haben, und vielleicht waren es sogar gute Gründe, aber ich kann sie einfach nicht begreifen, und ich will es auch nicht. Doch obwohl ich so wütend auf sie bin, würde ich ihr augenblicklich verzeihen, nur ist das nicht mehr möglich, da sie nicht mehr da ist. Sie kann mir nichts erklären, sich nicht bei mir entschuldigen. Lia ist tot, und eine Tote kann man nicht zur Rede stellen. Im Vakuum eines Grabs gibt es keine Antworten, nur einen die Seele verzehrenden Zorn, der nie aufhört.

»Es ist okay, wütend auf die Toten zu sein«, wiederholt Angelou, »jedenfalls für eine Weile, aber irgendwann wird die Wut zu Verbitterung und die Verbitterung zu Hass. Daher müssen Sie sich entscheiden: Wollen Sie sich voller Hass oder voller Liebe an sie erinnern?«

Die Frage schwebt in der Luft, trügerisch in ihrer Schlichtheit, aber auch wenn mein Verstand sagt, dass die Antwort ganz einfach ist, sieht mein Herz das anders. Und so kann ich nur den Kopf schütteln – kein Nein, kein Ja, nur ein weiteres »Ich weiß es nicht« inmitten von zu vielen Fragen, auf die ich keine Antworten bekommen werde.

Zum Glück scheint Angelou auch keine Antwort zu erwarten, da er nur sanft meint: »Denken Sie darüber nach.«

Ich nicke schweigend. Mein Verstand setzt langsam wieder ein, und je klarer meine Gedanken werden, desto deutlicher wird mir bewusst, wie absolut lächerlich ich für Angelou aussehen muss, wie ich hier mit geschwollenen Augen auf dem Boden hocke wie eine Null.

Ich stehe auf und wische mir erfolglos mehrmals über das Gesicht, wobei ich dankbar bin, dass man die feuchten Flecken auf meiner schwarzen Uniform nicht sehen kann. Meine Fersen stoßen aneinander, als ich Haltung annehme, und ich starre Angelous linke Schulter an, da ich ihm nach allem, was passiert ist, einfach nicht in die Augen sehen kann. Meine Stimme ist noch immer nicht ganz fest. »Gi… gibt es sonst noch was, Sir?«

Aus dem Augenwinkel sehe ich, dass der Doktor langsam den Kopf schüttelt, und ich vermute, dass ich keinen anderen Abschied bekommen werde. Ich will mich gerade umdrehen und schnellstmöglich verschwinden, als er doch noch etwas sagt.

»Sorenson.«

Ich erstarre und wende den Blick nicht von meinen Füßen ab, während ich darauf warte, dass er weiterspricht.

»Ich kann sie nicht zurückholen, das könnte nur Gott allein, aber ich kann Ihnen eines versprechen: Ich werde alles in meiner Macht Stehende tun, damit sie nicht umsonst gestorben ist.«

Seine Stimme klingt kalt und unerbittlich, dabei aber auch seltsam vertraut, und ich begreife erst nach einigen Sekunden, warum das so ist. Es ist dieselbe Stimme, mit der er sechzehn Überlebende in den Tod geschickt hat, ihr defektes Schiff zu ihrem Grab gemacht hat, während wir uns mitten in den Trümmern eines Imperiums befanden.

Als ich diesen Tonfall vor all diesen Monaten auf dem Colt-Crawler das erste Mal gehört habe, wusste ich nicht genau, was er bedeutet, und ich hielt ihn für einen Verrückten, einen Irren, aber jetzt begreife ich es. Dies ist die Stimme eines Menschen, der einen Schwur bis zum Grab bewahrt und Versprechen mit Blut besiegelt. Es ist die Stimme eines Mannes, der bis zum Äußersten entschlossen ist.

Zwar ist er offiziell kein Mitglied des Militärs und war es schon seit Jahren nicht mehr, aber ich salutiere trotzdem. Als ich ihm endlich in die Augen sehe, wird mir klar, dass ich ihn wohl nie besser verstehen werde als in diesem Augenblick.

24

Etwas saust durch die Luft und gegen den schlanken Relaisscanner aus Metall, der vom Laufsteg herunterfällt. Er taumelt durch die Luft und sinkt immer tiefer, bis er irgendwann nicht mehr zu sehen ist.

»Ups.« Ty starrt auf die Stadt hinab, die weit unter uns liegt und bald um einen Relaisscanner reicher ist. »Hey, Sorenson. Gehen Sie runter und holen Sie mir das Ding zurück?«

»Hey, es ist Ihr Scanner.«

»Aber ich bin ranghöher und älter als Sie.«

Ich denke darüber nach und stelle fest, dass sie recht hat. »In dem Fall kündige ich.«

»Mist.«

Es ist Monate her, seit ich zum ersten Mal einen Fuß auf Prisma gesetzt habe, und jetzt bin ich wieder hier. Dieses Mal installiere ich jedoch keine Ersatzteile in einem sicheren, geschlossenen Raum, sondern befinde mich auf einem schmalen Wartungsgang an einer gewaltigen Antenne, die auf dem Dach eines Wolkenkratzers steht.

Ich krame in meiner Weste herum, bis ich meinen Relaisscanner gefunden habe. Ty nimmt ihn dankend entgegen und beendet den Scan des Sensorfeeds, den wir gerade installiert haben. Es ist alles in Ordnung, und eine Minute später linkt sie Archer an und teilt ihm mit, dass die Modifikationen abgeschlossen sind.

Wir haben schon vor dem ungewöhnlich langen Sonnenaufgang auf Prisma mit der Anpassung der Sensorhardware begonnen. Die alten Geräte konnten keine präzisen Daten liefern, daher haben die Wissenschaftler auf der Basis einige Hardwaremodifikationen entwickelt, von denen sie sich bessere Resultate erhoffen. Wir sind jetzt seit über drei Stunden dran und erhalten ständig andere Instruktionen per Link von der F&E. Zwischen den Modifikationen haben sie GMVW-Tests durchgeführt, um herauszufinden, welche Version am besten funktioniert. Neben Ty und mir sind noch zwanzig weitere Zweipersonenteams auf verschiedenen Dächern unterwegs. Das ist eine ziemlich gewaltige Mission.

Ich lege eine Hand um die Riemen meines Harnischs und die andere um das schmale Geländer. Beim Blick nach unten wird mir schwindlig. Abgesehen von einigen anderen hohen Gebäuden in der Ferne sind wir ganz allein hier oben – über Stein und Stahl, Fleisch und Blut, so weit oben, dass sich nur wenige Vögel bis hier hinaufwagen. Es ist atemberaubend.

Vielleicht ein bisschen zu atemberaubend.

Ich zwinge mich einzuatmen, trete vorsichtig vom Rand weg und drehe den Kopf, als wollte ich mir die Sache nur aus einem anderen Blickwinkel ansehen. Ty bekommt es dennoch mit und verzieht spöttisch den Mund. »Haben Sie etwa Höhenangst, Sorenson?«

Da ich vermutlich sowieso nichts sagen kann, was nicht gegen mich verwendet werden würde, zucke ich nur mit den Schultern und stoße ein Grunzen aus. »Ich war noch nie zuvor auf der Antenne eines Wolkenkratzers. Was ist mit Ihnen? Gibt es so hohe Gebäude auf Ihrer Heimatwelt?«

»Diese metallischen Todesfallen? Nein, verdammt! Die Erdbeben würden dafür sorgen, dass sie innerhalb einer Woche wieder einstürzen. Unsere Gebäude sind meist flach und aus schwerem Stoff oder biegsamem Plastik – und am Boden verankert, aber mit genug Spielraum, dass sie sich den Bodenveränderungen anpassen können. Ganz anders als hier.« Sie schüttelt den Kopf, blickt sich staunend um und steckt meinen Scanner in ihren Werkzeuggürtel.

»Was nicht heißt, dass ich als Wächter nicht schon an vielen solcher Orte gewesen bin.«

»Ja, ich auch.«

Sie wird schlagartig ernst. »Normalerweise, um eine Evakuierung durchzuführen.«

Ja.

Ich muss das Wort nicht aussprechen, da mein Schweigen Bestätigung genug ist. Ebenso wie mir Tys Antwort auf diese lautlose Übereinkunft klar ist:

Wenigstens müssen wir diese Welt nicht evakuieren.

Nein. Weil es dafür längst zu spät ist.

Wir blicken gleichzeitig auf die Stadt unter uns hinab. Bei Sonnenaufgang ist Prisma einfach wunderschön. Auf den Straßen sind nur die Frühaufsteher unterwegs, und die Luft ist kühl und frisch. Die aufgehenden Sonnen lassen den pastellfarbenen Himmel noch intensiver aussehen und tauchen die Wolkenkratzer in wunderschöne Farben. Die morgendliche Stille bringt eine tiefe Gelassenheit mit sich, die einen unwillkürlich berührt, daher kann ich auch die Füße und Hände stillhalten, obwohl wir seit wenigstens einer Stunde herumsitzen. Nur der ferne Geruch der Ghule viele Meter unter uns verhindert, dass sich das hier wie ein perfekter Tag anfühlt.

»Zel hat diesen Ausblick immer geliebt«, meint Ty plötzlich. »Sie hat mir mal erzählt, dass sie in den Bergen geboren wurde und daher immer für Höhen empfänglich war.«

Ich werfe Ty einen überraschten Blick zu. Es gibt ein stillschweigendes Einverständnis, dass niemand über gefallene Teammitglieder spricht, sobald sie dem Netz übergeben wurden. Aber wie die meisten Tester, die vorher Wächter gewesen sind, verpasst sich Ty ein neues Tattoo, wenn einer ihrer Teamkameraden stirbt. An diesem warmen Tag hat sie die Ärmel bis zum Ellbogen hochgekrempelt, sodass die unzähligen Striche an ihren Unterarmen zu sehen sind. Mein Blick fällt auf den breitesten – ein zentimeterdickes rotes Band, das direkt unter ihrem Ellbogen um ihren Arm läuft –, und ich weiß, dass es für Zel ist.

Ty bemerkt meinen Blick und mustert meine nackten Arme. »Sie waren doch auch Wächter, richtig?« Als ich nicke, will sie wissen: »Wieso haben Sie keine Tattoos? Oder haben das die Wächter in Ihrer Einheit nicht gemacht?«

Ich blinzle und bin überrascht über die Frage, obwohl ich sie bei der Wache häufiger gehört habe. Die automatische Antwort schießt mir durch den Kopf.

Wenn ich das tun würde, dann wäre ich von Kopf bis Fuß ein einziges rotes Band. Lia hätte jeden Zentimeter meines Körpers beansprucht und keinen Platz mehr für jemand anderen gelassen.

Nicht, dass ich das je ausgesprochen hätte. Jeder Wächter, der den Fehler begangen hat, mir diese Frage zu stellen, bekam entweder ein »Verpiss dich!« oder einen Schlag ins Gesicht als Erwiderung. Denn die Frage löste jedes Mal den in mir brodelnden Ärger aus.

Ich sehe Ty an, die mich noch immer beäugt. Seltsamerweise habe ich nicht den Drang, zu fluchen oder sie zu schlagen. Es ist, als wäre der Zorn, der mich so lange von innen heraus zerfressen hat, verschwunden. Nein, nicht verschwunden, nur schwächer geworden, als wäre das ganze Gift verschossen, sodass nur noch ein Schatten übrig ist. Vielleicht hatte ich alles an jenem schlimmen Tag aufgebraucht, an dem ich in Angelous Büro zusammengebrochen bin, oder ich bin momentan zu verwirrt, um wütend zu sein. Ich weiß nur, dass der Kloß in meiner Kehle, den ich normalerweise spüre, wenn jemand nach *ihr* fragt, heute nicht da ist.

»Wegen Lia«, antworte ich schließlich und starre den Sonnenaufgang an, der den Horizont in gleißendes Licht taucht.

»Wer ist Lia?«

Bei dieser Frage seufze ich leise auf. Seit meinem Zusammenbruch vor einigen Wochen weiß ich nicht mehr, was ich wegen ihr denken oder fühlen soll. *Wer ist Lia?* Es gibt so viele Antworten auf diese Frage, dass ich gar nicht wüsste, wo ich anfangen soll. Meine beste Freundin aus Kindertagen, meine erste Liebe. Eine tellurianische Kriegsgefangene und eine Sternenbundpatriotin. Ein Mädchen, das seit achtzehn Monaten tot ist, und ein sehr lebendiger Geist. Eine Verräterin, der ich vertraut habe, und die menschliche Bombe, die Selbstmord begangen hat, damit der Rest von uns die Chance bekam, zu überleben. Zu viele Namen, zu viele Bezeichnungen. Ich weiß ja nicht einmal, was sie für mich ist, wie soll ich es da jemand anderem erklären?

Schließlich zucke ich mit den Schultern. »Lia war meine Freundin, und jetzt ist sie fort.«

Ty nickt ein Mal mit ernstem Gesicht und wendet sich dann wieder dem Sonnenaufgang zu. Ich bin erleichtert, dass sie nicht weiter nachfragt. Noch vor einem halben Jahr hätte sie mich nicht so leicht davonkommen lassen. Sie hätte mich mit Fragen gelöchert, wilde Vermutungen angestellt und mir in den Ohren gelegen. Aber Zels Tod hat sie verändert, ihre Sorglosigkeit ist einer gewissen Schwere gewichen. Sie ist zwar immer noch Ty, frech und nie um eine Antwort verlegen, aber da ist auch eine gewisse Stärke in ihr, als hätte sie eine Art gefunden, Zels Tod in sich aufzunehmen, die Ungerechtigkeit umzuformen und die Grässlichkeit zu verarbeiten, um an ihr letztendlich zu wachsen. Ich würde zu gern wissen, wie sie das geschafft hat.

Ihre Menschlichkeit, ihr großes Herz; wie sie so hart gearbeitet hat, um alles Verlorene zurückzugewinnen, nur um es dann doch wieder wegzugeben.

Ich wünschte, ich wüsste, wie sie beide das geschafft haben.

Ein leises Zischen aus meiner Kom bewirkt, dass ich schnell nach meinem Helm greife, den ich abgesetzt habe. Es ist Archer, der uns über den Gruppenkanal anlinkt und uns darüber informiert, dass der nächste GMVW-Test kurz bevorsteht. Ich setze den Helm wieder auf, und Ty macht es mir nach. Es heißt zwar, dass die GMVW-Energie für Menschen harmlos ist, aber wir haben trotzdem den Befehl erhalten, während der Tests die vollständige Uniform und den Helm zu tragen. Ich habe auch Prestons scharfen Kommentar vor all diesen Wochen nicht vergessen, als sie meinte, sie wollte nicht, dass die Hälfte der Menschen auf dem Planeten einen Schlaganfall bekommt.

Auf einmal muss ich an Zel denken, und mein Brustkorb zieht sich schmerzhaft zusammen.

Ich überprüfe den Zeitmesser auf meinem Handschuh. Noch zwanzig Sekunden, bis der nächste Test beginnt. Wie Ty trete ich vom Rand weg und lehne mich mit dem Rücken an die Säule. Ich lasse mich in die Hocke sinken und stütze die Arme auf die Knie. Wir haben heute zwar schon ein gutes Dutzend Tests erlebt, aber ich halte trotzdem den Atem an, während ich auf das Licht warte. Nach dem, was auf NE-2 passiert ist, macht mich jeder Test nervös, obwohl ich mir immer wieder einzureden versuche, dass nichts passieren wird.

Es fängt langsam an, nur ein feiner silbriger Hauch, der den pastellfarbenen Himmel überzieht, wird dann schneller und breitet sich aus, als die Energie näher kommt. Sie knistert auf meiner Haut, statische Entladungen britzeln an mehreren Stellen, während ein schimmernder quecksilberartiger Schatten niedergeht. Um uns herum wird alles silbern, und ich beobachte, wie der Schleier weiter nach unten in die Stadt sinkt, sich die Welle noch einmal kräuselt und dann so schnell verschwindet, wie sie gekommen ist.

Nach Abschluss des Tests reibe ich mir die Arme, um das Kribbeln zu vertreiben. Ty schüttelt ihre Arme mehrmals, wahrscheinlich aus demselben Grund, und dreht sich dann zur Steuertafel um.

»Haben Sie die nächsten Frequenzen, Soren ...« Sie stutzt, reißt die Augen auf und holt tief Luft. Dann fragt sie staunend: »Riechen Sie was, Sorenson?«

Ich schüttle verwirrt den Kopf. »Nein, ich ...«

Da fällt mir die Kinnlade herunter, denn mir wird klar, was das bedeutet. Ich schnüffle und atme tief ein, aber ich kann überhaupt nichts riechen. Nicht das Geringste. Der ferne, aber stets vorhandene Geruch der Ghule ist *weg*.

Mein Herzschlag beschleunigt sich. »Sie glauben doch nicht ...?«

»Ich weiß es nicht.«

Eine Minute lang stehen wir einfach nur da und starren uns an, da dieser Hoffnungsfunke erschreckender ist als jeder Feind, dem wir je gegenübertreten mussten. Erst Tys Kom bricht den Zauber. Sie wendet sich ab, geht ein paar Schritte und nimmt den Link an. Ich betrachte ihr Profil, als sie der Stimme lauscht, aber da die Sonne ihr Gesicht in einen goldenen Schimmer taucht, kann ich weder ihre Miene erkennen noch von ihren Lippen ablesen, was sie in die Kom subvokalisiert. Schließlich sagt sie: »Verstanden, Sir. Ty Ende.«

Ich wackle ungeduldig mit einem Fuß und habe die Gelassenheit von eben völlig verloren, während ich mit angehaltenem Atem darauf warte, dass sie mich aufklärt. Sie sieht mich an, grinst auf einmal, zieht eine Augenbraue hoch, und da ist ein Funkeln in ihren Augen, als wäre die alte Ty wieder da. »Haben Sie Lust auf einen Spaziergang?«

* * *

Da das Gebäude, in dem sich die Komstation befindet, komplett abgeriegelt wurde und nur über das Dach zu erreichen ist, fliegen wir mit dem Shuttle zu einer Landebucht im Süden der Stadt. Ich bin nicht sicher, wie gefährlich es ist, das Schiff an einem fremden

Ort schutzlos zurückzulassen, aber Ty erwidert, dass es aussieht wie jedes andere Schiff, das auf Prisma für interplanetare Transporte genutzt wird. Es wird nicht weiter auffallen, vor allem da noch so viele andere Schiffe auf der Plattform stehen.

Ty befiehlt mir, die Panzerung auszuziehen und meine Rangabzeichen abzunehmen, und so stelle ich den Helm auf den Sitz und reiße mir die Uniformstreifen herunter. Ich entferne meine Identität Stück für Stück, bis man mich nicht mehr als Mitglied der F&E identifizieren kann und ich nichts als Stiefel, eine enge schwarze Jacke und eine Hose trage.

Irritiert berühre ich den glatten Stoff an meiner Brust, die sich jetzt, wo alle Abzeichen verschwunden sind, so nackt anfühlt. Es ist ein durchaus respektables Outfit, eine Art lässiger Anzug, den jeder beliebige Zivilist tragen könnte, doch ich komme mir darin trotzdem fast nackt vor. Als hätte ich meine Identität an dem Tag verloren, an dem Lia gestorben ist, und erst eine neue Definition für mich gefunden, als ich die Uniform angezogen habe. Doch jetzt, da ich sie ausgezogen habe, ist niemand darunter.

Vielleicht kenne ich die Person, die sich darunter befindet, auch einfach nicht mehr.

Als Letztes lege ich meine Waffen ab. Ich halte sie in den Händen, die schmale Betäubungspistole in der rechten und den schweren Werfer in der linken Hand.

»Der Werfer ist zu groß, als dass man ihn verbergen könnte, und beide Waffen würden uns als Mitglieder der F&E ausweisen«, sagt Ty, die schon an der Shuttletür steht.

Ich weiß, dass sie recht hat, zögere aber dennoch. Wenn wir uns irren, wenn die Wissenschaftler, die einhundert Kilometer über uns in der Luft sind, falsch liegen, könnte das unser Tod sein. Wir wären wehrlos und müssten uns jedem hungrigen Ghul, der auf der Suche nach einem Wirt ist, geschlagen geben.

Es könnte aber auch sein, dass diese Waffen ebenso zu meiner

Identität geworden sind wie die F&E-Insignien oder die falsche Flagge, die sonst immer auf meinem Oberarm zu sehen ist.

»Sie müssen mich nicht begleiten. Ich werde Ihnen das nicht befehlen.«

Ty wirkt ganz ruhig, und ihre Haltung strahlt eine Kraft aus, die an schwache Sonnenstrahlen erinnert, die zu blass scheinen, um Wärme spenden zu können – bis man lange genug innehält, um zu merken, dass das Licht einem bereits das Gesicht wärmt. Ich schüttle den Kopf und verstaue meine Waffen unter dem Sitz. »Das müssen Sie auch gar nicht.«

Dann verlassen wir gemeinsam das Shuttle und treten in die frische Luft hinaus.

An Bord der Schwebestation *Epsilon-065*
Geheime Forschungsbasis von Division sieben

Der Doktor setzte sich ruckartig auf, da ihn das Donnern seines Herzens und das Pochen in seinem Kopf geweckt hatten. Einige Sekunden lang war er ganz benommen und klammerte sich an den Armlehnen seines Stuhls fest, während er darauf wartete, dass sich sein Körper wieder beruhigte.

Er war erneut am Schreibtisch eingeschlafen. Das passierte ihm neuerdings in erschreckender Regelmäßigkeit. Er hatte schon immer lange gearbeitet und wenig geschlafen, aber nach der Zerstörung von NE-2 schlief er so gut wie gar nicht mehr. Die Erschöpfung umgab ihn fast immer und würde ihm einen vorzeitigen Tod bescheren, und selbst wenn er schlief, schreckte er doch irgendwann aus einem Albtraum hoch. Oder vielmehr aus dem Albtraum, denn es war immer derselbe.

Schatten. Abertausende Schatten, die ihn wie eine schwarze Woge umringten.

Der Doktor erschauderte. Andere mochten sie als Aliens bezeichnen, doch für ihn waren sie Dämonen, die jenen aus der Vision von Leo XIII. glichen, einem tellurianischen Heiligen aus alter Zeit. Den Geschichten zufolge war er während einer Konferenz mit seinen Männern in eine tiefe Ohnmacht gefallen und hatte eine schreckliche Vision von bösen Geistern, die aus den Tiefen der Hölle emporstiegen und über die Ewige Stadt herfielen, um jede lebendige Seele zu verdammen.

Böse Geister.

Das Bild von geschwärzten Regenbögen tauchte vor dem inneren Auge des Doktors auf, und er stieß ein Geräusch aus, das eine Mischung aus einem Lachen und einem Schluchzen war. Böse Geister waren es in der Tat. Nach all den Jahrhunderten waren die Geister aus der Vision dieses Heiligen endlich gekommen, sie fielen wie ein endloser Kälteschauer über die Menschheit her und würden erst Ruhe geben, wenn der Letzte von ihnen sein Leben ausgehaucht hatte. Doch in Leos Vision hatte sich der mächtige Erzengel Michael persönlich in den Kampf gegen diese Geister gestürzt und nicht geruht, bevor er Satan und all seine Dämonen zurück in die Hölle befördert hatte.

Bei diesem Gedanken bewegte der Doktor die Lippen, um lautlos zu dem großen Verteidiger zu beten, und er zitierte die Worte, die Seine Heiligkeit höchstpersönlich zu Papier gebracht hatte.

Heiliger Erzengel Michael,
verteidige uns im Kampfe;
gegen die Bosheit und die Nachstellungen
des Teufels, sei unser Schutz.
›Gott gebiete ihm‹, so bitten wir flehentlich;
du aber, Fürst der himmlischen Heerscharen,
stoße den Satan und die anderen bösen Geister,
die in der Welt umherschleichen,
um die Seelen zu verderben,
durch die Kraft Gottes in die Hölle.
Amen.

Doch selbst die vertrauten Worte konnten ihn kaum beruhigen. Die Schatten waren vor über vier Jahren aufgetaucht und hatten sich unbemerkt unter die Menschen gemischt. Ihnen lief die Zeit weg, aber weder der Glaube noch die Wissenschaft hatten eine Antwort auf diese Geißel aus Geistern, die sie alle vernichten wollte. Normalerweise bezeichnete sich der Doktor als geduldigen Mann, aber die Verzweiflung machte sich zunehmend in seinem Unterbewusstsein breit, schlich sich in seinen Schlaf, veränderte seine Träume und rief eine

Ruhelosigkeit in ihm hervor, die ihn mit ihrer Beharrlichkeit zu ersticken drohte.

Darum war er ständig unruhig und tat Dinge, die er sonst nicht getan hätte, wie einen Jungen mit gebrochenem Herzen zu verhören auf der Suche nach Antworten, die nicht länger existierten – falls es sie überhaupt je gegeben hatte. Das war ein sinnloses Unterfangen, doch da die GMVW-Technologie noch immer nicht funktionierte, konnte er nichts unversucht lassen. Nicht, wenn sie dem Erfolg so nahe waren. Es fehlte nur noch eine Sache, ein kleines Detail, das sich als der Schlüssel zu allem herausstellen würde. Doch wie oft er die Daten auch durchging, die Zahlen überprüfte und die Testergebnisse durchsah, so blieben die Antworten weiterhin außer Reichweite, sodass er an diesem zwielichtigen Ort zwischen Sieg und Wahnsinn verharren musste.

Der Doktor schnaubte. Es hätte ihn nicht überrascht, wenn er über kurz oder lang den Verstand verlor. Gründe dafür gab es mehr als genug.

Ein leises Summen seines Chips holte ihn aus seinen Gedanken, und er beförderte den Link mit einer Handbewegung auf die Wand gegenüber. Dr. Preston erschien auf dem Schirm – mit gerötetem Gesicht, und ihre sonst immer so ruhig blickenden Augen blitzten. Der Doktor verzog das Gesicht, da ihn die Störung verärgerte. »Ja?«

Prestons Lippen bebten; sie öffnete sie mehrmals und schloss sie wieder, als würde sie nicht die richtigen Worte finden … Bis sich Glaube und Wissenschaft in Übereinstimmung befanden und in der schwarzen Leere wie eine Supernova explodierten, als sie die beiden Worte aussprach, auf die er schon seit sechzehn Monaten wartete.

»Es funktioniert.«

PHASE DREI

25

»Unsere neue Mission beginnt heute.«

Angelous Stimme dröhnt durch das vollbesetzte Atrium und hallt von den kristallinen Wänden wider. Ich stehe mit den anderen Deltas ganz hinten und höre mit an, wie das enthusiastische Jubeln abrupt abbricht und von der erwartungsvollen Stille der dreitausend Mann starken Menge ersetzt wird, die alle darauf warten, dass der Doktor fortfährt. Nach einem Jahr, fünf Monaten und siebenundzwanzig Tagen ist die Zeit des Weglaufens und Versteckens vorüber.

Der Kampf um das Überleben der Menschheit kann beginnen.

Angelou bewegt seine Chiphand, und die gesamte vordere Wand des Atriums scheint sich aufzulösen, nur noch das schwarze Weltall ist zu sehen. Sterne erscheinen, und die hellen Lichtpunkte bilden den Hintergrund für die riesige Orbitalplattform: OP N. Die Kommandoplattform für das ganze Orbitalnetzwerk rings um Prisma.

»Sie sehen die erste Offensivwaffe, die geschaffen wurde, um unseren Feind zu vernichten: eine modifizierte Orbitalplattform, die einen speziellen Energieimpuls abfeuern kann, mit dem wir den Feind in seinem körperlosen Zustand auflösen und desintegrieren können. Wird diese Waffe mit anderen OPs in einem planetaren Netzwerk verbunden, sodass diese als Einheit fungieren, kann sie einen ganzen Planeten mit einer ununterbrochenen Energiewoge einhüllen und somit auf einen Schlag sämtliche Ghule vernichten.«

Überall um mich herum keuchen die Menschen auf oder fangen an, sich leise zu unterhalten, als ihnen klar wird, was die Worte des

Doktors bedeuten. Angelou bewegt die Hand, und schon sind sämtliche Wände des Atriums verschwunden und werden durch Sternenansichten voller Planeten, Kolonien, Raumstationen, Sonnen, Sprungrouten und Minenringe ersetzt. Obwohl es eine Karte ist, die jedes Kind erkennen würde, rührt dieser Anblick doch an meinem Herzen, da ich instinktiv begreife, was ich sehe. Es ist nicht nur der Sternenbund, sondern …

Zuhause.

Vielfaches Seufzen hallt durch die Menge, und es ist offensichtlich, dass es nicht nur mir so geht. Wir mögen alle von verschiedenen Planeten und Stationen kommen, andere Geschichten und Gebräuche haben, unterschiedliche Erfahrungen und Erinnerungen, aber wir sind trotzdem durch diese eine wesentliche Wahrheit verbunden: Wir sind alle Sternenbundler. Wir stehen und fallen gemeinsam. Ich sehe mich in der Menge um, betrachte die Gesichter der Menschen, mit denen ich all diese Monate Seite an Seite gelebt, gearbeitet und geschwitzt habe, und auf einmal fühle ich mich ihnen verbunden wie nie zuvor, und ich weiß, dass uns dieses Band für alle Ewigkeit verbinden wird und dass es unzerstörbar ist.

Angelou wartet, bis wir uns wieder beruhigt haben. »Aber der Sternenbund besteht nicht nur aus einem einzelnen Planeten, und wir werden diesen Krieg nicht mithilfe unbedeutender Maßnahmen gewinnen. Aus genau diesem Grund wird in exakt einhundertneunundsiebzig Tagen und achtzehn Stunden diese Waffe von jeder Orbitalplattform im Sternenbund gleichzeitig abgefeuert. Jeder Ghul, ob wir nun von ihm wissen oder nicht, wird dadurch vernichtet.«

Schockierte Stille folgt auf seine Worte, selbst das vorherige Aufkeuchen und Murmeln bleibt aus, da alle von dem gewaltigen Ausmaß dessen, was Angelou da ankündigt, verblüfft sind. *Jede* Plattform im Sternenbund? Das muss eine unglaubliche Zahl sein.

Ich sehe die anderen an und erkenne in ihren Mienen meine Fassungslosigkeit wieder. In dem darauffolgenden Schweigen scheint das gesamte Universum am seidenen Faden zu hängen, während die Rettung greifbar nahe ist – wenn wir es denn wagen zuzupacken.

»Und diese Massenvernichtungswaffe, die wir bei unserer ersten Offensive gegen den Feind einsetzen werden, heißt ...

Erzengel.«

Erzengel. Das Wort wird von unzähligen Lippen geflüstert, von Militärangehörigen und Zivilisten gleichermaßen. Eine Idee wird zur Realität, und die bloße Existenz eines Namens gibt dem Konzept Substanz und Gestalt. In diesem Augenblick schwinden die Zweifel und werden durch etwas ersetzt, von dem wir schon lange glaubten, wir hätten sie verloren.

Hoffnung.

* * *

Alles verändert sich mit der Geburt von Erzengel. In den folgenden Tagen und Wochen steht die ganze F&E unter dem Bann unseres neuen kriegerischen Engels. Projekte werden auf Eis gelegt, Ressourcen umverteilt, Angestellte an andere Abteilungen ausgeliehen – alles im Dienst von Erzengel. Wenn man eine derart gewaltige Offensive planen und dafür alles vorbereiten muss, wird jede Hand benötigt.

Der Plan ist überraschend einfach. Da bereits so gut wie jeder Planet und jede Kolonie über ein eigenes OP-Netzwerk verfügt, muss keine neue Technologie erschaffen, sondern nur die bestehende modifiziert werden. Dazu müssen Baupläne mit den notwendigen Schildgeneratormodifikationen sowie ein Softwareupdate, das es uns ermöglicht, von der F&E auf ein Mastersteuerungssystem zuzugreifen, an die einzelnen Orte gebracht werden. Um nicht zu riskieren, dass der Feind Wind von unserem Plan bekommt, werden die Baupläne und die Software offiziell als geringfügige Schildgeneratorverbesserung bezeichnet, die zwar hilfreich, für unsere Kriegsbemühungen jedoch nicht weiter entscheidend sind. An Orten, an denen es keine OPs gibt oder diese zerstört wurden, sollen modifizierte Drohnenschiffe den Platz der nicht vorhandenen Plattformen einnehmen.

Ich nicke, als ich Asriels Erklärungen lausche, die er gerade vor der ganzen Testabteilung abgibt, und erkenne zum ersten Mal, dass Angelous Plan tatsächlich funktionieren könnte.

»Wo kommen die Drohnenschiffe her?«, will RC wissen. »Werden wir die Modifikationen durchführen?«

»Die Schiffe werden aus vorhandenen militärischen Reserven herangezogen und in einigen unserer geheimsten Schiffswerften vom dortigen Personal modifiziert. Aufgrund der umfangreichen Modifikationen werden wir in der vorgesehenen Zeit nur eine geringe Zahl an Schiffen anpassen können, daher werden sie auch nur dort zum Einsatz kommen, wo es unbedingt erforderlich ist. Eine Hand voll unserer Ingenieure wird die Modifikationen überwachen, aber ansonsten wird die F&E mit diesem Teil nichts zu tun bekommen. Soweit ich weiß, überwacht der Vorsitzende höchstpersönlich diesen Teil des Plans.«

»Und was ist mit den Besetzern?«, fragt Xian, die STL des Betateams. »Erzengel mag vielleicht die bestehenden Ghule auslöschen, aber werden die ganzen Besetzer nicht einfach neue hervorbringen?«

»Sobald Erzengel zum Einsatz gekommen ist, werden wir militärisches Personal in die frisch gesäuberten Gebiete entsenden und im ganzen Sternenbund Evakuierungsmaßnahmen einleiten. Wir verabreichen Besetzern Schattenol und bringen sie in die ihnen zugewiesenen Quarantänekolonien, in denen sie verbleiben, bis wir ein Heilmittel gefunden haben. Orte mit zu vielen Besetzern, als dass wir eine vollständige Quarantäne durchführen könnten, werden zu Quarantänezonen erklärt. Die Erste Admiralin wird diese Umsiedlungsmaßnahmen koordinieren und leiten.«

»Was ist mit den Orbitalplattformen, die bereits von Ghulen infiltriert wurden?«, wirft Songbird ein. »Wir können den Feind ja wohl kaum bitten, unsere Geheimwaffe für uns hochzuladen.«

Asriel grinst verschmitzt. »Ich bin froh, dass Sie diese Frage stellen, TL. Genau an diesem Punkt kommen wir ins Spiel. Es wird unsere Aufgabe sein, die vom Feind gehaltenen Plattformen zu infiltrieren und die Modifikationen durchzuführen, ohne dass der Feind etwas davon merkt.«

In dem darauffolgenden Schweigen kann man beinahe hören, wie achtunddreißig Menschen die Kinnlade herunterfällt. Natürlich ist es Ty, die das ausspricht, was wir alle denken. »Heilige Schlacke.«

Ich mache den Mund wieder zu und schüttle dabei den Kopf. Ja. Damit trifft sie den Nagel auf den Kopf.

»Bei allem gebührenden Respekt, Sir«, sagt Archer, der anscheinend schon mentale Berechnungen durchgeführt hat, »aber mir ist nicht klar, wie wir dazu in der Lage sein sollen, alle OPs im Sternenbund innerhalb des vorgegebenen Zeitrahmens zu erreichen, ganz zu schweigen davon, sie auch noch zu infiltrieren und zu modifizieren.«

»Das hat Dr. Angclou mit einbezogen, daher werden wir nur die OPs in unserem Raumquadranten übernehmen. Den Rest erledigen Spezialteams, die die Erste Admiralin speziell für diesen Einsatz auswählen wird. Trotzdem erwartet uns sehr viel Arbeit. Wenn es also keine weiteren Fragen gibt, sollten wir anfangen.«

Im Verlauf der nächsten Wochen arbeitet jeder auf der F&E rund um die Uhr an der Vorbereitung der Offensive. Die Wissenschaftler und Ingenieure testen Erzengel wieder und wieder, verändern ständig den Zielbereich, vergrößern die Strahlbreite, das Netzwerk und feuern verschiedene OP-Kombinationen ab; sie versuchen einfach alles, was ihnen dabei helfen kann, den Prototyp zu verbessern. Jeder festgestellte Fehler, und mag er auch noch so klein sein –, eine fragwürdige Codezeile innerhalb der Software, ein älteres Hardwarebauteil – wird gnadenlos repariert, ersetzt oder verändert. Da so viele Leben von Erzengel abhängen, ist auch nur die leiseste Chance eines Fehlschlags inakzeptabel.

Währenddessen sind wir in der Testdivision damit beschäftigt, uns auf unsere Aufgabe während der Offensive vorzubereiten. Wenn wir nicht gerade den Forschern zur Hand gehen, verbringen wir jede Minute damit, uns die Techmodifikationen anzusehen, die OP-Baupläne zu studieren, Infiltrationsmethoden zu entwickeln und unsere Missionen wieder und wieder zu trainieren. Die Anwerber bringen eine neue Rekrutenwelle nach der anderen herbei, sodass sich unsere Zahl erst verdoppelt, dann verdreifacht. Je mehr neue Rekruten eintreffen, desto mehr weitere Teams werden gebildet, und es gibt Beförderungen am laufenden Band.

Ich warte mit den anderen Mitgliedern der Testdivision in einem der kleinen Trainingsräume, während Asriel mit der Effizienz eines Drillsergeants Beförderungen verteilt.

»Ty, Teamleiter Zetateam.«

»Zara, Teamleiter Etateam.«

»Evangeline, Stellvertretender Teamleiter Gammateam.«

»Sorenson, Stellvertretender Teamleiter Deltateam.«

Ich blinzle und bin nicht sicher, ob ich mich gerade verhört habe. Ich bin Stellvertretender Teamleiter geworden? Innerlich juble ich. Ich wurde nicht nur befördert, sondern darf außerdem noch als Archers STL bei Delta bleiben.

Asriel geht den Rest seiner Liste schnell durch. Als er fertig ist, wurden alle STL zu Teamleitern und gut die Hälfte der Spezialisten zu STL oder sogar TL befördert. Als die beste Pilotin der Basis hat Chen gleich den Sprung zum Pilotcommander geschafft, was in etwa gleichbedeutend mit einem Teamleiter sein müsste, und sie bekommt die Aufgabe, die anderen Piloten zu koordinieren und die Flugmanöver für die Mission auszuarbeiten und zu trainieren. Einige weitere Spezialisten werden nicht befördert, aber neuen Teams zugewiesen, um die Neuankömmlinge und die Veteranen gleichmäßig zu verteilen. Die neuen Rekruten mögen zwar aus der Elite des Militärs stammen, aber im Vergleich zu uns sind sie blutige Anfänger und haben noch viel zu lernen.

Später an diesem Abend versammelt sich das Deltateam zu einer letzten Mahlzeit im Atrium, bevor wir uns alle unseren neuen Aufgaben widmen. Die Feier ist kurz, aber schön, und wir erinnern uns an unsere besten Missionen und gratulieren uns zu den neuen Positionen. Als ich ebenso wie die anderen mein Glas hebe, trifft es mich auf einmal wie ein Schlag, und meine Freude wird von der eindeutigen Gewissheit getrübt, dass es jetzt so weit ist. Dies ist der letzte Tag, den wir alle als Team zusammen sind. Okay, das ist für mich eigentlich nichts Neues. Bei den Wächtern wurden auch ständig Kameraden versetzt oder anderen Teams zugewiesen. Damals hat mich das nie gestört, aber da gab es auch niemanden, der mir etwas bedeutet hat.

Ich verharre mit dem Glas in der Luft und bin hin- und hergerissen zwischen Freude und Traurigkeit. Ty, die neben mir sitzt, runzelt die Stirn, als sie mein Zögern bemerkt.

»Kein Grund, Trübsal zu blasen, Sorenson!«, sagt sie in der für sie typischen Art. »Die Hälfte von uns wurde heute befördert, und dafür musste nicht mal jemand sterben.«

»So ein Glück aber auch«, kommentiert Archer ihre Worte trocken, der ganz genau weiß, dass Ty normalerweise erst nach seinem Tod befördert worden wäre, und wir alle lachen.

Nach einer Sekunde stoße ich mit ihnen an und komme mir auf einmal dämlich vor, dass ich an einem solchen Abend sentimental werde, wo wir doch eigentlich nur Grund zum Feiern haben. Ich spreche einen Toast auf die anderen Deltas aus – die, die es mal waren, die, die es noch werden, aber vor allem auf die, die gerade bei mir sind, und wir feiern das, was vor uns liegt.

***

»Die Zeiten sind das Allerletzte, Team! Wenn das so weitergeht, erwischen die Ghule euch schon, bevor ihr auch nur die Hälfte geschafft habt. Wir fangen noch mal von vorne an.«

Auf Archers Signal aktiviere ich meinen Chip und setze die Trainingskonsole an der Wand zurück. Wir machen schon den ganzen Morgen Softwareübungen und zeigen den neuen Deltas, wie man die Erzengel-Software in die OPs hochlädt, und messen ihre Zeit bei den wiederholten Versuchen.

Ich starte die Uhr mit einer Handbewegung. »Los!«

Während alle hektisch mit der Arbeit anfangen, vergleichen Archer und ich die vorherigen Trainingsergebnisse, wofür wir uns in die hintere Ecke zurückziehen und uns leise darüber unterhalten, welcher Spezialist sich am besten für die eigentliche Arbeit am Computer eignet und wer besser Wache stehen sollte. Insgeheim beobachte ich Archer aus dem Augenwinkel, während er sich auf seinem Pad Notizen zu jedem Teammitglied macht, um mir seine Methoden als TL zu merken.

Es ist erst eine Woche her, dass ich zum STL befördert worden bin, aber ich bin bereits in meine Rolle reingewachsen. Ich lehre Waffenkunde und Technik, leite Übungen, coache Spezialisten und unterstütze Archer. Das alles fällt mir nicht nur sehr leicht, wie sich herausgestellt hat, bin ich auch noch richtig gut darin. Jedenfalls im Trainingsraum. Ob das auch im Einsatz so sein wird, muss sich noch herausstellen.

»Und Stopp!«, ruft Archer. »Okay, mal sehen, wie ihr euch dieses Mal geschlagen habt.«

Wir sehen uns die aktuellen Ergebnisse an, geben einige hilfreiche Tipps und wiederholen die Übung noch mehrmals, bevor wir Pause machen und zum Abendessen gehen. Danach hat Archer eine TL-Besprechung, während ich das Team runter zu H8 bringe.

Habitat acht ist im Grunde genommen ein großer Frachtraum, der vor allem für die Unterbringung von Gegenständen mit geringer Sicherheitsstufe wie Uniformen, Ersatzteile und alter Testausrüstung genutzt wird. In die Wände sind Frachtfächer eingelassen, und der Hauptraum ist in zwei Abschnitte unterteilt: Einer enthält die Regale mit der Ausrüstung, der andere ist offen und für große Kisten und Fässer gedacht. Als wir den Raum betreten, ist hier bereits eine Menge los. Lieferungen kommen von den Landebuchten herein, Teams gehen Kartons voller Ausrüstung durch, Ingenieure vergleichen Geräte mit ihren Anforderungslisten, und überall stehen Sachen herum.

Da wir bereits in wenigen Wochen starten werden, laufen die Vorbereitungen für Operation Erzengel auf Hochtouren, deshalb treffen dreimal so viele Lieferungen ein wie sonst. Zusätzliche Lebensmittel, Ausrüstung für die neuen Rekruten, spezialisierte Geräte und Hardware, die wir für die eigentliche Mission benötigen, sowie unzählige andere Dinge. Normalerweise würde sich das Inventarpersonal um die Lieferungen kümmern, aber mit derartigen Massen sind sie schlichtweg überfordert. Aus diesem Grund haben einige der Tester eine vorübergehende Freigabe für H8 erhalten, um der Sache Herr zu werden.

Ich stelle mich dem Diensthabenden vor, der meine Freigabe überprüft und mir eine Ladeliste in die Hand drückt. Es ist unsere Aufgabe, bei der Kontrolle und Unterbringung der Lieferungen zu helfen, zu bestätigen, dass die korrekten Gegenstände in der angegebenen Menge eingetroffen sind, die Ausrüstung visuell auf Mängel zu überprüfen und sie dann in dem dafür vorgesehenen Bereich zu verstauen. Der Offizier zeigt uns kurz, was zu tun ist, zieht ein Rationspak aus einer Kiste, scannt es mit seinem Chip, um die Seriennummer zu verifizieren, begutachtet das Pak kurz und geht zum nächsten über.

Ich verteile mein Team so, dass wir eine lockere Kette bilden. Einige holen die Fracht, andere scannen und überprüfen sie, und die am Ende bringen sie an ihren Lagerplatz, während ich die Ladeliste in der Hand habe und auf Diskrepanzen zwischen ihren Scans und den darauf angegebenen Werten achte. Es dauert nicht lange, da haben wir den Dreh heraus, und alles läuft reibungslos.

Während ich meinem Team zusehe, regt sich so etwas wie Stolz in meiner Brust. Die Arbeit ist zwar stupide und langweilig, aber sie ist auch essenziell für die bevorstehende Offensive – eine Offensive, die den Ausgang des Kriegs drastisch beeinflussen kann. Eine Offensive, von der *ich* ein Teil bin. Außerdem ist dies mein erster Auftrag, den ich ganz allein leite. Das ist zwar nicht dasselbe wie das Leiten einer Mission, aber ich bin trotzdem davon überzeugt, dass Gran und meine Eltern stolz auf mich wären, wenn sie mich jetzt sehen könnten.

Es ist schon spät, als wir mit unserer letzten Lieferung anfangen. Ich programmiere meinen Chip, damit er mich alarmiert, sobald es Unstimmigkeiten in Bezug auf die Ladeliste gibt, und beschließe, bei den Scans zu helfen, damit wir schneller fertig werden. Als ich den ersten Stabilisator ansetzen will, fällt mir die Nummer darauf ins Auge.

37W-397823-B276

Mir wird ein wenig schwindlig, denn ich kenne diese Nummer. Na ja, bis auf die letzten beiden Ziffern. Ich entschuldige mich, trete zwischen einige Regale und rufe unauffällig die letzte Nummer auf, die ich auf dem Datenchip im Schildgenerator der gesprengten OP gefunden habe. Dabei habe ich sie mir schon so oft angesehen, dass ich sie auswendig kenne.

37W-397823-B231

Die Nummern sind einander zu ähnlich, als dass es Zufall sein könnte, was wiederum bedeutet, dass das eigentliche Teil sich ebenfalls hier befinden muss. Vielleicht kam es mit einer der vorherigen Lieferungen, die letzte Woche eingetroffen sind, vorausgesetzt, man schickt uns die Teile in der entsprechenden Reihenfolge. Was ich aber eigentlich wissen muss, ist, ob sich das Teil noch in seinem Originalkarton befindet und verladen werden muss oder ob es bereits auf ein Schiff gebracht wurde.

Ich gehe zurück zu meinem Team, helfe den anderen beim Abfertigen der Lieferung und sorge absichtlich dafür, dass wir relativ langsam sind, da ich darauf hoffe, dass alle anderen vor uns gehen. Während wir arbeiten, überprüfe ich unauffällig die Teilenummern. 37W-397823-B277, 37W-397823-B278, 37W-397823-B279. Sie sind eindeutig in aufsteigender Reihenfolge sortiert. Ich versuche, anhand der Nummern zu berechnen, wann das fragliche Teil hier eingetroffen sein muss. Vor einer Woche oder schon vor zwei? Wenn doch nur Teal hier wäre. Sie könnte das garantiert bis auf die Stunde genau ausrechnen, ohne sich große Mühe geben zu müssen. Wahrscheinlich hätte sie dieses ganze Rätsel längst gelöst, den Schuldigen gefunden und das Problem behoben.

Bei diesem Gedanken zieht sich mein Brustkorb zusammen, doch das unangenehme Gefühl, das mich immer beschleicht, wenn ich den Namen meiner Schwester höre oder denke, ist mit einer anderen Emotion verwoben.

Ich vermisse sie.

Möglicherweise habe ich sie schon die ganze Zeit vermisst und konnte es mir bisher bloß nicht eingestehen. Ich habe nur wenige Jahre bei Gran gelebt, und Mom und Dad haben große Teile meines Lebens verpasst, weil sie ihren Dienst in der Flotte leisten mussten, aber Teal … Alle anderen kamen und gingen, doch Teal und ich waren immer zusammen.

Bis zu Lias Tod.

Lia ist gestorben, und ich bin zu den Wächtern gegangen, bin in die Galaxis aufgebrochen und habe nie zurückgesehen. Ich konnte Teal nicht vergeben, dass sie diese Rolle bei Lias Ende gespielt hat, und jetzt, da ich ihr den Rücken zugewandt habe, weiß ich nicht, ob ich das jemals wieder rückgängig machen kann.

»Wir sind mit dem letzten Karton fertig, STL. Wie lauten Ihre Befehle?«

Ich sehe mich im Habitat um und stelle erfreut fest, dass wir tatsächlich die Letzten hier sind. Nach einem kurzen Blick in die Runde, überprüfe ich die Liste und nicke zufrieden. Alles ist korrekt ins Inventar übernommen und verstaut worden. »Gute Arbeit, Team. Ihr könnt wegtreten. Die nächste Trainingssitzung findet morgen früh um sechshundert statt. Geht was essen, das habt ihr euch verdient.«

Mit der Liste in der Hand beobachte ich aus dem Augenwinkel, wie sie gehen, während ich so tue, als müsste ich noch ein paar letzte Punkte überprüfen. Erst als der Letzte durch die Tür verschwunden ist, lege ich los. Rasch rufe ich die Inventardatenbank auf und suche die Seriennummer. Ich entdecke die Ladeliste einer Lieferung, die vor knapp einer Woche angekommen ist. Den Aufzeichnungen zufolge wurde sie katalogisiert und verstaut, aber noch nicht auf ein Schiff gebracht. Theoretisch müsste das Teil sich also in Karton #146D befinden, und der ist … Ich sehe mich im Frachtraum um. Natürlich ist er mitten in einem astronomisch hohen Kartonstapel an der westlichen Habitatwand. Seufzend laufe ich hinüber und mache mich an die Arbeit.

Ich kenne zwar die Kartonnummer, und der Haufen ist grob in nummerischer Reihenfolge sortiert, trotzdem benötige ich eine gute halbe Stunde, um die Kartons zur Seite zu stellen und an den heranzukommen, der mich interessiert. Während ich hoffe, dass ich noch etwas länger ungestört bleibe, zücke ich mein Multitool und durchtrenne das Siegel am Karton. Der Stabilisator ist schwerer zu öffnen, da ich auf Anhieb keine Haken oder Verschlüsse finde, sodass ich schließlich auf meinem Chip einen Bauplan aufrufe, damit ich an das Innere herankomme. Als es mir endlich gelungen ist, stoße ich die Luft aus und merke erst jetzt, dass ich sie angehalten habe.

Dort, mitten zwischen den Platinen und Drähten, liegt ein kleiner metallischer Chip.

Der Saboteur ist zurück.

26

»Wie ich schon beim ersten Mal sagte, ist mit diesem Stabilisator alles in Ordnung.«

Ich stehe dem Ausrüstungsoffizier an seinem kleinen Schreibtisch in H8 gegenüber und starre ihn konsterniert an. »Das mag äußerlich stimmen, Sir, aber haben Sie mal einen Blick hineingeworfen? Ich könnte schwören, dass ich ein Klappern gehört habe, als er mir runtergefallen ist.«

»Ich kann Ihnen versichern, dass ich mir den Stabilisator genau angesehen habe. Er ist in einem hervorragenden Zustand«, beharrt sie mit leichter Ungeduld in der Stimme.

»Dann ist Ihnen an dem Stabilisator nichts ... komisch vorgekommen, als Sie ihn untersucht haben?«

»Inwiefern hätte mir etwas komisch vorkommen können?«

Da mir keine gute Antwort auf diese Frage einfällt, die mich nicht vors Kriegsgericht bringen würde, zucke ich nur ertappt mit den Schultern.

Sie sieht mich fragend an, als wollte sie andeuten, dass das einzig Komische hier ich bin. »Das ist ein simples Gerät. Wäre etwas defekt oder ›komisch‹, dann hätte ich das ganz bestimmt gemerkt.« Als ich weiterhin dumm rumstehe, wird ihre Miene etwas sanfter. »Wir stehen alle unter großem Stress, STL. Sie haben bestimmt nur irgendein anderes Geräusch im Frachtraum gehört. Bitte kehren Sie zu Ihren Pflichten zurück. Ich werde den Stabilisator für Sie weglegen, in Ordnung?«

»Nein!« Der Widerspruch ist mir über die Lippen gekommen, bevor ich es verhindern kann. »Ich wollte sagen, das ist nicht nötig, Ma'am. Ich habe Ihre Zeit schon lange genug vergeudet. Ich muss

Sie ja nicht noch länger aufhalten, wenn ich doch genau weiß, wo der Stabilisator hingehört.«

Auf schnellstem Weg durch eine Luftschleuse nach draußen!

Ich strecke die Hand aus, und nach einem langen skeptischen Blick gibt sie mir den Stabilisator zurück. Nach einem letzten Nicken drehe ich mich auf dem Absatz um und gehe schnell weg – nicht, dass sie noch ihre Meinung ändert und zu dem Schluss kommt, ich wäre nicht nur leicht gestresst, sondern verrückt geworden. Obwohl ich auch nicht wirklich vom Gegenteil überzeugt bin. Nachdem ich mir wochenlang den Kopf über Chipnummern zerbrochen und im Müll herumgesucht habe, kenne ich endlich das nächste Ziel des Saboteurs ... nur um dann herauszufinden, dass er es überhaupt nicht sabotiert hat. Von allen Drehungen und Wendungen in dieser Sache ist das die wohl bizarrste.

Bei der ersten Gelegenheit stecke ich den Stabilisator in einen Karton mit Gegenständen, die für H7 bestimmt sind, und trage diesen hinaus. In meinem kleinen STL-Quartier hole ich ihn wieder hervor und frage mich, was ich damit anfangen soll. Mein Plan, ihn zusammen mit den Chips zu Asriel zu bringen, ist offensichtlich gestorben. Was kann ich mit einem Stabilisator, der völlig in Ordnung ist, denn auch beweisen? Rein gar nichts. Ich bin heilfroh, dass ich erst eine weitere Meinung eingeholt habe, anstatt direkt zum DC zu gehen. Er hätte mich nur für eine völlige Null gehalten, wenn ich mit einem »sabotierten« Stabilisator bei ihm auftauche, der einwandfrei funktioniert. Das wäre wie bei dem Lasercutter abgelaufen. Was mich zu der entscheidenden Frage führt: Wieso wurde der Stabilisator nicht manipuliert?

Der Saboteur muss ihn in der Hand gehabt haben, sonst hätte ich darin keinen Datenchip gefunden. Aber was ist das für ein Saboteur, der nicht sabotiert? Die einzige Erklärung dafür, die mir einfallen will, ist, dass er unterbrochen wurde. Könnte ich das Gerät vielleicht nutzen, um ihn in eine Falle zu locken? Nein, das kann ich vergessen. Da in H8 so viel los ist, wäre es schlichtweg unmöglich, den Stabilisator im Auge zu behalten. Und wer sagt denn, dass er dasselbe Teil nimmt? Ich schüttle den Kopf. Ich kann vielleicht nicht herausfinden, was der Saboteur vorhat oder wer er überhaupt ist, aber möglicherweise kann ich noch mehr Personen von meiner Liste streichen.

Nach einer schnellen Suche in der Inventardatenbank habe ich herausgefunden, dass der Stabilisator Teil einer Lieferung war, die vor sieben Tagen direkt an H8 ging, was bedeutet, dass nur jemand mit Zugang zu diesem Habitat auch der Saboteur sein kann. Mithilfe meiner neu erworbenen STL-Freigabe rufe ich gleich die Trainings- und Arbeitspläne aller Angehörigen der Testdivision auf. Trotz der bevorstehenden Mission ist Angelou paranoid wie immer, daher wird der Zugang zu H8 immer nur tagesweise freigegeben. Das bedeutet, dass jemand, der an diesem Tag nicht in H8 gearbeitet hat, das Habitat auch nicht betreten durfte. Von meiner Liste mit fünfundzwanzig Namen kann ich fast ein Drittel streichen. Als ich mir die restlichen Namen ansehe, werde ich immer deprimierter. Ty, Archer und RC. Songbird, Annah und Evangeline. Chen, Xian und sogar Asriel sowie einige andere. Fast jeder, mit dem ich schon mal zusammengearbeitet habe, seitdem ich bei der F&E bin. Der einzige ehemalige Delta, den ich ausschließen kann, ist Zephyr. Das ist keine große Überraschung. Als bester ZG-Experte der F&E leitet er die Schwerelosigkeitsübungen auf OP EG-5 schon seit Beginn der Missionsvorbereitungen. Es wäre albern, ihn mit Lagerpflichten zu beschäftigen, wenn er anderweitig von weitaus größerem Nutzen ist.

Jetzt habe ich also noch siebzehn Namen auf der Liste. Siebzehn Verdächtige sind immer noch viel zu viele, aber besser als einunddreißig. Da ich vorerst nicht weiterkomme, will ich die Liste schon schließen, als mein Blick auf die vier markierten Namen fällt: Ty, Archer, RC, Chen. Die vier Personen, die beinahe mit mir auf

Nomia gestrandet wären. Es ist schon komisch, dass ich so viele Namen streichen konnte, diese vier aber immer noch auf meiner Liste stehen. Ist das nur Zufall, oder gibt es einen guten Grund dafür? Ich weiß es nicht.

Seufzend deaktiviere ich meinen Chip. Meine Ermittlungen bezüglich des Stabilisators sind ins Leere gelaufen. Selbst der Datenchip, den ich darin gefunden habe, bringt mich nicht weiter, da die Seriennummer in der Datenbank nicht zu finden ist. Sollte diese Nummer erneut zu einem Bauteil gehören, dann befindet es sich nicht auf der Station – jedenfalls noch nicht.

Das Summen meines Chips, gefolgt von einem Link von Archer, beendet meine Nachforschungen vorerst. Da in zehn Minuten das Training beginnt, verstecke ich den Stabilisator in einem Luftauslass in den Hygieneeinheiten. Etwas Besseres fällt mir momentan nicht ein. Danach melde ich mich bei Archer und mache mich auf den Weg. Erst als ich den Haupttrainingsraum in H7 betrete, wird mir klar, was an dieser ganzen Sache so seltsam ist: Der Stabilisator ist vor nicht mal einer Woche auf der Station eingetroffen, dabei habe ich den Chip mit seiner Seriennummer schon vor über einem Monat gefunden.

Wie im Universum konnte der Saboteur die Seriennummer eines Teils kennen, das sich noch nicht mal auf der Station befunden hat?

***

Die Extenderplatte fliegt durch das Vakuum auf mich zu und dreht sich wie ein Wurfstern, der direkt auf meinen Kopf zielt. Da ich keine Zeit mehr habe, wegzulaufen, entmagnetisiere ich meine Stiefel und stoße mich von der Plattform ab. Die Platte saust dicht an meinem Ohr vorbei und knallt geräuschlos in die Generatorschüssel. Zerbrochene Kleinteile stieben in alle Richtungen davon, während die Tafel von der Plattform abprallt und trudelnd zurück in den Weltraum segelt. Alle springen zur Seite, nach oben oder unten und versuchen, den kleinen und größeren Geschossen auszuweichen. Als der Erste auf die Idee kommt, die Platte zu fangen, ist sie längst verschwunden.

»Okay, das reicht. Die Simulation ist zu Ende.« Archer schwenkt seine Chiphand, und augenblicklich geht das Licht an, und die Luft und Schwerkraft setzen erneut ein.

Ich orientiere mich sofort wieder Richtung Boden, als die Gravitation mich nach unten zieht, und lande katzenartig zwischen meinen Teamkameraden auf den Füßen. Den meisten anderen gelingt ebenfalls eine reibungslose Landung, nur Jo kann sich nicht rechtzeitig drehen und prallt mit einem lauten Krachen auf dem Bauch auf, was einigen ein Kichern entlockt.

Archer ist hingegen überhaupt nicht amüsiert. »Würde mir jemand erzählen, was bei der Mission schiefgelaufen ist?«

»Wir haben die Extenderplatte verloren«, antwortet Kagawa nach einer Minute.

»Wir haben die Generatorschüssel zerstört«, fügt Jethro hinzu.

»Wir hätten beinahe unsere STL umgebracht?«, mutmaßt Raisman.

Na, großartig! Ich verdrehe die Augen, da mein Beinahetod erst als Drittes genannt wird.

Wir haben den ganzen Morgen Simulationen durchgeführt, um für die bevorstehende Mission zu trainieren, und auch wenn ich weiß, dass wir die grundlegenden Hardwaremodifikationen im Schlaf beherrschen, ist es erstaunlich schwer, sie in der Schwerelosigkeit durchzuführen. Beim Umgang mit den schwereren Teilen ist die Schwerelosigkeit zwar von Vorteil, doch dieser wird von den unförmigen Anzügen, der unkontrollierbaren Ausrüstung und Einschätzungsfehlern zunichtegemacht. Neben meiner Beinahekollision mit der Platte gab es noch zwei weitere Unfälle, die nur knapp vermieden werden konnten, und wir alle sind durchgeschwitzt und völlig erschöpft.

Das scheint Archer allerdings nicht zu bemerken, denn er besteht darauf, dass alles zu einhundert Prozent nach Plan laufen muss. Er liest uns gute zwanzig Minuten lang die Leviten und benennt jede Kleinigkeit, die wir falsch gemacht haben. Endlich ist er fertig, und ich kann die Gelegenheit nutzen, um ihn kurz beiseite zu nehmen.

»TL?«, sage ich leise und deute auf den Zeitmesser. »Wir sind schon seit sechs Stunden hier und brauchen mal eine Pause.«

Archer blinzelt und ist offenbar überrascht, dass es schon so spät ist. Er sieht gestresst aus, als würde er die ganze Last des Sternenbunds auf seinen Schultern tragen, und ich frage mich, ob es nur an dem Druck durch die Mission liegt oder ob es noch einen anderen Grund gibt. Bevor ich ihn danach fragen kann, nickt er.

»Sie haben recht, Sorenson.« Er reibt sich die Stirn. »Lassen Sie sie Mittagspause machen.«

»Ja, Sir.«

Ich entlasse das Team, was mir einige dankbare Blicke einbringt, und deaktiviere den Trainingsraum. Zuerst ringe ich noch mit mir, ob ich duschen oder etwas essen gehen soll, entscheide mich dann jedoch für Letzteres und mache mich auf den Weg zum nächsten Kasino im Zentralhabitat. Ich habe mich kaum auf einem Stuhl an einem Tisch in der Ecke niedergelassen, da höre ich:

»Sarai? Sarai Chen!«

Chen, die in dem Gang neben mir ist, bleibt stehen, als sie ihren Namen hört. Sie sieht sich suchend um und reißt die Augen auf, als sie Hawkins, einen unserer neuen Piloten, entdeckt, der auf sie zustürmt. Ich kann gerade noch »Was zum …?« murmeln, da legt Hawkins auch schon die Arme um sie und drückt sie an sich.

Fassungslos beobachte ich die beiden und weiß nicht, was mich mehr überrascht, dass Hawkins so kühn ist, die distanzierte Chen zu umarmen, oder dass sie seine Umarmung tatsächlich erwidert. Als sie sich schließlich voneinander lösen, wird mein Erstaunen nur noch größer.

Chen lächelt.

Ich glaube, ich habe sie in der ganzen Zeit, die ich jetzt bei der F&E bin, noch nicht ein Mal lächeln sehen – jedenfalls nicht so wie jetzt. Ihre Augen glitzern, sie strahlt förmlich, und dann reden Hawkins und sie derart enthusiastisch aufeinander ein, dass sie das genaue Gegenteil ihres sonst so stoischen Verhaltens an den Tag legt. Diese Veränderung haut mich von den Socken.

»Ist ja nicht wahr! Hawkins! Wie hast du …? Ich meine, wann bist du hierhergekommen?«

Hawkins zuckt mit den Schultern. »Sie haben bei den Aces nach Piloten für eine gefährliche Mission gesucht, und ich dachte, warum nicht? Also bin ich am nächsten Tag losgeflogen und vor einem Zweiquadrat hier auf der Basis angekommen.«

»Ich kann nicht fassen, dass du hier bist!«

»Du kannst nicht fassen, dass ich hier bin? Ich wäre fast gestorben, als ich rübergeschaut und dich hier entdeckt habe. Himmel, wie lange ist das jetzt her? Dreizehn, vierzehn Monate?«

»So in etwa.« Chen nickt und sieht überglücklich aus.

Ich bin derart verblüfft über ihre bemerkenswerte Veränderung, dass es einige Sekunden dauert, bis die Worte zu mir durchgedrungen sind. Dreizehn oder vierzehn Monate? Aber sie ist doch nur wenige Monate vor mir hier angekommen, also vor vielleicht sieben oder acht Monaten. Bei unserer Unterhaltung hatte es so geklungen, als wäre sie von den Aces direkt zur F&E versetzt worden. Was beim Universum hat sie in der Zeit dazwischen gemacht?

»Das alte Team wird Sterne spucken, wenn ich ihnen erzähle, wen ich hier getroffen habe«, fährt Hawkins fort. »Verdammt! Das Fliegerass erster Klasse Sarai Chen ist von den Toten auferstanden.«

»Von den Toten?« Chens Lächeln verschwindet aus ihren Augen, das Licht darin verblasst, obwohl sie die Lippen weiter verzieht, und in diesem Augenblick ist die wahre Chen wieder da, oder zumindest die, die ich kenne. Falls Hawkins die Veränderung bemerkt, kommentiert er sie nicht.

»Du weißt schon, was ich meine. Keine H-Mails, keine Links. Es war, als wärst du in ein Schwarzes Loch gefallen.«

»Ach ja. Tut mir leid, aber ...«

»Nein, ich versteh das schon«, unterbricht Hawkins sie und schaut sich um. »Du hast nach vorn geblickt und bist Teil von etwas Größerem geworden. Damals war mir das nicht klar, aber jetzt, wo ich hier bin, wo ich auch dazugehöre, verstehe ich es. Du hast dich entschieden, einer größeren Sache zu dienen, Sarai. Da kann dir keiner einen Vorwurf machen.«

Obwohl seine Worte sehr positiv sind, scheint Chens Blick nur noch ernster zu werden. Es ist ein seltsamer Kontrast, diese betrübten Augen zusammen mit diesem strahlenden Lächeln zu sehen, als wären zwei vollkommen verschiedene Versionen von Chen, die aus der Vergangenheit und die gegenwärtige, mit einem Mal aufeinandergeprallt, und keine Version könnte viel mit der anderen anfangen. Wieder einmal frage ich mich, wo sie in den sechs Monaten zwischen den Aces und der F&E gewesen ist. Was ist passiert, dass sie vergessen hat, wie man lächelt?

Eine Minute darauf hat sie die Unterhaltung mit Hawkins beendet. Die beiden umarmen sich noch einmal kurz und gehen in entgegengesetzte Richtungen davon. Ich sehe Chen kopfschüttelnd hinterher, als sie das Atrium verlässt. Möglicherweise interpretiere ich ja zu viel in ihr Verhalten hinein. Gran hat früher schon immer gesagt, dass der Krieg jeden verändert. Ich müsste doch besser als jeder andere wissen, wie wahr diese Worte sind.

Ich beende schnell meine Mahlzeit, bringe mein Tablett weg und gehe zurück zu H7. Den restlichen Tag trainieren wir, und am

Abend steht eine Besprechung mit den anderen TL und STL an, bei der wir mögliche Infiltrationsstrategien für die anstehende Mission erörtern. Da viele der OP voller Ghule, Besetzer oder beidem sind, ist unsere Hauptsorge, wie wir die Software hochladen und dann sicher wieder verschwinden können.

»Die Besetzer machen mir weniger Sorgen als die Ghule«, gesteht Xian, die Beta-TL. »Wir werden zu Fuß in einem geschlossenen Raum festsitzen, ohne Fahrzeuge und ohne Fluchtweg. Da können wir uns auch gleich ›Ghulköder‹ auf die Stirn schreiben und uns ihnen ausliefern.«

»Zu schade, dass sie die Soundverstärker nicht hinbekommen haben«, wirft Ty ein. »Es wäre sehr viel einfacher und effizienter, wenn wir uns die Ghule mit solchen Verstärkern anstatt mit Werfern vom Hals halten könnten.«

Ich runzle die Stirn und erinnere mich an das Feld aus Verstärkern, das wir auf Javeyn aufgebaut haben, nur um nie wieder etwas davon zu hören. »Was ist überhaupt aus den Dingern geworden?«

Ty zuckt mit den Schultern. »Ich habe Dr. Rahman vor etwa einer Woche danach gefragt, weil ich mir dachte, dass wir sie bei dieser Mission gut gebrauchen könnten. Er sagte, sie hätten mehrere Tests durchgeführt, aber die Ergebnisse wären, ich zitiere, ›rätselhaft‹ gewesen.«

Ich bin irritiert. *Rätselhaft?* Was immer das bedeutet. Manchmal glaube ich fast, die guten Forscher der F&E drücken sich absichtlich so unklar aus, um schlauer zu klingen. Aber wir werden uns wohl vorerst mit den Werfern und Gasgranaten zufriedengeben müssen.

Plötzlich erinnere ich mich an meinen letzten Tag auf New Sol. Ich stutze, und gleichzeitig breitet sich ein Lächeln auf meinem Gesicht aus, als ich mich daran erinnere, wie es uns gelungen ist, die Ghule auf die Zentralstation zu schaffen und von den nicht infizierten Menschen zu trennen. Ich beuge mich vor und räuspere mich, um mir Gehör zu verschaffen. »Ich hätte da eine Idee.«

Als mich alle anstarren, erkläre ich meinen Plan. Anfangs bin ich noch nervös – *was ist, wenn sie mich für völlig bescheuert halten?* –, aber ihr Nicken und ihre nachdenklichen Blicke ermutigen mich, sodass ich mit jedem Wort selbstsicherer werde. Als ich fertig bin und Asriel erklärt: »Damit können wir doch etwas anfangen«, bin ich so aufgekratzt, als hätte ich gerade einen Fünfzigmeterlauf mit einer Horde Ghulen auf den Fersen hinter mir.

Wir besprechen uns noch eine weitere Stunde, bevor wir schlafen gehen. Ich bin erschöpft nach diesem endlosen Tag, kehre in mein Quartier zurück und will eigentlich nur noch schlafen. Erst als ich mit einem Handtuch in die Hygieneeinheit gehe, fällt mir wieder ein, dass mein Tag noch nicht zu Ende ist. Direkt vor mir befindet sich der Luftauslass, und darin versteckt liegt …

der Stabilisator.

***

Das leichte Vibrieren meines Chips lässt meine Handfläche kribbeln und weckt mich. Ich bewege den Zeigefinger, um ihn zum Schweigen zu bringen, und blinzle mehrmals, damit sich meine Augen an das schwache Notlicht gewöhnen. Danach blicke ich zu meinem Zimmergenossen hinüber. Vange liegt wie ein umgestürzter Baum auf seiner Koje, lässt die Arme herunterhängen und atmet langsam ein und aus. Er schläft eindeutig tief und fest.

Ich stehe auf, ziehe mir eine Hose an und trete in die angrenzende Hygieneeinheit. Der Stabilisator liegt noch genau da, wo ich ihn im Luftschacht versteckt habe. Ich stecke ihn in die Hosentasche und ziehe mein Shirt herunter, damit man die Wölbung nicht sehen kann. Zur Sicherheit halte ich auch noch den Arm davor, als ich in den Gang trete. Doch meine Vorsicht ist unnötig, da weit und breit niemand zu sehen ist.

Die nächste Luftschleuse befindet sich in einem an die Hauptlounge angrenzenden Alkoven. In der Theorie ist es nur eine gesicherte Tür, die man mit der Autorisierung eines DC oder höher öffnen kann. In der Praxis wurden hier allerdings schon viele Anfänger geärgert und Betrunkene herausgefordert, und so gut wie jeder, der einige Monate bei der Testdivision ist, weiß, wie man sie öffnen kann, ohne Alarm auszulösen. Ich natürlich auch.

Die innere Tür zischt und öffnet sich mit leisem Schnaufen, und ich bekomme von der kalten Luft, die hereinströmt, eine Gänsehaut an den Armen und am Hals. Der mondbeschienene Himmel hinter dem durchsichtigen Kristall der Außentür scheint mich zu rufen, und die Nebelschwaden sind in silbriges Licht getaucht und wabern durch die Dunkelheit. Ich lege die Stirn gegen den kalten Kristall und schaue hinaus. In der dunklen Nacht, wenn die ganze Station schläft und es überall ganz leise ist, habe ich manchmal das Gefühl, dass mein Herz kurz davor ist, vor Einsamkeit zu zerspringen.

Ihre Präsenz, ihre Selbstsicherheit; ich wusste erst, dass mir etwas fehlte, nachdem sie mich vervollständigt hatte.

Ich schließe die Augen, Lias Gesicht ist ganz nah, und doch kann ich es nicht berühren. Dann hebe ich den Kopf und trete von der Kristallwand weg, befreie mich von dem Sirenenklang der Nacht und seinen Versprechungen. Ich nehme den Stabilisator, werfe ihn auf den Boden und gehe auf die Station zurück. Warme Luft umgibt mich, als sich die Innentüren hinter mir schließen und die Kühle der Nacht aussperren. Der Stabilisator liegt kalt und allein auf dem Boden. Einen Augenblick lang starre ich das geheimnisvolle Gerät, das so vieles bedeuten mag, einfach nur an.

Dann öffne ich mit einer Handbewegung die Außentüren, lasse

den Druck aus der Luftschleuse heraus und schicke den Stabilisator ins Weltall.

Der Energieschild rings um die F&E wird ihn zweifellos beim ersten Kontakt vaporisieren, und wenn nicht, tun es eben die Energiebänder des planetaren Netzes, die dicht unter uns beginnen. Als ich endlich wieder ins Bett gehe und die Augen schließe, habe ich einen sehr merkwürdigen Traum:

Ich träume, dass der Stabilisator durch die dunklen Nebelschwaden nach unten trudelt und mitten in der von Ghulen besetzten Stadt landet.

27

Dunkle Umrisse zeichnen sich durch das Oberlicht ab und tauchen den Raum in ein Netz aus Licht und Schatten. Von meinem Platz am hinteren Ende der Beobachtungslounge blicke ich auf, und mein Magen zieht sich zusammen, als ich durch den umherwirbelnden Nebel schaue. Das Sonnenlicht fällt mir ins Gesicht und wärmt mir die Wangen. Es flackert erneut und wird von etwas blockiert, das sich hinter dem Nebelschleier befindet. Ich sehe zum Himmel hinauf und halte Ausschau nach dem, was auf der anderen Seite ist …

Da dringt er durch den Nebel, schnittig und gewaltig, die schwarze Hülle glänzt wie der dunkelste Obsidian vor den blasspastellfarbenen Nebelwirbeln: ein Carrier der Raptor-Klasse. Schwere Panzerplatten schützen den Schiffsrumpf und sehen im durchsichtigen Flackern der Schilde aus wie brutale Zahnreihen, es ist trotz seiner geringen Größe offensichtlich, dass dies ein Raubtier ist. Ein sehr schnelles Raubtier, wenn ich mir die Form der Schubdüsen und die Größe des Auspuffs ansehe. Von meinem erhöhten Standpunkt aus kann ich wenigstens drei schmale Shuttles an den Seiten erkennen, tödlich wie Raketen.

Weitere Formen tauchen im Nebel auf, die genauso aussehen, sie sinken perfekt aufeinander abgestimmt um uns herum nieder wie ein Wolfsrudel, das zum Angriff übergeht. Ich höre die Menschen neben mir keuchen und erstaunt murmeln, aber ich gebe kein Geräusch von mir. Ich tue überhaupt nichts, stehe nur ruhig da, die Hände hinter dem Rücken verschränkt, während ich beobachte, wie die Flotte in einer kreisrunden Formation um die Station in Stellung geht. Dabei umspielt ein leichtes Lächeln meine Lippen.

Unsere Schiffe sind eingetroffen.

Dieser Gedanke lässt meine Aufregung immer mehr steigen. In genau zwei Wochen wird jedes Mitglied der Testdivision eines dieser Schiffe besteigen, die in alle Winkel des Sternenbunds aufbrechen, damit wir unsere Mission erfüllen und den mächtigen Erzengel auf jeder von Ghulen und Besetzern eingenommenen OP installieren können. Doch wir werden nicht allein arbeiten. Während wir uns dem Feind stellen, werden die Baupläne für die benötigten Schildmodifikationen und die Softwareupdates an alle von Menschen gehaltenen Plattformen geschickt, damit das Personal vor Ort die Modifikationen durchführen kann, während Drohnenschiffe losfliegen, um verschwundene oder gesprengte OPs zu ersetzen. Ganze Flotten werden in Bewegung sein, Evakuierungstransporter und Carrier voller Wächter und anderer Infanterieeinheiten werden in Position gehen, damit sie die Besetzer evakuieren können, sobald der Erzengel seine Arbeit beginnt. Diese Offensive könnte darüber entscheiden, ob wir den Krieg gewinnen ... oder verlieren. Ich darf gar nicht darüber nachdenken, was alles von dieser Mission abhängt, sonst drehe ich noch durch.

»Das ist ja mal ein krankes Schiff«, meint Vange und grinst breit, während er den nächsten Raptor genauer betrachtet. »Vielleicht landen wir auch alle in der Hölle, aber wenigstens gehen wir dann mit Stil unter.«

»Hey, schließen Sie nicht von sich auf andere! Ich habe vor, die Sache zu überleben«, schaltet sich Ty ein.

»Dafür, dass es im Grunde genommen Transportschiffe sind, verfügen sie über beeindruckende Waffen«, stellt Chen fest.

»Gut!«, erwidert Vange. »Dann werden es sich die verdammten Schatten hoffentlich zweimal überlegen, bevor sie uns angreifen.«

Chen zieht bei seinen Worten eine Augenbraue hoch und sieht ihn skeptisch an, sagt aber nichts weiter dazu. Ich würde zu gern wissen, was sie denkt, aber bevor ich sie fragen kann, ist eine weitere leise Stimme zu hören.

»Sie sehen aus wie der Tod. Das ist nur passend, wenn man bedenkt, dass wir darin einen Völkermord begehen wollen.«

Alle Augen richten sich auf diejenige, die das gesagt hat. Songbird steht am hinteren Fenster, hat die Hände auf den Sims gestützt und sieht durch den Nebel zu den Raptors hinüber. Als keiner von uns etwas sagt, sieht sie über die Schulter zu uns herüber. Ihre sonst so scharf geschnittenen Gesichtszüge wirken richtiggehend abweisend, und ihre Miene lässt sich nur als Furcht erregend bezeichnen.

»Das ist doch das richtige Wort dafür, oder nicht?«, fährt sie fort. »Wir haben doch vor, eine ganze Spezies auszulöschen.«

Benommenes Schweigen. Dann …

»Aber nur, weil sie dasselbe mit uns machen wollen!«, protestiert Ty.

Zustimmung wird laut, mehrere Leute schreien »Ja!« und »Da hat sie recht!«. Ein Spezialist aus dem Iotateam tritt mit grimmiger Miene auf sie zu, wird jedoch von einem scharfen Blick seines TL zurückgehalten.

»Das ist doch Irrsinn«, murmelt jemand, und ein anderer meint: »Ich kann nicht fassen, dass wir überhaupt darüber reden.«

»Welche Wahl haben wir denn schon?«, schaltet sich RC ein, dessen ruhige Stimme vernünftig klingt. »Wir kennen keine Methode, um sie gefangen zu nehmen, und jegliche Versuche der Kommunikationsaufnahme sind gescheitert. Wenn wir einen Weg hätten, Besetzer zu heilen, nachdem sie infiziert wurden, wäre das vielleicht etwas anderes, aber es gibt keine. Wenn wir uns zurücklehnen und nichts tun, könnten wir alle in einem Jahr ebenfalls infiziert sein.«

»Das mag sein«, stimmt Songbird ihm zu, »aber nur, weil sie

uns auslöschen könnten, macht uns das doch nicht weniger zu Monstern, wenn wir dasselbe mit ihnen vorhaben, oder?«

Mehrere Gegenstimmen werden laut, aber es sind weniger und sie klingen nicht mehr so nachdrücklich wie vor einer Minute. Um mich herum lassen die Spezialisten die Köpfe sinken und starren zu Boden, und es wird deutlich, dass Songbirds Worte nicht auf komplett taube Ohren gestoßen sind.

Nach einem Augenblick meint Ji, der STL von Kappa: »Es gibt immer noch jede Menge Schatten auf New Terra.«

»Jetzt schon, aber nur, bis wir mit denen hier fertig sind«, murmelt ein Spezialist von Alpha.

»Sie glauben doch nicht ernsthaft ...?«

»Warum sollten sie es nicht tun?«, entgegnet Xian. »Sobald wir alle Ghule im Sternenbund vernichtet habe, hält uns doch nichts mehr davon ab, zu New Terra hinüberzufliegen und die Sache zu Ende zu bringen. Dafür bräuchte man nur ein paar Drohnenschiffe. Natürlich alles im Namen der Selbstverteidigung.«

»Na, und wenn schon, verdammte Schlacke!«, faucht Vange. »Das sind nur Tiere. Gehirnsaugender Alienabschaum! Es sterben ständig Spezies aus, ohne dass es irgendjemanden interessiert. Warum sollte es jetzt anders sein?«

»Das ist doch nicht wirklich Ihre Meinung, oder?«, fragt Ty. »Wir mögen sie zwar nicht, aber sie scheinen genauso intelligent zu sein wie wir. Sie arbeiten zusammen, koordinieren und planen Angriffe mit einer guten Strategie ...«

»Es gibt auch jede Menge Tierarten, die in koordinierten Rudeln jagen«, unterbricht Vange sie. »Das macht diese Mistkerle noch nicht gleich zu intelligenten Wesen, nur zu gerissenen Jägern.«

»Da könnte er recht haben«, gibt RC widerstrebend zu, den es offenkundig schmerzt, Vange recht geben zu müssen. »Wenn man die Gesamtstrategie der Schatten analysiert, ist das alles nicht sehr überzeugend.«

»Wie meinen Sie das?«, fragt Ty.

»Wir alle wissen, dass Schatten einen Wirt brauchen, um sich zu vermehren. Eine Spezies mit höherer Intelligenz – also auf einer Ebene mit unserer – würde eine Reserve aus nicht infizierten Wirten anlegen und züchten, damit sie sich selbst unbegrenzt fortpflanzen können. Wenn man sich jedoch ihr Angriffsmuster ansieht, scheinen die Schatten so etwas nicht in Betracht zu ziehen. Anstatt Wirte zu fangen und für die Zukunft als Geisel zu halten, infizieren sie einfach alle Menschen in einem Zielgebiet. Das ermöglicht es ihnen zwar, über kurze Zeit mehr Wirte zu bekommen, doch diese werden ihnen innerhalb weniger Jahre wegsterben. Wenn sie diese Taktik so fortführen, haben sie letzten Endes ein Imperium voller toter Menschen, einer riesigen Menge Ghule und keine verfügbaren Wirte. Nehmen wir Telluria als Beispiel. In wenigen Jahren wird die ganze Allianz nichts weiter als eine Geisterstadt sein.«

RC stockt, und seine Miene verfinstert sich. Auf einmal fällt mir ein, dass Ty mir von seiner tellurianischen Frau erzählt hat, die auf der anderen Seite der Allianz den Schatten zum Opfer gefallen ist. Offensichtlich trauert er noch immer sehr um sie. Gibt er dem Sternenbund die Schuld an dem, was ihr zugestoßen ist? Ist er so wütend, dass er unsere Kriegsbemühungen sabotieren würde? Ich muss an meine Liste denken, auf der ich seinen Namen markiert habe. Mit seiner Ingenieursausbildung könnte er problemlos einfache Geräte manipulieren, sodass sie ausfallen oder in die Luft fliegen, und wahrscheinlich könnte er auch meinen Spind knacken und den Lasercutter dort platzieren, ohne erwischt zu werden. Ich mustere ihn verstohlen und bin hin- und hergerissen, da mein Verdacht gleichzeitig Schuldgefühle und Unruhe in mir aufkeimen lässt.

»Nur weil ihre Strategie unlogisch erscheint, bedeutet das noch lange nicht, dass sie nicht intelligent ist«, widerspricht jemand aus dem Gammateam und holt mich damit aus meinen Gedanken.

»Das stimmt. Seht euch nur die ganzen bescheuerten Dinge an, die wir so machen«, fügt jemand anderes hinzu, und einige von uns lachen auf.

Die Diskussion geht weiter, aber je länger sie andauert, desto mehr driften meine Gedanken wieder ab und drehen sich weniger um die Worte, sondern um die Menschen, die sie aussprechen. Oder vielmehr um die, die den Mund halten. Dass die schweigsame Chen nichts sagt, überrascht mich nicht weiter, aber was ist mit Archer? Annah? Die beiden halten sich aus der Debatte über unsere Völkermordmission raus. Haben sie einen guten Grund, aus dem sie ihre wahren Gefühle über diesen Krieg für sich behalten, oder warum schweigen sie?

Ich muss wieder an den Stabilisator denken. Eigentlich hätte ich jetzt, da er sich nicht mehr auf der Station befindet, beruhigt sein sollen, doch ich bin seitdem sogar noch nervöser, und es wird jeden Tag schlimmer. Wie schon so oft wünsche ich mir auch jetzt, dass der Lasercutter nie in meinem Spind aufgetaucht wäre. Diese Entdeckung war wie ein Schritt in einen Fleck mit Treibsand, so als wäre ich über einen scheinbar harmlosen verschlammten Weg marschiert und plötzlich bis zur Hüfte eingesunken, bevor ich überhaupt wusste, was passiert war. Alles, was ich seither getan habe, hat die Sache nur noch schlimmer gemacht und mich tiefer hineingezogen, ohne dass ein Ausweg in Sicht ist. Wenn ich jetzt irgendjemandem erzähle, was ich herausgefunden habe, würde man mich vor das Kriegsgericht stellen und wegsperren, da ich im Verlauf meiner Nachforschungen so viele Regeln gebrochen habe. Vielleicht wäre das die Sache sogar wert, wenn ich den Saboteur mit auffliegen lassen könnte ... doch das kann ich nicht. Denn ich habe weiterhin nicht die leiseste Ahnung, wer er ist.

Ich überprüfe jeden Tag die Inventardatenbank, um nachzusehen, ob die Inventarnummer vom Datenchip aus dem Stabilisator darin auftaucht, aber bisher ist das nicht passiert. Außerdem habe ich meine höhere Sicherheitsfreigabe als STL genutzt, um mich nach allen fünf Objekten umzuschauen, und die Installations- und Serviceeinträge aufgerufen, damit ich weiß, wer alles damit in Kontakt gekommen ist. Doch in den Aufzeichnungen ist kein gemeinsamer Nenner zu entdecken. Auch die Lageraufzeichnungen helfen mir nicht weiter. Die fünf Teile wurden in drei unterschiedlichen Habitaten gelagert, in denen drei verschiedene Crews Dienst geschoben haben, daher kann sich kein Verdacht erhärten.

Wenn ich mir ansehe, welche Orte betroffen sind, bin ich mir nicht einmal sicher, wie irgendjemand aus der F&E Zugang zu all den sabotierten Objekten gehabt haben soll. OP EQ-1, H5, Landebucht 6, H3, OP NE-2, H8. Allein diese Aufzählung ist schon völlig verrückt. OP EQ-1 ist zwar für jeden zugänglich, der hier ankommt oder abreist, aber OP NE-2 durfte nur von den dort arbeitenden Personen sowie einem ausgewählten Team an GMVW-Personal betreten werden. H3, wo das durchgebrannte Energierelais eingebaut war, steht nur Energie- und Wartungspersonal offen, während der Zutritt zu den Landebuchten auf die Flugmannschaft beschränkt ist. Hingegen haben nur Mitglieder der Testdivision Zutritt zu H5, und H8 ist das Reich der Inventarverantwortlichen. Es ist durchaus denkbar, dass sich jemand Zutritt zu einem oder zwei sonst verbotenen Bereichen verschaffen kann, aber ich wüsste nicht, wie es jemandem gelingen soll, überall hinzukommen. Wie also hatte sich ein einzelner Saboteur so leicht von einem Ort zum anderen bewegen können?

Fast hätte ich Angelou in Verdacht – wer sonst könnte jeden Bereich der Station betreten? –, wären da nicht das Glänzen in seinen Augen und dieser ganz besondere Tonfall, wenn er von der F&E spricht. Denn trotz seinem abweisenden Verhalten und seiner kalten Brillanz ist seine Liebe zu dieser Station nicht zu übersehen, und ich kann nicht anders, als ihn als den sprichwörtlichen Kapitän auf seinem sinkenden Schiff zu sehen, und vermute, dass der Untergang der F&E auch Angelous Tod wäre.

»Ist alles okay, Sorenson?«

Archers Frage holt mich in die Gegenwart zurück. Als ich aufblicke, merke ich, dass die Debatte eingestellt worden ist und alle wieder auseinandergegangen sind. Nur Archer und einige andere Spezialisten sind noch da.

»Ja, alles gut. Ich habe bloß nachgedacht.«

Archer sieht mich fragend an. »Ach ja?«

Unwillkürlich lege ich eine Hand an die Jackentasche, in der die fünf Chips verborgen sind. Das Geständnis stiehlt sich schon auf meine Zunge, und ich spüre den plötzlichen Drang, ihm einfach alles zu erzählen, da es zu viel für mich ist – ungeachtet der Konsequenzen –, doch dann bringe ich es doch nicht über mich. Ich vertraue diesem Mann zwar mein Leben an, aber ein kleiner Teil von mir hat dennoch Zweifel, auch wenn ich mir nicht sicher bin, ob ich an ihm zweifle oder an meinem Urteilsvermögen. Stattdessen frage ich: »Glauben Sie das, was Songbird vorhin gesagt hat? Dass wir einen Völkermord begehen werden?«

Er schweigt einen Moment. »Es ist nicht von Bedeutung, was ich glaube«, antwortet er schließlich. »Es ist völlig unwichtig, was irgendeiner von uns glaubt. Wir haben eine Aufgabe zu erfüllen, das ist alles.«

»Dann würden Sie es auch tun, wenn es sich als falsch herausstellt?«, hake ich nach.

»Ich bin Soldat. Es ist mein Job, Befehle zu befolgen, nicht, sie infrage zu stellen.«

»Dann sind Sie doch Songbirds Meinung.«

Archers Miene verfinstert sich. »Das habe ich nicht gesagt.«

Ich mustere ihn mit zusammengekniffenen Augen und versuche, ihn zu verstehen. Ich will ein für alle Mal herausfinden, ob er wirklich der Mann ist, für den ich ihn halte, oder nicht. Seine sonst so freundliche Miene ist verschwunden, ersetzt von aufeinandergepressten Lippen und einer gerunzelten Stirn, aber so sehr ich mich auch anstrenge, es gelingt mir nicht, hinter das versteinerte Äußere zu blicken.

»Haben Sie Zweifel wegen der anstehenden Mission, Sorenson?«

»Sir? Ich ...«

»Denn wenn Sie während der Mission zweifeln, kann das Ihren Tod bedeuten, ebenso wie den Ihrer Untergebenen. Songbird mag mit unserer Mission nicht einverstanden sein, aber wenn sie da draußen ist, dann gibt sie einhundert Prozent. Und wenn ihre Leute sterben, dann wird das nicht daran gelegen haben, dass sie sie im Stich gelassen hat. Haben Sie das verstanden?«

»Ja, ich denke schon«, erwidere ich und nicke.

»Gut.«

Er klopft mir kurz auf die Schulter und geht dann weg, und ich halte ihn nicht auf, obwohl ich das Gefühl habe, dass mir diese fünf Chips ein Loch in die Jackentasche brennen. Denn trotz all der Namen, die ich schon von meiner Liste streichen konnte, steht Archers noch immer ganz oben, und so sehr ich es mir wünsche, so habe ich bisher doch noch keinen Grund gefunden, ihn streichen zu können.

* * *

Die nächsten Wochen vergehen schnell, und jeder in der F&E arbeitet wie verrückt, um die letzten Vorbereitungen für die Mission abzuschließen. Material und Ausrüstung wird den einzelnen Schiffen zugewiesen und verladen, letzte Änderungen an Erzengel werden getestet und finalisiert, und wir üben wieder und wieder die Missionsstrategien. Da vor dem Start noch so viel zu erledigen ist, verschwimmen die Grenzen zwischen den einzelnen Abteilungen, und jeder springt ein, um notwendige Aufgaben zu übernehmen. Selbst Angelou, den ich früher nur selten mal im Vorbeigehen zu Gesicht bekommen habe, ist jetzt häufiger in diesem oder jenem Habitat zu sehen, gibt Anweisungen oder bespricht etwas mit den Leitern der einzelnen Divisionen.

Eines Morgens sehe ich ihn im Atrium und überlege kurz, ob ich ihn wegen der Chips ansprechen soll ... lasse es dann aber. In der Hierarchie der F&E ist Angelou Gott, und ich bin eine unbedeutende Ameise. Alles, was ich ihm zu sagen habe, muss über meinen CO und die Befehlskette laufen. Außerdem ist es mir immer noch peinlich, dass ich in seinem Büro zusammengebrochen bin, und möchte ihm lieber nicht so bald erneut unter die Augen treten.

Angelous ist nicht das einzige vertraute Gesicht, das ich an diesem Tag sehe. An diesem Nachmittag habe ich in einem Frachtraum zu tun und stehe zwischen einem Flugmechaniker zu meiner Linken und einem mir bekannten Wissenschaftler zu meiner Rechten.

»Dr. Inoue«, rufe ich überrascht aus, als ich den schmächtigen Mann von der Caraquin-Mission, bei der wir den Schnüffler getestet haben, wiedererkenne.

Er lässt den Karton fallen, den er gerade in der Hand hat, und starrt mich mit weit aufgerissenen Augen an. »Techspezialist Sorenson?«

»Ich bin jetzt Stellvertretender Teamleiter.«

Betretenes Schweigen macht sich breit, da wir beide nicht wissen, was wir sagen sollen. Ich helfe ihm, den Karton wieder aufzuheben, und verstaue ihn im Frachtraum. Dann entladen wir zusammen den Gravschlitten, den er hergebracht hat.

»Die Vorbereitungen sind fast abgeschlossen«, teilt mir Inoue mit. »Ich vermute, dass Sie und Ihr Team bald aufbrechen werden.«

»Ja, in wenigen Wochen«, bestätige ich.

»Wurden Sie schon einem Schiff zugewiesen?«

»Noch nicht, aber mein TL meint, dass es jetzt jeden Tag so weit sein kann.«

»Schön, schön.«

Wir schweigen wieder, da Inoue seinen Bedarf an Small Talk offenbar gedeckt hat und meiner gar nicht erst vorhanden ist. Als wir die Fracht abgeladen haben, reaktiviere ich den Schlitten, damit er die nächste Ladung abholt.

»Das mit Ihrer Teamkameradin hat mir sehr leidgetan«, meint Inoue auf einmal. »Als die Schießerei anfing, war sie diejenige, die mich zu Boden gedrückt und mit ihrem Körper abgeschirmt hat. Sie war eine sehr tapfere Frau.«

»Ja, das war sie.«

Inoue schaut zu Boden und ringt die Hände. »Ich habe mich an jenem Tag furchtbar benommen. Sie und Ihr Team müssen mich für einen schrecklichen Feigling gehalten haben. Das alles tut mir sehr leid.«

Ich muss an den Korb mit den Blumen und der Nachricht denken und daran, dass die Worte zwar unbeholfen, aber auch aufrichtig geklungen hatten.

Das mit Ihrer Teamkameradin tut mir sehr leid. Sie hat mir das Leben gerettet. Das werde ich nie vergessen.

Wie viel Mut musste es ihn gekostet haben, uns diese Beileidsbekundung zu schicken? Nachdem ich das vergangene Jahr vor meinen Gefühlen davongelaufen bin, kann ich es umso mehr schätzen, dass er mutig genug war, seiner Trauer Ausdruck zu verleihen. Ich schenke ihm ein schiefes Lächeln. »Mut kann unterschiedliche Formen annehmen und zeichnet sich nicht unbedingt dadurch aus, dass man bei einem Schusswechsel einen klaren Kopf behält.«

Er lacht bei diesen Worten auf, und wir ziehen los, um die nächste Ladung zu holen.

Trotz der harten Arbeit haben alle gute Laune, und wir sind aufgeregt, weil wir nun endlich gegen unseren Feind vorgehen können, anstatt nur darauf zu warten, dass er wieder zuschlägt. Was er in der Zwischenzeit auch wieder tut, denn wir verlieren mehrere kleine Orbitalminenringe in zwei Systemen. Auf den OMR befanden sich nur wenige Menschen, sodass die Verluste relativ gering sind im Vergleich zu den Zielen, die die Schatten zuvor angegriffen haben – allerdings verliefen die Ringe relativ nah an der F&E, was uns zu denken gibt. Waren die OMR nur ein Zwischenschritt, während sich die Schatten der F&E unaufhaltsam nähern, oder haben sie rein zufällig dort zugeschlagen?

Wie immer die Antwort auch lauten mag, diese Vorfälle sorgen dafür, dass sich Angst auf der Station breitmacht und die Aufregung getrübt wird, da wir die Gefahr nun nicht länger ignorieren können.

Derweil werden die Teams für die Mission festgelegt. Delta wird dem Carrier *Infinity* zugewiesen, der unter dem Kommando von Major Estes steht, ebenso wie Songbirds Gamma, Xians Eta und das Iotateam, in das RC versetzt wurde. Ich bin Estes zwar noch nie begegnet, habe sie aber während meines Aufenthalts hier auf der Basis schon mehrfach von Weitem gesehen. Sie ist eine große, ernste Frau von Mitte fünfzig, hat unter den Militärangehörigen einen tadellosen Ruf, und die TL sind sich einig, dass sie eine gute Wahl als CO ist. Nachdem wir mit ihr an der Spitze eine Woche lang die Missionsszenarien durchlaufen haben, bin ich geneigt, ihnen zuzustimmen.

Unser Aufbruch, dem ich ebenso aufgeregt wie ängstlich entgegensehe, rückt immer näher, und uns allen stellt sich nur noch eine Frage: Wird dies die Offensive sein, mit der wir den Krieg gewinnen, oder leiten wir damit unsere Niederlage ein?

28

Knack! Der Energiekonverter zerbricht unter der gigantischen Presse des Recyclers in tausend Stücke. Ich betrachte die zermalmten Einzelteile zufrieden. Das Ding wird nie wieder irgendetwas konvertieren – falls es dazu überhaupt jemals gedacht war.

Nachdem ich die Stücke in den Recycler geschoben habe, lehne ich mich seufzend mit dem Rücken an die Wand. Der Energiekonverter ist vor achtzehn Stunden auf der Basis eingetroffen und war Teil der allerletzten Lieferung, die wir vor unserem Start morgen erhalten haben. Der Datenchip vom Stabilisator hat mich direkt zu diesem Teil geführt. Gut, dass ich weiterhin die Inventardatenbank nach der Seriennummer durchforstet habe. Wie alle vorherigen Objekte enthielt auch der Energiekonverter einen Datenchip mit einer einzigen Seriennummer: 62M-071837-J572. Auch diese Nummer ist in der Datenbank der F&E nicht vorhanden. Noch verwirrender war allerdings, dass sich der Konverter bei der genauen Überprüfung als perfekt in Schuss herausgestellt hat.

Was mich jedoch nicht davon abhielt, ihn in den Recycler zu werfen. Nach dem, was auf OP NE-2 passiert ist, gehe ich keine Risiken mehr ein.

Kopfschüttelnd verlasse ich den Raum und gehe zurück zum Zentralhabitat. Das alles ergibt doch überhaupt keinen Sinn. Ich hätte es mir noch erklären können, dass der Saboteur ein Gerät übersehen hat – vielleicht konnte er es nicht wie geplant manipulieren oder wurde währenddessen gestört –, aber zwei? Entweder haben wir es hier mit einem unfähigen Saboteur zu tun, was sehr unwahrscheinlich ist, nachdem er bisher ganze Arbeit geleistet hat, oder es geht um mehr als bloße Sabotage. Möglicherweise sollten diese letzten beiden Geräte gar nicht explodieren oder eine Fehlfunktion haben, sondern etwas ganz anderes tun. Auch wenn ich keine Ahnung habe, was das sein könnte.

Ebenso habe ich noch nicht herausgefunden, woher der Saboteur die Seriennummer eines Teils kennt, das noch nicht einmal auf der Station eingetroffen ist. Hält er sich vielleicht gar nicht hier auf? Handelt es sich eventuell um einen Versorgungstechniker oder Arbeiter bei einem Hersteller, der die Ausrüstung manipuliert und die seltsamen Chips darin versteckt, bevor sie überhaupt hier eintreffen? Es kommt mir beinahe so vor, als wollte er, dass jemand seine Pläne vereitelt. Aber wieso macht er sich dann überhaupt erst die Mühe? Möglicherweise sind die Chips aber auch eine Nachricht oder gar eine Karte. Eine Spur, die zu einer viel größeren Sache führt. Bei diesem Gedanken wird mir eiskalt. Wie viel größer kann es denn noch werden, wo doch schon eine ganze Plattform in die Luft gejagt wurde? Ich richte den Blick zur Decke, stelle mir Erzengel vor, dessen Netzwerk sich über den ganzen Sternenbund erstrecken wird, und erschaudere.

Gedankenverloren laufe ich durch das Zentralhabitat und gehe einmal um den Außenring, während ich über die Situation nachdenke. Ich habe zwar noch immer keine Antwort auf die wichtigen Fragen, bin aber trotzdem froh, dass ich den Energiekonverter schon wenige Stunden, nachdem er auf der Station eingetroffen war, zerstören konnte. Da zu diesem Zeitpunkt nur sehr wenig Teams im Vorratshabitat beschäftigt waren, konnte ich meine Liste gleichzeitig von siebzehn auf sechs Einträge kürzen. Unter den gestrichenen Namen war auch Kagawa, mein Zimmergenosse Evangeline und Chen, die die ganze Woche über Flugdienst hat und rund um die Uhr Versorgungsflüge machen muss. Aufgrund ihres engen Zeitplans hat sie so gut wie keine Pausen und kann unmöglich etwas sabotieren. Ich gehe die restlichen Verdächtigen im Kopf durch.

Archer
RC
Ty
Songbird
Xian
Annah

Alles Menschen, mit denen ich auf die eine oder andere Weise in den letzten Monaten zusammengearbeitet habe. Und mit Ausnahme von Ty und Annah werden sie auch alle auf meinem Carrier, der *Infinity*, stationiert sein. Bei der Vorstellung, dass einer der anderen Tester ein Verräter sein könnte, zieht sich in mir alles zusammen. Javeyn, Caraquin, Prisma. Wir haben in den Monaten, seit ich bei der F&E bin, so viel zusammen durchgestanden, verrückte Missionen und schmerzhafte Verluste erlebt, und alles nur zu einem Zweck: um diesen Krieg zu gewinnen. Zwar habe ich von Anfang an gewusst, dass der Saboteur jemand aus der Testdivision sein muss, aber ich kann den Gedanken, dass uns einer der Unsrigen verraten hat, dennoch kaum ertragen. Verstehen kann ich es erst recht nicht. Was hat derjenige denn davon, dass er unsere Bemühungen sabotiert? Trotz meiner Bedenken setze ich die Jagd nach dem Saboteur fort und komme ihm von Tag zu Tag näher, aber da wir bald aufbrechen, läuft mir die Zeit davon.

Als ich in H5 ankomme, stelle ich fest, dass meine neue Missionsuniform eingetroffen ist. Jacke, Hose, Handschuhe, Werkzeuggürtel. Es ist ein schnittiger schwarzer Raumanzug, der so dünn ist, dass ich mich frage, ob er das Vakuum wirklich aushalten kann. Dazu ein neuer Körperschutz mit passendem Helm, extra für mich angepasst und mit der neuesten Technik ausgestattet. Ich streiche mit dem Finger nacheinander über jedes Teil und bestaune die herausragende Qualität, die sich in allem, von meinem perfekt gestickten Namen auf der Jacke bis zu den makellosen Platten der Panzerung, widerspiegelt. Dabei gehen mir die Worte durch den Kopf, die Ty an jenem Tag, als OP NE-2 in die Luft geflogen ist, gesagt hat:

Wir sind ihnen nicht gleichgültig.

Als ich diese Uniform vor mir habe, bei der vom Design bis zur Herstellung Wert auf Qualität gelegt wurde, weiß ich, dass sie recht hat. Wir sind ihnen nicht gleichgültig, und dieses Wissen macht meine neue Ausrüstung nur noch wertvoller.

Dann wollen wir mal sehen, ob sie passt.

Ich lege meine Kleidung ab und ziehe die neuen Teile Stück für Stück an. Zuerst die Uniform, gefolgt vom Raumanzug, dem Werkzeuggürtel, den magnetischen Stiefeln und dem Körperschutz. Alles passt perfekt, vom Sitz des Stoffes bis hin zur Form der Platten. Zuletzt setze ich den Helm auf, der meinen Kopf perfekt schützen wird. Nun fehlen nur noch der Werfer und die Betäubungspistole, dann wäre mein Outfit komplett, aber die liegen mit dem Rest meiner Ausrüstung in der Waffenkammer. Trotzdem digitalisiere ich einen Teil der Wand in einem Spiegel. Ich habe mich noch nie zuvor in voller Kampfmontur gesehen und ziehe bei dem Anblick die Augenbrauen hoch.

So sehe ich aus?

Der Mann im Spiegel wirkt kräftig und fähig – fast schon autoritär in der mit Gold abgesetzten schwarzen Missionskleidung. Es ist ein Mann, der ein Team auf von Ghulen eroberte Plattformen führen und vielleicht sogar sicher zurückkehren kann. Die Art von Mann, die sich einer Horde Besetzern in den Weg stellt und es überlebt. Doch vor allem ist es ein Mann, der sich für eine größere Sache einsetzt und der sein Leben dafür opfern würde, schlichtweg weil er daran *glaubt.*

So wie Lia es getan hat.

Ich trete langsam vom Spiegel weg, wie betäubt von dieser

Erkenntnis. Lia ist in den Tod gegangen, weil sie an etwas geglaubt hat, das größer war als sie selbst, und auch wenn mein Kopf diese Entscheidung begreifen konnte, hat mein Herz das nie geschafft. Bis jetzt.

Hat sie auch einmal so vor einem Spiegel gestanden, wie ich es jetzt tue, in ihre Seele geblickt und etwas Tiefes und Großes entdeckt, von dem sie vorher gar nicht gewusst hatte, dass es da war? Ich werde es wohl nie erfahren. Trotzdem bewirkt die Vorstellung, jetzt in ihre Fußstapfen zu treten, dass ich mich ihr näher fühle als an jenem Tag, an dem sie New Sol in einer Woge aus Licht hat aufgehen lassen.

* * *

Am nächsten Morgen stehe ich früh auf, weil ich zu nervös bin, um noch länger zu schlafen. Der Starttag ist endlich angebrochen, und obwohl mir klar ist, dass wir bis zu unserer ersten Plattform eine mehrtägige Reise auf uns nehmen müssen, spüre ich beim Gedanken an die bevorstehende Mission ein nervöses Flattern im Bauch. Ich ziehe mich an, gehe trainieren und danach unter die Dusche, und die vertrauten Aktivitäten bewirken, dass ich mich ein wenig beruhige.

Nach einem schnellen Frühstück kehre ich in mein Zimmer zurück und sehe auf die Uhr: zehn nach sieben. Ich habe noch mehr als genug Zeit, um mein Schiff zu erreichen. Viel zu viel Zeit. Neidisch sehe ich zu Vange hinüber, der auf der anderen Seite des Zimmers in seiner Koje liegt und schläft, wobei er das Gesicht im Kissen vergraben hat. Falls er wegen der Offensive nervös ist, bringt es ihn nicht um den Schlaf.

Ich setze mich auf meine Koje, trommle mit den Füßen auf den Boden und weiß nicht, was ich mit mir anfangen soll. Da denke ich, dass ich mich vielleicht bei meinen Eltern und bei Gran melden sollte. Ich habe seit einer Ewigkeit nicht mit ihnen gesprochen, und wer weiß, wann ich das nächste Mal die Gelegenheit dazu bekomme. Je nachdem, wie die Mission verläuft, könnte das meine letzte Chance sein, daher sollte ich sie nutzen, auch wenn die Vorstellung, dass ich zu einer Mission aufbrechen und nie zurückkehren könnte, sehr morbide ist – doch es entspricht nun mal den Tatsachen.

Letzten Endes entscheide ich mich dafür, ihnen allen H-Mails zu schicken, anstatt sie persönlich anzulinken, und ich grüble eine halbe Stunde über die richtigen Worte nach, bis sich Vange umdreht und schnaufend aufsetzt. Er verzieht das Gesicht und wirft mir sein Kissen an den Kopf.

»Meine Fresse, Sorenson! Sagen Sie ihnen einfach, dass Sie sie lieben, und das war's.«

»Haben Sie das so gemacht?«

Vange schnaubt verbittert auf. »Nein, ich habe niemanden, dem ich das sagen könnte.«

Er schnappt sich gähnend sein Handtuch und verschwindet in der Hygieneeinheit, die wir uns mit den STL im Zimmer auf der anderen Seite teilen. Als sich die Tür hinter ihm schließt, denke ich über seinen Ratschlag nach. *Keine schlechte Idee.*

Die Nachrichten, die ich schließlich aufzeichne, sind kurz und liebevoll. Ich sage ihnen, dass ich sie liebe und hoffe, sie bald wiederzusehen. Nachdem ich die drei Nachrichten abgeschickt habe, will ich meinen Chip schon aktivieren, stutze aber, da ein weiteres Gesicht vor meinem inneren Auge erscheint.

Teal.

Ich habe seit fast anderthalb Jahren nicht mehr mit ihr gesprochen. Nicht seit der Nacht vor meiner Abreise, in der wir uns das letzte Mal gestritten haben. Trotz ihrer vielen Links und Grans Flehen habe ich es bisher nicht über mich bringen können, mit ihr zu reden. Dafür war ich viel zu wütend, zu sehr in meinen Schmerz und meine Trauer versunken, als dass ich ihren vermeintlich leeren Worten zuhören konnte. Aber das ist jetzt lange her, und der Zorn, der früher so erbittert in mir getobt hat, ist verschwunden. Oder er hat sich verringert, ist zu etwas Kleinerem geworden, das nicht mehr so wehtut, als hätte die Zeit das meiste Gift aus der Wunde gewaschen und nur noch einen ertragbaren Schmerz zurückgelassen.

Ich starre die offene H-Mail an und seufze. Sie ist immerhin meine Schwester.

Langsam krümme ich den Zeigefinger, um die Aufnahme zu starten. Ich hole tief Luft, will schon etwas sagen … und stoße die Luft wieder aus. Erneut hole ich Luft, aber auch dieser Atemzug kommt tonlos wieder heraus. Die Minuten verstreichen, und ich stehe noch immer da, starre meinen Chip an und atme ein und wieder aus. Obwohl ich mir die größte Mühe gebe, wollen mir die Worte einfach nicht über die Lippen kommen. Der Schmerz mag erträglicher geworden sein, aber die Wunde ist noch nicht verheilt.

Schließlich lösche ich die Nachricht und deaktiviere meinen Chip. Danach schnappe ich mir meine Tasche, sehe mich noch ein letztes Mal um und gehe hinaus.

Auf der Station herrscht Chaos. Menschen laufen mit panisch verzerrten Gesichtern hin und her, während sie letzte Aufgaben erfüllen, die ihnen gerade erst eingefallen sind. Tester sind auf dem Weg zu den Landebuchten, wo sie in ihre Schiffe steigen werden, Wissenschaftler stehen an den Fenstern und warten darauf, die Flotte abfliegen zu sehen, damit ihre monatelange harte Arbeit endlich Früchte tragen kann.

Ich fliege mit einem Shuttle zur Sekundären AP, an der die *Infinity* angelegt hat, um auf mich und den Rest meines Teams zu warten. Während ich durch den Korridor gehe, halte ich Ausschau nach einem Hinweis darauf, zu welcher Landebucht ich gehen muss. Als ich vor Landebucht sieben stehe, summt mein Chip und weist mich auf eine eintreffende Nachricht hin. Es ist Ty. Wahrscheinlich will sie sich von mir verabschieden. Mit einem Fingerschnippen öffne ich die Nachricht.

NOTFALL IN LANDEBUCHT 4! SOFORT HERKOMMEN!

Die Worte laufen in Dunkelrot über meine Handfläche. Ich muss an Zel denken, doch dann denke ich gar nichts mehr, stelle auch keine Fragen mehr, sondern lasse einfach meine Tasche fallen und renne über die Plattform. Ich springe über einen Kartonstapel und renne um einen Gravschlitten herum, haste durch ein Labyrinth aus Menschen und Frachtstücken, wobei ich die ganze Zeit darauf hoffe, noch rechtzeitig zur Landebucht zu gelangen. Meine Füße trommeln über das Deck, und ich suche im Laufen nach dem richtigen Gang.

Landebucht 6

Schon renne ich vorbei an einem Offizier mit einem Pad in der Hand und zwei Ingenieuren in silbernen Kitteln, die mir erschrocken etwas hinterherrufen, aber ich laufe schon weiter durch das überfüllte Terminal. An der Wand vor mir entdecke ich ein Medkit, und ich mache rasch einen Abstecher und reiße es aus der Verankerung. In meiner Eile lasse ich es beinahe fallen, aber dann gelingt es mir doch, es unter meinen Arm zu klemmen, und ich haste weiter.

Landebucht 5

Ich drängle mich durch eine Menschenmenge und springe über einen Haufen Rationspaks. Am anderen Ende des belebten Gangs kann ich den Rand des vierten Rings ausmachen, und ich lege noch einen Zahn zu und schlittere um ein hervorstehendes Schott herum. Nach ein paar weiteren Schritten bin ich da, renne durch die Luke, halte das Medkit in der Hand und sehe mich nach dem Notfall um.

Fragende Blicke treffen mich, viele drehen den Kopf und runzeln die Stirn ob meines dramatischen Auftritts. In der Landebucht ist erstaunlich viel los, gut dreißig Menschen stehen in Grüppchen zusammen und unterhalten sich. Mehrere Arbeiter verstauen eine letzte Ladung im Schiff, während ein Offizier die Vorbereitungen überwacht. Ich kann niemanden entdecken, der in Not zu sein scheint.

Da kommt Ty aus der Menge. Sie entdeckt mich, beäugt mich von Kopf bis Fuß und fängt an zu lachen.

Ich starre sie wütend an und spüre sofort, dass etwas nicht stimmt. »Ich bin hier. Wo ist der Notfall?«

»Ach, das«, meint sie und winkt ab. »Zephyrs Schiff legt gleich ab, und wir haben noch kein Digital von unserem alten Team gemacht.«

Mir fällt die Kinnlade herunter. »Das ist der große Notfall?«

»Wären Sie gekommen, wenn ich gesagt hätte, dass es um ein Foto geht?«

Ich verziehe nur das Gesicht, doch das ist ihr Antwort genug.

»Hab ich's mir doch gedacht. Aber, hey, Bestnoten für Geschwindigkeit und Vorbereitung.« Sie klopft mir auf die Schulter, zwinkert mir frech zu und deutete auf das Medkit in meiner Hand. »Das würde ich für das Foto aber lieber weglegen.«

Ich laufe knallrot an, lege das Medkit weg und folge ihr zum anderen Ende der Landebucht. Alle ursprünglichen Mitglieder der Testdivision aus der Zeit vor Erzengel sind bereits da, jedenfalls alle, die noch am Leben sind. Ty und Archer, Zephyr, RC und Chen. Kagawa und Songbird. Vange und Annah sowie Xian und der Rest von Alpha, Beta, Gamma und Delta. Sogar Asriel ist als DC und ehemaliger Deltaleiter mit dabei. Ich frage mich insgeheim, ob unser Teambild neben dem Digital auf seinem Schreibtisch zu sehen sein wird.

»Kommt schon, Leute! Wir haben nicht viel Zeit. Stellt euch zusammen, na los!«

Alle drängen sich aneinander und bilden vor der Shuttle-Reihe einen Pulk. Ich stehe am Rand und weiß nicht, wohin ich gehen soll, trete dann schließlich in die hinterste Reihe. Auf einmal packen mich kräftige Hände und ziehen mich durch die Menge, bis ich inmitten der Deltas stehe. Ty und Archer flankieren mich, RC, Raisman und Kagawa sind in der Reihe vor uns, Chen und Zephyr ganz vorn. Der Diensthabende hält die Chiphand mit der Handfläche zu uns hoch, um das Foto zu machen.

»Sie müssen lächeln, Sorenson.« Ty stößt mich mit der Schulter an. »Das ist ein Gruppenbild, keine Beerdigung.«

Also lächle ich. Umgeben von den Menschen, mit denen ich trainiert, geschwitzt, gegessen und mein Leben riskiert habe, grinse ich breit, während der Diensthabende den Moment für immer als Digitalbild festhält, das noch lange Bestand haben wird, wenn alle Menschen darauf längst gefallen sind.

Eine Stunde später stehe ich auf dem unteren Beobachtungsdeck der *Infinity* und sehe mit an, wie das pastellfarbene Leuchten, das Prisma umgibt, unter uns immer kleiner wird, und ich frage mich, ob ich es jemals wiedersehen werde.

An Bord der Schwebestation *Epsilon-065*
Geheime Forschungsbasis von Division sieben

Die Carrier erhoben sich aus den Nebelschwaden, verließen die Atmosphäre sowie die Exosphäre und flogen ins Weltall. Die schwarzen Schiffe waren vor der gewaltigen Schwärze des Universums beinahe unsichtbar, wie sie schmal und lautlos wie eine Flotte aus Raubtieren auf der Jagd loszogen. Sie würden ums Überleben kämpfen und Rache üben. Das Verlangen nach Wiedergutmachung hatte die blutgetränkten Sterne erfasst.

Mit hinter dem Rücken verschränkten Händen sah der Doktor mit an, wie sie in die Nacht hinausflogen, bis sie auf keinem der Feeds auf den geschwungenen Wänden seines Büros mehr zu sehen waren. Eigentlich hielt er sich nicht für einen sentimentalen Menschen, aber bei ihrem Anblick hatte er doch einen gewissen Stolz verspürt. Stolz, Hoffnung … und Angst. Diese eiskalte Unruhe, die einen stets überkommt, wenn viel auf dem Spiel steht und ein Scheitern schlimme Konsequenzen haben würde. Doch wie er sich schon so oft in Erinnerung gerufen hatte …

Scheitern war keine Option.

Der Doktor löschte die mittleren Feeds und linkte die Interstellarkommunikationsboje im Orbit an. Die beiden Empfänger antworteten sofort auf seine Links, und ihre Gesichter erschienen rechts und links von ihm auf den Schirmen. Er begrüßte sie mit drei Worten:

»Sie sind unterwegs.«

Die Admiralin nickte ein Mal. »Meine Leute auch. Was ist mit dem Rest?«

»Die Baupläne und die Software für die OP-Modifikationen werden soeben an alle bemannten OPs übermittelt, wobei wir sie als

routinemäßiges Sicherheitsupgrade ausgeben. Sobald die Softwareuploads abgeschlossen sind, können wir jede OP ins Mastersystem verlinken.«

»Gut. Und die Schiffe?«, fragte sie und sah den Vorsitzenden an.

»Die Drohnenschiffe wurden wie befohlen modifiziert und ausgesandt«, bestätigte der Vorsitzende. »Sie sollten ihre Ziele alle planmäßig erreichen. Außerdem wurde die für die Modifikationen benötigte Hardware hergestellt und an die zuständigen Stellen verteilt.«

Sie besprachen noch eine halbe Stunde lang weitere Einzelheiten, bestätigten die Medikamentenlieferungen, Einsatzgebiete des Militärs, Kommunikationsebenen und Alternativpläne, bis selbst die Admiralin zugeben musste, dass bisher alles nach Plan lief. Sie verschränkte die Finger hinter dem Rücken und zuckte mit einer Schulter.

»Dann bleibt uns jetzt wohl nichts anderes übrig, als zu warten.«

Stille senkte sich über sie herab, und doch spürte er noch die verborgenen Ängste und unausgesprochenen Meinungsverschiedenheiten. Der Doktor musterte die Admiralin und versuchte, hinter ihre gut einstudierte, gleichgültige Miene zu blicken, was ihm jedoch nicht gelang. Früher einmal hatte er sie lesen können wie ein Pad, aber in den letzten Jahren hatte sie das Verschleiern ihrer Gefühle zu einer Kunst erhoben, sodass selbst er nicht mehr wusste, was sie dachte. Der Vorsitzende war heute ebenfalls ungewöhnlich schweigsam. Daher ergriff der Doktor das Wort, da ihn das Schweigen und seine aufgewühlten Gedanken nicht zur Ruhe kommen ließen.

»Es wird funktionieren.«

Nun reagierte die Admiralin; ihre Lippen zuckten nur ganz kurz, bevor sie sich vorbeugte, sodass ihr Gesicht auf dem Holofeed ganz groß wurde.

»Das habe ich schon einmal gehört.«

Er hätte sie am liebsten geschlagen, auch wenn sie eintausend Lichtjahre weit weg war und er noch nie zuvor die Hand gegen einen anderen Menschen erhoben hatte. Musste sie das ausgerechnet jetzt erwähnen? Doch er riss sich zusammen, da er genau wusste, dass sie ihn nur provozieren wollte, und wiederholte seine Aussage.

*»*Es wird *funktionieren.«*

Sie zuckte erneut mit einer Schulter. »Das werden wir ja sehen.« Dann trennte sie die Verbindung.

Der Vorsitzende verabschiedete sich mit angespannter Stimme, bevor er den Link ebenfalls beendete, und der Doktor war wieder allein. Er sank auf seinen Stuhl und versuchte, die Worte der Admiralin zu vergessen, was ihm jedoch nicht gelang. Selbst nach all dieser Zeit ärgerte es ihn, an seinen größten Fehlschlag erinnert zu werden.

Das Scheitern der Nova-Technologie.

Sie hatten die Anweisungen ganz genau befolgt und die Baupläne und Daten der Tellurianer genutzt, um eine Waffe zu erschaffen, die jener ähnelte, mit der die Raumstation New Sol mit allen Ghulen darauf in einer Lichtexplosion zerstört worden war. Doch obwohl sie alles wie angegeben durchgeführt hatten, ließ sich das Ergebnis nicht duplizieren. Planeten, Kolonien, evakuierte Stationen voller Ghule – sie hatten die Waffe an jedem nur denkbaren Ort getestet, aber obwohl die Bomben hochgegangen und die Schatten zu sehen gewesen waren, hatten die Ghule auch nach Erlöschen des Lichts überlebt.

Der schlimmste Fehlschlag kam im Luna-Internierungslager drei. Es war nicht wie die anderen Testorte verlassen, sondern ein Lager voller Besetzer. Das Blutbad war furchtbar gewesen, die Todesrate unfassbar hoch. Von den zehntausend Lagerinsassen starben siebentausendachthundertdreiundvierzig in einem Augenblick, und wofür?

Um eine Waffe zu erschaffen, die nicht funktionierte.

Doch von alldem wusste der Rest des Sternenbunds nichts. Alle hatten die offizielle Geschichte akzeptiert: dass die Waffe schlichtweg zu zerstörerisch war, um effektiv zu sein. Das ließ sich umso besser verkaufen, da es stimmte – mit Ausnahme eines kleinen Details. Nur eine Hand voll Menschen in den höchsten Ebenen kannte die wahre Geschichte, und sie alle – die Admiralin, der Vorsitzende und die Ingenieure, die für die F&E arbeiteten – gingen einfach davon aus, dass die Tellurianer ihnen falsche oder unvollständige Baupläne der Waffe übermittelt hätten. Das war die einzig logische Erklärung. Trotzdem hatte der Doktor sie nie akzeptieren können. Es gab einen guten Grund dafür, dass sie auf New Sol funktioniert hatte, danach aber nicht mehr. Hatten die Schatten irgendwie einen Weg gefunden, der Nova-Technologie zu widerstehen? Konnten sie die tödliche Wirkung abschwächen, um die Explosion zu überleben? Oder hatten sie eine Methode gefunden, die Nova-Bomben direkt zu sabotieren? Als Wissenschaftler konnte er die Möglichkeit nicht ausschließen, die sich daraus schlussfolgern ließ, auch wenn er es noch so gern wollte:

Wenn sie einen Weg gefunden hatten, die Nova-Technologie zu besiegen, dann konnte das auch bei Erzengel geschehen sein.

Sie sahen jetzt schon seit Monaten die Anzeichen dafür, dass der Feind kurz vor einer neuen Offensive stand, über die absolut nichts in Erfahrung gebracht werden konnte. Falls der Feind auf irgendeine Weise von ihrem Plan erfahren hatte oder zuschlug, bevor Erzengel zum Einsatz gebracht werden konnte …

Nein, so etwas durfte er nicht einmal denken. Er war Wissenschaftler, kein Stratege, und trotz all ihrer Fehler vertraute er der Admiralin. Sie würde ihren Beitrag leisten und den Feind auf Abstand halten, bis die Zeit gekommen war. In neunzig Tagen würde er persönlich die Befehle eingeben, mit denen Erzengel auf jedem Planeten, jeder Kolonie und jeder Station im Sternenbund aktiviert wurde. Dann würden die Ghule in glorreiches Licht getaucht werden und sterben.

Sie würden sterben, denn wenn sie es nicht taten, war die Menschheit verloren.

29

Die Plattform erscheint vor mir auf dem Schirm, flach und grau vor dem Hintergrund des Sternenhimmels und der leuchtend weißen Aura des Planeten darunter. Syksa OP SE-3. Aus der Ferne sieht sie aus wie jede andere OP. Erst als wir näher kommen – nahe genug, dass wir die Brandspuren in der dicken Tritaniumhülle, die zugeschweißten Luken und die verschlossenen Portale erkennen können –, wird mir die Wahrheit langsam bewusst. Das ist keine Orbitalplattform mehr.

Es ist eine feindliche Festung.

Ich starre grimmig hinaus, und mein Herz rast, als sich das Shuttle dem Ziel nähert, dessen Kurs genau berechnet wurde, sodass es den Sensorstrahlen ausweicht. Geschmolzene und verbrannte Metallstreben ragen überall auf der Plattform auf, die Überreste der Waffensysteme, die während der Evakuierung vom Militär zerstört worden sind, während man die Andockklemmen komplett abgetrennt hat. Der Großteil ist längst ins All verschwunden, aber ein paar sind noch da, von den Wrackteilen festgehalten, die teilweise noch am verbogenen Metall befestigt sind.

»*Infinity*, hier ist die *StarRunner*. Der Annäherungsvektor ist eingegeben und bestätigt. Ich wiederhole: Der Annäherungsvektor ist bestätigt.«

»*Verstanden*«, sagt Major Estes über Kom. »*Sie haben Landefreigabe. Gute Jagd,* StarRunner.«

»Verstanden. *StarRunner* Ende.«

Unser Pilot trennt die Verbindung, und einen Augenblick später wird das Schiff spürbar schneller. Dies ist unsere erste Mission seit Verlassen der F&E, und wir alle sind angespannt und nervös. Das silbrige Tarnungslicht lässt die in der Kabine versammelten Menschen kränklich aussehen, und es scheint das vorherrschende ängstliche Klima nur noch zu verstärken. Ich beiße die Zähne aufeinander und weigere mich, die Angst zuzulassen. Diese Mission ist zu wichtig, sie darf nicht durch überreizte Nerven und Anfängerfehler scheitern.

Das Andockdeck der OP taucht vor uns auf dem Schirm auf, schwarz und von Brandflecken übersät, und verschwindet dann unter uns, als wir über die Plattform hinwegfliegen. Das Leuchten des Planeten verschwindet hinter der dicken Ummantelung der Plattform, und der untere Schirm wird dunkel. Ich erschaudere beim Anblick der plötzlichen Finsternis und betrachte das unter uns liegende Ziel. Können die da unten spüren, dass wir da sind, auch durch das meterdicke Tritanium und die Kälte des Vakuums hindurch? Wissen sie, dass wir hier sind, oder ist es uns zur Abwechslung mal gelungen, den Spieß umzudrehen und selbst zum lautlosen Schatten zu werden, der sich im Schutz der Nacht auf sie stürzt?

Wir fliegen längs an der Plattform entlang und an zerstörten Andockrampen und zugeschweißten Luken vorbei, bis wir genau in der Mitte sind. Das Schiff bebt leicht, als es vorsichtig auf der Hülle der OP aufsetzt, und die magnetischen Landestützen kommen so sanft auf dem Metall auf wie ein Schmetterling, der auf einer Blüte landet. Meine Muskeln sind verkrampft, und mein Körper ist in höchster Alarmbereitschaft, während ich darauf warte, dass der Pilot den Landevorgang beendet und uns das Signal zum Aufbruch gibt. Kurz darauf ist es so weit.

»Deltateam«, meldet der Pilot, »die Landestützen sind ausgefahren und arretiert. Sie haben die Freigabe, das Shuttle zu verlassen.«

»Verstanden, *StarRunner*«, antwortet Archer. Er gibt uns das Signal, die Helme zu versiegeln, und wechselt auf den Teamkanal. *»Okay, Delta, wir gehen rein. Dann mal los.«*

Er erteilt mit der Chiphand einige Befehle, und die runde Luke im Boden geht langsam auf. Ich steige als Erster hinunter, zusammen mit drei Spezialisten, und wir bilden eine Kette entlang der Leiter bis zur Luftschleuse. Unter Archers Aufsicht reichen uns die anderen einige große Kanister hinunter. Sobald sie in der Luftschleuse verstaut sind, klettern Archer und die anderen Spezialisten aus dem Shuttle, und die Luke schließt sich hinter ihnen.

»*Helme gesichert?*«, will Archer wissen.

Ich überprüfe meinen Helm noch einmal und bestätige dann, ebenso wie alle anderen. Kurz darauf höre ich das leise Zischen der Luft, die aus der Luftschleuse dringt. Der Vorgang scheint eine Ewigkeit zu dauern, aber das Licht auf der Steuerungstafel wird irgendwann rot, und ich weiß, dass es losgehen kann. Archer wirft mir einen Blick zu.

»*Möchten Sie das übernehmen, Sorenson?*«

Daraufhin drücke ich auf den großen runden Knopf auf der Steuerungstafel. Die runde Luke im Boden geht auf, und wir blicken in den Weltraum.

Unwillkürlich halte ich mich an einem Handgriff fest, während ich staunend hinabsehe. Dies ist keine digitalisierte Ansicht, die auf eine robuste Wand projiziert wird, kein Blick durch eine Glasscheibe oder ein Kristallgebilde. Da ist nichts als die unendliche, überwältigende Leere des Vakuums, und nur die Plattform trennt uns von dem bodenlosen Abgrund.

»*Raisman*«, sagt Archer, »*Sie sind am Zug.*«

»*Ja, Sir.*« Raisman legt sich einen magnetischen Doppelgreifarm auf die Schulter, hockt sich neben die Luke, zielt und feuert.

Die dicke Kordel saust in einem perfekten Bogen los, und das magnetische Ende wird drei Meter unter uns an der Plattform befestigt. Raisman zerrt mehrmals fest an der Leine, um sich zu vergewissern, dass sie gesichert ist, und befestigt das andere Ende dann im Shuttle. Nach einer erneuten Überprüfung nickt sie Archer zu. »*Sicherheitsleine gesichert, Sir.*«

Archer nickt. »*Verstanden. Okay, Team, es geht los. Wir machen es genauso, wie wir es geübt haben. Löst den Clip erst von der Sicherheitsleine, wenn eure Stiefel magnetisch an der Plattform angedockt haben, und vergesst nicht, die Zäune im Auge zu behalten.*«

Ich betrachte das Energiezaungitter auf meinem Gesichtsschild. Da unsere Nasen uns im Vakuum nicht weiterhelfen können, sind die Zäune rings um die OP unsere einzige Warnung, falls die Ghule beschließen sollten, zum Spielen rauszukommen. Eine entsetzliche Vorstellung, auch wenn wir alle längst eine Dosis Psi-Lac intus haben. Sie können zwar von uns Besitz ergreifen, uns jedoch nicht kontrollieren. Zumindest nicht am Anfang. Schließlich wollen wir um jeden Preis verhindern, dass ein infiziertes Teammitglied die anderen ausschaltet, bevor die überhaupt wissen, was eigentlich los ist.

Archer nimmt seinen Platz neben der Luke ein und nickt mir zu. Ich nicke, trete an die Leine und befestige meinen Clip daran. Das Adrenalin schießt durch meine Adern, und meine Angst ist vergessen. Ich fühle mich selbstsicher und stark. Hierfür habe ich all die Monate trainiert und unzählige Simulationen und Tests durchlaufen. Der Feind hat mir schwer zugesetzt, mir die Menschen und Dinge genommen, die mir wichtig waren. Jetzt kann ich endlich zurückschlagen.

Ich zögere nicht, sondern springe mit den Füßen voran durch die Luke, drücke mich vom Shuttle ab und lasse mich an der Sicherheitsleine zur Plattform hinab. Dicht vor der Hülle aktiviere ich meine Stiefel und lasse mich von dem Magneten das restliche Stück an die Durostahlummantelung ziehen. Die Wucht des Aufpralls lässt meine Beine zittern, aber ich bin sicher angekommen. Sofort mache ich mich von der Leine los, woraufhin die Kordel rasch in meinen Gürtel zurückgezogen wird. Ich gehe einige

Schritte zur Seite, um den Weg für den nächsten freizumachen, und gebe das Signal.

»Sorenson hier. Ich bin sicher angekommen.«

»*Verstanden. Kagawa, Sie sind dran!*«

Eine Minute später stehen Kagawa, Jethro und Raisman neben mir. Danach werden die Kanister heruntergeschickt, indem sie oben an der Leine angebracht werden und wir sie unten in Empfang nehmen. Der Rest des Teams folgt kurz darauf, und Archer kommt als Letzter nach unten und löst die Sicherheitsleine, kaum dass seine Stiefel an der Plattform befestigt sind.

»StarRunner, *hier ist Delta. Ausrüstung und Team sind ausgeladen. Sie können losfliegen.*«

»*Verstanden, Delta.*« Über uns wird die Luke der Luftschleuse geschlossen, was uns noch einmal verdeutlicht, dass wir jetzt auf uns allein gestellt sind. *»Abflug in dreißig Sekunden.* StarRunner *Ende.*«

Die Landestützen werden wieder eingezogen, und das Shuttle hebt ab. Sein mit Tarnplatten überzogener Rumpf ist vor dem tiefschwarzen All kaum zu erkennen, und dann ist es ganz verschwunden. Mit einem Mal wird mir schwindlig, als ich da stehe und mir bewusst wird, dass nur meine magnetischen Stiefel verhindern, dass ich ins All abdrifte. Zum ersten Mal begreife ich, wie unbedeutend ich bin, nur eine kleine Lebensform im gewaltigen Universum, dem es völlig egal ist, ob ich lebe oder sterbe. So etwas gleichzeitig Erheiterndes und Erschreckendes habe ich in meinem ganzen Leben noch nicht gespürt.

Archers Stimme holt mich in die Realität zurück. *»Sorenson, Kagawa: Nehmen Sie Ihre Triaden und führen Sie die erste Phase aus. Triade eins folgt mir.«*

»Ja, Sir.«

»*Verstanden, TL.*«

Auf mein Nicken hin nehmen Raisman und Jethro jeweils einen

Kanister, während ich den Tracker aktiviere, der es mir ermöglicht, den uns zugewiesenen Zielort zu finden. Wir trennen uns von den anderen und gehen am Außenrand der Plattform entlang. Ich bewege mich schwerfällig, da ich das ständige Ziehen der magnetischen Stiefel nicht gewohnt bin, die meine Füße immerzu auf die Plattform drücken wollen. Aber ich will mich nicht beschweren, denn lahme Beine sind mir immer noch lieber als ein Trip ohne Wiederkehr ins Vakuum.

Wir bleiben vor einigen Abluftröhren am hinteren Rand der Plattform stehen. Dies ist eine der wenigen Stellen, an denen das Ventilationssystem nach draußen geführt wird, um Luft und Wärme ins Weltall zu leiten, wo sich alles einfach auflösen kann. Das ist ein wesentlicher Teil des Selbsterhaltungsmechanismus jedes Orbitalhabitats, und dies sind auch die einzigen Öffnungen nach draußen, die nach der Evakuierung nicht versiegelt worden sind. Nun wird das Ventilationssystem, dass das Leben auf der Station erst ermöglicht, zu unserer besten Waffe.

Ich nehme den Rucksack ab und ziehe die Ladungen heraus, die alle speziell für den Einsatz im Vakuum gedacht sind. Dabei vergesse ich kurz, wo wir uns befinden, und werfe Jethro eine zu. Anstatt in großem Bogen auf ihn zuzufliegen, segelt sie nach oben und über seine Schulter hinweg. Er dreht sich noch in dem verzweifelten Versuch um, sie zu fangen, greift jedoch daneben. Wir sehen mit an, wie sie ins Weltall trudelt und verschwindet.

»*Die hole ich aber nicht freiwillig zurück*«, kommentiert Raisman trocken.

Jethro kichert, und ich schüttle nur den Kopf.

Zum Glück haben wir zusätzliche Ladungen dabei, aber ab sofort drücke ich sie den anderen in die Hand, anstatt sie ihnen zuzuwerfen. Wir bauen sie in einem gleichseitigen Dreieck um die Abluftöffnungen auf, sodass die Ladungen im Abstand von etwa einem Meter stehen. Danach gehe ich hinter den verkohlten Überresten einer Waffenhalterung in Deckung, und sobald wir alle geschützt sind, lasse ich die Ladungen mit einer Handbewegung hochgehen.

Die Kacheln der Außenpanzerung fliegen durch die Gegend. Kleinteile sausen in alle Richtungen und rasen lautlos ins Weltall, und diese geräuschlose Explosion scheint irgendwie nicht zu den heftigen Vibrationen zu passen, die ich durch meine Stiefel spüre. Ich kauere mich hin und mache mich so klein wie möglich, auch wenn die Waffenhalterung eigentlich genug Schutz bieten sollte. Wir warten, bis keine Trümmer mehr umherfliegen, treten dann näher und begutachten unser Werk. Ein klaffendes Loch mit einem Durchmesser von etwa zwei Metern erwartet uns. Die Außenhülle wurde sauber weggesprengt, und nur eine silbrige Isolationsschicht trennt uns noch vom Inneren der Plattform.

»Cool«, murmelt Jethro.

»Ja, wenn man auf mutwillige Zerstörung steht«, entgegnet Raisman.

Die beiden sehen einander an und lachen dann schallend los. Ich grinse schief und gebe ihnen einen Moment, um dann mit einer Handbewegung um Schweigen zu bitten.

»Okay, das reicht. Wir haben hier einen Job zu erledigen. Haben Sie den Cutter, Jethro?«

»Ja, STL«, antwortet er, wird sofort wieder ernst und zieht den großen Zweihand-Lasercutter aus seinem Rucksack.

Ich halte den Tracker über das Loch und suche nach der richtigen Stelle. Sobald ich sie gefunden habe, zücke ich einen Marker und kennzeichne den Bereich mit dicken weißen Linien. Danach trete ich einige Schritte zurück, damit Jethro, der den riesigen Cutter gerade anlässt, genug Platz hat.

»Sorenson, Statusbericht.«

Ich wechsle auf den Kommandokanal, um Archer zu antworten. »TL, wir haben die Außenhülle durchdrungen und sind gerade dabei, die Isolation aufzuschneiden. Ich rechne mit einer freien Öffnung in schätzungsweise einer halben Stunde.«

»*Verstanden. Halten Sie mich auf dem Laufenden.*«

In den nächsten dreißig Minuten wechseln wir uns mit dem Cutter ab, da es sehr anstrengend ist, den Strahl genau zu positionieren und das Gerät ruhig zu halten. Wenigstens müssen wir uns in der Schwerelosigkeit nicht auch noch mit dem immensen Gewicht des Cutters abplagen. Trotz der harten Arbeit fliegt die Zeit nur so dahin, und schon haben wir die letzte Barriere überwunden. Die Isolation fällt auseinander, und auf einmal sind wir drin. Unter uns befinden sich die Notfallsauerstofftanks, die im Fall eines Systemversagens direkt in das Hauptventilationssystem eingespeist werden. Nun müssen wir diese nur noch abtrennen und unsere eigene Gasmischung einleiten.

»Jethro, die Pläne.«

Er digitalisiert den Systemplan auf seinen Anzugärmel und liest die Instruktionen vor, während Raisman und ich jeweils einen Kanister nehmen und den komplexen Vorgang starten, bei dem die Sicherheitsmaßnahmen umgangen und die Kanister angebracht werden. Schläuche, Düsen und Steuerungstafeln fliegen in einem Kaleidoskop aus Farben und Licht durch mein Sichtfeld, während ich versuche, den Job so schnell wie möglich und fehlerfrei durchzuführen. Als ich damit fertig bin, überprüfe ich alles noch zwei Mal, bis ich davon überzeugt bin, dass es korrekt ist.

Dann linke ich Archer an. »Teamleiter, wir haben die Kanister angebracht und sind bereit, das Gas auf Ihren Befehl einzuleiten.«

»*Verstanden, Sorenson*«, erwidert Archer nach einem Augenblick. »*Kagawa, Statusbericht.*«

»Wir bringen gerade die letzten Schläuche an.« Sie macht eine kurze Pause. *»Überprüfen die Verbindungen … und sind startklar.«*

»Gut. Sorenson, Kagawa, leiten Sie das Gas ein.«

Bei seinem Befehl macht sich Aufregung in mir breit, aber ich grinse nur entschlossen und drehe die Düsen an beiden Kanistern auf, bis der Indikator von Rot zu Grün gewechselt ist. Ich kann es zwar nicht hören, stelle mir aber vor, wie das Gas durch die Düsen zischt und in die Ventilationsschächte geleitet wird. Ich lehne mich zurück und warte darauf, dass das Gas seine Wirkung entfaltet.

Es ist uns zwar nicht möglich, ein Gas einzuleiten, das den Besetzern schaden würde – die einprogrammierten Sicherheitsprotokolle würden ausgelöst, sobald etwas ins System gelangt, das für Menschen schädlich ist –, aber für die Ghule gelten nicht dieselben Einschränkungen. Ebenso wie unsere Werfer enthalten diese Kanister eine konzentrierte Gasmischung, die unsere körperlosen Feinde abstößt. Indem wir dieses Gas in bestimmten Bereichen der OP freisetzen, sorgen wir dafür, dass das Gammateam dort unbehelligt eindringen und die Software hochladen kann, bevor die Ghule zurückkehren. Etwas Ähnliches haben wir an dem Tag, an dem Lia gestorben ist, auf New Sol gemacht, indem wir das Gas auf die Habitatringe geleitet haben, um die Schatten von den Menschen zu trennen und auf die vergleichsweise leere Zentralstation zu treiben.

Bei dieser Erinnerung stiehlt sich ein Lächeln auf meine Lippen. Hier stehen wir, ein militärisches Einsatzteam bei einer der wichtigsten Offensiven dieses Krieges, und setzen eine Strategie ein, die dem Gehirn meiner fünfzehnjährigen Schwester entsprungen ist – die damals sogar erst dreizehn war. Brüderlicher Stolz überkommt mich, weil ich so eine brillante kleine Schwester habe, und mein Lächeln wird noch breiter … bis mir wieder einfällt, dass ich eigentlich sauer und nicht stolz auf sie bin.

Die Kanister sind innerhalb weniger Minuten leer, was mir angezeigt wird, indem die blauen Lichter ausgehen. Ich linke Archer an, um ihm das mitzuteilen, und befehle meinem Team danach, den Vorgang wieder umzukehren. Wir tauschen die leeren Kanister gegen die ursprünglichen Sauerstofftanks aus, versiegeln die Isolierung und sichern alles mit flexiblen Plastoidplanen, die wir dabeihaben und über das Loch spannen, um die weggesprengte Panzerung zu ersetzen. Während wir arbeiten, höre ich, wie Archer die anderen anlinkt und ihnen mitteilt, dass wir unseren Teil der Aufgabe erledigt haben.

»Infinity, *Gamma, hier ist Delta. Wir haben das Gas eingeleitet. Ich wiederhole: Wir haben das Gas eingeleitet.*«

»*Verstanden, Delta*«, bestätigt Songbird. »*Wir werden entsprechend fortfahren. Gamma Ende.*«

Wir haben gerade das letzte Plastoidteil angebracht, als ich aus dem Augenwinkel ein rotes Flackern bemerke. Ich zucke zusammen und betrachte sofort das Energiezaungitter auf meinem Gesichtsschild, aber es wurde nur ein Zaun innerhalb der OP ausgelöst, da unser Gas langsam Wirkung zeigt. Die Ghule kommen nicht nach draußen, um sich uns zu holen.

Jedenfalls noch nicht.

Der erste Teil der Mission ist abgeschlossen, und nun müssen wir uns dem zweiten Teil unserer Aufgabe zuwenden: der Modifikation der Schildgeneratoren. Die sich natürlich alle auf der gegenüberliegenden Seite der Plattform befinden. Nach einer kurzen Rücksprache mit Archer wende ich mich an meine Triade.

»Dann machen wir jetzt einen kleinen Spaziergang.«

Wir marschieren über die Hülle zum nächsten Rand und müssen einige Umwege um zerbrochene Waffenträger und verkohlte Interstellarantennen machen, die kaum noch als solche zu erkennen sind. Unsere Stiefel greifen lautlos auf der glatten Hülle, und ich höre nichts als meinen Atem, der durch meinen Helm rauscht.

Jetzt, da ich mich daran gewöhnt habe, mich im Weltall aufzuhalten, empfinde ich es fast schon als friedlich, hier inmitten der Sterne zu sein. Die Stille, die Ruhe, das seltsame Gefühl, dass ich Teil von etwas viel Größerem bin und gleichzeitig ganz allein.

Als wir den Rand der Plattform erreichen, beuge ich mich vor, um auf die andere Seite zu blicken, und obwohl ich weiß, dass es in der Schwerelosigkeit kein Oben und kein Unten gibt und meine Füße durch die magnetischen Stiefel fest an der Hülle verankert sind, wird mir ein wenig schummrig. Vor mir ist nichts als gähnende Schwärze, in der in einiger Entfernung das Leuchten des Planeten zu sehen ist.

Mit einem flauen Gefühl im Bauch mache ich den ersten Schritt über den Rand und achte darauf, dass mein Stiefel auf der anderen Seite haftet, bevor ich den anderen nachziehe. Danach mache ich einige Schritte, und sobald sich meine Welt umorientiert hat, ist die Wand der Plattform jetzt mein neuer Boden. Jethro und Raisman folgen mir, und mit ihnen an der Seite gehe ich zur Unterseite der Plattform, wenn man es denn so nennen kann. Unterwegs kommen wir an einigen Sichtfenstern vorbei – richtigen Fenstern, nicht nur digitalisierten Wänden.

Ich spähe hinein, kann jedoch nicht viel mehr als schattenhafte Umrisse erkennen. Die schwache Notfallbeleuchtung brennt noch immer, da die Sonnenkollektoren auf der Plattform sie weiterhin mit Energie versorgen. Diese OP ist verlassen, hier gibt es keine Besetzer, sondern nur Ghule, daher kann sich uns zumindest kein physikalischer Widerstand in den Weg stellen. Als ich jedoch ins Zwielicht schaue, frage ich mich unwillkürlich, ob sich da auf der anderen Seite gerade eine Horde Ghule befindet, die mich mit ihren Geisteraugen und ihrem unstillbaren Hunger beobachtet.

Auf der dem Planeten zugewandten Seite der Plattform treffen wir auf Archers und Kagawas Triaden, die bereits am zentralen Schildgenerator stehen. Hier wird sich die Macht von Erzengel entfalten, konzentriert in der gewaltigen Schildphalanx, um dann auf den Planeten übertragen zu werden. Acht weitere Generatoren, die in einem riesigen Ring um den Hauptgenerator stehen, werden die Energie noch weiter verstärken und konzentrieren, damit der Generator das gesamte Zielgebiet unten abdecken kann, bevor er sich dreht und auch die OP ins Visier nimmt. Damit das alles auch funktionieren kann, müssen wir einige gravierende Veränderungen an der Hardware auf dieser Seite der Plattform vornehmen, angefangen beim zentralen Schildgenerator.

»StarRunner, *hier ist Delta. Erbitten ersten ZSG-Ausrüstungsabwurf. Bitte antworten.*«

»*Verstanden, Delta*«, antwortet der Pilot sofort. »*Bin in einer Minute da.* StarRunner *Ende.*«

Stunden vergehen, während wir an den Generatoren arbeiten, die zentrale Schildphalanx durch riesige Extenderplatten vergrößern, zusätzliche Energierelais einbauen und die Energiekonverter austauschen. All das ist nötig, um aus einem defensiven Energieschildgenerator eine Offensivwaffe zu machen, die eine komplette Alienspezies auslöschen kann. Nachdem alles installiert ist, müssen wir das System neu kalibrieren und mit der Originalhardware synchronisieren, bevor wir das System wieder aktivieren können. Sobald wir mit der Hauptschüssel fertig sind, teilen wir uns in Triaden auf und arbeiten an den acht Generatoren, die deutlich kleiner sind und weniger Modifikationen benötigen, wie wir erleichtert feststellen.

Während wir auf der Außenseite der Plattform beschäftigt sind, macht sich Songbirds Team im Inneren ans Werk.

»Infinity, *hier ist Gamma. Laut der Zäune hat sich der Feind in optimale Reichweite zurückgezogen. Erbitte Erlaubnis, das Ziel anzusteuern.*«

»*Gamma, hier ist die* Infinity. *Erlaubnis erteilt. Mögen Ihnen die Sterne gewogen sein.* Infinity *Ende.*«

Ich sitze mit dem Scanner in der Hand auf dem Rand eines Schildgenerators und höre zu, wie Songbirds Team Steuerbordluke drei aufbricht und die Plattform betritt. In gewisser Hinsicht haben sie den leichteren Job. Sie müssen nur reingehen, die Software hochladen und initialisieren und wieder rauskommen. Doch da hinter jeder Ecke Ghule lauern können, ist es auch die gefährlichere Aufgabe. Wenn die Ghule die von uns mit Gas eingenebelten Bereiche nicht wie geplant verlassen haben oder wenn sie früher als erwartet zurückkehren, könnte Gamma in einen Hinterhalt geraten und möglicherweise nicht mehr wiederkehren.

Was nicht heißt, dass wir hier draußen in Sicherheit wären, aber falls die Außenzäune fallen, können wir uns immer noch von der Plattform abstoßen, uns mithilfe der Schubdüsen so weit wie möglich entfernen und um Abholung bitten. Vorausgesetzt, die Ghule bemerken unsere Anwesenheit überhaupt. Laut der Theorien sind sie im Vakuum blind und können im luftlosen Raum keine potenziellen Wirte aufspüren. Ich habe keine Ahnung, ob das der Wahrheit entspricht, aber damit wäre zumindest ein gewisses Gleichgewicht wiederhergestellt. Wir können sie ja im Vakuum auch nicht riechen, da ist es nur fair, dass sie uns mit ihrem Ghulradar nicht entdecken. Auf gewisse Weise ist die Bilanz hier draußen ausgeglichener als überall anders.

»Sorenson, wie weit ist Ihre Triade mit den Modifikationen?«

Ich aktiviere meine Kom. »Wir sind mit dem ersten Generator fertig und auch gleich mit dem zweiten. Momentan führen wir die letzten Modifikationen durch.«

»Gut. Wählen Sie eine Person aus, die die Modifikationen zusammen mit Ihnen beendet, und schicken Sie die andere zum letzten Generator. Jemand aus Kagawas Team und ich werden dort dazustoßen.«

»Verstanden. Sorenson Ende.«

Ich behalte Raisman bei mir und schicke Jethro los, damit er

Archer bei dem letzten Schildgenerator helfen kann, während wir die Arbeit an diesem abschließen. Währenddessen scheint Songbirds Team gut voranzukommen. Sie haben den Kontrollraum erreicht und den Upload bereits zu drei Vierteln abgeschlossen. Bisher scheint das Gasgemisch zu wirken und die Ghule aus ihrem Bereich fernzuhalten. Es wurden auch noch keine Zäune rings um die Plattform ausgelöst, die ich ständig im Auge behalte. Als wir eine Stunde später endlich die OP verlassen und mit den Shuttles zurück zum Carrier fliegen, ist nicht nur alles installiert und hochgeladen, wir sind auch noch alle am Leben, und keiner wurde infiziert. Mit anderen Worten: Die Mission verlief reibungslos.

Im Shuttle entspanne ich mich endlich und feiere mit dem Rest des Teams den gelungenen Missionsabschluss. Ich bin zwar schweißgebadet, und mein Herz rast noch immer, muss aber auch zugeben, dass das Ganze ziemlich aufregend war. Etwas, das sich fast schon als Triumphgefühl bezeichnen lässt, stellt sich ein, als hätten wir gerade unsere erste große Belastungsprobe absolviert und den Gegner problemlos bezwungen.

Als ich jedoch auf die Plattform hinabblicke, die immer kleiner wird und schwach im Licht glänzt, ist mir auch klar, dass die nächsten Missionen vermutlich nicht so reibungslos ablaufen werden.

30

Nach unserer ersten erfolgreichen Plattformmodifikation folgt eine grauenvolle, drei Monate andauernde Mission, die zweieinhalb Sektoren, neun Systeme und vierzehn Planeten umfasst. Schon in der ersten Woche bestätigt sich meine ungute Vorahnung, und wir erleiden den ersten Verlust: Ein Spezialist von Gamma wird bei einer Plattforminfiltration von einem Ghul infiziert. Obwohl wir alle gewusst haben, dass Verluste unausweichlich sein würden, trifft uns alle dieser erste Schlag schwer. Nachdem der Mann unter Drogen gesetzt und für den Rest der Mission in die Arrestzelle gesteckt wurde, fragen wir uns trotzdem alle dasselbe:

Wer wird der Nächste sein?

Diese Frage wird kurz darauf beantwortet. Die Tage werden zu Wochen, und es werden immer mehr: erst ein Spezialist von Eta, danach zwei von Iota. Der schlimmste Verlust tritt ein, als mein Team von einer scheinbar leichten Mission zurückkehrt und PsySergeant Han Di unser letztes Teammitglied, einen Anfänger namens Kalloway, kopfschüttend aufhält.

»Es tut mir leid, Spezialist.«

Mehr sagt er nicht, aber wir alle wissen, was das bedeutet. Kalloway schüttelt bestürzt den Kopf und will es nicht wahrhaben.

»Nein, das kann nicht sein.« Ein erneutes Kopfschütteln, als könnte er die Wahrheit ungeschehen machen, wenn er es nur oft genug ausspricht. »Gut, okay, ich habe auf dem Weg nach draußen was gerochen, aber es war ... Ich meine, es war nicht ... Nein, das kann nicht sein.«

Han Di legt Kalloway sanft eine Hand auf die Schulter und blickt ihn gefasst, aber voller Trauer an. Als PsyCorp-Agent hat er zweifellos schon oft genug diese schlimme Nachricht überbringen müssen, und es ist eine schwere Aufgabe für einen Menschen, dessen psionische Gabe ihm ein größeres Einfühlungsvermögen verleiht.

»Kommen Sie mit«, sagt Han Di und führt Kalloway zum gegenüberliegenden Ausgang.

Kalloway will ihm schon folgen, bleibt dann jedoch plötzlich stehen und entzieht sich Han Di. »Nein! Nein, ich lasse mich nicht bei lebendigem Leib in irgendeiner Besetzerkolonie begraben! Auf gar keinen Fall!«

Sein Blick wird panisch, und seine Chiphand zuckt spasmisch. Ich stürze vor und befürchte schon, dass er seine Pistole ziehen will, auch wenn ich nicht weiß, ob er sie gegen uns oder gegen sich selbst richten wird. Doch bevor ich auch nur zwei Schritte gemacht habe, stößt er einen schrillen Schrei aus und keucht mit schmerzverzerrtem Gesicht auf. Er verkrampft sämtliche Muskeln und erschaudert … und mit einem Mal wird sein Blick leer, als wäre sein Verstand auf einen Schlag ausgelöscht worden, und er sackt schlaff zu Boden.

Ich zucke zurück, greife nach meinem Werfer und schnuppere automatisch nach dem Geruch des freigelassenen Schattens, kann aber nichts riechen, nur die kalte, sterile Luft in der Andockbucht der *Infinity.* Erst da begreife ich, was gerade passiert ist.

Er hat die Komakapsel aktiviert.

Dabei wurden seine Großhirnrinde vernichtet und sein Rückenmark verflüssigt, sodass nur noch gerade genug Leben in seinem Körper ist, um den Schatten darin festzuhalten. Das ist ein Selbstmord auf Soldatenart, bei den man seine Teamkameraden nicht in Gefahr bringt. Diese Methode ist gleichzeitig irrsinnig einfach und auf elegante Weise grässlich. Natürlich wird sein Körper irgendwann sterben, wenn er nicht versorgt wird, da er noch immer die grundlegenden Dinge wie Nahrung, Sauerstoff und

Wasser zum Überleben braucht. Wir können ihm das zwar geben, aber sein Geist ist verloren, und er wird dahinvegetieren, solange sein Körper am Leben bleibt. Was für ein furchtbares Schicksal.

Unwillkürlich berühre ich die Stelle an meinem Handgelenk, an der sich meine Komakapsel befindet, und erinnere mich daran, wie mir Angelou das Ding bei meiner Ankunft auf der F & E eingesetzt hat. Damals hatte ich zwar in der Theorie begriffen, was die Kapsel auslösen würde, aber erst jetzt kann ich es wirklich verstehen.

Nach diesem Zwischenfall stehen wir alle unter Schock. An Infektionen und Todesfälle haben wir uns inzwischen gewöhnt, aber die brutale, entmenschlichte Effizienz der Komakapsel hat etwas besonders Barbarisches an sich. Noch lange, nachdem man Kalloway weggebracht hat, sehe ich vor meinem inneren Auge, wie sich sein Körper versteift und seine Augen glasig werden. In diesem Augenblick hat er alles verloren, was ihn zu einem Menschen gemacht hat. Dieses Bild sucht mich in meinen Träumen heim und lässt mich tief in der Nacht aufschrecken, obwohl ich sonst immer einen traumlosen Schlaf habe.

Ich liege mit weit aufgerissenen Augen in meiner Koje und warte darauf, dass sich mein Herzschlag wieder beruhigt. Mein Traum hat mich derart mitgenommen, dass ich erst nach einem Moment begreife, dass ich von etwas anderem aus dem Schlaf gerissen wurde. Auf der anderen Seite des winzigen Raums bewegt sich etwas, und es raschelt im Dunkeln. Ich erstarre und glaube schon, es wäre ein Eindringling, aber als sich meine Augen an die Lichtverhältnisse gewöhnt haben, erkenne ich, dass es Archer ist, mit dem ich mir während der Mission das Quartier teile. Er zieht sich eine Hose und ein Hemd an, schnappt sich seine Stiefel und schleicht leise nach draußen.

Im nächsten Augenblick bin ich auch schon aufgestanden und

greife nach meiner Kleidung, die ich vor dem Schlafengehen vor lauter Müdigkeit einfach nur über das untere Kojenende geworfen habe. Als ich durch die Tür komme, sehe ich Archer gerade noch am Ende des Gangs um die Ecke verschwinden. Ich haste ihm hinterher, da mich mein Bauchgefühl dazu treibt. Je weiter wir gehen, desto unruhiger werde ich. Wir kommen an den Hygieneeinheiten vorbei, der Abbiegung zum Kasino und sogar einer kleinen Lounge, in der sich einige Crewmitglieder ein Holo ansehen. *Wo will er denn mitten in der Nacht hin?* Als er schließlich die Tür zur Waffenkammer öffnet, in der wir uns auf die Missionen vorbereiten, schlägt meine Unruhe in Panik um.

Ich bleibe vor der Tür stehen, drücke den Rücken an die Wand und weiß nicht, was ich tun soll. Alles in mir sträubt sich gegen den Gedanken, dass Archer der Verräter sein könnte, und doch kann ich nicht leugnen, dass es sehr verdächtig ist, sich mitten in der Nacht in die Waffenkammer zu schleichen. Sollte meine Jagd nach dem Saboteur hier zu Ende gehen? Auf einmal wünsche ich mir, ich hätte meine Betäubungspistole dabei, doch die befindet sich auf der anderen Seite der Tür. Bei Archer. Hätte ich geahnt, dass ich meinem TL zu so später Stunde zur Waffenkammer folgen würde, wäre ich besser vorbereitet gewesen. Daran lässt sich jetzt nichts mehr ändern, also trete ich vor die Tür.

Anstelle der Automatiksteuerung betätige ich den manuellen Hebel. Die Tür geht mit einem leisen Klicken auf, und ich drücke ganz vorsichtig dagegen, bis ich durch einen Spalt in den Raum hineinsehen kann. Zu meiner Überraschung ist die Waffenkammer leer. Ich runzle die Stirn und versuche zu verstehen, was hier gerade passiert, als mir die Tür zur Umkleide ins Auge fällt, in der wir uns für unsere Missionen umziehen. Mit wenigen Schritten bin ich dort. Noch bevor ich ein Ohr an die Tür lege, höre ich bereits Stimmen, kann jedoch kein Wort verstehen. Ich spanne die Muskeln an. Mit wem redet er da? Ich bin die ganze Zeit davon ausgegangen, es gäbe nur einen Saboteur, aber vielleicht hat er ja einen Partner. Es gibt nur einen Weg, das herauszufinden. Ich drücke den Griff herunter und öffne langsam die Tür.

»... bist du, das bin ich, und das ist Mommy. Siehst du das? Das ist unser altes Haus, in dem wir gewohnt haben, bevor wir hierherziehen mussten. Das kannst du an den Blumen vor der Tür erkennen.«

Ich blende die Stimme kurz aus und konzentriere mich auf das, was ich vor mir sehe. Archer sitzt in der Umkleidekabine, hat ein Bein auf die Bank gelegt und stützt die Hand auf das Knie, während er sich eine H-Mail ansieht. Ich lege den Kopf leicht schief und betrachte das Bild, auf dem einfache Baracken und nackter Boden hinter dem kleinen Mädchen zu sehen sind, die ein Pad mit einer Zeichnung darauf hochhält. Sie wechselt zu einem anderen Bild.

»Das sind meine beiden besten Freundinnen. Das hier ist Jandra, und das ist Holly. Holly wohnt im gleichen Häuserblock wie wir, und Jandra habe ich in der Schule kennengelernt ...«

Erst jetzt geht mir ein Licht auf, und ich begreife, was ich da sehe. Das Mädchen auf dem Holo ist Archers Tochter, und das im Hintergrund ist ein Flüchtlingslager. Ich erkenne es aus meiner Zeit auf Zaia wieder, denn ich war zusammen mit Gran und Teal nach der Explosion von New Sol in einem untergebracht. Archers Familie ist nur eine von Zehn-, wenn nicht gar Hunderttausenden, deren Zuhause vom Feind erobert wurde und die jetzt in Flüchtlingslagern leben müssen.

Aber vielleicht nicht mehr lange, schießt es mir durch den Kopf. Wenn die Erzengel-Offensive nach Plan verläuft, können wir ganze Planeten und Kolonien auf einen Schlag befreien. Viele Familien, darunter auch Archers, werden wieder nach Hause gehen und ihr altes Leben fortsetzen können. Ich erinnere mich an das Gespräch, das ich vor unserer Abreise mit Archer geführt und bei dem ich ihn gefragt habe, ob er Songbirds Meinung wäre – dass wir einen Völkermord begehen würden –, was er verneinte. Als ich ihn jetzt sehe, so voller Liebe für dieses kleine Mädchen, da weiß ich eines ganz sicher: Er würde alles für sie tun. Selbst wenn es seinem Moralgefühl widerspricht, er würde jeden Schatten im Universum auslöschen, wenn er dadurch sicherstellen könnte, dass sie nach Hause zurückkehren kann. Aus genau diesem Grund würde er das Erzengel-Projekt auch niemals in Gefahr bringen.

»... hab dich lieb, Daddy.«

»Ich hab dich auch lieb«, murmelt Archer.

Die H-Mail ist zu Ende, und Archer ruft eine andere auf. Ich komme mir vor wie ein hundsgemeiner Spion, schließe leise die Tür und schleiche mich hinaus.

Als ich wieder in meinem Quartier bin, rufe ich die Liste meiner Verdächtigen auf und streiche Archers Namen. Nachdem ich ein bisschen in den Personalakten gestöbert habe, finde ich heraus, dass auch Xian Verwandte hat, die aufgrund des Krieges umgesiedelt worden sind: eine Schwester mitsamt ihrer Familie. Da ich davon ausgehe, dass er ebenso wie Archer nichts tun würde, um seine Familie in Gefahr zu bringen, streiche ich seinen Namen ebenfalls. Damit bleiben nur noch vier übrig.

RC. Annah. Songbird. Ty.

Es ist mir durchaus bewusst, dass von diesen vier Personen zwei auf der Nomia-Mission dabei waren. Hat das eine Bedeutung, oder ist es bloß Zufall? Das wird sich wahrscheinlich noch herausstellen, vorausgesetzt ich finde heraus, wer der Saboteur ist.

Ich schließe die Liste, deaktiviere meinen Chip und gehe wieder ins Bett. Eigentlich würde ich gern noch ein wenig schlafen, und ich bin zwar müde, schlummere jedoch nicht ein. Diese vier Namen gehen mir immer wieder durch den Kopf, und nicht zum ersten Mal wird mir klar, dass ich den Schuldigen vielleicht erst erkenne, wenn es längst zu spät ist.

* * *

Das Siegel an der Luke wird weich und schmilzt, und die metallischen Komponenten schweben als silbrige Fäden um unsere Köpfe. Ich gebe mehr Lösungsmittel hinzu, und die drei Spezialisten, die mich unterstützen, tun es mir nach. Immer wieder schieben wir die schleimigen Filamente beiseite, bis sich die letzte Barriere zwischen uns und der Luke endlich aufgelöst hat. Ich erschaudere ein wenig, als ich mit ansehe, wie die letzten Fäden ins All treiben. Wie lange haben die Schweißschiffe der Navy wohl gebraucht, um alle in der OP einzuschließen, ohne zu ahnen, dass wir uns nur wenige Monate später die größte Mühe geben, dort einzubrechen?

Ich werfe Archer einen Seitenblick zu, der sich neben der Luke gegen die Plattformwand drückt. »Versiegelung neutralisiert, Teamleiter.«

»*Verstanden, STL. Geben Sie den Code ein.*«

»Wird sofort erledigt, TL.« Ich aktiviere meinen Chip und gebe den Sicherheitscode, der auf meinem Gesichtsschutz eingeblendet wird, manuell ein. Das leise Klicken, als sich das Schloss öffnet, spüre ich mehr, als dass ich es höre. »Code eingegeben.«

»*Dann machen wir die Tür mal auf.*«

Ich werfe einen Blick auf das Energiezaungitter. Das Lichtmuster zeigt an, dass die Gasablenkung von Xians Team funktioniert hat und die Ghule ans andere Ende der Plattform geflüchtet sind. Jedenfalls so weit ich das erkennen kann. Ohne meinen Geruchssinn kann ich das nicht mit Sicherheit sagen. Es könnte sich durchaus eine ganze Ghulhorde auf der anderen Seite dieser Luke aufhalten, die nur darauf wartet, sich auf uns zu stürzen.

Ich hole noch einmal tief Luft und gebe dann den Code ein, mit dem die Tür geöffnet wird. Eine Sekunde lang passiert gar nichts. Dann geht die Luke langsam auf.

Im Inneren flammt Licht auf, das durch die Bewegung der Tür automatisch eingeschaltet wird. Ich stecke den Kopf durch die Öffnung und sehe mich um, aber die Luftschleuse ist leer – jedenfalls was Besetzer betrifft. Eine Lichtgranate, die ich durch die Öffnung werfe, bestätigt, dass auch keine Ghule hier sind. Ich schirme meine Augen vor dem grellen Licht ab und warte, bis es erlischt. Nachdem mir Archer zugenickt hat, hebe ich meinen Werfer an und springe hinein.

Der harte Boden bebt unter meinen Stiefeln, als ich lande, und die Erschütterung fährt mir durch die Beine, da mich die Schwerkraft innerhalb der Luftschleuse härter trifft als erwartet. Obwohl mir die Granate bereits bestätigt hat, dass hier niemand ist, sehe ich trotzdem durch das Lichtzielfernrohr an meinem Werfer, nur um ganz sicherzugehen, und halte nach Feinden Ausschau, während die anderen an Bord kommen. Ich werde mich erst richtig sicher fühlen, wenn ich den Helm abnehmen und mit meiner Nase die Luft prüfen kann.

Sobald die Luke geschlossen ist, startet die Luftschleuse das automatische Druckausgleichprotokoll, und die Düsen in der Decke zischen. Ich betrachte das Indikatorlämpchen auf der Steuerungstafel, das von Orange zu Gelb wechselt, und wippe ungeduldig mit dem Fuß im Stiefel, während das Lämpchen langsam das Farbspektrum durchläuft. Als das Licht endlich blau wird, ist ein leiser Ton zu hören.

»Druckausgleich abgeschlossen.«

Trotz der verbalen Zusicherung des Systems warte ich noch kurz, bevor ich den Helmmodus umschalte. Sobald das Siegel geöffnet wird, atme ich tief ein und sauge die schale Stationsluft in meine Lunge. Rings um mich herum machen die anderen dasselbe, und allen wird von ihrer Nase bestätigt, dass hier keine Ghule sind.

Jedenfalls nicht in der Luftschleuse. Wer weiß schon, was davor los ist. Seitdem Xians Team das Gas eingeleitet hat, wurden in diesem Bereich keine Zäune aktiviert, und das ist doch schon mal was.

»Sicherheitsfeeds«, befiehlt Archer.

Ich verbinde mich über meinen Helm mit dem Überwachungssystem und minimiere das Energiezaungitter, damit ich auf dem Gesichtsschutz durch die Feeds schalten kann. Bei dem Bild, das den Bereich direkt vor der Tür anzeigt, halte ich inne. Wir befinden uns in einer Hilfsluftschleuse auf der dem Planeten zugewandten Seite der OP und können direkt auf eine Wartungsebene gelangen, die sich unterhalb des Hauptdecks befindet. Hier, direkt unter den Füßen der ahnungslosen Menschen, die hier leben und arbeiten, befindet sich das eigentliche Herz der Plattform, der Maschinenpark, der dieses Habitat steuert.

Die Bereiche, die direkt an die Luftschleuse angrenzen, sind wie erwartet frei. Die Lebenserhaltungssysteme der Plattform sind automatisiert, sodass nur eine minimale menschliche Einmischung für den Betrieb erforderlich ist. Zwar kommen gelegentlich kleine Teams hier runter, um die Ausrüstung visuell zu inspizieren, aber die meisten Diagnosen werden aus dem Hauptkontrollraum per Computer durchgeführt. Das ist gut für uns, da es bedeutet, dass wir uns auf der gesamten Plattform ungestört bewegen können.

»Die Wartungsebene ist frei«, bestätige ich.

»Die Treppen auch«, fügt Kagawa einen Augenblick später hinzu.

Die andern melden ebenfalls den Zustand der ihnen zugewiesenen Bereiche.

»Gelegentliche Sichtung im Verwaltungskorridor. Wenn wir es richtig timen, kommen wir vermutlich durch, ohne jemandem zu begegnen.«

»Zwei Offiziere im Kontrollraum.«

Archer bestätigt die Berichte und wendet sich an unseren Technikexperten. »Jethro. Kameras.«

Jethro nickt. »Ich zapfe gerade das System an und initiiere die Steuerprotokolle … Geschafft! Jetzt sollte ich einzelne Feeds einfrieren können, wenn wir hindurchgehen.«

»Okay, Team, sieht ganz so aus, als ginge unsere Infiltrationsstrategie auf. Behaltet eure Sektoren im Auge, und erstattet sofort Bericht, sobald ihr Bewegungen seht. Die Ghule wurden vom Gas ans andere Ende der Plattform vertrieben, daher sollte uns von ihnen keine Gefahr drohen, aber haltet die Nasen dennoch offen.« Archer sieht mich an. »Gehen wir.«

Ich stehe noch immer an der Steuerungstafel, bestätige seinen Befehl und drücke den Knopf, um die Luftschleuse zu öffnen.

Die Innentür geht mit kaum hörbarem Rauschen auf. Wir betreten einen schwach erleuchteten, riesigen Raum, in dem sich ein Labyrinth aus summenden Maschinen befindet, zwischen denen lange Gänge hindurchführen. An den Wänden stehen Frachtschränke, und unter der Decke verlaufen Rohre, durch die Wasser, Energie und Luft in andere Bereiche gepumpt wird. Anders als in anderen Räumen geht hier nicht sofort das Licht an, als wir hereinkommen – womit man vermutlich nicht autorisierte Besucher davon abhalten will, hier herumzuschnüffeln –, sodass wir uns mit der Notbeleuchtung der in regelmäßigen Abständen in den Boden und die Wände eingelassenen Lampen behelfen müssen.

Sobald wir alle drin sind, beziehen Perseus und Quinn neben der Luke Position, um diese zu bewachen und alle Gefahren auf der Wartungsebene zu beseitigen. Wenn wir unseren Ausgang verlieren, sind wir geliefert. Wir anderen folgen Archer, der das Team durch das Gewirr aus Maschinen führt, während ich die Nachhut bilde. Schnell laufen wir über die Ebene zur Nottreppe. Sie ist der einfachste Weg auf die Hauptebene, auf der sich der Kontrollraum befindet. Ich schnüffle immer wieder nach Ghulen, während ich den Blick in jede dunkle Ecke und Nische schweifen lasse für den Fall, dass wir auf den Sicherheitsfeeds potenzielle Gefahren übersehen haben. Doch wir kommen problemlos bei der Treppe an und verschaffen uns Zugang, indem wir die Codes eingeben, die Angelou uns gegeben hat.

Auf dem ersten Treppenabsatz bleiben wir stehen, sehen uns erneut die Kamerafeeds an und besprechen, wie wir am besten zum Kontrollraum gelangen können. Die Plattform wurde zwar teilweise evakuiert, aber hier halten sich noch viele Besetzer auf, die unsere Mission gefährden können – militärische Besetzer, die die Neigungen ihrer Wirte ausnutzen und erst schießen, bevor sie Fragen stellen.

Nach Sichtung der Feeds legt Archer unsere Route fest. »Wir gehen durch diese Korridore bis zur zweiten Kreuzung, wo wir einen Umweg durch die Technikabteilung machen. Auf diese Weise sollten wir für den Großteil des Stationspersonals unsichtbar bleiben. Im Notfall können wir in diesem«, er zeigt auf einen Raum, »oder in diesem Raum Zuflucht suchen.«

Nachdem wir alle zugestimmt haben, erläutert Archer den Plan genauer. Wir zücken unsere Betäubungspistolen und rennen die Treppe hinauf, sehen erneut auf die Feeds und geben die Codes ein. Die Tür geht mit leisem Zischen auf.

Ein Mann im Standardoverall des Wartungskorps steht direkt vor uns.

»Hey …«

Archer schießt ihm in die Brust, bevor er auch nur ein weiteres Wort herausbringen kann.

»Na, das war ein blödes Timing«, kommentiert Raisman, nachdem wir den Mann auf die Treppe gezogen haben, wo er liegen bleiben kann, bis die Wirkung des Betäubungsbolzens nachlässt.

Das kann sie laut sagen. Kamerafeeds sind ja schön und gut, aber manchmal lässt die Platzierung der Sicherheitskameras einiges zu wünschen übrig.

Wir betreten die eigentliche Station, machen einen großen Umweg und ziehen uns bei Bedarf in Räume zurück, um Besetzern aus dem Weg zu gehen. Jethro friert die Kameras jedes Mal ein, wenn wir einen Bereich betreten, damit uns die Sicherheitsleute nicht auf den Feeds entdecken. Trotz unserer Vorsichtsmaßnahmen müssen wir auf dem Weg noch zwei weitere Personen betäuben – einen Corporal, der gerade seine Runde dreht, und einen IT-Spezialisten, der in einem der Technikkorridore arbeitet. Bei jeder Konfrontation jagt Adrenalin durch meine Adern, und ich bekomme schweißnasse Hände bei dem Gedanken, was passieren könnte, wenn wir nicht schnell genug sind.

Innerhalb von zehn Minuten haben wir den Kontrollraum erreicht. Wir schalten die beiden Offiziere mit Betäubungspfeilen aus, bevor sie uns überhaupt bemerkt haben. Sie sacken auf ihren Stühlen zusammen und verlieren, ohne einen Ton von sich zu geben, das Bewusstsein. Ich packe mir einen, Raisman nimmt den anderen, und wir ziehen sie von ihren Stühlen und legen sie an eine Seitenwand, wo sie uns nicht im Weg sind. Wenn sie aufwachen, werden sie höllische Kopfschmerzen haben, aber mehr auch nicht. Während wir das erledigen, zieht Jethro seinen Handschuh aus und hackt sich über seinen Chip in die Hauptkonsole. Seine Finger fliegen so rasend schnell durch die Luft, dass jedem klar ist, warum Archer ihn für die Uploads ausgewählt hat.

»Adewola, Kirst, beziehen Sie an der Tür auf der anderen Flurseite Position«, befiehlt Archer. »Kagawa, Sie gehen an die Backbordtür des Kontrollraums, Jos übernimmt die Steuerbordseite.

Sorenson, Sie überwachen die Kamerafeeds. Ich will sofort wissen, wenn jemand in diese Richtung kommt. Raisman, Sie bleiben bei Jethro.«

Ich beziehe neben der Tür Position und halte meine Betäubungspistole bereit, während ich auf dem Gesichtsschild ständig die Kamerafeeds durchgehe und nach Gefahren Ausschau halte. Fünf Minuten vergehen, zehn, dann zwanzig. Das Warten macht mich fertig, und die Anspannung wird immer größer, je länger wir uns im Territorium des Feindes aufhalten. Ich wippe wieder mit dem Fuß und flehe Jethro innerlich an, dass er sich beeilen soll, auch wenn ich ganz genau weiß, dass er die Dauer des Vorgangs nicht beeinflussen kann. Als er endlich etwas sagt, muss ich einen erleichterten Seufzer unterdrücken.

»Die Software ist hochgeladen«, meldet Jethro. »Ich starte jetzt den Initialisierungsvorgang.«

»Dauer?«, will Archer wissen.

»Fünf Minuten, Teamleiter.«

»Fünf Minuten, Team«, wiederholt Archer. »Macht euch bereit, sofort abzurücken, wenn er fertig ist.«

Ich bestätige ebenso wie die anderen und gehe die Feeds noch einmal durch, und da flackert plötzlich einer der Kamerafeeds. Mir wird eiskalt.

»Teamleiter, eine Kamera hat gerade geflackert.«

»Wo?«, fragt er.

»Einen Korridor weiter, etwa fünfhundert Meter nördlich.«

»Ursache?«

Ich schüttle den Kopf. »Unbekannt. Könnte nur Zufall sein, oder sie haben herausgefunden, dass wir ihr System gehackt haben.«

Archer aktiviert seine Kom. »Team, es sind möglicherweise Besetzer unterwegs. Bereitmachen auf potenziellen Kontakt aus dem Nordostkorridor. Jethro!«

»Eine Minute«, ruft dieser, der genau weiß, was der TL von ihm wissen will. Er bewegt die Finger auf der Konsole, tippt aber nicht, wie ich feststelle, sondern wartet nervös darauf, dass die Initialisierung abgeschlossen ist.

Als ich die Feeds ein weiteres Mal durchgehe, flackert noch eine andere Kamera. »TL, wir haben noch eine Kamera verloren! Derselbe Korridor, zweihundert Meter näher.«

Archer nickt, und wir beide wissen: Eine Kamera kann eine Fehlfunktion haben, aber nicht zwei.

Wir werden immer nervöser, und unsere Anspannung ist kaum noch auszuhalten. Der Kontrollraum befindet sich in einer Sackgasse, was bedeutet, dass es nur einen Weg hier raus gibt. Die perfekte Situation für einen Besetzerhinterhalt. Mein Herz rast, und mir ist nur zu deutlich bewusst, dass sie jede Menge Zeit haben, Verstärkung zu holen, je länger wir hier drin sind. Wir müssen hier weg, und zwar sofort.

»Geschafft!«, meldet Jethro vom anderen Ende des Raums. Er zieht seinen Handschuh wieder an und ist bereits in Bewegung, während wir anderen uns noch zum Aufbruch bereit machen müssen.

»Gehen wir«, ordnet Archer an.

Wir haben gerade den halben Korridor hinter uns gebracht, als vor uns ein halbes Dutzend Besetzer in Sicherheitsuniformen um die Ecke kommt. Alle gehen sofort in Deckung, ducken sich in Türrahmen und hinter Schotts, während von beiden Seiten geschossen wird. Ein Besetzer geht zu Boden, gefolgt von einem zweiten und einem dritten. Obwohl sie mit Dezimatoren bewaffnet sind, haben sie gegen uns keine Chance. Es dauert nicht lange, bis sie alle betäubt am Boden liegen. Uns ist klar, dass bald mehr kommen werden, daher rennen wir an ihnen vorbei und weiter den Korridor entlang. Ich passiere gerade den letzten, als ich hinter mir eine Bewegung spüre. Aus dem Augenwinkel sehe ich eine Person, die den Arm hebt. Ein Dezimatorenlauf glänzt glatt und tödlich im kalten Stationslicht. Noch während ich mich umdrehe, weiß ich, dass es zu spät i...

Jemand schubst mich zur Seite, und ich lande auf dem Boden. Der Dezimator wird abgefeuert, die Energie dringt mit goldfarbenem Knistern aus dem Lauf, und der Schuss, der für mich bestimmt war, trifft Archer mitten in die Brust.

31

Es knackt laut, als Archers Schulterpanzerung zerplatzt und an drei Stellen aufspringt, sodass die Energie tief in seinen Hals und seine Schulter eindringt. Er geht zu Boden, und in seiner zerfetzten Luftröhre rasselt sein Atem. Kirst reagiert schneller als alle anderen, er wirbelt herum und trifft den Besetzer mit einem Betäubungsschuss. Direkt im Anschluss feuern auch noch Kagawa, Jethro und Jos, aber es ist bereits zu spät. Um uns herum heulen Sirenen, der schrille Lärm hallt über die ganze Plattform. Der Besetzer muss vor seinem Schuss die Stationssicherheit noch alarmiert haben.

Ich krieche zu Archer hinüber. Sein Puls geht schnell, seine Haut ist klamm, und es ist offensichtlich, dass er unter Schock steht. Ich blicke Kagawa an, die nach Archer unser erfahrenster Sanitäter ist, aber sie schüttelt nur den Kopf. Die Botschaft ist eindeutig: Er braucht ärztliche Hilfe, und zwar schnell.

Sonst stirbt er.

Ich drücke ein durchsichtiges Kauterisierungspflaster auf die Wunde und belle Befehle. »Jos, helfen Sie mir, Archer zu tragen! Kirst und Adewola gehen voraus. Raisman und Kagawa sichern nach hinten ab. Jethro, nutzen Sie die Kamerafeeds und suchen Sie uns einen Weg hier raus, falls es noch einen gibt. Wir sehen zu, dass wir verschwinden!«

Ich nehme Archers rechten Arm, Jos seinen linken, und wir hieven ihn gemeinsam vom Boden hoch. Unser TL versucht, uns so gut es geht zu helfen, aber er rutscht immer wieder auf dem Deck aus, und man sieht ihm an, dass er kurz vor einer Ohnmacht steht. Wir legen uns Archers Arme über die Schultern, stützen ihn und richten uns auf. Ich höre erneut Schritte und gehe schnell die Kamerafeeds auf meinem Gesichtsschutz durch, um die Ursache herauszufinden, aber Jethro ist schneller.

»Raisman, Kagawa! Sie kommen aus dem Korridor hinter Ihnen!«

Die Besetzer treffen am Boden auf, kaum dass sie um die Ecke laufen.

»Der östliche Korridor ist noch frei!«, meldet Jethro. »Wenn wir uns beeilen, können wir die erste Kreuzung erreichen, bevor die Besetzer da sind.«

»Dann Bewegung, Team«, ordne ich an und laufe bereits los.

Wir hasten durch die Gänge, so schnell wir können, und biegen auf Jethros Anweisungen immer wieder ab. Kirst und Adewola räumen vor uns den Weg frei, während Raisman und Kagawa nach hinten absichern und immer wieder Betäubungsgasgranaten werfen, damit uns die Besetzer nicht zu nahe kommen. Normalerweise hätten wir die Luke in zwei Minuten erreicht, aber da wir Archer mittlerweile fast komplett tragen müssen, kommen wir nicht so schnell voran. Wir suchen in einem unbesetzten Büro Zuflucht, um einigen Besetzern aus dem Weg zu gehen, und da hören wir es: ein leises Sirren, das durch die Plattform hallt.

»Was ist das?«, fragt Adewola.

»Ventilatoren«, antwortet Raisman nach kurzem Überlegen. »Sie wollen das Ghulgas loswerden.«

Ich hole tief Luft. Ein leichter säuerlich-süßer Geruch steigt mir in die Nase, und ich begreife, dass sie recht hat. Als ob wir nicht schon genug Probleme hätten!

Wir haben keine Zeit zu verlieren, daher verlassen wir das Büro durch einen anderen Eingang und nehmen die Treppe auf die Wartungsebene. Dort bahnen wir uns den Weg zwischen den riesigen Maschinen hindurch, um zur Luftschleuse zu gelangen. Schritte sind hinter uns auf der Treppe zu hören, gefolgt von mehreren Schüssen, als Raisman und Kagawa verzweifelt versuchen, uns Deckung zu geben. Mir wird klar, dass es nicht mehr lange dauert, bis uns die Verfolger eingeholt haben. Ich versuche, schneller zu laufen, doch es geht nicht. Archer kann kaum noch die Beine bewegen, und mir tun der Rücken und die Schultern weh. Ich beiße die Zähne zusammen, ignoriere den Schmerz und gehe weiter. Die Luftschleuse ist vor uns bereits zu sehen, und ich aktiviere den Kommandokanal auf meiner Kom.

»*StarRunner*, Deltateam erbittet Abholung! Ich wiederhole: Sofortige Abholung!«

»*Verstanden, Delta. Sind in zwei Minuten da.* StarRunner *Ende.*«

Wir taumeln in die Luftschleuse, als der Feind nur noch wenige Meter hinter uns ist. Jos und ich tragen Archer inzwischen, und die anderen zwängen sich mit uns hinein. Archer sackt zwischen uns zusammen, hängt an unseren Schultern und lässt die Füße über den Boden schleifen. Schwarzes Blut dringt ihm aus Hals und Schultern, und ich kann den Gestank des verbrannten Fleisches ebenso wie den fernen Geruch der Ghule riechen. Meine Panik wird immer größer, und ich versuche, ihn wachzurütteln. »Archer? Sir!«

Aber er reagiert nicht, und mir wird klar, dass uns die Zeit davonläuft.

Schüsse fallen an der Innentür der Luftschleuse, und ich drehe mich in die Richtung um. Kagawa spielt dort praktisch Tauziehen mit den Besetzern, die von außen an der Tür zerren, sodass sie sich nicht schließen kann.

Bumm! Kagawa gibt den Befehl zum Schließen der Tür ein, und diese geht zu, nur um einen Augenblick später wieder aufzugehen, als einer der Besetzer draußen das entsprechende Kommando eingibt.

Auf. Zu. Auf. Zu. Auf.

Wieder und wieder drückt sie auf die Steuertafel, doch die Tür bleibt offen. Schüsse dringen durch den immer größer werdenden Spalt und knistern so dicht an meiner rechten Wange vorbei, dass sie sich in meinem Gesichtsschutz spiegeln. Ich beuge mich ungelenk nach links, versuche, außer Reichweite zu gelangen und Archer gleichzeitig festzuhalten.

»'tschuldigung!«, ruft Kagawa und knallt die Tür wieder zu.

»Wir müssen dafür sorgen, dass die Tür nicht wieder aufgeht!«, rufe ich ihr zu, als genau das erneut passiert. »Die Außenluke lässt sich nicht öffnen, solange die Innentür nicht verriegelt ist.«

»Der Override funktioniert nicht!«, entgegnet Kagawa. »Ich könnte die Tafel zerstören, aber wenn ich zum falschen Zeitpunkt schieße, sind wir erledigt.«

Zu. Auf. Zu. Auf.

Mir ist klar, wo das Problem liegt. Falls die Tür nicht korrekt versiegelt ist, wenn sie auf die Schalttafel schießt, bleibt sie für immer offen, wir können die Außenluke nicht schließen und sitzen in der Luftschleuse fest.

Schlacke! Die Mission ist zum Scheitern verurteilt. Archer wurde angeschossen, die Ghule sind unterwegs, und wir sitzen in einer Luftschleuse fest, deren Tür die Besetzer nicht freigeben. Alle sehen mich an …

»STL?«, fragt Kagawa unsicher.

… und ich habe nicht die leiseste Ahnung, was wir tun sollen.

Ich schüttle kaum merklich den Kopf. Momentan bringe ich keinen Ton über die Lippen und kann nicht mal atmen. Ich versuche, meine chaotischen Gedanken zu ordnen, aber mich hat nacktes Entsetzen gepackt, das mich erstarren lässt und meinen Verstand blockiert.

Ein lautes *Klonk!* ertönt, und die *StarRunner* taucht vor der Luke auf. Die ganze Luftschleuse bebt, und die Vibrationen erschüttern die Wände und den Boden, als das Shuttle versucht, die

Verbindung herzustellen. Da ich durch Archers Gewicht ohnehin schon Gleichgewichtsprobleme habe, gerate ich ins Taumeln, kann mich aber in letzter Sekunde noch an der Wand abstützen. Archers Arm rutscht sofort von meiner Schulter, und ich ziehe ihn wieder hoch und stemme die Beine gegen den Boden. Nach einer gefühlten Ewigkeit kommt die Stimme des Piloten über Kom.

»*Deltateam, hier ist die* StarRunner. *Andockvorgang abgeschlossen. Ich wiederhole: Andockvorgang abgeschlossen.*«

Ich hole tief Luft, und mir ist, als hätte mich die Stimme des Piloten in die Wirklichkeit zurückgeholt. Meine Angst lässt ein wenig nach, und ich kann wieder klar denken.

»Verstanden, *StarRunner*«, erwidere ich automatisch, ohne darüber nachzudenken. »Wir stehen unter Beschuss und haben Probleme, die Innentür zu schließen. Halten Sie sich bereit!«

Mit vollkommen klarem, auf Hochtouren arbeitendem Verstand drehe ich mich zu meinem Team um. »Wir müssen die Besetzer lange genug ablenken, damit wir die Innentür schließen können. Wie steht es um unsere Munition?«

»Uns fehlt es nicht an Munition«, erwidert Jethro, »sondern an Deckung. Sobald die Tür aufgeht, sitzen wir hier auf dem Präsentierteller.«

»Haben wir noch Granaten?«

»Ein halbes Dutzend Licht- und zwei Betäubungsgranaten …«

»Wenn wir sie mit den Betäubungsgranaten …«

Kirst schüttelt den Kopf. »Sie haben Masken aufgesetzt.«

Schlacke! Mit Granaten wäre die Sache deutlich einfacher gewesen. Doch vielleicht brauchen wir sie auch gar nicht zu betäuben …

Mir kommt eine Idee. Rasch erkläre ich meinen Plan, und sofort drücken sich alle an die Seitenwände und entfernen sich so weit wie möglich von der Tür. Alle, bis auf Kirst und Adewola, die sich rechts und links neben der Innentür an die Wände pressen, und Kagawa, die an der Steuerungstafel stehen bleibt.

Sobald alle in Position sind, gebe ich das Signal. »Jetzt, Kagawa!«

Die Tür geht wieder auf, da der Besetzer auf der anderen Seite den Befehl eingegeben hat, aber dieses Mal unternimmt Kagawa nichts dagegen. Schüsse dringen durch den Spalt und versengen die hintere Wand, stoppen jedoch, als Kirst und Adewola ebenfalls feuern. Nach einer weiteren Sekunde ist Raisman da und wirft zwei Granaten aus der Luftschleuse.

Bumm! Bumm! Licht explodiert auf der anderen Seite, als die beiden Granaten kurz hintereinander hochgehen. Schreie ertönen, und trotz Gesichtsschutz und Kampflinsen werde ich beinahe geblendet. Bevor sich die Besetzer orientiert haben, gibt Kagawa den Befehl zum Schließen der Tür ein, richtet die Pistole auf die Tafel und wartet darauf, dass die Tür zugeht ...

Sie verriegelt, und blaues Licht leuchtet auf der Tafel auf, als die Versiegelung der Innenluke bestätigt wird. Kagawa drückt den Lauf ihrer Pistole auf die Tafel und drückt einmal, zweimal, dreimal ab. Funken stieben von der Tafel auf, und ein unangenehmes Knirschen hallt durch die Luftschleuse, aber ich sehe nichts als das blaue Licht und halte den Atem an, während ich darauf warte, ob es wieder ausgeht. Doch das tut es nicht.

Die Innentür ist versiegelt.

»*StarRunner*, wir kommen raus!« Noch bevor ich die Worte ausgesprochen habe, drücke ich auf den Knopf, um die Außenluke zu öffnen. Sie öffnet sich mit lautem Kreischen, da sie so lange nicht genutzt wurde, dass sie eingerostet ist. Jos und ich stürzen hindurch und zerren Archer mit uns, und die anderen folgen uns sofort. Kagawa ist die Letzte; sie schließt die Luke und ruft dem Piloten zu: »Wir sind drin!«

Sofort werden die Andockklemmen gelöst, damit das Shuttle

starten kann, aber ich bekomme es kaum noch mit. Ich konzentriere mich völlig auf Archer, der wie ein nasser Sack zwischen mir und Jos hängt. Während ich mit rasendem Herzen nach einem Sanitäter rufe, sehe ich mich nach einem Medkit um, kann jedoch keins entdecken. Jemand wirft mir eine Decke zu, und wir legen Archer darauf und decken ihn zu.

Aber als er da auf dem Shuttleboden liegt, erschlafft und das Gesicht eine kalte, leblose Maske, brauche ich keinen Sanitäter mehr, um zu wissen, dass er bereits tot ist.

* * *

Am nächsten Morgen werde ich offiziell zum Teamleiter befördert. Major Estes ruft mich zu sich, überreicht mir meine neuen Insignien und versetzt Vange von Gamma zu Delta, um unser Team zu verstärken und mir einen erfahrenen STL an die Seite zu stellen. Sie ist kurz angebunden, aber nicht unfreundlich, und ich bin ihr dankbar dafür, dass sie keine große Sache aus Archers Tod oder meiner Beförderung macht. Mit diesem sachlichen Ernst kann ich leben, Sentimentalität könnte ich jetzt nicht gebrauchen.

Danach gehe ich in die Waffenkammer, um die Vorbereitungen für die anstehende Mission abzuschließen. Vor der Tür halte ich inne und weiß nicht, ob ich wirklich reingehen und meinem Team ins Gesicht blicken kann. Ich weiß nicht einmal, ob ich bereit dafür bin, dass es jetzt *mein* Team ist. Jedes Mal, wenn ich an diesen Augenblick auf der OP denke, als mich Archer zur Seite gestoßen und den für mich bestimmten Dezimatorschuss abgekommen hat, beschleichen mich Schuldgefühle und Zweifel. *Vielleicht bin ich nicht gut genug, um Teamleiter zu sein. Vielleicht enttäusche ich mein Team nur.* Kurz bin ich versucht, den Schwanz einzukneifen und wegzulaufen, aber das hätte Archer auch nicht gemacht. Ebenso wenig wie Xian, Songbird oder einer der anderen TL. Sie würden in diesen Raum gehen und sich um ihr Team kümmern.

Also mache ich genau das. Wir treffen die morgendlichen Vorbereitungen, führen zwei Missionen auf und eine in einer OP durch. Jeder akzeptiert meine Beförderung kommentarlos, diesen Aufstieg durch Archers Tod – jeder, bis auf mich. Die Befehle kommen mir zwar problemlos über die Lippen, da sie sich in mein Gehirn eingebrannt haben, nachdem ich sie so oft von Archer gehört habe, aber für mich ist es immer noch Archers Team, und ich bin bloß die Vertretung.

Wir überstehen den Tag ohne Verluste, was immer ein Grund zur Freude ist, aber heute ganz besonders. Schließlich will ich nicht gleich an meinem ersten Tag als TL jemanden verlieren. Nachdem das Team die Ausrüstung weggeräumt hat, lasse ich alle wegtreten, damit sie sich ausruhen können, bevor wir in wenigen Stunden das nächste System erreichen. Vange ist als Letzter noch in der Waffenkammer.

»Ich kann es nicht fassen, dass ich Sie jetzt mit ›Sir‹ ansprechen muss«, meint er und klopft mir auf die Schulter, um mir zu zeigen, dass er es mir nicht übel nimmt. Uns ist beiden klar, dass unsere Rollen vertauscht wären, wenn Songbird anstelle von Archer gefallen wäre.

Nachdem er gegangen ist, lasse ich mich vor meinem Spind auf die Bank sinken. Ich habe den ersten Tag als TL überraschend problemlos überstanden, aber meine Schuldgefühle sind größer als je zuvor. Archer hat den Schuss abbekommen, der für mich gedacht war, und nur deshalb bin ich noch am Leben, und er ist tot. Mir ist zwar klar, dass das seine Entscheidung gewesen ist, und ich hätte umgekehrt dasselbe für ihn getan, aber dennoch fühle ich mich an seinem Tod mit schuldig. Selbst dieser erfolgreich verlaufene Tag wird von meinen Schuldgefühlen getrübt, als wäre es nicht nur falsch, Archers Job zu übernehmen, sondern ihn auch noch gut zu machen.

»Ist alles okay, Sorenson?«

Als ich aufblicke, steht Songbird in der Tür. Ich hätte mir ja denken können, dass ich diesen Tag nicht hinter mich bringen kann, ohne von irgendwem unaufgefordert Zuspruch zu erhalten. Als ob es irgendwelche Worte gäbe, die es leichter machen könnten! Ich starre sie an und antworte gereizt: »Was ist, haben Sie den Chipentscheid verloren, oder was?«

Sie kommt rein, lehnt sich gegen einen Schrank und mustert mich. »Xian wurde zum Stellvertretenden Teamleiter befördert, als sein STL auf Dauer zum Deppendienst degradiert wurde, weil er sich mit jemandem aus seinem Team eingelassen hat. Er bekam einen der zusätzlich frei gewordenen TL-Plätze, als die neuen Rekruten für die Erzengel-Mission ankamen. Vange ist auf dieselbe Weise zu meinem STL geworden.«

Ich starre zu Boden, da mich ihre Worte daran erinnern, dass sie, im Gegensatz zu Vange und Xian, nicht befördert wurde, weil ihr Vorgesetzter gestorben ist. Sie war STL, als ich zur F&E gekommen bin, und ist erst Teamleiter geworden, als ihr TL während einer Mission infiziert wurde und aus einer Luftschleuse gegangen ist, statt sich in einer Besetzerkolonie einsperren zu lassen. Sie hat keinen Chipentscheid verloren, sondern ist freiwillig hergekommen, weil sie sich, anders als die anderen, auch einmal in meiner Lage befunden hat.

Diese Erkenntnis beschämt mich und schnürt mir die Kehle zu. »Es geht mir gut.«

Sie nickt, offenbar wollte sie nicht mehr hören als diese Worte. Möglicherweise musste sie sie auch gar nicht hören und hat mich nur gefragt, weil sie wusste, dass ich es aussprechen musste. Ähnlich wie mir jemand anderes vor langer Zeit dieselbe Frage gestellt hat.

Ihr Mitgefühl, ihr Trost; die Nacht, in der sie stundenlang auf mich gewartet hat, nur um sich zu vergewissern, dass es mir gut geht.

Ich blinzle, als ich mich plötzlich daran erinnere. Lia war so lange wie ein Geist, den ich nicht abschütteln konnte, eine Erinnerung, die jeden meiner Gedanken begleitete und immer da war. Doch jetzt habe ich schon eine Ewigkeit nicht mehr an sie gedacht, und es ist fast so, als würde sie verstehen, dass ich sie nicht mehr so sehr brauche.

Diese Erkenntnis wird nicht etwa von Furcht, Wut oder gar Trauer begleitet, auch wenn ich damit gerechnet hätte, sondern von einer stillschweigenden Akzeptanz, die über all diese Gefühle hinaus anhält, lange nachdem diese verblasst und verschwunden sind.

»Es geht mir gut«, sage ich noch einmal, dieses Mal mit fester Stimme, und Songbird lächelt, als würde sie wissen, dass sich zwischen der ersten und der zweiten Antwort etwas verändert hat, auch wenn sie nicht wissen kann, was es ist. Sie wendet sich bereits um, bleibt dann aber in der Tür noch einmal stehen und sieht mich über die Schulter hinweg an. »Sie müssen mir einen Gefallen tun, Sorenson.«

Ich blicke sie fragend an.

»Wenn ich falle, müssen Sie dasselbe für Vange tun. Vergewissern Sie sich, dass es ihm gut geht.«

Ihre Wortwahl entgeht mir nicht. Sie sagt nicht ›falls‹, sondern ›wenn‹. Ich würde ihr gern widersprechen, aber ich kann es nicht. Wir sind Soldaten und im Krieg, und unsere Uhr kann jeden Moment ablaufen. Wir nehmen die Zeit, die uns gegeben wird, und machen das Beste draus. So einfach ist das.

Ich sehe ihr in die Augen. »Sie haben mein Wort darauf.«

Doch noch während ich ihr dieses Versprechen gebe, hoffe ich, dass es nie dazu kommen wird.

32

Ich schlage die Augen auf und bin sofort hellwach, obwohl ich eben noch tief und fest geschlafen habe. Sofort rolle ich mich aus der Koje und muss gar nicht nachsehen, um zu wissen, dass wir soeben die Sprungroute verlassen haben. Nachdem wir seit Tagen dieselbe Routine durchlaufen – Ankunft, Vorbereitung, Mission, Sprung, Ankunft, Vorbereitung, Mission, Sprung –, wirkt die plötzliche Druckveränderung in meinem Körper wie ein innerer Wecker, den ich nicht ignorieren kann.

Ich aktiviere meinen Chip und stelle fest, dass es fünf Uhr ist. Dieses Mal habe ich fast sechs Stunden am Stück geschlafen, was fast schon Luxus ist. Danach rufe ich den Missionsplan auf und sehe mir unsere Ankunftszeit an. Es gibt in diesem System nur ein Ziel, einen Planeten namens Zagyhara, der ringsum von OPs umgeben ist, sodass wir nicht nur eine oder zwei, sondern sechzehn aufsuchen müssen. Das ist ungewöhnlich, da das Militär im Allgemeinen alle anderen Plattformen abgeriegelt hat, nachdem die ersten OPs eines Netzwerks infiziert wurden. Auf den nicht infizierten Plattformen ist noch eine Rumpfcrew stationiert, damit das planetare Netz erhalten bleibt und Fehlfunktionen schnell behoben werden können. Diese Crew kann auch die Installation der Erzengel-Modifikationen übernehmen. Bei Zagyhara sieht die Sache jedoch anders aus. Hier wurden alle OPs gleichzeitig bei einem koordinierten Angriff übernommen, sodass jede Plattform eine versiegelte Festung mit Ghulen und Besetzern darstellt, die nur aus der Ferne von zwei kleinen Cruisern überwacht werden.

Gähnend trete ich in die Hygieneeinheit, ziehe mich an und hole mir ein Rationspak aus der Bordküche, bevor ich zur Waffenkammer gehe, um die Mission vorzubereiten. Ich bewege mich wie in Trance, fülle die Sauerstofftanks und die Energiezellen auf, überprüfe die Ausrüstung auf Abnutzungserscheinungen, die uns gefährlich werden können, und lege auch alles andere bereit, was wir brauchen werden. Jede Zelle in meinem Körper ist ruhig, völlig unbeeindruckt von der anstehenden gefährlichen Mission, denn auch diese ist mir in den letzten Tagen zur Routine geworden. Was noch lange nicht bedeutet, dass es nicht mehr gefährlich wäre, denn das ist es selbstverständlich weiterhin. Doch durch die ständigen Wiederholungen im Missionsablauf hat sich eine gewisse Routine eingestellt, und das Adrenalin, die Angst und die unvermeidlichen Verluste sind alltäglich geworden.

Oder es ist schlichtweg die Erschöpfung, die mich derart betäubt, sodass ich nur noch den gegenwärtigen Augenblick bewusst wahrnehme. Lange, harte Tage, manchmal sogar länger als zwanzig Stunden, voller körperlicher Arbeit und ständiger Gefahren, nur unterbrochen von kurzen Pausen, während derer wir ins nächste System springen, das auf unserer Liste steht. Lhasa OP SE-3. Nissou OP N. Manara OP EQ-1. Shoshana OP EQ-6. Agra OP SE-1. Ptolemy OP NE-4. Die Namen verschwimmen miteinander und bilden ein Kaleidoskop aus Missionen – mal innen, mal außen, einige einfach, andere schwer, manche haben wir nur mit knapper Not geschafft. Für sich allein genommen ist jede Mission nicht weiter bemerkenswert, aber als Ganzes liegen sie mir wie eine Last auf den Schultern, die zudem jeden Tag schwerer wird. Trotzdem scheine ich immer noch genug Kraft zu haben, um weiterzumachen, und mir ist, als würde mich das zusätzliche Gewicht nur noch stärker machen, statt mich einknicken zu lassen.

Wir beenden die Vorbereitungen und brechen um Punkt sechs Uhr zehn zur ersten Plattform auf. Auf OP N werden wir beinahe von Besetzern überwältigt und kommen gerade noch so lebend wieder raus, da eine Notluke im Kontrollraum unsere Rettung ist.

OP EQ-1 ist im Vergleich dazu der reinste Weltraumspaziergang, auch wenn wir aufgrund von Geräteproblemen fast doppelt so lange brauchen wie üblich. Delta macht bei OP EQ-2 Pause, also dusche ich schnell und gehe auf die Brücke, um die Mission zusammen mit den Offizieren zu beobachten.

Ich setze mich an eine der hinteren Konsolen und sehe mir den Feed von Xians Helm auf dem Hauptschirm an. Sein Team durchbricht gerade das Siegel an der Außenluke und betritt die Plattform. Während die Luftschleuse aktiviert wird, nimmt Xian die Anzeigen auf seinem Pad in Augenschein.

»*Hier stimmt was nicht*«, stellt er kopfschüttelnd fest. »*Das Überwachungssystem ist nicht aktiv, und ich empfange auch überhaupt keine Lebenszeichen. Sind Sie sicher, dass diese OP nicht doch verlassen ist?*«

»Nicht laut unserer Aufzeichnungen«, erwidert Major Estes. »Aber die können durchaus fehlerhaft sein. Setzen Sie die Mission fort, aber seien Sie darauf vorbereitet, dass Sie es mit Ghulen und Besetzern zu tun bekommen könnten.«

»*Verstanden.*« Xians Stimme klingt zwar entschlossen, doch seine Zweifel sind deutlich, und in seiner selbstsicheren Erwiderung schwingt Furcht mit. Mein Herz schlägt ebenfalls etwas schneller.

Die Steuerungstafel der Luftschleuse flackert rot und weist auf eine Druckfehlfunktion hin. Xian untersucht die Tafel, spielt ein wenig an den Optionen herum und schüttelt schließlich den Kopf. »*Die Luftschleuse ist defekt; aus irgendeinem Grund ist kein Druckausgleich möglich. Wir müssen den Automatismus überbrücken und die Tür manuell öffnen.*«

Er gibt den Overridecode ein, und nach einer Minute wird das rote Licht an der Tür blau und zeigt an, dass das Schloss geöffnet wurde. Sein STL öffnet den Zugang zum manuellen Hebel, und als Xian nickt, drückt er ihn herunter. Noch bevor die Tür aufgeht, weiß ich einfach, dass sie auf der anderen Seite etwas Schreckliches erwartet. Die Tür gleitet auf, und ich spanne sämtliche Muskeln an und warte auf eine Horde Besetzer, die sich auf das Team stürzt.

Auf dem Boden liegen zahlreiche Leichen, bestimmt ein gutes Dutzend, alle in einem ähnlichen Verwesungszustand. Xian macht fluchend einen Satz nach hinten, und das Bild auf dem Schirm wackelt heftig, als er ruckartig den Kopf dreht. Sein Atmen ist über den Audiofeed deutlich zu hören und untermalt das vielfache Keuchen, das auf der Brücke der *Infinity* ausgestoßen wird. Ich beiße mir vor Entsetzen auf die Fingerknöchel, und das Murmeln, das um mich herum ausbricht, zeigt mir, dass hier alle ebenso schockiert sind wie ich.

Was zum Teufel …?

Beim Universum!

»*Xian,* Infinity*? Was geht da vor sich?*«, will Songbird, deren Team auf der Außenseite beschäftigt ist, über die Kom wissen, und mir fällt ein, dass sie zwar die Reaktionen auf den grässlichen Anblick hören, ihn aber selbst nicht sehen kann.

Zuerst bekommt sie keine Antwort, da keiner von uns etwas sagen kann. Dann reagiert Xian, dessen Stimme ganz heiser klingt.

»*Songbird, hi… hier ist Xian. Sie sind alle tot.*«

Schweigen, dann … »*Entschuldigung, das habe ich nicht verstanden. Was haben Sie gesagt?*«

»*Sie sind tot, Songbird. Sie sind alle tot, und das schon seit Monaten.*«

»*Bei den Sternen.*«

Es fällt Xian sichtlich schwer, das Pad anzuheben, den Bereich zu scannen und sich die Ergebnisse anzusehen. Das Pad schwankt hin und her, und ich begreife erst nach einem Augenblick, dass Xians Hände so stark zittern.

»*Anscheinend ist das Ventilationssystem ausgefallen*«, berichtet er. »*Darum hat die Luftschleuse auch nicht funktioniert. Sie sind alle erstickt, weil es keinen Sauerstoff mehr gab, oder wurden von ihrem Kohlendioxidausstoß vergiftet.*«

Sie sind erstickt. Es herrscht betretene Stille, und wir versuchen, nicht daran zu denken, wie qualvoll diese Menschen gestorben sind. Zu ersticken, im Inneren einer OP gefangen zu sein, auf der Wartungsebene versammelt in dem verzweifelten Versuch, die Maschinen wieder in Gang zu setzen.

Augenblick mal. Mir kommt ein schrecklicher Gedanke, als ich über diese Situation nachgrübele. *Wenn das Ventilationssystem nicht funktioniert …*

»Major!«, rufe ich, ohne nachzudenken. »Wenn das Ventilationssystem nicht funktioniert, dann wurde das Gas, das sie reingepumpt haben, auch nicht wie geplant verteilt. Es könnten noch Ghule in dem Bereich sein.«

»Aber die Zäune …«, setzt einer der Offiziere an.

»Es braucht nur einen Ghul, um einen Zaun auszulösen«, sage ich. »Wenn nur ein paar gegangen sind, vielleicht als Ablenkung, und der Rest dageblieben ist, könnten noch immer Ghule in der Nähe sein. Solange ihre Helme versiegelt sind …«

»Können sie den Feind auch nicht riechen«, beendet der Major den Satz für mich und aktiviert bereits die Kom. »Xian, werfen Sie sofort Lichtgranaten!«

Vier Granaten gehen gleichzeitig hoch, als Xian und sein STL dem Befehl des Majors Folge leisten. Zuerst vermute ich, dass die Granaten Blindgänger sind, da nur hier und da schmale weiße Bereiche auftauchen, doch dann wird mir klar, dass sich dort so viele Ghule aufhalten, dass sie das Licht vollständig abblocken!

»Rückzug, Xian!«, befiehlt der Major. »Verschwinden Sie! Sehen Sie zu, dass Sie da rauskommen!«

Es knistert in der Kom, als der Kommunikationsoffizier die Piloten zurückruft, während der Major die sofortige Evakuierung von Songbirds Team anordnet. Xians Leute hasten zur Luke, und ihnen ist allen klar, in welcher Gefahr sie schweben, aber wir alle wissen …

Es ist bereits zu spät.

* * *

Wenige Minuten später meldet sich PsySergeant Han Di. Ich bin noch immer auf der Brücke beim Major und den anderen leitenden Offizieren und lausche mit angehaltenem Atem.

»Major, ich habe gerade alle Mitglieder des Gamma- und Etateams gescannt …«

»Und?«

»Alle Gammas sind sauber, aber jedes einzelne Mitglied von Eta wurde infiziert. Ich habe ihnen Schattenol verabreicht, und sie werden gerade in die Arrestzellen gebracht.«

»Verstanden. Sie erhalten innerhalb der nächsten Stunde weitere Befehle. Estes Ende.«

Ein ganzes Team und Xian! Das sind derart gewaltige Verluste, dass meine Benommenheit auf einen Schlag verschwunden ist. Ich schließe die Augen und murmele lautlos ein Gebet, von dem ich dachte, dass ich es schon vor langer Zeit vergessen hätte. Erst das Summen meines Chips holt mich in die Gegenwart zurück. Ich blicke darauf hinab. Es ist Songbird. Ich ziehe mich in eine Ecke zurück und nehme den Ruf an, wobei ich die Hand an den Mund hebe und in meinen Chip subvokalisiere.

»Sorenson hier.«

»Haben Sie es schon gehört?«

»Ja.«

Sie schweigt kurz. *»Das hätte auch einer von uns sein können.«*

»Ja, da haben Sie recht.«

Erneute Stille. Es gibt keine Worte, die das Ausmaß unserer

Gefühle, der Schuld und der Trauer, der Erleichterung und Verzweiflung ausdrücken könnten. Schließlich frage ich: »Wie geht es Gamma?«

»*Sie sind ziemlich mitgenommen, werden aber drüber wegkommen. Das tun sie immer. Das tun wir immer.*«

»Ja, das tun wir«, murmele ich. »Wir sind aus einem guten Grund hier draußen, und wir werden auf jeden Fall weitermachen, kämpfen und unseren Job erledigen.«

»*Wir erledigen unseren Job*«, stimmt sie mir zu.

Ich kann nur hoffen, dass wir das noch können.

Nachdem ich die Verbindung beendet habe, sehe ich mich auf der Brücke um. Auch die Crew hier ist erschüttert, und die Bilder von Xians Feed werden uns noch Wochen, Monate oder gar Jahre in unseren Albträumen heimsuchen. Der Major wirkt als Einzige halbwegs gefasst. Sie unterhält sich gerade leise mit Dr. Chiwafor, unserem leitenden Ingenieur.

»... gibt es einen Weg, das Ventilationssystem von außerhalb der Plattform zum Laufen zu bringen?«, erkundigt sich Estes gerade.

Chiwafor schüttelt den Kopf. »Angesichts der wenigen Daten, die Xian vor der Evakuierung sammeln konnte, sieht es leider so aus, dass wir von innen auf das System zugreifen müssen, wenn wir auch nur die Chance haben wollen, es zu reparieren. Falls der Schaden überhaupt reparabel ist«, fügt er mit vielsagendem Blick hinzu.

Ich muss an all diese Menschen denken, die erstickt sind, während sie panisch versucht haben, das System zu reparieren, und weiß, worauf er hinauswill. Wenn sie den Fehler nicht beheben konnten, wer sagt dann, dass es uns gelingen wird?

»Dann steht diese Möglichkeit nicht zur Debatte.« Estes schüttelt den Kopf, bemerkt mich und richtet sich auf. »Teamleiter. Erlauben Sie mir, mein Bedauern über den Verlauf der heutigen

Mission auszusprechen. Der Verlust von Eta hat uns alle schwer getroffen.«

Ich nicke und tue so, als würde ich es annehmen, auch wenn das nicht der Wahrheit entspricht. »Sie haben ihre Pflicht getan.«

»Ja, das haben sie«, stimmt mir Estes zu. »Und jetzt müssen wir die unsrige tun.«

Ich runzle die Stirn und bin mir nicht sicher, was sie damit meint, aber der Major hat sich schon abgewandt. Sie geht über die Brücke und erteilt in schneller Abfolge Befehle.

»Initiiere Protokoll Royal Sweep. Martinez, wechseln Sie bitte wieder auf Standardsicht. Jaffa, bringen Sie uns auf Position eins-zwei-fünf Strich acht. Riegert, laden Sie die Bugstrahler.«

Ein leichter Ruck geht durch das Deck, als das Schiff sich in Bewegung setzt und beschleunigt. Ich halte mich an der nächsten Konsole fest, um nicht hinzufallen, und schaue mich irritiert um, weil ich nicht begreife, was hier gerade vor sich geht. Auf dem Schirm wurden die Missionsfeeds von eben durch die Außensicht ersetzt. Holoanzeigen erscheinen am Rand des Schirms und vermitteln Basisinformationen wie Kurs und Geschwindigkeit sowie den Status der Schilde und Waffen. Ein Zielerfassungskreis erscheint auf dem mittleren Schirm und wird auf ein Objekt in der Ferne gerichtet, das daraufhin herangezoomt wird.

Es ist die Orbitalplattform.

Ein mulmiges Gefühl breitet sich in meinem Bauch aus, als wir näher heranfliegen. Mir fällt eine der Anzeigen auf dem Schirm ins Auge, ein sich drehendes Rad, das sich zunehmend golden färbt. Obwohl ich kein Pilot bin, weiß ich, dass es die Waffenanzeige ist. Ich reiße die Augen auf. *Wir werden doch nicht … Wir können doch nicht …?* Aber als das Schiff sich dreht und den Angriffsbogen fliegt, den ich bei jedem Schiff wiedererkennen würde, sei es eine Corvette, ein Transporter oder ein Kriegsschiff, wird meine böse Vorahnung bestätigt.

»Haben die Position erreicht.«

»Verstanden«, erwidert der Major. »Lieutenant Riegert?«

»Waffen geladen und bereit, Ma'am.«

Die Dreifachstrahlenwaffe am Bug der *Infinity* wird abgefeuert, und drei weiße Bögen zeichnen sich in der Dunkelheit ab. Sie umgeben die Plattform, lassen sie für eine Sekunde wie eine Miniatursonne silbern aufleuchten, heller und immer heller. Dann explodiert die uns zugewandte Seite der Plattform in einem grellen Lichtball und fällt gleich darauf wieder von einem Ende zum anderen in sich zusammen. Wände stürzen ein, Decken geben nach, und die gesamte OP sieht aus, als würde sie von einer gigantischen Faust zusammengepresst, bis sie schließlich in unzählige Stücke zerspringt. Trümmer fliegen in alle Richtungen davon, zerschmetterte Schotts, zerbrochene Rohre und Stücke der Isolation peitschen durch die Kälte des Vakuums.

»Sweeperbots!«, befiehlt der Major, und eine Schar winziger Drohnen fliegt zu den Wrackteilen, um die Trümmer mit Strahlenwaffen zu vaporisieren, während die *Infinity* in sicherer Entfernung bleibt.

Ich sehe wie erstarrt dabei zu und bin viel zu erschüttert von dieser plötzlichen Zerstörung, als dass ich etwas anderes tun könnte. Im Hintergrund gibt der Major den Befehl, das Drohnenschiff bereit zu machen – als Ersatz für die eben zerstörte OP, wie mir jetzt klar wird, auch wenn ich bis eben gar nicht wusste, dass wir überhaupt eins an Bord haben.

Unwillkürlich denke ich an den Tag zurück, an dem wir in der Lounge des Zentralhabitats mit angesehen haben, wie die Carrier eintrafen, und an Chens beiläufigen Kommentar über die zahlreichen Waffen an Bord eines vermeintlichen Transportschiffs. *Sie wusste Bescheid,* begreife ich jetzt. Sie hat in wenigen Minuten erfasst, was der Rest von uns nicht mal erahnt hat: dass jeder dieser Carrier nicht nur ein Transportschiff, sondern auch eine letzte Sicherheitsmaßnahme ist, falls wir bei unserer Mission scheitern.

Während ich bei den Aufräumarbeiten zusehe, rufe ich mir in Erinnerung, dass auf dieser OP niemand mehr am Leben war – jedenfalls kein Mensch – und dass dies vermutlich das beste Begräbnis ist, das diese armen Seelen bekommen konnten. Aber gleichzeitig schießt mir auch eine Frage durch den Kopf, die sich kalt und beharrlich dort festsetzt und sich nicht ignorieren lässt.

Was, wenn auf dieser OP noch jemand gelebt hat?

Doch ich muss diese Frage nicht aussprechen, ich kenne die Antwort ohnehin schon.

An Bord der persönlichen Raumstation *Solaria*
Heim des Vorsitzenden des Sternenbunds

Der Injektor zischte, die Nadel stieß zu und wurde im Bruchteil einer Sekunde auch schon wieder zurückgezogen, nachdem sie ihm die letzte Dosis tief in die Venen gejagt hatte. Das Gerät summte leise, während es sich sterilisierte, und der Vorsitzende wartete, bis es damit fertig war, um dann die letzte Dosis hineinzuladen und sie sich ebenfalls zu injizieren.

Da er vorerst fertig war, legte er den Injektor sorgsam in die unterste Schreibtischschublade, in der unzählige Medikamentenphiolen lagen, die alle ordentlich etikettiert und sortiert waren. Er schloss die Schublade und lehnte sich mit grimmiger Miene auf seinem Stuhl zurück.

Es wurde schlimmer.

Die Dosen, die er benötigte, um seinen Zustand im Griff zu behalten, wurden stärker, und er musste sie sich häufiger injizieren. Die Nebenwirkungen waren immer schwerer zu vertuschen. Trotz all seiner Bemühungen lief ihm die Zeit davon, das wusste er ganz genau. Er hatte es schon gewusst, als er vor all diesen Monaten auf seine Station zurückgekehrt war, und er war nie davon ausgegangen, dass er sie je wieder verlassen würde.

Was jedoch nicht bedeutete, dass er der einzige Direktor war, der sich vor dem großen, bösen Universum versteckte. Die meisten anderen waren längst untergetaucht und führten ihre Geschäfte von ihren sicheren Schiffen oder Stationen aus, anstatt sich persönlich irgendwohin zu begeben. Dank der wunderbaren interstellaren Kommunikation, die es ihnen erlaubte, so gut wie alles auch aus der Ferne zu regeln, stellte das nicht das geringste Problem dar, erst recht nicht, wenn man noch einige ausgewählte Militärangehörige oder hoch-

rangige Manager hatte, die alles für einen erledigten, was man nicht selbst tun konnte. Es gab natürlich Ausnahmen, aber für den übrigen Sternenbund schien er sich nicht von den anderen im Direktorium zu unterscheiden. Überhaupt nicht.

Der Vorsitzende schüttelte den Kopf. Nein! *Er war anders. Er war stärker. Er konnte alles besiegen, wenn er sich nur genug anstrengte. Als er noch ein Kind gewesen war, hatten ihm die Ärzte prophezeit, dass er nicht lange leben würde, aber er hatte sie Lügen gestraft. Er lebte noch immer, und er würde weiterleben.*

Ein Alarmsignal ging auf seinem Schreibtisch los, und Informationen breiteten sich in einem Netz aus Licht darauf aus. Er ging den Holostream durch, indem er ihn mit einem Zeigefinger bewegte, las die Nachricht und fluchte leise.

Wumm!

Der Schreibtisch vibrierte unter der Wucht seines Schlags, und der Holofeed zitterte. Er aktivierte seinen Chip, der bläulich aufleuchtete. Wenige Minuten später erschien das Bild der Admiralin auf seiner Hand.

»Wie ich sehe, haben Sie meinen Bericht erhalten«, sagte sie statt einer Begrüßung.

»Was beim Universum hat das zu bedeuten?«

Sie zuckte mit einer Schulter. »Waren die Daten nicht selbsterklärend?«

»Spielen Sie keine Spielchen mit mir!« Der Schreibtisch bebte erneut, als er ein weiteres Mal darauf schlug. »Einundzwanzig planetare Netze, alle in verschiedenen Sektoren des Sternenbunds, wurden jeweils im Abstand von vierundzwanzig Stunden ausgeschaltet. In wenigen Wochen soll die größte Offensive der Geschichte der Menschheit beginnen, und Sie lassen zu, dass einundzwanzig Planeten voller Besetzer tun und lassen können, was sie wollen! Schlimmstenfalls haben Sie gerade die Einwohner von einundzwanzig Planeten als Stoßtruppen losgelassen!«

»Man kann ja wohl kaum behaupten, wir hätten sie ›freigelassen‹«, entgegnete die Admiralin eisig. »Die Militäreinheiten vor Ort sind nur für die Wartung und Überwachung der Netze zuständig; sie sind dafür ausgerüstet, im Fall eines völligen Versagens der Netze zu kämpfen. Möglicherweise haben die Besetzer einen Weg gefunden, die Netze vom Planeten aus zu deaktivieren. Es könnte aber auch sein«, fügte sie mit einem vielsagenden Blick hinzu, »dass die Netze aus irgendeinem anderen Grund von allein ausgefallen sind.«

Bei dieser Andeutung fing ein Muskel in seiner Wange an zu zucken. »Diese Netze wurden wie jedes andere technologische Gerät, das TruCon für die Kriegsbemühungen hergestellt hat, aufwendigen Qualitätskontrollen unterzogen, bevor sie meine Fabriken verlassen haben. Jegliche Fehler können daher nur auf dem Entwurf beruhen, nicht aber bei der Herstellung entstanden sein.«

»Das werden wir zweifellos herausfinden, sobald wir weitere Informationen haben.«

»Ich transferiere Ihnen doch keine Mittel, damit Sie auf Ihrem Hintern sitzen, während ein Haufen Vakuumfreaks sich die Wrackteile unter den Nagel reißen.«

Sie zog eine Augenbraue hoch. »Nein, denn soweit ich mich erinnere, transferieren Sie mir aus einem ganz anderen Grund Mittel.«

Helios.

Keiner von ihnen sprach den Namen aus, aber er hing dennoch in der Luft wie ein Wort, das so leise geflüstert worden war, dass man es nicht hören konnte.

»Ja, da haben Sie recht«, gab er nach einem Moment leise zu, »aber laut Ihrer Berichte scheinen Sie in dieser Hinsicht auch keine größeren Fortschritte zu machen als mit den Netzen.«

»Ergebnisse brauchen Zeit.« Sie musterte ihn kritisch. »Als ich die Bioforschungsdivision des Militärs übernommen habe, sagten Sie,

wir könnten völlig autonom agieren. Ich hätte die volle Kontrolle, alle Mittel, die ich benötige, und das Wichtigste von allem: Es werden keine Fragen gestellt.«

»Ich habe diesen Deal mit Ihnen gemacht, weil ich dachte, dass Sie mir Resultate liefern«, schoss der Vorsitzende zurück. »Aber das ist jetzt Monate her, und bisher scheinen Sie keine Fortschritte gemacht zu haben. Da draußen gibt es Milliarden von Besetzern, die infiziert sind und auf ein Wunder hoffen. Wo ist das Heilmittel, das Sie mir versprochen haben? Der Impfstoff, die Behandlung, die Methode, mit der man den Wirten die Besetzer entziehen kann?

Sie haben selbst gesagt, dass die normale Bioforschung nicht ausreicht, um ein Heilmittel zu finden. Dass wir – wie haben Sie es doch gleich ausgedrückt? – außergewöhnliche Maßnahmen ergreifen müssen, ohne die üblichen Moralstandards zu berücksichtigen oder den forschenden Augen der Politiker standhalten zu müssen, um echte Fortschritte zu machen. Ich habe Ihnen, wie verlangt, das Helios-Projekt geliefert, und was haben Sie mir bisher gegeben? Rein gar nichts.«

»Sie enttäuschen mich, Vorsitzender.« Die Admiralin schniefte empört. »Impfstoffe, Heilmittel. Sie denken viel zu kleingeistig. Wir haben hier eine Gelegenheit, wie es sie in der Geschichte der Menschheit noch nie gegeben hat, die Chance, die Grenzen der Menschheit auf eine Art und Weise zu erweitern, wie wir sie uns nicht einmal erträumen konnten, aber das geht nur, wenn wir visionär genug sind, um diese Gelegenheit auch zu ergreifen.«

Der Vorsitzende widerstand dem Drang, laut aufzuschnauben. Er hörte diese Rede nicht zum ersten Mal. So wie der Doktor die F&E hatte, war sie für Helios verantwortlich. Die beiden, der Doktor und die Admiralin, glaubten, sie wären so verschieden, aber in gewisser Hinsicht waren sie sich doch sehr ähnlich. Der einzige Unterschied zwischen ihnen lag darin, wie weit sie zu gehen bereit waren.

»Das reicht! Ich werde mich nicht länger mit diesem Irrsinn ab-

geben! Finden Sie das Heilmittel oder ich suche mir jemand anderen, der es kann. Vielleicht hat der bevorstehende Erfolg des Doktors ja Ihre Motivation geschwächt?«

Die Miene der Admiralin blieb unverändert, aber ihre Augen blickten eiskalt, wie immer, wenn man sie mit dem Doktor verglich. »Meine Motivation hat sich nicht im Geringsten geändert. Sie wollen Ergebnisse? Dann hören Sie auf, meine Zeit mit diesen nutzlosen Gesprächen zu vergeuden.«

Schon hatte sie die Verbindung getrennt.

Ein Lächeln umspielte die Lippen des Vorsitzenden. Wenigstens hatte er ihr erneut Feuer unter dem Hintern gemacht, und vielleicht erzielte sie ja endlich Resultate.

Sein Lächeln verblasste wieder. Ob diese noch früh genug kamen, musste sich zeigen.

33

Das Knistern eines Dezimators saust an meinem linken Ohr vorbei. Ich gehe hinter dem Eingang zum Kontrollraum in Deckung und erwidere das Feuer des Besetzers, der eine Gasmaske trägt und etwa zehn Meter von mir entfernt ist. Raisman und Adewola, die auf der anderen Seite des Korridors stehen, tun dasselbe. Wir haben unsere Betäubungspistolen auf die maximale Stufe gestellt, während wir versuchen, den Feind zurückzudrängen.

»Wie lange dauert das Update noch, Jethro?«

»Ich habe den Upload beendet und bin gerade bei der Initialisierung«, antwortet er sofort. *»Noch drei Minuten.«*

»Beeilen Sie sich«, entgegne ich, als vier weitere Besetzer vor mir im Korridor auftauchen. »Vange, Statusbericht!«

»Der Rückweg ist noch frei, aber die Ghule kommen näher. Wenn wir nicht bald von hier verschwinden, werden sie uns überrennen!«

»Verstanden. Ihre Triade soll sich bereithalten, um jederzeit Gasgranaten zu werfen! Wir brauchen noch drei Minuten.«

»Verstanden, TL.«

Ich gebe noch einige Schüsse ab und treffe einen Besetzer mitten auf der Brust, bevor ich wieder in Deckung gehe. Hinter mir arbeitet Jethro noch immer an der Software, und seine Finger fliegen über die Konsole, während er die Initialisierung abschließt.

Ich widerstehe dem Drang, ihn erneut zu fragen, wie lange er noch braucht. Stattdessen nutze ich die kurze Pause, um nachzuladen; ich werfe die verbrauchte Energiezelle aus und lege eine neue ein. Mein Kopf dröhnt schon von dem Feuergefecht, und mein linker Arm brennt, da ich an der Schulter und am Ellbogen verletzt bin, aber ich nehme den Schmerz nur beiläufig zur Kenntnis.

Momentan interessiert mich nur eine Sache: dass die Software hochgeladen wird, damit ich mein Team hier rausbringen kann.

Als ich mich vorbeuge und mehrere Schüsse abgebe, kommen drei Besetzer in der Uniform der Stationssicherheit auf uns zugestürmt. Einer fällt von Adewolas Schuss getroffen zu Boden, aber die anderen beiden schaffen es, im Türrahmen vor uns in Deckung zu gehen, und mir ist klar, dass der Rest ihnen bald folgen wird.

»Jethro …«

»Fertig, TL! Die Software ist initialisiert und das Sweeperprogramm aktiv.«

Ich feuere noch einmal und sage dann meinem Team Bescheid. »Team, wir verschwinden! Rais, Jeth und Ad, Granaten auf mein Zeichen. Vange, halten Sie den Korridor, wir sind in dreißig Sekunden da.« Ich wechsle auf den Kommandokanal. *»StarRunner*, wir sind unterwegs!«

»Verstanden, Delta.«

Ich ziehe eine Lichtgranate aus dem Gürtel. »Granaten – jetzt!«

Die Granaten fallen zwischen die Besetzer, bevor diese überhaupt realisieren, was passiert. Grellweißes Licht explodiert um sie herum und blendet jeden im Umkreis von fünf Metern. Sofort hören sie auf zu schießen und schreien verängstigt und verwirrt auf.

Wir warten nicht, um uns die Auswirkungen anzusehen, sondern stürmen in die entgegengesetzte Richtung. Jethro und Adewola gehen voraus, während Raisman und ich nach hinten absichern. An der ersten Kreuzung biegen wir links ab, lassen uns dann durch einen Fahrstuhlschacht nach unten auf die Wartungsebene fallen und rennen weiter. Der Geruch der Ghule, ein schwacher Hauch im Hintergrund, wird mit jedem Schritt intensiver, und diese ätzende Süße brennt sich wie ranziger Honig in meine Kehle hinein.

»Werfer!«, befehle ich, habe meinen längst schussbereit in den Händen und feuere. Mein Team tut es mir nach, und wir sind bereit, alle körperlosen Kreaturen, die sich uns in den Weg stellen, wegzufegen.

Wir biegen um die nächste Ecke, und da steht Vange am Ende des Gangs und wartet auf uns. Er hält mit uns Schritt, als wir weiterlaufen. Das Gas ist so dicht, dass ich kaum zwei Meter weit sehen kann, aber das ist jetzt die kleinste meiner Sorgen. Außerhalb der Wolke befinden sich die Ghule; und es werden von Sekunde zu Sekunde mehr. Sie kommen durch die Wände, den Boden, die Decke und warten nur auf den Augenblick, in dem unser Schild versagt. Ich feuere meinen Werfer unaufhörlich ab und huste wie ein Verrückter, weil sich das Gas in meine Lunge brennt, und den anderen geht es genauso. Wohin ich mich auch wende, sehe ich im Licht meines Zielsuchers wabernde schwarze Formen, öligen Schatten gleich, die sich hinter den Gaswolken verbergen. Wie Raubtiere, die nur darauf warten, zuzuschlagen.

In der Mitte des Korridors steht Jos, das zweite Mitglied von Vanges Triade, und am Ende Kagawa, die sich uns anschließen. Nun fehlt nur noch Kirst, der wie ein Verrückter Granaten wirft und seinen Werfer abfeuert, während er versucht, die Luftschleuse zu sichern.

Komm schon, komm schon …

Wir überbrücken die letzten Meter und stürmen gemeinsam in die Luftschleuse. Kirst drückt den Knopf, und die Tür geht hinter uns zu und berührt beinahe noch Raismans Fersen.

»Helme versiegeln!«

Der säuerlich-süße Geruch ist verschwunden, sobald mein Helm sich schließt. Sauerstoff strömt durch meinen Anzug, und ein blaues Licht erscheint in einer Ecke meines Gesichtsschutzes.

Ich mustere die anderen und zähle die blauen Anzeigen auf ihren Helmen. Drei, vier, sechs. Sieben! Da wir keine Zeit für den

Druckausgleich haben, aktiviere ich den Override und knalle eine Hand auf die Schalttafel. Die Luftschleuse öffnet sich …

… und wir fliegen alle in den Weltraum hinaus.

* * *

Wie durch ein Wunder bestehen wir alle den Psy-Test auf der *Infinity*. Okay, zuvor mussten wir darauf warten, dass uns der Pilot aus dem All fischt, als wären wir im Wasser herumhüpfende Karpfen, aber die halbe Stunde geht mit dummen Sprüchen relativ schnell vorbei …

»Was machen wir denn jetzt?«

»Was denken Sie denn, dass wir machen, Sie Dummbot? Wir warten.«

»Ich hab Hunger.«

»Mir ist langweilig.«

»Wollen wir Wetten darauf abschließen, wen sie als Erstes einsammeln?«

Das hatte ausgereicht, um meine ohnehin schon angespannten Nerven weiter zu strapazieren.

Nicht, dass ich es ihnen verdenken könnte. Sie waren erleichtert, dass wir rechtzeitig rausgekommen waren, und mussten die unterdrückte Furcht, dass wir es doch nicht wirklich geschafft hatten, jetzt irgendwie loswerden. Wenn es nicht mehr brauchte, um sie am Durchdrehen zu hindern, dann fand ich mich gern damit ab.

Nach dem Verlust von Xians Team stand unsere Mission zwar noch nicht auf der Kippe, aber wir hatten viel zu wenig Leute. Mit gerade einmal zweieinhalb einsatzbereiten Teams müssen wir alle permanent Einsätze durchziehen und bekommen nur gelegentlich eine Pause, wenn wir Spezialisten in einem der beiden aktiven Teams austauschen. Die einzige richtige Ruhepause, die wir haben, ist während der Sprünge, und da machen wir alle dasselbe: schlafen. Ob es nun vier oder vierundzwanzig Stunden sind, keiner lässt sich die kostbare Gelegenheit entgehen, sich so lange wie möglich auszuruhen, denn nach dem Aufstehen wartet eine weitere endlose Reihe an Missionen.

Trotz der Erschöpfung beschwert sich niemand. Im Laufe der letzten Wochen haben wir alle begriffen, wie wichtig diese Mission ist und dass Erzengel unsere beste, möglicherweise sogar unsere einzige Chance darstellt, um unsere Freunde und unsere Familien zu retten – die ganze Menschheit. Wir mögen unterbesetzt sein, aber wir sind entschlossen, die Erzengel-Modifikationen innerhalb der von Angelou vorgesehenen Zeit durchzuführen, koste es, was es wolle.

Mit unserer Rückkehr auf die *Infinity* endet eine besonders anstrengende Operation, bei der wir alle OPs rings um einen kleinen Planetoiden umrüsten mussten. Aufgrund der geringen Größe waren es nur zehn anstatt sechzehn OPs, aufreibend war es dennoch. Nachdem wir unsere Ausrüstung in der Waffenkammer verstaut haben, entlasse ich mein Team, damit es etwas essen oder sich eine Mütze voll Schlaf gönnen kann, bevor die nächste Mission ansteht. Ich bleibe noch, um mir etwas anzusehen, was zuerst wie ein Haarriss auf meinem Gesichtsschutz aussieht, sich jedoch zu meiner Erleichterung nur als Fleck herausstellt. Als ich meinen Helm gerade weglegen will, fällt das Licht auf den unteren Rand. Ich stutze, hebe den Helm höher und blicke hinein. In das glänzende Plastik ist eine Nummer eingestanzt, und nicht irgendeine Nummer, sondern eine, die ich ganz genau kenne.

62M-071837-J572

Mir bleibt beinahe das Herz stehen. *Nein, das kann nicht sein.*

Ich schleudere den Helm von mir, da mir mein Bauchgefühl sagt, dass ich auf möglichst großen Abstand gehen muss. Er knackt, als er gegen die metallische Wand prallt, und fällt auf das

Deck. Ich starre ihn mit einer Mischung aus Angst und Ekel an, während er wie eine nicht explodierte Granate über den Boden rollt, und warte darauf, dass er explodiert oder etwas Schlimmeres passiert. Doch natürlich geschieht nichts, und nach einer Minute reiße ich mich zusammen, jedenfalls so weit, dass ich hinübergehen und den Helm wieder aufheben kann. Ich drehe und wende ihn in den Händen und halte Ausschau nach etwas Auffälligem, während ich im Inneren herumtaste. Am Rand des Futters, gleich rechts neben dem Gesichtsschutz, spüre ich schließlich eine feste dreieckige Form, die durch den Stoff kaum zu spüren ist. Ich zücke mein Kampfmesser und schlitze den Rand vorsichtig auf. Ein Datenchip fällt heraus.

Obwohl ich schon halb damit gerechnet habe, fluche ich laut, als der Chip auf meiner Hand landet. Jetzt lässt es sich nicht mehr leugnen. Der Datenchip aus dem Energiekonverter in der F & E hat mich genau hierher geführt – zu meinem eigenen Helm!

Meinem für mich persönlich hergestellten Helm.

Mir wird innerlich eiskalt, als mir die Konsequenzen klar werden. Zwar hatte ich beim Lasercutter und dem Zündungsregulator bereits das Gefühl, dass alles auf mich abzielt, aber bei den anderen Gegenständen nicht. Nach und nach war ich sogar davon überzeugt gewesen, ich hätte mich geirrt und wäre gar nicht das Ziel des Saboteurs. Der Lasercutter in meinem Spind hätte tatsächlich ein Irrtum in der Wäscherei sein können, wie Asriel vermutet hat, und das Namensschild im Regulator musste nicht unbedingt von mir stammen. Doch ein extra für mich hergestellter Helm, auf dem mein Name prangt? Daran ließe sich nichts deuteln. *Das ist etwas Persönliches.* Jemand versucht, mit mir zu spielen, mich mit seinen bizarren Hinweisen, die mich von einem Gegenstand zum nächsten führen, zu manipulieren. Erneut beschleicht mich das Gefühl, dass man mich unausweichlich auf etwas zutreibt, das am Horizont lauert. Aber auf was?

Der Chip hilft mir jedoch auch nicht weiter. Wie alle anderen enthält er eine Nummer, zweifellos erneut die Seriennummer eines anderen Ausrüstungsteils, auch wenn das Format dieses Mal seltsamerweise völlig anders ist. 002432862637. Vielleicht ein anderer Hersteller? Die bisherigen Objekte waren alle von Tochterfirmen von TruCon gefertigt worden, da das Unternehmen ein Monopol auf Militäraufträge hatte, aber möglicherweise wurde dieses Teil woanders hergestellt. Ich durchsuche die Datenbanken nach jedem Teil an Bord, doch die Zahl passt zu keinem anderen Stück meiner Ausrüstung oder des Missionsinventars. Auch in den anderen Datenbanken der *Infinity* komme ich nicht weiter. Mich beschleicht der Verdacht, dass sie zu einem Teil gehört, das sich auf der F&E befindet, aber da ich von hier draußen keinen Zugriff auf die entsprechenden Datenbanken habe, kann ich das nicht überprüfen.

Ich sehe mir noch einmal den Helm an und suche nach weiteren Anomalien, die mir bei der ersten Suche entgangen sind, aber falls es noch welche gibt, kann ich sie nicht entdecken. Das ist keine Überraschung. Ich kann mir eigentlich auch gar nicht vorstellen, dass mit meinem Helm etwas nicht in Ordnung ist, denn sowohl der Stabilisator als auch der Energiekonverter waren nicht kaputtgemacht worden. Ich trage diesen Helm jetzt schon seit Wochen, und wenn mir der Saboteur schaden wollte, hätte er mehr als genug Zeit dafür gehabt. Denke ich.

Alles hat mit dem Lasercutter begonnen, der mich zuerst auf diese verrückte Schnitzeljagd geführt hat. Ich denke zurück an diese stürmische Nacht, in der ich auf der Suche nach sauberer Kleidung den Cutter in meinem Spind entdeckt habe. Wie ich damit zu Asriel gegangen war, nur um von ihm zu erfahren, dass niemand an meinem Spind gewesen ist. Irgendetwas an dieser Sache lässt mir keine Ruhe und nagt an mir. Ich habe ein komisches Gefühl, als würde ich etwas Wichtiges übersehen, aber ich weiß beim besten Willen nicht, was das sein könnte.

Auf meiner Liste stehen noch vier Namen: Songbird, RC, Annah und Ty. Einer von ihnen kann mir meine Fragen vermutlich beantworten. Das einzige Problem an der Sache ist, dass ich nicht weiß, wer.

***

Am nächsten Tag haben wir auch die letzten Plattformen modifiziert und springen ins nächste System. Die voraussichtliche Transitzeit beträgt fast zwei Tage, das ist für uns beinahe ein Kurzurlaub. An einem Abend sitzen Songbird, RC, Vange und ich im Kasino, essen und unterhalten uns leise. Wir reden über unsere Heimat, den Krieg, was passieren wird, wenn die Offensive erfolgreich verläuft und wir die Schatten tatsächlich alle vernichten – jedenfalls die körperlosen.

»Ist euch klar, dass wir dann nur noch drei Jahre durchhalten müssen, bis der Krieg endlich vorbei ist?«, merkt RC an. »Wir stecken alle Besetzer in Quarantäne, feuern Erzengel regelmäßig ab, um die neuen Ghule zu vernichten, und wenn alle Besetzer tot sind, ist es vorbei. Dann müssen wir nur noch herausfinden, was wir mit uns anfangen wollen, denn dann haben wir keinen Feind mehr, gegen den wir kämpfen können.«

»Kein Krieg mehr?« Songbird schüttelt den Kopf. »Diesen Zustand kann ich mir nicht mal vorstellen. Ich wüsste gar nicht, was ich dann machen soll. Wahrscheinlich würde ich verlängern und erneut gegen Menschen anstatt gegen Aliens kämpfen, wie in guten alten Zeiten. Was ist mit Ihnen, Vange?«

»Machen Sie Witze?«, erwidert er. »Ich werde ein verdammter Kriegsheld sein! Wenn ich dann nicht in jedem Raumhafen des Sternenbunds eine Braut habe, weiß ich es auch nicht.«

Wir alle lachen, genau wie er es beabsichtigt hat, doch ich gehe stark davon aus, dass seine Worte eigentlich nur Ablenkung sind. Schließlich erinnere ich mich noch genau daran, wie er zu mir sagte, dass er niemanden hätte, von dem er sich verabschieden könnte, und auf einmal frage ich mich, ob er es bereut, diesen Weg eingeschlagen zu haben, der ihn zur Einsamkeit verdammt.

»Was ist mit Ihnen, Sorenson?«, fragt RC und sieht mich an. »Was haben Sie nach Kriegsende vor?«

Ich blinzle und bin überrascht, dass er das von mir wissen will. Doch ich habe so viel über die schmerzhafte Gegenwart und die Vergangenheit nachgedacht, dass ich nicht einen Gedanken an die Zukunft verschwendet habe. Vielleicht bin ich auch immer davon ausgegangen, dass ich ohnehin nicht lange genug leben werde. Als ich zum Militär gegangen bin, wollte ich vor meiner Vergangenheit weglaufen und habe nicht an die Zukunft gedacht. Könnte ich dann vielleicht auch in die Zukunft blicken, ohne an die Vergangenheit zu denken?

Mir bleibt eine Antwort erspart, da mein Chip summt – eine allgemeine Ankündigung, die dafür sorgt, dass wir alle auf unsere Chiphand starren.

»Es ist Estes. Wir haben eine Transmission von der F&E erhalten«, sagt Songbird, und ihre Stimme klingt, als würde sie über einen Verstorbenen sprechen. Doch wir alle wissen, was eine solche Transmission bedeutet: Die Liste mit den Verlusten wurde aktualisiert.

»Ich bin gespannt, wie es den anderen Teams ergeht«, meint RC nach einem Moment.

Ich schneide eine Grimasse, da ich genau weiß, dass er eigentlich meint, wie viele der anderen noch am Leben sind.

Was nicht heißt, dass ich mich das nicht auch schon unzählige Male gefragt hätte. Laut Plan sollen alle Carrier während der Mission keinen Kontakt untereinander aufnehmen. Auf diese Weise kann der Feind, wenn er eine Gruppe bezwungen hat, nicht auch noch alle anderen finden. Das ist eine logische Vorgehensweise, doch diese Ungewissheit macht uns das Leben nur noch schwerer. Von Zeit zu Zeit tauschen wie Berichte mit der F&E aus, daher tappen wir nicht völlig im Dunkeln, aber die Neuigkeiten kommen nicht sehr häufig bei uns an. Wenn ich an Ty, Zephyr oder einen der anderen denke, weiß ich gar nicht genau, ob ich mich darauf freuen kann, sie irgendwann wieder auf der F&E zu treffen, oder ob ich vielmehr um sie trauern müsste, da sie längst tot sind.

»Es gibt nur einen Weg, das herauszufinden«, erkläre ich.

Wir legen unser Besteck hin, schieben die Teller zur Seite und verlinken uns mit den Verlustlisten, um diese schweigend durchzugehen und herauszufinden, wer neu auf der IKI und IKG ist. Obwohl ich mir einrede, dass ich nach niemandem Bestimmten Ausschau halte, suche ich doch nach einigen Namen.

Zephyr. Chen. Ty.

Ich atme erleichtert auf, als ich keinen meiner ehemaligen Deltateamkameraden auf den Listen entdecke. Tatsächlich sind es größtenteils die Anfänger, die speziell für die Erzengel-Mission rekrutiert wurden, Menschen, die ich nur dem Namen nach oder überhaupt nicht kannte. Aber einer fällt mir doch ins Auge:

Techspezialist Ky Annah. IKI, SIS.

Ich senke den Kopf, als ich den Namen der ehemaligen Gammaspezialistin lese. Im Kampf infiziert. Schatteninduzierter Selbstmord. Das liest man auf der Verlustliste zwar häufiger, doch es ist immer ein schwerer Schlag.

»Annah hat es nicht geschafft?«, flüstert Vange. »Damit hätte ich nicht gerechnet. Nicht so.«

Songbird schüttelt traurig den Kopf. »Sie war eine gute Soldatin, aber nicht wirklich mit dem Herzen dabei. Jedenfalls nicht mehr nach der Explosion von NE-2.«

Ich sehe sie verwirrt an. »NE-2?«

»Annah war mit einem Ingenieur aus H10 verlobt«, erklärt

Songbird. »Er hat als Teil des GMVW-Projekts oft auf den OPs gearbeitet, und er war auf OP NE-2, als sie in die Luft geflogen ist. Annah war am Boden zerstört, und ich bezweifle, dass sie je darüber hinweggekommen ist.«

Vor meinem inneren Auge taucht das Bild von Annah auf, wie sie an jenem Tag weinend über einem Tisch zusammengebrochen war, und ich nicke langsam. Damals hatte es mich überrascht, eine derart emotionale Reaktion der sonst so coolen Spezialistin zu sehen, aber jetzt ergibt es einen Sinn. Und noch eine andere Sache wird mir gerade klar: Wenn Annahs Verlobter tatsächlich durch die Hand des Saboteurs auf OP NE-2 getötet wurde, dann kann sie unmöglich der Saboteur gewesen sein.

Auch wenn ich die Möglichkeit nicht ganz ausschließen kann, dass ihre Verlobung und die nachfolgende Verzweiflung nur Tarnung waren, sagt mir meine innere Stimme, dass es nicht so war. Es ist nur so eine Ahnung, ein Bauchgefühl – ich kann es nicht erklären. Ich weiß nur, dass ich Songbirds Geschichte glaube.

Sie geht die Liste ein weiteres Mal durch. »Anscheinend hat es Brownlee auch nicht geschafft.«

»Ein Jammer. Er war ein guter Kerl und hatte immer ein freundliches Wort für jeden übrig. Derjenige, der seiner Frau die traurige Nachricht überbringen muss, tut mir sehr leid.«

»Ja, mir auch. Aber immerhin sind Lopez und Samara noch am Leben.«

»Lopez nicht. Sie stand auf der letzten Liste.«

»Wirklich? Verdammt!«

Ich mustere Songbird und RC, die sich auf der anderen Tischseite leise unterhalten, und mein Magen zieht sich immer heftiger zusammen. Da Annah aus dem Spiel ist, stehen nur noch drei Namen auf meiner Liste – und das wiederum bedeutet, dass der Saboteur durchaus einer der beiden Menschen sein kann, die mir gerade gegenübersitzen.

34

Vierundsiebzig Tage nach Verlassen der F&E erreichen wir das Rhyska-System, ein Sternensystem mittlerer Größe voller leuchtender Gasriesen, die sich wie funkelnde Edelsteine um eine Sonne drehen.

Wie üblich wache ich in dem Augenblick auf, in dem wir die Sprungroute verlassen, werde durch die Entspannung in meinem Inneren, die sich stets einstellt, wenn wir in den normalen Raum zurückkehren, geweckt. Ich liege auf meiner Koje, habe die Augen geöffnet und starre ins Dunkel, ohne etwas zu sehen. Irgendetwas liegt mir schwer auf der Brust und drückt mir auf die Schultern und die Lungenflügel. Es presst mich in die Matratze wie ein unsichtbares Gewicht, und obwohl ich aufstehen sollte, kann ich mich irgendwie nicht dazu überwinden.

Mein Chip zwingt mich schließlich dazu, mich zu bewegen, als er viele Minuten später mit einem stechenden, pulsierenden Vibrieren einen Link von Major Estes anzeigt. Ich rufe die Nachricht mit einem Schnippen meines Zeigefingers auf und beobachte, wie die Betreffzeile, die nur aus Text besteht, über meine Handfläche gleitet.

Missionszeitplan – Rhyska-System.

Unsere Aufträge für den heutigen Tag. Ich müsste sie gleich durchgehen, damit ich alles planen kann. Normalerweise mache ich das immer, sobald ich den Zeitplan erhalte. Heute deaktiviere ich stattdessen meinen Chip und schließe die Augen. Eine Viertelstunde später linkt mich Songbird an.

»Haben Sie sich den Zeitplan für heute schon angesehen?«

»Nein.«

Ich beende die Verbindung, bevor sie noch etwas derartig Dummbotartiges fragen kann. Nachdem ich meinen Chip erneut deaktiviert habe, drehe ich mich auf die Seite und starre die Wand an. Aber es bringt nichts. Irgendwie fühlt sich die Last so nur noch erdrückender an. Weitere fünfzehn Minuten vergehen. Mein Chip summt wieder.

»Was wollen Sie, Vange?«

»Ich bin mit dem Team in der Waffenkammer, und wir bereiten uns auf die Mission vor.«

»Und?«

Vange zögert, als würde ihn sein gesunder Menschenverstand, von dem ich gar nicht wusste, dass er ihn besitzt, davon abhalten, etwas zu sagen wie: *Wo beim Universum stecken Sie?* Stattdessen berichtet er: *»Wir wollen gerade die Anzüge überprüfen und das Psi-Lac nachfüllen. Soll ich das für Sie übernehmen?«*

Ausgerechnet Vange bietet mir an, meine Arbeit zu machen? Na wenn das kein Weckruf ist, dann weiß ich es auch nicht.

Trotzdem liege ich noch einige Sekunden reglos da, ohne etwas zu erwidern. »Nein, das mache ich schon selbst«, sage ich schließlich. »Machen Sie einfach mit dem Waffencheck weiter, wenn Sie alles nachgefüllt haben. Ich bin in zehn Minuten da.«

»Verstanden, TL. Evangeline Ende.«

Ich beende den Link und sehe auf die Uhr. Es ist fünf Uhr dreiundzwanzig. Kein Wunder, dass Songbird und Vange mir Beine machen wollten; normalerweise bin ich um diese Uhrzeit seit einer Stunde in der Waffenkammer. Jetzt rolle ich mich an den Kojenrand und zwinge mich, die Beine auf den Boden zu stellen und aufzustehen.

Zehn Minuten später betrete ich die Waffenkammer, die sich auf dem unteren Steuerborddeck der *Infinity* befindet. Meine Zähne fühlen sich stumpf an, und ich habe gerade erst die Hälfte eines Rationsriegels intus, der wie Gummi aussieht und noch schlimmer schmeckt, aber ich bin hier. Es wimmelt hier drin von Spezialisten von Gamma und Delta, die alle ihre Ausrüstung überprüfen und sich für die bevorstehenden Missionen fertig machen. Ich gehe zu meinem Spind, öffne ihn mit meinem Chip und suche mir meine Sachen zusammen.

»Sie sehen heute Morgen wirklich ausgesprochen hinreißend aus«, spottet Songbird, deren Spind rechts neben meinem ist. »Finden Sie nicht auch, dass Sorenson heute Morgen einfach umwerfend aussieht, Vange?«

»Ja, auf jeden Fall«, stimmt Vange ihr zu und tritt neben mich. »Dieses Funkeln in seinen Augen, und seine rosigen Wangen. Ich würde zu gern wissen, was sein Geheimnis ist. Glauben Sie, er hat einen Vakuumgeist geküsst oder etwas in der Art?«

»Nein«, widerspricht ihm Songbird. »Ich denke, das liegt daran, dass er sich heute seinen Schönheitsschlaf gegönnt hat, während wir anderen uns den Arsch aufgerissen haben.«

Alle in der Waffenkammer lachen, und ich schüttle den Kopf, weil sie sich über mich amüsieren. »Zur Schlacke mit euch«, knurre ich, als das Gelächter nachgelassen hat.

»Danke, gleichfalls.« Vange grinst mich breit an.

Ich hole meinen Raumanzug heraus und suche nach Rissen oder Schwachpunkten. Als ich aus dem Augenwinkel sehe, wie sich Vange und Songbird einen Blick zuwerfen, wird mir auf einmal klar, dass sie für mich in die Bresche gesprungen sind. Sie haben einen Witz über mein Zuspätkommen gemacht, als hätte ich einfach verschlafen oder vergessen, den Wecker zu stellen, damit die Spezialisten nicht auf den Gedanken kommen, mit ihrem Teamleiter würde etwas nicht stimmen. Doch eigentlich machen sie sich Sorgen um mich. Ich habe das Gefühl, die beiden wären sogar in mein Quartier gekommen, um mir einen Eimer Eiswasser über den Kopf zu kippen und mich aus dem Bett zu zerren, wenn ich noch länger herumgetrödelt hätte.

Seltsamerweise geht es mir bei diesem Gedanken etwas besser.

Unsere Mission im Rhyska-System ist genau wie alle anderen, doch es gibt einen gewaltigen Unterschied: Das planetare Netz um unser Primärziel, einen terrestrischen Planeten namens Rhyskara, ist ausgefallen. Niemand weiß, wie das passieren konnte. Obwohl wir die OP-Crews mehrfach angelinkt haben, kam keine Antwort. Wahrscheinlich gibt es dort eine Fehlfunktion von gewaltigen Ausmaßen, die die Rumpfcrews nicht rechtzeitig flicken konnten.

Oder jemand hat das absichtlich gemacht. Über diese Möglichkeit möchte jedoch keiner von uns genauer nachdenken.

Es macht zwar ganz den Anschein, als wäre das Netz schon seit Wochen ausgefallen, aber wir gehen dennoch in den Tarnmodus, und die Brückencrew bleibt rund um die Uhr in Alarmbereitschaft, falls wir angegriffen werden. Dadurch haben sie sehr lange Schichten, aber für die Teams ist es noch schlimmer. Anstelle der fünf Plattformen, mit denen wir gerechnet haben, ist es ein ganzer Ring. Das ist eine heftige Ansage, vor allem jetzt, da wir derart unterbesetzt sind. Unser einziger Trost ist die Tatsache, dass dies unser letztes System ist. Nach Rhyska sind wir fertig.

Danach hängt alles an Erzengel.

* * *

Wir fangen mit der Primär-OP an und arbeiten uns durch das Netzwerk, wobei die beiden Teams wie immer abwechselnd innen und außen tätig werden. Trotz des OP-Rings ist es nicht so anstrengend, wie ich erwartet hatte. Der Großteil der Plattformen ist völlig verlassen – keine Besetzer, keine Ghule, keine Menschen. Es ist, als hätten sie einfach ihre Sachen gepackt und wären geflohen, als das Netz ausgefallen ist – und zwar Freund und Feind gleichermaßen –, und zurück blieb nichts als Leere.

Ich führe mein Team auf eine der Plattformen, halte den Werfer in der Hand und die Betäubungspistole griffbereit. Unsere Schritte hallen laut von den leeren Wänden wider, unser Atem dröhnt in unseren Ohren, und wir gehen langsam durch einen verlassenen Gang. Die Luft schmeckt nach Staub, und die flackernden Lichter verstärken das Gefühl der Einsamkeit noch weiter, aber vom Feind ist nichts zu sehen. Raisman und Kagawa bewachen die Türen, und ich passe auf Jethro auf, während er die Software hochlädt. Dabei weite ich ständig die Nasenflügel und schnuppere nach Ghulen, doch der vertraute säuerlich-süße Geruch stellt sich nicht ein, nicht einmal als wir die Aufgabe abgeschlossen haben und zurück zur Außenluke gehen. Es ist ein komisches Gefühl, durch eine Plattform zu laufen, ohne den Feind zu riechen, so sehr habe ich mich schon daran gewöhnt.

Auf der fünften Plattform finden wir heraus, was mit dem Netz passiert ist. Da es niemanden gibt, vor dem wir uns schützen müssen, und wir nur dumm rumstehen und warten, während Jethro den Upload beendet, sucht Raisman in der Datenbank herum.

»Ihnen ist schon klar, dass das nur eine Überwachungskonsole ist?«, meint Jethro, der an der Hauptsteuerungskonsole lehnt.

»Selbstverständlich. Aber wenn sie den ganzen Tag nichts zu tun hatten, als auf einen unter Quarantäne stehenden Planeten aufzupassen, müssen die doch hier einige richtig gute HoloGames drauf haben.« Raisman tippt weiter. »Moment mal, was haben wir denn hier?«

Bilder scheinen über der Konsole auf, und wir sehen den Planeten unter uns, dessen dumpf olivgrüne Farbe von einem strahlend blauen Licht überlagert wird – dem planetaren Netz. Der Zeitstempel in der linken unteren Ecke zeigt ein Datum an, das fast ein Fünfquadrat her ist. Raisman geht verschiedene Szenen durch, in denen unterschiedliche Teile des Netzes zu sehen sind. Auf einmal hält sie inne, spult zurück und deutet auf etwas. Ich sehe hin und erkenne, dass irgendetwas durch die unterste Schicht des Netzes fliegt und dann durch das Gitterwerk gleitet wie eine Kugel, die jemand in gerader Linie abgeschossen hat. *Was beim Universum …?*

Leuchtende Schwaden breiten sich im Netz aus, und es geht schließlich in einer feurigen Explosion in die Luft. Einige Sekunden lang sehe ich nur Orange und Blau, die brennenden Wolken, die durch die elektrisch blauen Linien des Netzes steigen, als wäre es gar nicht da. Mit einem Mal verschwindet das Blau, als wäre in einer Stadt der Strom ausgefallen, es erlischt erst im Epizentrum der Explosion und dann in einem immer größeren Umkreis.

»Da!« Raisman hält das Holo an und deutet auf etwas am Rand, das kaum zu erkennen ist. Ein silberner Schildgenerator. »Die Explosion hat eine ganze Reihe von Schildgeneratoren gleichzeitig ausgeschaltet und irgendwie eine Kettenreaktion im restlichen Netzwerk ausgelöst. Darum ist das Netz ausgefallen.«

»Gibt es denn keine Sicherheitsvorkehrungen für solche Fälle?«, frage ich irritiert.

Raisman schüttelt den Kopf. »Ich weiß nicht, wie sie das geschafft haben. Ist Ihnen eigentlich klar, was an Timing und Präzision erforderlich ist, um durch das Netz zu gelangen?«

»Es ist verdammt schwer, oder?«

»Geradezu unmöglich. Trotzdem hätten die anderen Generatoren den Ausfall der zerstörten Einheiten kompensieren müssen.«

»Aber das haben sie nicht?«

Sie zuckt mit den Schultern. »Selbst die besten Schilde fallen aus, wenn man die richtigen Generatoren zerstört.«

Ich runzle die Stirn, da mir diese Antwort überhaupt nicht gefällt. Auch wenn es geradezu unmöglich sein mag, geht mir eine Frage nicht aus dem Sinn: *Wenn sie es durch dieses Netz ge-*

schafft haben, durch welche anderen können sie dann auch gelangen?

»Fertig!«, ruft Jethro von der anderen Konsole herüber. »Der Upload ist abgeschlossen und initialisiert.«

Wir packen unser Zeug zusammen, laufen zurück durch die OP, steigen in ein Shuttle und fliegen zu unserem nächsten Ziel. Es dauert nicht lange, bis wir die nächste Plattform erreicht haben, auf der wir außen die Vorbereitungen treffen, während Songbirds Team auf der vorherigen Plattform den Rest erledigt. Als wir mit unseren Gaskanistern auf der Hülle aussteigen, gehen mir Raismans Worte nicht aus dem Kopf, auch wenn ich sie liebend gern vergessen würde.

Selbst die besten Schilde fallen aus, wenn man die richtigen Generatoren zerstört.

* * *

Auf der zweitletzten Plattform verlässt uns das Glück. Nachdem die letzten vierzehn OPs entweder verlassen oder nur von Ghulen bevölkert gewesen waren, finden wir endlich heraus, was mit der Militärcrew passiert ist, die über diesen Planeten wachen sollte.

»Das ist eine Falle! Rückzug! Zieht euch sofort zum Kontrollraum zurück!«

Songbird ruft ihr Team mit kreischender Stimme über Kom zurück, während der Feind aus allen Richtungen auf sie zustürmt. Im Hintergrund sind Schritte zu hören, vermischt mit Rufen und Schüssen, dem Geräusch abgefeuerter Werfer und dem Jammern der Betäubungspistolen, während ich auf meinem Gesichtsschutz sehe, wie die Energiezäune nacheinander aktiviert werden, bis mein ganzes Sichtfeld rot ist.

Ich schwebe auf der Unterseite der Plattform im All über dem zentralen Schildgenerator, halte mein Schweißgerät in der rechten Hand und warte hilflos ab, da ich nichts anderes tun kann, als zu lauschen, wie meine Teamkameraden um ihr Leben kämpfen.

»Lyons, Devereaux, Sie bewachen die Steuerbordtür. Gemma und Ali, Sie übernehmen die Backbordseite. Alle anderen versammeln sich um RC. Was immer auch passiert, was immer durch diese Türen kommt, Sie beschützen ihn, damit er die Software hochladen kann!«

Über den Teamkanal von Gamma kommen die Bestätigungen der einzelnen Spezialisten, die von weiteren Schüssen unterbrochen werden. Vange, der neben mir am anderen Schildgenerator arbeitet, schaut zu mir herüber. »*TL?*«, fragt er leise über unseren privaten Kanal. Rings um uns herum arbeitet der Rest unseres Teams weiter, das von dem Kampf direkt über unseren Köpfen nichts mitbekommt, da ihre Koms nur auf den Deltakanal eingestellt sind.

Ich schüttle kaum merklich den Kopf. »Sie kennen unsere Befehle: Das Außenteam bleibt draußen. Außerdem kämen wir sowieso nicht rechtzeitig hin, selbst wenn wir sofort aufbrechen. Wir können nur unsere Arbeit beenden und beten, dass sie ihre auch abschließen.«

Und hoffen, dass der Feind nicht beschließt, zu uns rauszukommen, sobald er mit Gamma fertig ist.

Ich senke den Kopf, widme mich wieder meiner Aufgabe und schweiße den neuen Energiestabilisator an die Schüssel, während ich angespannt weiter auf den Schusswechsel lausche. Zusätzlich zu den Geräuschen unserer Waffen ist ein elektrisches Knistern zu hören, das ich nur zu gut kenne: Dezimatoren. Aus einiger Entfernung kann unsere Körperpanzerung diese Hochenergiebolzen abwehren, aber aus der Nähe ... Ich muss an Archers verschmorten, verkohlten Hals denken und murmele lautlos ein Gebet.

»TL, sie kommen erneut um die Ecke! Ich denke nicht, das …«

Ein lautes Knistern, gefolgt von einem schrillen Schrei. Auf der linken Seite meines Visors geht eine Lebenszeichenanzeige aus.

Songbird flucht laut, während mehrere Betäubungspistolen abgeschossen werden. *»Erisi! Was ist mit den Türen?«*

»Die wurden irgendwie gesperrt, TL. Ich kann sie nicht schließen.«

»Verstanden! Helfen Sie Lyons an Steuerbord.«

Ich deaktiviere das Schweißgerät und ruckle am neuen Stabilisator, um mich zu vergewissern, dass er hält. Meine Hand zittert in meinem Handschuh, was man aufgrund des dicken Stoffs nicht sehen kann, aber ich bilde mir ein, das Zittern durch den ganzen Arm und bis in die Wirbelsäule zu spüren. Ich reiße mich zusammen und bitte mein Team über den Deltakanal um einen Statusbericht, während gleichzeitig zwei weitere Lebenszeichenanzeigen von Gamma von meinem Visor verschwinden.

»Teamleiter …« Vanges Stimme zittert hörbar, aber ich kann ihm nicht helfen. Auch ich kann es kaum ertragen, Gamma nicht helfen zu können, aber es geht nun einmal nicht.

»Wir halten nicht mehr lange durch! RC! Wie lange noch?«

»Ich weiß es nicht, ich …«

»Backbordteam ist gefallen! Ich wiederhole: Backbordteam ist g…«

Eine weitere Lebenszeichenanzeige geht aus. Schritte donnern über das Deck, begleitet von Schüssen auf beiden Seiten, bis Körper gegeneinanderprallen. Lautes Grunzen und der Klang brechender Knochen kommt durch die Kom, das Knacken eines Genicks und das Geräusch eines Kampfmessers, das über eine Kehle gezogen wird. Ich brauche keine Bilder, um zu wissen, was dort passiert, ich bekomme auch so genug mit.

Der Stabilisator geht an und vibriert leicht in meinen Händen, als ich die Einstellungen und die Energieanzeige überprüfe.

»Wir schaffen es nicht! Es sind einfach zu viele!«

Es kracht dreimal laut, als würde ein Kopf gegen eine Wand geschlagen, und die nächste Lebenszeichenanzeige erlischt.

Ich halte meinen Scanner über die Schüssel und führe eine schnelle Diagnose durch, um zu überprüfen, ob alle Modifikationen korrekt in den Generator integriert wurden.

Über die Kom ist eine Betäubungspistole zu hören, gefolgt vom Klappern einer Waffe, die über den Boden rutscht, und das Spritzen von Blut. Jetzt sind nur noch zwei Lebenszeichenanzeigen übrig, deren Lichter auf meinem Visor ganz schwach und verletzlich wirken.

»Gleich geschafft, TL. Nur noch ein paar Sekunden.«

»RC, wie …«

Songbirds Stimme erstirbt, unterbrochen vom Geräusch eines Dezimators. Einen Sekundenbruchteil später höre ich ein lautes Poltern – das Geräusch eines Körpers, der zu Boden geht –, und ich muss gar nicht erst auf meinen Visor blicken, um zu wissen, was gerade passiert ist.

Songbird ist tot.

»Infinity, *hier ist RC! Der Upload ist abgeschlossen! Ich wiederhole: Der Upload ist ab …«*

Die letzte Stimme des Gammateams verschwindet für immer in einem feurigen Knistern aus dem Universum. Wie betäubt deaktiviere ich ihren Kanal. Es kommt mir so unfair vor, dass ich hier hocke und noch am Leben bin, während sie tot sind, aber ich weiß ebenso wie jeder andere Soldat, dass Fairness nicht das Geringste damit zu tun hat. Letzten Endes kann ich – ebenso wie wir alle – nicht mehr tun, als ihr Gedenken zu ehren und weiterzumachen.

In diesem Sinne erhebe ich eine Hand zu einem stillschweigenden Salut. Danach hocke ich mich hin und starre in die endlose Weite des Alls hinaus, während ich tief in meinem

Inneren eine Schweigeminute für meine gefallenen Kameraden einlege.

***

Erst später, als ich nach der Rückkehr auf die *Infinity* meine Ausrüstung in der Waffenkammer verstaue, begreife ich etwas: Jetzt, da Songbird und RC nicht mehr am Leben sind, steht nur noch ein Name auf meiner Liste der Verdächtigen:

Ty.

Und sie ist eine Million Lichtjahre von mir entfernt.

35

Das Shuttle hebt von der Plattform ab und beschleunigt innerhalb von Sekunden auf Höchstgeschwindigkeit. Ich werde in meinen Sitz gedrückt und kann es kaum glauben. Nach elf Wochen, sechsundachtzig Operationen und siebzehn Todesopfern haben wir es geschafft. Wir sind mit der letzten OP fertig.

Die Mission ist vorüber.

Alle in der Kabine werden von nervöser Aufregung erfasst, und die Spezialisten sehen einander an. Auf ihren Gesichtern spiegelt sich Erleichterung, Erschöpfung, Fassungslosigkeit und Triumph wider. Aber keiner von uns feiert. Noch nicht. Erst müssen wir alle den Psy-Test bestehen. Bis dahin wissen wir nicht, ob wir es tatsächlich alle geschafft haben.

Wir steigen auf Andockring 2B aus, wo uns PsySergeant Han Di wie üblich mit einigen Sicherheitsleuten erwartet. Ich möchte so gern daran glauben, dass keiner meiner Leute infiziert ist, dass wir alle unbeschadet rausgekommen sind, aber wenn man eine Innenmission durchführt, kann alles passieren. Es müssen nur ein paar Ghule in der Luftschleuse lauern, und schon ist man infiziert, ohne es zu merken, bevor die Operation überhaupt richtig begonnen hat.

Obwohl es mein Vorrecht als Teamleiter ist, als Erstes überprüft zu werden, lasse ich meinem STL den Vortritt. Vange bedankt sich mit einem Nicken und geht zum Scan. Nachdem er mit fliegenden Fahnen bestanden hat, signalisiere ich dem PsySergeant, dass er den Rest meines Teams vorziehen soll. Schließlich kenne ich die Anspannung dieser Minuten, bevor man erfährt, ob man infiziert ist oder nicht, ob man zurück in sein Quartier gehen und sich ausruhen kann oder über eine Arrestzelle den Weg zu einer Quarantänekolonie antreten muss, nur zu gut. Mein Team hat schon so viel durchgemacht, da kann ich ihm wenigstens diese paar Minuten gewähren.

Der letzte Spezialist besteht den Test und verlässt den Ring, sodass nur noch ich, der PsySergeant und die Sicherheitsleute da sind. Ich hole tief Luft und versuche, mein rasendes Herz zu ignorieren. Obwohl ich diese Routine schon unzählige Male mitgemacht habe, fühlt es sich dieses Mal anders an. Als hätte jede Operation seit Beginn dieser Mission nur auf diesen einen Augenblick hingezielt. Auf gewisse Weise ist es auch so. Mein einziger Trost ist, dass mein Team nach Hause gehen wird, was immer auch mit mir passiert. Ich beiße die Zähne zusammen und reiche dem PsySergeant die Hand.

Wie üblich bemerke ich auch jetzt nicht, dass Han Di in meinem Kopf ist, da er so vorsichtig und wenig invasiv wie möglich nach den verräterischen Anzeichen dafür sucht, dass sich der Feind in meinem Kopf festgesetzt hat. Als er meine Hand endlich loslässt, sehe ich ihm in die Augen und bin entschlossen, alles, was er gleich sagen wird, mit Würde hinzunehmen.

»Teamleiter«, beginnt er. Er macht ein ernstes Gesicht und schüttelt den Kopf. »Es tut mir so leid …«

Mir wird bei seinen Worten das Herz schwer, und ich lasse den Kopf sinken, damit man mir meine Enttäuschung nicht ansieht.

»… aber so leicht kommen Sie aus diesem Krieg nicht raus. Vorerst werden Sie mit uns anderen weiterkämpfen müssen.«

Augenblick mal! Was? Ich hebe mit einem Ruck den Kopf, starre ihn verwirrt an, und auf einmal grinst Han Di breit. Die Sicherheitsleute kichern los und mustern mich amüsiert, während ich sie mit offenem Mund anstarre, bis ich es endlich begriffen habe.

Mir ist nichts passiert.

»Verdammte …! Ich kann es nicht fassen, dass Sie mich glauben lassen wollten, ich wäre ...!« Ich muss nun doch auch erleichtert grinsen, da ich den Witz gar nicht mehr so schlimm finde.

Han Di klopft mir freundschaftlich auf den Rücken. »Herzlichen Glückwunsch, Teamleiter.«

Ich nicke und gehe über den Andockring, da mir jetzt nur noch der Sinn nach etwas zu essen und meinem Bett steht. Doch als ich den Andockring verlasse, fällt mir die Kinnlade herunter, denn ich bin umzingelt.

Sofort sehe ich mich panisch um und versuche zu begreifen, was hier los ist. Mein Team umringt mich von drei Seiten; und um uns herum stehen noch mehr Menschen Schulter an Schulter und blicken mich an. Ich habe nicht die geringste Ahnung, was das hier zu bedeuten hat, und starre sie irritiert an. Es scheint beinahe, als wäre die gesamte Besatzung des Schiffs hier, hätte sich in einem riesigen Halbkreis um mich und mein Team versammelt, das ebenso verwirrt zu sein scheint wie ich. Eine endlose Minute lang ist es so ruhig, dass man einen Chip fallen hören könnte. Dann klatschen und jubeln alle los, und das Schweigen ist gebrochen.

Ich bin völlig entgeistert. Jeder auf der *Infinity*, von den Piloten und Shuttlecrews über die Techniker und Navyangehörigen ist hier, sogar Major Estes. In ihren Augen spiegelt sich Begeisterung wider, auch Freude und Stolz sind darin zu sehen, und endlich verstehe ich es. Sie sind alle unseretwegen hier. Sie wollen in diesem Augenblick des Triumphs bei uns sein, und sie feiern unsere Leistung, erkennen unsere Opfer an, teilen unseren Schmerz und freuen sich über unsere Erfolge.

Es schnürt mir die Kehle zu, sie alle so zu sehen, und auf einmal überkommt mich ein unglaubliches Gefühl der Dankbarkeit. Ich bin den Piloten und Shuttlecrews dankbar, die sich ständig der Infektionsgefahr ausgesetzt haben, indem sie uns hinbrachten und wieder abholten; den Betreuern, die dafür gesorgt haben, dass wir saubere Sachen und volle Bäuche hatten, und den Militärangehörigen, die oft Doppelschichten geschoben haben, damit wir den Missionszeitplan einhalten konnten. Daher kommt es mir schon komisch vor, dass sie mir applaudieren, wo es doch eigentlich umgekehrt sein sollte.

Nach einer Weile flaut der Jubel ab, und sie scheinen alle darauf zu warten, dass ich etwas sage. Ich räuspere mich, ringe um Worte, aber alles, was mir über die Lippen kommt, ist: »Danke.«

Ein Wort, das nicht einmal ansatzweise beschreibt, was ich empfinde. Zum ersten Mal, seitdem ich beim Militär bin, wünsche ich mir, ich wäre mehr als nur ein einfacher Soldat. In diesem Augenblick wäre ich gern einer dieser Menschen, die bei einer solchen Gelegenheit mit einer eleganten Rede und hochtrabenden Wörtern auftrumpfen können.

Aber als ich die fröhlichen Gesichter um mich herum betrachte, spüre ich, dass ich vielleicht gar nicht mehr sein muss, als ich bin. Denn sie scheinen mich trotz meiner Unzulänglichkeiten irgendwie zu verstehen.

* * *

Keine Stunde später verlassen wir das System und machen uns auf die zweiwöchige Rückreise zur F&E. Der große Tag, an dem Erzengel zum Einsatz kommen soll, ist in fünfzehn Tagen, sodass wir gerade noch genug Zeit haben, um rechtzeitig auf der Station anzukommen – solange wir nicht unerwartet aufgehalten werden, womit jedoch niemand rechnet. Wir sind zu gut bewaffnet, als dass uns ein Schiff voller Besetzer gefährlich werden könnte, und da die *Infinity* brandneu ist, ist auch nicht mit einem Technikversagen zu rechnen.

Den Großteil der ersten Woche schlafe ich einfach nur. Nach den langen Tagen und kurzen Nächten, die wir während der Mission durchstehen mussten, bin ich völlig erschöpft. Körperlich, mental, emotional. Wir haben unsere Mission zwar erfüllt, jedoch unter großen Verlusten. Zu großen Verlusten. Ich sehe die Gesichter der Toten – Archers, RCs und Songbirds – wie Geister vor meinem inneren Auge und bin im Herzen wie betäubt. Es ist, als würde mein Verstand begreifen, dass sie nicht mehr da sind, mein Herz jedoch nicht. Vielleicht ist es auch besser so, denn dann hat mein Herz noch ein wenig Zeit, um sich daran zu gewöhnen.

Zumindest daran, dass ich mein Team verloren habe, denn über Lias Verlust werde ich nie hinwegkommen.

Ich sitze am Beobachtungsfenster auf dem hinteren Deck der *Infinity* und schaue zu den Sternen hinaus. Sie blinken und schimmern vor der Schwärze des Alls wie ein endloser Teppich aus Lampen, mit der die Dunkelheit zurückgehalten wird. Ein Feld aus Lichtern, die ewig leuchten und niemals erlöschen.

Als ich noch klein war, hat mir meine Mutter mal erzählt, jeder Stern wäre eine Seele, der Geist eines Verstorbenen, der vom Himmel aus auf ewig über uns wacht. Wir haben vor unserem alten Haus auf Aurora auf der Veranda gesessen, und ich habe sie gefragt, warum die Sterne so hell leuchten. Sie hat mir ihr wunderschönes Lächeln geschenkt und erwidert: *»Aus Liebe natürlich. Liebe erhellt die Dunkelheit, wenn alles andere verloren zu sein scheint. Wenn du also jemanden vermisst, den du geliebt und verloren hast, dann schau einfach nach oben und du wirst ihn finden, denn er leuchtet hell vom Nachthimmel herunter.«*

»Aber da sind so viele Sterne. Woher weiß ich, welches der richtige ist?«

»Halte einfach nach dem Ausschau, der nur für dich scheint. Dieser Stern funkelt etwas mehr, er leuchtet etwas heller, nur für dich. Finde den Stern, der heller strahlt, wenn du ihn ansiehst, den deine Liebe funkeln lässt, und du wirst wissen, dass es der richtige ist.«

Es war nur eine Geschichte, ein Märchen für Kinder, die nicht einschlafen können, weil sie sich vor der Dunkelheit fürchten, und doch denke ich jedes Mal, wenn ich ins Weltall blicke – wenn ich richtig hinsehe –, nur an *sie*. Ich suche nach dem Stern, der nur für mich leuchtet.

Lia.

Nach einer Woche legen wir kurz an der Hera-Station an, um Treibstoff aufzufüllen, bevor wir unsere Heimreise beenden. Auch jetzt habe ich weder Aufgaben noch Pflichten, da mein Teil der Mission abgeschlossen ist. Ich kann mich den ganzen Tag entspannen, bevor wir uns erneut auf die Sprungroute begeben. Im Grunde genommen sollte dies ein ganz lockerer Tag werden, doch es ist von allen Tagen dieser Mission, von allen Tagen seit meinem Eintreffen auf der F&E der schwerste. Ich fühle mich, als würde eine dunkle Wolke über meinem Kopf hängen, die ich nicht vertreiben kann, so sehr ich es auch versuche.

Heute jährt sich Lias Tod zum zweiten Mal.

Ich starre in die Dunkelheit hinaus, die hinter dem Sichtfenster beginnt – einem richtigen Fenster, nicht nur einer digitalisierten Wand. Wenn es überhaupt einen Tag gibt, an dem ich die Sterne ansehen und Lia dort draußen finden sollte, dann ist es heute, aber es ist wie jedes Mal, wenn ich nach ihr Ausschau halte: Ich finde nichts. Da sind nur diese leuchtenden Gasbälle, die in mehreren Lichtjahren Entfernung seelenlos und unberührbar vor sich hinbrennen.

Die Türen hinter mir öffnen sich, und Jethro, Raisman und einige andere kommen herein. Sie haben ein neues HoloGame dabei und laden mich zum Mitspielen ein, aber ich lehne dankend ab. Heute habe ich andere Dinge im Kopf und spüre diesen Schmerz im Herzen, und das lässt sich nicht vergessen, indem ich etwas spiele oder mit meinen Kameraden lache. Daher gehe ich zurück in mein Quartier, öffne die Tür mit meiner Chiphand und will hineingehen, schaffe es jedoch nicht. Lias Geist ist da und sucht nervös nach ihren Schuhen, während sie sagt:

»Ich musste mich doch vergewissern, dass du okay bist.«

So oft habe ich mir schon gewünscht, dass ich so wie in jener Nacht vor über zwei Jahren in mein Zimmer komme, und Lia ist da, nachdem sie die ganze Nacht auf meine Rückkehr gewartet hat – und zwar nur um sich zu vergewissern, dass es mir gut geht. So oft habe ich mir gewünscht, sie wäre hier, und ich könnte zu ihr sagen: *»Nein, es geht mir nicht gut. Nichts ist okay. Denn ohne dich kann nichts mehr gut sein.«*

Das Seltsame daran ist, dass ich mir jetzt nicht mehr sicher bin, ob das auch so stimmt.

Bei diesem Gedanken beschleunigt sich meine Atmung, als wäre die Vorstellung, ich würde Lia nicht mehr brauchen, ein Sakrileg, ein Verbrechen, das unentschuldbar ist, nie vergeben werden kann. Ich hatte geglaubt, ich würde ihren Tod nie akzeptieren können – ihren Selbstmord aus Patriotismus, die ganzen unausgesprochenen Dinge. Wie konnte ich ihr Lebwohl sagen, wenn ich doch nichts als eine unstillbare Wut in mir spüre und eine Leere, die sich nicht mehr füllen lässt? Das habe ich die ganzen Monate geglaubt, aber die Zeit und vielleicht auch die Erfahrung haben den Schmerz gelindert – die Leere mit neuen Loyalitäten gefüllt, Menschen, für die es sich zu sterben lohnt – und den Zorn in etwas umgewandelt, das mich dazu treibt, etwas Größeres anzustreben, so wie es Lia auch getan hat.

Die Trauer ist weiterhin da, und auch die Erinnerungen sind nicht verblasst, aber ihr Geist sucht mich nicht länger heim, und ihre oftmals erstickende Präsenz ist zu einem Schimmern im Hintergrund geworden. Ich vermisse sie, ich liebe sie, und ich trauere um sie, aber ich kann ohne sie weiterleben. Ich *muss* ohne sie weiterleben. Ohne es bewusst zu tun oder es zu beabsichtigen, habe ich mir ein neues Leben geschaffen, das zwar auch von Verlusten geprägt, aber dennoch lebenswert ist. Ich habe die Leere gefüllt und eine neue Bestimmung gefunden. Das

Einzige, was ich noch nicht getan habe, ist, mich zu verabschieden.

Zwar sind wir nicht lange genug auf der Station, dass die Spezialisten Landurlaub bekommen, aber als Teamleiter darf ich das Schiff nach Belieben verlassen. Nach einem schnellen Psy-Test schlendere ich über die Plattform und bestaune die Essensstände, die Spielebuden und die bunten Werbeanzeigen an den Wänden. Nachdem ich die letzten Wochen nur auf OPs voller Ghule und Besetzer verbracht habe, ist es seltsam, sich plötzlich auf einer aufzuhalten, auf der es nur Menschen gibt.

Trotz der vielen Leute finde ich mich problemlos zurecht, und erst als mich ein älterer Mann in einer Schiffsuniform anrempelt und mit einer Entschuldigung zur Seite weicht, wird mir bewusst, dass mir alle Platz machen. Sie weichen vor mir zurück, so wie sie es vor all den Monaten auf der Kittridge-Promenade bei Angelou getan haben.

Ich nehme die Entschuldigung des Mannes mit amüsiertem Nicken entgegen und frage mich, ob es nur an der schwarzen Uniform mit den goldenen Insignien liegt, dass sie mir diese ungewohnte Hochachtung erweisen, oder ob es direkt an mir liegt und die Leute heute in mir etwas Ähnliches sehen wir damals in Angelou.

Vergleiche ich mich gerade wirklich mit Angelou? Bei diesem Gedanken schüttle ich lachend den Kopf. Wir sind so verschieden wie der Weltraum und die Atmosphäre; Angelou ist das Vakuum, distanziert, brillant und tödlich, und seine eisblauen Augen durchdringen die Dunkelheit wie ferne Sterne, während ich nur einer der eine Milliarde Atemzüge bin, die wir tagtäglich tun und die wir sofort wieder vergessen.

In der Mitte der zweiten Promenade finde ich, was ich gesucht hab: eine Hydroponikhändlerin, die sich auf blühende Pflanzen spezialisiert hat. Ich bitte um ein Dutzend Rosen, reisefertig verpackt, und zucke nicht einmal mit der Wimper, als ich den astronomischen Preis sehe. Die Händlerin beäugt mich von Kopf bis Fuß, während sie die Blumen verpackt, und sieht zweifellos einen Soldaten auf Landurlaub, der Rosen für seine Frau oder Freundin kauft.

»Blumen für einen besonderen Schatz? Das ist aber nett«, fügt sie hinzu, als ich nur schroff nicke. Ein trauriges Lächeln umspielt ihre Lippen. »Es ist immer schwer, derjenige zu sein, der zurückbleiben muss.«

»Ja, das ist es«, stimme ich ihr leise zu.

Zurück auf dem Schiff ziehe ich meinen Missionsanzug an und gehe mit den Blumen in der Hand durch die obere Luke. Nachdem ich meine Stiefel magnetisiert und mich an einer der Stützstreben eingehakt habe, hocke ich mich auf das Dach des Schiffs, wie ich es schon auf so vielen OPs getan habe. Abgesehen von einem Raumfahrer, der auf einem weiter entfernten Landeplatz an seinem Schiff Reparaturen durchführt, bin ich hier ganz allein. Es gibt nur noch die Galaxie voller Sterne über meinem Kopf und das Schiff unter meinen Füßen. Mit einem lautlosen Gebet auf den Lippen packe ich die Blumen aus.

Die Rosen gefrieren in dem Augenblick, in dem sie sich im Vakuum befinden, und die blutroten Blüten verblassen in der eisigen Kälte. Doch auch in diesem Zustand sind sie noch schön, und die Blütenblätter gefrieren in einem flüchtigen Moment ewiger Jugend.

»Lia hat am Ende nur an dich gedacht. ›Sag Michael, dass ich geblieben wäre, wenn ich gekonnt hätte.‹ Das hat sie gesagt.«

Ich streiche mit den Fingern über eine Rose und erinnere mich an eine ähnliche Blume. Bei meiner Berührung brechen einige Blütenblätter ab und treiben schwerelos davon. Ich versuche nicht, sie aufzuhalten, sondern sehe ihnen nur nach, wie sie wie purpurfarbene Schmetterlinge in die Nacht fliegen.

Ich wäre geblieben, wenn ich gekonnt hätte.

»Ich weiß«, sage ich leise zu ihr.

Und zum ersten Mal weiß ich es vielleicht wirklich.

Ich schleudere den Blumenstrauß ins Vakuum. Er fliegt auseinander wie ein Feuerwerkskörper, und die roten Blütenblätter stieben in alle Richtungen durch die Leere davon. Ich aktiviere die Vergrößerung meiner Linsen und sehe ihnen nach, bis das letzte Blatt nicht mehr zu sehen ist und von den strahlenden Sternen und dem dunklen Weltraum verschluckt wird.

Ihr Leben, ihre Liebe; so leuchtend, dass sie im Dunkeln wie Leitsterne leuchten, um dir den Weg zu weisen, und niemals verloren gehen.

Sie hat kein Grab; es gibt keinen Stein, der an sie erinnert. Aber vielleicht wird eines Tages, in abertausend oder gar einer Million Jahren, eines dieser Blütenblätter auf New Sol ankommen, weil es durch eine Kombination aus Glück und günstigen Umständen dorthin gelangt ist. Irgendwann wird dann ein besonders heller Stern auf dieses Blütenblatt herabblicken und noch intensiver leuchten, als sie es je getan hat – ein strahlender Stern, der auf ewig glüht und nie vergeht.

⋆ ⋆ ⋆

Stunden später liege ich im Bett. Es ist kurz vor Mitternacht, als ich schlagartig die Augen aufschlage. *Sie hat sich nicht gemeldet,* wird mir auf einmal bewusst. Teal hat am Jahrestag von Lias Tod nichts von sich hören lassen.

Bei dem Gedanken, dass dieser Tag vorbeigehen könnte, ohne dass Teal mich anlinkt, zieht sich mein Brustkorb zusammen. Ich habe meinen Chip schon aktiviert, bevor ich überhaupt die Entscheidung getroffen habe.

Wir müssen während dieser Mission zwar Funkstille halten,

daher kann ich sie nicht direkt anlinken, aber ich öffne eine neue H-Mail. Mein Chip starrt mich an wie ein böses Auge, bedrohlich und kalt. Ich hole tief Luft und will etwas sagen ... aber wie zuvor kommen einfach keine Worte. Meine Kehle ist zugeschnürt und versagt mir den Dienst. Sekunden verstreichen, es werden immer mehr, und ich kann nichts weiter tun, als in die Luft zu starren, stumm und allein hier herumzusitzen. Irgendwann gebe ich es auf.

Ich lasse die Hand sinken, lösche die H-Mail und deaktiviere meinen Chip.

36

Unser Schiff ist das letzte, das an der F&E anlegt, und wir kehren nur einen Tag, bevor Erzengel aktiviert werden soll, zur Station zurück. Als ich zum ersten Mal seit Wochen zwischen diesen kristallinen Wänden hindurchgehe, fühlt es sich seltsamerweise so an, als würde ich nach Hause kommen. Anstatt direkt zu H5 zu gehen, folge ich dem Außenkorridor des Zentralhabitats und blicke auf die Nebelschwaden hinaus, die pink-, gold-, lavendelfarben und weiß vor dem Fenster herumwirbeln. Es ist früher Morgen, und Demeter geht gerade erst auf und wirft ihr Licht auf die leeren Gänge. Das Plätschern der Wasserfälle ist Musik in meinen Ohren, und hin und wieder streiche ich im Gehen über eine Wand, fahre mit den Fingerknöcheln über die glatte Oberfläche oder die Blütenblätter einer Blume.

Ich habe das alles hier vermisst, stelle ich verwundert fest. Die Habitate, die Korridore, den wabernden Nebel. Das kristalline Licht, das aufgrund der geschwungenen Flächen gebeugt und reflektiert wird und wie ein Regenbogen aussieht. Sogar die ständige Präsenz der Schatten, so nah und doch so fern, die unsichtbar im kaleidoskopischen Blickfeld der F&E herumschweben. Ich hätte nie damit gerechnet, aber irgendwie ist mir diese Station mehr zu einem Zuhause geworden, als es jeder andere Ort nach der Explosion von New Sol je war.

Ich denke an Erzengel, an das Netzwerk aus Plattformen und Schiffen, das sich durch den ganzen Sternenbund erstreckt. In nicht einmal vierundzwanzig Stunden wird diese Waffe unsere Feinde mit einem Schwert aus Licht niederstrecken, sich auf Planeten, Stationen, Kolonien und Asteroiden ausbreiten, bis der letzte Ghul verschwunden ist und zurück in die Hölle geschickt wurde, oder wo immer die Schatten nach ihrem Tod hinkommen. Was wird aus mir, wenn das passiert ist? Aus der ganzen F&E? Sobald der Feind vernichtet ist, beschließt man möglicherweise, dass wir andernorts dringender gebraucht werden, und schickt die Wissenschaftler zu neuen Projekten und die Tester zurück zur Navy, Wache oder wo immer sie sonst hergekommen sind. Selbstverständlich werde ich hingehen, wo immer man mich hinbeordert. Ich bin Soldat. Das ist es, was mich ausmacht. Dennoch erfüllt mich die Vorstellung, diesen Ort zu verlassen, mit tiefer Trauer.

In H5 angekommen, verstaue ich meine Ausrüstung und schreibe meinen Bericht für die letzte Mission. Als ich damit fertig bin, wacht die Station langsam aus ihrem Schlummer auf, und um mich herum werden immer mehr Bewegungen und Geräusche laut. Ich wandere durch die Korridore von H5 und H7 und halte Ausschau nach bekannten Gesichtern. Es ist erstaunlich leer, und die Zahl derer, die infiziert oder getötet wurden, muss weitaus größer sein als gedacht, denn nur hier und da stehen einige Tester in Grüppchen zusammen, in den Unterkünften, der Lounge, den Trainingsräumen. Es sind alles Menschen, die ich zwar schon einmal gesehen habe, die ich aber nicht besonders gut kenne. Die Spezialisten nehmen Haltung an, als ich vorbeigehe, nicken ehrfürchtig und zugleich entspannt und begrußen mich.

Um Punkt neunhundert melde ich mich im Büro des Divisionscommanders, nur um zu erfahren, dass mich bis auf Weiteres keine Pflichten erwarten. Da unsere Arbeit im Großen und Ganzen getan ist, brauchen wir nur noch darauf zu warten, dass Erzengel aktiviert wird. Auch wenn mich das nicht weiter überrascht, erfüllt es mich doch mit einer gewissen Furcht, fast so, als hätten sie bereits entschieden, uns alle loszuwerden, auch wenn sie uns das noch nicht mitgeteilt haben. Die Vorstellung, die letzten Tage hier mit Warten zu verbringen, bewirkt, dass sich mein Magen zusammenzieht.

»Bitte, Commander. Es muss doch irgendetwas geben, das getan werden muss.«

»Das Wort ›Entspannen‹ kommt in Ihrem Wortschatz anscheinend nicht vor, was?« Asriel schnaubt. Ich mustere ihn skeptisch, da ich genau weiß, dass es ihm ähnlich geht. Er verdreht die Augen und gibt nach. »Na gut, Sorenson. Ty fliegt mit einem Team runter nach Javeyn, um einen Teil der alten Testausrüstung abzubauen. Wenn sie einverstanden ist, können Sie sie begleiten. Wegtreten.«

Ty. Sie ist also auch zurückgekommen. Zuerst strahlen meine Augen, und ich muss unwillkürlich lächeln bei der Nachricht, dass eine meiner alten Deltateamkameradinnen es geschafft hat. Doch dann ziehe ich die Schultern hoch, und mein ganzer Körper spannt sich an, als mir einfällt, dass ihr Name der letzte auf meiner Liste ist. In mir ringen Freude und Verzweiflung, und ich wünsche mir kurz, sie wäre nicht zurückgekommen. Wie viel einfacher wäre es, wenn sie einfach da draußen gestorben wäre und ich die Gewissheit hätte, dass der Saboteur auf jeden Fall tot ist. Doch das ist nicht der Fall, und ich muss ihr gegenübertreten, ob sie nun schuldig ist oder nicht.

Ich nicke Asriel zu und mache mich auf die Suche nach Ty. Anstatt sie einfach anzulinken, nutze ich meinen Lokator und suche sie in der Waffenkammer auf. Als ich dort eintreffe, bereitet sie sich auf die Mission vor und ist von sechs Spezialisten umgeben. Ich mache mich nicht sofort bemerkbar, sondern stehe da und beobachte sie. Sie sieht aus wie immer, aber doch irgendwie anders … ernster, glaube ich. Als hätte sie seit unserer letzten Begegnung sehr viel erlebt, was Spuren hinterlassen hat. Ähnlich wie bei mir. In mir herrscht ein völliges Durcheinander, und ich empfinde gleichzeitig Freude, Wut, Trauer und Verwirrung. Sie ist eine Teamkameradin, der ich oft mein Leben anvertraut habe, kann sie dann wirklich der Saboteur sein, der mich all diese Monate verfolgt hat?

Da dreht Ty sich um, sie will sich an einen der Spezialisten wenden, doch sie entdeckt mich und strahlt. Ihr Lächeln ist wie ein Schlag in die Magengrube. Ich kann gar nicht anders, als ihre freundschaftliche Umarmung zu erwidern und ihr mehrmals auf den Rücken zu klopfen.

»Sorenson! Ich hätte nicht gedacht, dass Sie es schaffen.«

»Wir sind heute Morgen erst gelandet. Haben Sie noch Platz für einen weiteren Mitstreiter?«

»Aber sicher. Sehen Sie nur! Jetzt, da wir kurz davorstehen, die Ghule auszulöschen, haben die Wissenschaftler neue Ghulanzüge erfunden. Offenbar hatten sie nicht viel zu tun, während wir unterwegs waren, um die Erzengel-Technologie überall zu implementieren.«

Ich öffne meinen Spind und stelle fest, dass dort auch ein neuer Anzug hängt. »Was für eine Freude«, erkläre ich halb amüsiert, halb verzweifelt und verdrehe die Augen.

Wir machen uns fertig und haben eine Stunde später bereits die Atmosphäre von Javcyn erreicht. Obwohl ich so tue, als wäre alles in Ordnung, bin ich nervös, und es wird immer schlimmer. Ty beobachtet mich neugierig, aber falls sie etwas ahnt, sagt sie es nicht. Schließlich setzt uns unser Pilot vor einer Stadt in einem Feld voller Metallzylinder ab, das mir sehr bekannt vorkommt.

Ty zieht einen der einen Meter langen Zylinder aus dem Boden und grinst mich breit an. »Erinnern Sie sich an die Dinger?«

»Die Soundverstärker?« Ich muss lachen und vergesse für einen Augenblick, dass Ty möglicherweise der Saboteur ist und ich sie verhaften sollte, anstatt mit ihr herumzualbern. »Wie könnte ich die vergessen? Einmal aktiviert, lockt so ein Ding jeden Ghul im Sektor an.«

Wir teilen uns auf Tys Anweisung hin in Zweiergruppen auf und fahren mit Roamern in alle Richtungen, um die Verstärker wieder einzusammeln. Ich fahre, und Ty verstaut die Geräte, wobei sie ihre Chiphand über jedes hält, bevor sie es auf die Ladefläche legt, um es als erledigt abzuhaken. Zwischen den einzelnen Stationen fahren wir mal schweigend herum, dann unterhalten wir uns wieder. Jetzt, da wir allein sind, weiß ich nicht, was ich sagen soll.

»In den Habitaten kommt es mir sehr leer vor.«

Sie nickt. »Wir mussten zahlreiche Verluste hinnehmen. Zephyr, Annah ...«

»Archer, Songbird, RC.« Ich halte kurz inne. »Wer ist denn noch da?«

»Ich habe Chen vor Kurzem gesehen, als sie den Kopf ins Kasino gesteckt hat, und Asriel ist immer noch unser DC.«

Mein Blick fällt auf ihre Arme, da sie die Ärmel ihrer Uniform hochgeschoben hat. Die dicke rote Markierung für Zel ist noch da, gleich unter ihrem Ellbogen, und es sind weitere in unterschiedlicher Breite und in Rot und Schwarz dazugekommen. Eine stillschweigende Ehrung unserer gefallenen Kameraden. Mir wird ganz mulmig, als ich daran denke, dass ich auch auf ihrem Arm gelandet wäre, wenn ich es nicht geschafft hätte.

»Ty ...«, beginne ich, da ich das Schweigen nicht mehr länger ertrage.

»Es wird bald regnen«, sagt sie genau zur selben Zeit.

»Was?«

Sie tätschelt ihr rechtes Bein. »Es wird bald regnen. Seitdem ich es mir gebrochen habe, spüre ich so was.«

Ich runzle die Stirn. »Wann haben Sie sich denn das Bein gebrochen? Auf der Erzengel-Mission?«

»Nein, bei einer Trainingsoperation einige Wochen vor unserem Aufbruch. Ich hätte beinahe nicht mitfliegen können. Die haben mich ein ganzes Zweiquadrat nicht von der Krankenstation runtergelassen.« Sie blickt mich von der Seite an und ergänzt mit sarkastischem Unterton: »Vielen Dank auch für den Besuch am Krankenbett.«

Mein Herz schlägt schneller, als mir die Bedeutung ihrer Worte bewusst wird. Ich versuche, mich zu erinnern, ob ich sie in den letzten Wochen vor der Mission überhaupt gesehen habe, aber ich weiß es nicht mehr. Damals herrschte eine solche Hektik, dass ich fast nur noch die Mitglieder meines Teams regelmäßig getroffen habe. »Ein ganzes Zweiquadrat? Und man hat Sie nicht von der Krankenstation gelassen?«

»Nein, und es war so langweilig wie Schlacke.« Sie aktiviert ihren Chip, geht ihr Holoarchiv durch und hält bei einer Aufzeichnung an. »Sehen Sie?«

Ich starre das Holo erstaunt an. Es wurde eindeutig auf der Krankenstation aufgenommen, und darauf ist Ty zu sehen, die in die Chiplinse grinst und Grimassen schneidet. Sie bewegt die Hand an sich herunter, über ihr Krankenhausnachthemd bis zu ihren Beinen. Ihr rechtes Bein steckt in einem Schnellheilgips und ist über zahlreiche Drähte und Schläuche mit einem Gerät in der Nähe verbunden. »*Noch zwei Tage, dann ist es endlich verheilt*«, sagt sie in der Aufzeichnung. »*Werde ich es schaffen oder vorher vor Langeweile sterben?*« Mein Blick fällt auf das Datum am unteren Rand.

Das Holo wurde am Abend, bevor der Energiekonverter auf der Basis eingetroffen ist, aufgezeichnet.

Mir steht der Mund offen, als mir klar wird, was das bedeutet. Sie konnte die Krankenstation unmöglich verlassen haben und an den Energiekonverter gelangt sein, wenn sie sich nicht einmal bewegen konnte. Also ist auch sie nicht der Saboteur.

Ich bin unglaublich erleichtert, aber auch irritiert. Wenn sie es nicht war, wer dann? RC? Songbird? Jemand anderes, den ich von der Liste gestrichen habe, weil er infiziert wurde oder gefallen ist? Wahrscheinlich muss ich mich einfach damit zufriedengeben, dass die Gefahr gebannt ist, und werde nie erfahren, wer es gewesen ist.

Nun, da Ty von dem Verdacht befreit ist und ich meine Nachforschungen abschließen kann, wird mir ganz leicht ums Herz, und der Rest der Mission verläuft ohne Zwischenfall. Falls irgendwelche Besetzer seit dem Abfeuern von Erzengel Ghule hervorgebracht haben, so sind sie nicht in Reichweite. Das einzige Problem taucht auf, als wir uns mit den anderen treffen und feststellen, dass ein Verstärker fehlt. Ty überprüft die Daten und lacht auf einmal auf.

»Ha! Darum ist er nicht da. Das ist der Verstärker, den wir bei der Testmission verloren haben. Mit Zel.« Ihre Stimme klingt ein bisschen wehmütig.

»Das ist Monate her; das Ding könnte jetzt überall sein. Können wir ihn aufspüren?«

Sie schüttelt den Kopf. »Ich bin mir nicht sicher, da müssen wir erst Dr. Rahman fragen. Aber dafür haben wir jetzt auch keine Zeit. Asriel will, dass wir alle auf der Station sind, wenn es heute Abend losgeht. Dann werden wir wohl noch mal wiederkommen müssen.«

Wir laden alles ein und brechen auf. Eine Stunde später sind wir wieder auf der Station. Die Verstärker werden in Kisten verpackt und an der Nordwand von Habitat acht gelagert – was selbst mit den Gravschlitten für den Transport der schweren Kisten sehr lange dauert –, danach können wir uns waschen und etwas essen gehen. Als wir das Zentralhabitat betreten, stelle ich verblüfft fest, dass es in den Korridoren vor Menschen nur so wimmelt. Der Außengang ist voller F&E-Angehöriger aller Divisionen, die beschwingt herumlaufen und sich fröhlich und aufgeregt unterhalten.

Ich trete beiseite, um zwei älteren Wissenschaftlern Platz zu machen. »Was ist denn hier los?«

»Haben Sie es noch nicht gehört? Ach ja, Sie sind ja heute Morgen erst zurückgekommen.« Ty zuckt mit den Schultern. »Sie wollen Erzengel abfeuern.«

»Jetzt?«

»Nur über Prisma. Sie werden alle planetaren OPs verlinken und den Feind unter uns auf einen Schlag vernichten – jedenfalls die, die noch übrig sind. Alle versammeln sich im Atrium, um es sich anzusehen.« Sie schaut auf ihren Zeitmesser. »Wenn wir jetzt gehen, bekommen wir bestimmt noch ganz gute Plätze.«

Ich habe keine Einwände, da ich sowieso nichts Besseres vorhabe.

Wir setzen uns auf eine Couch vor der Ostwand des Atriums, und mit einem Mal fällt mir der letzte Chip wieder ein, den ich vor Wochen in meinem Helm gefunden habe. An Bord der *Infinity* konnte ich die Nummer nicht in der Datenbank der F&E suchen, und irgendwie ist sie dann in Vergessenheit geraten.

Meine Laune verschlechtert sich, als ich an den Chip denke. Vielleicht sollte ich ihn einfach wegwerfen und nicht mehr daran denken. Da ohnehin jeder auf meiner Liste entweder gefallen ist oder gestrichen wurde, dürfte auch keine Gefahr mehr bestehen. Aber was ist, wenn der Saboteur, wer immer es auch war, vor dem Verlassen der Station noch eine letzte Falle gelegt hat? Sein Tod muss ja noch lange nicht bedeuten, dass jetzt nichts mehr passieren wird. Ich sollte die Nummer wenigstens überprüfen.

»Hey, Ty, ich muss ...« Mir fällt keine gute Ausrede ein, daher deute ich nur vage in eine Richtung. »Bin gleich wieder da.«

Ich verschwinde schnell, bevor sie mich noch fragen kann, was ich vorhabe. Anstatt zurück in mein Quartier zu gehen, schließe ich mich in der nächsten Hygieneeinheit ein. Als ich hereinkomme, gehen die Lampen an und tauchen die kleine Einheit in sanftes Licht. Durch die Wände kann ich das aufgeregte Geplapper aus dem Atrium hören, wo alle darauf warten, dass der letzte Erzengel-Test beginnt, aber ich ignoriere es und bin wild entschlossen, dieses aussichtslose Unterfangen ein für alle Mal zu beenden. Ich aktiviere meinen Chip, suche die Nummer des Datenchips und gebe sie in die Inventardatenbank ein.

Fehler: Kein Ergebnis gefunden

Eigentlich hätte ich inzwischen daran gewöhnt sein müssen, dass etwas Unerwartetes passiert, aber ich bin dennoch entsetzt. Ein ungutes Gefühl macht sich in meiner Magengrube breit. Das Spiel hat sich wieder einmal geändert, und ich habe keine Ahnung, warum oder wie. Da ich nichts Besseres zu tun habe, jage ich die Nummer durch jede Datenbank, die mir einfällt, und beim neunten Versuch lande ich tatsächlich einen Treffer. Die Nummer gehört zu einem Ladungsmanifest, genauer gesagt zu dem einer Lieferung von Gegenständen, die bereits vor Monaten auf der Basis angekommen sind.

Jetzt bin ich völlig verwirrt und frage mich, warum der Saboteur auf einmal seine Taktik ändert. Die Geräusche auf der anderen Seite der Wand sind leiser geworden, dafür ist jetzt eine von Lautsprechern verstärkte Stimme zu hören, die ich jedoch nicht verstehen kann. Wahrscheinlich wird gerade der Beginn des Tests angekündigt. Ich ignoriere es, gehe die Liste durch und suche … Ich weiß gar nicht genau, was ich suche. Etwa bei der Hälfte halte ich inne. Da, ziemlich genau in der Mitte, stehen die Seriennummer und die Beschreibung des durchgebrannten Zündungsregulators der *SkyRunner*.

Ich hole tief Luft. Eine Chipnummer aus einem speziell für mich hergestellten Helm führt zurück zu einem Zündungsregulator, der schon Monate, bevor dieser Helm angefertigt wurde, zerstört worden ist? Es bestehen Verbindungen zwischen Gegenwart,

Vergangenheit und Zukunft, und mit einem Mal habe ich das Gefühl, dass ich kurz vor einer entscheidenden Entdeckung stehe. Aber ich zwinge mich, logisch an die Sache heranzugehen. Warum geht der Saboteur dazu über, mir auf einmal die Nummer eines Ladungsmanifests zu geben, nachdem er mir zuvor mehrere Seriennummern verraten hat?

Weil es nicht um die Gegenstände geht, sondern darum, wie sie transportiert werden.

Erneut gehe ich das Manifest durch, doch diesmal sehe ich mir nicht die einzelnen Objekte, sondern die Details der Lieferung an. Shuttlename, Lieferdatum, Rechnungsnummer, Ursprungsort und …

Shuttlecrew.

Mein Magen zieht sich zusammen. Ich bin die ganze Zeit davon ausgegangen, dass die Sabotage auf der Basis durchgeführt wurde, was sich jedoch nie beweisen ließ, weil die verschiedenen Gegenstände an unterschiedlichen Orten aufbewahrt und verbaut wurden. Dank Angelous stringenten Sicherheitsvorschriften konnte es keinen Menschen geben, der überall Zugang hatte. Doch was ist, wenn der Saboteur gar nicht auf der Basis zugeschlagen hat, sondern schon bevor die Gegenstände überhaupt hier eingetroffen sind?

Ich rufe die Lieferungsdatenbank auf, gebe die Seriennummern von allen Chips ein, die ich gefunden habe, und starte die Suche. Neunundzwanzig Dokumente erscheinen, darunter sowohl die Listen der Originallieferungen sowie der Transfers. Ich stelle meinen Chip so ein, dass er in jedem Dokument nach der Crewliste sucht, und warte darauf, dass ich den einen Namen finde, der mit jedem einzelnen sabotierten Gegenstand in Verbindung steht. Während ich warte, tippe ich nervös mit einem Fuß auf den Boden, und das Geräusch meines Stiefels hallt laut durch die plötzliche Stille – bestimmt wird Erzengel gleich über Prisma abgefeuert. Als die Ergebnisse endlich angezeigt werden, traue ich meinen Augen kaum.

Jedes einzelne Teil auf meiner Liste wurde vom selben Piloten auf die F&E gebracht.

Da habe ich die Verbindung. Nachdem ich so viele Monate danach gesucht habe, kenne ich sie jetzt – die Identität des Saboteurs, der alles tun und jedem schaden würde, nur um Erzengel aufzuhalten. Ich habe sie nach dem Zwischenfall mit dem Konverter von meiner Liste gestrichen, da sie keinen Zutritt zu H8 hatte, aber den hat sie auch nicht gebraucht, schließlich befand sie sich stundenlang mit dem Teil auf einem Schiff, während sie es auf die F&E transportierte.

Auf der anderen Seite der Wand bricht Jubel aus; die Menschen schreien Hurra und applaudieren. Sie strömen aus der Hauptkammer in die Hygieneeinheiten und unterhalten sich rings um mich herum hoffnungsvoll, während ich zusammengesackt auf der Toilette sitze und den Namen fassungslos anstarre.

Der Name des Saboteurs lautet Pilot Commander Sarai Chen.

An Bord der Orbitalplattform N
Kommandoplattform des Orbitalnetzwerks auf Prisma

Der Doktor stand auf dem Beobachtungsdeck und blickte auf die herumwirbelnden pastellfarbenen Nebel hinab, während der Countdown ruhig weiterlief. Er zählte lautlos mit, ließ die Zahlen durch seinen Kopf gleiten und genoss die süße Vorfreude auf die wissenschaftliche Verlockung.

Obwohl er genau wusste, was passieren würde, hielt er dennoch den Atem an, als der Countdown endete und die kombinierte Kraft von sechzehn OPs durch die Leere schoss und den Planeten in einen Ball aus Licht hüllte. Auch nachdem sich die Energie längst aufgelöst hatte, schien der Planet noch von einer schwachen silbrigen Aura umhüllt, die wie ein Heiligenschein sanft vor der Schwärze des Weltalls schimmerte.

Der Doktor lächelte kaum merklich bei dieser Beobachtung. Ja, in der Tat, ein Heiligenschein. Erzengel hatte den passenden Namen bekommen.

Sein Lächeln verblasste, als er die Testdaten durchging, die neben ihm an der Wand angezeigt wurden. Alles war genauso abgelaufen wie geplant – die OPs hatten exakt gleichzeitig gefeuert und waren alle perfekt positioniert, um den Planeten mit einer gleichmäßigen Energiehülle zu umgeben –, und die daraus resultierenden Daten bestätigten das, was sie seit Monaten zu erreichen versuchten.

Erzengel war bereit.

In weniger als vierundzwanzig Stunden war ihre Zeit endlich gekommen. Dann würden sie Erzengel erneut abfeuern, aber nicht nur auf Prisma, sondern auf jedem Planeten und jeder Station im Sternenbund, und im silbrigen Heiligenschein seines Lichts würde sich das Blatt in diesem defensiven, einseitigen Krieg endlich wenden und die Menschen wären nicht mehr die Gejagten, sondern die Jäger. Alles – jeder Test, jede Beobachtung, jedes Datum – gab ihm das zu verstehen, und doch …

Jeglicher Logik und Wissenschaft, jeglicher Fakten und Vernunft zum Trotz hatte er Angst. Furcht kroch durch seine Eingeweide wie die biblische Schlange, und ihr kaltes Flüstern bedrohte alles, was ihm lieb und teuer war. Es schien ihm schlichtweg unmöglich zu sein, sie abzuschütteln. Möglicherweise war es damit bald vorbei, aber während der nächsten achtzehn Stunden hatte der Feind in diesem tödlichen Krieg noch ein Wörtchen mitzureden.

Er konnte noch ein letztes Ass aus dem Ärmel ziehen.

Auch wenn der Doktor keine Ahnung hatte, wie das aussehen könnte. Er wusste nur, dass der Feind irgendwie, auf irgendeine Weise etwas unternehmen würde. Die Schatten waren geistlose Vernichter, gnadenlose Eroberer. Lange Zeit hatte er das wie alle anderen im Sternenbund als Tatsache hingenommen und wäre nicht im Traum auf die Idee gekommen, dass sie mehr als einfache Raubtiere sein könnten. Intelligente, wilde Raubtiere, aber dennoch nicht mehr. Doch als der Tag der Abrechnung immer näher rückte, nagten all die unbeantworteten Fragen der letzten Monate immer stärker an ihm, anstatt zu verblassen, wie ein unvollendetes Puzzle, weil er nicht die Kraft besaß, geduldig bis zum Ende daran zu arbeiten.

Seo Pak. Nguyen. Die falsche F&E. Die Taktikänderungen und erklärlichen Anpassungen des Feindes. Das Ausschalten der planetaren Netze und der steile Anstieg der Infektionsrate. Seit Monaten schienen ihm die Zeichen verstehen zu geben, dass der Feind etwas vorhatte. Dass er seine einfache Strategie, einen Planeten nach dem anderen zu erobern, aufgab und sich auf eine neue Offensive vorbereitete, einen gewaltigen Angriff, wie man ihn noch nie gesehen hatte. Doch er spürte, dass sich da mehr anbahnte als ein einfacher Militärschlag. Es gab zu viele unerklärbare Ausreißer – seltsame Vorkommnisse und Taktiken, die keinen Sinn ergaben, einmalige Geschehnisse, die ohne große Konsequenzen zu bleiben schienen, insgesamt betrachtet jedoch eine Ereigniskette ergaben, die sich jeder logischen Erklärung entzog. Unabhängig von dem, was die anderen dachten, hatte er weiterhin das Gefühl, dass all das auf etwas viel Größeres hindeutete und dass dieser Krieg möglicherweise einem bedeutenderen Ziel diente, als er es je vermutet hatte.

»Und was hat das alles Ihrer Meinung nach zu bedeuten?«, fragte die Admiralin und zog skeptisch die Augenbrauen hoch. »Was hat der Feind vor?«

Der Doktor ging mit hinter dem Rücken gefalteten Händen an den Fenstern des Beobachtungsdecks vorbei und dachte über die Frage der Admiralin nach. Unter ihm leuchtete Prisma, und obwohl er viel zu weit weg war, um es zu sehen, konnte er sich doch jede Nebelschwade, jeden Wirbel und jeden Kringel bildlich vorstellen. Er blickte lange Zeit auf den Planeten hinab und war tief in seinen Gedanken versunken, und als er endlich antwortete, waren seine Worte derart endgültig, dass ihnen selbst die Admiralin nichts entgegenzusetzen hatte.

»Ich glaube, dass sie ein weitaus größeres Spiel spielen, als wir es uns auch nur vorstellen können; eines, das weder Sie, ich noch irgendein anderer Mensch im ganzen Universum überhaupt begreifen kann.

Und was immer sie damit letzten Endes bezwecken, so steht eines fest: Wenn sie gewinnen, wenn sie in diesem Kampf die Oberhand haben und wir scheitern, gibt es im ganzen Universum nichts, was wir noch tun können, um sie aufzuhalten.«

PHASE VIER

37

Der große Tag bricht an und verspricht so einiges. Die Erwartungshaltung des Vortags ist über Nacht noch beträchtlich gestiegen und wurde von dem erfolgreichen letzten Erzengel-Test weiter angestachelt. Sie ist überall zu spüren, fast so, als würde der Frühlingswind die Vorahnung des Sommers mitbringen, während man noch die eisige Kälte des Winters in den Knochen hat.

Ich stehe früh auf, aber der Rest der Station scheint dieselbe Idee gehabt zu haben, denn die Korridore füllen sich bereits mit Menschen, die sich angeregt über das bevorstehende Ereignis unterhalten. Ihr Enthusiasmus ist ansteckend und lässt keinen kalt – bis auf mich. Mir liegt die Angst schwer auf der Seele, und ich kann nicht anders, als an einen anderen Tag wie diesen zu denken, einen Tag vor über zwei Jahren, der mit ähnlicher Erwartung begann und in Verzweiflung endete. An jenem Tag starb Lia, sie explodierte in einer grellen Explosion aus Licht, die das ganze Universum sehen konnte, und es gab nichts, was ich tun konnte, um sie davon abzuhalten. Aber heute ist nicht dieser Tag, und ich bin kein naiver Junge mehr. Wenn ich will, dass dieser Tag anders endet, dann muss ich dafür sorgen. Koste es, was es wolle.

In diesem Fall bedeutet das, dass ich in Chens Quartier einbreche.

Ich stehe mitten im Raum und sehe mich um. Hier stehen genau wie bei mir eine Koje, ein Schrank, eine Ausrüstungskiste und ein Schreibtisch. Hinter der Tür an der einen Wand liegt eine winzige Hygieneeinheit. Alles ist karg und den Vorschriften entsprechend eingerichtet, und ich bin mir auf einmal nicht sicher, was ich hier eigentlich erwartet habe. Einen Haufen Datenchips mit Seriennummern? Noch einen Lasercutter? Oder, besser noch, eine Nachricht mit dem Text »Ich bin die Verräterin«?

Meine Verzweiflung wird immer größer. Als ich gestern Abend aus der Hygieneeinheit kam, wurde ich noch zu einem kurzfristigen Auftrag mit den Inventarleuten in H8 abkommandiert. Erst kurz vor der Ausgangssperre kam ich in mein Quartier zurück, sodass ich meiner überraschend entdeckten Spur nicht weiter nachgehen konnte.

Seufzend sehe ich mich in Chens Quartier um. Nachdem ich ihren Namen gestern auf dem Manifest entdeckt habe, ist die Sache nur noch komplizierter statt einfacher geworden. Wieder einmal habe ich jede Menge Hinweise, aber so gut wie keine handfesten Beweise. Gegen sie sprechen gerade mal einige Seriennummern von »defekten« Gegenständen, die sie zufälligerweise auf die Station gebracht hat. Sogar mir ist klar, dass ich sie damit nicht überführen kann. Sollte ich damit zu Asriel gehen, könnte er damit höchstens eine oberflächliche Überprüfung durchführen.

Es ist wirklich komisch. Zwar führen mich alle Hinweise direkt zu Chen, aber sie ist die Letzte, die ich verdächtigt habe. Wir haben viel zu oft zusammen die Psy-Checks gemacht, als dass sie ein Besetzer sein könnte, und wenn es irgendeine persönliche Motivation für ihre Taten gibt, dann wüsste ich nicht, was das sein sollte. Allerdings ist sie auch so zurückhaltend, dass ich so gut wie nichts Persönliches über sie weiß. Was verbirgt sie alles unter ihrer undurchdringlichen Art?

Hätte ich doch nur mehr Zeit! Dann könnte ich diese ganze Angelegenheit meinen Vorgesetzten übergeben, wie ich es schon von Anfang an hätte tun sollen, und müsste mich nicht länger damit abgeben. Doch dafür ist es jetzt zu spät. Erzengel soll in wenigen Stunden abgefeuert werden. Falls Chen wirklich der Saboteur ist, wird sie ihren Plan heute in die Tat umsetzen. Wenn sie es nicht längst getan hat. Das wiederum bedeutet, dass ich jetzt handeln muss, bevor es zu spät ist. Aus diesem Grund bin ich mithilfe des Lasercutters, den ich vor so langer Zeit in meinem Spind gefunden habe, in ihr Quartier eingebrochen, und die Ironie davon entgeht mir natürlich nicht. Aber ich brauche Beweise, und zwar schnell.

Ich mache mich an die Arbeit und versuche, mir dabei nicht wie ein Verbrecher vorzukommen, nehme die Koje auseinander, gehe den Schrank durch, durchsuche den Schreibtisch und knacke die Ausrüstungstruhe mit meinem Kampfmesser. Doch obwohl ich auch in sämtliche Luftauslässe sehe, den Boden nach verborgenen Fächern untersuche und mir die größte Mühe gebe, entdecke ich nichts Außergewöhnliches. Uniformen, Ausrüstungsgegenstände, ein passwortgeschütztes Pad, bei dem ich gar nicht erst versuche, es zu knacken. Irgendwann stehe ich erneut in der Hygieneeinheit, in der es abgesehen von den üblichen Handtüchern, einigen Toilettenartikeln und etwas Make-up ebenso wenig zu sehen gibt.

Entmutigt lehne ich mich ans Waschbecken und überlege, wie ich weiter vorgehen soll. Es ist schon schlimm genug, dass ich keine Beweise gefunden habe, die Chen als den Saboteur überführen, aber ich habe mir vermutlich noch eine dauerhafte Degradierung eingebrockt, sollte irgendjemand herausfinden, dass ich unerlaubt das persönliche Quartier eines Pilotcommanders durchsucht habe. Mit etwas Glück darf ich den Rest meines Lebens Mülldienst schieben … vorausgesetzt, der Saboteur hat uns nicht bis heute Abend alle umgebracht.

Müll. Erst als ich Chens Mülleimer in ihrem Zimmer durchsuche, fällt mir auf, dass ich den im Badezimmer ignoriert habe. Auch wenn ich nicht damit rechne, dort irgendetwas zu finden, will ich wenigstens gründlich sein und gehe den Inhalt durch. Benutzte Taschentücher, leere Verpackungen und einige dieser Einwegtücher, mit denen sich Frauen abschminken, daneben mehrere leere Concealer-Fläschchen. Wie bereits vermutet bringt mich das nicht weiter. Ich stelle den Eimer wieder weg und will schon hinausgehen, als ich innehalte. Rasch hole ich die leeren Fläschchen aus dem Müll und öffne erneut den Badezimmerschrank. Im obersten Fach stehen drei weitere Concealerflaschen.

Fünf Flaschen? Ich sehe mir den Inhalt des Schranks noch einmal genauer an, kann jedoch keine weiteren Schminkutensilien finden. Keinen Lippenstift, kein Augen-Make-up und auch nichts von dem Zeug, das sich Frauen sonst so ins Gesicht schmieren. Ich kenne mich in dem Bereich zwar überhaupt nicht aus, musste mir aber drei Jahre lang das Zimmer mit meiner Schwester teilen, als wir noch Teenager waren. Daher weiß ich, dass fünf Tuben Concealer verdammt viel ist. Hat sie sich einfach einen Vorrat angelegt, bevor sie auf die F & E gekommen ist, oder hat sie etwas zu verbergen?

Ich denke an die Zeit mit Chen zurück, an unsere erste Begegnung auf der Kittridge-Promenade, unsere spontane Pilotenlehrstunde bis hin zu der verrückten Mission auf Nomia, bei der wir beinahe dort gestrandet wären. *Nomia.* Mir fällt eine Unterhaltung ein, die kurze Zeit später während eines G-Ball-Spiels stattfand, und die Frage, die ich Ty damals gestellt habe.

»Warum mögen Sie Chen nicht?«

»Sagen wir einfach … zwischen uns gibt es philosophische Differenzen.«

Philosophische Differenzen.

Die Antwort war derart ausweichend, dass ich damals nicht länger darüber nachgedacht habe. Ich war davon ausgegangen, sie hätten sich wegen eines Mannes gestritten oder weswegen sich Frauen auch immer in die Haare kriegen. Jetzt habe ich jedoch immer mehr das Gefühl, dass ich diese Aussage damals drastisch unterschätzt habe. Die Frage ist: Was genau hat Ty damit gemeint? Wenn ich der Sache doch nur nachgegangen wäre! Ich hätte Ty dazu zwingen sollen, es mir zu erklären, anstatt es auf sich beruhen zu lassen.

Wieder einmal denke ich an die Begegnungen mit Chen: die Fluglektion, unsere Mission auf Nomia, Kittridge …

Kittridge. Die Raumstation, auf der Angelou und ich während dem Flug nach Prisma Halt gemacht haben. Die Station, auf der wir das erste Flugteam zurückgelassen haben, weil Chen bereits auf uns gewartet hat, um uns den Rest des Weges zu fliegen. Ich erinnere mich an unsere Zeit auf der Station und dass wir auf dem Weg zu Chens Andockbucht an einem bemerkenswerten Schattenpriester vorbeigekommen sind, der kein Blatt vor den Mund genommen hat …

Schlacke! Ich lasse die Fläschchen los, und mir wird klar, dass ich Chen sofort finden muss.

Bevor es zu spät ist.

* * *

»Kontrollzentrum, hier spricht Pilotcommander Chen im *SunStreamer.* Erbitte Startfreigabe für geplanten Wartungsflug acht sieben fünf. Bitte antworten.«

Weißes Rauschen dringt aus der Kom. »SunStreamer, *hier ist das Kontrollzentrum. Startfreigabe erteilt. Guten Flug, Commander.«*

»Verstanden. *SunStreamer* Ende.«

Die Kom wird deaktiviert, und ich höre das Geräusch der Schubdüsen aus dem Lagerraum direkt neben dem Cockpit, in dem ich mich mit einem Ohr an die Tür lehne. Der Antrieb summt leise, als das Schiff abhebt. Mein Herz rast, es pulsiert in meiner Brust, in meinem Kopf und in meinen Handflächen, von denen eine den kalten Lauf eines Dezimators umklammert. Ein Dezimator ist fast genau wie eine Betäubungspistole, es gibt nur einen Unterschied.

Mit einem Dezimator kann man jemanden töten.

Die Minuten vergehen, und ich stehe mit einer Hand an der Tür da und warte darauf, dass der Abstand zwischen uns und der Station größer wird und unsere Signatur von den Sensoren des

Kontrollzentrums verschwindet. Durch den Türspalt kann ich hören, wie Chen ihren Missionsbericht in ihren Chip spricht, während sie einige einfache Manöver fliegt. Die Wartungsabteilung hat die vorderen Schubdüsen ausgetauscht, und Chen macht einen letzten Test, bevor das Schiff freigegeben wird, genau wie es Vorschrift ist. Diese Aufgabe hätte auch bis nach dem Einsatz von Erzengel warten können, aber ich vermute, dass sie sich ebenso langweilt wie wir alle. Oder sie wollte aus anderen Gründen allein mit einem Schiff losfliegen.

Nach einer Viertelstunde beschließe ich, dass ich lange genug gewartet habe. Ich verlasse den Lagerraum und schleiche mich ins Cockpit. Meine Stiefel machen so gut wie kein Geräusch auf dem Deck, sodass Chen, die weiterhin in ihren Chip spricht und das leise Dröhnen des Antriebs in den Ohren hat, mein Näherkommen nicht bemerkt. Erst als ich nur noch wenige Schritte von ihr entfernt bin, wird sie endlich auf mich aufmerksam. Sie zuckt zusammen, dreht sich um und sieht genau in den Lauf meiner Waffe. Sofort erstarrt sie, reißt die Augen auf und starrt mich entsetzt an.

»Nehmen Sie die Hände von der Steuerung«, befehle ich ihr. »Und aktivieren Sie den Autopiloten, aber verbal.«

Nach kurzem Zögern tut sie, was ich verlangt habe. Sie lässt mich nicht aus den Augen, während ich sie in den hinteren Teil des Cockpits führe. »Sorenson, was …«, setzt sie an.

»Schieben Sie Ihre Ärmel hoch.« Die glatte, unbefleckte Haut an ihren Handgelenken kommt zum Vorschein, und ich werfe ihr das Päckchen Feuchttücher zu, das ich in ihrem Badezimmerschrank gefunden habe. »Wischen Sie sich die Handgelenke ab.«

»Das ist doch lächerl…«

Ich hebe den Dezimator ein wenig an. »*Sofort.*«

Nach kurzem Zögern wischt sie sich langsam das linke Handgelenk ab. Ich halte den Atem an und bin auf einmal davon überzeugt, dass meine Theorie nicht stimmen kann …

Doch da hat sie den Concealer beseitigt, und ich sehe vor mir das Tattoo eines dunklen Regenbogens, der sich um einen achteckigen Stern windet. Dasselbe Symbol habe ich damals auch auf dem Handgelenk des Priesters gesehen, an dem ich zusammen mit Angelou auf der Kittridge-Promenade vorbeigekommen bin. Chen hat dort auf uns gewartet, um uns zur Station zu bringen, und sie trägt dasselbe Zeichen wie dieser Priester.

Das Zeichen des Schattenordens.

Auf einmal passt alles zusammen. Nicht nur das Make-up, auch alles andere. Deshalb hat sie nie die Ärmel hochgeschoben, selbst wenn es sehr heiß war, deshalb hat sie nicht über ihre Vergangenheit sprechen wollen. Die Monate zwischen dem Verlassen der Golden Aces und ihrer Ankunft auf der F&E, die mir bisher ein Rätsel gewesen sind. Jetzt denke ich, dass sie während dieser Zeit beim Orden gewesen ist und Pläne geschmiedet hat. Nun muss ich nur noch herausfinden, was das für Pläne sind.

Eine Zeitlang starren wir einander nur an. Schließlich fragt sie: »Wie lange wissen Sie es schon?«

»Sagen wir einfach, es ist mir endlich gelungen, die Puzzleteile zusammenzusetzen.«

Erneut sehen wir uns schweigend an, um dann gleichzeitig loszuplatzen.

»Verraten Sie mir, wie Sie Erzengel sabotiert haben!«

»Die Mission war geheim! Wie haben Sie das herausgefunden?«

Wir stutzen beide, fragen dann gleichzeitig:

»Sabotiert?«

»Mission?«

Ich runzle die Stirn und bin völlig verwirrt. Von was für einer Mission redet sie? Chen will sich schon bewegen, aber ich halte ihr sofort wieder den Dezimator unter die Nase. »Nein! Hören Sie auf, alles durcheinanderzubringen. Ich weiß, dass Sie den Lasercutter in meinem Spind versteckt haben und dass Sie diejenige sind, die auf der Basis Ausrüstung sabotiert hat! Jetzt will ich wissen, was Sie mit Erzengel gemacht haben, und ich will …«

Der Boden sackt unter meinen Füßen weg, als das Schiff hart nach Steuerbord ausweicht. Ich taumele durch das Cockpit und werde zu Boden geschleudert, genau wie Chen. Der Dezimator fliegt mir aus der Hand, prallt gegen die hintere Wand und fällt zu Boden. Ich stürze mich sofort darauf und strecke die Hand nach der Pistole aus, doch schon bricht das Schiff in die andere Richtung aus.

Ich rutsche über den Boden in Richtung Backbord und versuche verzweifelt, mich irgendwo festzuhalten, greife jedoch ins Leere. Da ist nichts als Luft und glatter Boden, und schon komme ich mit lautem Knall wieder auf. Ich klammere mich an ein Stuhlbein und suche irgendwo Halt, als sich das Schiff auf einmal wieder gerade ausrichtet. Als ich mich aufrappele …

… habe ich auf einmal den Lauf des Dezimators vor der Nase.

Chen steht über mir und starrt mich mit tritaniumharten Augen an. »Greifen Sie nie einen Piloten auf seinem eigenen Schiff an«, sagt sie nüchtern. Ihre zehn Pilotenchips glänzen im Kabinenlicht, und ich stöhne innerlich auf, als mir klar wird, dass sie die Verbindung zum Schiff trotz des aktivierten Autopiloten die ganze Zeit aufrechterhalten hat. Der Dezimator bebt vor meinem Gesicht, und ich wappne mich für den Schuss.

Klick.

Chen hat das Energiemagazin mit einer schnellen Bewegung ausgeworfen und lässt es neben sich auf den Boden fallen. Bevor ich reagieren kann, zermalmt sie es mit dem Stiefel in tausend Stücke. Sie schleudert den jetzt nutzlosen Dezimator quer durch das Cockpit, hält jedoch weiterhin die linke Hand mit vorgestreckter Handfläche hoch. Die Botschaft ist klar: *Das Schiff ist die einzige Waffe, die ich brauche.*

»Würden Sie mir jetzt mal verraten, was beim Universum hier

eigentlich los ist?«, fragt sie. »Woher wissen Sie von meinem Infiltrationsauftrag für den MG?«

»Infiltrationsauftrag?«, stammle ich und starre den Dezimator fassungslos an, da mir nicht in den Kopf will, wieso sich eine Verräterin und Saboteurin freiwillig entwaffnen sollte. Chen starrt mich entrüstet an, und mir schießt durch den Kopf, dass ich gerade einen Riesenfehler gemacht haben könnte. Ich sehe sie mit schief gelegtem Kopf an. »Augenblick mal. Sie arbeiten für den Militärgeheimdienst?«

Jetzt wirkt sie irritiert. »Das wussten Sie nicht? Sie wussten doch über das Tattoo Bescheid. Warum ...« Nun endlich dämmert es ihr. »Dachten Sie etwa, ich wäre ein Mitglied des Schattenordens?«

Sie wertet meinen belämmerten Blick als Bestätigung, aktiviert ihren Chip und ruft ein Holo von sich auf. Eine Dienstmarke, wie ich schnell erkenne. Goldene Flecken flackern vor dem Bild, ein holografisches Wasserzeichen, das man fast unmöglich fälschen kann, und falls dies eine Fälschung ist, dann eine verdammt gute.

»Sie arbeiten für den Militärgeheimdienst?«, wiederhole ich, da mein Gehirn einfach nicht darüber hinwegkommt. Ich bin jetzt schon seit Monaten hinter dem Saboteur her, dem Verräter, der defekte Gegenstände mit diesen seltsamen Datenchips zurücklässt, und nun, da ich endlich einen Namen habe, gehört sie zum Militärgeheimdienst?

»Im Ruhestand«, sagt sie kurz angebunden und deaktiviert die Marke. »Ich bin ausgeschieden, als ich zur F&E gekommen bin. Jetzt sind Sie an der Reihe. Was zum Teufel geht hier vor sich? Warum haben Sie mich angegriffen, und was soll dieses Gerede von einer Sabotage?«

Ich zögere, aber dann fällt mein Blick erneut auf den zerstörten Dezimator. Sie hatte Grund genug, mir zu schaden – mich sogar zu töten –, hat es aber nicht getan, sondern nur die Waffe entschärft, bevor jemand verletzt werden konnte. Welcher Saboteur tut denn so was? Als ich das Make-up gefunden habe, dachte ich, sie hätte die Aces verlassen, um sich dem Orden anzuschließen – das hätte die Lücke in ihrem Lebenslauf bis zu ihrer Ankunft bei der F&E erklärt. Aber der MG war eine genauso gute Erklärung dafür.

Ich kann nicht mehr klar denken und weiß überhaupt nichts mehr. Doch es lässt sich nun mal nicht leugnen, dass hier etwas Merkwürdiges vor sich geht, und ich bekomme ganz bestimmt keine Antworten, wenn ich jetzt den Mund halte. Daher tue ich nach langem Zögern, was sie verlangt, und fange ganz von vorn an, bei dem Lasercutter, um mich über die defekten Ausrüstungsteile und die Datenchips bis zu dem Ladungsmanifest vorzuarbeiten.

Bei dem ich auf sie gestoßen bin.

Sie starrt mich wütend an. »Was ist schon dabei, wenn ich ein paar Lieferungen mit defekten Teilen auf die Station gebracht habe? Das sind bestenfalls Indizienbeweise, wenn man bedenkt, wie wenig Piloten zur F&E gehören.«

»Das war auch mein Gedanke, bis ich von dem Tattoo erfahren habe …«

»Das Tattoo!« Sie schnauft und verzieht die Lippen, aber ich kann ihr ansehen, dass sie mich langsam versteht. »Jetzt begreife ich allmählich, wie Sie darauf gekommen sind.«

Ich sollte ihr nicht vertrauen. Alle Beweise führen direkt zu ihr, und ich habe keinen Grund zu glauben, dass sie mir nicht nur eine geschickte Lüge auftischt. Doch ich habe das Gefühl, dass sie aufrichtig ist, und die Verzweiflung in ihrem Blick bei der Erwähnung des Tattoos wirkt ebenso echt wie der tiefe Schmerz in ihrem Blick, als sie vom MG gesprochen hat. Entweder sagt sie die Wahrheit, oder sie ist eine verdammt gute Lügnerin.

»Es kommt mir fast so vor …«, beginne ich und weiß nicht, ob ich wirklich weitersprechen soll.

»Ja?«

»Es kommt mir fast so vor, als wäre an dieser ganzen Sache von

Anfang an etwas faul gewesen. Abgesehen von der gesprengten OP hat keines der defekten Teile größeren Schaden angerichtet oder Erzengel in Gefahr gebracht. Einige Gegenstände waren überhaupt nicht manipuliert worden. Es ist, als hätte derjenige, der die Chips platziert hat, noch ein anderes Motiv neben der Sabotage, als wollte er mich auf etwas stoßen. Oder auf jemanden.«

Chen mustert mich skeptisch. »Und dieser Jemand bin ich?« Ihre Augen fangen an zu funkeln. »Augenblick mal. Zeigen Sie mir diese Nummern.«

Ich zögere und bin mir noch immer nicht sicher, ob ich ihr trauen kann, linke ihr aber dann doch die Informationen zu. Sie geht sie schnell durch, ruft die entsprechenden Listen auf und sieht sie mit geübtem Blick durch. Mir ist schleierhaft, wonach sie sucht, aber als sie plötzlich die Augenbrauen hochzieht, scheint sie es gefunden zu haben. »Sehen Sie sich das an.«

Sie vergrößert das letzte Manifest und markiert mit einer Bewegung ihres Zeigefingers eine Zeile.

Herkunft: Militärdepot S6–4112

Ich starre die Worte verwirrt an. »Ich kann Ihnen nicht folgen. Was hat das zu bedeuten?«

»Sie haben doch nach einer Gemeinsamkeit gesucht, oder nicht? Jeder einzelne Gegenstand von Ihrer Liste kam aus diesem Militärdepot.«

»Ist das von Bedeutung?«

»Laut unseren Aufzeichnungen kamen von den siebenundachtzig Lieferungen, die wir im vergangenen Jahr bekommen haben, nur acht aus diesem Depot …«

»… und sieben dieser acht enthielten Gegenstände von meiner Liste«, beende ich ihren Satz und pfeife leise, da mir jetzt auch klar ist, worauf sie hinauswill. »Das kann kein Zufall sein, aber wenn das stimmt, arbeitet in diesem Depot entweder ein Besetzer oder ein Verräter.«

»Und nicht nur irgendjemand, sondern ein hohes Tier«, fügt Chen hinzu. »Haben Sie überhaupt eine Ahnung, welche Sicherheitsstufe ein S6-Depot hat? Dagegen ist die F&E ein kleines Licht, und doch ist es unserem Saboteur gelungen, bei sieben von acht Lieferungen zuzuschlagen. Man muss schon einigen Einfluss haben, damit man uns absichtlich über einen so langen Zeitraum manipulierte Gegenstände unterschieben kann.«

Darüber denken wir beide eine Weile nach, da uns dieser Gedanke überhaupt nicht gefällt. Ich versuche, mir einzureden, dass das auch alles nur Blödsinn sein könnte, mit dem Chen ihre Spuren verwischen und mir einen anderen Verdächtigen vorsetzen will, der zwar glaubhaft klingt, für mich aber völlig unerreichbar ist. Während ich darüber nachdenke, ob sie auf meiner Seite steht oder gegen mich ist, mustere ich sie, bis mir auf einmal klar wird, was sie eben gesagt hat.

»Was ist, wenn er auch etwas in die achte Lieferung geschmuggelt hat?« Als sie mich verwirrt ansieht, erkläre ich meinen Gedankengang. »Sie haben gesagt, von den acht Lieferungen aus diesem Depot wäre es ihm gelungen, in sieben etwas einzuschmuggeln. Aber was ist, wenn ihm das auch bei der achten gelungen ist und ich es bloß nicht gemerkt habe?«

Während Chen nickt, rufe ich bereits die Manifeste auf und suche nach einem Objekt, das infrage kommen könnte. Ich hatte erwartet, dass die achte Lieferung erst vor Kurzem auf der Station angekommen ist, möglicherweise während ich auf der Erzengel-Mission war, aber sie stellt sich als die älteste Lieferung von vor knapp einem Jahr heraus. Kein Wunder, dass ich sie übersehen hatte, da war ich noch nicht einmal bei der F&E. Mein erster Instinkt ist, sie gleich zu verwerfen – wie konnte es jemand auf mich abgesehen haben, wenn ich noch nicht hier war? –, doch dann fällt mir der Chip aus der Generatorschüssel wieder ein, der sich auf den erst Wochen später gelieferten Stabilisator bezog.

Daher gehe ich das Manifest durch, entdecke die Frachtliste und stöhne auf. Darauf stehen bestimmt hundert Gegenstände. Falls jemand wirklich etwas manipuliert hat, wie soll ich es dann finden, wenn ich nicht einmal die Seriennummer kenne? Ich sehe mir die Liste trotzdem an und hoffe darauf, dass mir irgendetwas auffällt. Als ich schon im letzten Viertel bin, sehe ich etwas – einen Datenrelaisleiter. Tatsächlich ist es nicht einmal der Name, der meine Aufmerksamkeit erregt, sondern die mehrteilige Seriennummer, die deutlich länger ist als alle anderen auf der Seite. Sie ist siebenstellig. Hm …

Ich rufe meine Liste mit den Nummern auf und habe meinen Verdacht rasch bestätigt. Jeder Abschnitt der Seriennummer des Datenrelaisleiters entspricht den ersten drei Ziffern einer der sieben Seriennummern von den Datenchips.

Meine Zweifel sind verflogen, als ich die Nummern sehe. Das ist der Gegenstand, auf den mich der Saboteur all diese Monate hatte stoßen wollen. Zu einem Datenrelaisleiter, der vor beinahe einem Jahr geliefert wurde. Sogar Chen scheint überzeugt zu sein, obwohl sie gerade erst von der ganzen Sache erfahren hat.

Sie schüttelt den Kopf. »Als Sie angefangen haben, von Saboteuren, Datenchips und dieser Schnitzeljagd zu erzählen, dachte ich schon, Sie hätten den Verstand verloren, aber das hier …«

»Wir müssen zurückfliegen«, falle ich ihr ins Wort. »Ich muss diesen Gegenstand sofort finden, bevor Erzengel abgefeuert wird. Das Energierelais hat die Lebenserhaltung deaktiviert und die Schüssel eine ganze OP gesprengt. Wer weiß, was dieses Ding anrichtet. Möglicherweise zerstört es sogar das ganze Erzengel-System.«

»Da gibt es nur ein Problem.« Chen deutet auf die Teilinformation, die sie auf ihrem Chip aufgerufen hat. »Der Leiter ist nicht mehr auf der Station. Laut der Datenbank wurde er kurz nach seiner Ankunft auf der Basis schon wieder weiterverschifft.«

»Er ist nicht auf der Station? Wo ist er jetzt?«

»Auf dem Planeten. Genauer gesagt in der Hauptrelaisstation unten auf Prisma.«

»Auf Prisma?« Ich fasse es nicht. Da die Offensive in weniger als drei Stunden beginnen soll, ist die Planetenoberfläche für jedermann gesperrt. Wenn wir erst zur Station zurückkehren, aussteigen, Asriel suchen und ihn davon überzeugen, mit Angelou zu reden, wird es längst zu spät sein. Außerdem bin ich nicht sicher, ob mir Asriel überhaupt glauben wird. Nachdem ich bereits beim Lügen und Erzählen wilder Hirngespinste erwischt wurde, ist es mit meiner Glaubhaftigkeit nicht besonders weit her.

Ich stöhne frustriert auf. Nachdem ich dieser Spur monatelang gefolgt bin, sind die gesuchten Antworten zum Greifen nah – und ausgerechnet jetzt gerate ich in eine Sackgasse …

»Dann gäbe es für uns keinen Weg durch das Netz, wenn man uns keine Lücke öffnen würde?«

»Nein«, sagt Herrera genau zur selben Zeit, wie Chen »Vielleicht doch« murmelt.

Die Erinnerung ploppt einfach so in meinem Kopf auf, und plötzlich bin ich davon überzeugt, dass Chen unschuldig ist. Die Hinweise haben mich direkt zu ihr geführt, aber nicht weil sie der Saboteur ist. Nein, sie haben mich zu Pilotcommander Sarai Chen geführt, weil sie die Einzige in der ganzen F&E ist, die mich durch dieses Netz bringen kann.

* * *

Rosafarbene Nebelschwaden wabern vor den Schirmen, als das Shuttle direkt vor dem leuchtenden Gitterwerk des Netzes anhält. Ich sitze angeschnallt auf dem Kopilotensitz, überprüfe zum vierten Mal die Gurte und versuche, mir einzureden, dass ich gerade keinen riesengroßen Fehler mache. Chen mustert mich fragend.

»Sind Sie wirklich sicher, dass Sie das tun wollen?«

Ich schlucke schwer, und eine seltsame Mischung aus Panik und Aufregung macht sich in mir breit. Ich bin aufgeregt, weil ich möglicherweise am Ziel der langen Schnitzeljagd angekommen bin, habe aber auch panische Angst vor dem, was ich dort finden werde. Wer weiß denn schon, ob ich nicht direkt in eine Falle tappe? Doch ich muss herausfinden, was dort unten ist. Ich muss wissen, wohin diese Spur führt, wenn auch nur, damit ich nicht völlig den Verstand verliere.

Daher nicke ich einmal. »Ich will es nicht tun, ich muss es tun.«

Chen mustert mich einen Moment lang ernst. Ich habe keine Ahnung, was sie gerade denkt, aber irgendetwas sagt mir, dass das hier ebenso ihr Schicksal ist wie das meine. Mir ist, als wäre sie ebenso wie ich zu diesem Moment geführt worden, auch wenn mir kein Grund dafür einfallen will. Sie dreht sich wieder um und nickt. »Okay.«

Jetzt ist alles geklärt, und Chen macht sich ans Werk. Ihre Hände wischen durch die Luft, als sie die manuelle Steuerung übernimmt. Die Holoanzeigen verschwinden und werden durch neue ersetzt; einige Skalen werden größer, andere kleiner. Die holografische Steuerungsmatrix ist gar nicht mehr zu sehen, was mich erst verwirrt, bis ich die zehn leuchtenden Chips in ihren Händen betrachte und begreife, dass der drahtlose Link zwischen ihren Pilotenchips und dem Schiff die wahre Steuerung darstellen. Die holografische Anzeige ist anscheinend nur ein visuelles Hilfsmittel, das sie nicht benutzen möchte.

Nachdem sie einige Minuten lang alles angepasst hat, lehnt sie sich auf ihrem Pilotensitz zurück, sieht sich noch einmal um und nickt zufrieden. Sie macht einige schnelle Bewegungen mit dem linken Daumen, und ich sehe auf dem digitalisierten Schirm, wie die leuchtende Aura rings um das Schiff erlischt.

Unsere Schilde sind deaktiviert.

Mir wird ein bisschen mulmig, als mir klar wird, wie verletzlich wir ohne Schilde sind. Irre ich mich, was Chen betrifft, oder ist sie doch keine so gute Pilotin, wie ich gehofft habe, dann …

Vor meinem inneren Auge taucht ein Bild des Schiffs auf, das von den Bändern aus reiner Energie in kleine Stücke zerteilt wird, und ich muss ein Schaudern unterdrücken. Chen runzelt die Stirn und scheint meine Bedenken zu ahnen. »Wollen Sie lieber einen Rückzieher machen?«

Ich schüttle entschieden den Kopf. »Auf gar keinen Fall.«

Ein Lächeln umspielt ihre Lippen, als hätte sie meine Sorge erraten, und ich sehe ihr an, dass es ihr nicht viel besser geht. Sie wendet sich wieder der Steuerung zu, bringt ihre Hände langsam in Position und bewegt kaum merklich die Finger, als würde sie nach etwas Unsichtbarem tasten, das sich direkt unter ihren Fingerspitzen befindet. Unter uns breitet sich das Netz wie ein brennendes Meer aus, und die einzelnen Bänder bewegen sich rasend schnell darin. Ich halte den Atem an, wende den Blick nicht von Chens Händen ab und warte auf das Unausweichliche.

Schon werde ich in den Sitz gepresst, als wir rasend schnell beschleunigen und über die Oberfläche des Netzes dahinflitzen wie ein Stein, der über einen Teich geworfen wird. Wir sind dem Netz so nah, dass ich die Bewegungen und Energieströme unter uns beinahe spüren kann, aber anstatt nach unten zu fliegen, hebt Chen die Nase an und beschleunigt noch weiter, während wir in einem steilen Aufwärtsbogen fliegen. Ich umklammere die Armlehnen, und mir dreht sich der Magen um, als wir immer höher und höher steigen. Am höchsten Punkt fliegt sie einen Looping, bei dem mir ganz anders wird.

Dann ziehen wir wie ein großer Raubvogel, der hoch am Himmel schwebt, die Flügel an und tauchen ab.

38

Wir rasen mit der Nase voran und unfassbarer Geschwindigkeit auf das Netz zu. Als uns die dichte blaue Fläche entgegenkommt, wird mir klar, dass ich einen schrecklichen Fehler gemacht habe. Ich balle die Fäuste und wappne mich für den Aufprall, aber in letzter Sekunde bewegen sich die Energiebänder zur Seite. Blaues Licht knistert an allen Seiten an den Schirmen entlang, während wir durch die dreieckige Öffnung schießen, die sich einen Sekundenbruchteil später wieder hinter uns schließt.

Das ganze Cockpit ist blau erleuchtet, da wir uns jetzt im Netz befinden. Ich habe kaum Zeit, »Wir haben es geschafft« zu denken, da sind wir auch schon bei der nächsten Schicht. Genau wie zuvor gleiten die Bänder einen Augenblick, bevor wir sie erreichen, auseinander. Noch bevor wir hindurch sind, bremst Chen ab, und die Umkehrschubdüsen, die unsere schräge Flugbahn steuern, jaulen auf. Ich pralle mit voller Wucht gegen die linke Seite meines Sitzes, während Chen das Schiff in die andere Richtung herumreißt, als würde sie einen Roamer um eine scharfe Kurve lenken.

Wir gleiten ganz knapp durch die dritte Schicht, und die Bänder sind uns so nah, dass ich die Energievibrationen in der Brust und in den Ohren spüre. Ein weiteres Aktivieren der Schubdüsen, ich werde nach rechts geschleudert, und wir rasen in die andere Richtung auf der Suche nach der nächsten Öffnung. Beim Blick durch das Fenster wird mir schwindlig, da dort nichts als Energiebänder zu sehen sind, die in einem blauen Flackern ineinander überzugehen scheinen, während sich die Lücken so schnell öffnen und schließen, dass ich sie kaum sehen kann, während wir weiter auf die Planetenoberfläche zufliegen. Elektrizität lässt die Luft knistern und wellt sich beinahe sichtbar durch das Cockpit, sodass sie am Rand meines Blickfelds wabert und schimmert wie flüssiges Glas. Ich balle fest die Fäuste und zwinge mich, immer wieder ein- und auszuatmen, denn wir rasen weiter über eine Serpentinenstraße, die nur Chen sehen kann.

Ich wage es, meiner Pilotin einen Seitenblick zuzuwerfen. Sie sitzt kerzengerade auf ihrem Sitz, hat jeden Muskel angespannt und beißt die Zähne aufeinander, und die kaum merklichen Bewegungen ihrer Finger verraten mir, dass sie eine nahezu übermenschliche Kontrolle über das Schiff hat. Ehrfurcht erfasst mich, als ich ihr zusehe. Sie bewegt sich, als wäre sie Teil des Schiffs, geht bei jeder Bewegung mit und atmet im Einklang mit den Stößen der Schubdüsen. Als sie ein wenig den Kopf zu mir dreht und ich ihre Augen sehe, läuft mir ein Schauder den Rücken herunter.

Ihre Augen glühen.

Obwohl ich weiß, dass es nur ihre Pilotenlinsen sind, die verbessert wurden, um ihr das Navigieren zu erleichtern, ist es dennoch ein erschreckender Anblick. Was sieht sie in diesen schimmernden Tiefen? Kann sie einen Blick in den hellen, strahlenden Himmel werfen oder doch eher in die Tiefen der Hölle, in denen ewiges Feuer brennt?

Wir rasen durch die nächste Öffnung, schrammen erneut um Haaresbreite an einer Katastrophe vorbei, und dann taucht er vor uns auf – durch das Gitterwerk sind gold- und lavendelfarbene Schemen zu sehen und darunter der klare, wundervolle Himmel.

Mein Magen zieht sich zusammen, während wir der letzten Schicht immer näher kommen. *Nur noch einmal.* Eine weitere Schicht, dann haben wir es geschafft. Ich bewege die Lippen und bete lautlos, und die Worte in meinem Kopf werden vom Dröhnen in meinen Ohren untermalt. *Bitte, bitte, bitte.* Das blaue Licht wird intensiver, es brennt sich förmlich ins Cockpit, und wir rasen unaufhaltsam darauf zu …

Aber im letzten Augenblick weichen die Bänder auseinander, und wir gleiten hindurch. Eine Sekunde später aktiviert Chen auch schon wieder die Schilde, und das Kabinenlicht wird silbern, um den Tarnmodus anzuzeigen. Chen stößt ein schrilles Lachen aus, in dem gleichzeitig Freude und Erleichterung mitschwingen, und trotzdem sie den Flug so selbstsicher gemeistert hat, habe ich jetzt den Eindruck, dass sie ebenso große Angst gehabt hat wie ich. Sie schlägt die Hände vor das Gesicht und atmet tief ein und wieder aus, um den Adrenalinstoß zu verarbeiten, bevor sie sich schließlich gegen die Rückenlehne sinken lässt und mit einer Handbewegung den Autopiloten einschaltet. Ich weiß genau, wie es ihr geht. Obwohl mir mein Verstand sagt, dass das Schlimmste vorbei ist, dauert es einige Minuten, bis ich die Armlehnen loslassen kann, die ich fest umklammert habe.

Wir treiben minutenlang dahin und sagen beide keinen Ton, während uns das Schiff unserem Ziel näher bringt. Ich betrachte den endlosen Himmel auf den Schirmen und merke, wie sich mein Herzschlag langsam wieder beruhigt. Jetzt, da wir das Netz hinter uns gelassen haben, ist das Gefühl, dass wir etwas Schicksalsträchtiges vollbringen werden, wieder da, sogar noch stärker als zuvor, und ich grüble über diese Frau neben mir nach, deren Los irgendwie mit meinem verknüpft zu sein scheint und über die ich so wenig weiß.

»Sie haben mir mal erzählt, dass Angelou Sie rekrutiert hat«, beginne ich. »Dass er Sie zur F&E gebracht hat. Was ist passiert? Wie sind Sie von einer Elitepilotin zu einer Testspezialistin auf einer Basis mitten im Nebel geworden?«

Chen starrt weiter auf den Schirm, dreht sich nicht um und reagiert überhaupt nicht. Sekunden verstreichen, werden zu Minuten, und ich glaube schon, dass sie gar nicht antworten wird, als ...

»Es passierte zu Kriegsbeginn, als der Orden der Schatten

gerade erst im Entstehen war. Der MG suchte Piloten, um eine Ordenszelle zu infiltrieren, und sie kamen zu den Golden Aces, weil, na ja, weil wir nun mal die Besten waren. Der Orden brauchte Piloten, wissen Sie. Menschen, die die Quarantänelinien durchbrechen und ihren Leuten die ›Erleuchtung‹ bringen konnten.« In ihrer Stimme schwingt Abscheu mit.

»Zuerst lief die Mission gut. Der MG gab mir eine wasserdichte Tarnung, und der Orden nahm mich auf, ohne auch nur zu ahnen, was ich wirklich war. Als offensichtlich wurde, dass ich weitaus mehr draufhatte als die anderen Piloten, die sie rekrutiert hatten, stieg ich schnell auf, bekam das Tattoo und konnte endlich in den inneren Kreis vordringen. Ich habe dem MG Bericht erstattet, wann immer ich konnte. Sie ahnten, dass der Orden etwas Großes plant, und sie behielten recht damit. Wie sich herausstellte, hatte der Orden vier Frachter beschafft, die groß genug waren, um insgesamt über zehntausend Menschen zu transportieren sowie die Codes für das planetare Netz um Atropos. Der Plan war ganz einfach: ins System springen, das Netz ausschalten und unsere Anhänger auf den Planeten voller Ghule darunter bringen, damit sie erleuchtet werden konnten. Danach wollten sie sich aufteilen und im Sternenbund zerstreuen, um die Infektion überall hinzubringen.«

Mein Magen zieht sich zusammen, da ich diese Geschichte schon aus zahllosen Nachrichtenfeeds kenne. Einerseits möchte ich, dass Chen aufhört zu erzählen … andererseits will ich aber auch den Rest hören.

»Ich habe den MG informiert, so bald ich konnte, und wir schmiedeten gemeinsam einen Plan, wie wir sie aufhalten würden. Unser Vorhaben war ganz simpel, wir sprangen wie geplant ins System, deaktivierten das Netz, und ich gab auf halbem Weg nach unten das Signal. Der MG ließ die Falle zuschnappen, reaktivierte die Außenschichten des Netzes und fing uns so in der Mitte ein. Es sah ganz danach aus, als hätte alles reibungslos funktioniert. Wir mussten nur noch warten, bis das Militär kam und uns einsammelte.«

»Was ist schiefgegangen?«, traue ich mich nach einer Minute zu fragen, da ich zwar weiß, was letzten Endes passiert ist, jedoch nicht, wie es dazu kam.

»Einer der anderen Piloten ist in Panik geraten. Er hatte Angst, erwischt zu werden, und wollte einen Fluchtversuch wagen. Und so deaktivierte er die Schilde, zielte auf eines der Löcher in der unteren Schicht und ...« Sie stockt und atmet zittrig ein, bevor sie weiterspricht. »Die Trümmer trafen zwei der anderen Schiffe, rissen die Rümpfe einfach auseinander und ließen sie auseinanderbrechen. Mein Schiff wurde als einziges geborgen.«

Mein Schiff wurde als einziges geborgen. Eine so nüchterne Aussage, und doch schwingt darin so viel mehr Entsetzliches mit, als es jede detaillierte Erklärung vermitteln könnte.

»Das Lustige ist, dass er es wahrscheinlich gar nicht probiert hätte, wenn ich mit ihm nicht zuvor über meine Theorie, dass man durch die Löcher im Netz fliegen kann, gesprochen hätte.« Chen schüttelt den Kopf, und ich bilde mir ein, Bedauern in ihren Augen zu sehen. »Sie haben mich danach wochenlang beim MG festgehalten, mich immer wieder verhört und ausgefragt. Sie wollten herausfinden, ob ich die Schuld an dem trage, was passiert ist, schätze ich. Ich dachte schon, die lassen mich nie wieder gehen. Dann kam Dr. Angelou eines Tages ins Verhörzimmer. Achtundvierzig Stunden später war ich unterwegs zur F&E.«

Ich nicke und kann mir dank meiner eigenen Erfahrungen denken, was passiert ist. Mein Blick fällt auf ihr Tattoo, den Stern mit dem Regenbogen, und ich deute mit dem Kinn darauf. »Warum haben Sie es nicht entfernen lassen?«

Sie sieht mich spöttisch an. »Ich soll damit zu einem Arzt gehen? Wer weiß, was passiert wäre, nachdem die Stimmung gegen den Orden nach dem ›Unfall‹ ohnehin schon auf dem Siedepunkt war. Ich durfte ja niemandem verraten, warum ich dieses Tattoo trage. Daher schien es mir der leichteste Weg zu sein, es einfach zu verstecken, außerdem …«

»Außerdem?«

»Außerdem kam es mir falsch vor, es wegmachen zu lassen«, gibt sie schließlich zu. »Das wäre so, als würde ich versuchen, die Vergangenheit auszulöschen, so zu tun, als wäre das alles nie passiert und als wären diese Menschen nie gestorben. Ich hätte das zwar gern getan, konnte es jedoch nicht. Aber es wäre vielleicht besser gewesen. Ty hat das Tattoo mal gesehen und konnte mich seitdem nicht mehr leiden. Was ich allerdings nur zu gut nachvollziehen kann.«

Sie schüttelt den Kopf und muss nicht weitersprechen. Als sie sich zurücklehnt, werfe ich ihr verstohlen einen Blick zu. Ihre Linsen sind jetzt deaktiviert, und sie hat sich entspannt, und ich denke, dass sie traurig aussieht. Als hätte sich der Kummer in ihr Gesicht eingeprägt, als wäre jeder Augenblick für sie von einer tiefen Traurigkeit durchdrungen, die sich durch nichts vertreiben lässt. Wieso hatte ich das die ganze Zeit nicht gesehen? Das Leid, das sie mit sich herumträgt, unterscheidet sich nicht sehr von meinem.

»Wie schaffen Sie das?«, will ich wissen.

Sie schaut zu mir herüber, und schon ist die Maske wieder da, und die Trauer wird im Handumdrehen von gewöhnlicher Neugier ersetzt. »Was?«

»Das.« Ich nicke ihr zu und meine ihr ausdrucksloses Gesicht, das sie in einem Sekundenbruchteil aufsetzen kann. »Nach allem, was passiert ist – dem MG, Ihrer Mission, den ganzen Todesopfern –, wie schaffen Sie es da, alles in sich einzusperren und weiterzumachen, als wäre nichts passiert?«

Chen blinzelt und scheint von der Frage überrascht zu sein, aber dann schürzt sie nachdenklich die Lippen. »Manchmal wird man eine Last nie wieder los und muss einen Weg finden, damit zu leben.«

Lia tot. Aurora infiziert und New Sol in tausend Stücke gesprengt. Tabs, Zel, Herrera, RC, Archer, Songbird. Auch meine Eltern, beide weit weg am anderen Ende der Galaxis, die ich möglicherweise nie wiedersehen werde. Auf welche Art ich es auch versuche, die Last wird nie geringer, sondern bleibt immer gleich.

Ich seufze leise. »Was ist, wenn das nicht geht? Wenn es immer noch zu schwer ist?«

»Dann muss man sich jemanden suchen, der die Last mit einem teilt.«

Teal.

Ich sehe das Gesicht meiner Schwester vor meinem inneren Auge, und irgendwie kommt mir die Vorstellung, mit ihr zu sprechen und ihr Gesicht nach all diesen Monaten wiederzusehen, gar nicht mehr so schrecklich vor. Nachdenklich berühre ich meinen Chip, der durch ein extra dafür angelegtes Loch in meinem Handschuh zu sehen ist. Ein Link ist alles, was dazu nötig wäre.

Unwillkürlich muss ich lächeln. Wenn ich denn den Mut finde, mich ihrem Zorn zu stellen, denn sie wird stinksauer sein, weil ich sie die ganze Zeit ignoriert habe.

Wir sind direkt über der Stadt, als Chen den Autopiloten deaktiviert und den restlichen Weg manuell fliegt. Sie setzt das Shuttle sanft am Nordostrand der Relaisstation auf, fährt es herunter und sieht mich erwartungsvoll an, als wollte sie sagen: *Das ist jetzt deine Show.*

Ich nicke ihr zu. »Laut der Aufzeichnungen befindet sich das gesuchte Teil in einer Konsole im hundertundersten Stock.«

»Na, dann los.«

Obwohl es keine offizielle Mission ist, rüsten wir uns dennoch so aus, als wäre es eine, setzen uns Helme auf, holstern unsere Waffen und rücken unsere Handschuhe zurecht. Da ich damit gerechnet hatte, einer potenziellen Saboteurin gegenüberzutreten, und auf alles vorbereitet sein wollte, trage ich ohnehin schon meine übliche Missionsausrüstung, aber Chen hat nur ihren normalen Pilotenanzug an. Dennoch kommt sie zurecht, ergänzt den einfachen Overall durch einige Teile eines Raumanzugs und nimmt sich Waffen aus der kleinen Waffenkammer. Der Planet ist zwar erst am Vorabend gereinigt worden, aber wir nehmen trotzdem unsere Werfer mit. Da in der Stadt unter uns eine Million Besetzer leben, können sie pro Stunde über eintausend neue Ghule hervorbringen. Ich trage zwar meinen neuen »Ghulanzug«, will aber doch lieber kein Risiko eingehen.

Beim Verlassen des Shuttles sehe ich auf den Zeitmesser. Es ist einige Minuten nach zehnhundert. Somit bleiben uns etwas weniger als zwei Stunden, um das Gerät zu suchen, herauszufinden, was es anrichten soll, und zur Station zurückzukehren, bevor Erzengel abgefeuert wird. Mir ist schmerzhaft bewusst, dass wir uns keine Fehler erlauben dürfen, während ich zum Eingang renne. Chen ist mir dicht auf den Fersen. Glücklicherweise ist meine Sicherheitsfreigabe als Teamleiter hoch genug, und die Tür geht auf. Wir laufen hinein und halten auf die Treppe zu.

Es ist schon merkwürdig, nach so langer Zeit wieder hier zu sein, wo mir alles gleichzeitig vertraut und fremd vorkommt. Die Lampen gehen automatisch an, sobald wir in Reichweite der Bewegungsmelder kommen, und nach dem goldenen Morgenlicht vor der Tür wirken die weißen Kapseln befremdlich. Sanft dringt Luft aus den Öffnungen über mir, die kalt und glücklicherweise geruchlos über meine Nase und meine Wangen streicht. Ohne die anderen an meiner Seite wirkt dieses Gebäude anders und nicht einfach nur verlassen, sondern wie ein Grab, es strahlt eine Leere aus, die man sonst nur in der Nähe der Toten spürt. Nur das leise Summen der Generatoren in weiter Ferne hallt durch die ansonsten stillen Gänge.

Wir erreichen den ersten Treppenabsatz und laufen weiter nach unten, wobei wir mit allen Sinnen auf Gefahren achten. Unsere Stiefel donnern über den Metallfußboden, was uns ungewöhnlich laut vorkommt, da die üblichen Hintergrundgeräusche heute ausbleiben. Ich lausche auf alle Töne, die hier nicht hingehören, höre aber nur mein rasendes Herz, das anscheinend mit meinen Schritten mithalten will, während wir über die Treppe ins Herz der Station gehen.

In der einhundertundersten Etage sieht es ähnlich aus wie auf dem Stockwerk, auf dem ich während meiner letzten Mission hier gearbeitet habe: Sie besteht aus einem großen Raum, der von Dutzenden Maschinen und Konsolen unterteilt wird, die leise vor sich hinsummen. Die staubresistenten Geräte sehen zwar sauber aus, doch der ganze Raum wirkt so verlassen, als müsste er eigentlich staubig sein, wenn die automatisierten Reinigungsgeräte nicht so effizient wären. Ich erschaudere leicht, rufe den Grundriss der Etage auf und suche nach der Primären Informationsphalanx, in die das Teil laut unserer Informationen eingebaut wurde. Es dauert nicht lange, bis wir davorstehen.

Die Phalanx ruht auf einer riesigen runden Plattform, die fast wie ein Podest aussieht und sich genau im Zentrum des Raums befindet. In der Mitte steht eine kristalline Säule, die bis zur Decke reicht, und am Außenrand ist die Plattform von einem flachen Holotisch umgeben, der wie ein Donut aussieht und von vier Türmen, die sich in gleichmäßigen Abständen aus dem Boden erheben, zusammengehalten wird. Diese Türme neigen sich sanft nach innen und laufen mit der Säule zusammen, kurz bevor diese in der Decke verschwindet. Entlang der glänzenden Türme leuchten grüne und blaue Anzeigen, und die ganze Mittelsäule glüht in einem unwirklichen Silberton. Aus den Türmen dringt ein leises Surren.

»Das ist ja was«, murmelt Chen und pfeift leise durch die Zähne.

Ich nicke nur und kann den Blick nicht von der Maschine vor mir abwenden. Die ganze Phalanx mit ihren glänzenden Türmen und der leuchtenden Säule sieht wunderschön aus, fast schon wie ein Kunstwerk, und doch verstärkt sich mein ungutes Gefühl immer mehr, je länger ich sie ansehe. Werde ich dieses Ding auseinandernehmen und doch nur wieder einen Chip mit irgendeiner Seriennummer darauf entdecken, die möglicherweise gar nichts zu bedeuten hat? Oder habe ich endlich das Ziel meiner Suche erreicht? Es gibt nur einen Weg, das herauszufinden.

Während der nächsten Stunde arbeiten wir an der Phalanx. Laut der Liste suchen wir einen Datenrelaisleiter, ein langes zylindrisches Gerät, das bis in die Mittelsäule reicht. Ich habe zwar den Bauplan und weiß ungefähr, wo sich das Teil befinden muss, aber da heranzukommen, ohne etwas anderes zu zerbrechen oder zu deaktivieren, stellt sich als ziemlich knifflig heraus. Dabei weiß ich noch nicht einmal, wo genau der Saboteur in diesem Leiter etwas manipuliert hat, sodass wir gar nichts gewonnen haben, wenn wir an den unteren Teil herankommen und dann feststellen, dass im oberen Abschnitt etwas verändert wurde.

Trotz unserer Zweifel arbeiten wir weiter, bis wir endlich genug freigelegt haben, sodass wir einen Teil der Abdeckung von der Mitte des Zylinders entfernen können. Ich nehme die Hülle vorsichtig herunter, und mit einem Schlag sind all meine Sorgen in Bezug auf die Chips und diese Schnitzeljagd vergessen.

Das Innere dieses Leiters ist eindeutig eine Bombe.

***

»Das ist keine Bombe. Zumindest keine, die ich schon mal gesehen habe«, erklärt Chen und nimmt vorsichtig die Hände von den pulsierenden weißen Fäden.

»Was ist es dann?«

Sie schüttelt den Kopf. »Keine Ahnung, aber was immer es ist, es gehört eindeutig nicht hierher.«

Das ist die Untertreibung des Tages. Jeder, der diese gruselige Masse aus Metallfasern, die die kristallinen Komponenten umgibt, zu Gesicht bekommt, würde das erkennen. Sie winden sich wie die Tentakel eines Parasiten durch das Innere des Leiters und umklammern es mit ihren grotesken Auswüchsen, die im schwachen Licht über dem makellosen Kristall schimmern.

Behutsam untersucht Chen die Fasern, zupft, zieht und drückt mit ihren schlanken Fingern, wobei sie darauf achtet, keine Verbindungen zu trennen oder die seltsame Anordnung sonstwie durcheinanderzubringen. »Nein, das ist definitiv kein Sprengstoff«, stellt sie nach einer Weile fest. Sie schiebt einige Fasern zur Seite und deutet auf mehrere Stellen, an denen sie mit dem Leiter befestigt sind. »Sehen Sie mal. Die Dinger wurden nicht nur um den Leiter gewickelt, sondern auch darin integriert.«

»Könnte das eine Art Wanze oder Abhörgerät sein?«

Sie zuckt mit den Schultern. »Keine Ahnung.«

»Okay, aber warum sollte jemand die Relaisstation ausspionieren wollen? Hier gibt es doch gar keine taktischen Daten über den Krieg, sondern nur wissenschaftliche Erkenntnisse, die auf diesem Planeten gesammelt wurden.«

»Auf Prisma leben nur Besetzer«, merkt Chen an, »wenn wir also davon ausgehen, dass jemand von hier das Gerät eingebaut hat, dann muss es das Werk des Feindes sein. Vielleicht wollten sie einfach über unsere Fortschritte auf dem Laufenden bleiben, damit sie wissen, wann wir kurz davorstehen, einen funktionierenden Waffenprototypen herzustellen.«

»Das ist möglich«, stimme ich ihr zu, doch der Gedanke scheint mir nicht richtig zu sein. Von außen betrachtet ergibt Chens Theorie durchaus Sinn, aber sie erklärt nicht die Spur an Hinweisen, die mich hierhergeführt hat. Warum sollte sich der Feind so viel Mühe geben, um mir zu verraten, was er plant? Und wieso erst jetzt? Da Erzengel in einer Stunde abgefeuert werden soll, ist das wohl kaum noch von Belang.

Ich aktiviere meinen Chip, rufe den Bauplan der Station auf und sehe ihn mir genauer an. Da dies die Hauptrelaisstation auf Prisma ist, werden hier nicht nur regelmäßig mit eigenen Sensoren Daten gesammelt, sondern auch alle Testinformationen vom ganzen Planeten archiviert, bevor sie zur F&E geschickt werden. Die Primäre Informationsphalanx scheint das zweitletzte Glied in der Kette zu sein, und hier werden alle Informationen kopiert und im Archiv abgelegt, um dann direkt weiter zur Transmission an die Antenne geschickt zu werden.

Auf einmal stößt Chen einen Pfiff aus. »Was haben wir denn hier?«

Ich beuge mich vor und blicke über ihre Schulter, als sie einige Fasern zur Seite schiebt und eine silberne Box freilegt, die nicht viel größer ist als meine Hand. Mehrere blinkende Lichter lassen erkennen, dass sie aktiv ist, und durch eine durchsichtige Platte kann man darin eine Art Steuerchip erkennen. Angesichts der unzähligen Fasern, die aus der Box kommen, scheint sie die Quelle des elektronischen Parasiten zu sein.

»Ist das ein Miniaturtransceiver?«, frage ich, da ich mich daran erinnere, vor einigen Monaten im Training ein ähnliches Gerät gesehen zu haben.

»Sieht ganz danach aus.«

»Dann ist es ein Abhörgerät, das Informationen nach außen weiterleitet.«

»Entweder das, oder jemand leitet von außen Informationen rein.«

Mein Inneres scheint zu gefrieren, da sich diese Vermutung in meinen Ohren verdammt richtig anhört, während die Vorstellung eines Abhörgeräts mir abstrus vorkommt. Ich springe auf den

Holotisch und aktiviere die kristalline Oberfläche über die manuelle Steuerung. Dann tippe ich auf dem Tisch herum und durchsuche die Datenbank, gebe willkürlich Befehle, bis ich endlich die Hauptarchivseite vor mir sehe. Ich starre sie verwirrt an und bin mir weder sicher, wonach ich eigentlich suche, noch wie ich es finden kann.

Da ich weiß, dass Chen mehr Missionen in der Relaisstation hinter sich hat als ich, frage ich sie: »Gibt es einen Weg, die abgeschickten Daten und die archivierten Daten zu vergleichen, um herauszufinden, ob es irgendwelche Unterschiede gibt?«

Nach einem Augenblick nickt Chen und lässt die Finger über den Tisch fliegen, um mehrere Befehle einzugeben. »So! Ich habe die Konsole so eingestellt, dass sie in beiden Datensätzen sucht und alle Dateien, die Diskrepanzen enthalten, gelb markiert. Das könnte ein paar Minuten dauern ...«

Doch schon tauchen die ersten gelben Markierungen auf, und immer mehr Dateien werden auf dem Tisch vor uns angezeigt. Ich mag meinen Augen kaum trauen. Es müssen Hunderte – nein, Tausende – von Dateien sein; auf den ersten Blick sieht es so aus, als wären wenigstens zwei Drittel aller Einträge markiert worden. Die neuesten stammen von gestern, die ältesten sind fast ein Jahr alt.

Ich rufe mehrere Dateien auf und blinzle hilflos, als gewaltige Zahlenkolonnen vor mir abgespult werden. Einige sind mit Überschriften gekennzeichnet, die mir etwas sagen – *Luftdruck, Temperatur, Testnummer, Position* –, doch im Großen und Ganzen ergibt das alles für mich keinen Sinn. Wenn ich den Ausdruck in Chens aufgerissenen Augen richtig deute, geht es ihr genauso. Ich gehe die Informationen durch und suche nach etwas, das mir weiterhelfen kann, als mir plötzlich eine Datei mit einer Holoaufzeichnung ins Auge fällt. Laut des Zeitstempels stammt sie von gestern Abend, etwa aus der Zeit, als die planetenweite Auslöschung der Ghule auf Prisma stattfand.

Mir ist völlig schleierhaft, wieso sich das archivierte Holo von dem unterscheidet, das an die F&E geschickt wurde. Daher rufe ich beide Versionen der Aufzeichnung auf, trete einen Schritt zurück und sehe mir die beiden Clips zusammen mit Chen an.

Zwei Städte tauchen vor uns in der Luft auf – oder vielmehr zwei Aufzeichnungen derselben Stadt, denn jedes Stück bis zum kleinsten Detail ist identisch. Zwar erkenne ich die Stadt selbst nicht, aber sie sieht wie viele andere aus, die ich bereits auf Prisma gesehen habe, die Gebäude sind mit demselben kristallinen Mineral gebaut, und darüber ist der gleiche pastellfarbene Himmel zu sehen. Dem Lichtmuster nach zu urteilen muss es früher Abend sein, da Demeter noch nicht untergegangen ist, während man Persephone schon nicht mehr sehen kann. Etwa eine Minute lang geschieht gar nichts. Dann kommt er silbrig und hell heruntergeschossen und erleuchtet die Straßen mit einem metallischen Schimmer.

Erzengel.

Ich schaue zwischen den beiden Holos hin und her, aber bis jetzt sind keine Unterschiede zu entdecken. Die Strahlen sind sekundenlang zu sehen, bleiben kurz intensiv, um sich dann im Abendlicht aufzulösen. Ich betrachte den Feed weiter, bis die Detektoranzeigen eine Minute später angehen, weiß und grell im Vergleich zu dem eben noch silbrigen Licht, und …

Mir stockt der Atem, und ich bekomme keine Luft mehr. Auf dem abgeschickten Holo sieht alles normal aus – das weiße Licht, der leere Raum …, aber in der archivierten Datei …

In dieser Datei sind die Ghule noch da!

Es lässt sich nicht leugnen, die regenbogenschwarzen Schemen sausen durch die Luft und sind für wenige Augenblicke zu sehen, während das Licht um sie herum brennt; sie verschwimmen nicht, verschwinden nicht, sterben nicht. Ich starre Chen entsetzt an, die mich mit derselben Miene anschaut. Ohne ein Wort zu sagen, rufen wir den Feed einer anderen Stadt auf, dann einer zweiten und einer dritten; wir vergleichen die geschickten und gespeicherten Holos von mehr als einem Dutzend Orten. Das Ergebnis ist immer dasselbe. Auf den abgeschickten Dateien sind die Schatten ausgelöscht, doch die archivierten zeigen unzählige Ghule. Die Erkenntnis trifft mich wie ein Schlag, und als ich die Wahrheit begreife, sacke ich förmlich in mich zusammen.

Erzengel funktioniert nicht.

»Wie ist das möglich?« Chen keucht auf und bricht mit bestürzter Stimme das Schweigen. »Wir haben Erzengel doch wieder und wieder getestet! Haben sie einen Weg gefunden, um zu überleben?«

Vielleicht. Wahrscheinlicher ist aber, dass er nie funktioniert hat, wird mir mit bangem Gefühl klar.

Mein Blick fällt auf das Gerät, das noch immer in der Konsole befestigt ist. Falls ich bisher noch Zweifel hatte, dass der Feind hinter all dem steckt, dann sind sie jetzt verflogen. Die manipulierten Aufnahmen bestätigen es. Ich schüttle den Kopf, da sich die Einzelteile jetzt endlich zu einem Ganzen zusammensetzen. »Sie haben uns mit falschen Daten gefüttert. Genau dafür ist dieses Gerät da. Es kapert den eigentlichen Feed und ermöglicht es den Besetzern, wichtige Informationen auszutauschen, bevor sie zur F&E geschickt werden. Erkennen Sie das denn nicht? Der Feind hat nicht gelernt, Erzengel zu überleben, die Waffe hat nie funktioniert! Sie haben uns durch die manipulierten Daten nur glauben lassen, dass sie funktioniert.«

»Das klingt durchaus einleuchtend, gäbe es da nicht ein Problem: *uns*«, merkt Chen an. »Ich habe doch selbst gerochen, dass die Ghule verschwunden waren, nachdem Erzengel abgefeuert wurde. Und das mehr als nur einmal!«

»Ich auch«, gebe ich verwirrt zu. »Ich weiß selbst nicht, wie sie das angestellt haben. Vielleicht haben sie einen Weg gefunden, weit genug wegzukommen, oder sie wissen jetzt, wie sie ihren Geruch verbergen können. Ich weiß es nicht! Aber vorerst zählt nur, dass wir diese Informationen auf die Station bringen, bevor ...«

»Bevor Erzengel abgefeuert wird«, bringt Chen den Satz für mich zu Ende.

Ich trete wieder an die Konsole und aktiviere meinen Chip. Wenn wir damit zu Angelou gehen wollen, brauchen wir Beweise. Als ich die Daten gerade hochladen will, hält mich Chen davon ab. Sie bohrt die Spitze ihres Kampfmessers vorsichtig in die silberne Box, die wir entdeckt haben, und drückt auf einen darin verborgenen Riegel. Es knackt leise, und dann wird der blinkende Chip in der Mitte des Transceivers ausgeworfen.

Chen schenkt mir ein bedrücktes Lächeln. »Das geht schneller.«

Ich nicke und verstaue den Chip in meiner Gürteltasche. »Gehen wir.«

Rasch schließen wir die Abdeckung, fahren die Konsolen herunter und haben den Raum innerhalb weniger Minuten in den Ursprungszustand zurückversetzt. Während wir die Treppe hinaufstürmen, geht mir eine Frage nicht aus dem Kopf: *Warum jetzt?* Die wenigen Daten, die ich bisher gesichtet habe, deuten darauf hin, dass der Saboteur die Testergebnisse schon seit Monaten manipuliert, schon bevor ich überhaupt auf die Station gekommen bin. Warum hat er erst kürzlich damit angefangen, positive Resultate vorzutäuschen?

Aber jetzt ist keine Zeit, um darüber nachzudenken. Ich stürme auf das Dach, dicht gefolgt von Chen, und kann gerade noch denken: *Hoffentlich haben die Ghule in der Zwischenzeit nicht unser Shuttle gefunden,* als ich hinter mir ein lautes Kratzen höre.

Sofort wirble ich herum und sehe einen Mann, der vor einer Steuertafel am Fuß der Antenne kniet und Werkzeug neben sich liegen hat. Auch ohne sein Gesicht zu sehen, weiß ich, dass er keiner von uns ist. Nicht mit diesen Klamotten. Er kann nur ein Einheimischer sein, ein Besetzer, auch wenn ich nicht weiß, wie und warum er hier heraufgekommen ist. Ist er derjenige, der den Transceiver eingebaut hat? Mein Instinkt übernimmt die Kontrolle, und ich greife nach der Betäubungspistole an meiner Hüfte, gehe in Position und ziele.

Der Besetzer dreht sich zu mir um, als ich gerade den Abzug drücke. Mir bleibt beinahe das Herz stehen, und ich reiße panisch die Augen auf, als ihn der Schuss direkt ins Auge trifft. Wie in einem wiederkehrenden Albtraum, aus dem ich nicht aufwachen kann, sehe ich in Zeitlupe mit an, wie er zu Boden geht, da ihn dieser Glückstreffer sofort getötet hat …

… und im nächsten Augenblick kommt eine Horde Ghule aus seinem Kopf.

39

Der säuerlich-süße Geruch steigt mir in die Nase, so intensiv, dass mir die Tränen kommen. Ich warte nicht, bis ich wieder klar sehen kann, sondern feuere sofort eine Salve nach der anderen mit meinem Werfer ab. Chen, die neben mir steht, hält es genauso, und das *Wusch!* ihres Aero-Werfers hallt durch die kühle Morgenluft. Wir stellen uns Rücken an Rücken, und sie begreift sofort, was ich vorhabe, und dreht sich mit mir, sodass wir eine undurchdringliche Gaswolke um uns herum erschaffen. Der Gestank ist so intensiv, dass ich nicht mehr genau feststellen kann, wo sich der Feind befindet oder wie viele es sind. Ich weiß nur, dass ich überall, wohin ich mein Zielfernrohr richte, schwarz sehe.

»Sorenson, Granate!«

Ich blinzle verwirrt, da mein Gehirn mit dem Druck kurzzeitig nicht klarkommt, begreife dann aber doch, was sie will. Nachdem ich den Werfer mit einer Hand fest umfasst habe, greife ich an meinen Gürtel.

Licht explodiert um uns herum, als die Granate einen Meter vor meinen Füßen zu Boden fällt und losgeht. Meine Linsen verdunkeln sofort und kompensieren die plötzliche Helligkeit automatisch, und in diesem Moment sehe ich sie richtig. Wabernde schwarze Regenbogen tanzen um uns herum in der Luft und werden von der dichten Gaswolke, die sich bereits aufzulösen beginnt, nur wenige Meter von uns entfernt zurückgehalten.

»Beim Universum! Das müssen Tausende sein!«

Chen feuert erneut ihren Werfer ab. »Wo kommen die alle her?!«

»Aus dem Besetzer«, antworte ich grimmig, hole eine verbrauchte Kartusche heraus und lege die nächste ein. »Sie sind aus dem Besetzer gekommen.«

»Wie ist das möglich?«

»Das weiß ich nicht, aber wir müssen von hier verschwinden!«

Wir drehen uns noch einmal im Kreis und pumpen mehr Gas in unseren schützenden Schild. Die Ghule zucken und wabern direkt am Rand der Wolke, und ihre bedrohlichen Gestalten flackern im Licht hin und her. Es fühlt sich an, als würde meine Nase verbrennen, als brenne mir der stechende säuerlich-süße Schwall ein Loch durch die Nasenflügel direkt in den Schädel. Mein Kopf schmerzt höllisch, und Blut fließt mir aus der Nase über die Lippen und die Zunge. Ich spucke einmal, zweimal aus, um das Blut aus dem Mund zu bekommen, wage es jedoch nicht, den Werfer loszulassen und es abzuwischen.

Ich höre ein Klicken, als Chen ihr Magazin austauscht, dann … »Letzter Clip!«

»Bei mir auch!«, rufe ich dreißig Sekunden später. Trotz unserer Bemühungen verlieren wir an Boden. Eine sanfte Brise weht aus dem Osten, und unser sorgsam aufgebauter Schild wird nach und nach weggeweht. Die schwarzen Formen kommen jetzt näher; sie nutzen jede Lücke in unserem Schutzwall aus.

»Wir müssen rennen! Wir schaffen uns mit dem Gas einen Weg zum Shuttle und laufen los. Das ist unsere einzige Chance!«

Kurze Pause. »Auf drei?«

»Okay! Eins.«

Während wir weiterschießen, drehen wir gen Nordosten um.

»Zwei.«

Wir richten unsere Werfer in dieselbe Richtung.

»Drei!«

Klick.

Uns geht eine Sekunde zu früh die Munition aus. Chens Werfer stottert noch einmal und geht dann aus, während meiner nur noch klickt und kein Gas mehr von sich gibt. Die plötzliche Stille wirkt wie eine Totenglocke und wird nur von dem Zischen zweier Injektoren unterbrochen, als wir uns je eine Dosis Psi-Lac injizieren.

»Chen«, setze ich an. Ich weiß, dass ich mich bei ihr entschuldigen muss, weil ich sie in die Sache mit hineingezogen habe, aber ich weiß nicht, was ich sagen soll. Ich räuspere mich und versuche es noch einmal. »Chen, ich …«

Doch bevor ich weiterreden kann, frischt der Wind auf, tost plötzlich eiskalt und gnadenlos um uns herum und lässt unseren Schild auf einen Schlag verschwinden. Sofort kommen eintausend schwarze Gestalten auf uns zu …

… und verschwinden direkt in Chen.

Ich keuche auf und taumele zurück, als der säuerlich-süße Geruch unvermittelt aufhört, da er durch den Schutz eines einzigen Körpers maskiert wird. Erst jetzt dämmert mir, was sie getan haben. Die Ghule sind nicht etwa gestorben, als wir Erzengel das erste Mal abgefeuert haben.

Sie haben sich versteckt.

Als würde in einem dunklen Zimmer eine einzige Glühbirne angehen, begreife ich, was passiert ist. Die Schatten haben die ganze Zeit mit uns gespielt! Der Transceiver war nur dazu da, uns auf die falsche Fährte zu locken. Sie haben uns falsche Daten vorgegaukelt, und zwar aus einem einzigen Grund: Sie wollten, dass wir Erzengel erschaffen! Sie haben uns dazu gebracht, eine Massenvernichtungswaffe zu bauen, und sobald wir sie an ihre Spezifikationen angepasst hatten, haben sie sich alle versteckt, sind in die Köpfe der Besetzer um sich herum geschlüpft, damit alle Hinweise auf ihre Anwesenheit nicht mehr zu entdecken waren. Und wir haben in dem Glauben, Erzengel würde funktionieren, die Waffe *auf jeder OP im Sternenbund* installiert! Was diese Waffe wirklich anrichten wird, weiß keiner. Mir ist nur eines klar:

Wir werden die Waffe in wenigen Minuten abfeuern!

»Michael.«

Ich sehe Chen an, und es schnürt mir die Kehle zu, aber sie wirkt merkwürdig gefasst. »Das begreife ich nicht. Wieso haben sie Sie angegriffen und nicht mich?«

Ein schiefes Grinsen umspielt ihre Lippen, und sie tippt mir leicht auf den Ärmel. »Anscheinend haben sie das mit den Anzügen endlich hinbekommen. Zu dumm, dass ich meinen nicht anhatte.«

Die ghulsicheren Anzüge! Mich überfallen heftige Schuldgefühle, als ich ihren schlichten schwarzen Pilotenanzug anstarre. Ich schließe die Augen, und mir wird innerlich eiskalt. »Was habe ich getan?«, flüstere ich.

»Sie haben herausgefunden, dass Erzengel nicht funktioniert!« Chens Stimme holt mich in die Realität zurück. »Erkennen Sie das denn nicht? Sie hatten recht, Michael. Nicht nur in Bezug auf mich, in jeder Hinsicht. Nun müssen Sie nur noch schnellstmöglich da rauf und die anderen warnen, bevor sie diese Waffe abfeuern!«

»Aber ...«

»Los! Bevor das Psi-Lac nicht mehr wirkt und ich noch versuche, Sie aufzuhalten.«

Sie hat recht. Ich muss gehen, und zwar sofort. Ich nicke, mache einen Schritt, noch einen zweiten und will sie eigentlich gar nicht verlassen, auch wenn ich weiß, dass ich keine andere Wahl habe. Als ich das Shuttle schon fast erreicht habe, höre ich noch einmal ihre Stimme.

»Hey, Sorenson! *Pro libertate ...*«

Ich verharre und drehe mich zu ihr um. Sie steht stolz und aufrecht in der Mittagssonne, und ich beende den Satz: »*Pro vita.*«

Chen nickt einmal, hebt mit einer geschmeidigen Bewegung ihre Betäubungspistole und schießt sich in den Kopf. Ich sehe mit an, wie ihr Körper auf dem Boden zusammensackt, und dann renne ich auch schon zum Shuttle, so schnell ich kann.

***

Meine Hände zittern so stark, dass ich es kaum schaffe, mich auf dem Pilotensitz anzuschnallen. Zum Glück funktioniert der Autopilot über Stimmbefehle, sodass ich schon hoch in den Wolken bin, bevor ich die Gurte überhaupt befestigt habe. Ich werfe einen Blick auf den Zeitmesser im Ärmel meines Anzugs. Noch fünfundvierzig Minuten bis zum Einsatz von Erzengel. Da der Flug zur Station nur wenige Minuten dauert, müsste ich noch mehr als genug Zeit haben, um danach mit Angelou zu reden, bevor das Feuerwerk losgehen soll. Trotzdem trommle ich nervös mit den Fingern auf den Armlehnen herum, während eine panische Stimme in meinem Kopf schreit: *Schneller, schneller!*

Schon bald teilen sich die Wolken, und das planetare Netz taucht über mir auf, es leuchtet hell und blau in den herumtreibenden Nebelschwaden. Natürlich ist mir klar, dass ich auf keinen Fall so wie Chen durch die Lücken fliegen kann, daher aktiviere ich die Kom und rufe die nächste AP. Erst nach einer langen Pause gibt der diensthabende Offizier meine Anfrage ein, und als er sich endlich zurückmeldet, klingt seine Stimme seltsam befangen.

»Teamleiter, Sie stehen nicht auf meiner Liste der genehmigten Flüge. Tatsächlich gibt es überhaupt keine Aufzeichnungen darüber, dass Sie mit einem Shuttle die Station verlassen haben.«

Bei seinen Worten wird mir das Herz schwer. Ich habe das Shuttle gekapert und bin ohne Erlaubnis weggeflogen, also habe ich auch keine Landefreigabe. Ich habe mir wegen des Abflugs von der Station solche Sorgen gemacht, dass mir gar nicht in den Sinn gekommen ist, man würde mich vielleicht nicht mehr reinlassen. *Schlacke! Schlacke, Schlacke, Schlacke!*

Doch ich versuche, möglichst ruhig zu bleiben. »Das ist korrekt, Lieutenant. Ich musste unter … *ungewöhnlichen* Umständen aufbrechen. Das kann ich alles gern erklären, wenn ich zurück auf der Station bin, aber dafür müssen Sie zuerst das Netz ausschalten und mich durchlassen. Ich kann Ihnen gern meinen persönlichen Autorisierungscode durchgeben.«

Ich rassle ihn sofort herunter, aber der Lieutenant gibt keinen Deut nach. *»Es tut mir leid, Teamleiter, aber ich kann Sie ohne offizielle Autorisierung nicht durchlassen. In einem solchen Fall gilt es zahlreiche Sicherheitsprotokolle zu befolgen. Ich muss die Sache an meinen CO weitergeben, die sich von jetzt an darum kümmern wird.«*

Bei seinen Worten steigt Panik in mir auf. »Wie lange wird das voraussichtlich dauern?«

»Das weiß ich nicht, Teamleiter. Dreißig Minuten? Eine Stunde? Wir haben heute viel zu tun, und sie wird auch anderweitig gebraucht.«

Eine Stunde! Dann wäre alles vorbei. Ich versuche, den Mann mit Argumenten zu überzeugen, aber er lässt sich nicht erweichen. Meine Erklärungen interessieren ihn nicht, er lässt mich nicht durchs Netz, und er will mich noch nicht einmal mit seinem CO oder jemand anderem auf der Basis sprechen lassen. Wahrscheinlich hält er mich für einen Spion – oder, schlimmer noch, einen Besetzer.

Ich schnalle mich los und gehe unruhig im Cockpit auf und ab. Dies ist das wohl beste Beispiel für »so nah und doch so fern«. Wie wäre es, wenn ich Chen hole? Aber selbst wenn sie nicht mit einigen tausend Ghulen infiziert wäre, würde sie trotzdem auf dem Dach der Relaisstation liegen. Ich bin der F&E nahe genug, dass ich dort möglicherweise jemanden erreichen kann, aber selbst wenn die AP meine Transmission nicht blockiert, wen könnte ich denn dort anlinken, der mir helfen kann? Die anderen Tester sind nicht autorisiert, einem Shuttle die Freigabe zu erteilen, und selbst der Divisionscommander würde mit Angelou Rücksprache halten müssen.

Angelou!

Meine Gedanken wandern zu meiner Rekrutierung und der ersten Reise auf dem Colt-Crawler zur F&E. Während dieser Reise hat mich Angelou gelegentlich als Laufburschen eingesetzt und mir einige einfache Aufträge erteilt. Es waren langweilige Jobs, aber ich hatte ohnehin nichts Besseres zu tun. Doch dank dieser Tatsache kenne ich seine private Linknummer – vorausgesetzt, er hat sie nicht inzwischen geändert.

Ich spreche stillschweigend ein Gebet, aktiviere meinen Chip, gehe mein Linklog durch und scrolle durch die Monate, bis ich den letzten Eintrag von Angelou finde. Seine Nummer ist codiert, damit ich sie mir nicht anzeigen lassen oder sie an jemanden weitergeben kann, aber soweit ich weiß, spricht nichts dagegen, dass ich einfach auf »Rücklink« drücke. Ich gebe den Befehl ein und bin gespannt, ob es funktioniert.

Eine Sekunde später wird die Verbindung hergestellt.

Jetzt bleibt mir nur übrig, zu hoffen, dass Angelou neugierig genug ist, um meinen Link tatsächlich anzunehmen, anstatt ihn einfach zu blocken. Mich würde es nicht wundern, wenn er Letzteres täte, falls er mich nicht bereits in dem Augenblick, in dem wir auf der F&E angekommen sind, geblockt hat. Doch mein Wunsch wird mir erfüllt, als der Warteton einen Augenblick später von Angelous angespannter Stimme ersetzt wird.

»Ich will doch hoffen, dass Sie einen verdammt guten Grund haben, um mich auf diese Weise anzulinken, Sorenson.«

Ich muss grinsen, da diese grimmige Antwort in etwa dem Bestfall entspricht, den ich mir erhoffen konnte. Rasch erkläre ich ihm meine Lage in Bezug auf das Netz, aber als ich auf Erzengel zu sprechen komme, finde ich nicht die richtigen Worte, um es ihm zu erklären. Ich kann hören, wie er im Hintergrund etwas leise zu jemand anderem sagt, und ich spüre, dass er langsam die Geduld mit meinem sinnlosen Geplapper verliert.

»Bitte, Sir«, flehe ich schließlich, als offensichtlich wird, dass er meiner verworrenen Geschichte über Chips, Saboteure und Transceiver nicht folgen kann. »Lassen Sie mich einfach zurück auf die Station kommen, und hören Sie mich an. Wenn Ihnen nicht gefällt, was ich zu sagen habe, können Sie mich dauerhaft zum Mülldienst degradieren, mich aus einer Luftschleuse werfen oder sonst was mit mir anstellen.«

Er schnaubt und scheint die Vorstellung, mich aus einer Luftschleuse zu werfen, amüsant zu finden. *»Warten Sie.«*

Eine Minute später wird das Netz geöffnet.

»Sie finden mich in Habitat acht«, teilt er mir über den Link mit. *»Lassen Sie mich nicht warten.«* Dann trennt er die Verbindung.

Ich lande im nächsten Hangar, bestehe den erforderlichen Psy-Test und sitze so schnell in einem Shuttle zur Hauptstation, dass ich doch gern gewusst hätte, was Angelou zu dem Lieutenant gesagt hat. Ein Offizier begleitet mich zu H8 und will zweifellos sicherstellen, dass ich auch wirklich dorthin gehe, und ich erkenne, dass Angelou mir bereits die Zutrittsfreigabe erteilt hat. Ich nicke dem Offizier noch einmal zu und gehe hinein.

Jetzt, da die Mission vorbei ist, kommt mir Habitat acht wie eine Geisterstadt vor. Die Kisten mit der alten Testausrüstung und die Regale mit den Raumanzügen und Ersatzteilen sind immer noch da, aber ohne die ganze Missionsausrüstung, die überall im Habitat herumgestanden hat, kommt es mir überraschend leer vor. Ich entdecke Ty und einige ihrer Spezialisten, die gerade den Inhalt eines Regals sortieren – wahrscheinlich auch eine Aufgabe, um die sie Asriel anbetteln musste –, sowie hier und da mehrere Militärangehörige. Angelou steht mitten im Raum und unterhält sich leise mit einem Inventartechniker, während er gleichzeitig auf sein Pad sieht. Als er mich entdeckt, schickt er den Techniker mit einer Handbewegung weg.

»Und?«, fragt er, und seine Stimme klingt ungeduldig.

Ich hole tief Luft und nehme meinen ganzen Mut zusammen. »Sir, es geht um Erzengel. In den letzten Monaten sind mir einige seltsa...«

»Sir?«, unterbricht mich eine Stimme von links.

Ein Offizier kommt näher, und das Abzeichen an seiner Uniform kennzeichnet ihn als denjenigen, der die Aufsicht über das Wartungs- und Reparaturpersonal hat. Als Angelou ihn ansieht, nimmt er Haltung an.

»Ja, Captain?«, fragt Angelou und hat bereits das Interesse an meiner Geschichte verloren.

»Sir, laut Ihren Befehlen haben wir einen weiteren Scan der interstellaren Kommunikationsphalanx gemacht. Die Diagnosen sind korrekt. Wir haben bei der manuellen Inspektion eine fehlende Zelle auf der Achterantenne der Phalanx entdeckt, die vermutlich beim letzten Sturm weggeweht wurde. Aber da wir mehrere Ersatzzellen haben, dürfte das die Operation in keiner Weise beeinflussen.«

»Das mag sein, aber lassen Sie sie dennoch ersetzen«, ordnet Angelou an. »Es wäre sinnlos, Erzengel im ganzen Sternenbund zu implementieren, wenn wir den Leuten dann nicht sagen können, was sie tun sollen, sobald die Zeit gekommen ist.«

»Ja, Sir. Ich habe bereits ein Reparaturteam losgeschickt, und die neue Zelle sollte in wenigen Minuten einsatzbereit sein.«

»Gut. Linken Sie mich an, sobald die Arbeiten abgeschlossen sind.«

Er entlässt den Offizier und wendet sich erneut mir zu. Es fällt mir schwer, meinen vorherigen Gedankengang wieder aufzunehmen.

»Sir, ich war unten in der Relaisstation auf Prisma und habe einige alarmierende...«

Angelou hebt die Chiphand und murmelt »Eine Sekunde«, geht einige Schritte weit weg und subvokalisiert bereits in seinen Chip als Antwort auf den Link, den er soeben erhalten hat.

Ich schnaufe frustriert und tippe ungeduldig mit dem Fuß auf, während ich darauf warte, dass Angelou das Gespräch beendet. Meine Unruhe zerfrisst mich innerlich, und obwohl ich weiß, dass Erzengel ohne Angelou nicht abgefeuert wird, kann ich doch nicht verhindern, dass meine Anspannung von Sekunde zu Sekunde größer wird. Der Doktor spricht schnell in seinen Chip, und ich spitze die Ohren und versuche, etwas zu verstehen, doch es gelingt mir nicht. Jedenfalls nicht von ihm. Aber jetzt, da ich lausche, höre ich etwas anderes. Ein komisches Vibrieren, eine Art Summen in meinem Ohr, wie ein Geräusch, das ich nur undeutlich, aber nicht richtig hören kann. Ich drehe den Kopf nach links und rechts und versuche herauszufinden, woher das Geräusch kommt.

»Hey, Sorenson!« Es ist Ty, die von der anderen Seite des Habitats zu mir herüberkommt. »Was machen Sie denn hier? Hat Asriel Sie hergeschickt, um uns zu helfen?«

»Ich muss mit Dr. Angelou sprechen«, antworte ich geistesabwesend und lausche noch immer auf diesen komischen Ton. Ich bilde mir ein, dass er lauter geworden ist und jetzt kitzelnd und rau durch meine Gehörgänge kriecht. Langsam gehe ich an Ty vorbei in Richtung Nordwand und bleibe dann wieder stehen.

Ty runzelt die Stirn. »Was ist?«

»Hören Sie das?«

»Was soll ich …« Sie stutzt und neigt den Kopf zur Seite. »Was ist das?«

Ich zucke nur mit den Schultern. Was immer es ist, wir sind nicht die Einzigen, die es hören. Immer mehr Menschen im Habitat verharren, drehen den Kopf, runzeln die Stirn und suchen nach der Ursache dieses Geräuschs. Sogar Angelou scheint es bemerkt zu haben, da er die Chiphand senkt und sich umsieht.

Das Summen wird immer lauter, dröhnt fast schon schmerzhaft in meinen Ohren, und ich halte sie mir zu. Irgendetwas daran kommt mir bekannt vor. Da ist ein tiefes Vibrieren, das einen viel schrilleren Ton begleitet, der schon so hoch ist, dass er mein Hörvermögen überfordert, daher bin ich mir auch nicht sicher, ob er wirklich da ist oder ob ich ihn mir nur einbilde.

Doch dann setzt mein gesunder Menschenverstand wieder ein, und ich verdrehe die Augen. *Du Dummbot!* Natürlich bilde ich mir das ein, denn wie sollte ich auch etwas hören, das mein Hörvermögen überfordert?

Doch dann fällt es mir wieder ein.

»Die Verstärker!«

Mein Blick fällt auf den Kistenstapel, den wir gestern wieder auf die Station geholt haben und der jetzt an der Nordwand neben anderen Dingen steht. Schon laufe ich los, gehe vor der ersten Kiste auf die Knie und will sie öffnen, während sich Ty an der daneben zu schaffen macht. Ich bekomme Angst, und all meine Instinkte sagen mir, dass hier etwas ganz und gar nicht stimmt, auch wenn ich nicht weiß, was. Endlich löst sich der Deckel, und ich blicke in die Kiste.

Blaues Licht scheint darin auf, breitet sich strahlend hell und unheilvoll über die kristallinen Wände aus und wird immer greller, während das Vibrieren immer lauter wird.

»Was beim Universum passiert hier?«

Jeder Verstärker glüht blau, und die vertikalen Lampen an den Zylindern leuchten so hell, dass ich sie nicht ansehen kann. Ich reiße noch einige weitere Kisten auf, und Ty tut dasselbe. Immer mehr blaue Strahlen fallen auf die Wände und lecken an den umstehenden Kisten. Ich greife nach dem nächsten Verstärker und schnaufe leicht, als ich das schwere Ding hochhebe. Dann drücke ich den Schalter auf der Steuertafel, aber nichts passiert.

»Er lässt sich nicht ausschalten!«

»Meiner auch nicht!«

Der Druck in meinen Ohren nimmt weiter zu, und das Licht pulsiert jetzt so hell, dass es in den Augen wehtut. Ich halte mir mit der freien Hand ein Ohr zu, doch das bringt gar nichts. Es fühlt sich an, als würde man mir eine Gabel direkt durch das Trommelfell rammen. Ein tiefes Vibrieren dringt jetzt auch durch meine Stiefelsohlen.

»Das verstehe ich nicht!«, ruft Ty aus, legt einen Verstärker weg und versucht erfolglos, den nächsten auszuschalten. »Als wir sie gestern eingeladen haben, waren sie alle ausgeschaltet. Wieso sind sie jetzt alle an?«

»Was hat Dr. Rahman gesagt?«, frage ich. »Wenn sie im Netzwerkverbund sind, kann ein Verstärker alle anderen einschalten?«

Wir sehen uns an und wissen mit einem Mal beide, was das bedeutet. »Der verschwundene Verstärker!«

»Jemand auf Javeyn muss ihn sich geholt haben!«

Und da Javeyn unter Quarantäne steht, kann es sich bei diesem Jemand nur um einen Besetzer handeln. Doch warum sollte er ein altes Testgerät, das nicht einmal so funktioniert, wie es das tun sollte, einschalten?

Ich sehe die kristallinen Wände um uns herum an, deren gläserne Oberflächen in strahlend blaues Licht getaucht sind. Misstrauisch hebe ich eine Hand und lege sie an die nächste Wand. Vibrationen jagen durch meinen Arm, lassen meine Haut kribbeln und die Härchen zu Berge stehen. Plötzlich muss ich an unsere damalige Mission denken und an den Augenblick, als Ty ihre Jacke geöffnet und festgestellt hat, dass ihr Anhänger zerbrochen war.

Ihr Kristallanhänger.

Kristalline Wände.

Ich reiße die Augen auf, als mir klar wird, was das bedeutet. *Beim Universum!* Wenn ein Verstärker einen kleinen Anhänger zerspringen lassen konnte, was können dann fünfhundert anrichten?

Noch während ich mir diese Frage stelle, lasse ich den Verstärker fallen und rufe Ty zu: »Wir müssen hier raus!«

Wir machen auf dem Absatz kehrt und rennen los. Ty ruft den anderen zu, dass sie verschwinden sollen, und ich gehe zu Angelou, packe ihn am Arm und zerre ihn zur Tür. Er will sich mir widersetzen und die Gefahr selbst in Augenschein nehmen, aber ich lasse nicht zu, dass er stehen bleibt. Inzwischen bebt das ganze Habitat, und die Vibrationen sind fast schon in der Luft zu sehen, als würde sich die Realität verschieben. Mir ist klar, dass uns nicht mehr viel Zeit bleibt. Die anderen spüren es ebenfalls und rennen an uns vorbei zur Tür, wobei sie ebenso von ihrer Angst wie von Tys Drängen angetrieben werden.

Ich werde schneller und habe Angst, in dem großen Exodus zurückgelassen zu werden. Etwas zerspringt in meinem linken Ohr, und dann läuft warmes Blut aus meinem Gehörgang. Doch das Dröhnen bohrt sich weiterhin in meinen Kopf, während die tiefen Vibrationen den Boden und die Decke sichtbar in Schwingungen versetzen und durch meine Beine, durch meinen ganzen Körper fahren. Weitere Schritte sind hinter mir zu hören, und dann wird die Last auf meinen Schultern geringer, als Ty auf Angelous anderer Seite auftaucht. Sie nickt mir zu, und wir rennen gemeinsam zur Tür. Angelous Beine schleifen über den Boden, da er nicht mit uns mithalten kann, aber ich achte nicht weiter darauf, da ich nur noch darauf bedacht bin, uns in Sicherheit zu bringen.

KNACK!

Wir haben die Hälfte des Wegs geschafft, als die Wand direkt hinter den Kisten mit den Verstärkern zerbricht. Kalte Luft dringt durch den Spalt herein, und der eisige Wind pfeift uns um die Ohren.

KNACK!

Ein zweiter Riss geht vom ersten aus, und auch hier heult der

Wind ohrenbetäubend laut hindurch. Das Pochen in meinem Kopf wird immer unerträglicher und von den Geräuschen nur weiter verstärkt, aber ich laufe weiter, renne gegen die Risse an, von denen sich immer mehr an den Wänden rings um den großen Raum abzeichnen.

KNACK! KNACK! KNACK!

Alles um uns herum bebt, die Wände, der Boden, die Kisten, die Decke, und zwar so heftig, dass wir uns kaum noch auf den Beinen halten können. Ein gigantischer Riss bildet sich im Boden unter den Kisten und breitet sich auf der kristallinen Oberfläche aus. Der ganze Boden scheint sich zu erheben, und wir werden ruckartig in die Luft geschleudert. Bei der Landung kommen wir hart auf den Knien auf. Angelou schreit vor Schmerz, aber Ty und ich sind schon wieder aufgesprungen, zerren ihn auf die Beine und schleifen ihn mit zur Tür. Wir haben es fast geschafft, nur noch wenige Meter.

KNACKKNACKKNACKKNACKKNACK!

Wir stürzen zur Tür, fahren mit den Händen über die Zugangstafel und taumeln in die sichere Luftschleuse dahinter. Ich bin kurz davor, frustriert loszuschreien, da wir warten müssen, bis das System unsere Biosignaturen bestätigt hat – *Komm schon, komm schon!* –, dann taumeln wir endlich hinaus und laufen durch den Tunnel zur Station. Sogar hier sind die Vibrationen noch zu spüren, die schneller und immer schneller kommen, während das Geräusch weiter anschwillt, als wollte es die perfekte Balance zwischen Lautstärke und Tonhöhe erreichen …

KRAAAA-EEEEEEIIII-WUMM!

Wie ein Sopran, der bei einer einzigen hohen Note Glas zerspringen lassen kann, fliegt H8 in einer wütenden Schallexplosion in die Luft. Ty lässt sich aufs Deck fallen, und ich stoße Angelou zu Boden und werfe mich auf ihn, als ein Hagelsturm aus kristallinen Scherben mit tödlicher Präzision durch den Tunnel fliegt. Mein

Rücken brennt, da die Fragmente wie ein Dolchregen auf uns herabprasseln und in meinen Hintern, meine Beine, meinen Rücken, einfach überall eindringen! Der Boden wackelt, ein Ruck geht durch den Tunnel, während die Stabilisatoren versuchen, den unerwarteten Verlust von H8 auszugleichen. Ich drücke die Stiefel gegen den Boden und versuche, mich irgendwie mit den Händen festzuhalten, während um uns herum alles bebt. Wind peitscht durch das zackige Loch hinter uns, und das Jaulen wird höher und stärker, als es zwischen den kristallinen Wänden hindurchpfeift, und mit einem Mal wird mir klar, dass der Tunnel auch bald einstürzen wird.

Kristallscherben bohren sich in meine Handflächen, als ich mich hochstemme. Der Boden wankt immer heftiger, und ich falle auf ein Knie, bis es mir endlich gelingt, aufzustehen. Ich stütze mich an der Wand ab, schiebe Angelou einen Arm unter die Achsel und zerre ihn auf die Beine, während Ty auf seiner anderen Seite sich mühsam aufrappelt. Splitter fallen wie Schrapnells von ihrem Rücken herunter und landen klirrend auf dem Boden, der schon gewaltig knirscht. Wieder geht ein Ruck durch den Tunnel, der erst nach oben und dann nach unten schwankt, sodass wir eine Sekunde mit stockendem Herzen in die Luft fliegen, bevor wir schmerzhaft wieder auf den Füßen landen. Der Boden bebt jetzt so stark, dass ich befürchte, er könnte jeden Moment auseinanderbrechen. Ich sehe die anderen an und erkenne, dass wir alle dasselbe denken.

Wir rennen gleichzeitig los.

Knirsch, knirsch, knirsch! Unsere Stiefel schieben die Splitter im Einklang beiseite. Stimmen rufen uns ermutigende Worte zu, sind in dem Chaos jedoch kaum zu verstehen, und als ich den Kopf hebe, sehe ich mehrere Soldaten am anderen Ende des Tunnels, die die Türen mit ihren Körpern aufhalten und uns zuwinken. Dieser Anblick gibt mir Kraft, und meine Füße finden einen Rhythmus auf dem schlingernden Boden, sodass ich nicht ins Stolpern komme. Wir haben es fast geschafft, als die letzten Überreste von H8 laut knarren. Ich wage einen Blick über die Schulter und sehe gerade noch, wie das hintere Ende des Tunnels mit lautem Knacken abbricht.

Die Station neigt sich, da die Stabilisatoren den plötzlichen Gewichtsverlust nicht so schnell ausgleichen können, und wir drei fliegen durch den Tunnel und in die Arme der wartenden Soldaten. Meine Beine geben bei dem Aufprall nach, aber das macht nichts. Kräftige Hände packen meine Uniform, und schon werden wir drei durch die Zwischenkammer auf die Station gezogen.

Ich lehne mich erleichtert an die Wand, und mein Herz rast wie wild, während ich durch das Fenster hinaussehe. Der Tunnel ist an der Stelle, an der sich bis vor Kurzem noch H8 befand, abgebrochen, und der Energieschild ist komplett ausgefallen. Die Schildgeneratoren wurden von der Schockwelle vermutlich aus dem Gitter gesprengt, schießt es mir durch den Kopf, und ich erinnere mich an den Sturm, den ich vor langer Zeit mit angesehen habe. Da schießen mir auch Raismans Worte während der Rhyska-Mission durch den Kopf: *Selbst die besten Schilde fallen aus, wenn man die richtigen Generatoren zerstört.*

Mein Blick fällt auf das nächste Habitat. H7 ist noch da, hat jetzt allerdings ein klaffendes Loch an der Seite, wie eine Stichwunde, wo die lange Wand von herumfliegenden Trümmern aufgerissen wurde. Während ich hinsehe, stürzt ein großer Teil der Wand in sich zusammen und fällt hinunter in den Nebel. Erneut gibt die Station ein dumpfes Geräusch von sich, das vom tiefen Dröhnen der Stabilisatoren begleitet wird, die auf Hochtouren laufen, um uns in der Luft und gerade zu halten. Angelou aktiviert seinen Chip, ruft irgendein Programm auf und bestürmt den verblüfften Offizier neben sich mit Fragen, aber irgendwie ist mir klar, dass dieser Kampf längst entschieden sein wird, bevor der Doktor eingreifen kann. Mir schlägt das Herz bis zum Hals, und ich klammere mich an die Rückenlehne einer Bank und warte darauf, wie der Kampf um die F & E ausgehen wird. Es dauert nicht lange.

Alle Lampen gehen gleichzeitig aus, und auf der Station herrscht ein seltsames Zwielicht, als wir nur noch den sonnendurchfluteten Kristall als Lichtquelle haben. Die Geräusche verstummen auf einen Schlag, ebenso wie das stets präsente Summen der Stationsanlagen. Entsetzen erfüllt mich, als sich eine ohrenbetäubende Stille über uns legt. Ich sehe mich panisch um und suche nach Halt bei einem anderen Menschen. Mein Blick fällt auf Angelou, und für eine kurze Sekunde hängen wir reglos in der Luft.

Dann sackt die ganze Station nach unten.

40

Wir stürzen durch den Nebel, und nun, da der Energieschild ausgefallen ist, kann uns nichts mehr aufhalten. Schreie dringen aus den Korridoren und werden von lautem Knacken untermalt, das durch die gläsernen Gänge hallt, als immer mehr Habitate abbrechen und die dünnen Tunnel den Bewegungen nicht gewachsen sind. Die Station schlingert jedes Mal, schwankt hierhin und dorthin, und ihre lebende Fracht mit ihr, da sie durch ihre sich ständig verändernde Form aus dem Gleichgewicht gebracht wird.

Ich halte mich an einer Bank an der Außenwand fest, als würde mein Leben davon abhängen, und presse die Nase gegen ein Fenster. Mein Magen ist in Aufruhr, mir schlägt das Herz bis zum Hals und droht, aus dem Brustkorb zu springen. Nebel und Regen fliegen an den Fenstern vorbei, und die dicken Schwaden, die einst einen dichten Schleier gebildet haben, stellen sich jetzt, da wir fallen, als völlig substanzlos heraus. Sie schweben wie eine Aura um uns herum, teilen sich vor uns wie das Rote Meer, und durch die umherwirbelnden Violett- und Pinktöne kann ich strahlend schimmerndes Blau erkennen.

Das planetare Netz.

Das Gitterwerk aus Energiefäden kommt immer näher und leuchtet mit jeder Sekunde heller. Mein Brustkorb zieht sich zusammen. Selbst wenn das Netz nicht ständig in Bewegung wäre, gäbe es darin doch kein Loch, durch das die Station hindurchpassen könnte. Und da der Energieschild nach der Explosion von H8 ausgefallen ist, gibt es im ganzen Universum nichts, das uns noch schützen kann. Beim Anblick meines bevorstehenden Todes erfasst mich Entsetzen, und ich verkrampfe jeden Muskel in meinem Körper, während ich innerlich panisch schreie.

Doch durch eine seltsame Wendung des Schicksals prallen die Überreste von Habitat sieben zuerst auf das Netz. Blaue Lichtblitze zucken durch mein Sichtfeld und werden in jeder Richtung von Abertausenden von Kristallsplittern reflektiert, die in einer Kakofonie aus schrillen Tönen in der Mittagssonne explodieren. Kristalline Scherben fliegen überall herum, werden durch die Luft geschleudert und sausen überraschend problemlos als tödliche Splitter durch die Löcher im Netz. Orangefarbene Detonationen sind auf dem Blau zu sehen – Schildgeneratoren, die von Trümmern getroffen werden –; das Zentralhabitat bebt und wird von den pfeifenden Schrapnellen, die gegen die Hülle prallen, aus dem Gleichgewicht gebracht. Dennoch kommt das Netz immer näher, saust in einer Welle aus Orange und Blau auf uns zu, und das strahlende Licht dringt vor mir durch die Wand …

… nur um wenige Augenblicke, bevor wir hindurchfallen, zu erlöschen.

Brennende Generatoren regnen rings um uns herum vom Himmel, ihre rauchenden Überreste haben sich um geschwärzten Kristall gewunden, und dann haben wir das Feld hinter uns gelassen und stürzen durch die Atmosphäre weiter nach unten. Doch die wundersame Zerstörung des Netzes wird unseren Untergang nur verzögen, aber nicht aufhalten. Da wir aus dieser Höhe und mit einer derartigen Geschwindigkeit auf den Planeten fallen, werden wir beim Aufprall sterben.

Während ich mich weiter an der Bank festhalte, wende ich mich vom Fenster ab, da ich es nicht länger mit ansehen kann. Auf der anderen Seite des Korridors hat sich Ty zwischen mehrere Topfpflanzen in einen Alkoven gequetscht und hält Angelou in den Armen. Wie ich sehe, sind wir drei als Einzige noch hier; alle anderen haben sich nach dem Verlust der Habitate in den Räumen verteilt. Ein Mann liegt mit gespaltenem Schädel in der Nähe, er muss ihn sich an einer Wand aufgeschlagen haben, und mir wird speiübel. Doch ich unterdrücke den Drang, mich zu übergeben, und konzentriere mich auf Ty und Angelou. Ty presst die Lippen aufeinander und wirkt entschlossen, ihre Muskeln treten deutlich hervor. Ich kenne diese Miene bei ihr, die besagt, dass sie eher sterben wird, als Angelou loszulassen. Und was ihn angeht ... Ich hatte erwartet, dass der Doktor entsetzt und vor Angst wie versteinert sein würde, doch stattdessen hat er seinen Chip aktiviert und arbeitet mit den Fingern hektisch in dem Holo, das über seiner Hand dargestellt wird.

Das ist die Stationssteuerung, begreife ich schließlich.

Ich umklammere die Rückenlehne der Bank so fest, dass meine Fingerknöchel weiß hervortreten, während ich ihn beobachte. Angelou murmelt etwas vor sich hin, bewegt das Holo mal in die eine und dann wieder in die andere Richtung, stellt mit einem Finger Verbindungen her und trennt sie mit einem anderen. Rote und goldene Lichter gehen überall an und aus, als er versucht, die zerbrochenen Relais und zerschmetterten Stabilisatoren zu umgehen, die funktionierenden Teile mit neuen Energiequellen zu verbinden und die beschädigten Teile, die das Netzwerk unterbrechen, auszuschließen. Er verzieht vor Konzentration das Gesicht, und eine manische Entschlossenheit schimmert in seinen eisblauen Augen. In mir wallt Stolz auf. Das ist der Mann, der die F&E gebaut hat.

Und er wird sie retten.

Wir fallen weiter nach unten, wanken nicht länger, sondern stürzen einfach in die Tiefe, und ich wage einen weiteren Blick durch das Fenster. Der Boden ist jetzt bereits zu sehen, noch immer weit unten, aber er kommt immer näher. Trotz meiner Hoffnung habe ich Angst, die sich durch meine Adern ausbreitet und mein Inneres gefrieren lässt. Die Zeit scheint stillzustehen, und alles um mich herum wird auf die einfachsten Empfindungen reduziert: der Geschmack von Blut in meinem Mund, meine schmerzenden Arme. Die kalte Gewissheit des bevorstehenden Todes. Mir steigen Tränen in die Augen, als mir klar wird, dass ich noch nicht bereit bin. Trotzdem beiße ich die Zähne aufeinander und bin entschlossen, wie ein Soldat zu gehen.

»Ja!«

Das Licht geht wieder an, als sich die Stationsanlagen summend bemerkbar machen. Die Station ruckt, als ein riesiges Energienetz vom Zentralhabitat ausgeht und unseren Sturz wie ein gewaltiger Fallschirm aufhält. Ich sause in die Luft und stürze wieder zu Boden, wobei ich so hart auf dem Hintern aufkomme, dass meine Zähne klappern. Wir fallen noch immer, jetzt jedoch viel langsamer, und das riesige Energienetz erzeugt genug Luftwiderstand, um das tödliche Momentum abzubremsen. Ein warmes Vibrieren strömt durch meine Beine, als zahlreiche Schubeinheiten angeworfen werden und uns noch langsamer sinken lassen. Die Frage ist nur, ob das reichen wird. Ich schließe die Augen und mache mich auf den unausweichlichen Aufprall gefasst.

Erdbrocken fliegen durch die Luft, als wir hart aufkommen und in einer Woge aus Steinen und Sand weiterrutschen. Ich spüre den Stoß bis in die Wirbelsäule hinauf und schlage mit dem Hinterkopf gegen die Wand. Vor meinen Augen tanzen Sterne, und kurz wird alles schwarz.

Doch im nächsten Augenblick bin ich schon wieder bei Bewusstsein. Ich blinzle mehrmals, und mein Kopf tut höllisch weh, während ich mich bemühe, wieder etwas zu erkennen. Vor meinen Augen ist alles verschwommen und gleicht einer bedeutungslosen Collage aus Schatten und Licht. Bei der ungewohnten Blindheit überkommt mich Panik, und ich reibe mir die Augen, um sie wieder freizubekommen. Endlich wird das Bild deutlicher, und die vagen Schatten fügen sich zu vertrauten Formen und Farben zusammen. Eingestürzte Gänge und mit Erde beschmierte Fenster, zerbrochener Kristall und zerfetzte Pflanzen. Tys große Gestalt, die an der gegenüberliegenden Wand in sich zusammengesackt ist, Angelou noch in ihren Armen.

Beruhigt, dass ich noch etwas sehen kann, schließe ich die Augen und lehne den Kopf vorsichtig gegen die Wand. Es ist fast schon unheimlich ruhig auf der Station, nirgendwo sind Stimmen oder Schreie zu hören, nicht einmal das Piepen einer Maschine, nachdem wir die Bruchlandung auf dem Planeten hingelegt haben. Da ist nichts als Stille.

Lange Zeit sitze ich einfach nur da, blinzle die Schmerzenstränen weg und denke darüber nach, ob es sich überhaupt lohnt, aufzustehen. Erst die Schreie helfen mir, eine Entscheidung zu treffen, das leise Wimmern, Stöhnen und Jammern, das durch die Station wabert und bewirkt, dass ich mich langsam aufrapple. Mir ist schwindlig, wahrscheinlich von der harten Landung, und ich lehne mich an die Wand und warte darauf, dass der Schwindel abflaut. Mir tut jeder Zentimeter meines Körpers weh, von den Prellungen durch den Aufprall bis hin zu den Scherben der Station, die noch in meinem Rücken stecken, aber das alles ist zu ertragen. Ich spüre diesen Schmerz nur, weil ich noch am Leben bin.

Zu meiner großen Erleichterung setzen sich Ty und Angelou kurz danach auf. Ihrem Stöhnen nach zu urteilen, leiden sie ebenso wie ich, aber mit ein wenig Hilfe können sie aufstehen. Ty und ich sehen uns an und wissen nicht, was wir tun sollen.

»Ins Atrium«, sagt Angelou und beantwortet unsere unausgesprochene Frage mit erstaunlich kräftiger Stimme. »Dort haben sich alle versammelt, um den Abschuss von Erzengel mit anzusehen. Jetzt werden sie auch alle da sein.«

Ich nicke und bin dankbar, dass jemand die Führung übernimmt. Gemeinsam bahnen wir uns einen Weg durch die Trümmer, vorbei an zerbrochenen Bänken und zersplittertem Kristall. Vor einem Büro bleiben wir gerade lange genug stehen, dass Angelou sich neben eine Offizierin knien und ihren Puls fühlen kann, aber nach einem Augenblick schüttelt er den Kopf. Bei den nächsten beiden Menschen, an denen wir vorbeikommen, macht er sich diese Mühe nicht, da offensichtlich ist, dass sie tot sind.

Als wir im Atrium ankommen, ist auch hier alles zerstört. Menschen liegen auf dem Boden und den Tischen zwischen zersplitterten Möbelstücken und Pflanzenteilen. Immerhin waren die Tische am Boden befestigt, aber ich möchte mir lieber nicht vorstellen, wie viele Leute von herumfliegenden Stühlen und anderen Teilen getroffen wurden. Trotz der Strapazen stehen die meisten gerade auf und humpeln zu ihren Kameraden, um ihnen zu helfen. Wundersamerweise gibt es zwar sehr viele Verletzte, aber erstaunlich wenig Tote, da sich so gut wie jeder zu bewegen scheint oder zumindest stöhnt.

»Wir sollten ein Medkit suchen«, sage ich, bevor mir klar wird, wie lächerlich das klingt.

Ty schnaubt, wimmert aber sofort vor Schmerz. Ich weiß genau, wie es ihr geht.

»Vielleicht auch nicht«, füge ich hinzu, da wir in diesem Chaos sowieso kein Medkit finden würden, selbst wenn es im Atrium eins geben sollte.

»Aber wir können nach den Überlebenden sehen«, merkt Ty an, »und wenn wir Glück haben, findet sich ja irgendwo ein Medkit.«

Schon setzt sie ihre Worte in die Tat um und humpelt zu dem, der ihr am nächsten ist, ein Ingenieur mittleren Alters in einem blutbeschmierten silbernen Kittel. Er ist bei Bewusstsein, hat aber offensichtlich starke Schmerzen. Ty überprüft seinen Puls und redet dabei mit leiser Stimme auf ihn ein. Ich will ihr gerade folgen, als Angelou neben mir auf einmal in sich zusammensackt.

Sofort stürze ich alarmiert vor und kann ihn gerade noch auffangen, bevor er auf dem Boden aufkommt, um ihn mit einem schmerzenden Arm zu stützen. Ich sehe mich in dem völlig zerstörten Raum um und suche nach einem sicheren Ort, an dem ich ihn absetzen kann. Als ich ihn zu einer mitgenommenen Couch bringen will, die erstaunlicherweise noch steht, höre ich auf einmal schnelle Schritte hinter mir.

Was zum …?

Ich habe kaum Zeit, mich zu fragen, wer jetzt noch die Energie zum Rennen aufbringt, als auch schon eine Frau aus dem Korridor gelaufen kommt. Eine Frau mit pechschwarzem Haar. Mir fällt die Kinnlade herunter.

»Chen.«

Sie dreht sich zu mir um und sieht mich mit besorgter Miene an. Dann gehen alle Detektorlampen auf einmal an, und dreitausend Ghule fliegen aus ihrem Kopf.

* * *

Das Licht flackert, ergießt sich in weißen Strömen in den Raum, während der Feind mit perfekter Präzision zuschlägt. Angelou fällt als Erster, da er unserer ehemaligen Pilotin am nächsten steht, dicht gefolgt von Ty, die noch in stummem Entsetzen den Kopf hebt, sodass sie den Ghul sehen kann, der sich auf sie stürzt und in ihrem Kopf verschwindet. Der Anblick holt mich aus meiner Benommenheit, und ich will meinen Werfer abfeuern. Doch ich habe das Gas auf dem Dach der Relaisstation aufgebraucht und bin zum zweiten Mal an diesem Tag völlig hilflos.

Und so lasse ich die Hand sinken und kann nichts weiter tun, als einfach dazustehen und entsetzt mit anzusehen, wie unzählige Ghule aus Chens Kopf kommen, die wie regenbogenschwarze Schwaden durch das Licht wabern und Militärangehörige und

Zivilisten gleichermaßen in Besitz nehmen. Sie steigen hoch in die Luft und ballen sich zu so dichten Schwärmen zusammen, dass sie das Licht auslöschen, um sich dann wie Fledermäuse auf die hilflosen Menschen unter sich zu stürzen. Schreie hallen durch die Luft, als einige versuchen, gegen sie zu kämpfen, sich ihnen zu entwinden, sie schlagen auf die Formen ein, aber es ist sinnlos. Auf diese Weise kann man den Feind nicht bekämpfen, unsere körperliche Verteidigung kann einer formlosen Spezies nichts anhaben.

Mit rasendem Herzen sehe ich zu, wie sie um meinen Kopf herumwirbeln, und ich bin überzeugt, dass ich jeden Augenblick der Nächste sein werde, dass einer durch das Chaos auf mich zukommen und das Leben, so wie ich es kenne, beenden wird. Doch es geschieht nicht. Genau wie auf dem Dach der Relaisstation, als sie sich alle auf Chen gestürzt und mich ignoriert haben, als wäre ich unsichtbar, scheine ich auch jetzt nicht als Wirt infrage zu kommen, genauso wenig wie ein lebloses Objekt wie ein Tisch oder ein Stuhl. Andererseits bin ich aber auch der einzige Mensch in der F&E, der einen ghulsicheren Anzug trägt.

Was wiederum bedeutet, dass ich der Einzige bin, der etwas unternehmen kann.

Dieser Gedanke reißt mich aus meiner Tatenlosigkeit. Ich reiße den Injektor mit Psi-Lac von Angelous Gürtel und verpasse ihm die Dosis, wobei ich ihn festhalte, damit er sich mir nicht entwindet.

»Kommen Sie!«

Ich werfe die Phiole beiseite und zerre ihn zur Tür. Gemeinsam bahnen wir uns den Weg durch das Labyrinth aus Korridoren und Trümmern und lassen die zerschmetterten Überreste des Atriums hinter uns zurück, wenngleich uns das grelle Licht und die verängstigten Schreie noch lange folgen. Ein klaffendes Loch in der Außenwand ermöglicht uns die Flucht, und wir treten aus den weiß erhellten Gängen ins Sonnenlicht hinaus. Ich bleibe stehen, sehe mich blinzelnd um und versuche, mich zu orientieren.

Wir haben unsere Bruchlandung in der Nähe einer Stadt hingelegt. Einer mir vertrauten Stadt, wie ich nach einem Augenblick feststelle, nämlich derselben, in der ich Chen zurückgelassen habe. Das kann ich anhand der hoch aufragenden Relaisstation in der Ferne erkennen. Wahrscheinlich war ihre Betäubungspistole nicht mehr voll geladen gewesen, als sie sich erschießen wollte, sonst wäre sie so schnell nicht wieder aufgewacht. Doch die Tatsache, dass ich weiß, wo wir sind, hilft mir noch lange nicht bei der Entscheidung, wo wir hingehen sollen. Vorerst bringe ich Angelou einfach so weit von der abgestürzten Schwebestation weg, wie ich nur kann, da ich Angst vor dem habe, was diese Armee aus Besetzern darin tun wird, sobald die Schatten die Kontrolle über sie übernommen haben. Es ist aber auch klar, dass wir mit unseren Verletzungen nicht weit kommen werden.

Einige Minuten später sinken wir im Schutz einiger Bäume zu Boden, deren tief hängende Äste uns zumindest ein wenig Deckung geben. Ich hoffe sogar, dass man uns vom Habitat oder der Stadt aus nicht sehen wird, wenn man nicht zu genau hinschaut. Jetzt, da der Adrenalinstoß langsam nachlässt, fällt mir das Denken immer schwerer. Trauer und Entsetzen lassen mich erschaudern, und meine Hände hören nicht auf zu zittern. Ich vergrabe den Kopf in den Armen und kann nichts anderes denken als: *Was machen wir denn jetzt? Was machen wir denn jetzt?*

Auf einmal packen Hände meinen Arm und ziehen ihn von meinem Gesicht weg. Ich habe gerade noch Zeit, den Injektor zur Kenntnis zu nehmen, da bohrt sich die Nadel auch schon in meinen Arm, und ich entdecke die Phiole Schat 1280 in der Kammer. Mein Blut fließt hinein, und die Flüssigkeit färbt die durchsichtige Substanz darin rot. Angelou zieht die Phiole heraus, schüttelt sie und starrt sie angespannt an, während sich die beiden Substanzen vermischen, bis der Inhalt wieder durchsichtig geworden ist.

Nicht infiziert.

Für mich ist das zwar keine Überraschung, aber Angelou atmet erleichtert auf. Er lässt den Injektor sinken, nimmt meine Hand und verlinkt sich mit meinem Chip, um mir drahtlos Informationen zu linken, die so schnell übertragen werden, dass ich ihnen gar nicht folgen kann.

Ich starre den Datenstrom an. »Was ist das?«

Er blickt zu mir auf, und seine eisblauen Augen sehen in der Mittagssonne beinahe weiß aus. Unter seinem durchdringenden Blick erschaudere ich unwillkürlich, und seine Antwort bewirkt, dass mir nur noch kälter wird.

»Erzengel.«

Ich schüttle den Kopf und kann es nicht glauben, auch wenn der Beweis vor meinen Augen durch die Luft schwebt. »Doktor ...«

»Wir haben nicht viel Zeit«, unterbricht er mich. »Da alles andere gescheitert ist, liegen unsere Hoffnungen nun in Ihren Händen. Ich verlinke Ihnen alles. Zugangscodes, Standorte, alles, was Sie benötigen, um Erzengel zu aktivieren.«

»Sie verstehen nicht ...«

»Es gibt ein zweites Kontrollzentrum, das für den Fall erschaffen wurde, dass mit der F&E etwas passiert. Sie müssen so schnell wie möglich dorthin gelangen. Ich habe für den Notfall hier unten auf Prisma ein Schiff versteckt ... die *Eos*. Die Autorisierungscodes und die Position sind ebenfalls hier vermerkt«, fährt er fort und nickt zu meinem frisch aktualisierten Chip hin. Dann steht er auf und zieht mich mit sich auf die Beine.

»Doktor!«

Er hält inne, auch wenn ich mir nicht sicher bin, ob es an meinem Tonfall liegt oder daran, dass der Upload beendet wurde. Zur Abwechslung spiegelt sich in seinen Augen weder Sarkasmus noch Überlegenheit oder auch nur Nüchternheit wider, sondern Hoffnung.

Ich schlucke einmal schwer, dann noch ein zweites Mal und versuche, den Kloß loszuwerden, der mir die Kehle zuschnürt. »Er funktioniert nicht, Doktor«, bekomme ich endlich über die Lippen.

Angelou schüttelt den Kopf und versteht nicht, worauf ich hinauswill. Ich klappe den Mund wieder auf, und mit einem Mal kommt die ganze Geschichte heraus.

»Erzengel tötet die Ghule nicht, das hat er nie getan! Aus diesem Grund bin ich vorhin zu Ihnen gekommen; das wollte ich Ihnen erzählen. Der Feind hat einen Transceiver in der Relaisstation eingebaut und das Signal gekapert, das an die F&E geschickt wurde. Verstehen Sie, was ich Ihnen erzähle? Sie haben uns die ganze Zeit falsche Daten geschickt und uns dazu gebracht, etwas zu bauen … Ich weiß selbst nicht, was es ist. Vermutlich eine Waffe, die sie erschaffen haben. Und als wir sie endlich fertiggestellt haben, ließen sie uns glauben, wir hätten unseren Ghulkiller gefunden, und versteckten sich in den Köpfen der Besetzer, damit wir sie weder mit den Lichtern noch mit den Energiezäunen und auch nicht über ihren Geruch aufspüren konnten. Ich wünschte mir so sehr, er würde funktionieren, aber das tut er nicht. Es tut mir so leid, so unendlich leid.«

Angelou starrt mich entsetzt an und schüttelt den Kopf, als könnte er nicht glauben, was er da gerade gehört hat. Ich greife in meine Tasche, hole den Chip heraus, den wir aus dem Transmitter der Relaisstation entfernt haben, und drücke ihn dem Doktor schweigend in die Hand. Einige Sekunden lang dreht er ihn einfach nur zwischen den Fingern, als hätte er Angst, sich den Inhalt anzusehen. Schließlich verlinkt er ihn mit seinem Chip, und mit seinem geschulten Blick hat er die Beweise, die Chen und ich entdeckt haben, schnell gefunden. Ich halte den Atem an und bin gespannt auf seine Reaktion.

Seine Fassungslosigkeit verwandelt sich von einer Sekunde zur nächsten in Zorn. Er mahlt mit dem Kiefer, bläht die Nasenflügel auf, und seine sonst immer so blassen Wangen werden puterrot. Ungezügelter, reiner Zorn sprüht aus seinen Augen, und ich trete unwillkürlich einen Schritt zurück.

»Die Relaisstation war *sicher!*«, stößt er schnaubend aus. »Ohne Hilfe kann kein Besetzer dort hineingelangt sein. Wer war das? Ich will wissen, wer das getan hat! Wer hat uns verraten und dem Feind geholfen?«

Er geht erneut die Daten auf dem Chip durch und bewegt die Finger rasend schnell, während er nach etwas sucht, das nur er allein finden kann. Mit einem Mal erstarrt er, und ein einzelner Zugangscode hängt vor ihm in der Luft. Er stößt einen erstickten Schrei aus, und sämtliche Farbe weicht aus seinem Gesicht. Als er sich eine Hand an die Brust legt, ist offensichtlich, dass er in diesem Augenblick tödlicher getroffen ist, als es mit einem Schuss aus einer Laserpistole möglich gewesen wäre. Danach tut er etwas, das ich in einer Million Jahre nicht für möglich gehalten hätte.

Er sinkt auf die Knie, lässt den Kopf in die Hände sinken und weint.

* * *

Ich sitze völlig betäubt unter einem Baum und warte auf Angelou.

Er ist vor einer Weile aufgestanden, mit roten, verquollenen Augen, aber erstaunlich ruhig, und hat etwas darüber vor sich hingemurmelt, dass er einen Link schicken muss. Ich hatte mich erst gefragt, wie er das anstellen will, wo die F&E doch auf der Planetenoberfläche in unzählige kristalline Stücke zersprungen ist, doch dann fiel mir ein, dass die APs ja noch intakt sein müssten – jedenfalls intakt genug, um Kontakt aufzunehmen. Solange sein Chip dafür ausreicht, diese Atmosphärenplattformen zu erreichen, oder mit einem Satlink ausgestattet ist, kann er seinen Link über diese interstellaren Sendestationen überall hinschicken.

Was immer er auch für eine Nachricht übermittelt hat, jetzt kommt er wieder auf mich zu und ist anscheinend fertig. Ich nehme das mit großer Erleichterung zur Kenntnis, da die Besetzer das Wrack langsam umringen. Sie haben uns zwar noch nicht entdeckt – was nicht überraschend ist, immerhin sind sie durch etwas weitaus Größeres und Interessanteres abgelenkt –, aber ich bezweifle, dass unser Glück ewig anhalten wird.

»Sorenson.«

Ich blicke auf, als er das Wort an mich richtet.

»Sie müssen von hier verschwinden und ihnen mitteilen, was passiert ist. Suchen Sie Colonel Mittag im Militärischen Nachrichtenhauptquartier auf Yratia auf und sagen Sie ihm, dass ich Sie geschickt habe.« Er linkt mir den Namen und die Koordinaten.

»Werden Sie mich nicht begleiten, Sir?«

»Für mich ist es längst zu spät.«

»Sie haben doch bestimmt noch weitere Medikamente auf Ihrem Schiff, oder nicht? Wenn wir Ihnen regelmäßig Psi-Lac und Schatt …«

»Und was dann? Soll ich in eine Besetzerkolonie gehen? Den Rest meines Lebens als Sklave dieser Kreaturen verbringen?« Seine Stimme trieft vor Abscheu, und nicht zum ersten Mal wird mir bewusst, dass ich diesen Mann völlig falsch eingeschätzt habe. Für mich war er die ganze Zeit ein unantastbarer Halbgott, dabei ist er auch nur ein Mensch. Seine Stimme wird sanfter, als hätte er meine Gedanken gelesen. »Außerdem gibt es hier noch eine Sache, die ich erledigen muss.«

Er zieht die Klinge aus seinem Kittel, als wäre sie wie von Zauberhand aufgetaucht. Ich kann gerade noch denken *Angelou hat ein Messer?*, da packt er auch schon mein Handgelenk. Schmerz zuckt durch meinen Arm, als er die Klinge tief in mein Fleisch stößt. Ich schreie überrascht auf und frage mich, ob die Wirkung des Psi-Lac nachlässt, doch dann zieht er die Klinge wieder heraus.

Zusammen mit meiner Komakapsel.

Er wirft sie auf den Boden und zermalmt sie mit seinem Absatz. Ich reiße entsetzt die Augen auf, als mir klar wird, was er vorhat. Er hebt die Hand, aber ich halte sein Handgelenk fest und schüttle den Kopf.

»Nein, Sir, nicht! Bitte, das können Sie nicht tun!«

»Sie wissen zu viel. Wir alle wissen zu viel. Sehen Sie nur!« Er deutet zum Himmel, wo ein Schiff bereits ungehindert durch ein riesiges Loch im planetaren Netz nach oben steigt. »Das Netz ist ausgefallen, sodass interstellare Reisen wieder möglich sind. Normale Besetzer sind schon schlimm genug, aber die Menschen, die auf der F & E gearbeitet haben, sind viel schlimmer. Niemand kann voraussagen, welchen Schaden sie anrichten werden, welche Art von geheimen Informationen sie weitergeben, bevor das Militär diesen Planeten erneut unter Quarantäne stellen kann. Sie könnten den Kriegsbemühungen auf unfassbare Weise schaden, wenn sie nicht aufgehalten werden.«

Ich denke mit staubtrockenem Mund und bebenden Lippen über seine Worte nach. Jede Zelle in meinem Körper protestiert bei dem, was er da andeutet, und doch weiß ich, dass er recht hat. Wir reden hier über Zivilisten und Militärangehörige, die auf einer streng geheimen Basis gearbeitet haben. Allein das, was Angelou weiß, reicht wahrscheinlich schon aus, um unseren Untergang zu besiegeln, wenn diese Informationen in die falschen Hände gelangen – und wie könnte das nicht passieren, wo das planetare Netz jetzt offen ist und die Besetzer bereits damit anfangen, das Wrack zu plündern? Ich will protestieren und ihm sagen, dass es einen anderen Weg geben muss …

Aber es gibt keinen.

Ich blicke auf das blutige Loch in meinem Handgelenk hinab und dann zu dem kleinen Wulst, der sich unter Angelous Haut abzeichnet. Er hat sich ebenso dafür entschieden wie ich und all die anderen, und wenn ich einer jener Besetzer dort in der zertrümmerten Station wäre, dann wüsste ich, wie ich mich entscheiden würde.

Mit Tränen in den Augen lasse ich sein Handgelenk los.

Angelou starrt seine Komakapsel einige Sekunden lang an und sieht unglaublich traurig aus. »›Ich habe einen guten Kampf gekämpft‹«, sagt er sehr leise, »›ich habe den Lauf vollendet, ich habe Glauben gehalten.‹« Dann hebt er den Kopf und lächelt mich an, und dieses Lächeln ist so aufrichtig und rein, dass es nichts als wahre Menschlichkeit widerspiegelt. »Gewinnen Sie diesen Krieg für uns, Sorenson.«

Mit einem Fingerschnippen ruft er den Befehl auf, hebt die Hand, hält jedoch im letzten Augenblick inne. Er beugt sich vor und sieht mich mit loderndem Blick an. »Erzählen Sie niemandem, dass Sie Erzengel haben. Sagen Sie allen, ich wäre gestorben und Erzengel mit mir.«

Ich runzle die Stirn. »Nicht mal dem Colonel?«

»Nicht mal dem Colonel. Wenn Sie es ihm sagen – wenn Sie es *irgendjemandem* sagen –, wird *sie* es erfahren.«

Sie? Ich will ihn schon fragen, wen er meint, als er plötzlich das Handgelenk dreht. Schon verkrampfen sich sämtliche Muskeln in seinem Körper, und er verzieht schmerzgepeinigt das Gesicht, während die Komakapsel ausgelöst wird und die höheren Funktionen seines Gehirns sowie seinen motorischen Cortex ausschaltet, sodass er als reglose Hülle auf dem Boden zusammensackt.

In der Ferne werden Rufe laut, da die Besetzer anscheinend dasselbe gesehen haben wie ich. Der Schmerz in meiner Brust ist beinahe unerträglich. Ich versuche, nicht an all die Menschen in der Station zu denken, die alle dasselbe furchtbare Schicksal erleiden, weil Angelou alle Komakapseln gleichzeitig aktiviert hat. Ich will nicht an Ty, Chen, Asriel und Vange denken, nicht an Preston, Inoue und Jacobi. An mein Deltateam, das mir ans Herz gewachsen ist, und an all die anderen Teams. Zivilisten, Militär und PsyCorp. Menschen, mit denen ich Seite an Seite gelebt und gearbeitet habe. Menschen, die mir zu Freunden geworden sind. Menschen, die ich als meine Familie betrachtet habe. Ich will nicht an sie alle denken.

Aber es gelingt mir nicht.

Das Letzte, was ich sehe, bevor ich mich umdrehe und fliehe, sind Angelous eisblaue Augen, die blicklos zum pastellfarbenen Himmel hinaufschauen und doch nie wieder die Nebelschwaden rings um sein schwebendes Heim sehen werden.

An Bord der *SBS* Retribution
Flaggschiff der Ersten Admiralin der Sternenbundflotte

Sie stand unter der Dusche, als der Link ankam, und der Chip in ihrer Hand summte so heftig, dass es beinahe wehtat. Die Admiralin schaltete den Chip mit einem Finger ab. Was immer er ihr zu sagen hatte, konnte warten.

Zwanzig Minuten später reaktivierte sie ihren Chip, nachdem sie komplett angekleidet war. Ein seltsamer Schauder erfasste sie, sobald sein Gesicht auf ihrer Handfläche auftauchte. Seine sonst so ruhigen Gesichtszüge wirkten wütend, seine eisblauen Augen loderten, und er hatte rote Flecken auf den Wangen.

»Wie konntest du das nur tun?!«

Seine Stimme schwankte vor Zorn. So hatte sie ihn schon seit fünfzehn Jahren nicht mehr gesehen, nicht seit dem Tag, an dem sie sich zerstritten hatten und zum Doktor und der Admiralin geworden waren.

»Hast du etwa geglaubt, ich wüsste nicht, was du so treibst? Dass mir dein kostbares kleines Helios-Projekt verborgen geblieben wäre? Ich kenne zwar nicht alle Einzelheiten, aber ich weiß genug. Genug, um mir darüber im Klaren zu sein, dass es nur etwas überaus Niederträchtiges sein kann, das jeglicher Moral, Ethik und sogar Gott selbst widerspricht! Aber ich habe mich nicht eingemischt. Ich habe dir freie Hand gelassen, auch wenn das womöglich unklug war, und so vergiltst du es mir?! Indem du uns dem Feind zum Fraß vorwirfst? Indem du den Kreaturen hilfst, die uns vernichten wollen?!«

Er beugte sich vor, und sein Blick schien sie wie mit Messern zu durchbohren, als er flüsterte: »Ich wusste, dass du das warst. Ich wusste, dass du uns verkauft hast. Und was hast du daraus gelernt, Icaria? Was macht dich so sicher, dass du es wagst, die größte Hoffnung der Menschheit auf ein Überleben zu vernichten?«

Sie hatte sich zwar schon vor langer Zeit angewöhnt, sich ihre emotionalen Reaktionen nicht anmerken zu lassen, aber jetzt, da sie ihren Namen hörte, den man ihr vor so langer Zeit gegeben und den er seit Jahren nicht mehr ausgesprochen hatte, zuckte sie dennoch zusammen. Obwohl es nur ein aufgezeichnetes Holo und kein Livefeed war, drang ihr dieses Wort bis ins Mark, wurde von dem einzigen Menschen im Universum, der diese Macht besaß, tief in ihr Herz getrieben.

Er schüttelte den Kopf, und der Zorn in seinen Augen verwandelte sich in nackte Verzweiflung. »Wie konnte ich bei dir nur so gnadenlos scheitern? Wie konnte ich dich dermaßen auf Abwege führen, da ich dich doch nur lehren wollte? Wenn ich die Chance hätte, noch einmal von vorn anzufangen, wüsste ich nicht, was ich anders machen würde. Mir ist völlig schleierhaft, wie ich diese schreckliche Wendung abwehren könnte.«

»Nein, das könntest du nicht«, murmelte sie leise.

»Daher sage ich nur das Eine: Ich weiß nicht, was du dadurch erreichen willst, aber ich bin davon überzeugt, dass du es bereuen wirst. Und auch wenn ich nicht mehr da sein werde, um dir die gerechte Strafe zuteilwerden zu lassen, schwöre ich bei Gott, dass du den Tag verfluchen wirst, an dem du mich verraten hast, und dass du dir von ganzem Herzen wünschen wirst, du hättest einen anderen Kurs eingeschlagen.«

Sein Blick bohrte sich noch einige Sekunden lang in sie hinein, dann endete das Holo und zeigte nur noch das letzte Bild an. Darauf sah man ihm seinen Zorn an, und er verzog vor Abscheu die Lippen, doch in seinen Augen lag noch viel mehr als nur Wut. Hinter dem Schmerz und der Verwirrung, der Trauer und der Entrüstung, unter den vielen Jahren des Verrats, die nun mit dem ultimativen Dolchstoß endeten, war noch etwas anderes darin zu erkennen.

Liebe.

Sie saß sehr lange Zeit einfach nur da und starrte dieses Standbild _an, auf dem er mit zur Maske erstarrtem Gesicht zu sehen war. Dabei nahm sie jedes noch so kleine Detail seines gealterten Gesichts, in dem sich seine standhafte Überzeugung widerspiegelte, in sich auf. Als sie schließlich »Rücklink« aktivierte, sagte ihr die Nachricht, die auf ihrer Handfläche erschien, alles._

*Fehler: Empfänger nicht gefunden*

Da stand nichts von nicht erreichbar oder deaktiviert. Keine Meldung wie »Verbindung kann nicht hergestellt werden« oder »Interferenzfehler«. Keine der üblichen Nachrichten, die man bei einem Transmissionsfehler oder der Fehlfunktion eines interstellaren Netzwerks erhielt. Nicht einmal die Nachricht, die angezeigt wurde, wenn der Chip eines Benutzers vollkommen beschädigt oder zerstört worden war.

Empfänger nicht gefunden.

Das war die Art von Nachricht, die man erhielt, wenn der Chip eines Empfängers vollkommen gelöscht worden war, derart gründlich gereinigt, dass man mit der ausgiebigsten Suche keinen Hinweis auf seine Existenz finden konnte, und es war, als hätte dieser Benutzer niemals existiert. Das Endresultat eines alles vernichtenden Liquidationsprogramms, das sich durch die Filamente des Chips brannte und nichts mehr übrigließ. Die Art von Programm, die Menschen in hochrangigen Positionen wie der Doktor automatisch in einer einzigen Situation aktivierten.

Wenn sie starben.

Eine Vibration in ihrer Handfläche machte sie auf einen eintreffenden Link vom Captain der Retribution _aufmerksam. Die Admiralin ließ das Holo des Doktors in der Luft schweben und nahm nur den Audioteil der Nachricht an._

»Admiralin, ich muss Sie bitten, sofort auf die Brücke zu kommen. Wir erhalten Informationen, die Sie sich unbedingt ansehen sollten.«

»Ich bin beschäftigt«, erwiderte sie knapp.

Ein vielsagendes Schweigen hing in der Luft. »Wir haben Berichte über unsere Basen auf Voce Bella, Ka Mala und Jyara Prime erhalten. Und es kommen ständig weitere Berichte von allen wichtigen Militärbasen, Versorgungsdepots und Produktionsanlagen, die allein für die Herstellung und Lieferung der im Krieg benötigten Waffen und Tech zuständig sind.«

»Und?«

»Sie wurden alle zerstört, ohne Ausnahme.«

Sie blinzelte; diese Nachricht überraschte sie, kam aber gleichzeitig nicht unerwartet. »Ich bin sofort da.«

Nachdem sie den Link aktiviert hatte, sah sie sich das Gesicht des Doktors noch ein letztes Mal an, bevor sie es ebenfalls in ihrer Handfläche verschwinden ließ. Da es nichts anderes mehr zu tun gab, beendete sie in Ruhe ihr morgendliches Ritual, richtete ihre Bluse und sorgte mit Haarspray dafür, dass jede einzelne Haarsträhne an ihrem Platz lag. Zu guter Letzt zog sie einen Ärmel hoch und enthüllte das Tattoo, das sich auf ihrem rechten Handgelenk befand.

Das Tattoo eines dunklen Regenbogens, der einen achtzackigen Stern umgab.

Sie griff nach einem Fläschchen mit Flüssigverband und sprühte die tätowierte Haut damit an, um dann zuzusehen, wie die durchsichtige Flüssigkeit automatisch ihre Hautfarbe annahm. Schließlich war das Tattoo nicht mehr zu sehen und ganz unter einer fleischfarbenen Schicht verschwunden, die von ihrer Haut nicht zu unterscheiden war. Danach knöpfte sie die Uniformjacke zu und verließ den Raum.

41

Kristallines Licht umgibt mich und spiegelt sich in den leeren Gängen wie in den Facetten von Diamanten wider. Ich laufe mit meinem Werfer in der Hand durch den Außenkorridor des Zentralhabitats und suche panisch nach den anderen. Draußen wirbeln die Nebelschwaden wie eh und je, aber auf der Station ist kein Laut zu hören. Es ist alles ruhig. Meine Stimme hallt durch die Luft, als ich nach ihnen rufe, einmal, zweimal, dreimal. Wo sind sie? Ich muss sie finden, ich muss sie warnen!

Ein Geräusch hinter mir macht mich stutzig. Ich drehe mich um, und da ist Chen, die ihr schwarzes Haar wie üblich zu einem Knoten gebunden hat. Als ich mich im Kreis drehe, stehen auf einmal alle um mich herum. Ty, Archer, RC. Zephyr, Asriel und Evangeline. Songbird und Kagawa, Raisman und Herrera. Inoue mit seinem vorsichtigen Mut und Angelou. Natürlich ist Angelou auch da; er steht inmitten der anderen, und seine eisblauen Augen glitzern in dem schwachen Licht auf seltsame Weise. Er hebt seine Chiphand.

»Nein!«

Dann fallen alle gleichzeitig zu Boden. Ich gehe neben dem nächsten Opfer auf die Knie. Es ist Zel, deren Pferdeschwanz rotgolden auf dem Fußboden liegt. Ich packe sie, schüttle sie, schreie ihren Namen, aber es macht keinen Unterschied. Sie ist tot. Ich komme auf die Beine, taumele durch das Labyrinth aus Leichen und kann dem Meer aus Gesichtern doch nicht entkommen. Mein Fuß bleibt an etwas hängen, und ich stürze auf den Boden. Als ich den Kopf hebe, sehe ich wieder Angelou – er liegt auf dem Boden, starrt mich mit leerem Blick an und ist dazu verdammt, auf ewig in diesem Zustand zu verharren. Ich strecke eine Hand aus, um seine Augen zu schließen, doch auf ein-

mal werden sie wieder lebendig. Sein eiskalter Blick richtet sich gnadenlos und allwissend auf mich.

»Gewinnen Sie diesen Krieg für uns, Sorenson.«

Ich zucke schreiend zurück. Als ich mich umdrehen und fliehen will, sind die Leichen auf einmal überall; sie versperren mir mit leeren Gesichtern und toten Augen den Weg und halten mich fest. Verzweifelt drehe ich mich zu einem der Fenster um.

Der pastellfarbene Nebel ist verschwunden, und ich sehe ein Meer aus Ghulen. Es müssen Abermillionen sein, die sich gegen die kristallinen Wände der Station drücken und Einlass begehren; sie stehen so dicht nebeneinander, dass ich da draußen nichts als schwarze, zuckende Regenbögen sehe. Ich reiße meinen Werfer hoch, halte ihn hierhin und dorthin, während sie sich unaufhörlich gegen die Wände werfen. Die ganze Station bebt, und ein Riss entsteht, der sich wie eine Spannungslinie durch den Kristall zieht. Ich halte den Atem an und kann den Blick nicht von diesem Spalt abwenden …

Auf einmal stürzen die Wände um mich herum ein, und wir fallen. Wir fallen immer weiter, und ich glaube schon, dass es nie aufhören wird …

Ich wache keuchend auf. Schmerz zuckt durch meinen Rücken, als ich mich ruckartig aufsetze, aber ich ignoriere ihn und sehe mich in dem schwach beleuchteten Raum bereits nach meinem Werfer und meiner Pistole um, während ich aus dem Bett steige.

Koje, Schrank, Schreibtisch. Schlichte Metallwände, die in der gelben Notbeleuchtung sanft glühen. Ich muss mich zweimal umsehen, bevor mir endlich dämmert, dass ich nicht länger auf der Station bin. Es war nur ein Traum.

Und irgendwie auch Realität.

Ich lasse mich auf das Bett sinken, reibe mir die Augen und stelle fest, dass es zehn vor vier ist. Diesmal habe ich fast vier Stunden geschlafen, bevor ich von dem Albtraum aufgewacht bin. Wahrscheinlich sollte ich dankbar dafür sein, dass ich so viel Schlaf bekommen habe, aber ich bin einfach nur erschöpft. Es ist diese Art der alles verzehrenden Erschöpfung, die tief bis in die Seele reicht und sich nicht allein durch Schlaf beseitigen lässt. Falls man denn schlafen kann.

In der angrenzenden Hygieneeinheit mache ich mich frisch und wechsle in halb benommenem Zustand von der Toilette zum Waschbecken und zur Dusche. Das Wasser ist heiß, aber alles in mir ist taub, wie schon die ganze Zeit, seit ich mit Angelous Schiff vor ich weiß nicht mehr wie vielen Tagen losgeflogen bin und die Überreste meiner ganzen Welt zerschmettert auf der Planetenoberfläche zurückgelassen habe. Erzengels Versagen, der Absturz der Station, diese letzten Augenblicke mit Angelou, als er die Komakapseln aktiviert hat; ich habe all das in mir verschlossen, es weggesperrt, sodass es sich jetzt wie ein Geschwür in mir festgesetzt hat, vorerst schmerzlos, aber die Qualen werden grenzenlos sein, wenn es aufbricht. Anders als bei meinem Körper, denn da schmerzt jetzt schon jedes einzelne Körperteil.

Das Wasser wird abgestellt und durch das Desinfektionsspray ersetzt, das wie einhundert Laserstrahlen auf meinen Rücken trifft. Ich stütze mich mit beiden Händen an der Wand ab und ertrage den Schmerz zähneknirschend, um erleichtert aufzuseufzen, als es endlich vorbei ist. Ein kleiner Kristallsplitter fällt von meiner Schulter, als ich aus der Dusche trete, nur einer von mehreren Hundert, die noch immer in meinem Rücken, meinem Hintern und meinen Beinen stecken. Glücklicherweise hatte ich meinen Missionsanzug an, sonst hätten mich die kristallinen Schrapnelle, die bei der Explosion von H8 auf mich herabgeregnet sind, vermutlich getötet. Ich habe alle Stücke herausgezogen, an die ich herankommen konnte, aber der Rest muss warten, bis ich die MG-Basis erreiche und von einem Arzt behandelt werden kann.

Bis dahin bleibt mir nichts weiter, als das Desinfektionsspray darüberlaufen zu lassen, damit sich nichts entzündet, und den Schmerz auszuhalten. Laut Schiffscomputer dauert die Reise noch neun Tage. Wenigstens hatte Angelou genug Schmerzmittel auf seinem Schiff gelagert.

Ich ziehe mich an, nehme etwas gegen den Schmerz und stürze ein Glas Wasser hinterher, während ich mich in dem winzigen Cockpit umsehe. So weit, so gut. Alles an diesem Schiff ist glatt und hochmodern, darunter auch das Flug-/Navigationssystem, sodass es sich nahezu selbstständig fliegt. Ich musste nur die Koordinaten der Basis eingeben, den Rest erledigt das Schiff. Was bedeutet, dass ich es durch einen Flugfehler nicht zerstören kann – allerdings habe ich so auch absolut nichts zu tun.

Ich kann nur meine Wunden lecken und grübeln. Meinen Erinnerungen nachhängen.

Ich kneife die Augen zusammen. Wenn ich die Erinnerungen zulasse, werde ich sie nie wieder los. Um mich abzulenken, räume ich auf. Pakverpackungen, benutztes Geschirr, schmutzige Kleidung. In den sechs Tagen, die ich jetzt schon an Bord bin, war ich nicht gerade ordentlich. Angelou wäre bestimmt entsetzt, wenn er sehen könnte, wie es in seinem kostbaren Schiff aussieht.

Doch das kann er jetzt nicht mehr.

Ich fange in der Kombüse an, werfe den Müll weg und stelle das Geschirr in den Reiniger, mache danach in meinem Quartier das Bett, wobei ich die Decke und das Laken ordentlich glattziehe, bis es jede Wächterinspektion bestanden hätte. Als Letztes betrete ich die Hygieneeinheit, wo ich die Selbstreinigungsdüsen in der Dusche aufdrehe und dann alles, was offen herumsteht, in einer Schublade verstaue. Meine F&E-Uniform liegt genau an der Stelle, an der ich sie an meinem ersten Tag an Bord ausgezogen habe, zerknittert am Boden. Scharfe, tödliche Kristallinscherben bedecken noch immer die Rückseite. Ich wische sie vorsichtig in den Recycler, falte die Uniform zusammen und halte inne. Dann nehme ich sie langsam wieder auseinander und starre den schwarzen Stoff mit donnerndem Herzen an.

Der Anzug ist nicht mehr zu gebrauchen, da die Splitter den Stoff völlig zerfetzt haben. Ich befühle die Löcher im Rücken. Die Schicht, in der sich das ghulabweisende Gas befand, wurde an mehreren Stellen aufgerissen. Als die Station auf dem Boden aufgekommen ist, kann kein Gas mehr darin enthalten gewesen sein. Was bedeutet, dass ich nicht besser als jeder andere im Atrium vor dem Feind geschützt war, als Chen mit dem Kopf voller Ghule hereingekommen ist.

Sie haben mich laufen lassen.

Meine Knie geben nach, und ich sinke zu Boden und schüttle immer wieder den Kopf, da ich es nicht fassen kann. Nein, das ist unmöglich! Vielleicht waren es ja nicht genug Ghule für alle, oder sie haben mich aus einem anderen Grund übersehen. Doch dann muss ich an den schrecklichen Augenblick denken, in dem Chen hereingekommen ist, und dass Angelou und Ty – die beiden Menschen, die mir am nächsten waren – als Erste infiziert wurden. Alle anderen in der Nähe kamen direkt im Anschluss dran.

Alle, bis auf mich.

Die Frage ist nur: Warum? Welchen Grund könnte der Feind haben, mich zu verschonen? Unvermittelt fällt mir der letzte Datenchip wieder ein, den ich aus meinem Helm gezogen habe. Den Helm, der allein für mich angefertigt wurde.

Nein, das kann nicht sein!

Ich schüttle den Kopf und weigere mich zu glauben, dass es da irgendeine Verbindung gibt, aber selbst ich kann nicht leugnen, dass die beiden Situationen vergleichbar waren. Die Schatten haben mich nicht nur bei einer, sondern bei zwei Gelegenheiten übersehen – auf dem Dach der Relaisstation und nur wenige Stunden später im Atrium in der abgestürzten Station. Auf ähnliche Weise hat mich der Saboteur bei zwei anderen Gelegenheiten herausgegriffen, zuerst als er den Lasercutter in meinem Spind platziert hat und dann später den Chip in dem extra für mich hergestellten Helm versteckt hat.

Der Lasercutter. Damit hat alles angefangen, wird mir auf einmal klar. Es war der erste in einer Reihe von Brotkrumen, die mich direkt zu der Relaisstation geführt haben, wo ich den Transceiver entdeckt und die Wahrheit über Erzengel herausgefunden habe. Doch wenn Chen mit ihrer Theorie recht hatte, dann gab es nie einen Saboteur auf der F&E. Aber wie konnte ein Saboteur, der sich in einem unserer Militärdepots aufhält, einen Lasercutter in meinem Spind verstecken? Ich denke zurück an die Nacht, in der ich den Lasercutter gefunden habe. Damals habe ich im Dunkeln nach sauberer Kleidung gesucht, und der Lasercutter ist irgendwo rausgefallen ... aus meiner Wächteruniform!

Ich reiße schockiert die Augen auf. Da bin ich die ganze Zeit davon ausgegangen, dass jemand den Cutter in meinem Spind versteckt hat – und dass daher nur ein Mitglied der Testdivision infrage käme –, aber was ist, wenn der Cutter in meiner Wächteruniform versteckt war? Möglicherweise hat ihn mir jemand in die Tasche gesteckt, ohne dass ich es mitbekommen habe. Das ließe sich in einer Menschenmenge problemlos bewältigen, und der Cutter ist so leicht, dass es mir nicht einmal aufgefallen wäre, erst recht dann nicht, wenn es kurz vor dem Zeitpunkt passiert ist, an dem ich die Wächteruniform ohnehin ausgezogen habe. Das würde auch erklären, warum Asriel keine Manipulation an meinem Spind feststellen konnte, als ich wegen dieser Sache zu ihm gegangen bin. Ich zermartere mir das Hirn und überlege, wann ich diese Uniform das letzte Mal getragen habe. Da fällt es mir wieder ein.

Zuletzt hatte ich sie bei der Evakuierung von ScyLab 185 g an, keine vierundzwanzig Stunden bevor mich Dr. Daedalus Angelou rekrutiert hat.

Mir schießt alles durch den Kopf, was seitdem passiert ist, seit dem Tag, an dem die Schatten in das vermeintlich bedeutungslose ScyLab 185 g eingefallen sind und mich auf diese Weise mit Dr. Angelou zusammengeführt haben. Dann muss ich an meine letzte Unterhaltung mit Gran denken, nur wenige Stunden vor meinem Aufbruch zur F&E, und die letzten Worte, die sie zu mir gesagt hat.

Vergiss nicht, wer der wahre Feind ist.

Der wahre Feind. Bei diesen Worten geht mir auf einmal ein Licht auf, und ich stelle fest, dass der gemeinsame Nenner nicht etwa ein Mensch, sondern der Feind ist.

Schatten auf ScyLab 185 g, wo man mir problemlos den Lasercutter hätte unterschieben können.

Schatten in Militärdepot S6–4112, wo man mir durch die Chips die Wahrheit über Erzengel verraten hat.

Schatten auf der Prisma-Relaisstation, die unsere eigenen Daten nutzen, um uns nach ihren Vorgaben eine Waffe bauen zu lassen.

Schatten, die den verschwundenen Verstärker stehlen und ihn einsetzen, um die F&E vom Himmel zu holen.

Schatten, die bereitstehen, um jeden zu infizieren, sobald die Station am Boden aufkommt.

Jeden bis auf mich. Sie lassen mich gehen, übernehmen jedoch jeden anderen, sodass ich als Einziger noch übrig war, als Angelou jemandem Erzengel anvertrauen wollte.

Ich starre meine Hand an und den Chip, der in meine Handfläche eingelassen ist – mit den einzigen noch existierenden Informationen über Erzengel –, und mir läuft es eiskalt den Rücken herunter.

Sie haben eine Waffe entwickelt und uns reingelegt, damit wir sie im ganzen Sternenbund implementieren. Dann, nur Minuten bevor sie abgefeuert werden soll, holen sie die Station mit einer Schallwelle vom Himmel. Als sich der Staub gelegt hat, waren alle anderen tot, und ich konnte mit dem Erzengel in der Hand davonlaufen.

Meine Hände fangen an zu zittern. Das gewaltige Ausmaß dessen, was mir da durch den Kopf geht, ist verstörend. Mehr als verstörend, es ist beängstigend. Ich habe schon seit Monaten das Gefühl, dass ich manipuliert und von einer unbekannten Instanz zu etwas geführt werde, was mir jedoch die ganze Zeit verborgen blieb. Dieses Gefühl bestätigte sich, als ich die Seriennummer des Chip aus dem Energiekonverter in meinem Helm entdeckt habe. Ich bin der Spur wochen-, nein, monatelang gefolgt, diesem geschickt platzierten Pfad, der vom Unterschieben des Lasercutters über meine Rekrutierung für die F&E und meine Erkenntnisse über Erzengel bis zur Zerstörung der F&E reicht, und wozu?

Damit ich mit Erzengel in der Hand abhauen konnte.

Mir wird eiskalt. Sofort fallen mir tausend Gegenargumente ein – ich bin nur ein stinknormaler Soldat. Ein Niemand. Warum sollte man mir so etwas geben, wo es doch Tausende gibt, die besser dafür qualifiziert sind? Oder warum lässt man Angelou nicht gleich die Waffe abfeuern und bringt es hinter sich?

Es ist eine Sache des richtigen Timings. Sie haben die F&E nur wenige Minuten, bevor Erzengel abgefeuert werden sollte, abstürzen lassen. Dann wollten sie also, dass wir die Waffe bauen und überall implementieren, sie jedoch nicht abfeuern? Jedenfalls noch nicht … Worauf sie warten, ist mir ein Rätsel, aber ich bin davon überzeugt, dass ich irgendwie unwiderruflich ein Teil dieses Plans geworden bin.

Nackte Angst packt mich, und auf einmal ist mir das alles zu viel. Ich habe so viele Fragen, die dringend einer Antwort bedürfen, aber es gibt niemanden, der sie mir geben kann. Wie hat es der Feind geschafft, eine derart unglaubliche Kette an Ereignissen herbeizuführen, und warum? Welchem Zweck könnte das alles dienen? Und, noch viel wichtiger: Ist das das Ende ihres Plans … oder erst der Anfang? Wir haben die ganze Zeit geglaubt, wir würden unseren Feind kennen. Wir würden wissen, wie er denkt, wo er zuschlägt und was er will, dabei wissen wir in Wahrheit rein gar nichts. Wenn ich eins aus dem Untergang der F&E gelernt habe, dann dass der Feind offensichtlich Fähigkeiten und Motive besitzt, die weit über das hinausgehen, was wir immer angenommen haben, möglicherweise sogar über das, was wir überhaupt begreifen können. Mir fällt eine von Grans alten Redewendungen wieder ein: *Du brauchst alle Teile, wenn du das Puzzle zusammensetzen willst.* Plötzlich komme ich mir vor, als wollte ich ein Puzzle mit tausend Teilen zusammensetzen, hätte aber nur fünfzig in der Hand.

Mein Brustkorb zieht sich zusammen, und mein Gehirn scheint unter dem Schmerz der letzten Tage und der Last dieser neuen Ideen die Arbeit einzustellen. Meine Gedanken drehen sich im Kreis, und ich versuche, irgendetwas, nur eine Sache, zu finden, derer ich mir sicher sein kann, aber mir ist, als hätte man mir den Boden unter den Füßen weggezogen, und ich finde keinen Halt mehr. Dann ist auf einmal ein einziger glasklarer Gedanke da.

Ich muss mit Teal reden.

Der Drang, meine kleine Schwester zu sehen, ist mit einem Mal übermächtig. Der Knoten, der sich tief in meinem Inneren gebildet hat, löst sich langsam auf, die Fäden spulen sich unkontrolliert in alle Richtungen ab, und ich will schlagartig nichts anderes mehr, als Teal alles zu erzählen. Vom Absturz der Station, dem Versagen von Erzengel, meinem schrecklichen Verdacht, dass mich der Feind manipuliert. Doch vor allem muss ich ihr vom Ende berichten, von dem furchtbaren Augenblick, in dem ich Angelous Hand losgelassen habe und genau wusste, was er tun würde und dass alle sterben würden … und ich habe es dennoch getan.

So, wie sie wusste, dass Lia sterben würde, wenn sie aus diesem Zug steigt … und sie sie hatte trotzdem gehen lassen.

»Du wusstest, was sie vorhatte! Wie konntest du sie nur gehen lassen?«

»Ich habe sie gehen lassen, weil *ich wusste, was sie tun würde.«*

Ich schließe die Augen und denke an die unzähligen Male zurück, bei denen Teal versucht hat, es mir zu erklären. Aber ich habe es nie verstanden. Erst heute.

Mit zitternden Fingern aktiviere ich meinen Chip und verlinke ihn mit dem Komsystem des Schiffes, um sie dann anzulinken. Ich muss Teal sehen. Wenn es jemanden gibt, der Licht in diese Sache bringen kann, dann ist sie es. Meine brillante kleine Schwester, die die Fähigkeit besitzt, Dinge in einen Zusammenhang zu bringen und die weitreichenden Konsequenzen von Ereignissen lange vor jedem anderen zu erkennen. Sie wird wissen, was das alles zu bedeuten hat. Sie wird mir sagen können, was ich tun soll.

Endlose Minuten vergehen, während ich darauf warte, dass der Link verbunden wird. Dabei gehe ich nervös auf und ab, und meine Unruhe wird mit jedem Schritt größer, bis irgendwann die Meldung auftaucht:

Fehler: Verbindung kann nicht hergestellt werden

Meine Enttäuschung ist riesig, und der verzweifelte Drang, Teal zu sehen, ist jetzt, da ich versagt habe, nur noch größer. Ich stelle meinen Chip so ein, dass er es immer weiter versucht, aber es nützt nichts. Was ich auch probiere, ich erhalte immer dieselbe Meldung. Nach fünf Stunden lasse ich mich auf den Boden sinken und lache verbittert auf, weil mir die Ironie dieser ganzen Sache nicht entgeht. Ich hatte monatelang eine Gelegenheit nach der anderen, mit Teal zu reden, und habe mich stets geweigert, und jetzt, da ich sie wirklich sehen will, komme ich nicht durch. Auch wenn es in diesem kranken Universum so was wie Gerechtigkeit nicht zu geben scheint, Humor hat es offenbar.

Ich deaktiviere meinen Chip und lehne mich seufzend an die Wand. »Wo steckst du nur, Teal?«

Aber auch jetzt erhalte ich keine Antwort auf meine Frage.

42

»Wir bezeichnen sie als Nister.«

Die Stimme hallt abgehackt durch den Verhörraum und lässt die Luft beinahe gefrieren. Ich blinzle bei dieser unerwarteten Äußerung und starre meine Finger an, die leicht auf der Tischplatte liegen, bis ich endlich den Mut finde, zu erwidern: »Was?«

»Nister«, wiederholt er, »weil sie sich im Kopf eines Besetzers für bestimmte Zeit einnisten. Sie haben alle Freiheiten eines Ghuls, können aber die Unauffälligkeit eines Besetzers nutzen. Das ist tatsächlich ziemlich brillant.«

Brillant. Als ob die Masseninfektion und der darauffolgende Verlust von dreitausend Menschen ein taktisches Manöver ist, das man bewundern kann, und nicht etwa eine schreckliche, zu betrauernde Tragödie.

Ich hebe langsam den Kopf, da die kalte Bewunderung, die in der Stimme mitschwingt, mich aus meiner Benommenheit reißt, und sehe dem Colonel in die Augen. Sein Blick ist kalt und emotionslos wie bei jedem Verhörspezialisten. Alles an diesem Raum ist kalt, vom kalten Metall des Stuhls, das ich durch den Stoff meiner Hose spüren kann, über die kalte Tischplatte unter meinen Fingern bis hin zu der kalten Luft, die mir aus dem Luftschlitz über mir in den Kragen weht. Ich war wie betäubt, als ich diesen Raum betreten habe, aber nach fünf Tagen mit Colonel Mittag bin ich bis auf die Knochen durchgefroren.

»Keine Sorge«, fügt er hinzu und interpretiert mein Schweigen offensichtlich falsch. »Unseren Informationen zufolge können sich Ghule nur bei jemandem einnisten, der bereits einen Besetzer in sich trägt. Wir vermuten, dass es ihnen die Anwesenheit des

Besetzers erst ermöglicht, sich in einem Wirt einzunisten, ohne sich mit ihm zu verbinden, sodass sie ihn jederzeit nach Belieben wieder verlassen können, solange er noch am Leben ist. Diesen Verdacht haben wir schon seit einer ganzen Weile, aber bisher konnte er nicht bestätigt werden.«

Verdacht. Ich hätte beinahe laut aufgelacht. Es ist wohl eher ein Geheimnis gewesen, allerdings ist schwer zu sagen, ob uns diese Geheimnisse hätten retten können. *Sagen Sie mal, Colonel, wie viele Leben ist so ein Geheimnis wert?*

Das denke ich zwar, spreche es jedoch nicht aus. Stattdessen fällt mein Blick auf die Handschellen aus Metall, die offen vor mir auf dem Tisch liegen. Man lässt mich zwar nicht in einer Zelle schlafen und hat mich auch nicht an diesen Tisch gekettet, das Ganze hier mag sogar offiziell gar kein Verhör sein, aber das heißt noch lange nicht, dass ich nicht vor Gericht stehen würde. Es ist die Art von Gericht, bei dem mein Schicksal nicht von Geschworenen entschieden wird, sondern von ein oder zwei Menschen, und wenn man mich ›schuldig‹ spricht, lande ich auch nicht vor dem Kriegsgericht, sondern muss mir vom PsyCorp das Gehirn waschen lassen oder werde zur Strafe in ein dunkles Loch gesteckt.

Es ist die Art von Gericht, die über mein Leben entscheidet.

Daher sitze ich jetzt seit fünf Tagen mit diesem kalten Mann in diesem kalten Raum und erzähle wieder und wieder meine Geschichte, während ich darauf warte, dass sie darüber entscheiden, ob ich für den Untergang der F&E verantwortlich bin.

Die Andeutung eines Lächelns umspielt Mittags Lippen, fast so, als hätte er meine Gedanken gelesen. »Entschuldigen Sie die Unterbrechung. Bitte fahren Sie mit Ihrem Bericht fort.«

Ich blinzle mehrmals und versuche, mich zu erinnern, wo ich stehen geblieben war, als mich Mittag mit seiner Bemerkung über die Nister unterbrochen hat. Dann schüttle ich den Kopf. »Eigentlich gibt es nicht mehr viel zu erzählen. Nachdem die Nister jeden im Habitat übernommen hatten, wollte ich Angelou rausschaffen, aber es war zu spät. Er war bereits infiziert. Daher hat er mir verraten, wie ich sein verborgenes Schiff finden kann, und mich angewiesen, hierher zu kommen und Sie aufzusuchen. Wie der Flugrekorder bestätigen kann, bin ich auf direktem Weg hierhergeflogen.«

»Und ohne sich medizinisch versorgen zu lassen, obwohl Sie schwer verletzt waren.«

»Meine Verletzungen waren zwar schmerzhaft, aber nicht lebensbedrohlich, und ich hatte den Eindruck, dass die Informationen, die ich Ihnen bringen musste, zu wichtig waren und keinen Aufschub duldeten.«

»Eine sehr löbliche Einstellung. Genau das würde ich von jemandem erwarten, der von Daedalus Angelou persönlich rekrutiert wurde.« Mittag lehnt sich auf seinem Stuhl zurück und mustert mich abschätzend. »Kam es Ihnen nicht seltsam vor, dass die Nister jeden auf der F&E übernommen haben, nur Sie nicht?«

Mir stockt leicht der Atem, aber ich zwinge mich, mir nichts anmerken zu lassen. »Wie ich schon mehrfach sagte, hatten die Wissenschaftler auf der F&E einen ghulsicheren Anzug entwickelt ...«

»Ach ja, der Anzug. Den Sie nicht länger besitzen.«

»Das tut mir sehr leid, Sir, aber aufgrund meines verletzten Rückens musste ich ihn zerschneiden, um rauszukommen. Und weil der Anzug völlig ruiniert war, sah ich keinen Grund darin, ihn aufzuheben, und habe ihn in den Recycler gesteckt.«

Mittag nickt, sagt jedoch nichts. Ich warte gespannt, während er mich erneut beäugt. Der Großteil dessen, was ich ihm erzählt habe, entsprach der Wahrheit – von meiner Rekrutierung für die F&E über alle wichtigen Ereignisse danach, bis zum Absturz der Station und dem Auslösen der Komakapseln. Ich habe den Transceiverchip direkt nach meiner Ankunft übergeben, erklärt, woher ich ihn habe, und hinzugefügt, dass Angelou glaubte, wir wären von einem Menschen verraten worden, auch wenn ich nicht weiß, wer das gewesen sein könnte. Das Einzige, was ich verschwiegen habe, ist mein furchtbarer Verdacht, dass ich vom Feind manipuliert worden bin. Denn das kann ich ihm unmöglich erzählen, ohne ihm auch zu verraten, warum ich dieser Ansicht bin.

»Erzählen Sie niemandem, dass Sie Erzengel haben. Nicht mal dem Colonel. Wenn Sie es ihm sagen – wenn Sie es irgendjemandem sagen –, wird sie *es erfahren.«*

Ich höre Angelous Stimme in meinem Kopf und berühre mit dem Mittelfinger heimlich meinen Chip. Zwar sieht er noch genauso aus wie zuvor, aber es fühlt sich an, als wäre er in meiner Handfläche bleischwer geworden und als wären die gespeicherten Informationen über Erzengel darauf eine metaphysische Last, die fast schon zu schwer für mich ist. Am liebsten würde ich mir das ganze Ding herausreißen. Dafür müsste ich Mittag gegenüber nur ein paar Worte verlieren. Mehr bräuchte es nicht, und schon hätte er Erzengel und alles andere, was Angelou da auf meinen Chip übertragen hat. Aber jedes Mal, wenn ich den Mund aufmache, um es ihm zu sagen, muss ich daran denken, wie Angelou aussah, als er den Sicherheitscode erblickte und wusste, dass man ihn verraten hatte. Wie er sich eine Hand an die Brust schlug und aufschrie, als wäre ihm das Herz gebrochen worden. Obwohl ich immer noch keine Ahnung habe, wer diese »Sie« ist, weiß ich doch eines:

Ob er nun tot oder lebendig ist, ich kann ihn einfach nicht verraten.

Und so lüge ich weiter, tagein, tagaus, oder verheimliche zumindest die Wahrheit. Vermutet Mittag, dass ich ihm etwas vorenthalte? Ich bezweifle es, sonst hätte er mich schon einer Chipentfernung und eines Tiefenpsychoscans unterzogen. Beides wäre zwar in höchstem Maße illegal und eine Verletzung meiner Menschenrechte, doch ich bezweifle, dass sich der MG groß darum scheren würde. Tatsächlich vermute ich sogar, dass sie nur Angelous Name bisher davon abgehalten hat. Der Mann mag tot sein, aber sein Name hat noch immer großes Gewicht. Dennoch müsste ich Mittag nur einen guten Grund geben …

Was ich natürlich nicht tue, auch wenn mich jeder Moment quält, in dem ich gezwungen bin, das alles noch einmal zu erzählen und Mittags Fragen zu beantworten. Mein Bericht bleibt immer konsistent, ich widerspreche mir nie.

Wir reden gerade erneut über die Soundverstärker, als der Colonel einen Link bekommt. Sein Blick wandert über den Text, der auf seiner Handfläche erscheint. Auch wenn er sich nichts anmerken lässt, verrät mir sein plötzliches Erstarren, dass es sich nicht um einen gewöhnlichen Link handelt. Mein Verdacht bestätigt sich, als er den Chip deaktiviert und aufsteht. Das Verhör ist anscheinend vorbei. Ich will mich schon erheben, doch er winkt ab.

»Sie bekommen gleich sehr hohen Besuch.« Er betrachtet mich einige Sekunden lang, und seine kalten Augen sind undurchdringlich. Dann beugt er sich plötzlich vor und flüstert: »Wenn Sie bei diesem Verhör versagen, gibt es in diesem Universum niemanden, der Sie noch retten kann.«

Bei seinen Worten wird mir eiskalt; es fühlt sich an, als würde die ohnehin schon eisige Luft um mich herum gefrieren. Verdutzt sehe ich mit an, wie er sich umdreht und hinausgeht, wobei mich nur eine Frage beschäftigt:

Wer kann sogar dem Verhörleiter Angst einjagen?

Schon geht die Tür wieder auf, und sie kommt herein.

Auf den ersten Blick sieht sie aus wie jeder andere Offizier der Flotte, der mir je begegnet ist. Sie ist mittleren Alters und trägt die makellose schwarz-goldene Uniform der Sternenbundnavy. Ihr Haar ist hellblond, ihre Größe nicht weiter bemerkenswert. Ich suche an ihrem Kragen nach Insignien, irgendwelchen Abzeichen, und reiße die Augen auf. In der Grundausbildung haben wir die Insignien – sowie die dazugehörigen Namen – lernen müssen, aber ich hätte nie gedacht, dass ich der Ersten Admiralin der Flotte jemals begegnen würde.

Mir gegenüber steht die Person mit dem höchsten Rang im gesamten Sternenbundmilitär.

Ich springe sofort auf und salutiere, während sie näher kommt, als wäre sie ein Raubtier, dem noch keine Beute entwischt ist. In ihrer Miene spiegeln sich Verachtung, Gnadenlosigkeit und leibhaftige Arroganz wider. Als ich mir vorstelle, wie sie die langen Finger bewegt, als wären es Spinnenbeine, die über ein Netz huschen, erschaudere ich innerlich.

Die Admiralin bleibt einen Meter vor mir stehen, und ihr Haar glüht im Licht der hellen Deckenlampen wie die Eisschicht auf einem Teich. Ich zermartere mir das Gehirn, aber ihr Name will mir einfach nicht einfallen. Sie legt ganz leicht den Kopf schief und mustert mich. Das Licht fällt ihr ins Gesicht und lässt ihre Augen in einem blassen Feuer lodern, und mir bleibt beinahe das Herz stehen.

Ihre Augen sind blau. Doch das ist nicht irgendein Blau, sondern das blasse Blau des Morgenfrosts, der sterbendes Gras bedeckt. Diese Farbe habe ich vor genau vierundzwanzig Tagen das letzte Mal gesehen, und da haben diese Augen blicklos einen pastellfarbenen Himmel angestarrt, während der Mann, dem sie gehören, tot inmitten von Kristallscherben lag und sie nie mehr würde schließen können.

Beim Universum!

Auf einmal weiß ich ganz genau, wer diese Frau ist. Ich weiß, wessen Sicherheitscode Angelou auf dem Transceiverchip gefunden hat, und ich weiß auch, warum ihr Verrat ihn bis ins Mark getroffen hat. Mit einem Mal fällt mir auch der Name wieder ein.

Erste Intergalaktische Admiralin der Flotte Icaria Avery Angelou.

Die Frau, vor der mich Angelou mit seinem letzten Atemzug gewarnt hat, ist seine Tochter.

* * *

Wir starren einander in dem Verhörraum an, die Admiralin mit den eiskalten Augen und ich. Als sie das Wort ergreift, redet sie nicht um den heißen Brei herum.

»Sie erkennen mich.« Es ist keine Frage.

»Ja.« Ich zögere einen Sekundenbruchteil. »Sie haben die Augen Ihres Vaters.«

Schweigen. Ich habe sie überrascht; doch ich bin mir nicht sicher, woher ich das weiß, denn ihr Gesichtsausdruck bleibt unverändert.

Die Admiralin nimmt diese Beobachtung mit einem leichten Nicken zur Kenntnis, und auf einmal fällt mir eine Redewendung ein, die ich als Kind gehört habe: *Verwandte Seelen erkennt man immer an den Augen.*

Ich kann nur hoffen, dass das stimmt.

»Anscheinend kannten Sie den Doktor«, meint die Admiralin mit aalglatter Stimme, und der Blick ihrer eisblauen Augen, die mich auf unheimliche Weise an Angelous erinnern, wandert über mich, als wäre sie ein Adler, der eine Maus betrachtet. »Zumindest ein bisschen.«

»Bei Division sieben wären Sie einer der wenigen Menschen, die dazu beitragen, dass unsere Chancen auf den Sieg steigen.«

»Es ist okay, wütend auf die Toten zu sein.«

»Gewinnen Sie diesen Krieg für uns, Sorenson.«

Das Letzte, was ich sehe, sind Angelous eisblaue Augen, die blicklos zum pastellfarbenen Himmel hinaufschauen und doch nie wieder die Nebelschwaden rings um sein schwebendes Heim sehen werden.

Bei diesen Erinnerungen schnürt es mir die Kehle zu, und ich bekomme nur mit Mühe eine ruhige Antwort heraus. »Das könnte man so sagen.«

»Man könnte, aber ich bin eher an dem interessiert, was Sie zu sagen haben. Der Colonel war in seinen Berichten zweifellos überaus akkurat, aber ich könnte mir vorstellen, dass sie Ihrem Bericht kaum gerecht werden.«

Gerecht! Ich verkrampfe unter dem Tisch die Hände und kralle sie fest in meine Hosenbeine, während ich mich bemühe, mir meinen Zorn nicht anmerken zu lassen. Diese Frau hat die F&E im Alleingang dem Feind ausgeliefert, und jetzt wagt sie es, vor mir von Gerechtigkeit zu sprechen?!

Endlich weichen die Benommenheit und der Schock, die mich bei ihrem Eintreten erfassten, als ich begriff, wer sie ist, und werden von einem Abscheu ersetzt, der so tief reicht, dass er wie ein Feuer in mir lodert. Das Blut von dreitausend Menschen klebt an den Händen dieser Frau, und doch steht sie da lässig mit den Händen auf der Rückenlehne des Stuhls, als wären diese dreitausend Leben nicht mehr als eine unterhaltsame Geschichte.

Ich starre diese Frau mit dem kalten Blick an, und eine seltsame Mischung aus Angst und Hass erfasst mich. Meine Finger zucken, und ich weite die Nasenflügel – was man nach meiner Zeit als Wächter durchaus als Angewohnheit zum Aufspüren von Ghulen abtun kann –, aber ich schaffe es, nur zu nicken. »Ich würde mich sehr geehrt fühlen, der Ersten Admiralin alles zu erzählen, was sie wissen möchte.«

Auf ihren Befehl hin beginne ich mit meinem Bericht und achte darauf, dass alles mit dem übereinstimmt, was ich Mittag erzählt habe. Sie hat sich zweifellos jedes meiner Verhöre seit meinem Eintreffen auf der Basis angesehen. Falls ich auch nur ein einziges

Detail ändere, wird sie es merken. Die Admiralin hört mir schweigend zu, und nichts an ihrem Verhalten gibt Aufschluss darüber, was sie denkt, bis ich zu dem Teil mit der Relaisstation komme.

Sie zieht etwas aus der Tasche. »Ist das der Transceiverchip, den Sie gefunden haben?«

Ich bekomme einen staubtrockenen Mund, als ich das Gerät in ihrer Hand sehe. *Der Transceiverchip!* Als mir klar wird, was passiert ist, könnte ich mich ohrfeigen, weil ich so ein Dummbot bin und ihnen den Chip ausgehändigt habe. Hat mich Angelou nicht gewarnt, dass alles, was ich weitergebe, irgendwann bei ihr landen würde? Jetzt ist es allein meine Schuld, dass das einzige Beweisstück, das sie mit dem Untergang der F&E in Verbindung bringt, in ihrer Hand liegt.

Mir wird übel, als ich begreife, dass sie mit einfach allem davonkommen wird – der Manipulation der Relaisstation, dem Absturz der F&E, dem Tod von jedem dieser dreitausend Menschen auf der Basis –, und das Schlimmste daran ist, dass es nichts, rein gar nichts gibt, was ich dagegen tun kann.

Ich schlucke einmal. »Ja, das ist er.«

»Und, was können Sie mir über diesen Chip sagen?«

»Ma'am?«

»Sie werden ihn doch bestimmt untersucht haben, um herauszufinden, wofür er gedacht ist. Was haben Sie dabei in Erfahrung gebracht?«

Die Admiralin starrt mich mit der Intensität eines Lasers an, und auf einmal ist mir klar, dass sie mich auf die Probe stellt. Sie weiß ganz genau, dass der Transceiverchip sie belastet, aber sie hat keine Ahnung, ob ich das auch herausgefunden habe.

Ich denke an die letzten Tage mit Mittag zurück, stelle dann jedoch zu meiner Erleichterung fest, dass ich in dieser Hinsicht nichts gesagt habe. Schließlich hatte ich ja auch keine Ahnung, wer »sie« ist, bevor die Admiralin den Verhörraum betreten hat und ich ihre Augen gesehen habe. *Wenn sie auch nur für eine Sekunde glaubt, dass ich weiß, was auf dem Chip ist …*

»Ich weiß leider überhaupt nichts darüber«, antworte ich mit einem entschuldigenden Kopfschütteln. »Ich bin bloß Soldat und kenne mich mit dieser Technologie nicht aus. Chen und ich haben nur dank des Stationsarchivs herausgefunden, wofür der Chip gut ist. Dr. Angelou hat den Transceiver kurz untersucht, aber«, ich zucke hilflos mit den Schultern, »er hat mir nicht mitgeteilt, ob und was er herausgefunden hat.«

Etwas blitzt in den Augen der Admiralin auf, nur ganz kurz, sodass es mir entgangen wäre, wenn ich sie nicht direkt angesehen hätte, und ich schnaube innerlich. Wenn es jemanden gibt, der sich mit Angelous ständiger Paranoia auskennen müsste, dann ist das ja wohl seine Tochter.

Die Admiralin fragt mich noch mehrere Minuten lang über den Chip aus, redet um den heißen Brei herum, fragt jedoch nie direkt, wer dieses Gerät eingebaut hat. Ich habe keine Ahnung, was sie von meinen Antworten hält, aber irgendwann hört sie auf, in mich zu dringen, und bittet mich, meinen Bericht fortzusetzen. Und so erzähle ich ihr den Rest, so schnell ich kann, und muss mich zusammenreißen, während ich über die letzten Ereignisse, den Absturz, die Masseninfektion, Angelous Komakapseln und schließlich meine Flucht von Prisma berichte.

Nachdem meine Geschichte erzählt ist, sitze ich schweigend da. Obwohl ich gerade erst wenige Stunden in der Gegenwart der Admiralin verbracht habe, bin ich körperlich wie mental völlig ausgelaugt. Unter meiner Uniform ist meine Haut schweißnass, und aufgrund der Feuchtigkeit spüre ich die Kälte in diesem Raum umso deutlicher, und ich muss mir große Mühe geben, um nicht zu zittern. Meine Muskeln tun weh, da ich jetzt so lange angespannt in der Kälte sitze, und sogar meine Gefühle für die Admiralin haben sich abgekühlt und aus der Angst und dem Hass ist ein fester Knoten in meinem Bauch geworden, der sich wie Trockeneis anfühlt und gleichzeitig gefroren ist und brennt. Und so sitze ich elend und leidend da und warte auf die nächste Salve der Admiralin. Als sie kommt, gleicht sie einem letzten Angriff, der meine Schilde deaktiviert.

»Sie waren bei ihm, als er starb. Beim Doktor, meine ich.«

Ich lasse unwillkürlich den Kopf sinken. »Ja.«

»Hat er in seinen letzten Augenblicken irgendetwas gesagt?«, will sie wissen, als ob das für sie von Bedeutung wäre. Sie hat die Hände hinter dem Rücken gefaltet und schlendert zum Fenster, das eigentlich nur eine digitalisierte Wand ist und einen Blick ins All zeigt, wobei ich jedoch vermute, dass man von der anderen Seite der Wand alles sehen kann, was sich in diesem Raum abspielt.

Mein Brustkorb zieht sich zusammen, und ich starre ihren Rücken an. Ihre bewusste Lässigkeit, die Art, wie sie den Kopf schief hält und mit den Händen hinter dem Rücken durch den Raum geht, erinnert mich stark an Angelou und lässt mich beinahe vergessen, wer und was sie ist.

Eine Mörderin, Verräterin und Kollaborateurin.

Doch ich vergesse es nicht, erst recht nicht, als ich erneut ihre Augen sehe, denn da wird mir der Unterschied erst richtig bewusst. Während in den Augen des Doktors eine sanfte Brillanz lag sowie eine tief sitzende Menschlichkeit, die von seiner Seele ausging und nicht korrumpierbar war, kann ich bei der Admiralin nichts als Eiseskälte erkennen, die bis tief in ihr Innerstes reicht und ihr ganzes Wesen ausmacht.

»Ob er etwas gesagt hat?«, wiederhole ich und weiß nicht, was ich darauf erwidern soll.

Erzählen Sie niemanden, dass Sie Erzengel haben. Nicht mal dem Colonel. Wenn Sie es ihm sagen – wenn Sie es irgendjemandem sagen –, wird sie *es erfahren.*

Ich zögere, bin unsicher. Der Knoten in meinem Magen zieht

sich immer weiter zusammen, brennt heißer und zugleich kälter als je zuvor, und mir wird klar, dass ich ihr wehtun will. Am liebsten würde ich ihr die Wahrheit sagen, die ganze Wahrheit und nichts als die Wahrheit. Ich will ihr erzählen, wie mich der Doktor mit seinem letzten Atemzug vor ihr gewarnt hat, dass er die Worte wie einen Fluch ausgespien hat, dass er sich mit jeder Faser seines Wesens darauf konzentriert hat, ihr die Wahrheit vorzuenthalten!

Ich hole tief Luft und bin bereit, ihr die Wahrheit zu sagen, doch dann … »Er hat mich gebeten, uns zum Sieg zu führen«, sage ich schließlich. »›Gewinnen Sie diesen Krieg für uns, Sorenson.‹ Das waren seine letzten Worte.«

»Verstehe.«

Ohne noch etwas zu sagen, dreht sie sich um und geht hinaus.

Ich sitze reglos am Tisch, ganz allein, nur dieses eine Wort hängt noch in der Luft. Ich habe gelogen. Nicht aus Mitleid oder fehlgeleitetem Erbarmen, sondern weil die Wahrheit mein Todesurteil gewesen wäre. Doch je länger ich hier sitze und nachdenke, desto mehr bekomme ich das Gefühl, dass diese Lüge weitaus schmerzhafter gewesen ist, als es die Wahrheit je hätte sein können.

43

Ich schreie auf, als mir der Verband mit einem raschen Ruck vom Rücken gerissen wird. Die Krankenschwester, die sich um mich kümmert, kichert mitfühlend und wirft den alten Verband – an dem die Hälfte meiner Rückenbehaarung klebt – in den Recycler.

»Sie haben gesagt, ich soll ihn schnell abnehmen«, erklärt sie und klingt dabei ziemlich herablassend.

Ich knurre nur etwas Unverständliches und lasse mich nicht dazu herab, diese durchaus zutreffende Aussage zu bestätigen. Sie lacht nur und verteilt eine Auflösesalbe auf meinem Rücken.

Mein Gespräch mit der Admiralin ist jetzt über eine Woche her, und angesichts der Tatsache, dass man mich nicht weggesperrt oder vom PsyCorp hat rösten lassen, kann ich wohl davon ausgehen, dass ich bestanden habe. In der Zwischenzeit hatte ich noch ein paar Sitzungen mit Mittag, die jedoch weniger detailreich und angespannt waren; es kam mir eher so vor, als wollte er den Schein wahren, anstatt weiter in mich zu dringen. Er hat sogar eine mögliche Versetzung erwähnt, was ich für ein gutes Zeichen halte. Zu welchem Schluss man da oben auch gekommen sein mag, so scheint man mich nicht für den Verantwortlichen zu halten.

Die Krankenschwester setzt meine Behandlung fort und bedeckt jede Narbe mit der kalten Creme, um den aufgelösten Faden dann sofort wegzuwischen. Obwohl ich ein ständiges Stechen spüre, tut mir die Berührung gut, und diese sachliche Fürsorge ist nach den letzten Wochen regelrecht tröstlich. Mir steigen gegen meinen Willen Tränen in die Augen, denn der Schmerz in meinem Inneren macht sich selbst bei diesem winzigen Trost erneut bemerkbar.

Ich habe die Scherben der Schwebestation Epsilon-065 nach dem Absturz neunzehn Tage in meinem Rücken gehabt, da ich sie während meiner Flucht von Prisma weder selbst entfernen noch von irgendjemandem behandeln lassen konnte. Nach meiner Ankunft auf dieser Basis haben die Ärzte drei Stunden gebraucht, um jeden einzelnen Splitter aus meinen Beinen, meinem Rücken und meinem Hintern zu ziehen. Ich habe eine Betäubung abgelehnt und bin nach der ersten halben Stunde vor Schmerz bewusstlos geworden, sodass ich von den letzten zweieinhalb Stunden nichts mitbekommen habe. Erst als sie mir das Nähöl, das meine Wunden langsam von innen heraus verschließen würde, auf die Verletzungen gestrichen haben, bin ich wieder aufgewacht. Jedenfalls haben sie mir versprochen, dass alles verheilen würde. Trotzdem blutet mein Inneres noch immer, und ich bezweifle, dass es irgendeine Behandlungsmethode gibt, die daran etwas ändern kann.

Manchmal wird man eine Last nie wieder los und muss einen Weg finden, damit zu leben.

Chens Worte gehen mir durch den Kopf. Sie sind ein Geschenk, das ich nicht verdient habe, aber trotzdem behalte. Ihr Gesicht taucht vor meinem inneren Auge auf, und ich frage mich, was aus ihr geworden ist. Haben sich die Besetzer auf Prisma um sie gekümmert und ihren leeren Körper ebenso wie den jedes anderen mitgenommen? Oder haben sie sie einfach alle dort liegen lassen, damit sie unter dem pastellfarbenen Himmel und den goldenen Sonnen verrotten? Ich werde es wohl nie erfahren.

»Erledigt«, verkündet die Krankenschwester. »Leider ist im Schulterbereich ein bisschen was zu sehen, da die Nähcreme mit einigen der tieferen Verletzungen verschmolzen ist. Hätten wir die Wunden früher behandeln können, wäre das verhindert worden …«

»Schon okay«, falle ich ihr ins Wort. »Kann ich jetzt meine Klamotten haben?«

Während sie losgeht, um meine Sachen zu holen, stelle ich mich vor den Ganzkörperspiegel am anderen Ende des Raums. Ich drehe ihm den Rücken zu und versuche ungelenk, über die Schulter zu sehen. Die silberne Creme hat ein federartiges Muster auf der braunen Haut an meinen Schulterblättern und dem oberen Rücken entstehen lassen.

»Beim Universum! Das ist mir zuvor noch nicht aufgefallen, aber Ihre Narben sehen beinahe aus wie Flügel.«

Ich zucke zusammen, als hätte sie mich geschlagen, reiße ihr meine Kleidung aus der Hand und ziehe mir schnell das Shirt an. In nicht einmal einer Minute bin ich komplett angezogen und stehe an der Tür. Dort drehe ich mich noch einmal zu ihr um.

»Nur Ghule können fliegen.«

Falls sie noch etwas erwidert, höre ich es nicht, da die Tür hinter mir zufällt.

* * *

Sobald ich wieder in dem Quartier bin, das man mir auf der Basis zugewiesen hat, aktiviere ich meinen Chip und leite mit zitternder Hand den Link ein. In den Wochen auf Angelous Schiff ist es mir nie gelungen, das Kommunikationsproblem zu lösen, und sobald ich hier angekommen war, hat man mich aus Sicherheitsgründen mit einer Komsperre belegt. Absolut keine Links. Erst heute Morgen hat sich das geändert. Endlich kann ich meiner Familie mitteilen, dass es mir gut geht.

Und ich kann endlich Teal anlinken.

Ich werde immer nervöser, während ich die Interstellarphalanx der Basis anlinke und darauf warte, dass sie mich durchstellen. Ich darf natürlich nicht über Dinge sprechen, die der Geheimhaltung unterliegen – also im Grunde genommen alles, was seit meiner Ankunft auf der F&E passiert ist –, aber das ist mir vorerst egal, denn ich will einfach nur ihre Stimme hören. Ihr sagen, dass es mir leidtut. Dass ich all die Monate zwar wütend war und mich verraten gefühlt habe, sie aber auch vermisst habe.

Dass ich trotz meines Hasses nie aufgehört habe, sie zu lieben.

Mein Chip piept dreimal schrill, und ich starre die Nachricht auf meiner Hand irritiert an.

Fehler: Verbindung kann nicht hergestellt werden

Was hat das zu bedeuten? Das ist genau dieselbe Nachricht, die ich auch erhalten habe, als ich sie von Angelous Schiff aus anlinken wollte.

Mir wird das Herz schwer, und meine ohnehin schon große Besorgnis steigert sich ins Unermessliche. Ist die Basis möglicherweise von einer Art Sicherheitsfeld umgeben, die es jedem ohne die entsprechende Autorisierung verbietet, Kontakt nach außen aufzunehmen? Ich linke versuchsweise Gran an. Sie hat mir im Laufe der letzten Wochen mehrere Nachrichten hinterlassen und mich gebeten, mich zu melden, aber aufgrund meiner Schwierigkeiten mit der Schiffskom und meiner Komsperre hier konnte ich bisher keinen Kontakt zu ihr aufnehmen. Ich linke das interstellare Komsystem der Station an und warte darauf, dass sie rangeht, bevor mir einfällt, einen Blick auf den Zeitmesser zu werfen. Auf New Sol ist es mitten in der Nacht. *Schlacke!* Mein Timing ist wie üblich miserabel. Aber ich sehe wenigstens eine Holoaufzeichnung anstelle einer Fehlermeldung. Als diese auf meiner Hand schwebt, verwandelt sich meine Besorgnis in ausgemachte Panik.

Zuerst weiß ich nicht, was ich tun soll. Dann schüttle ich jedoch den Kopf, rufe das Basisverzeichnis auf und suche Mittags Linknummer heraus. Mir reicht's. Ich habe zwölf Tage lang seine endlosen Fragen beantwortet, da kann er mir wenigstens bei diesem Link helfen.

Ich linke ihn direkt an, und als er nicht rangeht, suche ich seine Chipsignatur auf der Basiskarte. Er hält sich im Kommandobereich auf, den ich definitiv nicht betreten darf. Daher baue ich mich am nächstbesten Ort auf: dem Korridor, der zu seinem Quartier führt. Irgendwann muss er ja mal schlafen gehen, oder nicht?

Fünf Stunden später sehe ich seine schlanke Gestalt um die Ecke kommen. Er runzelt die Stirn, als er mich bemerkt, und scheint mich wohl lieber auf der anderen Seite eines Verhörtischs zu sehen. Als ich ihn nach dem Komsystem frage, schüttelt er den Kopf.

»Ich habe Ihnen persönlich die Freigabe für die Interstellarkommunikation gegeben«, erklärt Mittag. »Wenn Sie nicht durchkommen, dann muss beim Empfänger ein technisches Problem vorliegen. Vermutlich ein temporäres Phänomen wie Sonneneruptionen oder atmosphärische Interferenzen. Versuchen Sie es einfach weiter, irgendwann werden Sie schon durchkommen.«

Seine Worte klingen einleuchtend, aber wenn ich daran denke, wie oft ich während der Reise versucht habe, Teal anzulinken, kann das schlichtweg nicht sein.

»Bitte, Sir«, flehe ich ihn an, als er schon an mir vorbeigehen will. »Ich habe vor meiner Ankunft hier schon tagelang versucht, eine Verbindung zu bekommen. Ich muss …« Meine Stimme bricht, und ich räuspere mich. »Ich muss sie einfach sprechen.«

Der Colonel seufzt, gibt aber schließlich nach. »Na gut, ich werde sehen, was ich herausfinden kann.« Er aktiviert seinen Chip und fragt: »Name, Planet und Linknummer?«

»Teal Sorenson, Linknummer 098-A34–013-K112. Planet: Iolanthe.«

Der Colonel gibt alles ein, stutzt aber, als ich den Planetennamen nenne. »Iolanthe. Sind Sie sich sicher, dass sie dort ist? Könnte sie nicht auch nach Hause oder in den Urlaub gefahren sein?«

»Ich bin mir ganz sicher, Sir. Meine Eltern dienen beide bei der Flotte, und meine Großmutter hätte mir eine H-Mail geschickt, wenn sie nach Hause gekommen wäre. Gibt es ein Problem?«

Ganz langsam deaktiviert Mittag seinen Chip. Als ich seine Miene sehe, wird mir eiskalt. Das ist der Gesichtsausdruck, den Offiziere nur in einer einzigen Situation aufsetzen: Wenn sie eine Familie darüber informieren müssen, dass ein Angehöriger gefallen ist. Ich schüttle den Kopf und will es gar nicht hören, aber er spricht es dennoch aus.

»Es tut mir leid, Teamleiter. Iolanthe wurde vor fast vier Wochen von einer gewaltigen Ghulinvasion eingenommen. Als die Flotte dort eintraf, war es bereits zu spät. Iolanthe wurde unter vollständige Quarantäne gestellt. Es konnte keine Evakuierung durchgeführt werden.«

Er tätschelt kurz meine Schulter, dreht sich dann um und geht weiter. Ich stehe im Korridor und höre immer wieder seine Worte in meinem Kopf.

Gewaltige Ghulinvasion.

Vollständige Quarantäne.

Keine Evakuierung.

Ich schüttle den Kopf und weigere mich, zu glauben, was ich gerade gehört habe, aber Mittags nüchterner Tonfall lässt keinen Raum für Zweifel. Obwohl er es nicht direkt ausgesprochen hat, hängt die Bedeutung seiner Worte doch in der Luft und ist kristallklar.

Meine Schwester ist tot.

Etwas in mir zerbricht. Jeder Verlust, jeder Schmerz, jedes Trauma, alles kommt gleichzeitig hoch, und der Schmerz ist überwältigend. Auf einen Schlag ist meine ganze Hoffnung dahin, liegt ebenso in Scherben zu meinen Füßen, wie die F&E zertrümmert auf Prisma liegt, während die Menschen, die ich liebe, einen langsamen Tod von innen heraus erleiden.

Iolanthe

Vier Wochen zuvor

Sirenengeheul dringt laut durch den Schlafsaal. Ich springe auf, werde durch eine Reaktion, die tief in mir verankert ist, aus dem Schlaf gerissen. Ich gerate ins Taumeln und muss mich am Schreibtisch festhalten, während ich versuche, wach zu werden und die Gefahr zu erkennen.

Druckverlust? Feuer? Kernbruch? Mein Gehirn ist noch im Halbschlaf und sucht nach einer Erklärung, die ich von den unzähligen Übungsalarmen im Laufe meines Lebens kennen müsste, doch ich verwerfe sie ebenso schnell wieder.

»Was ist denn los?!«

Divyas panische Stimme dringt aus der Dunkelheit zu mir herüber und ist über dem Alarm kaum zu verstehen. Ich will ihr gerade antworten, dass ich keine Ahnung habe, als meine Handfläche vibriert. Ein Holo steigt aus meinem Chip auf, hängt hell im dunklen Raum, und mir bleibt beinahe das Herz stehen.

Ghule.

Ich starre das Energiezaungitter über meiner Hand fassungslos an. Die Außenzäune am östlichen Stadtrand leuchten wie ein Asteroidenfeld, und die roten Punkte flackern auch bedrohlich zwischen den blau-weißen Gebäuden des Raumhafens.

Mir klappt die Kinnlade herunter. Das ist doch nicht möglich! Die Chancen standen achthundertundfünfzigtausend zu eins, und sie schlagen ausgerechnet hier zu? Ich schüttle den Kopf und weigere mich, die Beweise, die ich mit eigenen Augen sehe, zu akzeptieren. *Vielleicht sind es nur ein paar vereinzelte Ghule, die es auf einem Frachter hierher geschafft haben …*

Doch noch während ich das denke, leuchten drei weitere Zäune rot, und mir wird klar: Das sind nicht nur ein paar Ghule. Das ist eine ausgemachte Invasion.

Auf einen Schlag bin ich hellwach, und Adrenalin schießt durch meinen Körper. Schon rufe ich Divya zu, dass sie aufstehen muss – *Die Ghule kommen!* –, schnüre mir die Stiefel zu und hole meinen Rucksack aus dem Schrank. Die Sirenen sind so laut, dass mir die Ohren wehtun, aber ich halte sie mir nicht zu, sondern hole meinen Schnüffler aus dem Rucksack und stecke ihn mir in die Nase. Meine Nasenflügel beben, und das fremdartige Metall fühlt sich kalt und hart an, aber ich ignoriere den Drang, es wieder rauszunehmen, schiebe das Gerät noch weiter rein und vergewissere mich, dass es richtig sitzt. Dann sehe ich auf die Uhr: Es ist drei Uhr siebenundzwanzig. Die Ghule hätten sich keine bessere Zeit für die Invasion aussuchen können.

Erneut rufe ich das Energiezaungitter der Stadt auf und studiere es. Ich sehe mir die Zeitstempel der ausgelösten Zäune an und berechne die Geschwindigkeit und die Route der Ghulhorde. Alles am Ostrand der Stadt leuchtet jetzt rot. Während ich hinsehe, leuchten auch die ersten Zäune am Nordrand auf. Sie kommen also aus dem Norden und dem Osten. Gut. Da die Schule am Westrand der Stadt liegt, habe ich noch Zeit – nicht sehr viel, aber genug.

Hoffe ich.

Ich minimiere das Gitter, schalte es jedoch nicht aus, sondern lasse es in einem kleinen Lichtkreis auf meiner Hand bestehen. Nachdem ich meine Jacke und meine Mütze aus dem Schrank genommen habe, werfe ich meiner Mitbewohnerin einen Blick zu. Sie kauert in einer Ecke ihres Bettes und wimmert wie ein

Klonbot, der eine Fehlfunktion hat. Ich verdrehe die Augen und beschließe, sie zu ignorieren; hake sie innerlich bereits als infiziert, tot oder beides ab.

»Teal?«, krächzt sie, als ich zur Tür gehe, und ich bleibe widerstrebend stehen.

»Ghule, Divya!«, schreie ich die wimmernde Gestalt an. »Setz dich schnell in Bewegung oder stirb einen langsamen Tod!«

»Was hast du ...«, setzt sie an, aber dann fällt die Tür auch schon hinter mir ins Schloss, und ich bin weg.

Auf den Fluren herrscht das reinste Chaos. Türen werden geöffnet und geschlossen; Studenten kommen im Halbschlaf taumelnd aus ihren Zimmern, einige angezogen, aber der Großteil im Schlafanzug; verängstigte Stimmen vermischen sich mit dem pulsierenden Alarm und panischen Schritten. Einige Schulangestellte versuchen, ein wenig Ordnung in das Durcheinander zu bringen, fordern die Studenten auf, sich zu beruhigen, sich anzuziehen und sich in zwei Reihen aufzustellen, als wäre dies nur eine andere Art von Brandschutzübung!

Ich verziehe spöttisch die Lippen, als ich das sehe. Sie sind alle nichts als Ghulköder. Wenn sie endlich zum Aufbruch bereit sind, wird es längst zu spät sein.

Mit meiner Tasche auf der Schulter dränge ich mich durch die Menschenmenge. Eine Lehrerin fordert mich auf, stehen zu bleiben und mich in die Reihe zu stellen, aber ich ignoriere sie. Hinter der Tür am anderen Ende des Flurs liegt eine Treppe, über die ich das Gebäude verlassen kann. Von dort aus muss ich nur ein kleines Stück bis zum Südwesttor der Akademie laufen, und ganz in der Nähe liegt der Behelfsraumhafen. Ich habe zwar keine Ahnung, wie viele Schiffe dort liegen, aber wenn das erste davon abhebt, will ich an Bord sein. *Weglaufen oder sterben.* Wenn es um Ghule geht, hat man keine andere Option.

Zwei Meter vor dem Ende der Halle wird direkt vor mir eine Tür aufgerissen. Ich mache einen Satz zur Seite, um sie nicht abzubekommen, und stutze überrascht, als die Oberschnepfe persönlich herauskommt.

»Beeil dich, Djen!«, schreit Vida zurück ins Zimmer. »Wenn du nicht in zehn Sekunden fertig bist, gehe ich ohne dich!«

Sie dreht sich um und rennt mich fast über den Haufen, kann aber im letzten Augenblick noch anhalten. Kurz beäugen wir einander. Wir sind nicht nur beide angezogen, sondern auch bereit, nach draußen zu gehen. Sie trägt eine Tasche über der Schulter, und in ihren Nasenlöchern erkenne ich das schwache Glänzen eines Schnüfflers. Ich nicke ihr widerstrebend zu, und meine Meinung von ihr steigt ein infinitesimales bisschen, da sie offenbar mitgedacht hat. Nach einer Sekunde erwidert Vida die Geste und sieht in mir offenbar dasselbe wie ich in ihr.

Eine Überlebende.

»Hast du einen Plan?«, fragt sie nur, und jegliche frühere Feindseligkeit ist angesichts einer größeren Gefahr vergessen.

Ich grinse sie grimmig an. Zum ersten Mal, seitdem ich ins Exil und in diese scheußliche Schule am Arsch der Galaxis gekommen bin, habe ich einen Plan. Und nicht nur einen Plan, sondern eine Absicht. Ich nicke entschlossen, während mein Blick hart und mein Herz noch viel härter wird.

»Zuerst laufen wir weg. Dann kämpfen wir.«

Dank

Ich möchte allen Menschen danken, dir mir dabei geholfen haben, aus der Idee zu »Prisma« tatsächlich ein Buch werden zu lassen, unter anderem meinen Kollegen, die diese Serie erst ermöglicht haben: Betsy Wollheim, Matt Bialer und das Team bei DAW Books; den furchtlosen Testlesern, deren Tipps und Unterstützung mir sehr wichtig waren: Christine Berman, Joyce Alton, Carla Rehse, Diana Robicheaux und Michelle Hauck; und zu guter Letzt meiner Familie: Douglas Fortune, Sharon Fortune und Wendy Fortune. Euer Beistand und eure Vorschläge bedeuten mir sehr viel.